지리산권 유산기 선집

지리산권 유산기 선집

국립순천대 · 국립경상대
인문한국(HK) 지리산권문화연구단 엮음

 도서출판 선인

　국립순천대학교 지리산권문화연구원과 국립경상대학교 경남문화연구원은 2007년에 컨소시엄을 구성하고 '지리산권 문화 연구'라는 아젠다로 한국연구재단의 인문한국(HK) 지원 사업에 신청하여 선정되었습니다.

　인문한국 지리산권문화연구단은 지리산과 인접하고 있는 10개 시군을 대상으로 문학, 역사, 철학, 생태 등 다양한 방면의 연구를 목표로 하였습니다. 이에 따라 연구단을 이상사회 연구팀, 지식인상 연구팀, 생태와 지리 연구팀, 문화콘텐츠 개발팀으로 구성하였습니다. 이상사회팀은 지리산권의 문학과 이상향·문화사와 이상사회론·사상과 이상사회의 세부과제를 설정하였고, 지식인상 연구팀은 지리산권의 지식인의 사상·문학·실천에 관한 연구를 진행하였습니다. 그리고 생태와 지리 연구팀은 지리산권의 자연생태·인문지리·동아시아 명산문화에 관해 연구하고, 문화콘텐츠 개발팀은 세 팀의 연구 성과를 DB로 구축하여 지리산권의 문화정보와 휴양정보망을 구축하였습니다.

　본 연구단은 2007년부터 아젠다를 수행하기 위해 매년 4차례 이상의 학술대회를 개최하고, 학술세미나·초청강연·콜로키움 등 다양한 학술활동을 통해 '지리산인문학'이라는 새로운 학문영역을 개척하였습니다. 또한 중국·일본·베트남과 학술교류협정을 맺고 '동아시아산악문화연구회'를 창립하여 매년 국제학술대회를 개최하였습니다. 그 과정에서 자료총서 32권, 연구총서 10권, 번역총서 8권, 교양총서 7권, 마을총서 1권 등 총 50여 권의 지리산인문학 서적을 발간한 바 있습니다.

이제 지난 8년간의 연구성과를 집대성하고 새로운 연구방향을 개척하기 위해 지리산인문학대전으로서 기초자료 10권, 토대연구 10권, 심화연구 10권을 출판하기로 하였습니다. 기초자료는 기존에 발간한 자료총서 가운데 연구가치가 높은 것과 새롭게 보충되어야 할 분야를 엄선하여 구성하였고, 토대연구는 지리산권의 이상향 · 유학사상 · 불교문화 · 인물 · 신앙과 풍수 · 저항운동 · 문학 · 장소정체성 · 생태적 가치 · 세계유산적 가치 등 10개 분야로 나누고 관련 분야의 우수한 논문들을 수록하기로 하였습니다. 그리고 심화연구는 지리산인문학을 정립할 수 있는 연구와 지리산인문학사전 등을 담아내기로 하였습니다.

지금까지 연구단은 지리산인문학의 정립과 우리나라 명산문화의 세계화를 위해 혼신의 힘을 다해 왔습니다. 하지만 심화 연구와 연구 성과의 확산에 있어서 아쉬운 점도 없지 않았습니다. 이번 지리산인문학대전의 발간을 통해 그 아쉬움을 만회하고자 합니다. 우리 연구원 선생님의 노고가 담긴 이 책을 통해 독자 여러분들이 지리산인문학에 젖어드는 계기가 되리라 기대합니다.

끝으로 이 책이 출간되기까지 수고해주신 본 연구단 일반연구원 선생님들, HK연구원 선생님들, 그리고 외부에서 참여해주신 필자선생님들께 깊이 감사드립니다. 또한 이 자리를 빌려 이러한 방대한 연구활동이 가능하도록 재정적 지원을 해주신 정민근 한국재단이사장님, 박진성 순천대 총장님과 이상경 경상대 총장님께도 고맙다는 말씀을 드립니다.

2016년 7월
국립순천대 · 국립경상대 인문한국(HK) 지리산권문화연구단
단장 남호현, 부단장 장원철

| 서 문 |

요즘 '산의 인문학'이 대세로 떠오르고 있다. 2014년 '산의 가치 인식과 산악문화의 대중화'를 목표로 국립산악박물관이 개관하였고, 수십여 개의 국립공원사무소가 해당 산의 인문학을 위해 경쟁적으로 아카데미 등을 진행하고 있다. 게다가 근년의 인문학 열풍이 어우러져 수강자의 층위도 한층 다양해졌다. 깊숙한 산골짜기에서 실시되는 산악 강좌를 누가 들을까 의아해 하겠지만, 웬걸. 자리가 없다. 그저 산이 있어 오르는 것이 아니라 배워서 알고 오르려는 지적 욕구가 만들어 낸 새로운 문화현상이라 하겠다.

지리산은 이러한 현상에 가장 먼저 첫발을 내디딘 명산이다. 지리산인문학은 이미 문학·역사·철학·생태 등의 여러 분야에서 수많은 연구 성과가 산출되었고, 이의 대중화를 위한 시민강좌가 지리산권역 곳곳에서 행해지고 있다. 지리산권 유산기(遊山記)는 이 모든 것의 가장 토대가 되는 자료이다.

유산기는 작자의 산행 체험을 '동기→일정별 기록→총평(후기)'의 형식에 따라 유람 과정을 시간적으로 기록한 산문 형식이다. 유람록(遊覽錄)·유산록(遊山錄)·유기(遊記)라고도 한다. 우리나라에서는 고려시대에 문헌상 처음 등장하였고, 조선시대에 들어와 국토인식이 고조되고 지리에 대한 감식안이 높아지면서 지식인의 산행이 성행하였다. 유산기는 조선시대 지식인의 산에 대한 역사적·문화적·종교적 의미가 함축된 총체적 자료이다. 따라서 '유산기' 연구는 궁극적으로 '산의 인문학'이 가진 가치와

의미를 탐색하는 작업이라 할 수 있다.

현재까지 발굴된 지리산권 유산기는 100여 편이다. 현전하는 지리산 관련 자료 가운데 가장 오랜 기간 방대하게 축적된 지식인의 기록이라 할 수 있다. 이를 시대 순으로 정리하면 15세기 6편, 16세기 5편, 17세기 13편, 18세기 18편, 19세기 34편, 20세기 23편이다. 이 작품들은 『선인들의 지리산 유람록』(1~6권, 보고사 등)으로 번역 출간되어 이미 독자들과 만났다. 그리고 이 출간을 계기로 지리산 마니아층이 한층 두터이 형성되고 있다.

『지리산권 유산기 선집』은 그 100편의 지리산권 유산기를 모두 한 곳에 수록한 책이다. 대중성보다는 자료 집성에 주안을 두어 6책으로 흩어져 있는 유산기 원문과 관련 사항들을 한 책으로 묶었다. 지리산권 유산기를 학문적으로 접근하는 연구자에게 보다 보탬이 되는 자료라 하겠다. 각 작품마다 유람 시기·동행인·유람 일정·출전·인물 해제 등을 상세히 수록하였고, 원문은 구두(口讀)를 끊어 제시하였다. 더하여 해당 작품의 번역문이 실린 책의 출처를 첨부하여 이용자의 편리함을 도모하였다. 원문의 교감은 경상대학교 남명학연구소에서 번역한 『남명집』과 『선인들의 지리산 유람록』을 활용하였다. 원문 속 탈자는 ○로, 확인 불가능한 글자는 ●로 표기하였다.

끝으로 이 책이 더도 덜도 말고 '지리산 자료 집성과 전문 연구자용'이라는 본래의 출간 목적을 위해 유용하게 쓰이기를 희망해 본다.

2016년 7월
편저자 일동

목차

제5부　19세기 작품

제6부   20세기 작품

—

제1부

15세기 작품

—

이륙(李陸) | 유지리산록(遊智異山錄)

출전 : 청파집(靑坡集) 권2, 11면
번역 : 최석기 외, 『용이 머리를 숙인 듯 꼬리를 치켜든 듯』, 보고사,
2008, 11~27쪽
일시 : 1463년 8월 ○일 ~ 8월 25일
동행 : 없음

ㅡ일정

• 단속사 → 살천현 → 중산리 → 법계사 → 천왕봉 → 향적사 →
영신사 → 의신사 → 신흥사 → 쌍계사 → 불일암 → 악양 → 안양사
→ 묵계사 → 오대사 → 소남진 → 단속사

ㅡ저자 소개　　청파 이륙

1438~1498. 자는 방옹(放翁), 호는 청파(靑坡), 본관은 고성(固城)이다.

1438년 4월 16일 서울 청파동(靑坡洞)에서 태어났다. 조부는 의정부 좌의 정을 지낸 이원(李原)이며, 부친은 사간원 사간을 지낸 이지(李墀)다. 어려서부터 성품이 호방했으며, 남에게 굽히기를 싫어하였다.

22세 때인 1459년 생원·진사시에 모두 합격하였다. 1462년 영남을 유람하고, 지리산 단속사로 들어갔다. 단속사에서 경전·역사서 및 제자백가의 글을 두루 섭렵하고, 산수의 즐거움을 만끽하며 3년을 지냈다. 그 소문을 듣고 그를 따르던 사람들이 구름처럼 모여들었다고 한다. 이때 진주 촉석루(矗石樓)에서 속난정회(續蘭亭會)를 열기도 하였다. 1463년 단속사에서 출발하여 법계사를 거쳐 천왕봉에 오른다. 그리고 영신사·신흥사·쌍계사·오대사를 거쳐 다시 단속사로 돌아왔다.

청파는 27세 되던 해인 1464년 세조가 충청도 온양(溫陽)에 행차하여 인재를 선발한다는 소문을 듣고 사람들에게 말하기를 "내가 이번 시험에 장원을 차지하지 못하면 맹꼭코 서울에 들어가지 않겠다."고 했다. 과연 그는 장담했던 대로 장원급제하여, 곧바로 성균관 직강에 임명되었다. 1466년 다시 발영시(拔英試)에서 2등으로 급제했고, 이듬해 안효례(安孝禮) 등과 도성의 지도를 작성하기도 하였다. 1468년 문과 중시에 을과로 합격하여 예문관 응교에 올랐다.

이후 사헌부 장령·성균관 대사성·예조 참판 등을 두루 역임하였다. 1490년 정조사(正朝使)의 부사로 명나라에 다녀왔고, 1494년 성종이 승하하자 다시 사신으로 명나라에 다녀왔다. 그 후 『성종실록』을 편찬하는 데 참여하기도 하였다. 병조 참판으로 재직하다가 1498년(연산군 4) 3월 17일 생을 마감하였다.

지리산을 유람하고 유람록을 남긴 것으로는 청파의 유람록이 가장 앞선다. 그의 「지리산기」는 지리산의 사찰·식생(植生)·기후 등을 기록한 인문지리에 관한 글이고, 「유지리산록(遊智異山錄)」은 지리산을 유람하고 쓴 유람록이다. 이 유람록은 문학성이 부족하기는 하지만, 지리산 유람록

의 효시라는 점에서 그 의의가 크다고 하겠다. 저술로『청파집(靑坡集)』이
있다.

-원문

天王峯：堂有天王石像 頂上劍痕宛然 諺傳 倭寇窮蹙 以爲天王不助 不勝其
憤 乃斫其頂矣 峯上平廣可數十步 東南西三界 洞望無礙 每日初出 如金盤眼底
跳躍 波濤爲之層立 光明先射峯頂 山後猶昏黑 尙未盡明 見四方諸山 皆爲阜陵
別無高遠地 其佗江湖之水 細如秋毫可望 不可的知何處 四面皆削成 往往繫鐵
環岩木間 令人得以攀登 虎豹熊羆之屬 皆不得過 雖烏鳶亦不能至 唯鷹鶻至秋
高 乃來集焉 西下二三里 有石竇當徑 往來者由之 近山之人 皆以天王爲靈 凡
有疾病必禱 山內諸寺 無不建堂以祀之 上山者 亦相切戒 不得齎肉饌 皆曰犯戒
必中路昏黑 迷所之 且有不測之患云

般若峯：在全羅境上 其高與天王峯齊 遯世者 多居焉 由雙磎行三日 可到
山僧云

靈神寺：東壇有迦葉石像 肩臂如火燒然 諺傳 燒盡人世當更 卽有彌勒佛住
世 甚有靈驗云 後峯有奇石削立如櫼 北臨萬丈 復戴小石如床 向般若峯稍低 人
有攀緣而登 四向拜者 以爲根性 然其能之者 千百僅有一二 庭下有小泉 水性堅
香甚味 號神泉 下而爲花開川 東有石峰 如浮屠狀 居僧以爲龜社主崔文昌 不死
在此云

雙磎寺：新羅文士崔致遠孤雲 嘗讀書于此 庭有老槐幾百圍 其根北度小澗
盤結如橋 寺僧因以爲橋以往來 諺傳 孤雲手植 洞口二石 如門而立 有大書雙磎
石門四字 寺前有古碑 皆孤雲所書 碑又其所撰 寺近蟾津 居僧以爲寺西舊有崔
公書樓 通望津水 遺址尙存 其溪澗洞壑 極爲蕭洒 殆非烟火食者所居

佛日菴：西距雙磎十餘里 崖谷絕峻 日月爲之不能照 又無谿徑可由 鑿絕壁

腰 上下皆可數百丈 可容一人行以爲路 其不可鑿 則橫木爲橋 往來者 無不駭汗
竪髮 菴又臨懸崖 下可百餘丈 有二池深不測 一曰龍湫 一曰鶴淵 諺傳 崔文昌
讀書于此 神龍有時出聽 鶴亦爲之飛舞 公或書空作一字爲橋 以往來云 又壁石
小穴 流出銅液 居僧亦以爲公嘗藏銅筆于此矣

斷俗寺：自天王峯 東走幾五六十許里 有獨立峰 是爲外山 東距丹城十餘里
北距山陰十五六里 前距召南津 又十餘里 寺在峰下 凡百有餘間 中大殿曰普光
景泰中 重創寺 前有創板堂 國朝所建 西南北各有古碑 忘其所立歲月 庭右有一
閣 新羅所創 壁有四王畫像 金碧尙新 古傳 羅僧金生 壁上寫維摩像 又畫老木
一株 山鳥時時飛集 欲坐而墜 後一枝污毀 居僧續之 自是鳥不復來 今皆亡矣
然四王眞 甚奇古 非道子畫 卽金生筆 高麗名賢金富軾鄭襲明 嘗遊于此 有詩在
壁間 洞口壁石 有石門二字 傳者亦謂崔孤雲所書

法戒寺：距天王峯二十餘里 有大石如舡 號天王舡 向天王三四里許 又有石
如屋 可庇數十人 名曰千佛菴 古來遯世者所居 竈突尙存

五臺寺：自薩川南踰一嶺 有五峯列立 其狀如臺 寺在其中 故号五臺 諺傳
上世有鶴 嘗棲峯上云 寺有大珠如鵠卵 號如意珠 網以銀絲 寺衲相傳 以爲寶
且曰 水半盆 沈珠 卽盈溢云

安養寺：自蟾津東踰三大嶺六十餘里 有是寺 與五臺同稱勝刹 然無奇跡 頗
與村居 近 但西室壁上 有三祖眞 儼然

黙契寺：自安養前川 隨水西北 行谿谷之間 甚險阨 四十餘里 窮水源 有地
稍開曠 土又肥衍 寺在智異最名勝境 有志之僧 前後多往居焉

牛山：智異山西南 趍至栢谷村 有形如伏牛 號牛 有房茅房兩寺 高麗將軍姜
民瞻所創 茅房寺 有民瞻畫像 至今祀之

防禦山：西距智異幾七十餘里 在晉咸安宜寧之間 有水嚙山北而東 是爲鼎巖
津 山西有淸源寺 臨石澗 甚有淸致 自淸源迤南二十餘里 有法輪寺 西距晉十餘
里 寺僧云 是地甚有良 因晉人讀書于茲 相繼多發跡云

義林寺：在鎮海之西 後有竹林 前有碷水 出門數步 通望海門

杜椿島：在鎮海城南數里 有小山自北而來 臨海而止 上可坐數百人 三面皆絕壁 色如繪畫 有杜椿蔓結如簷廡 可庇數十人 下皆青石 潮至便沒 潮下 石平如場 又可以坐數十百人 登望 軒豁無碍

金剛社：在金海城東 前有鴈塔 不知何代所立 壁上 有高麗鄭侍中記

余以天順末 南遊嶺路 讀書于斷俗寺 留一年 其年秋八月 自斷俗西行 宿薩川縣 遂登天王峯 遍歷靈神香積諸刹 將向般若峯 會橐橐告匱 不果行 乃迤南而下 窮蟾津而止 復東踰三大嶺 還至召南津

凡周行二百餘里 然其間足所不到 目所不得見 又不知幾千萬狀 而其所錄 亦安得彷彿眞面 而山之大概 或庶幾焉 異日 有僧稱道智異勝迹 其言 與余所見甚不相似 不知吾之所不得見 而彼能見乎 吾之所不能到 而彼能到乎 山一也 而人所見不同 何也 比如見麟 其見蹄者 以爲馬也 其見尾者 以爲牛也 其見身者以爲麕也 三者 雖所見不同 而亦不可謂不見麟 是必爲山蟠據數百里 東者不得西 南者不得北 一面之遊 動數十日

世之所謂靑鶴洞者 余固不必其果有 亦不必其果無 不得以己之見而盡廢人言 然余所登者 天王峯也 登天王峯而見 所見無智愚賢不肖 不謀而同 彼僧之見 獨與余不同 余不能不疑也

將遊之夕 謀於寺中 倩爲引路 時居僧無慮百有餘人 無一曾行 亦曰 時方收穀 不可浪遊 余是以知山僧之謀生 有甚於俗子 其肯虛勞一足之投 行數百里至險至高之地乎 故有老死於山下 而足不及山上者 皆曰 吾居智異也 吾見智異也吾惡知異日之僧 審是端士 而非謀生老死之儔也耶

昔孔子登東山而小魯 余始疑而終信之 登太山而小天下 余甚怪焉 及登是山然後知聖人之言 不誣也 佗日 有能携節杖 上翠微 倚天長嘯 披襟當風者 當以余言而質之 雞林李伯勝 鐵城李放翁 密城朴貞父等 讀書于頭流西斷俗寺 以秋八月晦前五日 納草蹻

이륙(李陸) | 지리산기(智異山記)

―

출전 : 청파집(靑坡集) 권2, 4면
번역 : 최석기 외, 『선인들의 지리산 유람록』, 돌베개, 2000, 11~18쪽

―원문

　智異山又名頭流 雄據嶺湖[1]南二路之交 高廣不知其幾百里 環山有一牧一[2]
府二郡五縣四附[3] 其東曰晉州 曰丹城 其南曰昆陽 曰河東 曰薩川 曰赤良 曰
花開 曰岳陽 其西曰南原 曰求禮 曰光陽 其北曰咸陽 曰山陰 上有峯之最高者
二 東曰天王 西曰般[4]若 相距百餘里 常有雲氣蔽之

　自天王稍下而西 有香積寺 又四[5]十里許 有迦葉臺 臺之南 有靈神寺 西下二

---

1) 嶺湖 : 계축본에는 '湖嶺'으로 되어 있다.
2) 一 : 계축본에는 '二'자로 되어 있다.
3) 附 : 계축본에는 '附邑'으로 되어 있다.
4) 般 : 계축본에는 '盤'자로 되어 있다.

十餘里[6]有虛曠[7]之地 平衍肥膴 縱[8]橫皆可六七里 往往水[9]濕 宜種穀 有老栢
參天 落葉[10]沒脛 中處而四顧無涯際 宛然一平野 透[11]迤南下沿溪 有義神新興
雙磧[12]三寺 自義新[13]西折[14]二十餘里 有七佛寺 自雙磧[15]東踰一嶺 有佛日
菴[16] 自餘名藍勝刹 不可殫記 而在山之絕頂者 香積等數寺 皆覆木板 無居僧
唯[17]靈神用陶瓦 然居[18]僧亦不過一二 以山勢絕峻 不與村居相接 自非高禪 鮮
有安焉者

有水源自靈神小泉至新興前 則已爲大川 流入蟾津 是爲[19]花開洞川 自天王
東下 有千佛菴[20]法戒[21]寺 自千佛小北而上 有小窟 東臨大海 西負天王 絕有
清致 號岩[22]法主窟 又有二水 一自香積前 一自法戒[23]下 至薩川 合而爲一 流
入于召南津之下 繞晉而東 是謂菁川江 召南津者 山北之水 透東而來[24] 至丹

5) 四 : 계축본에는 '西五'로 되어 있다.

6) 二十餘里 : 계축본에는 '二十里'로 되어 있다.

7) 曠 : 계축본에는 '廣'자로 되어 있다.

8) 縱 : 계축본에는 '從'자로 되어 있다.

9) 水 : 계축본에는 '下'자로 되어 있다.

10) 落葉 : 계축본에는 '葉落'으로 되어 있다.

11) 透 : 계축본에는 '邐'자로 되어 있다.

12) 磧 : 계축본에는 '溪'자로 되어 있다.

13) 新 : 계축본에는 '神'자로 되어 있다.

14) 折 : 계축본에는 '坼'자로 되어 있다.

15) 磧 : 계축본에는 '溪'자로 되어 있다.

16) 菴 : 계축본에는 '庵'자로 되어 있다.

17) 唯 : 계축본에는 '惟'자로 되어 있다.

18) 然居 : 계축본에는 '居'로 되어 있다.

19) 爲 : 계축본에는 '謂'자로 되어 있다.

20) 菴 : 계축본에는 '庵'자로 되어 있다.

21) 戒 : 계축본에는 '界'자로 되어 있다.

22) 岩 : 계축본에는 '巖'자로 되어 있다.

23) 戒 : 계축본에는 '界'자로 되어 있다.

24) 透東而來 : 계축본에는 '透迤而東'으로 되어 있다.

城縣 又折25)而西 自薩川村 行二十餘里 有普菴寺26) 其薩川村以內 謂之內山
外27)謂之外山云

自普菴28)直上急行 一日有半 可到天王峯 然崖石峻險 無磎徑29)可尋 又槐
陰30)蔽天 下有細竹森密 或有死木橫千仞之崖 苔蘚剝落 又有飛泉 遠自雲端
衝冒其間 下注不測 進不旋踵 回不見後31) 當斬數十木 始可見尺天 好事者往
往拾石塊 置岩32)上以表33)路

崖谷之間 氷34)雪徑35)夏不消 六月始36)霜 七月始37)雪 八月大氷38)合 迨冬
初39)雪甚 谿40)壑皆平 人不得往來 故居山者 秋而入 至明年41)春暮乃下 或山
下大雷電以42)雨 而山上則淸43)明 無一點雲 蓋山高近天 氣候自與平地頓異者
大抵爲山 下多柿44)栗樹 稍上皆槐 過槐盡45)杉檜 參半枯死 靑白46)雜然相間

25) 折 : 계축본에는 '坼'자로 되어 있다.
26) 有普菴寺 : 계축본에는 '寶巖寺'로 되어 있다.
27) 外 : 계축본에는 '以外'로 되어 있다.
28) 普菴 : 계축본에는 '寶巖'으로 되어 있다.
29) 磎徑 : 계축본에는 '蹊逕'으로 되어 있다.
30) 陰 : 계축본에는 '檜'자로 되어 있다.
31) 後 : 계축본에는 '波'자로 되어 있다.
32) 岩 : 계축본에는 '巖'자로 되어 있다.
33) 上以表 : 계축본에는 '上表'로 되어 있다.
34) 氷 : 계축본에는 '冰'자로 되어 있다.
35) 徑 : 계축본에는 '經'자로 되어 있다.
36) 始 : 계축본에는 '飛'자로 되어 있다.
37) 始 : 계축본에는 '爲'자로 되어 있다.
38) 氷 : 계축본에는 '冰'자로 되어 있다.
39) 初 : 계축본에는 '初則'으로 되어 있다.
40) 谿 : 계축본에는 '溪'자로 되어 있다.
41) 至明年 : 계축본에는 '明年'으로 되어 있다.
42) 以 : 계축본에는 '已'자로 되어 있다.
43) 淸 : 계축본에는 '晴'자로 되어 있다.
44) 柿 : 계축본에는 '梨'자로 되어 있다.

望之如畵　巖⁴⁷⁾上只有躑躅木　不滿尺　凡佳蔬異果　盛於他山　近山數⁴⁸⁾食其利

---

45) 過槐盡：계축본에는 '過盡'으로 되어 있다.

46) 靑白：계축본에는 '靑白而'로 되어 있다.

47) 巖：계축본에는 '最'자로 되어 있다.

48) 近山數：계축본에는 '近山數十官 皆'로 되어 있다.

김종직(金宗直) | 유두류록(遊頭流錄)

출전 : 점필재집(佔畢齋集) 권2, 22면
번역 : 최석기 외, 『선인들의 지리산 유람록』, 돌베개, 2000, 19~42쪽
일시 : 1472년 8월 14일 ~ 8월 18일
동행 : 유호인(兪好仁), 조위(曺偉), 임대동(林大仝), 한인효(韓仁孝), 승려
　　　 해공(解空)·법종(法宗), 아전 옥곤(玉崑)·용상(聳上) 등

-일정

- 8월 14일 : 함양군 관아 → 엄천(嚴川) → 화암(花巖) → 지장사(地藏
寺) → 환희대(歡喜臺) → 선열암(先涅庵) → 신열암(新涅
庵) → 고열암(古涅庵)
- 8월 15일 : 고열암 → 〈쑥밭재〉 → 청이당(淸伊堂) → 영랑재(永郎岾,
下峯) → 해유령(蟹踰嶺) → 중봉(中峯) → 마암(馬巖) →
천왕봉(天王峯) → 성모사(聖母祠)

- 8월 16일 : 성모사 → 통천문(通天門) → 향적사(香積寺)
- 8월 17일 : 향적사 → 통천문 → 천왕봉 → 통천문 → 중산(中山, 帝釋峯) → 저여원(沮洳原) → 창불대(唱佛臺) → 영신사(靈神寺)
- 8월 18일 : 영신사 → 영신봉(靈神峯) → 〈한신계곡〉 → 〈백무동〉 → 실택리(實宅里) → 등구재(登龜岾) → 함양군 관아

-저자 소개   점필재 김종직

1431~1492. 자는 계온(季昷)·효관(孝盥), 호는 점필재(佔畢齋)이며, 본관은 선산(善山)이다. 성균관 사예(司藝)를 지낸 김숙자(金叔滋)의 아들이다. 1431년 6월 경상남도 밀양(密陽)에서 태어났다. 그의 집안은 대대로 경상도 선산(善山)에서 살았으나, 부친 김숙자가 밀양 박씨(密陽朴氏)와 혼인하면서 밀양에 살게 되었다.

1446년(16세) 과거시험에 응시하여 낙방하였으나, 그때 지은 「백암부(白巖賦)」가 임금의 마음에 들어 영산현(靈山縣) 훈도(訓導)에 임명되었다. 1453년(23세) 성균관에서 수학하였고, 1458년(29세) 문과에 급제하여 승문원 권지부정자(權知副正字)에 제수되었다. 이후 승문원 박사·이조좌랑·홍문관 수찬 등을 거쳐, 40세에는 함양군수(咸陽郡守)로 나아갔다. 이때 훗날 무오사화의 원인이 된 유자광(柳子光)의 글을 불태웠다.

1472년 두류산을 유람하고 「유두류록(遊頭流錄)」을 지었다. 함양군수로 재직 시 일두(一蠹) 정여창(鄭汝昌)과 한훤당(寒暄堂) 김굉필(金宏弼)이 찾아와 수학하였는데, 이들은 조선전기 사림파의 도학을 본격적으로 연 인물이다. 1476년(46세) 모친 공양을 위해 선산부사(善山府使)가 되었다. 이후 양준(楊浚)·홍유손(洪裕孫)·김일손(金馹孫) 등이 찾아와 수학하였다.

53세 때 승지(承旨)에 오른 뒤 이조 참판·예문관 제학·병조 참판·공조 참판 등을 지냈다. 56세 때 왕명으로『동국여지승람(東國輿地勝覽)』을 편찬하였다. 1498년 무오사화로 부관참시를 당하였고, 1507년(중종 2) 신원되었다. 처음 문충(文忠)이란 시호가 내렸으나 이듬해 문간(文簡)으로 바뀌었고, 1708년 다시 문충(文忠)으로 바꾸어 내렸다.

김종직은 고려 말 정몽주(鄭夢周)·길재(吉再)의 학통을 이어 받은 부친 김숙자에게 가학을 전수받아 영남학파(嶺南學派)의 종조(宗祖)가 되었고, 절의(節義)를 중요시하는 조선시대 도학의 정맥을 이어가는 중추적 구실을 하였다. 그의 사상은 제자인 김굉필·정여창·김일손·유호인·조위 등에게 이어졌다. 특히 김굉필의 제자 조광조(趙光祖)에게 학통이 계승되면서, 그는 사림파의 정신적 지주가 되었다.

저술로『점필재집』외에『청구풍아(靑丘風雅)』등이 있으며, 편저로『동국여지승람』·『일선지(一善誌)』·『이존록(彝存錄)』등이 있다.

－원문

某生長嶺南 頭流 乃吾鄕之山也 而遊宦南北 塵埃汩沒 年齒已四十 尚不得一遊焉 辛卯春 持左符于咸陽 頭流在其封內 嵬然蒼翠 擧眼斯得 而凶年民事簿書倥傯 殆二期 又不敢一遊焉 每與兪克己林貞叔語此 未嘗不介介于懷

今年夏 曺太虛自關東來 從余讀禮 及秋 將返于庭闈 而求遊玆山 余亦念羸瘵日增 脚力盆衰 今年不遊 則明年難卜 況時方仲[49]秋 露霜已凊 三五之夜 翫月於天王峯 鷄鳴 觀日出 明朝 又周覽四方 可一擧而兼得 遂決策遊焉 乃邀克己 共太虛 按壽親書所云遊山具 稍增損其所賚

十四日戊寅 德峯寺僧解空來 使爲鄕導 韓百[50]源請從 遂歷嚴川 憩于花巖

---

[49] 仲 : 규장각 소장 별책『유두류록』에는 '中'으로 되어 있다.

僧法宗尾至 問其所歷 阻折頗詳 亦令導 行至地藏寺 路岐 舍馬著芒鞋[51] 策杖
而登 林壑幽貪 已覺勝絶 一里許有巖 曰歡喜臺 太虛百源 上其巔 其下千仞 俯
見金臺紅蓮白蓮諸刹

　訪先涅菴 菴負峭壁而構 二泉在壁底極冽 墻外 水自半巖缺泐 津溜而落 盤
石承之 稍坳處 瀅然渟潴 其磚生赤楊龍須草 皆數寸 傍有磴路 繫藤蔓一條于樹
攀之上下 以往來于妙貞及地藏 宗云 有一比丘 結夏盂蘭 罷後雲遊 不知所向
種小瓜及蘿蔔於石上 有小砧[52]杵糠粃數升許而已

　訪新涅 無僧 亦負峭壁 菴東北有巖 曰獨女 五條離立 高皆千餘尺 宗云 聞有
一婦人 累石巖間 獨棲其中 鍊道沖空 故爲號云 所累石猶存 栢生巖腰 欲上者
梯木挽其栢 迴[53]繞巖闕 背腹俱盪磨 然後達其頂 然不能辦命者 不能上 從吏
玉崑聳山 能上而超足魘手 予嘗往來山陰 望見是巖 與諸峯角出 若柱天然 今而
身跨玆地 毛骨慄然 恍疑[54]非我也

　稍西迤 抵古涅菴 日已曛矣 議論臺 在其西岡 克己等後 余獨倚杖于三盤石
香爐峯彌陁峯 皆在脚底 空云 崖下有石窟 老宿優陁居之 嘗與三涅僧 居[55]此
石 論大小乘 頓悟 仍以爲號 少選 寮主僧荷衲來 合掌云 聞使君來遊 何在 空
目僧休說 僧面稍赤 余用蒙莊語 慰藉云 我欲場者爭竈 舍者爭席 今寮主見一野
翁耳 豈知某爲使君 空等皆笑 是日 余初試險 步幾二十里 極勞憊 熟睡 夜半而
覺 月色吞吐諸峯 雲氣騰湧 余默慮焉

　己卯 黎明益陰翳 寮主云 貧道久住此山 以雲卜之 今日必不雨 余喜 減擔夫
遣還 出寺卽行 蒼藤深菁[56]中 大木之自斃者 顚仆于磽徑 因爲略彴 其半朽者

50) 百：규장각 소장 별책『유두류록』에는 '伯'으로 되어 있다.
51) 鞋：규장각 소장 별책『유두류록』에는 鞵로 되어 있다.
52) 砧：규장각 소장 별책『유두류록』에는 '礶'으로 되어 있다.
53) 迴：규장각 소장 별책『유두류록』에는 '回'로 되어 있다.
54) 疑：규장각 소장 별책『유두류록』에는 '擬'로 되어 있다.
55) 居：규장각 소장 별책『유두류록』에는 '各據'로 되어 있다.
56) 菁：규장각 소장 별책『유두류록』에는 '箐'으로 되어 있다.

枝條猶拒地 若行馬然 挽57)出其下 度一岡 空云 此九隴之第一也

連度三四 得一洞府 寬閑奧邃 樹木蔽日 蘿薜蒙絡 溪流觸石 曲折有聲 其東
山之脊也 而不甚峭峻 其西 地勢漸下 行二十里 達于義呑村也 若携鷄犬牛犢以
入 刊木墾田 以種黍稷麻菽 則武陵桃源 亦不多讓也 余以杖叩澗石 顧謂克己曰
嗟乎 安得與君結契隱遁 盤旋於此耶58) 使之刮苔蘚 題名于巖腹 度九隴訖 便
由山脊而行 行雲佁拂簀子 草樹不雨而濕 始覺去天不遠也 不數里 循脊南 乃晉
州之地也 烟霧瀰漫 不能眺望 抵淸伊堂 以板爲屋 四人各占堂前溪石上 小憩

自此至永郎岾 道極懸危 正如封禪儀記所謂後人見前人履底 前人見後人頂
攀挽樹根 始能下上 日已過午 始登岾 自咸陽望 此峯最爲峻絶 到此 則更仰視
天王峯也 永郎者 新羅花郎之魁 領三千徒 遨遊山水 嘗登此峯 故以名焉 少年
臺 在峯側 蒼壁萬尋 所謂少年 豈永郎之徒歟 余抱石角下窺 若將墜也 戒從者
勿近傍側

時雲霧消散 日脚下垂 山之東西谿谷開豁 望之無雜樹 皆杉檜松枏 槁死骨立
者 居三之一 往往間以丹楓 正如圖畵 其在岡脊者 困於風霧 枝幹皆左靡拳曲
雲髮飄颺云59) 海松尤多 土人 每秋採之 以充貢額 今歲 無一樹帶殼 苟取盈 則
吾民奈何 守令適見之 是則幸也 有草類書帶 柔韌而滑 可藉以坐臥 在在皆然
淸伊以下 多五味子林60)密 而到此無之 只見獨活當歸而已

歷蟹蹿嶺 傍有船巖 宗云 上古海水懷襄時 船繫于玆巖 而螃61)蟹過之 故名
余笑曰 信汝之言 其時生類 盡攀天而活耶 又幷脊南登中峯 山中凡隆起爲峯者
皆石 獨此峯 戴土而端重 可以布武焉 稍下步 憩馬巖 有泉淸冽 可飮 値歲旱
使人登此巖 蹈躪便旋 則必致雷雨 余前年及今夏 遣試之 頗驗

---

57) 挽 : 규장각 소장 별책 『유두류록』에는 '俛'으로 되어 있다.
58) 耶 : 규장각 소장 별책 『유두류록』에는 '邪'로 되어 있다.
59) 云 : 규장각 소장 별책 『유두류록』에는 삭제되었다.
60) 林 : 규장각 소장 별책 『유두류록』에는 '木'으로 되어 있다.
61) 螃 ; 규장각 소장 별책 『유두류록』에는 '崇'으로 되어 있다.

晡時 乃登天王峯 雲霧蓊勃 山川皆闇 中峯亦不見矣 空宗先詣聖母廟 捧小佛 呼晴以弄之 余初以爲戲 問之 云 俗云如是則天晴 余冠帶盥洗 捫石磴入廟 以酒果告于聖母曰

某嘗慕宣尼登岱之觀 韓子遊衡之志 職事羈纏 願莫之就 今者仲秋 省稼南境 仰止絶峯 精誠靡阻 遂與進士韓仁孝兪好仁曹偉等 共躡雲梯 來詣祠下 屛翳爲崇 雲物餻餾 遑遑悶悶[62] 恐負良辰 伏丐聖母 歆此洞酌 報以神功 致令今日之夕 天宇廓然 月色如晝 明日之朝 萬里洞然 山海自分 則某等獲遂壯觀 敢忘大賜

酌已 共坐神位前 酒數行而罷 祠屋但三間 嚴川里人所改創 亦板屋 下釘甚固 不如是 則爲風所揭也 有二僧繪畫其壁 所謂聖母乃石像 而眉目髻鬟 皆塗以粉黛 頂有缺畫 問之 云 太祖捷引月之歲 倭寇登此峯 斫之而去 後人 和黏復屬之

東偏陷石壘 空等所弄佛 在焉 是號國師 俗傳聖母之淫夫 又問聖母 世謂之何神也 曰 釋迦之母摩耶夫人也 噫 有是哉 西竺與東震 猶隔千百世界 迦維國婦[63]人 焉得爲茲土之神 余嘗讀李承休帝王韻記 聖母命詵師 註云 今智異天王 乃指高麗太祖之妣威肅王后也 高麗人習聞仙桃聖母之說 欲神其君之系 創爲是談 承休信之 筆之韻記 此亦不可徵 矧緇流妄誕幻惑之言乎 且旣謂之摩耶 而污衊以國師 其褻慢不敬 孰甚焉 此不可不辨

日且昏 陰風甚顚 東西橫吹 勢若撥屋振嶽[64] 嵐霧[65]坌入 衣冠皆潤 四人皆[66]枕藉祠內 寒氣徹骨 更襲重綿 從者皆股戰失度 令燒大木三四本以熨之 夜深 月色黲黬 喜而起視[67] 旋爲頑雲所掩 倚壘四瞰 六合溟洞 若大瀛海之中 乘一小舟 軒昂傾側 將淪于波濤也 笑謂三子曰 雖無退之之精誠 知微之道術 幸與君輩 共御氣母 浮游混沌之元 豈非歟歟

---

62) 悶悶 : 규장각 소장 별책 『유두류록』에는 '閔閔'으로 되어 있다.

63) 婦 : 규장각 소장 별책 『유두류록』에는 '夫'로 되어 있다.

64) 嶽 : 규장각 소장 별책 『유두류록』에는 '岳'으로 되어 있다.

65) 霧 : 규장각 소장 별책 『유두류록』에는 '氣'로 되어 있다.

66) 皆 : 규장각 소장 별책 『유두류록』에는 '共'으로 되어 있다.

67) 視 ; 규장각 소장 별책 『유두류록』에는 삭제되었다.

庚辰 風雨猶怒 先遣從者於香積寺 具食 令披徑路來迎 過午 雨少止 石矼滑
甚 使人扶携椎[68]轉而下[69] 數里許有鐵鎖路 甚危 便穿石穴而出 極力步投香積
無僧已二載 澗水猶依刳木 潺湲而落于槽 窓牖關[70]鎖及香榥佛油 宛然俱在
命[71]淨掃焚香 入處之

薄暮 雲靄自天王峯倒吹 其疾不容一瞥 遙空或有返照 余舉手喜甚 出門前盤
石 望薩川蜿蜒 而諸山及海島 或全露 或半露 或頂露 如人在帳中而見其髻也
仰視絕頂 重巒疊嶂 不知昨日[72]路何自也 祠旁[73]白旆 南指而颺 盖繪畫僧報我
知其處也 縱觀南北兩巖 又待月出 于時 東方未盡澄澈 復寒凜不可支 令燒樺桮
以熏屋戶 然後就寢 夜半 星月皎然

辛巳 曉日升暘谷 霞彩暎發 左右皆以余困劇 必不能再陟 余念數日重陰 忽
爾開霽 天公之餉我 多矣 今在咫尺 而不能勉强[74] 則平生芥滯之胸 終不能盪
滌矣 遂促晨舖 褰裳 徑往石門以上 所履草木 皆帶氷[75]凌 入聖母廟 復酹而謝
曰 今日 天地清霽 山川洞豁 實賴神休 良深欣感 乃與克己解空 登北壘 大虛已
上板屋矣 雖鴻鵠之飛 無出吾上 時因新霽 四無纖雲 但蒼然茫然 不知所極 余
曰 夫遽觀而不得其要領 則何異於樵夫之見 盍先望北而次東 次南次西 且也自
近而遠 可乎 空頗能指示之

是山 自北而馳至南原 首起爲般若峯 東迤幾二百里 至此峯 更峻拔 北蟠而窮
焉 其四面支峯裔壑 競秀爭流 雖巧曆[76] 不能究其數 見其雄嵽 若曳而繚者 咸

---

68) 椎：규장각 소장 별책『유두류록』에는 삭제되었다.

69) 下：규장각 소장 별책『유두류록』에는 삭제되었다.

70) 關：규장각 소장 별책『유두류록』에는 '開'로 되어 있다.

71) 命：규장각 소장 별책『유두류록』에는 삭제되었다.

72) 日：규장각 소장 별책『유두류록』에는 '日昨'으로 되어 있다.

73) 旁：규장각 소장 별책『유두류록』에는 '傍'으로 되어 있다.

74) 强：규장각 소장 별책『유두류록』에는 '强勉昨'으로 되어 있다.

75) 氷：규장각 소장 별책『유두류록』에는 '冰'으로 되어 있다.

76) 曆：규장각 소장 별책『유두류록』에는 '歷'으로 되어 있다.

陽之城歟 靑黃膠戾 而白虹橫貫者 晋州之水歟 靑螺點點 庚而橫 矗而立者 南海巨濟之群島歟 若山陰丹礮[77]雲峯求禮河東等縣 皆隱於戞積之中 不得而視也

山之在北而近日黃石-安陰- 日鷲巖-咸陽- 遠日德裕-咸陰- 日雞龍-公州- 日走牛-錦山- 日修道-知禮- 日伽耶-星州- 東北而近日皇山-山陰- 日紺嶽-三嘉- 遠日八公-大丘- 日淸凉-安東- 在東而近日闍崛-宜寧- 日集賢-晋州- 遠日毗瑟-玄風- 日雲門-淸道- 日圓寂-梁山- 東南而近日臥龍-泗川- 在南而近日瓶要-河東- 日白雲-光陽- 西南而遠日八顚-興陽- 在西而近日荒山-雲峯- 遠日無等-光州- 日邊山-扶安- 日錦城-羅州- 日威鳳-高山- 日毋岳-全州- 日月出-靈岩- 西北而遠日聖壽-長水-

或若培塿 或若龍虎 或若釘飯 或若劍鋩 而唯東之八公 西之無等 在諸山稍爲穹隆[78]也 雞立嶺以北 標氣漫空 對馬島以南 蜃氣接天 眼界已窮 不復了了也 使克己 志其可識者如右 遂相顧自慶日 自古 登此峯者有矣 豈若吾曹今日之快也[79]

下疊距磴而坐 酌數盃 日已亭午 望靈神坐高臺 尙遠 亟穿石門而下 登中山亦土峯也 郡人由嚴川而上者 以北第二峯爲中 自馬川而上者 甑峯爲第一 此爲第二 故亦稱中焉 自是 皆由山脊而行 其間奇峯 以十數 皆可登眺 與上峯相埒而無名稱 克己日自先生名之 可矣 余日其於[80]無徵不信何 林多馬價木 可爲杖使從者 揀滑而直者取之 須臾盈一束

歷甑峯 抵沮洳原 有楓樹當徑 屈曲狀棖闑 由之出者[81] 皆不俛僂 原在山之脊也 而夷曠可五六里 林藪蕃茂 水泉縈廻[82] 可以耕而食也 見溪上草廠數間

---

77) 礮 : 규장각 소장 별책 『유두류록』에는 '溪'로 되어 있다.

78) 穹隆 : 규장각 소장 별책 『유두류록』에는 '嶐隆'으로 되어 있다.

79) 也 : 규장각 소장 별책 『유두류록』에는 '邪'로 되어 있다.

80) 於 : 규장각 소장 별책 『유두류록』에는 '如'로 되어 있다.

81) 由之出者 : 규장각 소장 별책 『유두류록』에는 '由之'와 '出者' 사이에 '以'가 첨가되어 있다.

82) 廻 : 규장각 소장 별책 『유두류록』에는 '回'로 되어 있다.

周以柴柵 有土炕 乃內廂捕鷹幕也 余自永郞岾至此 見[83]岡巒處處設捕鷹之具
不可勝記 秋氣未高 時無採捕者 鷹準[84] 雲漢間物也 安知峻絶之地 有執械豊
蕡而伺者 見餌而貪 猝爲羅網所絓 條鏃所制 亦可以儆人矣 且夫進獻 不過一二
連 而謀充戲玩 使鶉衣啜殘者 日夜耐風雪 跧伏於千仞峯頭 有仁心者 所不忍也

暮登[85]唱佛臺 嶷嶷斗絶 其下無底 其上無草木 但有躑躅數叢 羚羊遺矢焉
俯望荳原串麗水串蟾津之委 山海相重 益爲奇也 空指衆壑之會曰 新興寺洞也
李節度克均 與湖南賊張永己戰于此 永己狗鼠也 以負險故 李公之智勇 而不能
禁遏其奔迸 卒爲長興守之功 可嘆已 又指岳陽縣之北曰 靑鶴寺洞也 噫 此古所
謂神仙之區歟 其與人境 不甚相遠 李眉叟何以尋之而不得歟 無乃好事者慕其
名 構寺而識之歟 又指其東曰 雙溪寺洞也 崔孤雲嘗遊于此 刻石在焉 孤雲不羈
人也 負氣槩 遭世亂 非惟不偶於中國 而又不容於東土 遂嘉遯物外 溪山幽閒之
地 皆其所遊歷 世稱神仙 無愧矣

宿靈神寺 但有一僧 寺之北崖 有石迦葉一軀 世祖大王時 每遣中使行香 其
項有缺 亦云爲倭所斫 噫 倭眞殘寇哉 屠剝生人無餘 聖母與迦葉之頭 又被斷斬
豈非雖頑然之石 以象[86]人形而遭患歟 其右肱有瘢 似燃燒 亦云劫火所焚 稍加
焚 則爲彌勒世 夫石痕本如是 而乃以荒怪之語誑愚民 使邀來世利益者 爭施錢
布 誠可憎也 迦葉殿之北峯 有二巖突立 所謂坐高臺也 其一 下蟠上尖 頭戴方
石 闊纔一尺 浮屠者言 有能禮佛於其上 得證果 從者玉崑廉丁 能陟而拜 予在
寺望見 亟遣人叱止之 此輩頑愚 幾不辨菽麥 而能自判命如此 浮屠之能誑民 擧
此可知

法堂有蒙山畫幀 其上有贊云 頭陀第一 是爲抖擻 外已遠塵 內已離垢 得道
居先 入滅於後 雪衣雞山 千秋不朽 傍印淸之之[87]篆 乃匪懈堂之三絶也 東砌

---

83) 見 : 규장각 소장 별책『유두류록』에는 삭제되었다.

84) 準 : 규장각 소장 별책『유두류록』에는 '隼'으로 되어 있다.

85) 登 : 규장각 소장 별책『유두류록』에는 '騰'으로 되어 있다.

86) 象 : 규장각 소장 별책『유두류록』에는 '像'으로 되어 있다.

下有靈溪 西砌下有玉泉 味極甘 以之[88]煮茗 則中冷惠山 想不能過 泉之西 壞寺嵩[89]然 此古靈神也 其西北斷峯有小塔 石理細膩 亦爲倭所倒 後更累之 以鐵貫其心 失數層矣

壬午 早起開戶 見蟾津潮張 久視之 乃嵐氣平鋪[90]也 食罷 幷寺之西北 憩于嶺上 望般若峯 約六十餘里 而兩足盡繭 筋力已竭 雖欲往觀 不能强也 徑由直旨而下 道益懸危 攀樹根 履石角 數十餘里 皆此類也

面東而仰視 天王峯若咫尺矣 竹梢或有實 皆爲人所採 松之大者 可百圍 櫛立嵌巖 皆平日所未見 旣下峻趾 二壑之水所合 其聲噴放 振搖林麓 澄潭百尺 遊魚溅溅 余四人掬水漱齒 沿崖曳杖而行 甚可樂也

谷口有野廟 僕人以馬先候焉 遂更衣[91]乘馬 抵實宅里 父老數輩 迎拜道左云 使君遊歷無恙 敢賀 余始喜百姓不以優遊廢事罪我也 解空 往君子寺 法宗 往妙貞寺 大虛克己百源 往遊龍遊潭 余則踰登龜岾 徑還郡齋 出遊纔五日 而頓覺胸次神觀 寥廓蕭森 雖妻孥吏胥視我 亦不似舊日矣

嗚呼 以頭流崇高雄勝 在中原之地 必先嵩岱 天子登封金泥玉牒之檢 升[92]中于上帝 不然 則當比之武夷衡岳 博雅如韓昌黎朱晦菴蔡西山 修煉如孫興公呂洞賓白玉蟾 聯裾接踵 彷徉棲息於其中矣 今獨爲庸夫逃隷竄籍學佛者之淵藪 吾輩今日 蹤得登覽一遭 僅償平素之願 而繩墨恩恩 不敢[93]訪靑鶴歷五臺 遍探幽奇焉 夫豈玆山之不遇耶 長詠[94]子美方丈三韓之句 自不覺神魂之飛越也

歲壬辰仲秋越五日書

---

87) 之 : 원문에는 한 글자 빠져 있으나, 문맥상 '之'자인 듯하다.
88) 之 : 규장각 소장 별책 『유두류록』에는 삭제되었다.
89) 嵩 : 규장각 소장 별책 『유두류록』에는 '歸'로 되어 있다.
90) 鋪 : 규장각 소장 별책 『유두류록』에는 '浦'로 되어 있다.
91) 更衣 : 규장각 소장 별책 『유두류록』에는 '服鞸帶'로 되어 있다.
92) 升 : 규장각 소장 별책 『유두류록』에는 '以升'으로 되어 있다.
93) 敢 : 규장각 소장 별책 『유두류록』에는 '能'으로 되어 있다.
94) 詠 : 규장각 소장 별책 『유두류록』에는 '咏'으로 되어 있다.

남효온(南孝溫) | 지리산일과(智異山日課)

출전 : 추강집(秋江集) 권6, 17면
일시 : 1487년 9월 27일 ~ 10월 13일
번역 : 최석기 외, 『선인들의 지리산 유람록』, 돌베개, 2000, 46~62쪽
동행 : 승려 의문·일경 등

─일정

- 9월 27일 : 진주 여사등촌(餘沙等村) → 광제암문(廣濟巖門) → 단속사
  → 조연(糟淵) → 광제암문 → 불령(佛嶺) → 백운동 → 태
  연(苔淵) → 양당(壤堂) → 시천동 → 덕산사
- 9월 28일 : 덕산사 → 용연(龍淵) → 부연(婦淵) → 금장암(金藏庵) →
  해회암(解會庵) → 석상암(石上庵) → 백왕암(百王庵) →
  도솔암(兜率庵) → 내원암(內院庵) → 회방령(檜房嶺) →
  보암(普庵)

- 9월 29일 : 보암 → 문수암 → 향적암
- 9월 30일 : 향적암 → 통천문 → 천왕봉 → 향적암
- 10월 1일 : 향적암 → 소년대 → 계족봉(雞足峰) → 빈발암(貧鉢庵)
- 10월 2일 : 빈발암 → 영신암 → 의신암 → 내당재(內堂岾) → 칠불사
- 10월 3일 : 칠불사 → 금륜암 → 청굴(靑窟) → 벌초막 움막
- 10월 4일 : 움막 → 반야봉 → 움막
- 10월 5일 : 움막 → 연령(淵嶺) → 고모당(姑母堂) → 보월암(寶月庵)
  → 당굴암(堂窟庵) → 극륜암(極倫庵) → 봉천사(奉天寺)
- 10월 6일 : 봉천사
- 10월 7일 : 봉천사 → 황둔사(黃芚寺)
- 10월 8일 : 황둔사 → 봉천사
- 10월 9일 : 봉천사 → 구례 정정촌(鼎頂村) → 화개동 → 쌍계석문
  → 쌍계사
- 10월 10일 : 쌍계사 → 불일암 → 보주암(普珠庵) → 불일암
- 10월 11일 : 불일암 → 보주암 → 불지령(佛智嶺) → 묵계동 → 오서
  연(鼯鼠淵) → 광암연(廣巖淵) → 용회연(龍廻淵) → 비문
  령(碑文嶺) → 사자암(獅子菴)
- 10월 12일 : 사자암 → 오대사 → 사자암
- 10월 13일 : 사자암 → 오대사 → 하숙부의 집 → 여사등촌

-저자 소개   추강 남효온

1454~1494. 자는 백공(伯恭), 호는 추강(秋江)·행우(杏雨), 본관은 의령
이다. 점필재 김종직의 문인으로 김굉필·정여창·김시습 등과 교유하였
으며, 생육신(生六臣)의 한 사람으로 일컬어진다.

13세 때 한양 사학(四學)의 하나인 남학(南學)에 입학하여 수학하였다. 25세 때 성종이 좋은 대책을 구할 적에 유학(幼學)으로서 단종의 어머니인 현덕왕후(顯德王后)의 복위를 포함한 여덟 가지 일을 상소하였다. 당시 현덕왕후는 폐서인(廢庶人)이 되어 죽었는데, 모두 입을 다물고 말을 하지 않자 추강이 항론한 것이다. 그러나 세조를 옹립한 임사홍(任士洪)·정창손(鄭昌孫) 등의 반대로 받아들여지지 않았다. 당시 사람들이 추강을 광생(狂生)으로 지목하였다.

이후 세상에 나아갈 뜻을 버리고 강호에 묻혀 농사를 지으며 살았다. 27세 때 모친의 명으로 진사시에 나아가 합격하였으나 현덕왕후가 복위되지 않자 문과시험에 응시하지 않았다. 때로는 무악산(毋岳山)에 올라 통곡하였고, 신영희(辛永禧)·홍유손(洪裕孫) 등과 교유하며 술과 시로써 울분을 토로하기도 하였다.

32세 때인 1485년 4월 금강산을 유람하고 「유금강산기(遊金剛山記)」를 지었으며, 9월에는 개성을 유람하고 「송도록(松都錄)」을 지었다. 34세 때 지리산을 유람하고 「유천왕봉기」와 「지리산일과」를 지었다. 36세 때 관서(關西) 상원군(祥原郡)에 있는 가수굴(佳殊窟)을 유람하고 「유가수굴기(遊佳殊窟記)」를 지었다. 38세 때는 호남지역을 유람하였다. 39세인 1492년 유랑 도중 병으로 세상을 떠나, 경기도 고양군 대장리(大壯里)에 장사지냈다. 1504년 갑자사화 때 김종직의 당파로 지목되어 부관참시되고, 아들 남세충(南世忠)도 죽임을 당하였다. 1506년 현덕왕후가 복위되자 추강도 신원되어 승정원 좌승지에 추증되었다. 1577년 외증손 유홍(兪泓)이 경상도에서 문집을 간행하였다.

저술로는 『추강집』과 『추강냉화(秋江冷話)』·『육신전(六臣傳)』·『사우명행록(師友明行錄)』 등이 있다. 그의 사상을 엿볼 수 있는 작품으로는 「심론(心論)」·「성론(性論)」·「명론(命論)」·「귀신론(鬼神論)」 등이 있다. 『추강집』에는 각지를 유랑하며 쓴 기행시가 많으며, 김시습 등과 수창한 시도 상당 수 전한다. 유람을 하고 쓴 글 가운데 「유금강산기」가 수작으로 꼽힌다.

―원문

丁未九月二十七日癸亥　發晉州餘沙等村　赴斷俗寺　洞口有廣濟巖門四大字
銘在石面　不知何人所書　入巖門里許　有斷俗寺　隷人之家　柿林竹樹　成一村落
中有大伽藍　扁其門曰　智異山斷俗寺　門前有皎然禪師碑銘　平章事李之茂撰　大
金大定十二年壬辰正月日立　寺西　有神行禪師碑銘　皇唐衛尉卿金獻貞撰　元和
八年九月日立　寺北　有鑑玄禪師通照之碑　爲人所拔　僧云　俗徒所爲也　翰林學士
金殷周撰　開寶八年甲戌七月日立

寺內東北隅　有一室　崔文昌讀書之房　寺庭　有梅花二株　前朝政堂文學姜通亭
手種　梅樹去四五年前枯死　其曾孫用休先生繼種者　余讀皎然碑銘　入與住持聖
空語　空乃一庵門人　待余厚　又出見西北二碑　入見用休所種梅　坐於樓上　仰讀用
休種梅記　空饋余飯　又飯奴從訖　辭主人下來　至糟淵裸身入浴　水石淸瀨　淵北有
泉　迸出石面　淸冷異常　余掬手飮之

還出廣濟巖門　越佛嶺　過白雲洞　洞水與德川水合爲苔淵　淵之下流　卽晉州南
江　過苔淵　從德川遷上　行十餘里　下瞰長川　曠爽快心　行盡洞口入一村　曰壤堂
家家戶戶　鉅竹成林　柿栗掩靄　柴門鷄犬　依然如武陵朱陳然　其右有矢川洞　矢川
者　晉州屬縣也　其縣吏希智異山釋敎　仕至戶長記官　則髡髮着緇　遞仕則復爲人
遂成古風　官長不能改其俗

日暮　投德山寺　寺在二水交流之墳　竹木周布　其左有水　潀而復進　白龍淵　其
右有瀑　落而爲匯　曰婦淵　其深無底　寺主道崇者　曾謁匪懈堂　有名禪林　匪懈堂
敗　遁跡林泉　見余談論　甚喜　饋余及奴從飯甚備　語及夜半　其徒洞裕義文誼化主
等皆靑眼待余　是日行四十里

甲子 與道崇泂裕等 歷見左右淵 淵傍竹樹可玩 誼化主饋余飯 飯後道崇使義
文從余嚮導 從嬬淵而上 行紅樹中 左歷金藏解會二庵 右歷石上百王兜率內院
四庵 東轉一嶺 而入叢竹中 艱難穿過 登檜房嶺而南下 入管葦田 歷盡葦田而入
枏林 路甚艱澁

山行四十里入普庵 柿竹繞屋 主僧道淳摘柿子饋余 淳者曾於無字 破義不精
自謂我外無人 掇誦經念佛 坐臥嘗露陰莖 多方設計 欲聚僧徒爲禪林宗者 與余
始談小合 更與語 妄說參差 固執回輪之科 夜半 祝我起寢 語言油油

乙丑 發普庵 望見東上院 過文殊麻田 行樹底川邊 亂石無路 往往聚石爲塔
以表山路 余尋石塔行 忽失法界庵路 又逢山雨 將宿石窟下 雨霽復行 得抵香積
庵 庵有一僧 名曰一囦 頗聰明 解禪指 曾於無字 纔破大義 一示余六祖檀經 頗
清靜可愛 是日行四十里

丙寅 與義文及囦師自香積登上峰 雲埋風磨 木無完枝 艸無靑葉 霜嚴地凍
天寒倍於山下 雲梯石竇 僅出一人 余等穿土 及登上峰 見所謂天王者 僧曰 此
釋伽母摩倻夫人爲此山神 禍福當世 將來代生彌勒佛者 其言一何邈遠而無文據
余坐堂隅石角 微雲四卷 山海可數 全羅慶尙二道 在我脚底 堂內 有禦侮將軍鄭
義門懸板記 友人金大猷等名字書在板上 夕還下香積 往返二十里

十月丁卯朔 留米一斗別一囦 發香積 登少年臺 穿綿竹度雞足 山行三十里
抵貧鉢庵 庵下有靈神庵 庵後有伽葉殿 世俗所謂有靈驗者 余詳視之 一石頑然
余從伽葉殿後攀枝仰上一山 名曰坐高臺 有上中下三層 余止上中層 心神驚悸
不得加上 臺後有一危石 高於坐高臺 余登其石 俯視臺上 亦奇玩也 義文坐臺下
恐懼不得上 是日之西面淸明 倍於曩日 西海及雞龍諸山 歷歷可辨 須臾 還下貧
鉢夕飯 時落日在庵 人實夜黑

戊辰 發貧鉢 穿靈神 行西山頂樹木中三十里 抵義神庵 庵之西面 盡爲脩竹
柿木雜生竹間 紅實透日 春廬溷室 亦在竹間 近日所見佳境無此比 殿內 有金佛
一軀 西側室 有僧像一軀 余問此何人 僧曰 此義神祖師也 到此修道 道旣半 此
山天王勸祖師移住他所 自爲鴛鵝鳥引路 師隨之 及一大岾 化爲鵬 至今名其岾

曰鵁鵝鵰云 鵰又引路 至下無住基 師曰 此地幾日成道 鵰曰 三七日 師遲之 師又至中無住基 師曰 此地幾日成道 鵰曰 一七日 師又遲之 鵰又至上無住基 不能入 曰 此地可一日成道 非女人所得入 師自入擇地 結幕精盡 改名曰無住祖師

其言甚厖 余於庵前攤飯 穿竹林中涉三大川 登內堂岾 北視鵁鵝雕岾 南下草莽中行三十里 抵七佛寺 寺本名雲上院 新羅眞平王朝 有沙飡金恭永之子名玉寶高者 荷琴入智異山雲上院 以琴修心五十餘年 作曲三十調 日日彈之

景德王於街亭 翫月賞花 忽聞琴聲 王問樂師安長一名曰聞福 請長一名曰見福者曰 此何聲 二人曰 此非人間所聞 乃玉寶仙人彈琴聲也 王齋戒七日 玉寶至王前 奏曲三十調 王大喜 使安長請長習之 傳於樂府 更於所居寺 設大伽藍 三十七國 皆宗此寺 爲願堂 有洞首坐者 稍解禪法 爲山中衲子師者爲余云云

己巳 寺有溫法主者 示余玉寶事跡 與洞首坐所言同 臨別 洞首坐求余詩 余留一絶 西上金輪庵 有田禪師者 延入饋果 又過靑窟 泝一川流而上 迷失路者二 其初行 迷已遠而復 其終 不遠復 越一大岾 到伐艸幕 伐草幕之上 有新幕一間 有衲子一人 曰雪根 來饋余葅荥鹽醬 是日余足生繭 艱難得步 行三十里

庚午 與雪根義文登般若峰 俯見峰北有昏黑月落之洞 有草幕一間 雪根所居 又其北中鳳山 卽貧鉢峰之北構也 於岡斷處 有寂照無住等庵 又其北金鳳山 有金臺庵 峰西有方丈山 山頭有萬福臺 臺東有妙峰庵 臺北有普門庵 一名黃嶺庵 峰南有姑母堂 堂南有牛飜臺 牛飜禪師道場也 峰東有仙人臺 臺東卽雙溪洞也 貧鉢峰當峰之東面 天王峰又當其東北面矣 余西下般若峰之中峰 顧瞻訖 下視牛銅水 水枯而白虫滿井 非佳玩 是日黃雲回塞 山下所望 只南原而已 日向西 義文催還草幕 往返二十里

辛未 留米五升 別雪根 食後發伐草幕 過淵嶺 登姑母堂 挾右牛飜臺而南下 過寶月堂窟極倫等庵 僧云 宋仁宗皇帝愛妃薨逝 夢告於仁宗曰 妾入高麗國智異山南花嚴寺洞地獄 願爲妾作冥福 帝愴然作極倫寺 其言無文據 未足信也 是日行三十里 抵奉天寺 寺在竹林中 樓前長川 行竹底而鳴 佳刹也 是日聞皇帝陟方之奇 住老六空 辛丑年遊山時 見於開城甘露寺者 接余樓上 舘余禪堂

壬申 滯雨留奉天 坐樓上覓近體一首 帖在樓図

癸酉 有首坐道敏者 自稱善山金氏 見我絕粮 饋米五升 聞崔忠成弼卿金鍵子
虛等在知及庵 使人寒暄 飯後下觀黃芚寺 寺古名花嚴 名僧緣起所創 寺兩傍皆
竹林 寺後有金堂 堂後有塔殿 殿最明溦 茶花鉅竹石榴柿木 環繞其傍 俯視大野
長川橫跨 其下爲熊淵

中庭有石塔 塔四隅 有四柱戴塔 又有婦人中立頂戴狀 僧曰 此緣起母爲尼者
也 其前有小塔 塔四隅 亦有四柱戴塔 亦有男子中立頂戴仰向於戴塔婦人狀 此
緣起也 緣起者 故新羅人 從其母入此山創寺 率弟子千人 精盡話道 禪林號爲祖
師 夕 弼卿子虛訪余焉 有法主雪凝 引宿其房 饋梨柿 夜半明燈 弼卿等講論小
學近思錄 凝雖佛者 曾向俞提學鐄受中庸章句者 聞余輩語 弗拂於耳 達曙談話

甲戌 黃芚非勿禪師饋余飯 弼卿子虛備酒饌 要余留奉天 空師更請余輩 余與
弼卿輩還入奉天 夜觀近思錄 時有知及悟首坐者 聞余輩性情之論 大喜曰 持心
省察之功 儒釋無異

乙亥 雪凝使其弟子賫紙 來奉天請詩 余留五字長篇爲別 又別弼卿子虛二生
弼卿以白鑿四斗爲別 余從黃芚前大路 過求禮鼎頂村 從江邊行 過熊淵遷 千山
錦繡 水聒聒穿山鳴 步行三十餘里 神氣快暢 至晋州花開洞 棄熊遷泝雙溪水西
邊上 左右人家 明如畫屏 自晋州求禮地境小堠 又步行二十餘里

自西涉東 有兩地石如門 有刻雙溪石門四大字 崔文昌侯手題者也 石門內一
二里許 有雙溪寺 余問僧曰 誰是青鶴洞 義文曰 未及石門三四里 有東邊大洞
洞內有青鶴庵 疑是古之青鶴洞也 余惟李仁老詩 杖策欲尋青鶴洞 隔林惟聽白
猿啼 樓臺縹緲三山遠 苔蘚依稀四字題 則石門內雙溪寺前 無乃是耶 雙溪寺上
佛日庵下 亦有青鶴淵 此爲青鶴洞無疑矣

寺前 有光啓三年七月日所建眞鑑禪師碑銘 乃文昌侯奉敎撰並書及篆額也 師
名慧昭 入唐遊學 還國創此寺 祝上念佛終其身 文昌譽其道泰甚 師無乃文字禪
耶 不然 文昌何推之如此耶 余讀碑畢 渡木根橋 山僧傳云 文昌手戾木根 引渡
溪流 其根漸大 因爲橋 後六百年 爲野火所燒 然猶存黑幹

寺前白菊數叢 四季一樹 余坐歇花間不忍去 寺廚接筒引流 筒端水鳴 寺後有金堂 友人餘慶澄源 讀書此房 房前有八咏樓故基 卽文昌侯所居室 今則但有鉅竹數十挺矣 夜宿禪堂 有客僧學乳 曾從餘慶 遊般若峰者 余與談禪 强要余詩 余贈一絕

丙子 泝流上將十里許 左度一峴 到佛日庵 庵乃慧昭鍊道之所 庵前有青鶴淵 孤雲甞遊其上 余要庵僧祖成往尋 路僻不得尋 又上普珠庵 乃普珠禪師舊居 庵因玆得名 有老釋饋余梨柿 還投佛日寓宿 祖成作詩一首贈余 詩韻圓熟 清曠且密 曾於詩家下功者 要余次韻 余和曰 孤雲歸不駐 青鶴返何遲 人物無今古 清寒賈島詩 余觀成才能異常 而有儒家氣象 故云 是日雨雪

丁丑 祖成和余奉天律詩韻 爲余別 余辭成過普珠庵 登佛智嶺 下黙溪洞 水石最清奇 過鼫鼠淵廣巖淵龍廻淵 度碑文嶺 抵獅子庵 庵有僧海闠戒澄迎我 闠乃余少日空門友 不見十餘年 見余靑眼 是時明月中天 鉅竹圍庵 其梢可準人長三四十矣 展談舊懷 夜深乃寢

戊寅 海闠要余强留 余留焉 食後與海闠戒澄等下觀五臺寺 寺前有前祖國子司業權迪水精社記刻在碑石 時大宋紹興八年也 水精一名如意珠 戊子年 盲僧學悅建白奪取 藏其名洛山寺塔中 讀碑訖 入坐樓上 有僧饋余柿子 移時還上獅子庵

己卯 別海闠戒澄 自丁丑至今朝 余及奴從五人 海闠皆辨給粮餉 過五臺 又過河府尹叔孚宅 宅背山臨流 場圃築前 竹林周布 仲長統所稱樂志篇 無異也 步行四十餘里 還至餘沙等村

—

남효온(南孝溫) | 유천왕봉기(遊天王峯記)

—

출전 : 추강집(秋江集) 권4, 3면
번역 : 최석기 외, 『용이 머리를 숙인 듯 꼬리를 치켜든 듯』, 보고사,
　　　 2008, 29~35쪽
일시 : 1487년 9월 27일 ~ 10월 13일
동행 : 승려 의문·일경 등

－원문

　智異山在南海濱 最秀於衆山 其中上頂 曰天王峰 峰勢北走 止爲一岳 曰中峰 南迤爲一嶂 曰氷鉢峰 又西南走 成一大川 曰般若峰 又南爲一岳 曰華嚴峰 西爲一岳 曰普門峰 成化二十三年歲在丁未九月晦日 余登天王峰 滄溟際天 列嶽可數

　山之東北則慶尙道 在尙州曰甲長 金山曰直旨 星州曰伽倻 玄風曰毗瑟 大丘曰公山 善山曰金烏 艸溪曰彌勒 宜寧曰闍崛 靈山曰靈鷲 昌原曰黃山 梁山曰元

寂 金海曰神魚 泗川曰臥龍 河東曰金鰲 南海曰錦山 錦山臥龍之間 有山遠在海表 曰巨濟

山之西南則全羅道 在興陽曰八巓 其西曰珍島 康津曰大屯 海南曰達磨 靈巖曰月出 光陽曰白雲 順天曰曹溪 光州曰無等 扶安曰邊山 井邑曰內藏 全州曰母岳 高山曰花巖 長水曰德裕

山之西北則忠淸道 在公州曰雞龍 報恩曰俗離

諸山列在山下 無名小山 無慮千萬嶂 出沒晴嵐中 環山麓而郡縣者九 曰咸陽·山陰·安陰·丹城·晉州·河東·求禮·南原·雲峯

山有柿栗柏子資果 人蔘當歸資藥 熊豕鹿獐山蔬石茸資饌 虎豹狐貍山羊靑鼠資皮 鷹資搏獵 竹資工用 木資室屋 松資棺槨 川資灌漑 橡資凶歉 盖高山大嶽雖不見其運動 而功利及物如是 比如聖人垂衣拱手 雖未見帝力之我加 而設爲裁成輔相之道以左右人也 甚矣 玆山之有似於聖人也

佔畢齋金先生 據子美方丈三韓之語 以此爲方丈山 中國人皆以玆山有不死艸 此則未可知也 豈山下人資山中所産 以生以育 曰賴玆山以活 傳訛於中國者 實謂海外方丈 眞有不死之草 貪生極慾如秦皇漢武者 聞之 航海而求之耶

余坐天王堂之石角 回眺移時 塵懷散落 神氣怡然 第念俗士身繫名韁 仰事俯育之際 登山臨水之日爲少 問諸同來釋者一咼義文親所目擊 異日還家 妻子啼飢 奴婢呼寒 百慮亂心 習氣盈懷 觀此 庶幾有今日之興云

—

김일손(金馹孫) | 두류기행록(頭流紀行錄)

—

출전 : 탁영집(濯纓集) 권5, 33면
번역 : 최석기 외, 『선인들의 지리산 유람록』, 돌베개, 2000, 63~96쪽
일시 : 1489년 4월 14일 ~ 4월 26일
동행 : 정여창(鄭汝昌), 김형종(金亨從)
특징 : 『속동문선(續東文選)』과 규장각 소장본에는 제목이 「속두류록(續
　　　頭流錄)」으로 되어 있는데, 내용은 동일하다.

일정

- 4월 14일 : 함양 남문 → 제한역(蹄閑驛) → 등구재(登龜岾) → 등구사
  (登龜寺)
- 4월 15일 : 등구사
- 4월 16일 : 등구사 → 금대암(金臺庵) → 용유담(龍游潭) → 엄천사
  (嚴川寺) → 사근역(沙斤驛)
- 4월 17일 : 사근역 → 산청 환아정(換鵝亭) → 단성(丹城)

- 4월 18일 : 단성 → 광제암문(廣濟嵒門) → 단속사(斷俗寺)

- 4월 19일 : 단속사

- 4월 20일 : 단속사 → 오대산(五臺山) 수정사(水精寺)

- 4월 21일 : 수정사 → 묵계사(黙溪寺) → 좌방사(坐方寺) → 동상원사
  (東上元寺)

- 4월 22일 : 동상원사 → 세존암(世尊巖) → 법계사(法界寺) → 천왕봉
  성모사(聖母祠)

- 4월 23일 : 성모사 → 향적사(香積寺)

- 4월 24일 : 향적사 → 영신사(靈神寺)

- 4월 25일 : 영신사 → 의신사(義神寺) → 신흥사(神興寺)

- 4월 26일 : 신흥사 → 쌍계사(雙溪寺)

- 4월 27일 : 쌍계사

- 4월 28일 : 쌍계사 → 청학동(靑鶴洞)

-저자 소개   탁영 김일손

　1464~1498. 자는 계운(季雲), 호는 탁영(濯纓), 본관은 김해이다. 1464년 1월 7일 청도군(淸道郡) 상북면(上北面) 운계리(雲溪里) 소미동(少微洞) 집에서 태어났다. 8세 때인 1471년 부친이 예문관 봉교로 부임하여, 외가 근처인 경기도 용인(龍仁) 압고리(鴨皐里)로 이사하였다.

　탁영은 1478년 성균관에 들어가 독서하였고, 17세 때인 1480년 양친을 따라 청도군 운계의 옛 집으로 돌아갔다. 이해 점필재(佔畢齋) 김종직(金宗直)이 밀양에 있다는 말을 듣고 그의 문하에 들어가 수학하였다. 이때 한훤당(寒暄堂) 김굉필(金宏弼) · 일두(一蠹) 정여창(鄭汝昌) 등과 도의(道義)의 사귐을 맺었다.

23세 때인 1486년 봄에 청도군학(淸道郡學)이 되었고, 동년 10월 문과에 장원하여 승문원 정자에 제수되었다. 이듬해 홍문관 정자로 재직하다가, 부모의 봉양을 위해 진주향교의 학관(學官)으로 내려왔다. 그러나 이듬해인 1488년 병을 핑계로 사직하고, 고향으로 돌아가 운계정사(雲溪精舍)를 짓고 와룡초부(臥龍樵夫)로 자처하였다.

26세 때인 1489년 정여창과 함께 지리산을 유람하고 「두류기행록」을 지었다. 이해 예문관 검열에 제수되어 다시 벼슬길에 나아갔다. 1490년 예문관 검열로 있으면서 김종직의 「조의제문(弔義帝文)」을 사초(史草)에 실었다. 「조의제문」은 항우(項羽)가 초나라 회왕(懷王)을 죽인 고사를 인용해 세조의 왕위 찬탈을 비난한 것으로, 뒷날 무오사화의 빌미가 된 글이다. 이해 11월 진하사(陳賀使) 서장관(書狀官)으로 중국에 가서 예부(禮部) 원외랑(員外郎)으로 있던 정유(程愈)에게 『소학집설(小學集說)』을 얻어 돌아왔다. 이 책을 왕에게 바치자, 왕이 교서관(校書館)에 명하여 간행 반포하게 하였다. 29세 때인 1492년 사가독서(賜暇讀書)하였다. 그 뒤 홍문관 교리 · 병조 정랑 등을 역임하였다.

33세 때인 1496년 단종(端宗)의 어머니인 현덕왕후(顯德王后)의 복위를 청하였다. 이해 모친의 병환으로 벼슬을 사직하고 고향으로 돌아갔는데, 3월 모친상을 당하였다. 35세 때 함양(咸陽)의 청계정사(靑溪精舍)에서 풍질(風疾)을 요양하다가, 「조의제문」을 사초에 실은 것이 화근이 되어 서울로 압송되었다. 이해 7월 27일 권오복(權五福) · 이목(李穆) 등과 함께 처형되었다. 이것이 이른바 무오사화이다.

탁영이 처형되자 3일 동안 그의 고향 운계가 붉은 핏물로 물들었다 하여, 후에 운계(雲溪)를 자계(紫溪)로 바꾸었다. 1506년(중종 1) 신원되었다. 1512년 홍문관 직제학에 추증되고, 1830년(순조 30) 이조 판서에 다시 추증되어 문민(文愍)이란 시호가 내려졌다.

탁영은 사림파가 중앙 정계로 진출하는 성종 연간에 그 중심에서 활동

하던 인물이다. 사림파의 종주였던 스승 김종직과 훈구파의 이극돈(李克
墩)은 이전부터 개인적인 감정이 나빴는데, 탁영은 사관으로 있으면서 전
라도 관찰사 이극돈의 비행을 직필하였다. 또한 이극돈과 성준(成俊)이
새로 붕당을 일으킨다고 상소하여, 이극돈의 원한을 샀다. 1498년『성종
실록』을 편찬할 때 이극돈이 탁영이「조의제문」을 사초에 실었다고 하여,
그 사실을 연산군에게 밀고하였다. 이를 계기로 무오사화가 일어나, 탁영
은 35세의 짧은 생을 마감하였다.

-원문

　士生而匏[95]瓜一方 命也 旣不能遍觀天下 以畜其有 則域中之山川 皆所當探
討者 惟其人事之喜違也 常有志而未副願者 什居八九 余[96]初求爲晉學 其意則
便養也 而句漏作令 葛稚川之心 又未嘗不在於丹砂焉 頭流在晉之境 旣到晉則
日理兩屐 頭流之烟霞猿鶴 皆余之丹砂也 二載皐比 徒重腹便之譏 則引疾于鄕
以遂徜徉之志 而足迹未嘗一及于頭流 豈非素志之未副者也 然頭流不敢忘懷也
每與曹太虛先生共卜[97]一遊 而太虛簪纓有累 余阻於道途之往來 未幾 太[98]虛
丁內艱而去天嶺矣

　天嶺上舍鄭伯勖 余之神交也 今年春 歌鹿鳴於道州 適過吾門 約觀頭流 無
何 金相國殷卿 出按嶺南 屢以手柬 期而未赴 四月十一日己亥 追其行上謁於天
嶺 問天嶺之人 則伯勖賦二鳥於京師 而還其廬已五日矣 遂得相遇 雅喜其宿願
之不愆 金相國將挽余以自隨 余辭以山行有約 相國强之而不能奪也 則資行以

---

95) 匏 :「속두류록」에는 '瓠'로 되어 있다.
96) 余 :「속두류록」에는 '子'로 되어 있다.「두류기행록」에 나오는 '余'는「속두류
　　록」에서 모두 '子'로 되어 있다.
97) 卜 :「속두류록」에는 '十'으로 되어 있다.
98) 太 :「속두류록」에는 '犬'로 되어 있다. 이후에도 '太虛'의 '太'는 '犬'로 되어 있다.

逡 仍恨簿書爲累 羸瘵已甚 未得從之遊 介介不已 新天嶺李先生箴 乃余杏壇執
經者也 資我亦厚 天嶺人林貞叔亦從 以備三人之行

十四日壬寅 遂自天嶺南郭門而出 西行可一十里 渡一溪水 抵⁹⁹⁾一逆¹⁰⁰⁾旅
名曰蹄閑 自蹄閑西南行 上下岡隴可十里 兩山對峙 一泉中注 漸入佳境矣 行數
里陟一岾 從者曰當下馬拜 余問所拜 答曰天王 余不省天王是何物 策馬而過 是
日雨下如注 嵐霧渾山 從者皆蓑笠 泥滑路澁 相失在後 信馬到登龜寺 山形穹窿
如龜 以寺登其背而名也 古砌絶峻 砌隙有幽竇 澗水自北而注其中潚潚然 其上
有東西二刹 一行皆寓於東刹 汰還從者

雨勢竟夜 終朝殊未已 遂留寺宇 各就午寢 僧忽報雨霽 頭流呈露 吾三人驚
起 刮睡眼視之 則蒼然三峯 偃蹇當戶 白雲橫斜 翠黛隱映而已 少選又雨 余戲
曰 造物其亦有心者歟 潛形山岳 似有所猜¹⁰¹⁾ 伯勗曰 安知山靈久關騷客爲計
耶 是夜復晴 皓月流光 蒼顏全露 稜稜壑谷 若有仙人羽客來舞翩翩也 伯勗曰
人心夜氣 於此都無査滓矣 余之小蒼頭 頗調膋篴令吹之 亦足以傳空山之響 三
人相對 夜分方寢

遲明 吾與伯勗 着芒屬策扶老 步下登龜一里許 有瀑布可觀 行十里許 穿一
孤村 村多柿樹 崎嶇經丘 緣山腰右轉而西北行 巖下有泉 掬而飲之 仍盥手 出
一步到金臺菴 一僧出汲 余與伯勗 率爾而入 庭中有牧丹數本半謝花甚紅 百結
衲子卄餘 方荷袈裟 梵唄相逐 回旋甚疾 余問之 云 精進道場也 伯勗頗解之曰
其法精而無雜 進而不退 晝夜不息 以爲作佛之功 稍有昏惰 其徒中捷者一人 以
木長板 拍而警之 使不得惱睡 余曰 爲佛亦勞矣 學者於作聖¹⁰²⁾之功 做得如此
則豈無所就乎

菴有六環錫杖 甚古物也 日亭午 由舊路而返 下瞰石澗 暴漲如湖 遙指上無

---

99) 抵 : 「속두류록」에는 '放'으로 되어 있다.
100) 逆 : 「속두류록」에는 '迓'로 되어 있다.
101) 猜 : 「속두류록」에는 '猪'로 되어 있다.
102) 聖 : 「속두류록」에는 '理'로 되어 있다.

柱[103]君子寺 欲往而不可渡矣 山路將下甚側 足不停地 遂以杖拄[104]前滑瀡而下 鞍馬已候於山下 騎行纔移一步 吾所乘獨蹇一足 如下舂然 顧謂伯勗曰 蹇驢風味 詩家固不免矣

沿澗北崖 東行至龍游潭 潭南北 幽賁奇絶 塵凡如隔千里 貞叔先待於潭石上 具饌以待 點罷遂行 時適新晴 水囊兩崖 潭之奇狀 不可得而窺矣 貞叔云 此佔畢公爲郡時禱雨齋宿處也 潭石鱗鱗 如田之畇畇 多宛然[105]之迹 又有石如瓮如金鼎類者 不可勝紀 民以爲龍之器皿也 殊不知山澗湍急 水石流轉 相磨之久 而至於成形 甚矣 細民之不料事而好誕說也

由潭而東 路極陰阨 下臨千尺 竦然如墜 人馬脅息而過者幾三十里 隔岸望頭流之東麓 蒼藤古木之間 指點先涅古涅等方丈 不知其幾也 一葦如隔弱水 雖欲跂一步以登而不可得矣 路漸低而山漸夷 水漸安流 有山自北而斗起爲三峯 其下居民僅十數屋 名曰炭村 前臨大川 伯勗曰 此可居也 余曰 文筆峯前 尤可卜也 前行五六里 篁竹林中 有古寺曰嚴川 土壤平廣 可以廬其居也 由寺而東一里 峙[106]壁千尋 人鑿斜逕於壁間而行一里許

踰一小峴北行 出貞叔田園之下 貞叔邀請不已 日已暮 又恐雨益甚水益漲 辭曰 王子猷 到門而返 不見安道 況今與貞叔共數日之遊 不必更入門矣 貞叔謝以足疾 未得卒陪杖屨[107]云 與之別 曛黑投沙斤驛 兩股疼痛 更不可步

翌日 盡還天嶺來隨人 騎馬行一里許 並大川而南 皆嚴川之下流 西望蒼山纍纍然抑抑然 皆頭流之支峯也 午投山陰縣 登換鵝亭覽題記 北臨淸江 有逝者悠悠之懷 少欸[108]枕而覺 噫 擇而處仁里 知也 樓而避惡水[109] 明也 縣號爲山

---

103) 柱 :「속두류록」에는 '住'로 되어 있다.
104) 拄 :「속두류록」에는 '柱'로 되어 있다.
105) 然 :「속두류록」에는 '延'으로 되어 있다.
106) 峙 :「속두류록」에는 '赤'으로 되어 있다.
107) 屨 :「속두류록」에는 '履'로 되어 있다.
108) 欸 :「속두류록」에는 '欹'로 되어 있다.
109) 水 :「속두류록」에는 '木'으로 되어 있다.

陰而亭扁以換鵝 其有慕於會稽之山水者乎 吾輩安得於此永繼東晉之風流乎

由山陰而南及丹城 所歷溪山 淸秀明麗 皆頭流之緒餘也 新安驛十里 舟渡津而步 投館丹城 余喚丹丘城而仙之 丹之守崔慶甫 資途加厚 花砌上有烏竹百竿 擇其可杖[110]者 根斬二竿 分與伯勗

自丹城西行十五里 歷盡阻折 得寬原 一淸泠注其原之西 緣崖而北三四里 有谷口 入谷[111]有削巖面 刻廣濟嵒門四字 字畫硬古 世傳崔孤雲手迹也 行五里許 見其竹籬茅屋 烟火桑柘 渡一溪進一里 柿樹環匝而山之木 皆栗也

有藏經板閣 歸然繚以周垣 垣之西上百步樹林間有寺 扁曰智異山斷俗寺 有碑立門前 乃高麗平章李之茂所撰大鑑師銘 完顏大定年間建也 入門有古佛殿 磬昕甚樸 壁畫二晃旒 居僧云 新羅臣柳純者 辭祿舍身 創此寺 因名斷俗 圖其主之像 有板記在焉 余卑之不省 循廊而轉 行長屋下 進五十步 有樓制甚傑古 梁[112]柱橈腐 猶可登眺憑檻 臨前庭有梅數條 相傳政堂梅 乃姜文景公之祖通亭公 少讀書於此 手植一梅 後登第 官至政堂文學 遂得名 其子孫世封植之云

出北門 驀過一澗 榛荒間有碑 乃新羅兵部令金獻貞所撰僧神行銘 李唐元和八年建也 石理麤惡 其高不及大鑑碑數尺 文字不可讀 北垣之內有精舍 住持所燕居也 繞舍多山茶樹 舍之東有弊宇 世傳致遠堂 堂之下有新構一架極高 其下可建五丈旗 寺僧以此欲安織成千佛之像也 寺屋之廢 而僧不居處者 多數百架 東廊有石佛五百軀 逐軀各異其形 怪不可狀

還就住持之舍 披寺之故 有白楮紙連三幅 搗鍊精勁 如今之咨文紙 其一署國王王楷 卽仁宗諱也 其二署高麗國王王晛 卽毅宗諱也 乃正至起居於大鑑師狀也 其三書大德而一書皇統 大德則蒙古成宗之年也 考其時不合 不可詳 皇統則金太宗年也 仁毅父子 旣棄夷狄之正朔 又致勤於禪佛如是 而仁宗困於李資謙 毅宗未免巨濟之厄 佞佛之無益於人國家 如此夫

---

110) 杖：「속두류록」에는 '柱'로 되어 있다.
111) 谷：「속두류록」에는 '口'로 되어 있다.
112) 梁：「속두류록」에는 '樑'으로 되어 있다.

又有蠹餘靑綾書 字體類右軍 勢如驚鴻 不可得以附翼 奇矣哉 有黃絹書者
紫羅書者 其字畫下於靑綾書 而皆斷簡 其文亦不可詳矣 又有六部合署 朱敕[113]
一通 如今之告身 而亦逸其半 然亦好古者之所欲觀也 伯勗足繭 憚於登陟 遂留
一日 有釋該上人者可語 薄暮 晉牧慶公太素 遣兩伶 各執其業 以娛山行 又遣
貢生金仲敦 以奉筆硯

黎明 細雨絲絲 蒻笠以行 伶執笙笛先路 而釋該爲鄕導出洞 回望則水抱山圍
宅幽而勢阻 眞隱者之所盤旋也 惜其爲緇流之場 而不與高士爲地也 西行十里
涉一巨川 乃薩川之下流也 由川而南 斜轉而西 約行二十里 皆頭流之麓也 野闊
山低 淸川白石 皆可樂也 折而東向 行澗谷 澗[114]水淸 石斷斷然 又折而北行
九涉一澗 又東折而行 渡一板橋 樹木蓊鬱 仰不見天 路漸高 行六七里 有二鴨
脚樹對立 大百圍高矗天 入門有古碣石 額曰五臺山水陸精社記 讀之殊覺好文
卒業則乃高麗權學士適 趙宋紹興年中撰也 寺有樓觀甚偉 間架甚多 幡幢交羅
有古佛 僧言高麗仁宗所鑄 仁宗所御鐵如意 亦在云 日暮雨濕 遂止宿

詰朝 寺僧以芒鞋爲贈 出洞而北 右山左水 道甚懸危 行樹林[115]中十里許 洞
口稍開豁 有膴原可以耕而食 又十里有居民 揉木爲業 鍛鐵爲生 余日 花開爲春
葉落爲秋 有是夫 從僧曰 地僻而里正無忌憚 民苦於賦煩役重 久矣 出五里抵黙
契寺 寺在頭流 最名勝利 而及寓目 殊不愜前聞 但寺宇明媚 以間金奇錦 靑紅
雜製 以爲佛袈裟 居僧廿餘 黙然[116]精進 如金臺而已

小憩 舍馬扶筇 披苦竹林 迷失道 間關抵坐方寺 居僧只三四 寺前栗樹 皆爲
斧斤斫倒 問僧胡然 僧曰 民有欲田之者 禁亦不能 余歎曰 太山長谷 耕墾亦及
國家民旣庶矣 當思所以富而敎之也 少坐 呼笙笛吹破湮鬱 有鶉衣一衲 班舞於
庭 蹲蹲然其氣象可掬 遂與之俱登前峴 有木橫道 坐其上 前後臨大壑 晚色蒼然

---

113) 敕 : 「속두류록」에는 '勑'으로 되어 있다.

114) 澗 : 「속두류록」에는 '間'으로 되어 있다.

115) 林 : 「속두류록」에는 '陰'으로 되어 있다.

116) 然 : 「속두류록」에는 '言'으로 되어 있다.

笙聲和笛 寥亮淸澈 山鳴谷應 神魂覺爽矣 興盡乃下 坐溪邊盤石濯足 是日猶陰 遂宿東上元寺 夜半夢覺 星月皎潔 杜宇亂啼 魂淸無寐 吾庶兄金亨從喜報曰 明日天王峯 可快意登覽也 早戒行李

遲明 偪屨着[117]綦 致其鞏固 行林薄中 路甚梗 榃翳沒身 其下皆苦竹 笋芽出地而茁 亂蹴而行 蛇虺當道 木之自仆者 相着[118]於前 皆楩楠豫章之材也 或傴僂出其下 或蹩躠行其上 仍思其不遇於匠石 不見備於棟梁之用 而枯死空山 爲造物可惜 然亦終其天年者歟 余健步先待於一澗石 伯勗力㦗 腰繫一索 使一僧挽而前 余迎謂曰 僧從何處拘罪人來 伯勗笑曰 不過山靈拿逋客耳 蓋伯勗曾遊此山 故戲答云耳 到此渴甚 從者皆掬水和糜飮之

更無蹊逕 只千丈巖溜 聚成一澗 從山上而注 如銀潢自天倒瀉 澗中巨谷[119]纍纍 相疊爲梁 苔痕滑潤 履之易踣 童行往來者 累小石其上 以識其路 樹陰參天 光景不漏 如此泝澗 五步一息 十步一息 矻矻用力 澗盡稍北 復披苦竹中 山皆石也 攀緣磴葛 轉轉以上 喘喘十餘里 陟一崔嵬 躑躅花爛開 喜其別造化 折簪一花 分命從者皆揷而行 遇一巘崿 號世尊巖 巖極峻拔 有梯可上 上而望天王峰 可數十里 喜謂從者努力更進一步 自此路稍低 行五里許 到法界寺 只留一僧 木葉田田纔長 山花豔豔[120]方開 卽候暮春也

小憩卽上 有石如船 或如門 由之以行 盤回曲折 嵌㟏谽谺 捫石角攬木根 纔及峯頭 而大霧四塞 咫尺不辨 香積僧將錡子來 得一寬地面 巖溜淙淙 滴成泉水 不敢更上 卽命淅米而炊 滿山更無他材 有木如杉檜 僧云杫木也 薪而爨 失飯味 試之果然 古人知勞薪之所炊者 因可推也 人傳頭流多柿栗海松 秋風實落 塡滿蹊谷 居僧取而充飢者 妄也 他草木尙不遂其生 况於果實乎 每歲官督海松 民常轉貿於産鄕以充貢云 凡事耳聞 不如眼見者類此

117) 着 : 「속두류록」에는 '著'로 되어 있다.
118) 着 : 「속두류록」에는 '錯'으로 되어 있다.
119) 谷 : 「속두류록」에는 '石'으로 되어 있다.
120) 豔豔 : 「속두류록」에는 '艶艶'으로 되어 있다.

薄暮 上峰頂 頂上有石壘 僅容一間板屋 屋下有石婦人像 所謂天王也 紙錢
亂掛屋樑 有嵩善金宗直季昷高陽俞好仁克已夏山曹偉太虛 成化壬辰中秋日同
登 若干字 歷觀曾遊人姓名 多當世之傑也 遂宿祠宇 襲重綿加煖衾以自溫 從者
燎火祠前以禦寒 夜半 天地開霽 大野洪尨 白雲宿於山谷 如滄海潮上 多少浦口
白浪驅雪 而山之露者 如島嶼點點然也 倚壘俯仰 慄然神心俱凜 身在鴻濛太初
之上 而襟懷與天地同流矣

辛亥 黎明 觀日出暘谷 晴空磨銅徘徊 四望萬里 極目大地 群山 皆爲蟻封蚯
垤 描寫則可會昌黎南山之作 而心眼則直符宣尼東山之登矣 多少興懷 下瞰塵
寰 感慨繫[121]之矣 山之東南 古新羅之區也 山之西北 古百濟之地也 紛紛蚊蚋
起滅於瓮盎 從頭屈指 幾多豪傑 埋骨於此哉 吾輩今日登覽無恙者 亦豈非 上之
賜也 茫茫藹藹[122] 太平烟火中 又念有悲歡憂喜 吹萬不齊者 遂語伯勖曰 安得
與君邀偓佺之輩 凌鴻鵠之飛 身游八紘之外 眼窮一元之數 以觀夫氣盡之時耶
伯勖笑曰 不可得矣 仍命僕夫 具貳[123]篚洞酌 將報事於祠下 其文曰

昔先王制上下之分 五岳四瀆 唯天子得以祭之 諸侯只祭封內之山川 公卿大
夫各有所當祀也 降及後世 名山大川 至於祠廟 凡文人行子之出其下者 必以行
具而奠 有告焉有祈焉者 皆是也 維頭流 邈在海邦 磅礴數百里 作鎮湖嶺二南之
界 環其下數十州 必有巨靈高神 興雲雨儲精英 以福于民無窮已也 某與進士鄭
汝昌 守道疾邪 平生不讀非聖之書 行過淫祠 必巇之毁之而後止也 今年夏 作意
遊山 行及玆山之麓 霧雨冥濛 懼不克縱觀玆山之異也 昨者 雲陰解駁 日月光霽
精心黙禱 衡山之靈 未必不厚於韓愈氏也 問諸居民 以神爲摩耶夫人者誣 而佔
畢金公 吾東方之博通宏儒 徵諸李承休之帝王韻記 以神爲麗祖之妃威肅王后者
信也 提甲烈祖 以一三韓 免東人於紛爭之苦 立祠巨岳而永享于民 順也 吾年弱
冠 失所怙 老母在堂 西山之暉漸迫 愛日之懇 未嘗弛於跬步之頃也 周文九齡

---

121) 繫 : 「속두류록」에는 '系'로 되어 있다.
122) 藹藹 : 「속두류록」에는 '靄靄'로 되어 있다.
123) 貳 : 「속두류록」에는 '二'로 되어 있다.

郭琮祈年 書籍有驗 敢爲山行告焉 而敢爲老母祈焉 白飯一盂 明水一爵 貴其潔
且敬也 尙饗

文旣成且酹 伯勗曰 世方以爲摩耶夫人 而子明其威肅王后 恐未免世人之疑
不如已之 余曰 且除威肅摩耶 而山靈可酹 伯勗曰 曾謂泰[124]山不如林放乎 且
國家行香 不於山靈 而每於聖母或迦葉 子將奈何 余曰 然則頭流之靈 不享矣
棄山鎭而瀆淫祀 是則秩宗者之過也 遂止

半[125]日 但仰見雲氣之麗于天 不知其爲半空物也 到此則眼底平鋪而已 平鋪
處 必畫陰也 日晡時 嵐氣四合 遂下由石門 投香積寺 寺僧相賀云 老物住此久
今年多少僧俗 欲觀上峯者 輒爲風雨雲陰所蔽 無一得見[126]頭流之全體 昨晚陰
雨有徵 措大一登 便光霽 是亦異也 余頷之 寺前有巖斗絶 名金剛臺 登眺則眼
前奇峯無數 白雲常繞之 自法界至上峰至香積 皆轉繞層崖而行 崖面皆石蕈 山
皆疊石 落葉眯於石眼 而草木之根 因着而生 枝條短折 皆東南靡拳曲蒙茸 不能
舒展枝葉 上峰尤甚

杜鵑花始開一花兩花 而未折之蘗滿枝 正是二月初也 僧云 山上花葉 五月始
盛 六月始彫 余問伯勗 峰高近天 宜先得陽氣而反後 何也 伯勗曰 大地距天八
萬里 而吾行數日而到上峰 峰之高距地不滿百里 則其距天不知其幾也 不可言
先陽 特孤高先受風耳 余曰 凡物之生 其忌高哉 然高不免風雨之萃 卑且遭斧斤
之厄 將何擇而可乎

香積傍 有大木數百章積焉 問僧何爲 僧曰 老子行乞於湖南諸州 漕致蟾津
寸寸而輸 欲新此寺 已六年矣 余曰 吾儒之於學宮 其未[127]矣 釋氏之敎 覃自西
域 愚夫愚婦 奉之軼於文宣王 民之耽邪 不如信正之篤矣

寺可以望海 余謂僧曰 天壤之間 水多而土小 吾靑邱[128] 山多於地 而國家生

124) 泰 : 「속두류록」에는 '太'로 되어 있다.

125) 半 : 「속두류록」에는 '平'으로 되어 있다.

126) 得見 : 「속두류록」에는 '見得'으로 되어 있다.

127) 未 : 「속두류록」에는 '末'로 되어 있다.

齒日繁129) 無所容 汝善慈悲 盍爲衆生 根尋頭流之所從來 自長白山 平鋤以塡
南海 作原隰萬里 以奠民居爲福田 不猶愈於精衛乎 僧曰 不敢當 余又曰 高岸
爲谷 滄海爲桑田 雲山石室 修鍊金丹 舍爾涅槃之道 學彼長生之術 待頭流爲谷
南海爲桑田 然後共保耆壽 何如 僧曰 願結因緣 遂拍手大噱

十四日壬子 宿靈神 前有唱佛臺 後有坐高臺 突起千仞 登而目可及遠 東有
靈溪 注於剖竹之中 西有玉淸水 僧云鷹所飮也 北有石迦葉像 堂中有畫迦葉圖
贊 匪懈堂三絶也 烟煤雨淋 惜其奇寶之見棄於空山 欲取之 伯勗曰 私於一家
曷若公於名山 以備具眼者之遊賞也 遂不取 百姓施財 邀福於迦葉與天王等 夜
宿法堂 昏霧顚風 敲戶排窓 氣襲人甚惡 不可得以130)久留也

五日癸丑 並山脊而西 脊以北 咸陽之地也 而以南 晉陽之地也 一帶樵徑 中
分咸晉 彷徨眺望久之 復行樹陰中 然皆土山 有路可尋 捕鷹者多成蹊徑 不如上
元法界路之甚也 自山頂猝下 午投義神寺 寺在平地 寺壁有金彦辛金楣題名 居
僧三十餘 亦精進 竹林柿園 種菜爲食 始覺人間世矣 然回首靑山已抱 辭烟霞謝
猿鶴之懷矣 寮主法海 可僧也 小憩遂行 厭於登高 乃沿澗水 踏白石而下 洞府
淸邃可樂 或拄杖觀游魚

及到神興寺 寺前澄潭盤石 可以永夕 寺臨澗而構 最勝於諸刹 遊人足以忘歸
矣 昏投寺中 云 此作法道場 鍾鼓喧聒 人物鬧擾 茫然若有所失 是日約行四十
餘里 山路險阨 寺僧皆以爲健步健步云 余平日 見郵童走卒 行及奔馬 自以爲事
之甚難 比山行初若重步 爲日多而兩脚漸覺軒擧 始知凡事在乎習成耳

余每拄雙筇而行 二十六日甲寅 始舍筇騎馬 有雲中興‧了長老二僧 相送出
洞 至一略彴 了長老云 近世有退隱師者住神興 一日語其徒曰 有客至 當淨掃除
以候 俄而有一人騎白駒 結藤蘿爲靫鞚 疾行而來 履獨木如平地 衆皆駭之 至寺
迎入一室 淸夜共話 不可聽記 明朝 辭去 有姜家蒼頭者 學書於寺 疑其異客 執

128) 邱 :「속두류록」에는 '丘'로 되어 있다.
129) 繁 :「속두류록」에는 '煩'으로 되어 있다.
130) 以 :「속두류록」에는 '而'로 되어 있다.

鞋以奉之 其人以鞭揮去 袖落一卷文字 蒼頭急取之 其人曰 誤被塵隷攬取 珍重
愼藏 勿以示世 言訖急行 復由略彴而逝 姜蒼頭者 今白頭猶居晉陽之境 人有知
者 求觀不與 蓋其人 崔孤雲不死在靑鶴洞云

其說雖無稽而亦可記也 余與伯勗 試渡其橋 纔進數步 而惝怳欲墮 返而厲揭
於澗之下流以渡 行出谷口 山多蒼篔 水橫洞下流131) 漸見村落 西山之麓有古
壘 云古花開也 行五里 亂澗水 水石齒齒 東行一里 雙溪合流 兩石對立 刻雙磎
石門四字 視廣濟喦門字 加大如斗 而字體不相類 如兒童習字者之爲

由石門一里 有龜龍古碑 篆其額曰 雙磎寺故眞鑑禪師碑九字 傍書前西國都
巡官承務郞侍御史內供奉賜紫金魚袋臣崔致遠奉敎撰 乃光啓三年建 光啓 唐僖
宗年也 甲子至今六百餘年 亦古矣 人物存亡132) 大運興廢 相尋於無窮 而此頑
然者 獨立不朽 可發一歎 所見碑碣 多矣 斷俗神行之碑 在於元和 則先於光啓
矣 五臺水精之記 撰於權適 則亦一世之文士也 而獨於此 興懷不已者 豈孤雲手
澤尙存 而孤雲所以徜徉山水間者 其襟懷有契於百世之後歟

使某生於孤雲之時 當執杖屨而從 不使孤雲踽踽與學佛者爲徒 使孤雲生於今
日 亦必居可爲之地 摛華國之文 賁飾太平 某亦得以奉筆硯於門下矣 摩挲苔蘚
多少感慨 第讀其詞偶儷 而好爲禪佛作文 何也133) 豈學於晚唐 而未變其習耶
將仙逸隱淪 玩世之衰 而與時俯仰134) 托於禪佛 以自韜晦耶 不可知也

碑北數十步 有百圍老槐 根跨溪135)水 亦孤雲手植 寺僧燒園 誤延槐腹 虎倒
龍顚之餘 幹之腐而存者 丈餘 居僧猶履根上往來 呼爲金橋 噫 植物亦有生氣
則不能如石之壽也 寺北有孤雲所登八詠樓遺址 居僧義空 欲鳩財136)而起樓云
方與義空少坐 忽有剝啄聲 問之 云 官捕銀鯽 水漲不可施罟 當取川椒皮葉毒魚

---

131) 流 :「속두류록」에는 '淥'으로 되어 있다.
132) 亡 :「속두류록」에는 '日'로 되어 있다.
133) 也 :「속두류록」에는 '耶'로 되어 있다.
134) 仰 :「속두류록」에는 '昻'으로 되어 있다.
135) 溪 :「속두류록」에는 '蹊'로 되어 있다.
136) 財 :「속두류록」에는 '材'로 되어 있다.

趣寺僧取給 僧曰 資殺生之物 奈何 余亦聱蹙久之 五臺之民 旣不免里正之暴
雙磎僧 又將供毒魚之物 山林亦不安矣

翌日乙卯 因雨輟行

二十八日丙辰 緣雙磎之東 復扶筇 攀石磴 側危棧 行數里 得一洞府 稍寬平
可耕 世以此爲靑鶴洞云者也 仍思 吾輩得以至此 則李眉叟何以不能到歟 豈眉
叟到此 而謾不省記歟 抑果無靑鶴洞者 而世傳相仍歟 前行數十步 臨絕壑 閣過
棧道 得一菴 曰佛日 構在絕壁上 前臨無地 四山奇峭 爽塏[137]無比 東西有香爐
峰 左右相對 下有龍湫鶴淵 深不可測 菴僧云 每歲季夏 有靑身赤頂長脛之禽
集香爐峰松樹 飛而下 飮於湫 卽去 居僧屢[138]度見之 是靑鶴云也 安得羅而致
之 置一琴爲伴耶 菴之東 有飛泉濺雪 下落千丈 入鶴湫 此儘佳境

自登龜至此 前後十六日 所歷千巖競秀 萬壑爭流 可喜可愕者 不可一二數
而可人意者 佛日一菴耳 又聞鶴語 疑眉叟所覓者 在此 然壑谷峻絕 非猿狖則不
可行 妻孥牛犢 無所容矣 巖川斷俗 皆爲緇場 而靑鶴洞 終不可得 奈何

伯勗曰 松與竹 兩美也 而不若此君 風與月 雙淸也 而不若天心對影之爲奇
山與水 俱仁智所樂也 而不若水哉水哉 遲明 將與子行 出岳陽城 而觀瀾於大湖
也 余曰諾

137) 塏：「속두류록」에는 '𡐨'로 되어 있다.
138) 屢：「속두류록」에는 '度'로 되어 있다.

제2부

16세기 작품

조식(曺植) │ 유두류록(遊頭流錄)

출전 : 남명집(南冥集) 권2, 24면
번역 : 최석기 외,『선인들의 지리산 유람록』, 돌베개, 2000, 97~124쪽
일시 : 1558년 4월 10일 ~ 4월 26일
동행 : 김홍(金泓), 이공량(李公亮), 이희안(李希顔), 이정(李楨), 조환(曺
桓), 원우석(元右釋), 이백(李栢), 김경(金涇), 김사성(金思誠), 백유
량(白惟良) 등

-일정

- 4월 11일 : 삼가(三嘉) 계부당(鷄伏堂) → 진주(晉州) 금산(錦山)에 있
  던 이공량(李公亮)의 집
- 4월 12일 : 이공량의 집
- 4월 13일 : 이공량의 집
- 4월 14일 : 이공량의 집 → 사천(泗川) 이정(李楨)의 집
- 4월 15일 : 이정의 집 → 장암(場巖) 쾌재정(快哉亭) → 사천만(泗川灣)

→ 곤양(昆陽) → 하동포구(河東浦口)

- 4월 16일 : 하동(河東) → 악양(岳陽) → 삽암(鍤巖) → 도탄(陶灘) → 정여창(鄭汝昌) 구거지(舊居地) → 화개(花開) → 쌍계석문(雙磎石門) → 쌍계사(雙溪寺)
- 4월 17일 : 쌍계사
- 4월 18일 : 쌍계사
- 4월 19일 : 쌍계사 → 불일암(佛日庵) → 지장암(地藏庵) → 쌍계사
- 4월 20일 : 쌍계사 → 신응사(神凝寺)
- 4월 21일 : 신응사
- 4월 22일 : 신응사
- 4월 23일 : 신응사 → 쌍계사 앞 → 화개 → 악양현 현창(縣倉)
- 4월 24일 : 악양현 → 삼가식현(三呵息峴) → 횡포역(橫浦驛) → 두리현(頭理峴) → 정수역(旌樹驛)
- 4월 25일 : 정수역 → 칠송정(七松亭) → 다회탄(多會灘) → 뇌룡사(雷龍舍)

-저자 소개   남명 조식

1501~1572. 자는 건중(楗仲), 호는 남명(南冥)·산해(山海)·방장산인(方丈山人) 등이며, 본관은 창녕(昌寧)이다. 부친은 문과에 급제하여 승문원 판교를 지낸 조언형(曺彦亨)이며, 모친은 인천 이씨로 충순위를 지낸 이국(李菊)의 딸이다. 1501년 6월 26일 경상도 삼가현 토동(兎洞) 외가에서 태어났다. 부친이 벼슬길에 나감으로써 5~6세경에 서울로 올라가 26세 때까지 살았다.

남명은 젊은 시절 부지런히 독서하여 경전·역사서·제자백가 등을 두

루 섭렵했을 뿐만 아니라, 천문·지리·의학 등에도 뜻을 두고 이치를 궁구하였다. 또한 기이하고 고아한 문장을 짓는 데 힘썼는데, 특히『춘추좌씨전』과 당나라 때 고문운동을 일으킨 유종원(柳宗元)의 글을 탐독하였다. 21세 때 문과 시험에 실패한 뒤로, 자신의 문장에 대해 반성하며 독서하던 중『성리대전(性理大全)』을 읽다가 원유(元儒) 허형(許衡)의 말에 크게 깨닫고 학문의 대전환을 이룬다.

남명은 26세 때 부친이 세상을 떠나자 고향에 장사지낸 뒤 삼년상을 치렀다. 그리고 의령 자굴산(闍堀山) 산사에서 독서하다가, 30세 때 처가가 있는 김해로 옮겨 성리학에 침잠하였다. 이때 신계성(申季誠)·김대유(金大有)·이희안(李希顔) 등과 교유하며 학문을 토론하였다. 45세 때 어머니가 세상을 떠난 후 삼가 토동으로 돌아와 계부당(鷄伏堂)과 뇌룡정(雷龍亭)을 짓고 제자들을 가르쳤다. 이 시기에 남명은 어지러운 세상에 나아가지 않고 도덕을 더욱 함양하여 세도(世道)를 부지하려고 하였다. 남명은 초야에 묻혀 지냈지만, 항상 우국애민하는 마음으로 현실을 등지지 않고 경세적인 생각을 가지고 있었다.

55세 때인 1555년 남명은 단성현감(丹城縣監)에 제수되었는데, 상소문을 올리고 나아가지 않았다. 이 상소문에서 당시의 나라 사정을 벌레가 백 년 동안 갉아먹어 곧 쓰러질 지경에 이른 나무에 비유하여, 국정의 폐단을 조목조목 열거하였다. 남명은 이 상소문에서 명종(明宗)을 고아(孤兒)로, 문정왕후를 과부(寡婦)로 표현하여 조정에 파문을 일으켰다.

남명은 61세 때 천왕봉이 바라보이는 덕산(德山)으로 이사하여 산천재(山天齋)를 짓고 더욱 깊숙이 은거하였다. 산천(山天)이란『주역』대축괘(大畜卦)의 뜻을 취한 것으로, '강건하고 독실하게 수양하여 날마다 그 덕을 새롭게 한다'는 의미를 갖는다. 남명은 만년에 자신을 수양하는 척도로 경(敬)·의(義)를 내세웠다. 산천재 양쪽 벽에 이 두 자를 크게 써 붙여 놓았으며, 칼에 '안을 밝히는 것은 경(敬)'·'밖을 결단하는 것은 의(義)'라고 새겨 학문의 양대 지표로 삼았다. 당시의 학문이 이기(理氣)·사칠(四七) 등 성리학의 형이상학적 명제를 탐구하는 쪽으로 경도된 것을 개탄하며 실천적 수양을 강조하였다.

66세 때인 1566년 초야의 어진 이를 부르는 소명(召命)이 있어, 상경하여 임금을 배알하였다. 이때 상서원 판관에 임명되었으나, 사양하고 돌아왔다. 1568년 선조(宣祖)가 즉위하여 다시 남명을 불렀으나 사양하였는데, 이때 올린 상소문이 그 유명한 「무진봉사」이다. 남명은 이 상소문에서 명선(明善)과 성신(誠身)을 통해 국가를 다스리는 대체(大體)를 세워달라고 선조에게 간곡히 부탁하였다.

남명은 72세 때인 1572년 음력 2월 8일 지금의 산청군 시천면에 있는 산천재에서 일생을 마감하였다. 부음이 전해지자, 조정에서는 사간원 대사간에 추증하였다. 1615년 의정부 영의정에 추증되었고, 문정(文貞)이란 시호가 내려졌다. 저술로 『남명집』이 있다.

남명은 훈구파와 사림파가 대립하여 여러 차례 사화가 발생한 16세기 전반기를 살면서 출처(出處)의 대절(大節)을 보인 인물이다. 또한 성리학이 한창 꽃피던 시절에 형이상학적 명제의 탐구로 흐르는 학풍을 걱정하여 철저하게 실천적인 학풍을 내세웠다. 그래서 남명의 학문은 성리설을 이론적으로 전개하는 것을 지양하고, 심성수양의 수양론 위주로 학문의 방향을 잡았다.

─원문

嘉靖戊午孟夏 金晉州[139]泓泓之 李秀才公亮寅叔 李高靈希顔愚翁 李淸州楨剛而泊余 同遊頭流山 山中貴齒而不尙爵 擧酌序坐以齒 或時不然

---

[139] 州 : 병오본에는 '牧'으로 되어 있고, 기유본 이후로는 '州'로 되어 있다.

初十日 愚翁自草溪來我雷龍舍 同宿

○ 十一日 飯我鷄伏堂 登道 舍弟桓隨[140]之 元生右釋 曾爲釋化俗[141] 爲其
慧悟而善謳[142] 召與之行 出門甫數十步 有小兒前控曰 追逮奴來也 只在此路
下 未捕 愚翁遽揮丘史四五人 左右匣之 俄而縛致馬頭 果[143]八箇男女

遂策馬去 共[144]嘆曰 偶然下手 有怨有德 斯何造物所使耶[145] 吾復竊嘆[146]
曰 愚翁袖手五十年 拳如醬末子 縱未能收地於河湟千萬里 猶得指揮方略於呼
吸之間 可謂眞大手矣 相[147]與折倒而去[148] 向夕投[149]晉州 曾[150]約泓之乘舟
泗川 遡瞻津入雙磯計[151]也 忽遇李從事俊民於馬峴 由湖南來觀其親 其親則寅
叔也 更聞泓之啣差去 旋投寅叔第 寅叔則[152]吾姊[153]夫也

○ 十二日 大雨 泓之致書留之 益[154]以廚傳

○ 十三日 泓之來造 殺牛張樂 愚翁·泓之·俊民 共爭的[155]劇飮而罷

○ 十四日 與寅叔共宿剛而第 剛而爲具剪刀糆[156]·醴酪齋[157]·河魚膾·白

---

140) 隨 : 경술본 이후로는 '從'으로 되어 있다.

141) 化俗 : 경술본 이후로는 삭제되었다.

142) 善謳 : 경술본 이후로는 삭제되었다.

143) 果 : 경술본 이후로는 삭제되었다.

144) 遂策馬去共 : 경술본 이후로는 삭제되었다.

145) 斯何造……所使耶 : 경술본 이후로는 삭제되었다.

146) 復竊嘆 : 경술본 이후로는 '笑'로 되어 있다.

147) 相 : 경술본 이후로는 이 위에 '遂' 자가 더 있다.

148) 折倒而去 : 경술본 이후로는 삭제되었다.

149) 夕投 : 경술본 이후로는 삭제되었다.

150) 曾 : 경술본 이후로는 이 위에 '而去之'가 더 있다.

151) 計 : 경술본 이후로는 삭제되었다.

152) 則 : 경술본 이후로는 삭제되었다.

153) 姊 : 병오본에는 '妹'로 되어 있고, 기유본 이후로는 '姊'로 되어 있다.

154) 益 : 경술본 이후로는 '副'로 되어 있다.

155) 爭的 : 경술본 이후로는 삭제되었다.

156) 糆 : 병오본 이후로는 '糆'으로 되어 있고, 갑오본과 경술본 이후로는 '麵'으로 되어

黃團子・靑丹油糕餠

○ 十五日 又與剛而 共向場巖 剛而庶弟栢從之 先登古將軍李珣之快哉亭 俄有泓之仲氏涇與泓之子思誠繼至 泓之尾至 未幾 泗州守魯克粹 以地主來見 設小酌 共登巨艦 魯君致酒肴犒具 下舟158)還去 鄭忠順淄 監會供億 妓十輩 竿笙鼓吹皆列 是日 以懷簡國妃159)韓氏忌 不作樂 蔬食 時160)有白生惟良詣舟上161) 謁同行

是夜 月明如晝 銀波鏡磨 天根沃焦 都在机筵 棹夫秩唱 響飜蛟窟 三星乍中 東風微起 忽張帆徹162)棹 艤舡而上 舟子俄報已過河東163)地 相與枕藉 或縱或橫 泓之鋪毛席重衿 幅員甚恢 植初乞其邊 浸浸雄據 推出泓之席外 豈非昏墮夢境 自164)不知吾家己165)物 奄爲他人之166)有乎

○ 十六日 曙色微明 迫到蟾津 攪睡間 已失昆陽167)地云168) 旭日初昇 萬頃蒸紅 兩岸蒼山 影倒波底 簫鼓更奏 歌吹迭作 遙見雲山揷出西北十里間者 是頭流外面也 相與挑觀喜踊169)日 方丈三韓外 已是無多地矣 瞥過岳陽縣 江上有錨岩者 乃韓錄事惟漢之舊庄也 惟漢見麗氏將亂 携妻子來栖 徵爲大悲院錄事

있다.
157) 齋 : 기유본에는 '齋'로 되어 있고, 임술본 이후로는 '齊'로 되어 있다.
158) 犒具下舟 : 경술본 이후로는 삭제되었다.
159) 懷簡國妃 : 기유본에는 '懷簡國妃'로 되어 있고, 임술본 이후로는 '恭惠王后'로 되어 있다.
160) 時 : 경술본 이후로는 삭제되었다.
161) 上 : 경술본 이후로는 삭제되었다.
162) 徹 : 기유본 이후로는 '徹'로 되어 있고, 경술본 이후로는 '撤'로 되어 있다.
163) 河東 : 임술본 이후로는 '河東'으로 되어 있고, 신해본 이후로는 '昆陽'으로 되어 있다.
164) 自 : 경술본 이후로는 삭제되었다.
165) 吾家己 : 경술본 이후로는 '他人之'로 되어 있다.
166) 他人之 : 경술본 이후로는 '己'로 되어 있다.
167) 昆陽 : 임술본 이후로는 '昆陽'으로 되어 있고, 신해본 이후로는 '河東'으로 되어 있다.
168) 云: 경술본 이후로는 삭제되었다.
169) 挑觀喜踊 : 경술본 이후로는 '指示'로 되어 있다.

一夕遁去 不知所之 意 國家將亡 焉有好賢之事乎 善善之好賢 又不[170]如葉子
高之好龍 無補於亂亡之勢 忽呼酒引滿 重爲鍤岩長息也

向午 泊舟陶灘 貿貿殘吏 戴蘇骨多來拜 乃[171]是岳陽・花開縣吏也[172] 又有
團領數人來拜 乃[173]泓之治內糾察勸農等官也 江上山村 高低連絡 縱橫其畝
雖今[174]十存其一 王化所及 浸被窮谷[175] 可見昔時民物之盛也 去陶灘一里 有
鄭先生汝昌故居 先生乃[176]天嶺之儒宗也 學問淵篤 吾道有緒 挈妻子入山
由[177]內翰出守安陰縣[178] 爲喬桐主所殺 此去鍤岩十里地 明哲之幸不幸 豈非
命耶

泓之・剛而 先到石門 是雙磎寺洞門也 蒼崖兩開 可丈餘 崔學士致遠手寫四
字 題其[179]右曰雙磎 左曰石門 畫大如鹿脛 刊入石骨 迄今二[180]千年 不知此後
幾千年也 西邊一溪 崩崖轉石 遙從百里來者 乃神凝・擬神洞水也 東邊一溪 漏
雲穿山 邈不知所從來者 乃佛日靑鶴洞水也 寺在兩溪間 是謂雙磎也

十尺高碑 龜趺屹立 竪在寺門外數十步[181] 乃致遠碑[182]也 前有高樓 扁題八
詠樓 後有碑殿 重營未覆以瓦 寺僧慧通・愼旭 餉以茶果 雜以[183]山蔬 接以賓

---

170) 善善之……賢又不 : 경술본 이후로는 삭제되었다.

171) 乃 : 경술본 이후로는 삭제되었다.

172) 也: 경술본 이후로는 삭제되었다.

173) 乃 : 경술본 이후로는 삭제되었다.

174) 今 : 경술본 이후로는 삭제되었다.

175) 王化所……被窮谷 : 경술본 이후로는 삭제되었다.

176) 乃 : 경술본 이후로는 삭제되었다.

177) 由 : 경술본 이후로는 이 위에 '後' 자가 더 있다.

178) 縣 : 경술본 이후로는 삭제되었다.

179) 題其 : 경술본 이후로는 삭제되었다.

180) 二 : 기유본에는 '二'로 되어 있고, 임술본 이후로는 '已'로 되어 있다.

181) 竪立寺……數十步 : 경술본 이후로는 삭제되었다.

182) 碑 : 경술본 이후로는 '筆'로 되어 있다.

183) 雜以 : 경술본 이후로는 삭제되었다.

主之禮[184] 是夜初昏 植忽嘔吐下瀉 邵食仆臥 愚翁護宿西廂室

○ 十七日 頡[185)朝 泓之來問疾 忽聞全羅道[186)魚瀾獤島 倭舡來泊 卽徹行謀 促食將返 略行巵酌 曾此湖南儒者金得李·許繼·趙壽期·崔研先到 俱邀於法堂 酒一巡 樂一闋 遽別 行色忽遽 未暇說討北山移檄事[187] 但於[188)昨日舟中暫[189)戲泓之束紫帶於腰 此是繫縛卯申之物 却恐卯申縛出去也 拍手一[190)噱 及是果然 只恨吾輩修行無力 不能護一老友 共坐支機石上 泄吐滿腔塵土 吸盡無限金華 以作桑榆一半粮料也 留妓鳳月·甕臺·江娥之·貴千·吹笛千守 餘皆放黜[191)

大雨終日[192)不已 陰雲四合 不知此外人間 隔幾重雲水也 及午 湖南郵吏 以從事書來到 煙臺所報 乃漕舡數隻 益嘆泓之骨相無分 暫不許一柯爛頭也 泓之猶修無量度戒 酒脯相望 音書繼至 六甲[193)行廚之具 盡付之姜國年 使吾輩都[194)不知桂玉之累 國年州吏也 是日[195] 剛而族生李應亨 來詣寺門[196)

及夕 寅叔下注呻痛 薄暮 剛而卒痛胸腹 吐出數斗 絞腸翻胃 氣勢甚苦 下注轉急 投以蘇合元 不效 又投清香油 不效 舊押江娥之 捧首護持[197] 向晨始定

---

184) 接以賓主之禮 : 경술본 이후로는 삭제되었다.

185) 頡 : 기유본에는 '頡'로 되어 있고, 임술본 이후로는 '詰'로 되어 있다.

186) 全羅道 : 경술본 이후로는 삭제되었다.

187) 未暇說……移檄事 : 경술본 이후로는 삭제되었다.

188) 但於 : 경술본 이후로는 삭제되었다.

189) 暫 : 경술본 이후로는 삭제되었다.

190) 一 : 병오본 이후로는 '一'로 되어 있고, 경진본 이후로는 떨어져 나갔으며, 갑오본은 이 부분이 逸失되어 알 수 없고, 경술본 이후로는 이 구절이 삭제되었다.

191) 留妓鳳……皆放黜 : 경술본 이후로는 삭제되었다.

192) 大雨終日 : 경술본 이후로는 '是日大雨'로 되어 있다.

193) 甲 : 경술본 頭註에 '甲恐作角'이라 하였다.

194) 都 : 경술본 이후로는 삭제되었다.

195) 是日 : 경술본 이후로는 삭제되었다.

196) 詣寺門 : 경술본 이후로는 '到'로 되어 있다.

197) 舊押江……首護持 : 경술본 이후로는 삭제되었다.

朝起邈然擡首曰 去夜胸痛 如不克濟 吾雖死 諸君在 吾寧死於婦人之手乎 諸君慰解曰 君亦劫[198]漢 貪生之念常重 故暫遇微疾 忽愛其死也 死生亦大 豈應若是其微耶[199]

○ 十八日 因山路濕 未得上佛日 溪水漲 未得入神凝 留在[200] 湖南巡邊使南致勤 致酒食於寅叔 爲從事之父也 河進士宗岳奴靑龍 丁舍人李晦奴 俱以酒鱗來謁 神凝持任允誼來見 舍弟所騎馬病 蝶川外有人塵其名者 付以調養 夕與愚翁 共宿後殿之西方丈

○ 十九日 促食 將入靑鶴洞 寅叔 · 剛而 俱以疾退[201] 固知十分絶境 非有十分眞訣[202] 神明不受 寅叔 · 剛而 曾昔一入來者 乃[203]是夢也 非眞到也 若比泓之 則雖有間矣 亦是無後分事也 老夫憶曾[204]三度入來 俗緣猶未盡除 方知[205]八十衰翁無職秩 憶曾三度鳳池來者 則猶不讓矣 若比三入岳陽人不識者 則未也

是朝 金君涇辭以疾 挾妓貴千[206]徑去 金君時年七十七[207] 登陟如飛 初欲上天王峯[208] 爲人倜儻 有若曾到梨園裡來者[209] 湖南四君 白李兩生同行 北上猇巖 緣木登棧而進 右釋打腰鼓 千守吹長笛 二妓隨焉 作前隊 諸君或先或後 魚貫而進 作中隊[210] 姜國年 · 膳夫 · 僕夫 · 運饋者數十人 作[211]後隊 僧[212]愼旭

---

198) 劫 : 경술본 이후로는 '㤼'으로 되이 있다.
199) 朝起邈……其微耶 : 경술본 이후로는 삭제되었다.
200) 留在 : 경술본 이후로는 삭제되었다.
201) 退 : 경술본 이후로는 '辭'로 되어 있다.
202) 訣 : 경술본 이후로는 '緣'으로 되어 있다.
203) 乃 : 경술본 이후로는 삭제되었다.
204) 老夫憶曾 : 경술본 이후로는 '某'로 되어 있다.
205) 知 : 경술본 이후로는 '之'로 되어 있다.
206) 挾妓貴千 : 경술본 이후로는 삭제되었다.
207) 七 : 경술본 이후로는 이 아래 뒤의 '爲人倜儻' 4자를 옮겨 놓았다.
208) 峯 : 경술본 이후로는 이 아래 '也' 자가 더 있다.
209) 有若曾……裡來者 : 경술본 이후로는 삭제되었다.

向道而去

間有一巨石 刻有李彦憬·洪淵字 猊岩亦有刻柿[213]隱兄弟字 意者 鑱諸不朽 傳之億萬年乎 大丈夫名字 當如靑天白日 太史書諸册 廣土銘諸口 區[214]區入石[215]於林莽之間 猊狸之居 求欲不朽[216] 邈不如飛鳥之影 後世果烏知何如鳥耶[217] 杜預之傳 非以沉碑之故 唯有一段事業也

十[218]步一休 十步九顧 始到所謂[219]佛日菴者[220] 乃是[221]靑鶴洞[222]也 岩巒若懸空 而下不可俯視 東有崒嵂撑突 略不相讓者曰香爐峯 西有蒼崖削出 壁立萬仞者曰毗盧峯 靑鶴兩三 栖其岩隙 有時飛出盤回 上天而下[223] 下有鶴淵 黝暗無底 左右上下 絕壁環匝 層層又層 倏回倏合 翳薈蒙鬱 魚鳥亦不得往來 不啻弱水千里也[224] 風雷交鬪 地闔天開[225] 不晝不夜 便不分水石[226] 不知其中隱有仙儔巨靈 長蛟短龜 屈[227]藏其宅 萬古呵護 而使人不得近也 或有好事者

---

210) 打腰鼓……作中隊 : 경술본 이후로는 삭제되었다.

211) 作 : 경술본 이후로는 '從'으로 되어 있다.

212) 隊僧 : 경술본 이후로는 삭제되었다.

213) 柿 : 병오본에는 '獨'으로 되어 있고, 기유본 이후로는 '柿'로 되어 있다.

214) 區 : 경술본 이후로는 이 위에 '何' 자가 더 있다.

215) 入石 : 경술본 이후로는 삭제되었다.

216) 朽 : 경술본 이후로는 이 아래 '耶' 자가 더 있다.

217) 邈不如……如鳥耶 : 경술본 이후로는 삭제되었다.

218) 十 : 경술본 이후로는 '五'로 되어 있다.

219) 所謂 : 경술본 이후로는 삭제되었다.

220) 者 : 경술본 이후로는 삭제되었다.

221) 是 : 경술본 이후로는 '世所謂'로 되어 있다.

222) 洞 : 경술본 이후로는 이 아래 '者' 자가 더 있다.

223) 下 : 경술본 이후로는 이 아래 '云' 자가 더 있다.

224) 魚鳥亦……千里也 : 경술본 이후로는 삭제되었다.

225) 地闔天開 : 경술본 이후로는 삭제되었다.

226) 便不分水石 : 경술본 이후로는 삭제되었다.

227) 屈 : 기유본에는 '屈'로 되어 있고, 임술본 이후로는 '互'로 되어 있다.

斷木爲橋 僅入初面 刮摸苔石 則有三仙[228]洞三字 亦[229]不知[230]何年代也

愚翁與舍弟及元生諸子 緣木而下 徘徊俯瞰而上 年少傑脚者 皆登香爐峯 還聚佛日方丈 喫水飯 出坐寺門外松樹下 亂酌無算 并奏歌吹 雷鼓萬面 響裂岩巒[231] 東面[232]瀑下[233] 飛出百仞 注爲鶴潭 顧謂愚翁曰 如[234]水臨萬仞之壑 要下卽下 更無疑顧之在前 此其是也 翁曰諾 神氣颯爽 不可久留

旋登後崗 歷探地藏菴 牧丹盛開 一朵如一斗猩紅 從此直下 一趨數里 方得一憩 纔熟羊胛 便到雙磎 初登上面 一步更難一步 及趨下面 徒自[235]擧足 而身自流下 豈非從善如登 從惡如崩者乎 寅叔・剛而 登[236]八詠樓以迎 夕與寅叔・愚翁 更宿後殿之東方丈

○ 二十日 入神凝寺 寺在雙磎十里許 間有殘店數家 到寺門前百步許七佛溪上 下馬列坐 溪水險隘 皆卸馬背負而渡 住持玉崙・持任允誼來迎 到寺未暇入門 徑趨前溪盤石 列坐其上 獨推坐寅叔・剛而於最高石頭曰 君等雖至於顚沛 毋失此地 若置身下流 則不得上矣 笑曰 請毋失此坐

新雨水肥 激石濆[237]碎 或似萬斛明珠 競瀉吐納 或似千閃[238]驚雷 杳作噫吼 怳如銀河橫截 衆星零[239]落 更訝瑤池燕[240]罷 綺席縱橫 黝黝成潭 龍蛇之隱鱗

228) 仙 : 경술본 이후로는 '神'으로 되어 있다.
229) 亦 : 경술본 이후로는 삭제되었다.
230) 知 : 경술본 이후로는 이 아래 '爲' 자가 더 있다.
231) 并奏歌……裂岩巒 : 경술본 이후로는 삭제되었다.
232) 面 : 경술본 이후로는 이 아래 '懸' 자가 더 있다.
233) 下 : 경술본 이후로는 삭제되었다.
234) 如 : 경술본 이후로는 삭제되었다.
235) 自 : 경술본 이후로는 삭제되었다.
236) 登 : 경술본 이후로는 '於'로 되어 있다.
237) 濆 : 기유본에는 '漬'으로 되어 있고, 임술본 이후로는 '噴'으로 되어 있다.
238) 閃 : 경술본 이후로는 '殷'으로 되어 있다.
239) 零 : 기유본에는 '零'으로 되어 있고, 임술본 이후로는 '錯'으로 되어 있다.
240) 燕 : 경술본 이후로는 '宴'으로 되어 있다.

者 深不可窺也 頭頭出石 牛馬之露形者 錯不可數也 瞿塘峽口 方可以喩其變化 出沒 眞是化工老手戲劇無藏處也[241] 相與睢盱祗魄 欲哦一句不得 一響歌吹 衆聲僅如大瓮中細腰之鳴 不能成聲 祗爲溪神之玩而已[242] 寺僧爲具酒果盤盞 以勞之 吾亦以行中酒果 交酬迭酢[243] 據石蹈舞[244] 盡歡而罷 植强吟一絕 水吐 伊祈璧 山濃靑帝顏 謙誇無已甚 聊與對君看 夕[245]宿西僧堂 夜臥黙誦 又以[246] 警人[247]日 入名山者 誰不洗濯其心 肯自謂曰小人乎 畢竟君子爲君子 小人爲 小人 可見一曝之無益也

〇 二十一日 大雨 彌日不已 金思誠忽辭去 冒雨强出 白生惟良同出 三妓與 樂工 并令偕出 等[248]與湖南諸君 盡日坐沙門樓 觀漲

〇 二十二日 朝雨暮晴 溪水沒石 內外不通 有似白登之圍[249] 人口無慮[250] 四十餘 恐粮地乏空 勘會槖藏 減饋平日之半 唯酒無量 或[251]餘數十壺 諸君皆 不喜飮故也 聞有湖南士人奇大升輩十一人 亦阻雨 登[252]上峯未下云

雙磎·神凝兩寺 皆在頭流心腹 碧嶺揷天 白雲鎖門 疑若人煙罕到 而猶不廢 公家之役 嬴粮聚徒 去來相續 皆至散去[253] 寺僧乞簡於州牧 以舒一分 等[254]憐

241) 瞿塘峽……藏處也 : 경술본 이후로는 삭제되었다.

242) 一響歌……玩而已 : 경술본 이후로는 삭제되었다.

243) 迭酢 : 병오본에는 '秩作'로, 기유본 이후로는 '迭酢'으로 되어 있으며, 경진본 이후로는 '迭作'으로 되어 있고, 갑오본은 이부분이 逸失되어 알 수 없고, 경술본 이후로는 이 구절이 삭제되었다.

244) 迭作據石蹈舞 : 경술본 이후로는 삭제되었다.

245) 夕 : 경술본 이후로는 삭제되었다.

246) 誦又以 : 경술본 이후로는 삭제되었다.

247) 人 : 경술본 이후로는 삭제되었다.

248) 三妓與……偕出等 : 경술본 이후로는 삭제되었다.

249) 有似白登之圍 : 경술본 이후로는 삭제되었다.

250) 無慮 : 경술본 이후로는 삭제되었다.

251) 或 : 경술본 이후로는 '猶'로 되어 있다.

252) 登 : 경술본 이후로는 삭제되었다.

253) 皆至散去 : 경술본 이후로는 '不勝其苦'로 되어 있다.

其無告 裁簡與之 山僧如此 村氓可知矣 政煩賦重 民卒流亡 父子不相保 朝家
方是軫念 而吾輩自在背處 優游暇豫 豈是眞樂耶 寅叔請題硯袱一句 植寫曰 高
浪雷霆鬪 神峯日月磨 高談與神宇 所得果如何 剛而繼寫 溪²⁵⁵⁾涌千層雪 林開
萬丈靑 汪洋神用活 卓立儼儀刑

　○ 二十三日 朝欲出山 玉崙飯送之 頭流大小伽藍 不知其幾 獨神凝水石爲
最 昔與成仲²⁵⁶⁾慮自上峯來尋 近三十載 後與河仲礪全夏來栖 又出二十載 二
君皆已仙去 於今獨來 有若曾到河漢間²⁵⁷⁾ 茫然不知何日泛查來²⁵⁸⁾也 法宮佛
榻 揷起龍蛇牧丹 間以奇花 外面擧牖 亦揷桃菊花牧丹 五彩交輝 眩曜人目 皆
是東土禪宮所未有也²⁵⁹⁾ 寺去求禮縣津頭二十里 去雙磎十里 去²⁶⁰⁾沙惠菴十里
去²⁶¹⁾七佛²⁶²⁾十里 去²⁶³⁾上峯一日道也

　出到七佛溪上 玉崙·允誼 架木爲橋 橫截溪面 皆得穩步徐²⁶⁴⁾渡 沿溪下 到
雙磎越邊 慧通·愼旭 涉水來送之 健僧數人 同來護涉 又下六七里 下馬欲濟
前日養馬者及村夫數人 烹鷄燒酒來饋之 岳陽吏編竹爲橋²⁶⁵⁾ 皆得擔渡 溪水險
急 白石粼粼 一行僕隷 亦無一人顚蹶者 可謂利涉矣 誰不欲利涉 猶時有利不
利 抑命耶²⁶⁶⁾ 渡溪未十里許 靑龍與其壻²⁶⁷⁾挈壺來 盤排魚肉 一似都市中物也

254) 等 : 경술본 이후로는 삭제되었다.

255) 溪 : 『龜巖集』「神興寺書李寅叔硯匣袱」에는 '浪'으로 되어 있다.

256) 仲 : 경술본 이후로는 '中'으로 되어 있다.

257) 有若曾……河漢間 : 경술본 이후로는 삭제되었다.

258) 日泛查來 : 경술본 이후로는 '以爲懷'로 되어 있다.

259) 法宮佛……未有也 : 경술본 이후로는 삭제되었다.

260) 去 : 경술본 이후로는 삭제되었다.

261) 去 : 경술본 이후로는 삭제되었다.

262) 佛 : 경술본 이후로는 이 아래 '菴' 자가 더 있다.

263) 去 : 경술본 이후로는 삭제되었다.

264) 步徐 : 경술본 이후로는 삭제되었다.

265) 橋 : 경술본 頭註에 '橋轎之誤'라 하였다.

266) 命耶 : 경술본 이후로는 '亦可戒也'로 되어 있다.

龍妻水金 舊居京師 爲有通門之恩 來見寅叔·剛而 衆皆調戲之[268] 乘舟喫午飯 下泊岳陽縣前 入[269]宿縣倉 剛而往見[270]族叔母於縣東數里許

　○ 二十四日 晨嚥白粥 登東嶺 嶺曰三呵息峴 嶺高橫天 登者數步三呵息 故名之 頭流元氣 到此百里來 偃蹇而猶未肯小[271]下者也 愚翁乘剛而馬 獨鳴鞭先登 立馬第一峯頭 下馬據石而揮扇 衆皆寸寸而進 人馬汗出如雨 良久乃至 植忽面折[272]愚翁曰 君憑所乘之勢 知進而不知止 能使他日趨義 必居人先 不亦善乎 翁謝曰 吾已料君應有峭[273]說 吾果知罪

　剛而顧視頭流 陰雲掩翳 不知所在 乃嘆曰 山莫大於頭流 近在一望之中 衆人瞪目而視之 猶不得見 況賢不能大於頭流 近不能接於目前 明不能察於衆見者乎 相與四顧流觀 東南面[274]蒼翠最高者 南海之殿也 正東之彌漫蟠伏 波[275]相似者 河東·昆陽之山也 又東之隱隱嵩天如黑雲者 泗川之臥龍山也 其間如血脉之交貫錯綜者 江河海浦之經絡去來者也 山河之固 不啻魏國之寶 臨萬頃之海 據百雉之城 猶爲島夷小醜 重困蒼生 寧不爲嫠緯[276]之憂乎

　晚到橫浦驛 饑[277]甚 啗寅叔行箱中果子·乾雉 飮秋露一勺 午到頭理峴 下馬憩[278]樹下 渴甚 人各飮冷泉數瓢下 忽有芒鞋襦直領人下馬 翩翩而過 見剛而 輒坐 問其所之 乃光陽校官也 有雄雉磔磔而鳴 李栢挾弓飮箭 邏繞之 雉忽

267) 與其壻 : 경술본 이후로는 삭제되었다.
268) 龍妻水……調戲之 : 경술본 이후로는 삭제되었다.
269) 前入 : 경술본 이후로는 삭제되었다.
270) 見 : 경술본 이후로는 이 아래 '其' 자가 더 있다.
271) 小 : 경술본 이후로는 '少'로 되어 있다.
272) 忽面折 : 경술본 이후로는 '謂'로 되어 있다.
273) 峭 : 경술본 이후로는 '誚'로 되어 있다.
274) 面 : 경술본 이후로는 '間'으로 되어 있다.
275) 波 : 기유본에는 '波'로 되어 있고, 임술본 이후로는 '波浪'으로 되어 있다.
276) 緯 : 경술본 이후로는 '婦'로 되어 있다.
277) 饑 : 경술본 이후로는 '餓'로 되어 있다.
278) 憩 : 기유본에는 '憩'로 되어 있고, 임술본 이후로는 '愒'로 되어 있다.

飛去 衆皆笑之

方在雲水中 非雲水則不入眼 纔到下界 所見無他 廣文之過 山鷄之飛 猶足以掛眼 所見如何不養乎[279] 夕到旌樹驛 舘前竪有鄭氏旌門 鄭氏 趙承宣之瑞之妻 文忠公鄭[280]夢周之玄孫 承宣 義人也 高風所擊[281] 隔壁寒慄 知燕山不克負荷 退居十餘年 猶不得免 夫人沒爲城旦[282] 乳抱兩兒 背負神主 不廢朝夕祭 節義雙成 今亦有焉

看來高山大川 非無所得 而比韓鄭趙三君子於高山大川 更於十層峯頭冠一玉也 千頃水面 生一月也 海山三百里 獲見三君子之跡於一日之間 看水看山 看人看世 山中[283]十日好懷 翻成一日[284]不好懷 後之秉鈞[285]者 來此一路 不知何以爲心[286]耶 且看山中題名於石者多 三君子不曾入石 而將必名流萬古 曷若以萬古爲石乎

泓之又令饔人致饎於驛 已四五日矣 李生員乙枝・曹秀才元佑來見 及昏 乙枝嚴君以酒來 趙光珝亦來 夜就郵店 一室僅如斗大 佝僂而入 房不展脚 壁不蔽風 方初怫然[287]如不自容 旣而四人抵[288]頂交枕 甘寢度夜 可見習狃之性 俄頃而便趨於下也[289] 前一人也 後一人也 前入靑鶴洞 若登閬風 猶以爲不足 又入

279) 下忽有……不養乎 : 경술본 이후로는 삭제되었다.
280) 鄭 : 경술본 이후로는 삭제되었다.
281) 擊 : 경술본 頭註에 '擊激之誤'라 하였다.
282) 城旦 : 경술본 이후로는 '白饗'으로 되어 있다. 병오본에는 '朝'로 되어 있고, 기유본에는 '旦'으로 되어 있으며, 임술본 이후로는 '朝'로 되어 있다.
283) 山中 : 경술본 이후로는 삭제되었다.
284) 日 : 병오본 이후로는 '日'로 되어 있고, 경진본 이후로는 떨어져 나갔다. 갑오본은 이 부분이 逸失되어 알 수 없고, 경술본 이후로는 '日'로 되어 있다.
285) 鈞 : 경술본 이후로는 '勻從金'으로 되어 있다.
286) 心 : 경술본 이후로는 '懷'로 되어 있다.
287) 怫然 : 경술본 이후로는 삭제되었다.
288) 抵 : 경술본 이후로는 '觝'로 되어 있다.
289) 可見習……於下也 : 경술본 이후로는 삭제되었다.

神凝洞 方似上瑤池 猶以爲不足 又欲跨漢入靑²⁹⁰⁾霄 控鶴沖空 便不欲下就塵

寰 後之屈身於坏塿之間 又將甘分然 雖是素位而安 可見所養之不可不高 所處

之不可小下也 亦見²⁹¹⁾爲善由有習也 爲惡由有狃也 向上猶是人也²⁹²⁾ 趨下亦

猶是人也²⁹³⁾ 只在一擧足之間而已

○ 二十五日 爲朝飯于驛舘者 各欲散去 黯然疚懷 暫許少頃留連也 寅叔居

漢城 剛而歸²⁹⁴⁾泗川 愚翁歸²⁹⁵⁾草溪 植居嘉樹 泓之居三山 行年五十六十近七

十 各在數百里五百里近千里 他日盍簪 正似難期 寧不慨然惜別乎²⁹⁶⁾ 剛而酌

酒持滿日 此別寧有說乎 擊目²⁹⁷⁾忘言 果有是也 衆皆忘言 遂上馬去²⁹⁸⁾ 到七松

亭 登上高臺 舟渡多會灘 寅叔沿江而下 剛而更到一里而別 吾與愚翁 踽踽而來

茫然已失之矣²⁹⁹⁾ 夕宿雷龍舍³⁰⁰⁾ 又別愚翁 弦矢初分 落落晨星 當此沉懷 正似

春女然³⁰¹⁾

諸君以余頻入頭流 因³⁰²⁾知山間事者也 令余記之³⁰³⁾ 余嘗往來玆山 曾入德

山洞者三 入³⁰⁴⁾靑鶴·神凝洞者三 入³⁰⁵⁾龍遊洞者三 入³⁰⁶⁾白雲洞者一 入³⁰⁷⁾

---

²⁹⁰⁾ 靑 : 경술본 이후로는 삭제되었다.

²⁹¹⁾ 所處之……也亦見 : 경술본 이후로는 삭제되었다.

²⁹²⁾ 猶是人也 : 경술본 이후로는 삭제되었다.

²⁹³⁾ 亦猶是人也 : 경술본 이후로는 삭제되었다.

²⁹⁴⁾ 歸 : 경술본 이후로는 '居'로 되어 있다.

²⁹⁵⁾ 歸 : 경술본 이후로는 '居'로 되어 있다.

²⁹⁶⁾ 寧不慨……惜別乎 : 경술본 이후로는 삭제되었다.

²⁹⁷⁾ 擊目 : 경술본 이후로는 '目擊'으로 되어 있다.

²⁹⁸⁾ 衆皆忘……上馬去 : 경술본 이후로는 삭제되었다.

²⁹⁹⁾ 茫然已失之矣 : 경술본 이후로는 삭제되었다.

³⁰⁰⁾ 舍 : 경술본 이후로는 이 아래 '○二十六日'이 더 있다.

³⁰¹⁾ 弦矢初……春女然 : 경술본 이후로는 삭제되었다.

³⁰²⁾ 頻入頭流因 : 경술본 이후로는 삭제되었다.

³⁰³⁾ 諸君以……余記之 : 경술본 이후로는 뒤의 '方丈於今已背盟' 다음에 옮겨 놓았다.

³⁰⁴⁾ 入 : 경술본 이후로는 삭제되었다.

³⁰⁵⁾ 入 : 경술본 이후로는 삭제되었다.

獐項洞者一 豈直爲貪山貪水而308)往來不憚煩也 百年齋計 唯欲借得華山一半
以作終老之地已

事與心違 知不得住309) 徘徊顧慮310) 涕洟311)而出 如是者 十矣 於今笆繫田
舍 作一行屍 此行又是難再之行 寧不悒悒312) 嘗有詩曰 頭流十破黃313)牛脇 嘉
樹三巢寒鵲居 又曰 全身百計都爲謬 方丈於今已背盟 諸君皆是失路之人 何但
僕栖栖無所歸耶 祇爲沉酩者先道之 爲副封焉 南冥 曺植 楗仲 記314)

306) 入 : 경술본 이후로는 삭제되었다.

307) 入 : 경술본 이후로는 삭제되었다.

308) 而 : 경술본 이후로는 삭제되었다.

309) 知不得住 : 경술본 이후로는 삭제되었다.

310) 慮 : 경술본 이후로는 '戀'으로 되어 있다.

311) 涕洟 : 경술본 이후로는 삭제되었다.

312) 於今笆……不悒悒 : 경술본 이후로는 삭제되었다.

313) 黃 : 기유본에는 '黃'으로 되어 있고, 임술본 이후로는 '死'로 되어 있다. 『莊子』「盜
跖」에 '帶死牛之脅'이라 하였으니, '死'자로 쓰는 것이 옳은 듯하다.

314) 諸君皆……楗仲記 : 경술본 이후로는 삭제되었다.

하수일(河受一) |
유청암서악기(遊靑巖西嶽記)

—

출전 : 송정집(松亭集) 속집 권2, 3면
번역 : 최석기 외, 『용이 머리를 숙인 듯 꼬리를 치켜든 듯』, 보고사,
       2008, 97~103쪽
일시 : 1578년 4월, 당일
동행 : 하천일(河天一), 하경휘(河鏡輝), 정안성(鄭安性), 하문현(河文顯),
       손문병(孫文炳), 양성해(梁成海), 손성(孫誠), 양산해(梁山海), 양종
       해(梁宗海)

―일정

- 토가사(土佳寺) → 서일암(西日菴) → 서악 정상 → 남쪽 방면으로 하
  산 → 토가사

1553~1612. 자는 태이(太易), 호는 송정(松亭)이며, 본관은 진주(晉州)이다. 거란으로 사신을 갔다 순절한 하공진(河拱辰)의 후예이자, 하륜(河崙 1347~1416)의 방손(傍孫)이다. 조부는 남명(南冥) 조식(曺植)과 친교가 두터웠던 하희서(河希瑞 ? ~1570)이고, 아버지는 하면(河沔 1537~1580)이며, 어머니는 함안 조씨(咸安趙氏)이다.

어릴 때는 조모인 한양 조씨(漢陽趙氏)에게 글을 배웠고, 7세 때부터 남명의 문인이자 종숙(從叔)이었던 각재(覺齋) 하항(河沆 1538~1590)에게 수학하였다.

39세(1590) 때 식년문과에 병과로 급제하였으나 임진왜란이 일어나 벼슬길에 나아가지 못했다. 48세 때 비로소 성균관 전적(成均館典籍)을 거쳐 영산현감(靈山縣監)을 지냈다.

55세 때인 1607년 형조 좌랑·형조 정랑을 거쳐 1608년 이조 정랑이 되었다. 그 해 경상도 도사(都事)가 되어 이듬해 6월까지 재직하였다. 그 후로는 벼슬을 버리고 고향으로 돌아와 수곡정사(水谷精舍)에서 강학하며 생을 마쳤다.

저술로 『송정집』이 있다. 초간본은 7권 3책의 목판본으로, 6세손 하달중(河達中) 등이 주선하여 1785년(정조 9)에 간행된 것으로 보인다. 중간본은 원집 5권과 속집 3권 등 모두 4책으로 된 석판본이다.

-원문

靑巖西土佳寺 寺左右皆山 越一丘 穹然高峙 遮爲洞門者 爲東岳 層巒屢起伏 結而爲主山者爲北岳 小巘微隆而起于南者 爲南岳 自南漸高而聳秀 壁立千

仰者 爲西岳

今年夏四月 余與二弟 讀書于此 未

幾 以學從余者 多萃焉 諸君曰 四岳中 西岳最奇峭 請一上遊焉 於是 策小篚
使僧一人導前 一人護後 一人汲水 以從

出西門 渡小溪 自溪上 石路稍峻急 行十數步 有小菴 石墻石梯朱甍 半露積
翠間 號西日菴 乃梓僧智觀所築 去年冬 余至其菴 題一律曰 翠微新闢逈塵淸
木落山空石路明 巖月夜從牕外湧 洞雲晨傍枕前生 由菴左 又行十數步 佳卉異
植 層翠繁陰 俛入綠縟 爽氣瀏瀏 諸君因憩話石頭 護後僧 忽合手而前 乃言李
栗谷事頗詳 余怪問其故 僧云 我金剛僧也 故知之 談罷 且起且行 求絶頂以登

其西北 則羣峰周匝蔽障 一物無所見 但見智異天王聳立薄空而已 是知所立
卓爾者 仰而彌高也 其東南 則鷲島蟾江 朝宗眼前 錦山臥龍 又在脚底 其餘衆
丘小流 若垤若帶 不盈一視

余謂諸君曰 登小岳 所見如是 況登泰山以臨天下者乎 此間 不可無一言 遂
呼峰字使押 諸君各成一詩 吟訖乃歸 僧欲導舊路 諸君曰不可 凡人狃舊習 不能
卽新者 古人所戒 宜新導

遂由嶽巓 漸下而南 身愈下見愈下 余曰 士君子處身宜擇 處下而見下 處高
而見高 擇不處高 焉得智 昔 程夫子 因登山 譬爲學 盍取法焉 時山日漸暮 有
二客自外至 促下到寺 乃李汝實昆季也

是行也 凡同遊者十人 余兄弟三人及鄭君安性河文顯孫文炳梁成海孫誠 童子
從者 梁山海宗海

변사정(邊士貞) | 유두류록(遊頭流錄)

―

출전 : 도탄집(桃灘集) 권1, 4면
번역 : 최석기 외, 『용이 머리를 숙인 듯 꼬리를 치켜든 듯』, 보고사,
2008, 37~44쪽
일시 : 1580년 4월 5일~4월 11일
동행 : 정염(丁焰), 김천일(金千鎰), 양사형(楊士衡), 하맹보(河孟寶)

―일정

• 4월 5일 : 도탄 초막 → 황계폭포(黃溪瀑布) → 환희령(歡喜嶺) → 정
룡암(頂龍庵)

• 4월 6일 : 정룡암 → 월락동(月落洞) → 황혼동(黃昏洞) → 옥련동(玉
蓮洞) → 영원암(靈源庵) → 장정동(長亭洞) 김아(金雅)의
집

• 4월 7일 : 김아의 집 → 용유담(龍遊潭) → 두류암(頭流庵)

• 4월 8일 : 두류암 → 자진동(紫眞洞) → 천왕봉(天王峯) → 움막

- 4월 9일 : 움막 → 의신사(義神寺) → 성사동(聖獅洞) → 신흥사(神興寺)

- 4월 10일 : 신흥사 → 칠불암(七佛庵) → 쌍계사(雙溪寺)

- 4월 11일 : 쌍계사 → 귀가

-저자 소개　　도탄 변사정

　1529~1596. 자는 중간(仲幹), 호는 도탄(桃灘)이며, 본관은 장연(長淵)이다. 1529년 3월 전라도 고양(高陽)의 옛 집에서 태어났다. 어려서 부모를 모두 여의고 백부를 따라 상경하였으나, 항상 선산(先山)을 멀리 떠나 있음을 안타깝게 여겨, 처가가 있는 용성(龍城)으로 이주하여 살았다. 고양은 현 전라남도 고흥(高興)을, 용성은 현 전라북도 남원군(南原郡)을 가리킨다.

　도탄은 일찍이 회음사(檜陰寺)에서 두문불출하고 몇 년간 과거 공부에 전념하였다. 그때 영남의 옥계(玉溪) 노진(盧禛)과 호남의 일재(一齋) 이항(李恒) 문하를 넘나들며 배우기를 게을리 하지 않으니, 두 선생이 모두 순정하고 정밀하다고 칭찬하였다. 또한 고봉(高峯) 기대승(奇大升)과 도의(道義)의 사귐을 맺었고, 창의사(倡義使) 김천일(金千鎰)과는 동문(同門)으로 막역한 사이였다.

　27세 때인 1555년 세상일에 마음을 끊고 두류산 도탄에 터를 잡고 살았다. 도탄은 현 전라북도 남원군 산내면 대정리 실상사(實相寺) 앞의 개울인 듯하다. 55세 때인 1583년 학행(學行)으로 천거되어 경기전 참봉(慶基殿參奉)에 제수되었다. 1590년 재릉 참봉(齋陵參奉)에 제수되었으나 나아가지 않았다.

　1592년 왜구가 침략하자 창의(倡義)하여 의병을 모집하였다. 정염(丁焰)·양사형(楊士衡) 등이 그를 의병장(義兵將)으로 추대하였고, 체찰사

정철(鄭澈)이 비장 이잠(李潛)을 보내 돕도록 하였다. 이에 도탄은 영남과 호남 지역의 경계를 지키지 못하면 호남이 모두 왜구에게 넘어갈 것을 염려하여, 상주(尙州)·선산(善山) 등지에 진영을 치고 호서(湖西)로 들어가는 적의 진로를 막았다.

순찰사 권율(權慄)이 진주(晉州)의 전투에서 위급하다는 소식을 듣고서, 진주가 함락되면 호남 지역이 위험하다고 여겨, 비장 이잠을 먼저 보내 돕도록 하였다. 그리고 자신은 직접 수백 석의 군량을 싣고 삼가(三嘉)로 가서 병사를 규합하여 진주성으로 달려갔으나, 성이 곧 함락되고 말았다. 이때 김천일과 황진(黃進)·이잠 등 여러 장수들이 전사하였다. 도탄은 상소를 올려 상벌을 공정하게 하고 전사한 이들의 가족을 보살펴 줄 것을 청하였다.

1595년 첨정(僉正)으로 승진되었으나 나아가지 않았고, 1596년 가족을 데리고 다시 전라도 용성으로 돌아갔다. 이해 10월에 용성에서 생을 마감하였으니, 향년 68세였다. 1606년(선조 39) 선무원종훈(宣武原從勳)에 녹훈(祿勳)되었고, 사헌부 장령에 추증되었다.

도탄의 시문(詩文)은 전쟁으로 소실되어 남아 있는 것이 없고, 여러 사람의 문집 속에 간간이 보일 뿐이다. 또한 의병 활동 기간에 기록하였던 일기는 1597년 정유재란 때 잃어버렸는데, 그 전말이 택당(澤堂) 이식(李植)과 서하(西河) 이민서(李敏敍)의 편지 내용에 섞여 나오기도 한다. 저서로는 『도탄집』이 있다.

-원문

余早孤質鈍 性疎學蔑 不見孚於世 以耕讀爲業 在嘉靖乙卯春 構築茅屋於頭流之桃灘 朝出而畊於雲 暮歸而讀是書 疲戻無事 與麋鹿閑臥於柴門 隣翁有時持菜酒來 饋於蓬戶 生涯蕭條 自樂而忘返 學業疎鹵 無望於進就 如是而獨邀於

斯間者 盖數十年矣

時適萬曆八年四月初三日 丁焰君晦·金千鎰士重·楊士衡季平·河孟寶大
哉諸友 自百丈寺來訪余 余欣然邀接 叙盡舊情 留宿二宵 君晦曰 頭流乃三山之
一也 而先輩名碩游觀 已著於詠記中 然吾儕若一番遊賞 則韓鄭之錄可徵 而况
見錄不如躬探眞形 則今與二三同志 縱游頭流以償夙債 各扶竹杖着芒鞋 遂行

下山經水 畦邐迤而過黃溪瀑 踰歡喜嶺 連延二十里 皆蒼松碧蘿 清風襲入
至頂龍庵 巖間開落不種花 谷中去來難名鳥 目寓耳得 眞是仙界 相與顧眄談笑
日將夕矣 與諸友共宿于是庵之北堂

初六日 促食越大川 行過六七里 水聲潺潺 山容峨峨 歷月落洞 過黃昏洞 越
小溪而行 一漁子進前而拜 視之則乃曾有面雅者也 以數十尾之魚慰余曰 此足
爲山中貴物 則以是供饋諸老夫云 引路邀請 君晦曰 非直在物 其言甚嘉 卽隨行
數里 谷中有兩三人家 鷄鳴犬吠 出白雲綠樹中 亦一絕境 午後躋玉蓮洞 抵靈源
庵 山深境絕 蒼檜靑楓 錦翼衡人 少頃休憩 暮投長亭洞金雅之寓舍 留宿

初七日 早食發行 過龍遊潭 至頭流庵 層崖削出 壁立萬仞 百花爭發 襲香一
洞 竟日坐玩 不覺其暮 遂入禪房 共宿焉

初八日 晨朝促喫 過紫眞洞 攀巖飛杖 登天王峰 是日也 天氣淸朗 極目無碍
精神灑落 顧謂諸友曰 吾儕今日之游觀 不亦壯乎 群山萬壑 羅列膝下 巨靈長蛟
縮伏其宅 逗遛數頃 躕躇而下 投宿殘店

初九日 早喫行 至義神寺 得一憩 纔熟羊胛 便過聖獅洞 至神興寺 釋子數輩
進前邀 余於後殿之東 竟夜與釋子言 及某峯某洞奇絕處 耳之所得猶勝於目所
寓矣

初十日 晚朝 與釋子出洞口 有一奇巖 上可坐數十人 其傍有大書三字 靑苔
成紋 字畫隱微 謂釋子曰彼誰氏之書乎 釋子對曰 小僧其實未可的知 然自來言
傳崔孤雲書也云 釋子拜前而歸 因行七佛庵 小憩 至雙溪寺 有一蒼頭 自西而來
獻一封書 卽君晦家鄕之急報也

十一日 因與諸君留後約焉 桃灘居士邊士貞記

하수일(河受一) |
유덕산장항동반석기(遊德山獐項洞盤石記)

출전 : 송정집(松亭集) 권4, 2면
일시 : 1583년 8월 18일
동행 : 강민수(姜敏修), 최기필(崔琦弼), 하징(河憕), 오장(吳長), 조차마(曺
次磨)
특징 : 스승인 남명 조식이 예전에 이곳을 유람하고 지은 시를 상기하며
남명을 회고하는 내용이다.

−일정

• 덕천서원(德川書院) → 살천(薩川) → 장항동

-원문

自書院渡薩水 西北行數十里有洞焉 是謂獐項 窈而深 深而狹 其上下有松森
列 其直如矢 自獐項過小菴 東北行數十步有石焉 是謂盤石 方而廣 廣而平 其
左右有水環流 其鳴如佩 眞幽絶處也 昔南冥先生嘗遊於斯 有十破牛脇之詩 用
是諸君皆感慕踟躕 睹其直而思其氣象 聆其鳴而慕其警欬 余遂題一詩以吟曰
昔聞獐項有瑰觀 今日來尋薩水干 谷口兩崖懸似壁 澗心雙石矗如盤 春風已斷
死牛脇 秋色空粧舞鳳顔 惆悵古人尋不見 洞天山月思無端 時同遊者六人 姜敏
修士吉崔琦弼奎仲河憕子平吳長翼承及曹次磨二會 余亦與其數焉 是日也八月
十八日丁卯享祀後

—

양대박(梁大樸) │
두류산기행록(頭流山紀行錄)

—

출전 : 청계집(靑溪集) 권4, 25면
번역 : 최석기 외, 『선인들의 지리산 유람록』, 돌베개, 2000, 125~148쪽
일시 : 1586년 9월 2일 ~ 9월 12일
동행 : 오적(吳積), 양길보(楊吉甫), 양광조(梁光祖), 기생 및 종

─일정

- 9월 2일 : 청계(靑溪)〈남원군 아영면 청계리〉 → 양길보(楊吉甫)의 집
  → 운봉현(雲峯縣)
- 9월 3일 : 운봉현 → 황산(荒山) 비전(碑殿) → 인월역(引月驛) → 이화
  정(梨花亭) → 웅담수(熊潭水) → 백장사(百丈寺)
- 9월 4일 : 백장사 → 변사정(邊士貞) 구거지(舊居地) → 도탄(桃灘) →

실상사(實相寺) → 두모택(頭毛澤) → 군자사(君子寺)

• 9월 5일 : 군자사 → 용유담(龍游潭) → 군자사
• 9월 6일 : 군자사 → 의촌(義村) → 초정동(初程洞) → 백문당(白門堂)
　　　　　→ 곡암(哭巖, 하동바위) → 제석당(帝釋堂) 터〈현 장터목
　　　　　근처〉 → 제석신당(帝釋新堂) → 제석봉(帝釋峯) → 천왕봉
　　　　　(天王峯) 성모사(聖母祠)
• 9월 7일 : 천왕봉 → 제석당 → 하동바위 → 백문당 → 군자사
• 9월 8일 : 군자사 → 용유담 → 사담(蛇潭) → 엄천리(嚴川里) →
　　　　　목동(木洞) 이모댁
• 9월 9일 : 목동
• 9월 10일 : 목동
• 9월 11일 : 목동 → 사기현(沙器峴) → 팔량원(八良院) → 황산 비전
• 9월 12일 : 비전 → 안신원(安信院) → 귀가

-저자 소개　　청계 양대박

1544~1592. 자는 사진(士眞), 호는 청계도인(靑溪道人), 본관은 남원이다. 목사를 지낸 양의(梁艤)의 아들이자, 양경우(梁慶遇 1568~ ?)의 아버지이다.

어려서 호음(湖陰) 정사룡(鄭士龍 1491~1570)에게 수학하였다. 18세 때인 1560년 순천(順天)에 가서 부친을 뵙고 돌아오는 길에 두류산을 유람하였다. 이것이 기록상으로 보이는 그의 첫 번째 두류산 유람이다. 그 후 23세 때인 1565년 신심원(申深遠) 등과 함께 두류산 천왕봉에 올랐다.

30세 때인 1572년 금강산을 유람하고 「금강산기행록(金剛山紀行錄)」을 썼다. 같은 해 정유길(鄭惟吉)의 추천으로 제술관이 되어 중국의 조사(詔

使)를 맞으러 의주(義州)로 갔다. 그때 종부시 주부에 제수되어 중국 사신 한세능(韓世能) 및 학사 등달(滕達) 등과 시를 주고 받았다. 38세 때인 1580년 다시 두류산을 유람하였다.

40세 때 청계에다 정사를 짓고 살았다. 44세에 오적(吳積) 등과 함께 두류산을 또 유람하였는데, 그때 「두류산기행록」을 지었다. 1591년 왜국의 사신 평조신(平調信)과 현소(玄蘇)를 베고 중국에 알리라는 글을 지어 정철(鄭澈)에게 올렸다.

임진왜란이 일어나자 의병을 소집하고, 「창의격문(倡義檄文)」을 지었다. 그 해 6월 의병 3천 명을 이끌고 담양(潭陽)에서 고경명(高敬命)과 회합하여 부장(副將)이 되었다. 같은 해 남원에 가서 1천여 명의 의병을 더 모아, 전주(全州)로 향하다가 운암(雲巖)에서 왜적을 만나 대파시켰다. 그는 의병 활동에 헌신하다가 과로로 1592년 7월 7일 전주의 진중에서 세상을 떠났다. 청계의 집안은 부유하였으나, 사재를 털어 의병활동에 모두 충당하여 빈한하게 살았다. 1592년 병조 참의에 추증되었고, 1786년 신도비와 정려(旌閭)가 세워졌다. 1796년 다시 병조 판서에 추증되었고, 충장(忠壯)이란 시호가 내려졌다.

청계는 만년에 지은 1천여 편의 시를 손수 편집해 묶어 두었는데, 1591년 당시 전주부윤으로 있던 남언경(南彦經)이 빌려갔다가 임진왜란 때 잃어버렸다고 한다. 이에 아들 양경우(梁慶遇)·양형우(梁亨遇)가 평소 외우고 있던 부친의 시 70여 편과 집에 소장되어 있던 난고(亂稿) 가운데 1백여 편을 찾아내 2권의 시집으로 편찬하였다. 양경우는 1607년 허균(許筠)을 찾아가 서문을 받고, 1608년 중국인 웅화(熊化)에게 「창의격문」을 보여주고 서문을 받아, 1618년(광해군 10) 2권 1책의 『청계유고(靑溪遺稿)』를 간행하였다.

-원문

頭流之遊 再也 昔庚申春 省親于昇州鈴閣 將還 由鳳城循江流以下 入花開洞 歷賞雙溪·靑鶴洞曁神興·擬神而止

後乙丑秋 與申上舍深遠輩 由雲城繞荒山而轉 宿百丈寺 因探外面水石 直上天王峰○○神坐高臺等處 又庚辰秋 與孤潭○○ 從燕谷○○○○○○○○○○○○○○○○ 春花秋葉 魂未嘗不往來于其間 何哉 豈以其雄呑溟海建標天地 群仙所居 龍象所會者歟

適丙戌秋 春澗吳君勳仲名積○○○○○○○○○○ 因奮然嗟咄日 處人間三十年 無羽翼超上界 身居火宅 坐成鬐婦 惜哉 子安能使我抽身塵網 揮手寥廓 足亂浮雲 杳視六合 與造物者遊於泱漭之域乎 余應日 逢佳辰辦淸遊 不過廣德靑溪乎 山水之勝 足以盪塵胸而除俗想矣 春澗日 未也 吾惡其小 余日 必也大觀 則其頭流絶頂乎 遂相視莫逆

因並馬以出 往尋淸虛亭主人楊君吉甫 楊君卽春澗之舅氏也 素有仁智之性 聞言卽合 相與理屐而行 是九月二日也 歌兒愛春·箏手守介·笛工生伊從 此亦濟勝具也 余與春礀 首路東溪 歷訪晚歸翁淸虛主人 直向山路 日暮會于嶺院少憩 夕宿雲峯縣 縣倅李君會氏 余之再從親也 邀致東廂 接以靑眼 一行皆醉飽雖厮賤亦厭白飯也

初三日甲午晴 曉聞鼓聲 出叢薄間 太守出而財具陳也 林亭近公廨 頗有佳趣邀吾輩 設勝筵 或射或飮 極其酣暢而罷 日晚發行 暫憩于荒山碑殿 碑卽我太祖捷倭頌功碑也 殿卽守碑者所居 而因碑得名云 秣馬而發 從引月驛入峽 峽口有梨花亭 遊人駐馬處也 自此尋迤南棧道 繞山行十餘里 霜葉呈紅 或淺或深 秋溪澄澈 曲曲可愛 至熊潭水上 向北登山 山腰細逕 百曲千盤

幾到山之十九而得百丈寺 因名責實 無愧焉 飛樓湧殿 彌漫壑谷 居僧千指叉手出迎 此眞山中第一叢林也 南臺最高爽 借蒲團大臥 遙望天王·般若·靈神·

帝釋等峯 積翠浮空 橫截東南 壯哉 小憩喫茶果 因步入法堂 僧云後有金堂 淸絶可賞 余與春澗杖策同登 蘭房幽淨 地勢最高 見南臺所未見處 歌兒輩得霜桃以進 稍解喉渴 墻外又有楂梨爛熟 令小奚攀枝亂摘 須臾盈掬 聊以爲戲 日暮還法堂 淸虛翁尙臥南臺矣 居僧智巖 鄕井舊知也 做飯設泡 情意頗款 堅拒不得遂會食前楹 夕宿玄妙堂

初四日乙未晴 曉起喫白粥 吾三人相與謀曰 山中破寂 非梁光祖 不可 梁君居天嶺郭外 長於歌舞 雜以獻笑 吾輩常以俳優戲之 卽折簡以邀 薄晚下山 沿溪行十餘里 訪邊山人名士貞 號桃灘隱處 竹籬茅舍 桃柳成行 傍有數家荒店 鷄鳴犬吠 宛然秦餘俗矣 大凡山宜廬 土宜粟 園林宜果 溪澗宜漁 眞寬閑之境 寂寞之濱 而隱者之所盤旋也 但山翁出山 雲物荒凉 蕙帳空而猿鶴怨也 余與春澗各得一詩 留之壁間

遂策馬去 涉桃灘下流 尋實相寺舊址 寺廢已百年 頹垣破礎 埋沒荊榛間 唯殘碑橫臥路側 鐵佛巍然坐石床而已 僧云 此是麗朝所創大伽藍也 後爲兵火所蕩 昔時琳宮珠殿 今爲田翁野叟耕種之地 此亦山家之不幸 而盛衰興廢 雖金仙不能免也 余與春澗立馬躊躇而去

沿流行五里許 抵頭毛潭 一行皆卸馬以憩 雄潭綠淨 深不可測 石勢參差 怪不可狀 石之窪者爲臼 陷者爲釜 潭之得名以此 而臼之深者或無底 釜之大者或容輪 豈神龍藏珠穴 玉女洗頭盆耶 吾三人鼎坐潭邊 厭觀之 因亂酌數巡而罷 日暮入君子寺 寺在頭流最深處 而平衍坦蕩 無攀援登陟之苦 東西投跡 恣意所如 余昔遊楓嶽 身登小人串 幽深峻險 詰屈廻曲 一步之頃 汗流至踵 其君子之可親而小人之不可近也如此

兩箇老僧出迎門外 陰廊半頹 佛殿寥落 殊非昔日之君子寺也 余怪而訊之 有僧蹙頞曰 遊人織路 官役如山 僧安得不殘 寺焉能依舊哉 因屈指數其官役之所侵 而備述其所以焉 春澗曰 汝毒之乎 吾將告于莅事者 而減汝役 可乎 僧扣頭不已 噫 苛政所及至此耶 山間乞食之流 與編列同科 則剝膚之苦 雖禽獸不得免矣 咨嗟良久 遂會食法堂 夕宿圓通殿 懸燈夜話

初五日丙申陰 早起促飯 將向龍遊潭 梁光祖拂曉而到 無他禮數 以笑相迎
每一言發 坐皆絶倒 此亦一勝友也 薄晩載琴歌鳴驂而行 有一厖眉僧願先導 因
與之俱 遂出門 沿溪行十餘里 水益清 石益瘦 霜林着岸 松檜夾路 騎驢行色 宛
若畫圖間也 放轡徐行 不厭遲遲

既到潭邊 余先下馬 心驚魂悸 可遠觀而不可近也 春澗顧余曰 偉哉 造物者
爲此弄也 雖使韓昌黎李謫仙置此中 必袖手旁觀 喑無一語 況吾輩乎 不如勿吟
詩 姑與之飮酒可也 於是絃歌交奏 酒籌無數 極歡而罷 春澗不禁技癢 得一詩
如靈怪千年跡 蒼崖有裂痕之句 雖古人亦難到 豈非善形容耶

還到君子寺 日已曛黑 有童奴自天嶺南村 負紅柿及餅筍來 足以爲明日登上
峯點心資爾 初六日丁酉 或陰或晴 夜半張燈起坐 理登山行李 只芒鞋竹杖布行
纏而已 天未明 出門騎馬 由義村直入初程洞 登上峯者 必由是途焉 入洞未數里
有小村依篁竹間 村上下柿木如簀 葉盡脫而實累累 照耀一壑 此亦一奇觀也

巖崖爭立 水石壯麗 比之昨日所見 伯仲間也 又山行十餘里 到白門堂 或云
百巫堂 堂卽路旁蔾祠 林魖山魅之所依也 越巫吳覡之所聚也 擊缶罔晝夜 鷺翿
無冬夏 堂中繪像 眩怪難狀 可唾不可留也 促飯有頃 不顧而出 令蒼頭卸鞍息馬
扶筇信脚 寸寸登險 遙瞻山脊 邈不知何處爲天王峯也 但以不失路爲幸 不以半
途廢爲期 登登不已 則早晩必到絶頂無疑也 自此得寸爲寸 得尺爲尺 一擧足則
登一級 一側身則跨一層 雖喉喘胸歐而不敢辭也

日午 始到哭巖 僧云 昔河東倅登上峯 到此力盡 遂慟哭而返 故以名 鄙哉 河
東倅之無立志也 不量吾力 輕犯崎嶇 徒貪勝踐 唯入于林中 百里之塗未半 一簣
之功旣虧 豈不爲後人所笑者乎 令僕夫汲水 各飮一勺 由此以上 前人踏後人頂
上 後人見前人足底 捫蘿攀木 不堪其苦 或拄杖而立 或踞石而休 春澗顧余曰
努力進步 無似河東倅之爲人笑也 相與策倦而行 艱到帝釋堂廢址 仰見天王峯
其尊無上 其大無外 如天之不可階而升也 次見帝釋峯 儼然截立 其勢撑空 然於
上峯 企足不可及矣 上峯之東 有少年臺 石勢峭峻 嚴不可犯也 少年臺稍下 又
有獨女峯 峯形突起 無與爲伍也

其他花峯萼谷可喜可悅者 不可以言語形容 而回視衆山 則已失於脚下矣 時亢旱已數月 求水不得 各喫西果一點 稍慰文園之病 自此路益險 脚益戰 一步甚艱 令同行僧一元覺蓮 前後挽引而行 春潤亦效之 淸虛翁及梁君 使兩僕背負而登 梁君時於背上 擧臂狂呼 吾輩雖困極 而不覺解頤也 又行十餘里 有一怪巖獨立路旁 高可數百尺 三面如削 仰而視之 可竦可愕 下有石蒲叢生 遇霜雪而色逾碧 如有物護焉

自此以上 多設捕鷹幕 虞人日夜跧伏于峯頭 守網羅而心力破也 噫 鷹準 雲宵間物 而不惜奇材以候敖者 終焉機巧所中 未免爲鞲上之縶 貪名嗜利者 觀此少戒矣 日暮登帝釋新堂 此亦神祠也 下瞰層峯絕壑 倂入於几席間 坐使人心凝形釋 入希夷之境 而無復域中常戀矣 峯之最尊者 曰靈神峯坐高臺永郎峯神女峯般若峯無住峯白頭峯地藏峯彌陀峯也

有屹然挺立者 突然孤懸者 傴然如鞠躬者 跪然如俯伏者 巍巍焉 峨峨焉 矗矗焉 纍纍焉不可彈記也 洞之幽絕者 曰帝釋洞也 羅漢洞也 月落洞也 臺巖洞也實相洞也 嚴川洞也 百福洞也 有透迤者 有周遭者 窈而深者 曲而盤者 廓而有容者 如往而復者 窪者呀者汚者陷者 縈靑繚白 莫得隱遯 異哉 豈天工 鍾粹於是 不限於遐裔者耶 時嚴霜夜零 萬葉矜紅 雲容靉靆 遠近濃淡

水墨屛千萬重 錦步障三百里也 富哉 釋一元嘆曰 貧道住此山近十年 每秋頻爲人所挽 登此堂覽此景多矣 未有如今秋之粲爛眩耀也 彷徨間 山日側西 前途尙遠 一行皆疲困不能起 將欲止宿 而水火俱乏 計無善策 適有磨造工在庭下 進曰 香積寺距此不遠 可遣人炊飯負水 期會於上奉 眞良圖也 如或迷路 吾請先導一行喜甚

如其言 卽拖杖而出 急登帝釋峯 則羲車已浴虞淵矣 俯臨南海 鯨浪極天 雲霞卷舒 群島出沒 余與春潤倚樹縱觀曰 不到此峯 焉知此峯之高 不觀滄海 焉知滄海之大 今而後方信地位高而所見大也 然猶仰視上峯 則其高自若也 春潤顧余曰 眞可謂仰之彌高者歟 宜謂之頭流上上頭也 吾與子獨立於上上頭 發浩歌舒長嘯 樂其樂適其適可乎 余曰 諾

自此石勢懸空 難於上天 履險攀危 竿頭進步 艱到穴巖 則滄然暮色 自遠而
至 圓間有物 無復可辨矣 所謂穴巖 有巖當道而有穴者 無此穴則此行殆哉 輿地
云 耶溪有禹穴 塗山有支祁穴 崴嵋有仇池穴 無乃此類歟 何穴之奇耶

自穴以上犯夜行 不知行幾里高幾層也 旣到絶頂 有板屋甚隘陋 殊不如昔時
所見 屋內有架 架上設聖母像 卽釋迦佛母摩倻夫人也 僧云 夫人自言飛過東方
萬八千土 願爲頭流第一峯主云 故設像而祀 歷千百年 可敬不可褻也 余大笑曰
汝言足以惑世 宜乎巫覡之奔波也

少頃 磨工偕炊飯奴至 果如所言 長風吟壑 靈籟殷空 板壁摧破 寒氣逼人 童
僕皆股戰 余命將榾柮 徹夜燒之 禦寇之車輿可馭 不亦冷然善乎 上帝之閶闔尺
五 不敢高聲語也 各鋪毛席 相枕藉而臥 骨冷魂淸 無復囊時之昏睡也

初七日戊戌陰 夜半 起坐默禱 將恐日出時頑雲戱之也 余振衣出戶 仰觀天宇
以占陰晴 忽覺天形傾側 月星下垂 蹙然退縮 驚悸不定 春澗笑曰 蒼蒼之天自在
高下之眼異觀 而妄謂天傾側將壞 子亦杞國之憂人也 遂相對一笑 然後知山之
近天 置身之極高 而所見變於前也 一元遽進日 長庚晱晱 夜將曉矣 吾輩急出天
壇第一層 候焉 則時尙早 宇宙沈沈 不辨上下 有若有未始有始也者 鴻濛未判
混沌未破也 膠乎芒乎 不知其所爲也 少焉 金雞催曉 震方欲啓 有若有始也者
積氣沖漠 馮馮而翼翼也 淸濁定位 無極而有極也 自未始有始 至淸濁定位 雖聖
人存而不論 我輩尙安得容喙哉 遂堅坐移時 昕光漸近 彩暈射天 扶桑明滅 鰲極
欲動 紅雲萬里 瑞光千丈 陽烏騰轟 而六龍擎出也 天吳奔竄 而海若潛藏也 黿
鼉驚躍 而波浪沸湧也 纔到天衢 六合洞然 裨海間纖塵細髮 一一可數 而幽陰邪
怪 莫能奸其間矣

余謂春澗曰 子亦知夫天與水乎 水浮天耶 天浮水耶 天外無水 水外無天耶
天無回轉 水無增減耶 非子之博通 余焉得聞 春澗曰 吾姑且妄言之 子亦以妄聽
之 奚天根浸水 行健不息 地軸蟠空 厚重載物 大海茫洋 包括四表 日月往來 黃
赤其道 星辰錯列 十二其宮 一氣之融結 山川流峙也 二儀之肇判 人卒繁庶也
草木之榛榛 鹿豕之狉狉 莫非道行之而成者 而一言蔽之曰 天地一大塊也 大塊

浮一水 而萬物麗大塊也 天之回轉 北斗主之 水之增減 尾閭司之 子以吾言奚若
余甚喜曰 問二得十 多乎哉

　言未旣 長虹竟天 天色漸低 俯視下界 則雲氣蓊匈矣 遽尋筇杖 飛步下山 未
及穴巖峯壑晦冥 陰雲釀雪 飛雨滿空 一行皆露身沾濕 衣重不得行 艱入新帝釋
堂 爇火燎衣 各喫餠一片水一盂 僵臥待晴 春澗遇麻衣者 二人 相與商量物外
討論仙趣 又有聞笙詩數篇 頗極淸越 殊非煙火食語 豈盧敖之於若士 嵇康之於
王烈 將以眞訣授之 而春澗骨腥不能也 惜乎

　向晚雲葉稍解 雨意乍休 峯巒出頭 日光漏射 余散策先下 衆皆從之 暫憩于
河東巖飮水 及到白門堂 則山日未夕矣 古人云 高者難攀 卑者易陵 信乎 堂主
進糯飯 猶足一飽 兒輩摘霜果滿袖以進 此亦山行興味也 暮投君子寺 淸月出嶺
蘿恩晃映 意思殊蕭洒 達夜談話

　初八日己亥晴 蓐食發行 更尋龍遊潭路 余欲往省姨母 將向木洞 而春澗輩亦
爲天嶺倅所要 更辦潭上遊也 及到潭邊 則郡人報以倅爲山陰宰所挽 醉臥鄭生
家云 卽策馬去 自此峽束淸潭 黛蓄膏淳 平者深黑 峻者鬵白 斗折蛇行 與山升
降 而怪石離列 若頯頷齦齶者 數十里 雖比之金剛萬瀑 亦無甚愧焉

　余謂同行曰 外家田庄 在山後咫尺 每欲誅茅結廬 投老于此 而世故縛人 齎
志未就者 十年 今則齒髮已變 與世乖張 吾將謝俗累遂前計 欲與魚蝦麋鹿作伴
從我者誰 淸虛翁率爾對曰 吾願膏吾車而從子于盤也 遂於蛇潭 卜地而去 至嚴
川店路 余獨登北嶺 徑尋木洞 而春澗輩並轡向崔氏溪堂 約以明朝會于木洞 共
設落帽筵 一宵相別 能使人黯然也 夕謁姨母 因寄宿焉

　初九日庚子晴 春澗輩被挽于兩太守 日晚不來 豈非爲有力者所奪耶 余獨兀
然塊坐 一年佳節 抛却寂寥中 殊無好意 只與鄕老數三 共登南溪小臺上 折黃花
泛白醪 坐有姜君竹年 君子人也 指某水而告曰 此子之外王父所釣遊也 指某臺
曰 此亦子之外王父所自築也 人去五十年 水依舊而臺如昨 子今把酒登臨 烏得
無情哉 余汪然出涕 因憶李義山十年泉下無消息 九日尊前有所思之句 政爲今
日道也 大醉歸來 終宵耿耿 有似逃空 虛待跫然矣

初十日辛丑晴 春澗輩未明馳到 余責以失約 春澗曰 一行一止 皆聽於眞宰
倅焉能泥我 我焉得自由 余曰 若然則今之十日山中行 亦爲眞宰所使耶 相視而
笑 晩往禹仲平家 設小酌 終日穩討 梁光祖高聲頓足 極發狂態 衆皆大噱 夜深
乃罷

十一日壬寅晴 朝飯後辭姨母 踰沙器峴 點心于八良院 夕投碑殿宿焉 此入山
初面路也 回望頭流 已失所在 遙思洞天 杳焉何處 風埃撲面 行路偪側 培塿成
山 細渠成水 甚矣哉 所處之卑下也 夜與春澗說上峯事 怳如夢裡升天也

十三日 癸卯晴 至晩困不起 僕夫具飯以進 日午 踰安信院後嶺 由白波黃竹
路 乘月還家 噫 頭流之遊 再也 登上峯 亦再也 賞秋葉看日出 乃其餘事耳 惟
幸得春澗爲詩伴 得淸虛翁爲語伴 得梁光祖爲戲伴 此三者 求之天下 未易得也
愛春歌守介箏生伊笛 雖云見慣渾閑事 而若使外人聽之 必有如麻衣者之所慕
至於蛇潭之卜居 余嘗十往來未得者 而今忽有之 方覺昔時遊賞 徒勞神爾

入山出山僅十日 凡所經歷耳可聞目可觀者 春澗皆括盡無餘 以爲日錄 世之
覽者 足以知窮山海之偉觀 極逍遙之至樂 奚待余言之贅乎 然且不已者 吾將老
矣 尙待閉門冥搜之日 使兒輩披而讀之 憑几而聽之 所謂不出戶庭 看盡江山 載
在錄者 皆我有也 所得不其多乎 若夫山之高 海之大 洞壑之深 巖石之怪 雖窮
萬穀之皮 禿千兎之毫 亦莫能盡紀焉

月日 靑溪山人 書

제3부

17세기 작품

—

박여량(朴汝樑) | 두류산일록(頭流山日錄)

—

출전 : 감수재집(感樹齋集) 권6, 28면
번역 : 최석기 외, 『선인들의 지리산 유람록』, 돌베개, 2000, 149~171쪽
일시 : 1610년 9월 2일 ~ 9월 8일
동행 : 박명부(朴明榑), 정경운(鄭慶雲), 박명계(朴明桂), 신광선(愼光先),
       박명익(朴明益), 이윤적(李允迪), 노륜(盧腀) 및 승려·악공·종 등

—일정

- 9월 2일 : 함양 도천(桃川) → 어은정(漁隱亭) → 목동(木洞) 박춘수
  (朴春壽)의 집
- 9월 3일 : 목동 → 탄감촌(炭坎村) → 용유담 → 군자사
- 9월 4일 : 군자사 → 백모당 → 우리동(于里洞) → 하동바위 → 제석
  당
- 9월 5일 : 제석당 → 향적사 → 천왕봉 천왕당

- 9월 6일 : 천왕봉 → 증봉(甑峯) → 마암(馬巖)〈천왕봉과 중봉 사이〉
  → 소년대〈하봉 근처〉 → 행랑굴 → 상류암(上流菴)
- 9월 7일 : 상류암 → 초령(草嶺)〈쑥밭재〉 → 방곡촌(方谷村) → 신광선
  의 정자 → 최함(崔涵)의 계당(溪堂)
- 9월 8일 : 계당 → 함양

-저자 소개   감수재 박여량

1554~1611. 자는 공간(公幹), 호는 감수재(感樹齋), 본관은 삼척이다. 경
상남도 함양군 수동면(水東面) 가성촌(加省村)에서 태어났다. 어려서 졸재
(拙齋) 노상(盧祥)에게 『효경』을 배웠고, 뒤에 내암(來庵) 정인홍(鄭仁弘)
에게 수학한 듯하다. 20세 때 발분하여 학문에 전념하였는데, 『대학』의
'무자기(毋自欺)' 세 글자로 근본을 삼아 일신(日新)을 추구하였다. 노사상
(盧士尙) · 정경운 · 오장(吳長) · 박이장(朴而章) · 정온(鄭蘊) 등과 교유하
였다.

39세 때 임진왜란이 일어나자, 곽재우(郭再祐)가 의병을 일으켰다는 소
식을 듣고 영남의 유림들에게 통문을 보내 의거를 독려하였다. 41세 때
순찰사 김수(金睟)와 경상우병사 조대곤(曺大坤)이 곽재우를 모함하자, 격
분하여 김수와 조대곤을 처형해야 한다고 상소하였다. 정유재란 때에는
안의(安義) 황석산(黃石山)에 들어가 항전하며, 여러 고을에 통문을 돌려
군량을 조달하였다.

47세 때인 1600년 별시 문과에 급제하여 예문관 검열에 임명되었다. 이
후 예조 · 병조의 정랑을 거쳐, 사헌부 지평 · 사간원 헌납 · 세자시강원 문
학 등을 역임하였다. 1610년 김굉필(金宏弼) · 정여창(鄭汝昌) · 조광조(趙
光祖) · 이언적(李彦迪) · 이황(李滉) 등의 문묘종사를 청하는 소를 올려 윤

허를 받았다. 그 뒤 병을 이유로 벼슬을 사직하고 고향으로 돌아와 감수재에서 소일하며 지냈다. 이해 가을 박명부·정경운 등과 두류산을 유람하고 「두류산일록」을 남겼다.

감수재는 1610년 고향으로 내려간 뒤, 다시는 벼슬길에 나아가지 않고 고향에 은거하려 하였다. 그러나 계속되는 임금의 부름을 거절할 수 없어, 1611년 한양으로 올라가 세자시강원 문학에 제수되었다. 그 해 9월 2일 한양에서 병으로 세상을 떠났다. 1613년 이조판서에 추증되었다. 저술로 『감수재집』이 있다.

-원문

庚戌八月中旬之後 與朴陜川明榑汝昇 鄭孤臺慶雲德顒 期以九月初吉 作頭流之遊 而是日以孤臺有故 更約以明日

○ 二日 癸卯 發自桃川 至漁隱亭 德顒已先至 待我矣 遂并轡而前 至木洞李秀氏家前古亭 木洞人皆來會 汝昇以前有一日之約 昨日與其弟明桂 其婿盧牖 來 宿李家 發向池谷 纔食頃云矣 余等欲追及之 而李君以酒來飮之 又將有雨勢 不果發 因宿于朴僉知春壽氏之家 僉知於吾爲先君同年生也 年今七十六 而耳目開朗 氣力尙健 能爲少年 言以作戲 以我爲故人子 待甚款 而請食宿 我亦以先君故人 極致敬感焉

○ 三日甲辰 晴 李秀氏與其弟姪 早朝來見 具朝飱 邀喫 出示其二子 所爲賦 多有步趣 食罷卽發 使朴君大柱 爲先路 踰堂後嶺 徑向龍遊潭 大柱乃僉知子也 至炭坎村前 德顒與朴君 欲留待汝昇 余不許曰 不如先往 據龍潭 以主待客 可 也 至潭踰時 汝昇與其弟若婿 及愼光先 朴明益來會 余等 以先登 頗有矜氣 以 加之 笛奴二手 在馬前而奏技 一爲汝昇奴 兼彈稽琴 一爲愼家奴 且善其才

諸君或攀巖 或俯流 或行歌 或坐嘯 自東自西 極其壯觀 水石奇怪 余請列坐

行愼君所帶酒 坐有一人言曰 此爲龍之所遊 而有此奇跡云 無乃開闢之後 水石
相擊磨 突者 竅者 呀者 陷者 自成形歟 余答之 曰第依世俗所傳而觀之 可也
何必生異議乎 座中皆搏手

潭之少東南偏 有龍王堂 創未久也 設略約以往來 汝昇與其婿 能越略約而蘲
上最高石 余則神魂慺然 非徒不能自放足 又戒其從行童僕等 勿使近危 蓋余年
迫衰 遲涉險 已多危懼之心 常積於中 汝昇則方年四十 氣銳而志强 能知進而不
知懼故也

此去君子寺尙遠 朴別監大一 使歌兒鼓手來 而時未至焉 朴君大柱 將設以酒
肴 以待歌鼓之至 余以爲若犯昏暮 則山路險阻 必未免窘迫顚蹈之患 首發着鞭
先至金臺寺下 心吟一絶詩在集中 余性拙於詩 又懶不喜吟 蓋諸君莫之知也

昔年 累與德顯讀書金臺 · 安國 · 君子 · 無住諸刹 而訪臺巖者一 跨靈神者一
登上峰者二 屈指記得 蓋在丁丑秋九月 甲申夏四月間也 巖巒溪壑 曾所遊歷者
積三十年餘 茫不記憶 今而經過 初而疑焉 中而覺焉 終乃了然 余乃解之曰 古
人所謂遊山如讀書者 謂以是耶 夫讀書 初覽 不可盡記 至於一再三四過而後 前
之所忘者 覺焉 所記者 實焉 久久而後 若固有之 遊山讀書 同一揆矣 古人之言
信不誣也

君子寺溪前 水石險惡 以馬則恐有顚蹶之患 招山氓之有健力者 負之而渡 先
據寺前南樓 久之 汝昇德顯諸君 以歌以笛 先導而至 寺僧而山果及五味茶 進之
李君允迪 朴君大柱 以酒繼夕飯而設之 手口之樂 交奏當歡 余則先就僧房 醉睡
時 聞歡笑歌鼓之聲 至半夜而未至 盖德顯以下諸君 皆起舞焉 旣罷 汝昇就我
取淸遠香二炷而去 汝昇今夜之計 終不入手 淸遠二炷 亦不能自燒 而爲二歌兒
袖裏之有云 可笑

君子者 古之靈淨寺也 新羅眞平王 避亂居此寺 生子 因改以今名 其曰安國
寺者 亦因其時而得此稱歟 兵火之後 所重刱者 法堂 · 禪堂 · 南樓而已

○ 四日乙巳 晴 朴大柱 · 朴大一 以方任官事 率二歌兒 作別于沙門外 又令
僧負渡實德灘 灘之左右 乃實德 · 馬村 · 弓項等村也 處處柿木結子方紅 照耀

山谷 山內之民 以是而資生 路甚硌确 僅免仆墜 至白母堂 茶點訖 安國僧崇惠
請進酒果

舍馬理屐 各戒從者 使期會于方谷 乃携杖始事登陟 俯視所歷 漸似高遠 所
謂登高必自卑者也 步步緣磴 樹木蔽日者 幾數十里 乃于里洞也 洞之半 有巖屹
立 其底稍欹 號曰河東巖也 世傳 河東太守 至此 困不前進 遂宿巖下 因稱焉云

余等亦困極 十步一憩 憩必久坐不起 從僧每趣之曰 日將西而路尙遠 又未免
宿此巖乎 余戲之曰 古有河東巖 今將喚做陝川巖 可也 以汝昇曾歷陝川故也 纔
過巖五六十步 余等又自幸之曰 儂輩過河東 已遠矣 所謂以五十步笑百步也 始
達古帝釋堂舊基 登眺左右巖壑 指點山川形勢 滿山所見 非蒼檜則紅樹也 非紅
樹則白枯木也 靑紫白黑 參錯相暎 如錦繡然

西望百里餘 有新刱蘭若二 在無住之西曰靈源 在直嶺之西曰兜率 率乃僧舍
印悟所築而自居者也 悟以吾儒書爲世俗文 只以識佛經 爲諸僧立赤幟 足跡不
出洞門云 前數年 尹君爲咸陽守 有淸政 作木之俸 一不入己 嫁女 賣馬爲資粧
悟有詩云 昔時得聽留黃犢 今日更看賣玉蹄 其末聯 山僧無計贊淸德 獨對金爐
祝香西 夫立石以頌 口傳以思 乃郡民之事也 至於枯槁 無意世事者 亦能致其景
慕之情 可謂人同此好德之心 而不患莫己知 求爲可知者也

諸君皆藉草列坐 或水飯 或盃酒 又强起而行 自是以後 雖不似于里之險急
去絕頂 已過十分之五 尤覺脚力之不能自任 使兩奚童 手執紅樹 作舞前行 琴笛
之手 使不絕聲 盖欲少忘困頓之勞也 兩奚者 一爲官僮玉老 一爲京兒孫得 皆余
所帶也

將至帝釋堂 路極懸危 一步難於一步 或使人扶之 或前挽後推 余曰 雖欲脫
去 不可得也 盖古人拏連客之戲也 見峯頭 處處設捕鷹幕 問其捕得之數 則不過
一二人焉 噫 結豊蔀而設片具 伺飛隼於萬里雲霄 以高下之勢 言之 則似相懸絕
矣 而終不免架上之所掣者 以其有慾也 凡天下之物 有慾者 無不見制於人 人爲
最靈者 寧不反觀焉 且設具以伺者 人人皆自以爲得之 而畢竟所捕 不過一二人
則得失之數 亦可見矣

至堂前 日已昏黑矣 萬壑烟冥 萬竅風號 使望之者 只認其大包冲漠之間 有許多生植之類 隱然含蓄之量 而人莫之測也 到此境界 尤可奇也 與諸君分占東西房 困睡一場後 乃喫了夕飯

堂之制 頗宏濶 樑之長 幾至二十三四尺矣 除左右夾房外 作廳三大間 上以板覆之而不釘 旁亦以板子圍之而無泥壁 問其改刱之由 則有一老嫗爲化主 不一月而成之云 老嫗么麽之力 能使人感之 而作一鉅役於咄嗟之間 人心之易惑難解 良可歎矣

○ 五日丙午 晴 早起趣食 將發 堂主老嫗告曰 有本官留鄕所 推捉文字 馬川里色掌所傳也 誠可悶迫云 余等共致書于鄕所 使緩其令 堂後有泉 出自巖穴 築石而貯之 極淸洌 迤南而行一里許 出南岡之上 其下有西天堂 · 香積寺 極可觀也 堂則新設 而寺則舊制也 汝昇諸君 卽下遊于西天 · 香積 余與德顯 辭以曾所遊歷 直至中峰 同其高峻 無有差別 至此而望見上峯 則突兀層霄 高下絶等 可見 遠視 不如近視之詳 而非親履之 不可妄論其高下也

又行數里 穿石竇而復出 令人心神怳然 復行至絶頂 此乃天王峯也 各攀危磴 俯視人寰 飄然有遺世出塵之想 快然有閬風玄圃之思焉 天王之稱 世以爲神像所居而云也 余則竊以爲 玆山發於白頭山 流而爲磨天 · 磨雲 · 鐵嶺等 關關東爲五嶺八嶺 南爲竹嶺鳥嶺 逶迤而爲湖嶺之界 南至方丈而窮焉 以其頭流者 以此而尤極 穹隆雄偉 俯臨諸山 如天子臨御宇內之像 其稱以天王者 無乃以此耶

峰上有板屋 亦非舊制也 前者 只有一間 架上覆板子 以石壓之 使免風雨飄落之患 今則頗宏 其制 架屋三間 以釘下板 板壁之外 累石圍之 極其堅緻 其內可坐數十人 經亂之後 人民死亡 百不存一 閭落蕭條 無復舊時風烟 而方外異類視昔日 尤爲盛

以其僧刹而言 則金臺 · 無住 · 頭流之外 靈源 · 兜率 · 上流 · 大乘 則古所無也 以其神舍而言之 則白母 · 帝釋 · 天王諸堂 皆務侈前作 而龍王 · 西天 新所設也 逃役之輩 祈福之氓 日以雲集 粒米狼戾峯壑之間 而國家不能禁 誠可歎也

命從僧 使炊夕飯 則鼎匱而無有 使尋泉源 則桶落於絶壁 皆一巫姥 欲困人

匿而落之 使不得飢而食 渴而飲也 窮詰其由 則上峯爲晉州咸陽之間 以地而言之 則峯之中爲界 以堂而言之 則堂之中爲界 故作堂而板之者 咸之花郎也 下釘而固之者 晉之婆也 晉爲兵營 而咸爲屬郡 郎與婆 爭利相鬨 峰頭神室 爲一爭鬪之所 而婆爲晉物 瞞告郎以他事 旣使之捕因于咸獄 又匿其鼎而絶其水 以困遊人騷客之食飮 婆之罪於是 至矣 兵相爲一道主師 反信眇嫗瞞訴 聽淫辭而助之攻者何也 余憐其無罪而就重究也 折簡兵相 以解咸獄之囚 堂有神像 以石爲之 儼然在北壁下 以物蔽之 後打坐

從者曰 日將落矣 盍往觀 諸共出坐西臺上而俟 餞然黑雲一隊 橫亘西隅 作奇峰怪壑 千萬狀 又有紫雲一帶 復橫亘黑雲之外 狀態無窮 變化叵測 俄而日匿崦嵫 寰宇沉冥 星月掩暎 風力又雄 怳然 如在混沌之中矣

入處堂中 各占寢席 擁衾相對 作兩行坐 懸燈燒香 行酒一二巡 復奏鼓吹 令從僧行童 迭起隊舞 或作和尙體 其中安國僧處巖·雲逸 最善舞態 一坐皆極笑焉 笛手淪乞 能奏戒面調 後庭花·靈山會相·步虛詞等 各樣調

○ 六日丁未 晴 晨起 整衣冠 酌秋露一二盃 從者又告曰 震方已啓矣 余與諸君 各占東邊石上 以竢賓焉 黑雲紫雲 桓亘東隅者 復如前夕日入之狀焉 日輪轉上 雲氣漸散 一天之下 輝暎光明 如人君出御 燈燭煌煌 宮闕森嚴 五雲玲瓏 千官擁衛 百隷執物 令人起敬而不敢慢也 以水則如蟾津豆串南之大洋 以山則鷄立嶺以南 及東之八公西之無等 皆在眼底 而佔畢齋之錄 已詳盡矣 今不復贅焉

峯之東南 長谷百里許 有洞曰德山 有水曰德川 南冥曹先生所卜築也 墓與祠皆在于此 祠之額曰德川 今上所賜也 方在千仞峰頭而 想像先生肥遯氣象 千仞峯頭 又望千仞峯也

以今日將向上流菴 累累促飯 漸至日晚 從者曰 桶子推去 水無宿儲 巖隙所落 點點成涓 炊之自不及時也 余自省事以來 行乎世路 無往不困 而卒乃見困於一眇嫗 此實意慮之所不到也 李君允迪 復取君子路告歸 余等 由甑峯而下 至馬巖 從童孫得就水而飮 遇一官醫 多採當歸 取三四本 以來進之 當歸是我素所好者 戒使勿遺 噫 歸而不能歸 只好草之當歸 可謂好之得其實乎

歷少年臺 至行廊窟 各進水飯 回望天王峰 已不啻風馬牛之不及矣 一轉足之間 已至於此 所謂從惡如崩者也 可不懼哉 自峯上至此 無他樹木 只見檜栢赤木楓樹 間以馬檟木 諸君或取馬檟 或採稚檜之生於石隙 年多矮曲而不能自長者 德顯惠甫尤能多採 終始不舍

彼兩箇木 同同是高峰窮谷 自由之物 一以俗方而見伐 一以矮曲而見採 其得失 無異於木鴈矣 然則檜之見採 似得矣 而採之者 不能擇地而培養之 則又焉知其得之者 反爲失之 而不猶愈於自生自死於高山窮谷之中 寧不見遇於人 而任其自然者乎 其得 未可知也 吁 植物不能自爲得失 而其權在於人 諸君勗之哉

至頭流・上流兩庵之路 頭流昔余所遊息 而上流則未也 余請諸君强取上流之路 上流乃妙雲所新創 而於上峰路未出者也 僅尋樹陰下一條潦路 或由岡脊 或臨壑谷 魚貫而下 至一懸崖 上無所攀 下可數丈 諸君與從僧 皆蟻附而下 余則不得着足 周章之際 遠聞伐木聲 盖巖僧已慮其如此 設機械而令我下來也

旣至菴 一行俱困 寺僧進茶果 皆山味也 食罷 妙雲請曰 少西有庵 稍精灑 且種菊盈庭 黃白多開 可往宿焉 余與德顯・汝昇・惠甫 耐困而起 秉火而行 諸君皆從之 庵與菊 果如雲所言 以火來照而觀之 旣又取一二莖 挿瓶而置之床 花影婆娑焉 諸君辭去上流 余四人 遂就寢

自君子至此 一陟一下 幾數息程也 人皆謂余不能達 而得免中廢巓躓者 有二焉 余在桃川 已有頭流之計 欲試步陟之勞 以杖屨 往來于山南水北者 日不輟焉此乃豫習其勞也 少時讀書 古人有曰 遊山有術 徐行則不困 審足則不蹉 余常置之心下矣 今而以豫習之力 試古書之方 此所以免廢躓之患也 可見習之一字 爲論語開卷第一說 而古人垂戒之意 無往而不在也 抑又有待焉 天下之事 立志爲先 志若旣至 氣當次之 余嘗遇上無住僧 贈之以詩曰 雨後晴嵐翠似蒸 林間忽見上方僧 從容話及頭流約 身在雲山第一層 然則非但身勞之豫習 其第一峰之志定之雅矣

〇 七日戊申 晴 將盥 僧請湯水而沃盥 余辭之 乃就水槽水 掬淸注而頮之 菴西有臺 頗可觀 臺上有檜三四株 其大僅一掬 其長已三四丈矣 旣以無曲之根 又

得養之而無害 其爲他日有用之材 可知矣 還至菴 請惠甫書名于此壁 盖八員矣
汝昇 取僧家一書而觀之 有三必死之說 竹有實 必死也 螺有孕 必死也 人有疾
必死也云 雲與其弟訥惠 稍解文字 又能誦佛書 爲諸斯文最 但盡賣其家傳田宅
又兄弟爲僧 以絕其姓而莫之恤 可謂惑之甚者也

至上流 喫朝飯 從僧慮我困不能步 具藍輿二 一則爲汝昇也 或乘或步 至一
處 休焉 見林密蔓附 樹上垂實頗盛 行中有僧一童一 能緣木 如猿猱狀 應搖而
落者 得霜方甛 人皆屬厭而罷

踰草嶺 此乃咸陽山陰兩路之所由分也 沿路多見五味子 令從者 或取其蔓 或
取其實 先至溪石可坐處 又命取山葡萄 以俟諸君 溪澗巖石 可濯可沿者 非一二
矣 下至方谷之上溪 奴輩以馬來待矣 臨溪而坐 各罷鎭心 舍輿乘馬 過方谷村
村舍皆負竹爲家 繚以柿木 鷄鳴犬吠 洽一別境也

越瀶川 到愼君光先之亭 飮以酒三四巡 就宿崔生涵溪堂 具以夕飯 洞友亦多
以酒肴來會 夜二更而罷 堂臨小溪 因溪爲池 蒔以梅竹松菊 盈階焉 人或謂崔生
爲俗 而自謂非俗 今年秋 霖潦不絕 無一日開霽 人皆謂我輩必免草露沾濡之困
而我輩亦自料之矣 入山之後 無日不晴 快睹日之出入 又盡眼力所及 可謂此生
晩計之一幸也 相與擧酒而賀之

且我國之山 妙香・九月・金剛・智異 爲四方之鎭 而智異乃頭流也 金剛・
邊山・頭流 爲古所謂三神山 而頭流乃方丈也 杜詩有方丈三韓外之句 初以謂
未信 及見註 則方丈在帶方國之南 帶方卽今之南原府也 國家祀智異 在南原之
境 合此而觀之 則工部之詩 信不虛矣 而古人博物之該 亦可見矣

玆山之南 如神興・雙溪・靑鶴洞之勝 盖嘗往來于懷而不置者也 一欲搜奇訪
眞 手摩雙溪石門四大字 足濯八詠樓下之淸波 喚儒仙於千古之上 乘鶴背於千
仞之壁 以償吾平生宿債 而惜乎 俗累塵韁 未免纏身 又加以老將至矣 豈能保其
必遂願於他年也 相與一賀之後 不能無發歎也

○ 八日 己酉 崔座缺應會氏 邀以朝飯 崔君少與相好者也 以風腫 艱於行步
而爲余輩 往會于嚴瀨臺上 臺下長川 乃頭流水也 到此作澄潭數里許 魚可數而

舟可行也 試取棗子而投之 遊魚多聚焉 錦鱗游泳於波上者 亦多 野酌方設 歌鼓
方張 而江雨微灑 村烟乍起添一勝 槩此行之一晴一雨 可見天與山靈餉我以多
少好箇事也

　諸君之在南者 皆自此而弦矢 從而東者 德顯與汝昇 而顯則後於鄭上舍汝啓
之家 昇則至大樹溪邊 引馬首相別 溪乃水濡之下流也 又期以十六日 會話于滌
暑亭 以申同遊之好 亭在灆之上流

　人有索山中詩者 余答之曰 新自頭流頂上歸 雄峯絶壑夢依依 傍人莫道無佳
句 佳句難輸千萬奇云 是年是月之日 書于桃川之感廬

　○ 十六日 滌暑之會 余因風感未赴 爲諸友齋恨 德顯及諸友 因以書相記

—

유몽인(柳夢寅) | 유두류산록(遊頭流山錄)

—

출전 : 어우집(於于集) 권6, 29면
번역 : 최석기 외, 『선인들의 지리산 유람록』, 돌베개, 2000, 173~201쪽
일시 : 1611년 3월 29일 ~ 4월 8일
동행 : 유영순(柳永詢), 김화(金澕), 신상연(申尙淵), 신제(申濟) 및 종 등

-일정

- 3월 29일 : 남원부 관아 → 재간당(在澗堂) → 반암(磻巖) → 운봉 황산(荒山) 비전(碑殿) → 인월(引月) → 백장사(百丈寺)
- 4월 1일 : 백장사 → 황계(黃溪) → 영대촌(嬴代村) → 흑담(黑潭) → 환희령(歡喜嶺) → 내원(內院) → 정룡암(頂龍菴)
- 4월 2일 : 정룡암 → 월락동(月落洞) → 황혼동(黃昏洞) → 와곡(臥谷) → 갈월령(葛越嶺) → 영원암(靈源菴) → 장정동(長亭洞) → 실덕리 → 군자사

- 4월 3일 : 군자사 → 의탄촌(義呑村) → 원정동(圓正洞) → 용유담 → 마적암(馬跡庵) → 두류암(頭流菴)
- 4월 4일 : 두류암 → 옹암(甕巖) → 청이당(淸夷堂) → 영랑대(永郎臺) → 소년대 → 천왕봉 → 향적암(香積菴)
- 4월 5일 : 향적암 → 영신암(靈神菴) → 의신사(義神寺)
- 4월 6일 : 의신사 → 홍류동(紅流洞) → 신흥사 → 만월암(滿月巖) → 여공대(呂公臺) → 쌍계사
- 4월 7일 : 쌍계사 → 불일암 → 화개동 → 섬진강 → 와룡정(臥龍亭) → 남원 남창(南倉)
- 4월 8일 : 남창 → 숙성령(肅星嶺) → 남원부 관아

-저자 소개   어우 유몽인

1559~1623. 자는 응문(應文), 호는 어우당(於于堂)·간재(艮齋)·묵호자(黙好子), 본관은 고흥(高興)이다. 1559년 11월 한양 명례방(明禮坊)에서 태어났다. 9세 때 부친을 여의고 홀어머니 밑에서 성장하였다.

13세 때 송승희(宋承禧)·김현성(金玄成)에게 배웠고, 15세 때에는 처고모부인 성혼(成渾)과 신호(申濩)의 문하에 나아가 수학하였다. 그리고 서울 근교의 삼각산·청계산 등에서 독서하였다.

24세 때 사마시에 합격하였다. 성균관에 들어가 공부하면서 이정구(李廷龜)와 교유하였다. 31세 때인 1589년 증광시 문과에 장원급제하였다. 이듬해 예문관 검열이 되고, 강원도 도사로 나아갔다. 그해 강원도 관찰사 구사맹(具思孟)과 금강산을 유람하였다. 이후 사간원 정원 및 홍문관 수찬 등을 역임하고, 질정관으로 중국에 다녀왔다.

1592년 임진왜란이 일어나자, 왕을 호종하여 의주까지 갔다. 이듬해 세

자를 배종하여 남쪽 지방을 순무하였다. 이후 함경도 순무어사 및 평안도 순변어사가 되어 북쪽 지방을 순찰하였다.

1599년 모친상을 당하여 삼년상을 치룬 뒤, 충청도 연산(連山)에 우거하였다. 1603년 다시 벼슬길에 나아가 동부승지가 되고, 1605년 대사성이 되었다. 그 뒤로 대사간·도승지 등을 역임하였다. 1608년 선조가 승하할 때 내린 유교(遺敎)를 일곱 대신에게 전하였는데, 뒤에 이 일에 연루되어 이이첨(李爾瞻) 일파의 탄핵을 받아 벼슬에서 물러났다.

1611년 남원부사로 임명되었고, 봄에 지리산을 유람하였다. 그해 사직하고 순천 조계산에 들어가 우거하였다. 1614년 다시 징소되어 대사간 및 홍문관·예문관 대제학을 지냈다. 1617년 인목대비 폐비론이 일어났을 때 수의(收議)에 가담하지 않았다는 이유로 탄핵을 받고 파출되었다. 이후 벼슬길에서 물러나 여러 곳을 떠돌며 지냈다.

1623년 인조반정 뒤 광해군의 복위 계획에 가담했다는 유응형(柳應泂)의 무고로 8월 5일 사형을 당하였다. 저서로는 야담을 집성한『어우야담』과 시문집인『어우집』이 있다.

-원문

余疲役名場 爾然昕夕 已二十三載 自忖猥忝淸華 出入尺五之天 亦已多矣 於不肖分已過矣 卽今老憊與痾恙相乘 宜退而自適 平生喜遊山海 而所思在橘柚梅竹之鄕 萬曆辛亥春 謝簪笏挈家累 向高興之舊業 朝中舊識 閔余未耋而先退 注擬于龍城之缺 而受恩除焉 余意龍城距高興 無百里 於歸路 暫卸行裝 不妨焉 二月初 來赴任所 龍城 巨府也 佐僿簿領 非憊散人可堪 心忽忽不寧 是時節近寒食 昇州使君柳公詢之省先墓于龍城之木洞 詢之於余 先進也 謂不肯爲邑主禮貌

余頗恪木洞有水舂巖 水石佳勝 進士金澕居之 號在澗堂 堂在頭流山西 烟巒
三四鬢 正與軒檻相對 頭流一名方丈 杜詩有方丈三韓外之句 註曰 在帶方國之
南 今按 龍城古號帶方 則頭流乃三神山之一 秦皇漢武 浪費功於風舟者 吾儕坐
而得之矣

酒半 余舉觴屬坐客曰 余欲及春 縱遊頭流 以償宿債 孰從余遊者 詢之曰 余
曾按嶺南 略遊是山 病其徒從繽繁 未究其一隅 泊來昇州也 偶與是山隣 可朝軔
夕稅 而奈踽踽何 今焉不孤 其與子同樂 遂牢約而罷 厥後 申以累牘 尅日期會
于在澗堂

越三月丁卯 詢之如期而至

戊辰 復會于始約之地 紅粧歌管 酬暢 至夜分 仍宿于溪堂

己巳 整駕促征 詢之扶醉登輿 澗之主金澕 與吾族侄淳昌申尙淵 姻侄申濟
亦踵余而東 沿蓼川 過磻巖 時景芳華 夜雨朝晴 尋芳之興 可掬 午憩雲峯荒山
碑殿 萬曆六年 朝廷用雲峯守朴光玉牒 始議立碑 命大提學金貴榮記 礪城尉宋
寅書 判書南應雲篆 昔麗朝末 倭將阿只拔都 舉大衆寇嶺南 所向無堅壘 其國有
緯書曰 到荒山敗死 山陰有黃山 以此避其路 間道趨雲峯 時我太祖康獻大王 徼
荒山之隘 大敗之 至今故老指石窠 謂建旗古跡 盖提單師 敵難當之賊 以肇我無
疆之基 豈但天命人謀兩得之 度其地勢 正扼湖嶺咽喉 夫控隘得便 乃兵家寡敵
衆之道也 頃者 丁酉之亂 楊元輩不知截此路 欲守南原城 其致挫衄 豈非失地利
而然乎 碑之傍有血巖 邑民稱壬辰亂未作 是巖自流血 如泉不絕 事聞京師未返
倭已寇南邊矣 吁 此地王迹之所肇 及其大難將興 神其告之哉

雲峯倅李復生伯蘇 聞余至 先候于郵亭 酒數巡 便起偕就道 循溪十餘里 皆
可坐玩 遂下轎流憩 自北山漸高路漸艱 舍服騕乘藍輿 入百丈寺 詢之宿醉未解
已先臥佛殿 鼾睡如雷鳴 童子折兩花而來 一曰佛燈花 大如蓮花 紅如牧丹 樹高
數丈 一曰春栢花 紅蕚如山茶而大如掌 與屛簇所觀肖 寺之上有小庵 直對天王
峯 可以見眞面目矣

四月朔日庚午 同行者 各扶竹杖 着芒鞋結繩綦 南行下山 徑水畔邐迤而去

有大川橫焉 乃黃溪下流也 洞府寬敞 奔流駕石 而北瀑下潭 潭上瀑紛崩吼怒 作霹靂交轟狀 何其壯也 行見蒼松落陰也 躑躅如燃也 輒下藍輿 倚杖而息 谷中有兩三人家 號嬴代村 鷄鳴犬吠 在幽谷亂峯之間 眞一桃源也 村之得名 有以哉

至一處 高岡急峽 拓兩崖而深其中 其中皆全石 溪上多大石羅列 名曰黑潭 余笑曰 世有愛丹靑繪畵 盡其人工 嘗以爲奢 今見此地 石旣白 則苔胡然而靑 水旣綠 則花胡然而紫 天工亦太奢 而享其奢者 山之靈乎 於是 使祿福彈琵琶 生伊吹篴 從壽·靑丘吹太平簫山有花之曲 山鳴谷應 與澗聲相和 可樂也 使小童開筒供墨筆 題詩巖石上

過黃溪瀑 踰歡喜嶺 連延三十里 皆蒼檜靑楓 錦翼銜人而飛 至內院 兩川交滙 花樹成山 架一伽藍 如入錦繡中 松壇如砥平 金碧照映林谷 又用千砧紙 着黃油背糊溫床 狀如黃琉璃 不見一點埃氛 有霜髭老禪 整衲衣而展經牒 其生涯灑落 可想 乃題詩替留衣而去

沿東溪並水而上 山深水駛 步步而加 至頂龍菴 前有大川 川漲不可亂 揀健僧背負 超石而渡 有巖臨絕壑 天然成臺 號臺巖 其下深潭黝碧 懍然不可俯 潭有魚 名袈裟魚 鱗有紋成稻田袈裟之狀 天下所無 惟此潭卵育云 於是 命漁人沈網取之 水深終不得寸鬐

是夕 李伯蘇辭歸 宿于內院 余愛是院淸幽窈窕 初欲還此宿焉 至頂龍菴 頹憊不得遂 甚矣 吾衰也 菴有北堂 居僧稱盧判書書齋 昔盧玉溪先生禛 爲子孫營之 先生亦於春花秋楓 乘興往來者 數矣 吁 山深境絕 一鳥不聞 而爲子弟築室而居之 先生淸致 可以起後學也

辛未 褥食 歷月落洞 過黃昏洞 古木參天 仰不見日月 雖淸晝猶昏黑 故稱月落·黃昏 轉入臥谷 樹木猶蓊蔚 石路崚嶒 益艱 千年老木 自長自死 枝摧根拔 橫截石磴 經過者 刊其枝 伏出其下 如門戶然 跨而越 履而登 如閾閫梯級然 其他空中立枯半折半朽者 纖纖莖擢 上聳千尺 依附衆木而不顚者 蒼藤壽造 垂梢倒葉 而羃䍥如帷帳者 彌亙澗溪數十里 罔有垠鍔 淸風恒蓄 爽氣不散 同遊者春服月餘日 至此皆重綿

自日出攀登 至日將午 始躋葛越嶺 嶺卽般若峯之第三麓 翠篠成畛 漫衍數里 無雜樹間之 有若人墾而藝之者 又蹭蹬抵靈源菴 靈源 靜界也 喬基爽塏 俯臨群木 剖篔簹引飛泉 琮琤鳴玉 瀉下木槽中 淸瑩可以解渴 菴小不滿三四楹 而淸僻可愛 南對馬耳峯 東望天王峰 北負上無住 有名僧善修居之 率徒弟演經 四方釋子多歸之 與詢之頗相善 餉之以松餻蔘餠八味茶湯 是山多竹實・柿子・栗子 每秋收而舂之以爲粻云

日晩風色颯然 前峯雲氣苒苒而生 知有雨候 遂促行轉獅子項 下長亭洞 牽脩蔓直下絕磴 過實德里 始見野田 初決渠 白水泱泱 暮投君子寺 寺野刹也 埃氛滿堂 獨牧丹對禪房 方敷榮 可賞 寺前舊有靈井 號靈井寺 今改以君子 未知取何義也 數日間淸遊雲表 有若羽化淸都 忽一夕擠落黃塵 使人神精逼塞 夜夢將魘 夫子所謂君子居何陋者 恐難服膺也

壬申 朝發 經義呑村 多感古焉 昔者 佔畢齋從此路向天王峰者也 彼彼我我吾不必由斯 徑行三四里 至圓正洞 洞天弘敞 去去加勝 至龍游潭 層峯合沓 皆多石少土 蒼杉赤松所攢聚 復以蘿薜經緯之 亙一大石 劈兩厓成巨峽 東江流其中 而奔注之 噴沫舂撞 石爲猛浪所簸磨 或成窪 或成堆 或呀然而成罅 或坦然而成場 高低起伏 數百步 萬千殊狀 不可以殫形 釋徒尙誕 指石缺者 爲龍抓 石嵌圓者 爲龍蟠 石中裂谺谽者 爲龍抉穿而行 民之無知 咸以爲信 至此不覺頂禮 爲士者亦曰 龍不是石 爲變化所使 余亦目其可駭可愕 想有神物宅玆 豈夸娥巨靈 能斧斤以成之者

試以詩驗之 乃書一絕 投之淵 以調戱之 俄而 厓窟中 有如烟非烟之氣 脉脉而昇 亂峯蒼翠之間 有殷殷之聲 閃閃之光 乍作而乍止 同行者 遂褰裳 徑渡略彴 走投于荒祠中 以竢焉 須臾 雨足如銀繩 飛雹大如鳥卵 一時驟至 座中年少輩色沮 幾失匙焉 移晷而後 宇宙盤駁 日脚漏於雲際 遂緣厓而行 迷失路 入灌叢中 草露濡裳 藤梢刺面 推且挽 披荒榛 仄轉山腹而登 行行傴僂 折篁笋採蕨芽 行屩爲之滯淹

東過馬跡庵 攢柯挐蔓 故基猶存 夤緣山冢 十步九折 陟降之勞 無不汗顔 酸

股繭足 若使被人役使爲也 其怨咨嗔怒 雖呵禁難止 而群行朋息 嘻笑盈路 豈非
賞心之可娛也歟 遂入頭流菴 菴之北有臺 直南而望之 有飛瀑瀉于巖間 如懸玉
簾數十仞 雖竟夕坐玩 不覺其疲 而會雨新晴 谷風凄緊 以爲過爽 不可久淹 遂
入禪房 安頓焉

癸酉 侵晨而行 掠甕巖 入淸夷堂 穿森木亂石叢 至永郎臺 俯臨陰壑 黲然昏
黑 魄遁眼眩 攀木却倚 愕眙而不能稽 永郎者 花郎之魁也 新羅時人也 率徒三
千人 遨遊山海 我國名山水 無不寓名焉 循山脊 指天王峯而東 山多烈風 樹木
皆擁腫 枝柯向山而靡 苔髮冒樹 鬖鬖如人被髮而立 松皮栢葉之木 中無膓而榦
四披 枝頭下搶于地 山益高而樹益短 山之下 濃陰交翠 而至此花梢未吐葉 尖如
鼠耳 巖罅有積雪盈尺 掬而啗之 可以沃渴喉 有草纔抽芽 靑莖者曰靑玉 紫莖者
曰紫玉 僧云 此草味甘滑 可食 擷之盈掬而來 余曰 僧稱靑紫玉 乃仙家所餌瑤
草也 乃植杖手摘之 殆滿懷焉

前登少年臺 仰瞻天王峯 高出雲漢 無雜草木 只蒼栢聯緣而生 被氷霜風雨所
侵暴 枯死骨立者 十居二三 望之如頒白老人頭 殆不可盡鑷者也 少年云者 或稱
永郎之流也 余意 天王峯 長老也 此峯 奉承之如少年 故名之歟 下視 群山萬壑
衆皺爛熳 此地尙然 而況於第一峯乎

遂飛杖 登天王峯 峯之上 有板屋 乃聖母祠也 祠中安一石塑 爲白衣女像 未
知聖母是何人 或曰 高麗王太祖母 爲其生育賢王 能統三韓 故尊祀之 式至于今
嶺湖之間 要福者 歸之 奉以爲淫祠 仍成楚越尙鬼之風 遠近巫覡 憑玆衣食之
登絶頂 俯察儒士·官人來 卽雉兔散藏身林薄中 伺其遊覽者下山 還聚焉 環峯
腰列板閣 如蜂房 將迎祈禑者 宿留焉 托以宰殺爲禪家禁 繫牛畜于山下叢祠而
去 巫者 取以資其生 故聖母祠·白母堂·龍遊潭 爲巫覡之三窟 誠可憤也

是日也 山雨新晴 遊氣四霽 曠焉茫焉 極目無碍 有若天爲綃幕 爲斯峯設屛
幪焉 更無有一塊培塿 敢干於眼魂之所屆 徒知縈靑者山 繚白者水 而莫辨某處
某流某峙也 試因山僧所指點而名之 東望則大丘之八公山 玄風之琵琶山 宜寧
之闍掘山 密陽之雲門山 山陰之黃山 德山之兩塘水 安東之洛東江 西望則無等

山在光州 月出山在靈巖 內藏山在井邑 雲住山在泰仁 彌勒山在益山 秋月山在
潭陽 邊山在扶安 錦城山・龍龜山在羅州 其南則望逍遙山而識昆陽 望白雲山
而辨光陽 望曹溪山・突山島而知順天 望泗川臥龍山而憶董將軍之敗績 望南海
露梁而悲李舜臣之死國 其北則安陰德裕山 全州母岳山 特一蟻蛭耳 其中稍隆
然如大兒者 星州之伽倻山也

至於三邊之大海周遭 點點島嶼 出沒於洪波之中者 如對馬諸島 渺然一彈丸
而已 嗚呼 浮世可憐哉 醯雞衆生 起滅於甕裏 攬而將之 曾不盈一掬 而彼竊竊
焉自私焉 是也非也 歡也戚也者 豈不大可噱乎哉 以余觀乎今日 天地亦一指也
況玆峰 天之下一小物 登玆而以爲高 豈非重可哀也歟 彼安期・偓佺之輩 以鸞
翎鶴背爲床席 當其薄九萬而下視 安知此嶽不爲秋毫耶

祠下有小幕 編栢葉而障風雨 僧曰 此鷹幕也 每年於八九月 捕鷹者 設罾尉
於峰頂 伺焉 盖鷹之善飛者 能度天王峯 故得之此峰者 其才絕群 遠邇官鷹 多
出諸此峯 冒風雪耐凍餓 了死生於此者 豈徒官威是惕 抑多射利而輕生者 吁 孰
知盤中之珍 不滿一嚼 而生民之萬苦千艱 有如是哉 日晡 下香積菴 菴在峯下數
里所 煮瑤草酌香醪 臨眺于南臺 亂石峷崿 擁小菴而丹碧之 北仰天王蜂 東南望
大海 山勢豪首 頗與外山異態

甲戌 早辭香積 出昂藏老樹下 踏氷雪凌飛梯 直南而下 先行者 在下 後行者
在上 官士處卑 僮僕處高 可敬者 履加其嚚 可慢者 頭戴其足 又間事類是行哉
見路傍有石如屋危 一踊而登 卽獅子峯也 昔日 從下望之 峭峭然挿雲漢者 非耶
下睇無地 萬山陂陀 眞壯觀亞於天王峯者也 歷玆以降 綿竹不過膝者 布濩陵岊
遂藉而坐歇 可以替氍毹

仍降萬丈蒼壁 抵靈神菴 諸峰環拱面內 如相向而揖 毗盧峰在其東 坐高臺峙
其北 阿里王塔樹其西 迦葉臺壓其後 遂投杖 手足行陟毗盧峰上 凜乎不可久留
也 菴有茶鼎・香爐 而不見居僧 將樵蘇白雲而不知處耶 抑厭避塵人而潛跡亂
峯間耶 節屆淸和 始見杜鵑花半綻 亦知山候稍暖於上峯也

自靈神行四十里許 山之嶄絕 過於釖閣 而風磴直下 不作百八盤之勢 緣而下

者 如自靑天落黃泉 牽蘿引繩 自卯至申 而俯瞰繁綠之隙 猶黯黯然不見底 深贖
太息 幾乎齚指而垂戒矣 然後下入幽谷 披高竹 尋義神寺而宿 夜聞杜宇亂啼 溪
聲繞榻 始覺吾遊近乎人間世矣

於是 有僧 玉井住義神 覺性者 自太乘菴而至 皆以詩名 其詩皆有格律 可諷
者 覺性則筆法臨義之 甚淸豳多法度 余謂兩僧曰 爾輩 皆以離俗絶世 惡入林之
不密 而比吾所履歷 曾不離於阬穽 爾之居僻則僻矣 而不過友靑松群白鹿而止
耳 思吾蹤跡 出靑松白鹿之外而來 吾於爾 多矣夫 兩僧抵掌而笑 遂相與更唱迭
酬 到夜闌而罷

乙亥 遂下紅流洞 竝溪而行 溪上見危岸突起者 寺僧名之曰獅頂 蔭靑松莅碧
澗 藉綠蘇而坐 於是 奏琵琶靈山步虛之操 象之以梵唄 鉦鼓之聲以戲之 深山釋
子 生不聞絲竹 咸聚觀聳 聽而奇之 徙坐妓潭上 淳油蓄藍 玉虹偃飮 聲如琴筑
震越林表 所謂紅流者 取謝詩石磴射紅泉之句 釋之者曰 紅泉出丹砂穴 紅流之
名 出自仙籍 而今移妓潭者 何謂也 甚哉 眞境之遭累也 於是 兩僧辭別 余與詢
之 惜別 欲挈而偕遊 兩僧曰 欲從閣下而遊于下淵 却嫌從此塵世漸邇也 遂袖詩
而去 顧而目之 雙錫如飛 已失其所矣

去此而前 見一垂水一澄潭一叢峰 輒踞石而吟 至神興寺 同遊者 已先往偃榻
久矣 遂與偕至溪石上 溪出大日峯 · 方丈峯之間 疊穎參空 淸漪轉石 石之盤陀
者 可坐六七十人 石上刻洗耳巖三大字 不知誰氏筆 洞名三神 謂洞有靈神 · 義
神 · 神興三利故云 其俗之尙鬼 因此可推 秘志又曰 近年 或見崔孤雲乘靑驢 渡
獨木橋 如飛 有姜家蒼頭者 執鞚而挽之 揮鞭而不顧 又曰 孤雲不死 至今遊靑
鶴洞 靑鶴洞之僧 曰三見孤雲 是說不可信 然使世間有眞仙 安知孤雲之不爲仙
使孤雲果爲仙 捨此地 又焉遊哉

是日 詢之先往七佛菴 余細訊居僧曰 七佛有奇峯乎 曰無有 瀑泉乎 曰無有
澄泓乎 曰無 奚有焉 只七菴精舍耳 余意招提金碧 余所猒觀 而時當繁陰蓊蔚
無異觀可寓目 且於陟降躋攀 興已盡矣 莫如順溪路而下 寓玩於水石 行度紅流
橋 憂滿月巖 坐呂公臺 莅淵淵者而觀焉 卽瀯瀯者而聽焉 解其纓而濯焉 滿其掬

而嗽焉

至雙溪石門 有崔孤雲筆蹟 字劃不泐 觀其書 瘦且硬 絕異世間肥軟體 眞奇筆也 金濯纓謂兒童習字者之爲 濯纓雖善文 至於書 未之學也 凝坐苔石上 瞪目于淸泓白瀑 童子曰 日已西矣 乃入雙溪寺 寺有古碑 龍頭龜趺 額曰 雙溪寺故眞鑑禪師碑 篆體 奇且怪 未易曉 下書前西國都巡撫官承務郎侍御史內供奉賜紫金魚岱臣崔致遠奉敎撰 乃唐僖宗光啓年中建 屈指七百年于今矣 興亡百變物是人非 與其看碑而墮淚 何不學仙而久視 余於此有所晚悟矣 且余自少愛孤雲筆蹟之古勁 得墨本傳壁以玩之 經壬辰亂 室與書 俱亡 常以爲恨 及爲金吾問事郎 楷書文案 傍有金吾將軍尹起聘 熟視之曰 子曾效孤雲書法乎 何奪胎甚也 今見眞本 豈但弔古興懷 兼有感舊之悲也 命出紙墨 印之 寺有大藏殿・瀛洲閣・方丈殿 舊有學士堂 今已圮矣 日暮 詢之自七佛來

丙子 詢之告別曰 年前 已遊靑鶴洞 今不須再往 盍徑還乎 金渾亦曰 小民亦曾見靑鶴洞 慣甚 西疇有事 請先歸 余旣送二客還 獨與尙淵輩 登東嶺入深洞 洞與黃昏・月落 相類 而脩篁挾路 新筍如犢角 穿陳葉而茁 往往僧鞋觸之而折 余北客也 觀之可惜 就厓斷處 僧斫樹橫爲棧者 數所 俯視之 黙黙無底

遂到佛日菴 菴前有平臺 刻厓石曰玩瀑臺 有飛流瀉出于蒼峯翠壁間 長可數百尺 廬山之瀑 吾不知其高下 東方長瀑 莫朴淵如也 而比之 可增數丈 其水勢之長 過之 獨直下無碍 則似此讓於彼矣 天紳下垂 一壑雷喧 紫烟白雪 交吹於中谷 使人耳驚目駭 恍然自失 此日奇觀 信平生難再者也 南有香爐峰 東有慧日峯 西有靑鶴峯 僧指其崖竇曰 彼鶴巢也 舊有赤首靑翼棲之 今不來有年矣 吾聞秘錄曰 智異山靑鶴 當移無等山 得無與是說相符乎 忽有山羊如驢子 大閑臥香爐峰頂 聞琵琶長笛之聲 傾耳彷徨 見人不避 吁 金華仙客之所牧 閑眠白雲今幾年 而乃敢於此唐突欲使我學騎羊子耶 擧鞭叱之 應聲而起

於是 遊覽才畢 而官騶已鳴于谷 其出洞也 驅馬遲遲 如別佳人 回首昔日足跡之所歷 千丈盈抱之樹 其細如芒針焉 問洞名 曰花開 以其地暖 花先開也 昔鄭一蠹卜築以講業 一蠹嘗遊玆山 一蠹力煤 腰繫一索 令一僧挽而前 濯纓曰 僧

從何處拘罪人而來 又曰 不備棟梁之用 而枯死空山 爲造物所惜 然亦終其天年者歟

噫 言者 心之聲也 心本虛明 言發而有徵 其後 一蠹死於囚繫 濯纓亦夭 其天年 皆爲造物者所惜 豈非言讖之有徵歟 大凡天道與人事暗合 通塞與時運相符 衡山雲捲 退之自誇其正直 東海蜃出 東坡亦自方於退之 殊未知天運否 召還在邇 吉兆爲之先應 竊觀佔畢·濯纓之錄 當其登覽之日 皆爲風雨雲霧所魔障 狼狽者 多矣 兩人正直 天地所明知 而不吉之兆 先見於未形 而山靈戲之也 今者 吾與詢之入山之後 天日淸和 久旱而雨 遊氣高騫 使湖山萬里之賞 無碍於雙眼 則雖觸神龍一時之怒 適足以助翌日之澄霽 庸何傷乎

亭午傍瞻江而西 歇馬于臥龍亭 亭卽生員崔蘊庄也 大堆入江心 如截滄波 駕出盤石上 望以白沙如拭綿數百步 搆草堂三四間於其上 衛以翠竹蒼松 匝以圖畫 有蕭瑟出塵之象 是日 宿于本府南倉

丁丑 踰肅星嶺 暫休龍潭上 還府 鳳鶩滿前 朱墨堆案 解青縢投竹節 還作俗吏事 可愧也已 嗚呼 余性疎放 自弱冠來 遊四方山水 未釋褐 以三角山爲家 朝夕登白雲臺 讀書于淸溪山·寶盖山·天摩山·聖居山 逮奉使遍八道 觀淸平山 入史呑洞 遊寒溪山·雪嶽山 春秋 覽楓嶽九龍淵·毗盧峯 泛東海而下 徧嶺東九郡山水 越狄踰嶺 泝鴨綠江之源 度磨天·磨雲嶺 倚釰長白山 飮馬波豬江·豆滿江 扣枻北海而廻 窮三水甲山 坐惠山長嶺 俯臨白頭山 歷明川七寶山 陟關西妙香山 轉而西過大海 登九月山 泊白沙汀 三入中州 自遼東抵北京 其間佳山美水 無不領略而來

嘗謂地勢東南低西北高 南嶽之頂 不得與北山之趾齊 頭流雖曰名山 覽盡東方 以楓嶽爲集大成 則觀海難爲水 特視爲一拳石耳 及今登天王第一峯 而後其知雄偉傑特 爲東方衆嶽之祖 其多肉少骨 乃所以益其高大 比之文章 屈原哀 李斯壯 賈誼明 相如富 子雲玄 而司馬遷兼之 浩然高 應物雅 摩詰工 賈島淸 日休險 商隱奇 而杜子美統之 今以多肉少骨少頭流 則是劉師服以糞壤幾韓退之也 是可謂知山也哉

今夫頭流 根發於白頭山 綿延四千里 扶輿磅礴之氣 窮於南海 蓄縮而會 挺拔而起 環擁十二州 周廻二十里 安陰·長水 擔其肩 山陰·咸陽 負其背 晋州·南原 服其腹 雲峰·谷城 佩其腰 河東·求禮 枕其膝 泗川·昆陽 濱其足 其蟠根之太半於湖嶺 彼楓嶽 近北而四月雪消 頭流 極南而五月氷堅 其地之高下 推此可測 古人嘗論天下大水三 黃河·長江·鴨綠 今觀鴨綠之大 不過王都之漢江 不自見而泛論之 傳記所載 亦有所不周也 若余者 東區海嶽 皆入吾雙脚底 雖子長博望之遊 吾不多讓

舉余足跡所及者 第其高下 頭流爲東方第一山 無疑 如欲謝人間榮利 長往而不返 惟此山 可安菟裘 深知錢穀甲兵 非白首書生所料理 朝夕解腰間長組 以遂吾初服 苟借一間方丈於泓靜蕭瑟之境 豈獨高興舊貫 可志我輿地哉

萬曆三十九年辛亥四月日 默好翁記

박민(朴敏) | 두류산선유기(頭流山仙遊記)

出典 : 능허집(凌虛集) 권2, 3면
번역 : 최석기 외, 『용이 머리를 숙인 듯 꼬리를 치켜든 듯』, 보고사,
2008, 45~51쪽
일시 : 1616년 9월 24일~10월 8일
동행 : 정대순(鄭大淳), 강민효(姜敏孝), 성여신(成汝信), 이중훈(李重訓),
문홍운(文弘運), 성박(成鑮), 성순(成鐓), 강이원(姜以源), 하응일
(河應一), 최비(崔圮), 정시특(鄭時特) 및 종 등

-일정

• 9월 24일 : 부사정(浮査亭) → 검호(劒湖) → 이천(伊川) → 정촌(鼎村)
→ 관율(官栗) → 구암(龜巖) 마을 → 하영견(河永堅)의 초
정(草亭)

• 9월 25일 : 초정 → 진현(晉峴) → 박민의 낙천와(樂天窩)

• 9월 26일 : 낙천와 → 수곡(樹谷) 강사순(姜士順)의 집 → 유경지(柳景

祉)의 모정(茅亭)

- 9월 27일 : 모정 → 봉계(鳳溪) → 맥동촌(麥洞村)
- 9월 28일 : 맥동촌 → 황현(黃峴) → 횡포(橫浦) → 공돌원(公突院) → 계동(桂洞) 하홍의(河弘毅)의 집
- 9월 29일 : 계동 → 하영견의 초정 → 손유경(孫裕卿)의 정사(亭舍) → 흥룡(興龍) 하응일(河應一)의 집
- 9월 30일 : 흥룡 → 군산(君山) → 삽암(鍤巖) → 도탄 → 가정(柯亭) → 쌍계사
- 10월 1일 : 쌍계사
- 10월 2일 : 쌍계사 → 불일암(佛日菴) → 향로봉(香爐峰) 고령대(古靈臺) → 쌍계사
- 10월 3일 : 쌍계사 → 화개현(花開縣) → 신응사(神凝寺)
- 10월 4일 : 신응사 → 가정촌(柯亭村) → 도탄(陶灘) → 삽암 → 평사역(平沙驛) 촌가
- 10월 5일 : 평사역 촌가 → 흥룡촌 → 장변(場邊) 나루 → 강가 정자
- 10월 6일 : 정자 → 우현(牛峴) → 하천(霞川) → 공돌원 → 횡포 → 황현 → 대야천(大也川) → 동곡(桐谷) 정희숙(鄭熙叔)의 집
- 10월 7일 : 정희숙의 집 → 원당(元堂) → 곤명(昆明) → 박민의 낙천와
- 10월 8일 : 낙천와 → 약동령(藥洞嶺) → 임천탄(林川灘) → 황류탄(黃柳灘) → 부사정

-저자 소개   능허 박민

1566~1630. 자가 행원(行遠), 호는 능허(凌虛)이며, 본관은 태안이다. 그의 선대는 본래 개성에 살았는데, 고려 말 그의 6대조가 진주 정씨와 혼

인하면서 진주에 정착하였다.

능허는 16세 때 향시에 장원하는 등 이후 10번의 향시에 합격하였다. 그러나 벼슬에는 뜻이 없었으며, 실제로 부사(浮査) 성여신(成汝信)과 함께 천거를 받았으나 나아가지 않았다.

20세 때 남명의 문인 수우당(守愚堂) 최영경(崔永慶)을 찾아 가르침을 받으면서 남명의 학문을 처음 접하였고, 이후 내암(來庵) 정인홍(鄭仁弘)과 한강(寒岡) 정구(鄭逑)에게도 수학하였다. 정구는『대학』과『중용』을 가르칠 때 그의 기량이 충후(忠厚)함을 인정하여 제자들에게 능허를 스승으로 삼을 것을 권하였다. 이를 계기로 남명의 여타 문인들과 두루 교유하고 학문을 강마하였는데, 21세 때 하항(河沆)·유종지(柳宗智) 등과 성리학을 강론하였고, 하수일(河受一)·이대기(李大期)·박제인(朴齊仁)·이정(李瀞) 등과도 교유하였다. 특히 정구의 문하에 출입하던 장현광(張顯光)·김우옹(金宇顒)·정온(鄭蘊) 등과는 매우 절친하였다. 49세 때는 침류정(枕流亭) 옛 터에 서실을 지어 낙천와(樂天窩)라 편액하고 교류의 장으로 삼았다. 이듬해에는 능허대(凌虛臺)를 낙성하여 일생 학문연마와 수신의 거처로 삼았다.

임진왜란이 발발하자 노모를 모시고 지리산에 피신하였다. 진주성이 함락되고 절도사 최경회(崔慶會) 등이 남강에 몸을 던져 죽자, 능허는 산에서 내려와 뱃사람과 함께 그의 시신을 찾아 장례를 치르고는 죽을 때까지 남강 물을 먹지 않았다. 정묘호란이 일어나자 주군(州郡)에서 창의하여 그를 강우의병장(江右義兵將)으로 추대하였다. 이에 의병을 거느리고 상주(尙州)에 이르렀으나 화의가 성립되었다는 소식을 듣고 되돌아왔다.

능허는 광해군이 인목대비를 유폐하고 영창대군을 죽이는 사건과 관련하여 내암의 문인 문홍도(文弘道)와 심한 언쟁을 벌린 일이 있었다. 그는 이 일로 인해 향후 10년 동안 과거 응시를 정지당하기도 하였다. 인조반정 이후 천거가 있었으나 등용되지는 못하였다. 세상을 떠난 뒤 좌승지에 추증되었다. 저술로 『능허집』이 있다.

-원문

吾嘗謂 人有可病而不以爲病 人有可樂而不以爲樂 何哉 功名富貴 得喪利害 嬰心苦思 乾沒平生 非吾所謂可病乎 佳山美水 明月淸風 恣意探討 遨遊物表 非吾所謂可樂乎 病其病而樂其樂 人孰得以能之哉 一日浮査少仙 示余以淸遊 之意 乃辦行焉 少仙眞樂其樂者乎 是行也 二胤子御 文汝幹偕 姜君士順其從 鄭公熙叔攏病 余忝在其列 泊岳陽 李謹之亦與焉

八仙聯袂 或徐或疾 登臨瞻眺 忘後忘先 凡可以宜於目愜於意感於心愴於懷 者 盡得以收拾 時或有吟哦焉 長嘯焉 狂歌焉 起舞焉者 隨意而爲之 靈區異境 仙侶所在 足才躚而毛髮爽竪 琪花瓊樹 莫辨其名 無不掇而見聞瓖博 宇宙高深 風雲變化 亦足以暢叙精神 疏蕩胸襟 殆非食烟火氣像

余於是益有所感 而知功名富貴 得喪利害 誠足以爲人病也 至如尋溪訪巖 登 綠醽而薦芳膳者 山中之知舊也 跨虎驀龍 導竹杖而披雲霧者 山中之韻釋也 及 乎周覽而下也 平湖夜泛 極其淸絶 臺上笙歌 盡其歡情 氣益豪而思益奇 發之爲 詩文 奚囊之什 終成卷軸 吁 所得亦已夥矣

若夫山川之壯麗 地鑰而天扃之 古人之奇迹 鬼呵而神護之 以至四時之殊態 萬象之呈露 今猶古也 古猶今也 先賢之錄 蓋詳矣 吾又何贅焉 嗚呼 南畝之入 可以無飢 箔上之收 可以無寒 而得油然而樂 快然而喜者 百歲之中 有幾度哉 今玆之遊 不與物競 不與事爭 嗒然忘我 吾樂自至 諧所願也 復焉求哉

雖然 人徒見吾輩之遊之樂 而曾不知少仙年齡過稀登陟如飛 正自有凌厲飄逸 之狀 是豈非造物者不斬使之如鞭笞鸞鳳而得逍遙於世外也耶 吁 少仙眞少仙哉 噫 赤壁江山 托蘇仙以香牙頰者 前日事 而玆遊之以香人牙頰者 必少仙也歟 時 維柔兆執徐之歲 大淵獻之月也

—

성여신(成汝信) |
방장산선유일기(方丈山仙遊日記)

—

출전 : 부사집(浮査集) 권5, 33면.
번역 : 최석기 외, 『선인들의 지리산 유람록』, 돌베개, 2000, 203~240쪽
일시 : 1616년 9월 24일 ~ 10월 8일
동행 : 정대순(鄭大淳), 강민효(姜敏孝), 박민(朴敏), 이중훈(李重訓), 문홍운(文弘運), 성박(成鑮), 성순(成錞), 강이원(姜以源), 하응일(河應一), 최비(崔圮), 정시특(鄭時特) 및 종 등

—일정

- 9월 24일 : 부사정(浮査亭) → 검호(劒湖) → 이천(伊川) → 정촌(鼎村) → 관율(官栗) → 구암(龜巖) 마을 → 하영견(河永堅)의 초정(草亭)
- 9월 25일 : 초정 → 진현(晉峴) → 박민의 낙천와(樂天窩)

- 9월 26일 : 낙천와 → 수곡(樹谷) 강사순(姜士順)의 집 → 유경지(柳景祉)의 모정(茅亭)
- 9월 27일 : 모정 → 봉계(鳳溪) → 맥동촌(麥洞村)
- 9월 28일 : 맥동촌 → 황현(黃峴) → 횡포(橫浦) → 공돌원(公突院) → 계동(桂洞) 하홍의(河弘毅)의 집
- 9월 29일 : 계동 → 하영견(河永堅)의 초정 → 손유경(孫裕卿)의 정사(亭舍) → 흥룡(興龍) 하응일(河應一)의 집
- 9월 30일 : 흥룡 → 군산(君山) → 삽암(鈒巖) → 도탄 → 가정(柯亭) → 쌍계사
- 10월 1일 : 쌍계사
- 10월 2일 : 쌍계사 → 불일암(佛日菴) → 향로봉(香爐峰) 고령대(古靈臺) → 쌍계사
- 10월 3일 : 쌍계사 → 화개현(花開縣) → 신응사
- 10월 4일 : 신응사 → 가정촌(柯亭村) → 도탄(陶灘) → 삽암(鈒巖) → 평사역(平沙驛) 촌가
- 10월 5일 : 평사역 촌가 → 흥룡촌 → 장변(場邊) 나루 → 강가 정자
- 10월 6일 : 정자 → 우현(牛峴) → 하천(霞川) → 공돌원 → 횡포 → 황현 → 대야천(大也川) → 동곡(桐谷) 정희숙(鄭熙叔)의 집
- 10월 7일 : 동곡 → 원당(元堂) → 곤명(昆明) → 박민의 낙천와(樂天窩)
- 10월 8일 : 낙천와 → 약동령(藥洞嶺) → 임천탄(林川灘) → 황류탄(黃柳灘) → 부사정

‒저자 소개   부사 성여신

1546~1631. 자는 공실(公實), 호는 부사(浮査), 본관은 창녕(昌寧)이다. 1546년 1월 1일 진주 동면 대여촌(代如村) 귀동(龜洞) 무심정(無心亭)에서 부친 성두년(成斗年)과 모친 초계 변씨(草溪卞氏) 사이에서 셋째 아들로 태어났다. 부사 집안은 고조부인 성우(成祐) 때 거창에서 진주로 이주하여 정착하였는데, 증조부 성안중(成安重)은 문과에 급제하여 승문원 교리를 지냈다. 그러나 조부 이후로는 기묘사화로 출사를 포기하고 강호에 은거하였다.

부사는 어릴 적 이모부인 신점(申霑)의 문하에서 배웠고, 뒤에 정탁(鄭琢)·이정(李楨)·조식(曺植) 등에게 수학하였다. 23세 때 단속사에 머물고 있던 휴정(休靜)이 『삼가귀감(三家龜鑑)』을 편찬하면서 유가(儒家)의 글을 맨 뒤에 둔 것에 분개하여 책판을 불사른 혈기가 넘치는 젊은이였다. 그 뒤 덕산(德山) 산천재(山天齋)에 머물고 있던 조식을 찾아가 문인이 되었으며, 그곳에 와 있던 최영경(崔永慶)과 벗하게 되었다.

20대 초반 과거에 낙방한 뒤 진주 경내의 응석사(凝石寺)·단속사·쌍계사 등지에서 경서와 『심경』·『근사록』·『성리대전』 및 역사서를 부지런히 읽었다. 36세 때는 처가가 있는 의령으로 이주하여 곽재우(郭再祐)·이대기(李大期)·이대약(李大約) 등과 교유하며 학문을 강마하였다.

47세 때 임진왜란이 일어나자, 인근에 진을 치고 있던 김덕령 장군과 군사를 논의하였고, 뒤에 김덕령이 구금되자 상소를 올려 적극 구원하였다. 1597년 왜적이 다시 침입하자 김천으로 피난하였다가 곽재우가 진을 치고 있는 화왕산성으로 들어가 함께 군사를 의논하였다.

54세 때인 1599년 비로소 고향으로 돌아와, 강호에 묻혀 지내는 은일의 삶을 지향하였다. 한편 남명의 문인으로서 덕천서원을 중건하는 일에 동참하였으며, 최영경이 무고하게 죽자 그를 신원하는 데 적극 참여하였다.

또한 전란으로 무너진 예속을 회복하는 데도 앞장서며 사인(士人)으로서 본분을 충실히 수행하였다.

부사는 선친의 당부를 저버릴 수 없어 64세 때인 1609년 과거에 응시하여 생원·진사시에 모두 합격하였다. 그리고 68세 때인 1613년 다시 문과 시험에 응시차 상경하였다가, 세도가 어지러운 것을 보고 곧바로 낙향하였다. 이 당시의 정국은 동인이 남인·북인으로 갈리고, 북인이 집권하였지만 다시 대북·소북으로 나뉘어져 치열한 당쟁을 일삼던 시기였다. 게다가 정인홍·이이첨 등의 대북정권이 강경책을 써서 영창대군을 죽이고 인목대비를 폐하는 정치적 격변기였다. 부사는 남명학파의 영수격인 정인홍과 뜻을 같이 하였지만, 이를 계기로 정온(鄭蘊)·곽재우 등과 같은 입장을 취함으로써 이른바 중북의 노선을 지지하였다.

그리하여 그의 불우는 보다 극대화 되었고, 만년에 신선세계에 몰입하는 경향을 보였다. 71세 때 동지들과 함께 지리산 쌍계사 방면을 유람하고 「방장산선유일기」를 지었다. 또한 78세 때 다시 법계사를 거쳐 천왕봉을 유람하고 172구의 장편시 「유두류산시(遊頭流山詩)」를 지었다. 저술로 『부사집』이 있다.

-원문

萬曆丙辰秋 浮查野翁 將遊頭流約 與同之者 玉峰鄭熙叔·凌虛朴行遠·梅村文汝幹 而從之者 鎛也·錞也 聞風而興起者 鳳鶴臺姜士順·洞庭湖李謹之 其人也

九月二十四日辛卯 翁由浮查亭啓行 款段一 髻童一 竹一杖 芒一鞋 詩一卷 紙硯筆墨之具 衣衾枕席之類 共載梅村之卜馬 梅村蒼一連 臂黃四足 牽騎駁卜驢 而帶率三奴 錞先往行遠家 相待 鎛明發浮查 期會於樂天窩 翁與汝幹 偕往

泗川 以汝幹爲其孽叔文勃有所事於龜巖洞故也 路出嘉坊 徑劍湖 渡伊川 歷鼎村 至官栗堤下 下馬坐溪上 觀放鷹 仍抵龜巖 見李次一謁祠宇 投宿于河奉事永堅之草亭 河君迎而入待之款 時菊花方盛開 廳上及房中 咸置花盆 香氣襲人 明燈酌酒 歡洽而止 李魚變·李次一 來見而去 文勃亦偕焉

二十五日壬辰 金大成·尹芳來見 李次一携酒來 壁上有題詠 主人請和之 遂次其韻日 身爲天地一閒人 到處溪山入眼新 醉殺東城無限酒 頹然倒着白綸巾-諸公詩多 不盡記 後倣此- 又吟五言絕句 贈李次一 東城秋日暮 白髮對黃花 把酒還添恨 山陽舊意多 吁 次一乃亡友百忍齋李上舍子舉庶子也 百忍無敵嗣 次一幹其家 今到門前 舊宅荒凉 祠宇獨立 樹老村虛 落葉滿溪 徘徊瞻眺 頗有感舊之意也 食後 過江州至晉峴 逢驟雨抵行遠家 行遠往李淸慰筵未還 惟錞在 夕行遠來 同宿樂天窩 贈主人一絕 心事休休 學古人 一堂簪盍摠情親 始知良性無矯飾 散植黃花却任眞

二十六日癸巳 發自樂天窩 五人同行 總角姜以源願從 許之 到樹谷 訪姜士順 士順又願從 許之 以明朝佩酒到松林爲約 贈主人一絕日 爲訪故人來 東籬菊正開 明有松林約 君須無負哉 ○ 馳入松林 宿於柳景祉茅亭 景祉有弟景禛 乃吾仲氏之壻也 不幸早世 其妻成氏 寡居率育孤幼三人 日枝億·枝萬·枝千 枝萬學書於我 故方在浮查亭 枝億·枝千在矣 吾三父子及朴行遠 先投其家 敍話喫夕飯 仍同宿於西家草亭 昆陽道上 吟二絕句日 我是寰中人 初非物外人 秋風動高興 將作學仙人 昆山西畔有松林 林下長楊翠影深 始知陶潛門外植 葛巾空負掇英心

二十七日甲午 隣人姜遇周·姜翊周·鄭之悌·姜東立等來見 姜士順亦來到及之 朝飯後 發過鳳溪 到麥洞村前 風聲怒號 日色寒凜 欲入村家安頓 而前日發行時 致書於鄭熙叔 有橫浦同宿之約 故排風抗寒而西 未至黃峴 望見自北而來者 黃駁其馬 御者三奴 相與揮手以應之 然後知鄭行之無疑 遂定還入麥洞之約 使朴奴命生 迎于路上 使之邀來 吾等下馬 負暄 坐以待矣 命生還報日 彼行幾至嶺腰 聞吾聲還下十餘步 答之日 鞭駕上高 更爲下來 非計也 故今方越嶺

相待於橫浦村家云矣 吾等相謂曰 彼已知吾等之來 吾等亦知彼之來 兩不失期
不亦樂乎 然日氣甚寒 若帶狂風越峻嶺 寒疾可畏 莫若入前村止宿 而明日發行
也 僉曰諾

二十八日乙未 朝甚寒 不得早動 朝飯後發 逾黃峴 過橫浦 不知熙叔所在 過
公突院 尋桂洞 到河弘毅之家 熙叔先已在此矣 欣然相對 黃眉可知 熙叔皺眉謂
余曰 曩者 得寒疾 幾不能支吾 故家人止之 余乃絕袖而來云 余笑而謂之曰 子
眞信士也 吾等之行 以仙遊目之 而皆號以仙 君亦得稱仙字 則塵間俗病 自然去
矣 熙叔曰 言則好矣 吾病不瘳 則恐不能如所約也 然得見好人 得聞好言 吾病
已歇矣

於是 相與論 作一絕韻 贈余一行 余次曰 一身已潦倒 百計入長嗟 拂袖尋眞
路 佳期喜不差 日暮 余與行遠 同宿矣 夜將半 翁之奴肅男 呼聲甚急 問之 則
曰馬病而臥不起云 鏄與士順往見 馬患鼻病 幾不能救 士順略知醫馬之法 針其
鼻端及尾肉 須臾 自起吃草 其病永瘳 然翁在他家 睡美不能知 及朝聞之 致謝
於士順曰 公之手 能醫於馬 而己病與人病 不能醫 君之手 能於馬 而不能於人
與己歟 翁之睡 不聞奴之呼聲 不知友之救馬 翁之睡 可適於陳搏歟 相與大噱

二十九日丙申 朝還聚河君草亭 各問氣味何如 僉曰安矣 汝幹曰 今夜渴證太
甚 倘無導水人 難矣云 此所謂一飮瓊漿百感生者也 俄而 熙叔來 僉問夜來證候
何如 熙叔曰 痰盛倍前 似不能隨轝入山 遂吟一絕 僉君皆料熙叔病不能從 各有
缺然之懷 咸次其韻 余詩曰 仙區底處有仙樓 擬拍浮丘辦勝遊 何事留侯徑謝病
玉簫空負鶴巖秋

別熙叔 馳向蟾江 到孫裕卿亭舍 裕卿不來 而守亭奴畢同 在矣 問其主消息
則不知云 畢同進秋露 僉君各飮三四杯 裁書 令畢同急傳於其主 其書曰 查仙致
招書 玉峰傳好音 君若不聞然 塵臼中心事 可知行到蟾亭 畢同進秋露 奴勝主耶
主勝奴耶 今晦 追到於石門 而石門如不及 留待湖亭 幸甚 亭上作一絕曰 高亭
瀟灑俯澄湖 湖嶺中間別一區 數曲纖歌留遠客 依微山翠有而無

午後 江風漸高 雲勢甚頑 馳向興龍 中路逢雪 投入村舍 須臾雲霽 馳入興龍

河應一家 新作瓦家 有高樓 有溫堗 堗甚恢 鄭熙叔病少間 追到焉 余詩曰 軒臨
靑草岸 門對白雲峯 一宿壺中去 應看杖化龍

三十日丁酉 鄰翁李蕙·金淑男等 佩酒來見 李善着菜 汝幹再戰再北 朝飯後
發 到君山前 望見鋪巖頭 張幕而坐者 謂必是李謫仙謹之也 及到鋪巖 則非謹之
也 乃李祥也 祥武人 中癸未別擧 與姜長馨同年者也 聞吾等至 爲設酒肴來待之
酒兩罇肴六笥 水陸山海之味 無不有飮 未盡·日已晩 促觴而行

詠鋪巖舊跡-韓錄事惟漢 麗季人 見麗室將亂 來隱此山中 卜居鋪巖上 後以大
悲院錄事徵之 書一句於壁 曰 一片絲綸來入洞 始知名字落人間 遂踰牆而走 不
知所之- 訪古騷人雪滿頭 來登先哲舊林丘 天連上下猶湘浦 地坼東南似岳州 遁
世淸標靑嶂立 踰牆高躅白雲浮 一聲長笛江山老 蘆荻花飛入晩秋

時觴詠未半 有一人出舊花開 過岳陽縣 經平沙驛 掠君山而來者 望之不知誰
何 迨傾盖 則乃李謹之也 謹之名重訓 故李相國俊民之猶子 家在京城 不向朱門
求來入碧山 棲其中 可知曾於桂洞 已結同遊之約 故佩酒而來 與之飮 飮旣 發
向陶灘-鄭先生諱汝昌 燕山朝 卜居陶灘上 其後 以佔畢齋門人 罹戊午禍 南冥
先生所謂 此去鋪巖十里地 明哲之幸不幸 豈非命耶 魚灌圃詩曰 竹林半搗鄭公
廬 想得當時卜永居 正坐中年猿鶴怨 老來不食此江魚-

過陶灘時 有吟曰 鄭先生是儒林匠 晚卜幽貞溪水西 落日停驂傷往事 雲容水
色共悽悽 遂發行 到柯亭 日已沒矣 至斷橋邊 上下村人 束炬出迎 擧火者 幾二
十餘人 前在興龍時 令河應一·崔屹 主管一路人馬供饋等事 故河崔兩君 預通
村人 使之明火出候也 斷橋 卽雙溪·神凝·七佛三洞之水 合流而下者也 川廣
石險 舊橋今毀 故曰斷橋 上下人馬 咸得利涉 無一顚躓者 無非明火所致 兩君
可謂勤幹 而村人之良善 亦可想矣

渡花開縣前川 抵石門前 則雙磎寺首僧三寶等僧 出迎之 至八詠樓 寺僧多出
來 下馬於邀鶴樓前 登樓列坐 寺僧明燈設筵 叉手以勞之 饗以胡椒茶·圓紅
柿·獼猴桃·海松子等果 仍喫夕飯 作四韻 一篇詩曰 柯亭道上帶微纁 尋到仙
區野色昏 束火渡橋危石露 攝衣登閣暮鐘聞 煙霞縹緲三神洞 苔蘚微茫四字門

欲泝仙源何處是 香爐峰上喚孤雲

十月一日戊戌 旭日初昇 綺疎瑩朗 出邀鶴樓 危欄聳空 眩亂徒倚 旋入法堂
蜂房窈窕 丹碧輝目 先尋蓬萊殿 古有溫突 今爲空殿 經板藏其中 是査翁昔日讀
書處 往在乙丑秋 携姜得熙文卿來 棲焉 冬十一月 柳大鳴而遠・姜儉希約・河
朝宗達源等 亦來棲 丙寅正月之晦 各散焉

又於丁卯秋 與崔舜欽汝一・權世仁景初・柳璋汝玉・河天澍解叔等 步自凝
石寺 歷探廣濟・斷俗・德山等寺 欲謁南冥先生 先生往金海 未拜 溪上有草亭
亭之柱 有先生手題一絕曰 請看千石鐘 非大扣無聲 爭似頭流山 天鳴猶不鳴 吾
等初未識其意 撫翫沈吟 良久 乃得小寤 仍竊相嘆曰 先生儀形 雖未得拜 先生
力量 憑此可想 豈非今行之一大幸乎 遂散步於桃川上-卽今書院基也- 仍過樊川
洞 越宿黙菴 踰雪峰 宿佛日菴 下雙磎 讀三冬史 翌年春 出山焉

噫 乙丑・丁卯等年 已過五十歲 而當日同遊人 皆不在世 所謂何不學仙塚纍
纍者也 亂離百戰 寺刹皆入灰燼 而今乃新營 翁獨重來而訪舊 所謂老仙不死閱
興亡者也

又入瀛洲閣 閣在法堂後 常稱東方丈・西方丈者 卽古之玉泉寺 余嘗聞老僧
之言 古無雙磎之名 崔致遠來棲玉泉寺 與眞鑑爲道友 以此地有雙磎之流 書雙
磎石門四字於巖石 其後 寺僧作巨刹於前 而名之曰雙磎寺 以玉泉爲東西方丈
寺之有雙磎名 始此 其後 又作八詠樓者 取沈約詩 明月雙磎寺 淸風八詠樓之意
翁之今日來遊 少年爲客處 今日送君遊者也 樓則寺僧仲暹所建 題詠則魚灌圃
首題 續和諸賢 唯記黃瑾而忘其餘 扁額則僧靈芝所書云

午與諸友 徘徊於頹砌之邊 令卜生吹笛以遊之 適李昌原奴一元者 持酒而到
諸君皆酬飲之 碑殿門外 有石碑 乃崔孤雲所撰而所書者也 爲眞鑑禪師而作 黃
絹幼婦 間有難解處 銀鉤玉索 字字有精神有氣力 摩挲可愛 余作感舊遊一篇-見
詩集- 又次過客-奇相自獻-韻曰 可笑鷗翁山水癖 頭流半世幾來來 驂鸞欲向三
淸去 駕鶴何人共我廻 有一衲 曰寶心 進詩軸 皆一代名卿所題 晉陽人南鄉長
泰亨-・河生員-魏寶-・河密陽-晉寶-・金鳳山-大鳴-・鄭進士-大咸-・孔生員-仁

博·李竹院-仁民- 所贈斯人 皆已下世 而遺詩遺墨 宛然如昨 良可悲夫

遂題八仙于邀鶴樓壁上日 浮査少仙·玉峯醉仙·鳳臺飛仙·凌虛步仙·洞庭謫仙·竹林酒仙·梅村浪仙·赤壁詩仙 又添二仙曰 龍潭睡仙 卽河應一也 鶴洞後仙 卽崔圪也 以姜以元爲搗藥兒 以鄭時特爲鍊丹童 書之者 鑄其筆也

二日己亥 日氣和妍 可惬探討 諸君皆有尋鶴洞計 令寺僧辦藍輿四 僧曰 有藍輿四 座可無憂 諸君喜之 然老者病者乘之 四仙不得乘 盖浮査之老·玉峯之病·洞庭之肥 皆不得步 故推以與之 唯一輿餘 而凌虛年多於梅村 梅村足重於凌虛 二人爭之 余於是爲遞乘之約 使一人先乘 過二十餘步 下而休之 又一人乘之 至如此遞乘 則可無徒步之勞 遂定尋眞之遊 食後 出自瀛洲閣東門 令寶心爲前導 四藍輿分占而行 年少僮十餘名 相遞而擔 諸君或步或憩 至數十步許 有一巨石 刻曰 乙丑秋 李彥憬·洪淵 盖遊覽之際 鑱諸不朽 欲傳永久者也 南冥先生遊山錄 已譏之矣 何敢復爲之言乎

又至十餘步 止輿而下 或藉紅葉而坐地 或傍綠苔而倚石 令僕僮 上木末 摘猴桃 諸君皆噉之 其味甘香 猴桃俗所謂月羅也 其實受霜而熟 懸於其蔓 擺其木梢 則熟者自落 人爭拾之 多者至於傾筐 又有金梨紅柿 自落而埋在葉中者 披其葉 則多積焉 僮子等爭拾食之 至於厭飫 則相投以爲戲

令笛奴二人 前導之 徐徐焉綏綏焉 日未午 已到毗盧峰北 鶴巖在其南 棧道經其東 捨藍輿而徒步焉 是查翁甲寅秋夢到之地 夢說詳在敍中 故此不云云 巖腰路絕處 斫木橫之 其下億萬丈 自非辦命者 不得晏然而過經 投翫瀑臺松樹下列坐而休憩焉 臺臨百尺 東有瀑布 有流過臺前 故謂之翫瀑 瀑之流下而爲鶴淵 鶴淵之下 有龍湫 臺之下 有線路 攀緣直下 刮剔苔封 則三仙洞三字 刊在石面而非輕身傑脚者 不得尋矣 俄入佛日菴 菴空而塵滿室 梅村吟一句曰 鶴去巢松老 僧歸古寺空 浮査足之曰 尋眞他日夢 應在此山中 遂書于壁

俄而 欲上香爐峰 鑄挽衣止之曰 吾等遊於峰上 坐此觀之 亦一好事 危峰願勿升焉 余拂衣而起曰 汝父年未百歲 烏得不上香盧乎 於是 策烏竹杖 繫芒鞋與諸君魚貫而上 三息而到峰頭古靈臺 僧信暹持棗椒茶一灌 先在峰頭矣 各進

數椀 又以紅柿猴桃等果 盈筥饋之 喉渴自解 峰之高如削立 諸君列坐而或枕松根 羅立而或挽松梢 飄然若登閬風而近帝居 上崆峒而訪廣成矣 遂作仙遊辭一章曰 山矗矗兮 攢碧 水冷冷兮 下綠 有仙曹兮 袂聯 八飯靑精兮 杖綠玉 踞虎豹兮 登虯龍 駿紫鸞兮控白鶴 左洪崖兮 右浮丘 喚孤雲兮 問眞訣 挽赤松兮 弄紫簫 頭邊咫尺兮 玉皇攸宅

三日庚子 日氣又和 食後 發向神凝 抵石門邊 下馬遊覽 有兩大石 峙立東西 西曰雙磎 東曰石門 字字大如鹿脛 刻入石骨 宛如昨書 人由兩石間行 故曰石門 石門邊 築石爲臺 莎草如茵 長松屹立 白石齒齒 碧苔斑斕 一溪流自鶴洞來 渟滀爲澄潭 潭上一石 刻晉州二字 不知何年代而何人筆也

孫裕卿致伻書 余答曰 卽承華札 細陳顚末 知君信義異凡 慰謝曷堪 送書不定其期者 路由西村 君必聞之 故只報仙遊消息而已 豈料君徒信路傳 而不問於鄭君也哉 昔者 興公不踏天台赤城 而圖畵作賦 徒使擲地金聲 千古流傳 君之不及仙行 必爲姓名所崇 而所寄八章之詩 應與天台賦 幷傳於世也 昨上香爐 今入神凝 明可乘竹葉泊蟾江 君其遲之 許多仙興詩 旣不能盡書可傳乎 不宣謹復 又有詩曰 路入桃源別有天 雲煙鎖斷洞門邊 塵間消息誰傳我 報道漁郞繫釣船

仍過花開舊縣前 迫垂虹橋 舊有水閣 今毁矣 神凝寺僧太能等五六來 迎之皆下馬 渡獨木橋 橋頭有水碪 抵沙門 古有凌波閣 壬癸之變 爲賊所焚 只存遺礎 直入法堂 則昔之空殿 今爲溫突 舳棱逼雲 金碧耀目 中可容數百人 地界深邃 人間逈隔 怳若身到瑤池上 親見玉皇家者然 旋出法堂後 環坐琪樹下 周視山勢 衆峰遠匝 二溪流合 琳宮輝煥 俯壓波心 可謂蘭若之奇絕處 不知廬山中虎溪 西湖上靈隱 亦如此否

又步出沙門 緣溪而上一里許 坐於綠磻巖邊 長松一株 獨立巖 畔倚其松 通望上下 則葉脫而山容淡瘦 水落而溪石露形 噴珠鳴玉 漏雲穿山 邈不知仙源之所從來也 水石之奇狀 遊賞之雅趣 先賢所錄 極盡而無餘蘊 荒拙一筆 安得形容其萬一 但亂離之後 山河依舊而樓閣盡毁 英雄鳥過 古事雲消 徘徊瞻眺 烏得無懷

寺之西 又有一菴 名曰社堂 昔余與友 來棲此寺 愛其幽靜 仍留數月 前有鉅
竹千挺 影搖軒窓 門外有廣石 石邊有冬栢一樹 翠葉紅英 掩映門外 問於寺僧
則其寺猶在云 而日暮未得尋 還入法堂 連枕而宿 昏明燈敍話 寺僧太能投進二
絶句 余次其韻曰 觀水觀山是我能 談玄談寂又何能 渠家自有眞如法 爲問太能
能不能 淸虛堂老曾相見 此地論文乙丑年 今日逢師談舊事 淸詩照眼百餘篇

四日辛丑 狂風轉海 萬木鳴山 日氣凜烈 重裘失暖 欲留不發 而上下人馬 凡
三十餘口 桂玉之資 甚難 而已與徐都將有艤船洞庭之約 孫裕卿又致書曰 日近
初八 潮信不長 莫若束出云 故食後 衝寒强出 出門時 次孫裕卿韻一絶曰 笑別
盧山一柱門 擡頭黯倚虎溪雲 遙知山外風波急 誰繫蘭舟擁綠罇

馬上口占三絶 押九橋字曰 落花流水舊虹橋 今日胡爲一木橋 春風擬入天台
路 誰復看余渡石橋-右渡一木橋- 懶騎羸馬過溪橋 紅葉颼颼亂颭橋 遇景沈吟肩
自聳 傍人錯比浩然橋-右過石門橋- 山日依微照斷橋 詩人何處泊楓橋 江天漁火
無窮興 知在蟾津湖上橋-右渡花開橋-

到柯亭村前 村人張幕邀入 餉午飯 盤飱約而潔 多滋味 辦之者 智貴其名 湖
南富人羅致里外孫云 德川典穀孫得詮來見 携宿平沙 午過陶灘 至鋪巖 則風氣
益烈 江船又不得迎風而上 所期孫上舍·徐都將 不能刺船以上 留在蟾江云 吾
等馳入平沙驛村家 安頓焉 對酒有詩曰 朝出花開洞 江風晚更尖 斜陽投古驛 開
坐待波恬 向夕 召村察訪鄭允穆來 宿隣家

五日壬寅 風殘日朗 天氣和暢 正合乘舟 促朝食 聞召村亦欲遊覽頭流 投贈
一絶-見詩集- 召村將發而見詩 卽來見 敍話小間而去 和送之-附原韻下- 食後
馳向興龍村 村前設帳幕 羅酒肴以候之者 尹固城三樂·李蕙·金淑男等也 尹
固城行酒畢 李蕙行酒將半 舟人來控曰 孫進士繫舟前灘 以待僉行 而午潮漸落
淺灘在前 若緩解纜 定難行舟云 於是 輟酒肴 携向船頭 頭上所揷黃花 猶未拔
去 孫子具鼓笛歌兒舞客而來 繫三船於湖邊 送一船 邀吾等以乘之 吾等爭上之
孫上舍倚船而詠詩 徐落·成守命等 翩然而舞矣

於是 緣結三船 順流而東 纖波不興 江面鏡磨 兩邊山容 錦繡交雜 中江擧帆

帆影遲遲 一觴一詠 鼓笛爭聲 載歌載舞 觥籌無數 舟上吟一絶曰 吟裏詩毫短 船頭舞袖長 斜陽無限興 都付故人觴 于時 夕陽在山 返照入江 蒼山倒影 遠林 煙橫 蒼茫暮色 一筆難摸 於是 添酒籌 促歌鼓

迫近江亭 日已昏矣 村人擧火 猶不泊洲 縱舟南下 到場邊渡頭而還 繫纜於 亭下 固城攜謫仙先下去 諸客亦皆各散 七仙與裕卿 回棹盪槳 良久乃下 入江亭 明燈更酌 浮査約曰 今日之遊 歡娛已洽 文字飮不可不爲 酒一巡 詩一篇 可乎 僉曰諾 於是 設一杯盤 置于中 詩一篇 酒一巡 輪回往復 夜分始罷 余詩曰 洞 賓飛過洞庭潯 袖裏青蛇幾浪吟 興入舟中歌笛響 詩成湖外鷺鷥音 工夫不向名 間沒 計較寧隨利上沈 此日仙遊非偶爾 請君休負歲寒心

六日癸卯 困睡晏起 盥漱精神 獨出湖亭 倚樹遊觀 則旭日初昇 湖天明媚 景 致濃淡 一樣畵圖中 聞酒徒聚在畢同陋室中 崇酒瀝飲 作一絶以途日 嵐橫遠樹 山顔靜 日上高峰鏡面紅 凡骨不知朝景勝 觥絃徑倒陋房中 於是 酒徒裕卿・浪 仙・酒仙等 驚倒出來 托以解醒 以謝不敏 又置盞盤於亭上 因爲酬飮 各步其韻 余又吟一絶曰 臺中有酒人先醉 湖上無風葉自飛 徒倚老査吟未了 群鷗又向水 南歸

朝食後 各有辭歸之意 僉曰 今之一遊 實非偶然 他日重遊 面定其期 可乎 於 是 令浪仙製約文曰 鶴洞仙遊 淸興未足 秋難再擧 春以爲期約 於明年暮春之望 重會此地 令孫裕卿 行後仙禮 主辦船遊之具 管絃之盛 無不備擧云云

謫仙與浪仙 向岳陽 裕卿留江亭 少仙・醉仙・飛仙・步仙・酒仙・詩仙 聯 鑣而來 踰牛峴 越霞川 至公突院溪上 令鐸兒 升小山頭 欲尋河持平墳墓而不得 持平諱淰 乃翁曾祖妣河氏之考也 聞有墓在此 而山頭三大墳 鼎足而列 旣無碣 誌 又無知人 故不得的尋而來 河重吾・成受命等 持酒肴 遠于將之 于時 六仙 皆醉 笛歌偕發 齊起亂舞 野中刈稻者 擧鎌立觀之 過橫浦 越黃峴 經大也川 到 桐谷 宿于玉峰家 趙汝獻來見

七日甲辰 嚥白粥 早發之際 昆山姜淑字伯陽者 佩酒來見 趙汝秀亦來見 過 後方 經元堂 歷昆明 吟一絶曰 三仙歷覽三仙洞 腋挾天風駕鶴廻 須臾飛過君山

北 看送昆明幾劫灰 暮抵步仙樂天窩 宿焉

八日乙巳 踰藥洞嶺 吟一絕曰 山中十日窮探討 滿壑煙霞拾滿裾 僮僕亦知山水號 雲中鷄犬不爲虛 渡林川灘 過守愚堂 有一絕曰 林外西風吹葉去 雲邊北鴈帶霜來 荒凉古宅無人守 枯竹寒梅不盡哀 涉黃柳灘 吟一絕曰 探勝心如鵬徙北 還塵身似鷦還南 平生倘不懷經濟 鶴可駕兮鸞可驂 暮入浮査亭

入山中也 所見皆仙 出山外也 所遇皆凡 一身出入 仙凡不同 有如鷗鵬之徙北海 鷦鴣之還山南 一心所向 如何不高養也 然士之一身 經濟其策 士之一心 兼善其志 不然 山何可不入 仙何可不學 明道先生遊山詩曰 衿裾三日絕塵埃 欲上藍輿首更回 不是平生經濟志 等閒爭肯出山來 此言入山之不能也 晦庵先生感興詩曰 飄飄學仙侶 遺世在雲間 刀圭一入口 白日生羽翰 脫屣諒非難 偷生詎能安 此言學仙之不可也

然則 今我仙遊 名雖仙也 實非仙也 故於其尾也 以見其志 同遊諸伴 以翁有山水癖 又知山中事者 令記之 余觀 夫八仙之中 有老少焉 有父子焉 有兄弟焉 而及其探勝而羣行也 忘老少先後之序 寓興而題詩也 迷父子兄弟之倫 遇勝則爭趣之 不須讓於長老 得句則輒寫之 不待後於父兄 此遊覽中 忘形骸 棄拘檢 自然流入於洪荒朴畧之天地 而總名之曰八仙 故於其撰序也 父而贊子 尤是興狂戲劇 嘲諧之無方處 觀者恕之 浮査野翁誌

丁巳春 州牧耈嚴李三省 約丹城倅及晉陽人 將遊頭流 以余爲玆山舊遊 邀書同往 清和初旬 余率伯兒 從耈嚴及數三鄕人 并轡 約會於七松亭 行至州西廣灘上 黑雲一片 自北而南 風顚雨急 雷震電閃 帽不及開 簑不暇披 須臾開霽 長虹亘天 紫氣沖綴於東北間 一行人相顧嗟訝 余以爲 此實非常之變 意者 其有異事乎 遊十一日而歸 齊到朴公敏枕流亭 水飯纔撤 酒肴將設 忽聞觀察使忘憂郭公訃而散 以日計之 則廣灘上雷霆之變 乃其乘化之時也

嗚呼 公之仗義而起兵 出奇以殲賊 則功在社稷 名顯竹帛 何敢一二以陳 若其中年導引 半世松葉 則知公者 謂之非凡骨 不知者 亦以爲非凡骨 則稟賦之異

於常人者萬萬 而至於微意之所在 亦豈衆人之所可測其端倪哉 風襟月袍 後漢
之水鏡司馬 名稱爵位 前漢之留侯子房 豈意不病高人 遽爾乘雲 駕風雨 策雷霆
若是之神且異也 蕭何之孕昴 傅說之乘箕 從此益信 而虹梁他日 橫駕斗牛 以助
日月之光明者 亦可想於冥冥之中矣 因書一語 以誌異蹟 且寓公私之痛焉

—

조위한(趙緯韓) | 유두류산록(遊頭流山錄)

—

출전 : 현곡집(玄谷集) 권14, 12면
번역 : 최석기 외, 『용이 머리를 숙인 듯 꼬리를 치켜든 듯』, 보고사,
2008, 53~67쪽
일시 : 1618년 4월 11일 ~ 4월 17일
동행 : 조찬한(趙纘韓), 방원량(房元亮), 양형우(梁亨遇), 심생(沈生) 등

−일정

- 4월 11일 : 남원부 성촌(省村) → 순자강(鶉子江) → 수운정(水雲亭) →
  곡성
- 4월 12일 : 곡성 → 압록진(鴨綠津) → 잔수(潺水) 나루 → 구례
- 4월 13일 : 구례 → 화개동 → 쌍계사
- 4월 14일 : 쌍계사 → 불일암 → 옥소암(玉簫庵) → 영대암(靈臺庵) →
  불출암(佛出庵) → 쌍계사

- 4월 15일 : 쌍계사 → 신흥사 → 화개동 → 용두정(龍頭亭) → 구례
- 4월 16일 : 구례 → 중방리(中方里) → 성원(星院) → 둔산령(屯山嶺)
  → 월파헌(月波軒)
- 4월 17일 : 월파헌 → 남원부 성촌

-저자 소개　　현곡 조위한

1558~1649. 자는 지세(持世), 호는 현곡(玄谷)·소옹(素翁)·서만(西巒), 본관은 한양(漢陽)이다. 부친은 조양정(趙楊庭)이고, 모친은 청주(淸州) 한씨(韓氏)로 한응성(韓應星)의 딸이다. 4형제 중 셋째로, 첫째는 조계한(趙繼韓), 둘째는 조유한(趙維韓), 그리고 막내는 조찬한(趙纘韓)이다. 특히 조찬한과 우애가 지극하였으며, 두 형제가 문장에 뛰어나 당시에 "육기(陸機)·육운(陸雲) 형제가 세상에 다시 나왔다"라고 칭송하였다.

임진왜란 때 김덕령(金德齡)의 수하에서 의병활동을 하였다. 35세 때인 1601년 사마시에 합격하여 진사가 되었으며, 다음 해에 그의 재주를 아끼던 윤근수(尹根壽)의 추천으로 중림찰방(重林察訪)이 되었다. 1607년 봄 가뭄으로 인한 선조(宣祖)의 구언(求言)에 응하여 상소하면서, 성혼(成渾)·정철(鄭澈)·황정욱(黃廷彧)의 억울함을 변호하였다. 1609년 증광시 문과에 합격하였으며, 1년 뒤 사은사(謝恩使) 서장관(書狀官)으로 명나라에 다녀왔다. 1613년 국구(國舅) 김제남(金悌男)의 무옥(誣獄)에 연좌되어 구금되었다가 석방되었다.

52세 때인 1618년 세상일을 잊기 위해 가족을 이끌고 남원으로 내려갔는데, 「차귀거래사(次歸去來辭)」를 지어 자신이 은거하는 이유를 나타내었다. 인조반정으로 복직되어 성균관 사성(成均館司成)이 되었고, 사헌부 장령(司憲府掌令) 등을 지냈다. 1624년 이괄(李适)이 난을 일으키자 토벌

에 참여하였으며, 정묘·병자호란 때에도 출전하였다. 이후로 직제학(直提學)·공조 참판(工曹參判) 등을 역임하였다. 문장과 서예에 조예가 깊었으며, 해학에도 능하였다. 저술로 『현곡집』이 있다.

-원문

歲戊午二月 余自京師 率家小 來寓于南原省村 舍弟玄洲公 亦以討捕使按三道 先在南中 幸得相遇於天涯流落之中 此鴒原之一大奇事也

余謂玄洲曰 自吾之往來于帶方者 不知其幾度 而迄不得一遊方丈之山者 非但事故之纏綿 抑俗緣未盡而魔障作崇也 秦皇漢武之一生勤苦 而尙不得詳知其此山之有無於何處也 中朝之人 至今置之於杳茫荒唐之說 而不曾知有三神山之實在於吾邦也 玆豈非夏蟲之氷 朝菌之朔乎 今吾等幸生東方 來在玆州 日望仙山於几席窓闥之間 而向靳跬步之勞 不一登陟而遊賞 則其何以蕩胸襟而償所願 亦無辭以歸語世人 且君公事閑漫 吾亦身病差健 而時日淸和 花事未闌 不於此時偸閑假步 則後日之參尋 又安可必乎 玄洲曰 弟意亦然 而適與慶尙兵使南以興 有約會於雙溪 亦無非事者 遂定雙溪之行

四月十一日庚子 晴 自南原府中 跟玄洲馳往鶉子江 則房生元亮 先到中酒院而待之 梁東崖子發 隨後而至 玆二人者 皆有約也 遂登舟涉津 聯鑣而往 行到七八里 有亭斗起江岸 古木蒼藤水石頗好 此乃故參判金啓之所謂水雲亭者也 下馬登覽 旋向谷城 主倅崔皞上京未還 悄悄空館 半日無聊 玄洲先賦絕句 余與東崖次之 縣人金上舍鍊 率子姪及安건(王+建)而來會 向晚潭陽府使金弘遠 亦赴招而來

十二日辛丑 晴 余與房生 先往金上舍家 玄洲送潭陽 隨後而來 酒三行 玄洲先出 余與房生尾往 沿江三十里 峽路危棧 甚崎嶇 飛波急峽 不在於丹陽永春之下 而世人之只稱四郡 而不知有此峽者 何也 抑未知江山形勝 亦有遇不遇而然

耶 行到鴨綠津 東崖先自浴川 直到江上 使簑工吹簑而候焉 中火後 登船命酒
則谷城官婢二人來上舡 使之唱歌 與簑相和 沿洄上下 興復不淺 乃於舟中 各賦
一律 下陸而行 又從峽中行三十里 歷潺水渡口 入求禮縣 題詩數篇 因與主倅閔
大倫設小酌 夜深而罷 是夜微雨乍來

十三日壬寅 晴 朝送官人了簡于光陽沈生 期會于山中 玄洲先發 吾三人又從
峽中行三十里 過石柱遷路 廢堞殘壘 有防戍處 形勝奇壯 雖百二崤函 無以過之
自石柱峽行二十餘里 入花開洞 大槩峽路 自浴川至花開 一百有一十里 沿江遷
路 石逕巉巖 淸江白石 處處可愛 崦中孤村 髣髴桃源 恨不得移家而來卜也 自
洞口捨岳陽直路 徑取細路而入焉 大川淅淅自山中出來 循溪十里 谷廻巖轉 錦
石琪花 曲曲奇絕 信馬徐行 目勞心倦

至武陵溪 居僧十餘出迎日 討捕使已與兵使 相會于石門而待之云 卽乘藍輿
亂流而渡 行數里許 至石門 仰見矗石竝峙相對 而右刻石門 左刻雙溪 四大字森
然如龍蛇騰攫 劍戟橫揷 乃崔孤雲筆跡也

與兵使相見 坐溪邊巖上 設杯盤 晉州妓生六七人 擁珠翠 或歌或琴或簑 與
水聲相雜 不能聽人語 寺僧列坐前後 其中有雲衲甚潔 兩目熒熒者 名曰覺性 能
通經識字 解渠家大乘法 率弟子二百人 在神興寺講道 聞吾輩入山來此而迎候
矣 兵使先入寺中 吾等因坐石上賦詩 隨後而入

古木千章 嫩陰掩暎 春柏數株 紅葩爛熳 寺前有古碑 高可丈餘 負以石龜 額
曰眞鑑大師碑銘 而大唐光啓三年立 文與字 皆孤雲跡也 登樓開宴 歌鼓震蕩 列
隊紅粧 更唱迭舞 夜深月明 大醉而罷

十四日癸卯 晴 兵使還晉陽 覺師還神興 亭午 備藍輿將上佛日 沈生自光陽
乘靑驄馳來一百里 而日向早 何其奇哉 五人各乘藍輿 從法堂後直上 絕頂巍峨
高不可攀 擔輿之僧 喘息如鍛 白漿被背 五步十步 更肩遞脚 前挈後推 左傾右
側 乘輿之苦 不下於擔輿 寸進尺退 辛勤而上 幾八九里 有崖絕處 斬木架壑 俯
臨無底之谷 殆不能步涉者數處 下輿着不借 艱艱匍匐 腹脛而度

到佛日則寺古無僧 金碧散落 虛龕寂歷 窈壁玲瓏 右對靑鶴峯 上切雲天 蒼

壁削立 僧云 巖罅有青鶴一雙 常巢居產雛 乃孤雲所騎而往來者也 經千百年 尙
保無恙 而不幸有嶺南儒生之遊此山者 投石中傷 飛去不來者 今十餘年矣 其下
有洞 名曰靑鶴洞 陰沈萬仞 不見其底 松杉檜柏 闇昧冥漠 但見雲霞晦濛而已
左有香爐峯 與鶴峯相向對峙 高壯敵之 自佛日東南至百步 未及香爐 而有長瀑
湧出 倒掛半空 飛湍跳沫 洒林噴谷 殷殷訇訇 如千雷萬霆 奔薄鬪擊於洞天之中
眞天下之壯觀也 直與松岳朴淵 爭爲甲乙 而洞壑之奇壯 朴淵亦不得及焉

　寺前有臺 可坐十餘人 巖面刻翫瀑臺三字 亦孤雲所自書也 五人環坐臺上 洗
盞酌酒 使妓唱歌工吹篴 響徹雲霄 崖谷互答 心魂爽朗 飄飄然有出塵之想 怳聞
嵒竇間有崔孤雲謦咳也 臺前有古木羅立 前度遊人 削皮刻名者甚多 至有三十
年前陳迹 宛然猶在焉 沈君房生 欲窮探瀑水所落處 緣壁而下 房君半途而還 沈
生遂至地底 大觀而來 相與沈吟翫賞 不知日之將入也 賦詩數篇 還向歸路 而別
尋一線鳥道 穿蘿觸藤 直下數里 到玉簫庵

　庵在斷巘絕壁上 鑿崖凌虛而架棟設檻 縹渺浮空 翬飛鳥翼 有若畫圖之中 殆
非尋常僧房佛屋之比也 僧云 此庵乃潭陽士人李聖國者 入此山修道二十年 破
產傾財 作大施主構之云 脫衣困臥 賦詩而還 乘輿直下 如墮坑入井 行數百步
歷靈臺庵 又行數百步 歷佛出庵 茲二庵俱在絕壑上 無一點塵垢 而比玉簫 則風
斯下矣 自佛出 又行一里許 還到雙溪 宿焉

　十五日甲辰 晴 早發渡武陵橋 入神興洞 洞深谷邃 境異界別 玉地金沙 步步
可翫 瓊潭璧水 處處皆勝 與金剛萬瀑洞相似 而雄壯富麗則過之 下馬坐石厭觀
之 使晉陽小僮入水游泳 亦一奇觀也 行行十餘里 到神興洞 洞口立石 刻三神洞
字 渡紅流橋 溪邊又刻洗耳嵒字 此則皆非孤雲畫也 溪上有凌波臺舊基 而荒廢
蕪沒矣 覺性者率弟子出迎 遂乘輿入寺

　坐於寺前高臺 臺臨廣淵 大可容舟 成削奇峯 環列如屛 靈飆習習 爽氣來侵
怳然如在瑤臺月殿之上 不自覺其羽化而登仙也 覺師進茶後 迎入法堂 金翠晃
朗 照爛龍鱗 僧徒年少而白皙者 多至數百 環列如羅漢 皆覺師弟子也 寺僧進糐
餰草具 足以療飢 先送晉陽妓生 各賦詩留贈覺師 出洞而還 沈生落後留宿焉

歸路遇大風振壑 溪谷皆盲 飄冠裂衣 殆不能行 此豈山靈谷神嗔怒塵蹤之汚
穢靈境也 使龍公風伯披制其氛埃也耶 歇馬江上 中火後 先送玄洲 吾與房君 馳
到龍頭亭 立馬縱目 地勢壯快 名不虛得 而因日暮風亂 卽向求禮 宿焉

十六日乙巳 晴 早發歷中方里 入星院崔正郎孺長幽居 坐溪邊石上 主人設酒
食 良久團欒 賦詩留贈 玄洲先向肅星峙入南原 子發由栗峙還迷山 余與房生由
屯山嶺 黃昏馳到月波軒 留宿

十七日丙午 晴 余還省村 玄洲亦自府中來會

十八日丁未 雨 送馬邀東崖來 賦紀行五言古詩各一篇

十九日戊申 晴 點檢山中所構詩草 得七言近體各十篇 五言近體各二十篇 七
言絕句各三篇 五言古詩各一篇 合一百有二篇 彙爲一冊 以便觀覽焉 又令玄洲
作記而弁之

二十日己酉 玄洲發向完山 東崖又還迷山 余獨留孤村 塊然作一土梗 噫 流
離千里之外 得見骨肉 誠人世間稀罕底事 而得與共遊仙山 添一詩伴 亦千載難
遇之奇會也 登探未窮 官事有程 二日山中 淸賞未洽 而天涯遠別 遽出於歡會之
中 吁亦可悲 而抑豈有數於其間耶 聚散無端 人生有限 他日團圓 亦難期容易得
也 聊書顚末 以爲後日之覽焉

—

양경우(梁慶遇) |
역진연해군현 잉입두류
상쌍계신흥기행록

(歷盡沿海郡縣 仍入頭流 賞雙溪新興紀行錄)

—

출전 : 제호집(霽湖集) 권11, 20면
번역 : 최석기 외, 『용이 머리를 숙인 듯 꼬리를 치켜든 듯』, 보고사,
      2008, 69~96쪽
일시 : 1618년 윤4월 15일 ~ 5월 18일
동행 : 관아의 종자들

—일정

• 윤4월 15일 : 오산현(鼇山縣) → 남평현(南平縣)

- 윤4월 16일 : 남평현
- 윤4월 17일 : 남평현
- 윤4월 18일 : 남평현 → 영암군
- 윤4월 19일 : 영암군 → 도갑사(道岬寺)
- 윤4월 20일 : 도갑사
- 윤4월 21일 : 도갑사
- 윤4월 22일 : 도갑사 → 백선명(白善鳴)의 집
- 윤4월 23일 : 백선명의 집 → 백광훈(白光勳)의 별장 → 당악(棠岳) → 윤희백(尹熙伯)의 집
- 윤4월 24일 : 윤희백의 집
- 윤4월 25일 : 윤희백의 집
- 윤4월 26일 : 윤희백의 집 → 벽파정(碧波亭) → 진도군
- 윤4월 27일 : 진도군 → 망덕봉(望德峯) → 진도군
- 윤4월 28일 : 진도군 → 벽파정
- 윤4월 29일 : 벽파정 → 당악 → 윤희백의 집
- 윤5월 1일 : 윤희백의 집 → 강진현
- 윤5월 2일 : 강진현 → 장흥부
- 윤5월 3일 : 장흥부 → 보성군
- 윤5월 4일 : 보성군 → 해창(海倉) → 흥양현(興陽縣)
- 윤5월 5일 : 흥양현
- 윤5월 6일 : 흥양현 → 낙안군
- 윤5월 7일 : 낙안군 → 순천부
- 윤5월 8일 : 순천부 → 환선정(喚仙亭) → 광양현
- 윤5월 9일 : 광양현 → 두치(頭峙) → 악양
- 윤5월 10일 : 악양 → 화개 → 쌍계사
- 윤5월 11일 : 쌍계사 → 불일암 → 완폭대 → 쌍계사

- 윤5월 12일 : 쌍계사 → 신흥동 → 하천 촌집
- 윤5월 13일 : 하천 촌집 → 두치 → 광양현
- 윤5월 14일 : 광양현 → 승평부 북촌 → 동복현(同福縣) → 협선루
  (挾仙樓)
- 윤5월 15일 : 동복현 → 화순현
- 윤5월 16일 : 화순현 → 연주정(聯珠亭) → 능양현
- 윤5월 17일 : 능양현 → 남평현
- 윤5월 18일 : 남평현 → 오산현

-저자 소개 　　 제호 양경우

1568~ ?. 자는 자점(子漸), 호는 제호(霽湖) · 점역재(點易齋) · 요정(蓼丁) · 태암(泰巖)이며, 본관은 남원이다. 1592년 부친 양대박(梁大樸)을 따라 아우 양형우(梁亨遇)와 함께 의병을 일으켰으며, 부친의 명으로 고경명(高敬命)의 막하에 나아가 서기가 되었다. 1595년 명군(明軍)의 군량을 위해 격문을 지어 도내에 곡식을 모집하였는데, 10일 만에 7천여 석을 모아 명장(明將) 양원(楊元)이 탄복하였다.

1597년 30세에 참봉으로 별시 문과에 급제하여, 죽산(竹山) · 연산(連山)의 현감을 거쳐 판관(判官)이 되었다. 1609년 차천로(車天輅) 등과 함께 제술관(製述官)이 되어 의주(義州)에 갔으나 폐단을 일으켰다는 이유로 사헌부의 탄핵을 받았다. 1613년 박응서(朴應犀)의 고변으로 조희일(趙希逸) · 최기남(崔起南) · 조찬한(趙纘韓) 등과 함께 조사를 받고 풀려났다. 49세 때인 1616년 중시(重試)에 뽑혀 홍문관 교리(弘文館校理)를 거쳐 봉상시 첨정(奉常寺僉正)에 이르렀다.

51세에 남해안의 읍과 두류산을 유람하고 기행문을 썼다. 대비(大妃)의

폐서인(廢庶人) 문제로 양형우가 항소(抗疏)하여 유배되자, 관직을 버리고 고향으로 돌아와 은거하였다. 이 해 가을, 명나라가 후금(後金)의 침략으로 원군을 요청해 오자 북방을 위한 공어방략(攻禦方略) 20책을 조목별로 적어 관서지방 병사(兵使)에게 올렸으나 채용되지 못하였다. 1623년 김류(金瑬)가 반정에 참가할 것을 권유했으나 거절하였다. 저술로『제호집』과 『제호시화(霽湖詩話)』가 있다.

-원문

　歲戊午 暮春之初 余在鼇山-長城別號-縣 趙玄洲令公以討捕使 按嶺湖諸道 巡至敝縣 仍往縣 入金上舍友伋溪亭 賞花賦詩 相與討論南中山水之勝 玄洲曰 龍城實僕半生往來之所 而於君爲鄕土也 雙溪靑鶴距龍城 甫兩日程耳 足迹未 嘗一到 而衰邁隨之 豈吾兩人所共歎者歟 今僕適奉使南來 家兄正郎公携家 方 居省村-南原西面村名- 君弟子發在家無故 君雖汨沒簿領間 寧可無一會期哉 倘 及山花未謝 共討仙區 有唱斯和 以紀勝蹟 寔難得之奇會也 於是 相視而笑 莫 逆於心 遂尅期以別

　其後乞暇于方伯 不見許 盛失所望 亡何 趙正郎素翁諸公 寄來 山中酬唱詩 一編 以張之 且譏余顧戀五斗 無暇遊從 余益自不樂

　居數日 方伯以沿海郡縣續案之任 屬余 而光陽實在案部 余竊料自光入山 可 朝發夕至 殆天之與便者 非耶 因以書抵素翁曰 吾亦從此而往 不及君者 僅旬月 耳 山中景物 故依舊也 余卽將諸公詩韻 沿途屬和 追入卷中 則顧何異於同時遊 嘗乎 遂俶裝登途 卽閏四月十五日癸酉也 夕抵南平縣 宿焉

　○ 十六日 甲戌 晴 有縣居舊識數人 要余泛舟南溪 溪西有翠壁攢巒 行人隱 現其間 卽此走綾城路也 溪東有漁村五六家 白脊露於林顚 頗有蕭洒之趣 中流 上下 薄暮興盡而還

○ 十七日 乙亥 晴 適有微恙 仍留宿

○ 十八日 丙子 晴 早發 投靈岩郡宿

○ 十九日 丁丑 晴 余將探月出山 主倅亦欲偕余往道甲寺 轎馬臨發 有官故而止 所帶有兩小童 年可十五六 一童吹篴 一童彈琵琶 皆其奴也 遂命從余行 用侈余選勝 具行至洞口 去寺門七八里 淸泉翠峽 映帶左右 乃命兩小童 馬上調羽聲奏之 緩轡徐行 未至寺門數百步 有兩柱朱門聳出樹巓 前視之 額有內願堂三字 原邑之苛政 髡輩不堪 廼有此托勢之擧 貽累沙門極矣 遂入禪堂宿

○ 二十日 戊寅 晴 脚上有腫患 不能探山 悄然塊坐 有老僧謁余曰 寺後有淸湍茂林 可以滌暑 因前導出北牆外 坐余小臺上 綠陰滿席 一道流泉 瀁瀁循臺下走 遇斷崖爲瀑流沸白而下者二層 而通計其高 可四五丈 其下潴而爲深淵 淵有二名 曰瀑布淵 曰北池塘也 在旁伶兒謂余曰 此間僧輩善作水戲 可觀 余命老僧趣之 於是 有美少僧七八輩 裸而立淵上 以兩手障其陰 合脚竦身 投于淵心 以入水深者爲能 初不見其所往 良久然後昂頭浮出 旣出又如之 前者後者 相繼不息 其中有一僧出沒甚銳 方立淵上 有大蜂出自林間 毒其額 僧乃仆地而號 須臾眉目不可辨 遂不樂而罷

○ 二十一日 己卯 晴 脚腫爛赤作痛 仍留

○ 二十二日 庚辰 晴 脚腫少定 乃取藤根竹竿 圍而縛之 作小輿狀 載之馬仍騎以行 出至洞口 兩伶兒告辭於馬前而去 夕訪白進士善鳴家 宿焉

○ 二十三日 辛巳 晴 善鳴携余 至其先君玉峯舊庄 相與窮探澗壑 掃石而坐說到兩家先世過從之好 詩酒之懽 不覺泫然流涕 善鳴曰 昔吾先君 以御容殿參奉在完山 君大人將向洛下 歷訪敍別 仍各賦一篇 實在遺稿中 吾輩此夕之會 亦非偶然 盍步其韻以續之 遂命紙筆 俄而詩就 善鳴又誦其先君兩首絶句 共次其韻 各書一通而分之 善鳴善草書 銀鉤玉索可玩 卽從澗底 捫蘿登數級層崖 崖上有精舍 善鳴所新搆者 令小婢子打火療飢訖 黯然告別 直向棠岳之路 至東城外尹進士熙伯-名績 余之內弟-家 謁姨母留宿

○ 二十四日 壬午 晴 尹正郎橘屋公-名光啓 與熙伯同里- 侵早來訪 敍寒暄

畢 袖中卽出私稿曰 僕自弱歲 學爲文章 專門翰墨 今年過六十衰矣 頃者 試搜出亂章於箱篋中 去其不滿意者 得詩若文凡若干篇 彙書爲三卷 欲取質於具眼 適會公來 天也 願公爲僕評品無隱 余辭不敢 仍展卷讀之 日至夕 猶未卒業 橘屋還于家

○ 二十五日 癸未 晴 曉起讀橘屋私稿 少晚了三卷詩文 大抵文學退之 詩祖於杜 而以余所見 文勝於詩 求之今世 盖不多得 將此數語回之 是日署具酒饌 觴姨母 夜分而罷

○ 二十六日 甲申 晴 發向珍島郡 行至津頭 所謂碧波亭 隔水蒼茫 極目可望 天朗無風 乘舟利涉 旣涉 登亭騁望 水面平鋪 四圍如鏡樣 有兩小島揷在波心 奇勝無比 但平時所構傑閣 燬於兵燹 亂後草創 屋制猥卑 修掃無人 鳥雀遺白滿廳 遂促馬 行十餘里而至郡 郡依樹木蘆葦之間 蕭索甚矣

○ 二十七日 乙酉 晴 主倅謂余曰 郡後有名望德峯 甚高峻 登之 俯臨南海 盍往觀乎 余及主倅携鼓笛以登 西南巨海 盡在席下 鯨濤浩渺 粘天無畔 壯哉 旁有老吏備諳海中島嶼名號 一一歷陳 仍指漢挐山 隱見於天端 杳杳茫比 其大如母梳然 回瞻落照 漸近西溟 紅波彩雲 一望萬里 少頃 長風劃然而起 海揚氛漲 千山欲動 萬竅俱號 凜乎不可久留 遂罷還

○ 二十八日 丙戌 晴 余於歸路 欲賞碧波亭夜景 夕飯後馳出 獨登亭上 至二更許 釣舡罷歸 禽鳥不翔 繁星倒水 上下燦爛 闃然孤坐 淸襟可掬 暗中忽聞波濤撞擊異常 良久不止 疑有鯨鵬之戲耶 夜暗雖不能分明 而似見翎鬣倒側之狀 壁上有韓柳川 柳西坰諸爺十韻排律 使官人燭照而謄 取其韻效響賦詩 賦訖東方作矣

○ 二十九日 丁亥 晴 未曉呼舡以渡 一渡煙波 仙凡便隔 令人悵然 復踏棠岳之路 夕宿熙伯家

○ 五月初一日 戊子 晴 宿康津縣

○ 初二日 己丑 晴 發向長興府 行至六七里 縣居李懿信候余于道傍林亭 相與敍懷 移時忘行 尹熙伯自棠岳偕余來 到此告別而還 夕宿長興府

○ 初三日 庚寅 晴 宿寶城郡

○ 初四日 辛卯 晴 早朝發行 主倅鄭君 弘亮送余至海倉 謂余曰 此去興陽
陸路幾七十餘里 若乘舟渡海 則水路僅四十里 枉捷懸殊 而但乘舡危 就陸安 公
其擇處焉 余曰 浮海壯遊 余所願也 於是具帆檣於三舡 二舡載蹄踵及囊裝 一舡
余與從者五六篙工一人俱焉 臨發 鄭君戒余曰 風波易以動 毋恐 相語一笑而別

行數十里許 帆受順風 舡往甚疾 忽見篙工起立於舡尾 高嘯一聲 告曰 惡風
來矣 余乃起而望之 則海立東南濤浪如塵山 其勢已近 余問篙工若是 將奈何 篙
工曰 前頭之遠 尙二十餘里 此行良苦 然去帆席 令舟中人各持楫用力 雖不免傾
危 可保無事 願勿深慮 舟中適有酒 命分之人一椀 以鎭驚督役 俄頃風濤已至
高浪洶湧 孤舟力弱 將覆不覆 不知其幾 仰見團團 俯視千尋 滿舟無人色 余於
此時 用玄洲鴨綠峽所賦短律韻 强作一詩 自謂頗有定力 而篙工數數告曰 毋驚
毋驚 便覺吾之容色 必不能平常 可噓 及泊于岸 日纔三竿 夕宿與陽縣

○ 初五日 壬辰 晴 蓐食將發行 主倅朴君雖-惟健-武人 頗解文字 與余舊 出
而挽余曰 今日卽重五名辰 敝邑雖無腆 豈患公一日需乎 余乃止行

門外有衆人驪笑聲 太守令開門 邑民百餘闌入庭下 太守曰 此邑多懽伎 端陽
之日 爲角觝戲 其來久矣 要以供客間一笑 故聚而至耳 言未已 設戲較其勝負
以次而進 中有一壯者 長身黑色 脚如堅柱 連勝七八人 戲場遂空 伏于階下曰
事畢矣 太守命浮一太椀賞之 有年少漢瘦而短 面白如儒生者 入前請曰 願與彼
角 太守驚恠之 麾而出之 渠乃强請 已與之交臂 見之如蚍蜉撼樹 在庭百餘人
相與目笑 小者忽發厲聲 大者應之 良久交廻 兩者俱倒 塵沙漲超 諦視之 小者
在上矣 余與太守發聲大笑 招而進之 使之年 卄一其歲矣 太守曰 此乃洛中市井
小兒 以販賣來到此邑 吾亦未曾知豪健至此也 卽賞米布

旣罷出 官娃名夢蝶者入謁 此娃年少時善歌 遇亂漂蕩至龍城 寓余所居村舍
者三年 邇來二十年間 不知其存沒 今忽遇之 亦人事之偶然者 相與話舊 使之唱
尙裊裊然依俙前日 太守爲余設杯樽 懽語夜深而罷

○ 初六日 癸巳 晴 促食早發 及至樂安郡 夜二鼓矣

○ 初七日 甲午 晴 晚發到順天府 府伯芝峯令公聞余至 卽出接於客館 謂曰 久處僻郡 終年不樂 今見公 豈翅跫然之喜 因與論詩說文 欹欹不倦 秉燭乃罷

○ 初八日 乙未 晴 余早往衙軒 以謝府伯 豈當仲夏 萬株榴花方盛開 四面照耀 如身在錦步帳中 芝峯顧而指曰 余在洛下 或於人家 見此花盆上 謂其光艷寂廖 不圖繁華之至此也 仍偕出東城外 坐喚仙亭上 淸川一帶 橫流檻外 曠野連峯 入望遼落 可謂小江南瀟洒景致也 府伯要余 留連數日 遍和壁上所詠 余曰 日候漸熱 草樹暢茂 頭流之行 不可虛徐 願從此辭去 還時作累日歡洽 非晚矣 府伯許諾

乃發行 未夕至光陽縣 海濱斥鹵 人煙蕭瑟 小城如斗 雉堞半摧 城門之內 唯老槐儼立成行 四顧寂然 不聞人聲 至客館之外 有一白頭老吏逆于門 告以主倅承差遠出 所謂東上房者 只兩間矮屋 遂不解衣帶 倚枕度夜

○ 初九日 丙申 晴 平明出向頭峙之路 深山疊嶺 線路逶迤 行邁甚艱 午時渡江過岳陽 未至花開峽七八里 宿于道傍人家 此地形勝 湖嶺之最也 大江自北南注 波濤滿峽 江之兩涯 僅辨牛馬 杳嶂層巒 挾江對峙 東日智異 西日白雲 漁家沙戶 伍在成村 茅茨籬落 隱映於篁竹之間 所謂岳陽店舍稍多焉

○ 初十日 丁酉 晴 早發向雙溪 循江北指 步步堪畫 及至花開峽 峽門向西洞府雄深 有大川自山中流出 激石靁鳴 入于大江 卽花開下流也 自此捨循江之路 並川行十餘里 別雙溪洞口 一水自石門出 一水自神興出 合而奔流 卽花開上流武陵溪者也

渡而右轉數百步許 兩岩石當路對竪如門 出入雙溪寺者 由焉 其高皆可五六丈 而刻雙溪石門四大字於岩面 一石各書二字 畫整體嚴 劍戟交橫 眞孤雲手迹也 森然晩動 下馬佇眙 盖唐朝數名筆者皆曰 楮太傅顏太師 而獨崔學士無聞焉 得非以外國故歟 卽毋論楮公 曾見顏公磨崖碑刻本 決不及此

行過一小嶺而得雙谿寺 居僧出迎 引至學士臺 僧云 昔時臺上有寶構 新羅時所創 經亂而廢 未克重建 但古碑巍然獨存 實眞鑑太師碑銘 而孤雲所撰所書 文字典刑 往往依舊 而一半 剝落 殆不可讀矣 遂入禪堂宿

○ 十一日 戊戌 朝晴夕陰 曉起整屐 與老少僧八九輩從寺後峻壁 蟻附而上 諸僧以木藍輿隨之後 余曰 余自少時不無濟勝具 今雖老矣 豈至於貽勞汝輩乎 其厲之 過數里許頗憊 令年少者自背後推之 久而彌憊 據石少憩 有一老僧忘其 名 解文字可與語者 在後余呼而語曰 甚矣吾衰也 至使人推之以行 此雖免乎輿 猶有所待 安能持此自多乎 相與一笑

自此諸僧擔余以輿 登登漸遠 路益險僧益倦 俯視之則擔輿之僧 喘息如牛 汗 珠簌簌下 老僧隨後策倦曰 前路不遠 毋怠毋怠 前歲河東守肥重如山 汝等猶能 堪之 此行何可言苦 擔者答曰 何必言河東守 近者討捕令鑑其歆福乎 余不覺掩 口竊笑 俄而僧輩告以路窮 使余捨輿而徒 徒而遇棧焉 所謂棧者 編三条長木 冒 木之兩端於岩崖之磚 跨空為略約 人渡之 憂然有聲 下臨無地 如是凡三處 約數 十舉武可過 而若非神王如伯昏無人 皆蹜踟伏行 無不色沮者

棧窮而佛日庵出焉 縹緲若懸磬雲端 距庵十餘步有石臺 可坐二三十人 其高 不知其幾千仞 香爐峯在左 青鶴峯在右 皆拔起膽擲 上摩青蒼 雄大無敵 其下冥 冥黯黯 雲木相參者 即青鶴洞也 僧云 舊有一雙青鶴 寄巢於青壁之間 春夏養雛 而還 此洞之所以得名 而更千百歲往來不已 斷無形影 今十餘年矣 余與老宿吁 嗟久之也 有瀑布自香爐峯右肩垂下 至于臺下而為泓 如長虹俯飲 練帶蹕空 砅 崖轉壑 殷殷如雷霆鬪擊 眞絕觀也 自臺稍左五六步 又有臺 臺上有石刻翫瀑臺 三字 居僧認此與石門大字 俱出崔公蹟 仙凡筆畫 迥然不侔 世無一隻 眼能辨眞 假 惜哉

褰裯之頃 陰雲起自脚底 篩下細雨 霏微濕衣 遂入佛日庵少憩 千峯萬壑 怪 樹奇岩 或隱或現於雲霞卷舒之間 凄神凜骨 悄愴幽邃 怳然與神翁羽客相遇 眞 仙界也 但庵無居僧 香火久絕 屋故雨漏 丹碧黔昧 至令山中第一名藍 幾於頹壓 而無下手重新者 禪家衰薄 亦可知矣 須臾雨止 飛步下山 晡時 還到雙溪寺宿焉
○ 十二日 己亥 陰晴 早發將向神興洞 老僧追至石門告別 旣出石門 還渡武 陵溪 入神興洞 洞天寬敞 白石離列 清湍激瀉 奇峯翠壁 矗立環擁 劍鍔叢空 玉 筍攢頴 眼明神竦 興撥欲狂 川流之北 穹林攸擢 其樹多松楓檜櫟 餘皆莫識其名

繁枝老蔓 雜於層崖崩石 而轇轕蒙絡之路 通其中 仰不覩天 日方亭午 不見纖穿
在地 此亦壯觀也

行十餘里 至洞口 有立石 刻曰三神洞 韻釋覺性出候我行 緇巾稻衲 方立水
邊 見余至 合掌一笑 勞苦如舊 有洞川 自三神洞流出 合於神興之水 澗上橫獨
木杠 指之曰紅流橋 余問覺師曰 余聞紅流橋 久矣 今無橋而謂之橋 何耶 覺師
盛稱平昔跨澗作五間浮樓 金碧交輝 左右闌干 蘸影波心 遊人釋子交相往來 眞
奇勝處也 不幸兵燹之後 尙欠重建矣 余曰 然則今之所謂紅流橋者 其冒稱類於
鐵鑪步也 因與一哂

遂相携行一里許 至于寺 寺亦亂後新創 僧言結構棟樑之制 比前益侈 獨凌波
堂未及建耳 金沙道場 綺搆玲瓏 令人舉足踏蹐 不敢恣意 寺前有樓 與師同上
山中百道之川 合爲一水 至樓下而爲淵 深而黛黑 淺而澄澈 隔水峯巒 皆若拱揖
此樓然 是日也 曉雨乍來 向晚褰開 方余之至紅流橋 而細雨又下 及登樓而半陰
半晴 雲霞濃淡 變滅萬狀 忽見大魚撥剌而跳 遠視不能辨其名 而長可尺許 山樹
珍禽 百種呼喚 波底潛鱗 亦復踴躍 物雖無情 似能爲我先後也

有年少沙彌輩 玉骨氷肌 眉眼如畫 環擁覺師者 數十 其餘在廡下庭除者 十
百爲群 皆其門徒也 相排競進於余坐之前 各携經卷 請書題目 余謝不能遍 只書
若干卷與之 覺師曰 貧道久聞措大名 今焉邂逅 願得一句詩 爲他日面目 仍出素
翁諸公所贈詩 要余和之 余不敢辭 信筆塞之 余欲與覺師同枕一宵 問法論道 緣
離官日久 職事淹闕 兼以僕從粮槖告匱 點茶中火後 還出寺門 所謂三步回頭五
步坐者 古人先獲我心矣 至紅流橋 與師別 夕宿下川-花開洞外村名-村舍

○ 十三日 庚子 晴 日晚還渡頭峙江津 鰲山官人持本縣馳狀 納于馬前 取視
之 則老賊犯遼陽 攻陷數三鎭堡 中朝方謀擧兵討之 我國奉中朝之命 收兵郡縣
將赴師期 摠兵傳令 逐日沓至 所以吏來跟告急也 夕宿光陽縣

○ 十四日 辛丑 晴 早起裁書 抵芝峯令公 報以軍務恩冗 不敢趨迂路踐約事
由 仍用喚仙亭板上韻 賦兩律以謝之 徑從昇平府北村富有 倉名之路 歷盡山峽
百曲千轉 日黑時纔得洞府微平之地 乃同福縣也 縣有挾仙樓 隱映荒林之表 促

鞭到縣 登樓攬賞 則棟宇精美 平時所構 而經亂得全 下有兩池 青荷萬柄 亭亭
擢立 鉅竹千竿 挺出南墻之下 瑞石一面峯巒 皆在几席間 不意窮山中有此佳致
舍弟正字君數年前見此樓 歸而艶稱於余日 有如絕代佳人在空谷相似 此言眞善
喻也

　　○ 十五日 壬寅 陰 發向和順縣 中路遇急雨 一行皆沾濕

　　○ 十六日 癸卯 陰 雨勢達夜不止 急於還治 披蓑而發 至綾陽縣前 徑往聯珠
亭 登臨延賞 時川漲方高 沙觜盡沒 陰雲交駁 江上十二峯 螺鬟半隱 景趣甚佳
乘暮入縣 主倅遞去 新除未來 客館甚寥落 有舊知官娼數人來謁 行觴數巡而罷

　　○ 十七日 甲辰 晴 宿南平縣

　　○ 十八日 乙巳 晴 從海陽西村之路 秉火入縣 翊日發 奚囊所貯詩篇點檢之
得五七言律詩凡二十一首 絕句五首 排律一首 合二十七首矣 白善鳴家所賦絕
句及喚仙亭律詩及贈尹熙伯律詩碧波亭排律外 餘皆用素翁諸公入山時唱和之
韻 蓋踐余前日之言也 玉簫庵短律三首 則以余從佛日冒雨而還雯溪 不果往探
故闕之 昔於辛卯歲 余年尙少 陪家君訪頭流北面 宿百丈寺 入金臺庵 賞龍游潭
從君子寺登天王峯 因橫過實相寺廢基 訪邊山人隱居-山人名士貞 隱於山中 朝
廷拜參奉 不出 又召乃赴 未閱月 棄而還山 年七十終焉- 首尾十餘日 肆意探討
翌年將訪南面 遘亂而止 中年衣食於薄官 卒卒無閑 白首之年 始諧宿願 寄跡仙
山 殆亦有數存歟

　所可嘆者 方余之渡頭峙之津 過岳陽花開 而入于雙溪也 峽中居民往往指點
林麓之間 告之以昔時某若某人棲遯之所 令人緬然興喟 當其結廬岩壑之日 厥
心靡不愛此山之勝 而究其初晚 情踪不同 不今歲山林而明年城市者 鮮矣 出處
顯晦 雖有輕重於一時 擧未免貽愧於林澗 況余輩夤緣公務之隙 假步山蹊 入山
出山 不滿三日者 又安足道哉 行當投紱謝事 送老白雲之邊 棕鞋竹杖 遍尋此山
之峯壑 以畢余志焉 旣以此言 言于素翁諸公 仍取筆以識之 是年月日 霽湖主人
書

조겸(趙珠) | 유두류산기(遊頭流山記)

—

출전 : 봉강집(鳳岡集) 권2, 6면
일시 : 1623년 9월
동행 : 성여신(成汝信), 김옥립(金玉立), 성황(成鎤), 진량(陳亮), 조준명(曺俊明), 조익명(曺益明), 승려 언해(彦海)
참고 : 동행인 성여신의 「유두류산시병서(遊頭流山詩幷序)」가 전함
       [『선인들의 지리산 기행시 3』(보고사, 2016) 참조]

−일정

- 9월○일 : 세심정 → 공전촌 → 당화촌(堂下村)
- 9월○일 : 당화촌 → 인암(引巖) → 낙종담(落鍾潭) → 가섭마전(伽葉麻田) → 용담(龍潭) → 법계사
- 9월○일 : 법계사 → 천왕봉 → 법계사
- 9월○일 : 법계사 → 살천(薩川)

–저자 소개   봉강 조겸

1569~1652. 자는 형연(瑩然), 호는 봉강(鳳岡), 본관은 임천(林川)이다. 지족당(知足堂) 조지서(趙之瑞)의 증손이다. 일생 출사하지 않았다. 유람록으로는 이 외에도 1609년 가을에 남해 금산(錦山)을 유람하고 쓴 「유금산록(遊錦山錄)」이 있다. 저술로 『봉강집』이 있다.

–원문

余嘗讀魯論 至仁者樂山智者樂水 竊自歎曰 山者不以峙然高者爲山 而於厚重不遷乎樂 水者不以悠然逝者爲水而於周流不滯乎樂 然則山之樂 水之樂 非仁者不能 非智者不能 余亦學仁智者 性癖山水 思一遊於名區勝境者 久矣

適於九月之旬 行祀事於德川書院 畢陪成丈浮査公 偕金君玉立汝輝·陳君亮汝明 暨曹君俊明·益明 而成君銈 亦隨杖屨而行焉 發自洗心亭 歷公田村 乘月到薩川堂下村而宿

中夜成丈患洩痢 朝起氣不平 似不共登山之約 余等皆不勝落莫 臨別 各賦一絶以寓去留之懷 俄而丈曰 今者疾小愈 曾有莫學中途求也畫之句 吾何忍背 雖未登第一峰 當馬首窮處而還 於是 歷通引巖 過落鍾潭 憩伽葉麻田 天王峰已近頭上矣 山石錯落 馬不能行 捨而徒步 自此而始丈忽擧竹杖着芒鞋 顧余等言曰 今旣到此 吾何後 卽先登 余等不能止陪行 行至龍潭 巉巖石骨 大如屋 小如鍾 磊落相撐者 幾二十餘里 問於人則曰 去己未年? 大雨水 天王峰一角崩頹致此云

遂越石攀巖 向法界寺 寺在天王峰東去七里許 巨石當路 路觸額上 一步直千步 一里當千里 寸寸而進 月黑中路束火以進 賴院奴仙僕者 負丈以上 至益險難負處 則丈輒擧杖以行 行之不已 艱得到寺 則夜已深矣 回各作遊山歌一闋 此寺無緇髡 只有老婆 炊飯而進

翌日 丈留寺中以安身 余等皆登上峰 峰路最高急 至一處 有盤石如懸 余匍
匐膝行 有老婆 見之曰 可憐可憐 得此可憐之名而强欲登之斯 亦癖矣 至上峰則
下臨無地 衆山星羅 或如蟻垤 或如蜂屯 東闍屈餘航 西月出無等 南臥龍錦山
北伽倻德裕 乃稍高焉 其他井邑內藏山·泰仁雲住山·益山彌勒山·潭陽秋月
山·光陽白雲山·順天祖溪山·羅州錦成山龍龜山·全州母嶽山 皆在望中 吾
東方雄盤屹立 高挿中天 興雲雨變化之狀 秘仙蹤奇絕之處 口有如於此哉 固不
可以一筆形容其萬一矣 遊覽畢 欲下則崎嶇鳥道 怳惚難視 其爲高且危 可想矣
還宿法界寺

陪丈而下 至一處 有巖削立 蓋若垂簷 雖有風雨不能漏污 於是 題八仙號 曰
浮查少仙 曰鳳岡撝仙 曰竹橋驢仙 曰松江釣仙 曰白也詩仙 曰桃源逸仙 曰武陵
漁仙 而奉硯者天笠金仙僧彦海 亦隨而行 故奉硯而參其末 又題短絕 是日 宿薩
川堂而還

噫 余之志於山水者 雖篤於靑年 而煩冗所靡 未免俗緣 知命有五 始得登臨
以余之年尙艱上下 況丈已至八旬 崛强益健 登陟無難 算諸今古 口有如斯 況長
篇巨筆 足以驚風雨泣鬼神 乃稀世之勝事 故聊以記之 時天啓三年癸亥九月旣
望也 林川後人鳳岡撝叟趙某瑩然記

허목(許穆) | 지리산기(智異山記)

출전 : 미수기언(眉叟記言) 권28 하편, 1면
번역 : 최석기 외, 『용이 머리를 숙인 듯 꼬리를 치켜든 듯』, 보고사,
       2008, 105~109쪽
일시 : 1640년 9월 ○일 (당일)
동행 : 미상

─일정

- 군자사(君子寺) → 용유담 → 백무동 → 제석봉 → 천왕봉

─저자 소개　　미수 허목

1595~1682. 자는 화보(和甫)·문보(文父), 호는 미수(眉叟)·대령노인(臺

嶺老人)이며, 본관은 양천(陽川)이다. 아버지는 현감을 지낸 허교(許喬)이며, 어머니는 백호(白湖) 임제(林悌)의 딸이다. 1617년 거창현감(居昌縣監)으로 부임하는 아버지를 따라 임소로 가서 인근에 있던 한강(寒岡) 정구(鄭逑)에게 배웠다. 그리고 여헌(旅軒) 장현광(張顯光)에게도 수학하였다.

1624년 경기도 광주(廣州)의 우천(牛川)에 살면서 자봉산(紫峯山)에 들어가 학문에 전념했다. 1636년 병자호란으로 피난하여 이후 각지를 전전하다가 1646년 고향인 경기도 연천으로 돌아왔다. 1650년 정릉참봉에 천거되었으나 1개월 만에 사임했고, 이듬해 공조좌랑을 거쳐 용궁현감에 임명되었으나 나아가지 않았다.

1660년 인조의 계비인 조대비(趙大妃)의 복상문제로 제1차 예송이 일어나자 당시 집권세력인 우암(尤庵) 송시열(宋時烈) 등 서인이 주장한 기년복(朞年服)에 반대하면서 자최삼년(齊衰三年)을 주장했다. 결국 서인의 주장이 채택되어 남인은 큰 타격을 받았으며, 허목 또한 삼척부사로 좌천되었다. 삼척에 있는 동안 향약을 만들어 교화에 힘쓰는 한편, 「정체전중설(正體傳重說)」을 지어 삼년설을 이론적으로 뒷받침했다.

1674년 효종비 인선왕후(仁宣王后)가 죽자 조대비의 복상문제가 다시 제기되었다. 서인의 주장에 따라 정해진 만 9개월 동안 입는 대공복(大功服)의 모순이 지적되어, 앞서 그의 설이 옳았다고 인정됨에 따라 대공복은 기년복으로 고쳐졌다. 이로써 서인은 실각하고 남인이 집권하게 되자 대사헌에 특진되고, 이어 이조판서를 거쳐 우의정에 올랐다.

1675년 덕원에 유배 중이던 송시열의 처벌 문제를 놓고 강경론을 주장하여 온건론을 편 탁남(濁南)과 대립, 청남(淸南)의 영수가 되었다. 1678년 판중추부사에 임명되었으나 곧 사직하고 고향으로 돌아갔다.

1679년 강화도에서 투서(投書)의 역변(逆變)이 일어나자, 상경하여 영의정 허적(許積)의 전횡을 맹렬히 비난하는 상소를 하고 귀향했다. 이듬해 남인이 실각하고 서인이 집권하자 관작을 삭탈당하고 고향에서 저술과 후진교육에 힘썼다. 저술로 『미수기언』·『경례유찬(經禮類纂)』·『방국왕조례(邦國王朝禮)』등이 있다.

―원문

百丈南君子寺 智異北麓古寺 其下龍游潭 水旱用牲幣 潭水發源於般若峯下
東流爲臨溪 又東流爲龍游潭 洞壑石場 兩崖水流 石上有石坎石竇石坑 若蛟螭
蜿蜒 蟠屈蚪蚪 奇詭百狀 水深黑 潰湧盤渦 洄漩沸白 無淺渚者里餘 其下脩瀨
又里餘曰水潗 東流爲馬川嚴瀨 從君子南崖 登白毋帝釋 其上天王峯 一萬四千
丈爲絶頂 多苦寒 山木不長 八月三雪 其觀望 東盡日域 近海黔魅蓐芝絶影 其
外馬島 爲日本之倭 其西燕齊之海 大陸千里 極南耽乇羅 以外眼力不及

허목(許穆) |
지리산청학동기(智異山青鶴洞記)

—

출전 : 미수기언(眉叟記言) 권28 하편, 2면
번역 : 최석기 외, 『용이 머리를 숙인 듯 꼬리를 치켜든 듯』, 보고사,
2008, 110~114쪽
일시 : 1640년 9월 3일
동행 : 미상

-일정

• 악양 → 섬진강 → 삼신동 → 쌍계석문 → 쌍계사 → 불일암 → 청학동
→ 완폭대

-원문

南方之山 惟智異最深邃杳冥 號爲神山 其幽巖絕境 殆不可數記 而獨稱靑鶴洞尤奇 自古記之 蓋在霅溪石門上 過玉簫東壑 皆深水大石 人跡不通 從霅溪北崖 隨山曲而上 攀傅巖壁 至佛日前臺石壁上 南向立 乃俯臨靑鶴洞 石洞嶄巖巖石上 多松多竹多楓 西南石峯 舊有鶴巢 山中老人相傳 鶴玄翅丹頂紫脛 日色下見翅羽皆靑 朝則盤回而上 入於杳冥 夕則歸巢 今不至者 幾百年云 故峯曰靑鶴峯 洞曰靑鶴洞 南對香爐峯 其東列爲三石峯 其東壑皆層石奇巖 前夕大雨 瀑布滿壑 其臺上石刻曰玩瀑臺 其下潭水 崇禎十三年九月三日 余從嶽陽遡流蟾江 過三神洞 朝日觀霅溪石門 又霅溪寺觀崔學士 眞鑑禪師碑 至今千餘年 莓苔間 尙見文字可讀 因登佛日前臺 作靑鶴洞記

—

박장원(朴長遠) | 유두류산기(遊頭流山記)

—

출전 : 구당집(久堂集) 권15, 12면
번역 : 최석기 외, 『용이 머리를 숙인 듯 꼬리를 치켜든 듯』, 보고사,
2008, 115~133쪽
일시 : 1643년 8월 20일 ~ 8월 26일
동행 : 이초로(李楚老), 양원(梁榞), 신찬연(申纘延) 및 악공

-일정

• 8월 20일 : 안음현(安陰縣) → 대고대(大孤臺) → 사근역(沙斤驛)

• 8월 21일 : 사근역 → 함허정(涵虛亭)

• 8월 22일 : 함허정 → 용유담 → 엄천창(嚴泉倉) → 방호성(防胡城) →
군자사

• 8월 23일 : 군자사 → 백무당 → 하동암(河東巖) → 제석당 터 → 제석
당 → 주암(舟巖) → 문암(門巖) → 신사(神祠) → 천왕봉

- 8월 24일 : 천왕봉 → 제석당 → 백무당 → 안국사(安國寺)
- 8월 25일 : 안국사 → 금대암(金臺庵) → 함허정 → 사근역
- 8월 26일 : 사근역 → 운고정(雲皐亭) → 안음현

-저자 소개   구당 박장원

1612~1671. 자는 중구(仲久), 호는 구당(久堂)·습천(隰川), 본관은 고령이다. 직장(直長)을 지낸 박훤(朴烜)의 아들이다. 1627년 생원이 되고 1636년 별시문과에 급제하였으나, 그해에 일어난 병자호란으로 외할아버지인 심현(沈誢)을 따라 강화도에 피난하였다. 1639년 검열(檢閱)이 되고, 1640년 정언으로 춘추관 기사관이 되어 『선조수정실록』의 편찬에 참여하였다. 1643년 안음현감을 지냈다. 1653년 승지로 있을 때 남인의 탄핵으로 흥해(興海)에 유배되었다가 이듬해 풀려났다. 1658년 상주목사에 이어 강원도 관찰사, 1664년 이조판서 등을 지냈다. 저서로는 『구당집』이 있다.

-원문

余嘗聞南方之山 巍然高而大者 不可數 獨智異爲宗 蓋東國之山 白頭爲第一
而白頭流而爲此山 故其名爲頭流云 則其山之擅名於東國也 信矣 山之周圍 盤
據湖嶺九郡 其淸淑之氣 靈異之跡 體勢之雄 觀遊之富 雖巧歷 指不勝屈焉 思
欲一入其中 仍登其上 以放吾平生之目 以盪吾八九之胸 而繫官于朝 恨無緣而
至焉者 久矣

是年春 余自玉堂爲養求外 出宰安陰縣 縣治在德裕山之麓 丘林泉石 號爲東
方最殊勝處 環滁皆山 羅浮三洞 不啻過也 況距智異纔數舍 則朱夫子爲吏廬皐

之幸 亦不可以余之無似 而無千載景仰之懷也 第緣今年縣旱饑 民交走死無弔
涉春徂夏 對食何心 雖吟杜子興入廬霍之句 不無孟陽飲酒遊山之嫌 則徒跂予
望之而已 秋乃大熟 民氣少瘳 始理謝氏之屐 而歎無蘇子之客焉 沙斤李察訪楚
老字道卿 與余極有世素 邂逅他鄉 還往甚熟 一日馳書邀余 約與之同 同盟者又
有梁禮安櫶字君實, 申上舍纘延字永叔 亦京洛人也 三人同行 尚難預料 況四
人乎 其幸又有甚焉

遂於仲秋卄日辛巳作行 申永叔自古縣僑寓來會 與余聯鑣 或先或後 沿流而
下 少憩一嶺 縈紆若帶 環抱大孤臺者 灆溪也 溪邊數里許 有一屋宇歸然於墩阜
之上者 一蠹書院也 溪水東西 秋禾如雲 實是好時節也 才謝簿領 已自飄然有出
塵之想 到此直欲翻飛 而奈乏羽翼何哉 昏抵沙斤驛亭 主人倒屣忻迎日 何其暮
也 梁丈亦已來矣 蓋其居在於沙驛咫尺地故也 四人坐定 喫飯訖 又喫酒 酒間歡
笑 夜分乃罷 有詩曰山驛夜留客 三更溪月明 酒杯深復淺 斟酌異鄉情

壬午晴 四人者出 涉前溪 踰數嶺 行卄里許 大川邊有一亭子 厥名涵虛 丁酉
晉州城陷時 戰沒義兵將姓崔名忭者 其主云 亭故有歌臺舞榭 今所餘者 只衰草
荒墟 而面勢紆餘 溪山蘊藉 四面村落 杮栗離離 宛一畫圖中也 有詩曰亭子何年
廢 遊人是主人 山連方丈麓 水接剡溪津 聽笛魚時出 臨筵月自新 吾曹須盡醉
俱是旅遊身 亭之隣 有一庶孼之老者曹其姓彭壽其名 家甚富 亦不纖嗇 爲吾輩
鋪筵於亭之上 進酒促饌 乘醉歡謔 不知日之將夕 遂入宿于草堂 堂之欒桷 如雨
傘樣 覆以白茅 塗以堊土 窓壁甚精

癸未晴 晚發沿溪直上 此乃龍遊潭下流也 潭之相距卄許里 而其間往往有數
家村 村必有水田 皆肥饒可居 水則雖窮源 亦有魚可叉 眞杜詩所謂橘洲田土仍
膏腴 水清反多魚者也 未知武陵桃源 人居生理亦如此否也 此則天下諸山 所不
及處也 有詩曰南岳名方丈 他山摠不如 崚嶒雄地理 氣色近天居 田土皆宜稻 泉
源亦有魚 何當謝簪紱 於此結茅廬

午到龍游潭歇鞍 潭深莫測 潭上皆是白石 石色凝滑 或高或卑 可坐數百人
四人者坐石上 酌數杯酒 使伶人吹篴 篴聲裂石穿雲 疑有泓下龍吟之聲焉 良久

乃發 路傍有巖泉倉 且一洞中有廢城 故老相傳稱以防胡城 或稱朴虎城 蓋厥初
爲防胡而築 且朴虎爲將築此 故兩稱之云

夕得君子寺 寺本名靈井寺 而新羅眞平王生子於此 改今名云 臺殿房屋 俱極
宏麗 寺之西偏 有一新建別殿 金碧焜耀 名曰三影堂 堂中有淸虛・四溟・靑梅
三大師眞像 取燭仰視 如接軟語 三像中四溟則不翦鬚 鬚長且美 眞好男子也 是
夜四人相對痛飮 盡歡而罷

甲申晴 設泡 數日雖晴 而連有雨意 天氣甚暖 煙霏不開 是日將登天王峯 老
僧皆言貧道閱遊人多矣 雖天朗氣淸之日 未到中峯 輒爲雲雨所魔障 未免進退維
谷之患 況今日未離此寺 雲霧已四集矣 願公勿作虛行 四人合辭言曰 玆行決難
中止 吾輩仙分之有無 決於今日而已矣 乃策馬而行十里 抵百巫堂 堂是淫祠 巫
覡所會處也 所謂堂直者 例供遊人賓從 此則自龍游堂亦已然矣 暫憩堂中 捨馬
乘藍輿 到河東巖 僧言古有河東守到此遇雨 迷失道 故名此巖云 自是山益峻路
益險阻 四人魚貫而進 到舊帝錫堂基 始左右望 萬壑千峯 赤葉如燒 間以靑黃 雜
以松杉 噴雲泄霧 頃刻萬變 雖謂之鬼神異物陰來相之 可也 到帝錫堂 堂之去上
峯僅十里 則其高可知 暫憩藍輿 僧饋以白飯 皆堂直所供 至天王峯 亦然 到此堂
則煙雲盡收 天宇高曠 風氣甚烈 殆不可堪 僧言於此若愁風 則上峯難上矣云

急於俯觀日沒 促駕而行 步上堂後 則目力已收南海來矣 如兩南沿海郡縣鎭
堡 羅列可數 行過舟巖 僧言此山在海時泊舟處云 入門巖 巖有石門 門橫長木
人之往來 皆入此門度此梯 然後上通峯頂 故曰門巖云 攀援直上天王峯 峯上又
有神祠 此外無可庇身處矣 其峯上可以摘星辰 下可以俯四海 海天相拍 但有一
氣橫亘於天地間 如鋪白練而已 眼底山河 皆如塊如線 可使離婁却走 龍眠技窮
有非言語文字可能形容其萬一者矣 俄見羲輪沈海 怪氣紫赤 萬像呈態於混茫之
間 人皆拍手驚走曰 此何等景色也 夫何使我 壯觀至此耶

已而入其堂處 相與枕藉而臥 天風怒號 棟宇欲飛 堂直者進言曰 勿怖 今日
之風 不可謂之風也 儂則慣習 故能不畏云 夜半風定月出 星斗寥寥 光芒相燭
變作一銀色界 笛工出坐堂後日月臺 快奏步虛詞一曲 骨冷魂淸 兩腋欲擧 明皇

之遊月宮 眞兒戲耳 洞賓之入岳陽 風斯下矣

仍坐達曙 曙色漸昇 金鴉騰翥 天下始白 藍輿僧多至七十餘人 皆嘖嘖歎曰等
輩前後肩輿到此峯者 不知其幾 而其能觀日沒月生日出三者得兼者 殆無一二焉
我公可謂得仙術者非耶 我公得仙術者非耶 有詩曰天王峯頂接天門 頭上星辰手
可捫 兩眼力窮無所碍 不知何處是崑崙 又曰峯上長吹太始風 怪來呼吸與天通
持杯放盡平生目 九點秋烟夕照中 又曰天王峯上觀日沒 月生日出三者兼 僧言
奇事曾無有 天餉玆游固不廉 又曰一宿君子寺 遠上天王峯 月明吹玉笛 滄海舞
群龍

乙酉乍陰 蚤朝還下 少留帝錫堂及百巫堂 夕到安國寺宿焉 是日下峯時 霰雪
微灑

丙戌晴 設泡晚發 乘藍輿過金臺菴 菴在安國寺五里許 而地勢孤迥 一山面目
無少蔽虧 猶金剛山之於正陽南樓也 望見第一峯宿處 則一柱挿天 雲霓明滅 眞
古人所謂怳然一夢瑤臺客也 有詩曰靑鞋踏破萬重山 更向金臺古寺還 第一峯頭
昨宿處 白雲靑靄有無間 午抵涵虛亭 登亭後高臺 依然去時風景也 暫歇而過 夕
宿沙斤驛亭

丁亥晴 謝道卿早發 與梁丈及永叔 並馬歷登雲皐亭 醉話移時 有詩曰醉上沙
斤馬 臨流不用扶 平生得意處 肯羨執金吾 吟罷歸來鈴閣 便是舊吾 愁對雁鶩行
塵土遂已滿襟矣

於戲 凡遊山之行 人皆會心而無雜爲難 事皆得意而無欠爲尤難 吾輩俱以落
南懷土之人 齒雖不齊 相得驩甚 同遊首尾七箇日 披露肝膽 盡棄拘撿 謔浪笑傲
無間晝夜 此實世間難再之勝會也 至於玆山之遊 鮮不爲造化兒所惡劇 而吾輩
之來 極幽遐怪詭之觀 能開衡岳之雲 且翫天柱之月 意欲所萌 錙銖不遺 此亦豈
始望之所及哉 簡齋老所謂不作今年客 爭成此段奇者 實獲我心矣 諸公皆以爲
此不可無一言以記其異 俾余作記 記非如余不文者事 姑且掇拾諸公�閣之餘
用作他日臥遊之具而已 癸未仲秋晦日庚寅 高靈朴長遠仲久記

오두인(吳斗寅) | 두류산기(頭流山記)

출전 : 양곡집(陽谷集) 권3, 12면
번역 : 최석기 외, 『용이 머리를 숙인 듯 꼬리를 치켜든 듯』, 보고사,
2008, 135~150쪽
일시 : 1651년 11월 1일 ~ 11월 6일
동행 : 김정(金釘), 이상일(李尙逸), 이진필(李震秘), 김집(金緝)

—일정

- 11월 1일 : 진주 → 봉계원(鳳溪院) → 황현(黃峴) → 옥계사(玉溪寺)

- 11월 2일 : 옥계사 → 삼아현(三牙峴) → 악양 → 화개협 → 쌍계사

- 11월 3일 : 쌍계사 → 불일암 → 옥소암 → 쌍계사

- 11월 4일 : 쌍계사 → 신흥사 → 능인사(能仁寺) → 은정대(隱井臺)

- 11월 5일 : 은정대 → 수국현(水國峴) → 남대사(南臺寺) → 신계촌
   (新溪村)

- 11월 6일 : 신계촌 → 덕산서원 → 소남(召南) → 용산(龍山) → 진주

1624~1689. 자는 원징(元徵), 호는 양곡(陽谷), 본관은 해주(海州)이다. 생부는 사복시 주부를 지낸 오상(吳翔)이고, 백부인 오숙(吳䎘)에게 입양되었다. 1648년 진사시에 합격하고, 이듬해 별시문과에 장원으로 급제하였다. 1650년 사헌부 지평을 거쳐 1656년에 장령, 1661년에 헌납·사간이 되었다. 이듬해 정조사(正朝使)의 서장관으로 청나라에 다녀왔고, 1667년 홍문관 부교리 등을 역임하였다. 1679년 사은사의 부사가 되어 청나라에 다녀왔다.

1689년 기사환국(己巳換局)으로 서인이 실각하자 삭직을 당하였다. 이해 5월에 인현왕후(仁顯王后)가 폐위되자 이세화(李世華)·박태보(朴泰輔)와 함께 반대하는 소를 올려 국문을 받고 의주로 유배 도중 파주에서 별세하였다. 저서로는 『양곡집』이 있다.

-원문

余自南來之後 嘗欲一見雙溪 以快平生願遊之志 而不可得也 適審災傷 巡歷右道 會于晉陽田政旣訖 顧謂主牧曰 玆行也 出入四十餘郡 覽盡嶺南山川間 或乘戰艦 泛於南海巨濟之間 可謂極山海之大觀 而只以跡阻頭流爲恨耳 今吾與子 盍往觀諸 李侯曰 此余之願也 今幸有同志 時不可失

乃以十一月初吉乙亥 與主牧 遂作雙溪之行 召村督郵金公 亦偕往焉 自本州西行四十里 過鳳溪院 至外家先塋 掃拜 仍秣馬于山下 向夕而發 踰黃峴 行三十里 投宿于玉溪寺 河東太守李公 亦來會焉 以其地主也 昆陽召募將金緝者 亦追後而至 皆曾與同遊南海者也

初二日 丙子 偕晉陽河東兩太守 及金督郵 早發玉溪 踰三牙峴 行四十里 朝

飯于岳陽 岳陽卽晉之屬縣也 天開大野 村落瀟灑 太山西峙 帶以長江 江自求禮
境出 過于雙溪之下 此爲蟾江之上流 而湖嶺之界也

沿江而上 則猗猗綠竹 夾岸成林 淸光秀色 十里相映 淇澳之興 自不能已也
轉至十里 有大川出自山谷間 流入于江者 花開峽也 由花開峽 過法華灘 渡擧石
橋 則洞天深嚴淸絶 入山未半 自不覺胸次之爽然 上七里而到沙門 則嵬然兩巖
並立路左右 皆石刻大書 右曰雙溪 左曰石門 世傳崔孤雲之筆 而字畫甚奇古

僧徒數十出迎於此 乃下馬而坐 周覽溪山 溪有二源 自神興凝神洞而來者 爲
右溪 自佛日靑鶴洞而來者 爲左溪 二水合流于此 而寺在其間 名以雙溪者 此也
舍馬肩輿而上 至雙溪寺 則十尺古碑 立於梵宮之前 盖爲法僧眞鑑銘之 而此亦
孤雲所寫者 故世以學士碑稱之 龍蛇筆跡 尙今宛然 眞可謂不朽也 是夕 止宿寂
黙堂 此法寺之右廂 而前有八詠樓 東有學士堂 皆孤雲跡也

初三日 丁丑 早食後 携同遊數君子 皆乘籃輿 北至數十步 有一古刹 扁以金
堂 而西則方丈閣 東則瀛洲閣也 自是而東 直向靑鶴洞 吹笛者一人 吹洞簫者一
人 抱琵琶者一人 歌妓一人 隨焉 前唱後和 魚貫而上 遠而聽之 怳若上雲樂也
行六七里 有巨石立於路 傍 面刻李彦憬洪淵己卯秋八字

登一峻嶺 望一小菴寄在懸崖之間 下臨不測之洞 所謂靑鶴洞也 佛日菴也 緣
崖而行 至於菴前 丹崖翠屏 壁立千仞 雙峰秀出 相對左右 在東曰香爐峰 在西
曰靑鶴峰 峰之腰 層巖甚奇 俗傳 靑鶴常棲於此間 其得名有以也 香爐峰北 有
數十丈瀑布 而但見層氷屈曲 水聲轉壑 宛如玉龍上天 殷雷在山 眞奇覿也 日菴
之畔 有石臺 臺之石刻 翫瀑臺三字 若使日照生煙之時 坐此而翫 則李謫仙銀河
之句 可重詠也 由瀑流而爲鶴淵於兩峰之南 此雙溪左流之源也 還踰靑鶴峰 至
峰之南麓 則數三小菴 或存或廢 玉簫靈臺 其號也 成佛深院 其基也 佛日則一
僧棲焉 玉簫則三僧處焉 皆絶粒之流也

下至靑鶴洞下流 則水石轉奇 倍覺神爽 徘徊溪邊 忽見一詩在巖間 其詩曰
靑鶴峰前路 澄潭影翠杉 羽仙探勝處 仍號狀元巖 此乃季父手寫詩 而羽仙卽先
人號也 先人曾在崇禎辛未 按節于南 嘗遊于此 而季父又於丙戌 以新恩狀元郞

歷觀而去 故其見於詩者 如此 今余幸忝魁科 又過于此 不可謂無宿緣也 遂和其
詩 以示同遊 竟日忘歸 乘夕而來 是夜 仍宿于寂黙堂

初四日 戊寅 平明出石門 還渡擧石橋 泝流而上 此爲雙溪之右 而來自神興
洞者 山回路轉 下臨清流 或滀而爲潭 或激而爲瀑 境界清奇 十倍於花開洞 行
十五里許 至紅流橋 橋邊之石刻以三神洞 蓋神興義神靈神三寺 皆在此流之上
云 一溪自西洞 一溪自東谷 西則七佛菴洞口也 東則神興寺沙門也 過橋一里 有
巨刹遺基 石砌荒凉 古木成林 僧言此乃神興寺 而廢自甲子云 先考遺集中 有神
興寺贈太能老師五言近體一首 其詩曰 眞鑑傳衣地 孤雲去幾春 客懷添物色 詩
句得精神 水石渾依舊 林花自在新 深知第一義 端坐洗根塵 茲歲戊午也 今三十
餘年 而昔之儼然壯麗者 變爲狐兎之墟 誠可謂三十年一大變也 彷徨俯仰之間
感愴繼之矣 寺前溪石 甲於山中 閣曰凌波 臺曰洗耳 寺砌之左 有一銅佛 立於
荊棘之間 其左亦有此象 蓋昔時雙立於寺之左右者也

左轉而上後岡 路益險 山益奇 由獅子谷 行十里許 巨壑噴流 成一深淵 名曰
妓潭 掃石而坐 命妓歌焉 同遊諸人 隨後 畢至 相與一噱 又轉而上十里 中火于
能仁寺 有僧徒數十 而其中號性天者 殊非俗僧也 問答之間 歷誦諸君子遊山之
詩 而又言昔在壬申先考之遊此山也 幸而陪隨焉 逮乎丁亥 季父之到此寺也 亦
能前路焉 而渠實未知余是一家人也 余曰 季父之遊 去壬申十六年 余之來 去丁
亥亦五年 而爾以浮雲之跡 皆能作主人 安知非有數存於其間耶 渠亦驚歎 縷縷
酬答 皆感舊懷也

臨夕而別 又行十里 至一小菴 名曰 隱井臺也 菴在絶頂 去塵寰最遠 經僧淡
熙居焉 從而遊者 十餘人云 菴後有巖 巖下出泉 所謂隱井 必此也 遂題同遊姓
名於其巖曰 金釘李尙逸李震馝吳斗寅金緝 其一督郵 其次晉牧 其次河東 余居
第四 序以齒也 仍命刻之 以爲他日識焉 是日 仍宿于此寺

初五日 己卯 朝發隱井 又東而上 將踰水國峴 石路崎嶔 層氷塞川 十步九休
披荊緣崖而行 行見三菴 廢在道傍 問諸僧 則答以上中下水國寺云 由此而直上
東嶺 此所謂水國峴者 登茲北望 則有一玉峰 高揷天中 氣象凝嚴 俯臨諸壑者

天王峰也 卽頭流之第一峰 余以今年重陽 自山陰 由君子寺 直上天王峰 仍宿其
上 看日出於東海 到今指點雲間 還如夢中事也 徘徊嶺上 極目四方 江海縈回
點點群山 不能殫記

踰嶺而下 石路之崎嶇 山川之奇勝 無異於內山 行役之苦 愈甚 而探勝之興
尚未艾也 德山寺僧數十人 替迎而來 下未半 有冠松蘿者 來候於溪邊 問其所居
則南臺寺也 越溪而西 遂往其寺 午飯而下七八里 有一大溪 來自天王峰下 溪與
洞 皆以新溪名之 下五里許 有新溪村 日已夕矣 止宿于此 四日勝賞之餘 始宿
村家 一日之間 仙凡懸殊 回首雲山 不能無悵然之懷 固知世間事無不如是也

初六日 庚辰 朝發新溪村 行十五里 則太山之下 深谷透迤 川流平遠 正是壺
中天也 瞻望祠宇隱映於溪邊 此乃南冥曹先生尊享之所 而號以德山書院 實智
異南麓也 院門之前 有一間茅屋 下臨澄潭者 洗心亭也 亭之傍 又有畵閣枕流者
醉醒亭也 下馬 坐于醉醒亭 院儒十餘人 見焉 朝飯訖 由時靜門 登敬義堂 具冠
帶 展謁而退 坐洗心亭 院儒輩設小酌而罷

自院而東行 過一村 松栢蒼鬱 此卽先生之故里 而後岡乃衣冠所藏也 式閭而
過六七里 路傍有石臺 磨其東崖 刻入德門三字 是爲院之洞門也 又三十餘里 至
召南江邊 晉之人來候焉 中火後 乘舟而渡行 至龍山 列火而歸還 到晉陽舘 夜
已二更矣

仍與同遊僧德俊者 屈指行程 則往還凡六箇日 而自本州 至鳳溪院 四十里
自鳳溪 至玉溪寺 三十里 自玉溪 至岳陽縣 三十里 自岳陽 至花開峽 三十里
自花開 至雙溪寺 十里 自雙溪 至靑鶴洞 十里 又自雙溪 至神興寺 十五里 自
神興 至能仁寺 十五里 自能仁 至隱井臺 十里 自隱井 至水國峴 十里 自水國
至南臺寺 二十里 自南臺 至新溪里 十五里 自新溪 至書院 十五里 自書院 至
召南 三十里 自召南 還本州 四十里 合三百二十餘里也

김지백(金之白) | 유두류산기(遊頭流山記)

—

출전 : 담허재집(澹虛齋集) 권5, 6면
번역 : 최석기 외, 『용이 머리를 숙인 듯 꼬리를 치켜든 듯』, 보고사,
　　　2008, 151~159쪽
일시 : 1655년 10월 8일 ~ 10월 11일
동행 : 서국익(徐國益), 이자원(李子遠), 한여근(韓汝謹), 노운경(盧雲卿),
　　　서대숙(徐大叔)

–일정

- 10월 8일 : 용추(龍湫) → 대흥사(大興寺) → 화엄사 → 연곡사(燕谷寺)
- 10월 9일 : 연곡사 → 화개동 → 쌍계사
- 10월 10일 : 쌍계사 → 불일암 → 완폭대 → 청학봉 → 옥소암(玉簫菴)
- 10월 11일 : 옥소암 → 무릉교(武陵橋) → 능파대(凌波臺) → 세이암 →
　　　　　　삼신동 → 칠불암 → 옥부대(玉釜臺)

1623~1671. 자는 자성(子成), 호는 담허재(澹虛齋)이며, 본관은 부안이다. 조부는 충청도사(忠淸道事)를 지낸 김익복(金益福)이며, 그의 대에 남원으로 옮겨와 살았다. 부친은 진사 김연(金沇)이며, 모친은 여산 송씨(礪山宋氏)로 현감을 지낸 송처중(宋處中)의 딸이다. 신독재(愼獨齋) 김집(金集)의 문인이며, 오이정(吳以井)·송시열(宋時烈)·송준길(宋浚吉) 등과 교유하였다. 1648년 사마시에 합격하였으나, 전시(殿試)에는 낙방하였다. 1658년 천거를 받았으나 나아가지 않고 평생 학문에만 정진하였다. 저술로『담허재집』이 있다.

-원문

壓湖嶺之交 而雄峙乎東南者 非頭流乎 頭流一名方丈 則爲一於三神山 無疑 其大控十二州 以勝擅者 未可遽一二數 而其南近海 尤淸淑氣 積而不散 蜿蜒扶興而磅礴 可信神仙所宅 崔學士孤雲 亦嘗棲遲憩息乎此 其奇踪之歷歷者 於雙溪寺特著 自雙溪可十里許 有所謂靑鶴洞 舊有赤頂靑翅者 遊焉 而今不來有年 岸竇只有空巢在

曰翫瀑臺 曰三神洞 曰洗耳巖 曰武陵橋 曰紅流洞者 亦皆學士曾遊之地 盖其洞壑之奇 水石之勝 前乎我而往來遊歷者 不一 其人則著之錄而行於世者 固多 余不必贅 而顧余家在龍城 玆山之鎭龍城者 可居十分之一 則昔人之經年涉海枉費時節者 居然置 我起居相接地 其亦侈矣 第緣塵蹤多累 尙欠遍探諸勝 疇曩之所登歷者 纔般若一面而止耳 竊嘗自歎焉

今者 徐君國益 自京城 來觀玆府 要我並遊雙溪 玆遊 乃余之平素經於心者 卽奮翼而起 約會於府東元川院 迺乙未十月之戊午也 李子遠韓汝謹 亦如期而

齊到來 送於中路者 又有盧雲卿 玆四友 皆余之同年聯翩行色 仍作一榜會 誠異
事也 國益有賢季 曰大叔 亦偕國益而至 吾行益不孤矣

於是乎 由龍湫投大興 而翫飛瀑之奔流 歷甘露 至華嚴 而賞佛宇之宏傑 仍
逶迤漎江岸而南焉 去䨥溪 已覺不遠矣 盤回百轉 涉澗尋壑 暮抵燕谷寺而宿 乃
遇覺往老師於碧巖堂 談空 至夜半 瀟灑可警

仍携其法 副天機其號者 而指雙溪 機僧詩思不凡 頗聰明 有可愛者 是夕 逐
到花開洞 洞之少南 有舊墟 乃一蠹先生之所卜築 彷徨感歎而不能去 由花開而
上 至兩流相合處 乃所謂雙溪也 果有石門 四大字刻 在洞口䨥石面 鐵劃不泐
依然若昨日事 可想崔仙眞面目 逐入寺 隨居僧周覽舊蹟 摩挲眞鑑古碑 撰與筆
又皆孤雲手也 久閱興亡 人事百變 而陳迹之可質者 獨有一片石 亦足以感舊興
懷也

翌日 遇雨仍留 逐待晴 肩輿而作 或乘或步 幾至佛日庵 石崖呀然中裂 架木
為棧 纔通人跡 其下深可萬餘丈 側身信足 魂悸髮竪 乃躋攀到菴 菴 外有小石臺
所號翫瀑者 望見天紳數百丈 掛流香爐之側 勢若虹起電掣 直與盧山愽淵相上
下 往日龍湫之所賞者 亦風斯下矣 飛淙釀寒 陰谷動爽 凛乎不可久留 逐煖進山
醪數杯 仍復路㦲杖靑鶴峰 窺鶴巢而下 題名玉簫菴 復還䨥溪宿

明發 又自武陵橋 訪新興古址 散步凌波臺 因亂流抵盤石 石上果有洗耳巖三
字 字體類孤雲筆 而不能詳也 還下三神洞 逐上七佛菴 頭流寺觀 至三百有七十
而奇麗特爲第一 金碧朱丹 絢爛奪人眼 從樓門而右步 登玉釜臺 去般若不盈尺
其高可以壓衆嶽 乃使從者 吹洞簫一曲 緣崖而降 朗詠于紅流之口 冷然如馭風
而羽化 雖謂之得天下勝觀 吾不多讓

噫 人生天地 藐甬一蟣蠓耳 脫却塵臼 能不爲瓮裏之醯鷄者 有幾人耶 向來
登山臨水 得一涓 流一丘垤 輒嘗自多其勝賞 到此始覺卅年前身世爲虛了耳 吁
斯遊其足樂矣 而滿一月 尚未得其半 則不過為百年間一瞬息 猶且自高而有悲
世之志 矧乎眞仙之物外遊神朝暮四海者乎 余於此 尤有感焉 第以節候太晚 山
雪已阻 未能直上天王第一頂 領略扶桑弱水之外 以窮眼力之所及 而想像聖人

小天下之氣象 實大欠事耳

　然留待明年春至 雜花滿樹 更理山裝 剋日期會 遍踏八萬羣峰 亦不爲遠 豈至終落莫乎 數日之間 遇興而酬唱者 亦無慮百有餘篇 隨時得錄 仍成卷軸 咸曰不可以不記也 乃責於余 余非匠於文者 固知其不敢 而若相率而遜謝 則勝事幾乎無述 且念詞列諸賢之次 在我有榮耀焉 乃不辭而爲之說 若曰要作不朽傳世之資 則非知我者也 歲乙未 陽月上浣 浪洲 金之白識

송광연(宋光淵) | 두류록(頭流錄)

출전 : 범허정집(泛虛亭集) 권7, 13면
번역 : 최석기 외, 『용이 머리를 숙인 듯 꼬리를 치켜든 듯』, 보고사,
       2008, 161~180쪽
일시 : 1680년 윤8월 20일 ~ 윤8월 27일
동행 : 이익태(李益泰 순천부사), 이만징(李萬徵 곡성현감)

-일정

• 윤8월 20일 : 순창 관아 → 순자강(鶉子江) → 곡성(谷城) 관아

• 윤8월 21일 : 곡성 관아 → 압록진(鴨綠津) → 구례

• 윤8월 22일 : 구례 → 오봉촌(五峯村) → 화개현 → 쌍계사

• 윤8월 23일 : 쌍계사 → 청학동 → 불일암 → 완폭대(玩瀑臺) → 보문암
  (普門庵) → 내원암 → 쌍계사

• 윤8월 24일 : 쌍계사 → 삼신동 → 홍류교(紅流橋) → 신흥사 터 →

세이암 → 기담(妓潭) → 삼신동 → 미라촌(彌羅村)·보
리촌(菩提村) → 목통촌(木通村) → 칠불사 → 금륜암(金
輪菴) → 칠불사

• 윤8월 25일 : 칠불사 → 내당재(內堂峴) → 외당재(外堂峴) → 냉정(冷
井) → 영신당(영신사 터) → 제석당 → 향적사 터 → 통
천문 → 천왕봉

• 윤8월 26일 : 천왕봉 → 통천문 → 제석당 → 백모당(백무동) → 군자
사 → 부담(釜潭) → 백장사(百丈寺) → 인월역

• 윤8월 27일 : 인월역 → 황산 → 운봉현 → 운월치(雲月峙) → 목가촌
(木街村) → 남원부 → 적성(赤城) → 순창

-저자 소개　　범허정 송광연

1638~1695. 자는 도심(道深), 호는 범허정(泛虛亭), 본관은 여산(礪山)이
다. 좌승지를 지낸 송시철(宋時喆)의 아들이다. 1654년 진사가 되었고,
1666년 별시문과에 병과로 급제하여 승문원 부정자·사간원 정언 등을
역임하였다. 1671년 이원정(李元禎)·이담명(李聃命)·박천영(朴千榮) 등
의 죄를 청하다가 정승의 미움을 사서 경성판관(鏡城判官)으로 좌천되었
는데, 부임하지 않아 파직되었다.

이후 강릉 학담(鶴潭)에 은거하여 여러 차례 벼슬을 사양하다가, 병을
치료하기 위해 상경하여 고양(高陽) 행호(杏湖)에 정착했다. 그곳에 정자
를 짓고 이름을 범허정이라 하였다. 1679년 순창군수로 나갔다가, 1681년
홍문관 교리가 되어 조정으로 들어갔다. 그때 전국의 유생들을 인도하여
이이(李珥)와 성혼(成渾)의 문묘종사를 상소했다. 이후 사헌부 집의·홍문
관 응교 등의 요직을 역임하였다. 당시 병조판서 이사명(李師命)이 관서

지방에 호포제(戶布制)를 시행하려 하자, 이를 적극 반대하여 시행을 철회시켰다.

승정원 승지와 병조 참지를 거쳐 안동부사에 제수되었는데, 부임하지 않아 파직되었다. 그 후 다시 복직되어 예조 참의와 황해도 관찰사를 역임하였다. 그 뒤 진주목사(晉州牧使)·이조 참판 등을 지냈다. 범허정은 성품이 강개하였으며, 벼슬을 좋아하지 않고 오로지 학문을 좋아했다는 평을 받았다. 저술로 『범허정집』이 있다.

-원문

我聖上卽位之六年 余拜玉川之命 越明年庚申 昇平倅李君益泰大裕 浴川宰李君萬徵龜卿 以書來曰 頭流古稱三神山 考之方丈三韓之句 可見之矣 吾儕幸同守一邦 而此去僊山 宿春趁此 簿書之暇 盍往觀焉 余報之曰 此吾志也 敢不唯命是從

乃於是年閏八月二十日丙午 理蠟屐 涉鶉子江 行四十餘里 入浴川東閣 龜卿亦已辦遊山之具

翌日丁未 與龜卿聯鞭 行三十里 中火于鴨綠津 冒雨又行三十里 到求禮縣底 縣監崔國成來見 大裕昨已先行 方住五峰村云 而關雨不得前進

戊申 行十里許 到五峰村 卽鴨綠下流 五峰羅立 如畵小亭翼然臨流 亦一勝景 三人相對 各言霖雨之苦 待人之難 亭主張斗煜 丙辰武榜也 進杯盤 奏絃歌 以慰行役之勞 食後三行長第登途 行二十餘里 入智異洞口 又行十里許 到花開縣 會江村前 卽晉州地 而景致已殊絕 下馬鼎坐 以一盞賀江山 有頃 雙溪僧徒 以籃輿來迎

沿溪入洞 一雨增波 水石一倍淸奇 行一里許 雙溪合流 兩石對立如門 右刻雙溪 左刻石門 筆力如椽 世稱孤雲手跡 而濯纓比之兒童習字者之爲 未知何所

見也 又行一里 入寺 中庭有一古碑 龜龍篆額 尚宛然如新刻 其額曰雙溪寺故眞
鑑禪師碑　下書前西國都巡宮承務郎侍御史內供奉賜紫金魚袋臣崔致遠奉敎撰
并書篆額 光啓三年建 光啓乃唐僖宗年號 屈指已八百餘年矣 出紙墨 使僧人印
出

　瀛洲閣方丈室 卽崔孤雲所住處 而靑鶴樓 最絕勝 又有學士堂 亦孤雲所住云
法堂前有柚子樹一株 結數十枚 黃香襲人 亦南來初見 所謂影子堂 有孤雲像 英
彩尙亦動人 以孤雲之人物才調 不偶於中國 又不容於東土 韜晦於僊釋之道 倘
徉於山水之窟 以終其身 有是哉 時之難遇也 與二太守同宿僧堂 大裕携笛夜奏
一曲

　己酉 行五里許 路窮磴側 石棧鉤連 難以興檐 不要人扶 緣崖攀藤 匍匐而行
得一洞府 卽所謂靑鶴洞者也 靈境幽深 樵路微茫 除非竹籠牛犢難起 物外田園
李眉叟之卒不得尋 無足怪矣 世傳孤雲不死 尙在此洞云 擧手遠望 想像空山曠
世之感 有不可言者 靑鶴香爐延日三峰 對峙三方 佛日庵在絕壁上 其下爲玩瀑
臺 千丈飛瀑 下入鶴湫 亦不易得之佳境 踰後山 歷普門庵 行數里 到內院 新搆
門樓 洞壑亦奇勝 小憩 旋下沿溪而行 處處可坐 薄暮還雙溪寺 大裕設饌海物
黃香添一 山中別味

　庚戌 行十里許 到三神洞 靈神義神神興之水 合流于此 成一洞天 溪上有一
巖壁立 巖面刻三神洞三大字 未知誰氏筆 而僧輩言亦孤雲手跡云 必是好事者
取三神山之義 有此題刻 而於子所謂其俗之尙鬼 因此可推云者 抑何意耶 涉
紅流 觀凌波橋舊址 所謂紅流者 盖取謝詩石磴瀉紅泉之句 釋之者曰 紅泉出丹
砂穴 紅流之名 出自僊籍 而卽今滿山楓葉 溪流漲紅 亦不失紅流之名矣 到神興
寺舊基 澄潭盤石 實洞中之初見 巖刻洗耳巖三字 濯纓所謂臨澗而搆 最勝於諸
刹 遊人足以忘歸云者 誠不易之論 而蘭若蕩盡 只有赤葉黃花 佛敎之衰替 不足
爲歎 而勝地湮沒至此 亦可惜也

　拄杖沿溪 且行且坐 餐楓吸霞 飛觴弄笛 行五里許 遂至妓潭 而還潭以妓名
未知何居 而景致亦殊絕矣 其上有獅子頂 又其上爲義神寺舊基 而將由七佛而

行 故不得窮源 還出三神洞 行十里許 洞府平曠 村落稠密 東曰彌羅 西曰菩堤
峽裏田園 亦一桃源 又行五里許 至木通村 山回路窮 決非凡人所居 若非僊侶
必是遺民 小憩家後樹下 更尋前路 自是藍輿倒挂橫載以上 可謂難於上靑天 行
六七里 到七佛寺 玉露新凋 錦繡方濃 所謂七佛 金富大王之七子 住此成佛 故
以上院菴 改今名 左右有梵王村大妃洞 卽金溥夫妻 隨七子 來寓之所 言實無稽
亦足備記異者筆 夕步出沙門 見金輪菴 新築小菴 亦極瀟灑矣

　辛亥 踰內外堂峴 上處出重霄 下處入地底 輿僧不能擔十步 極可憐恕 而非
輿則亦難致身一步地 托身肩上 任其行止 亦極苟然矣 昇浴二太守 稍輕於余 爭
先登山 而余行最後 二峴之外 皆是山脊 白雲紅樹 處處怡悅 行三十里 到冷井
二倅已先到少憩矣 又行十里許 到靈神堂 所謂九折坂 最極危險 堂卽靈神寺舊
基 前有唱佛臺 後有坐高臺 東有靈溪 西有玉淸水 僧言鷹所飮也 前後山頂之稍
平廣處 輒設鷹網 以松檜枝葉設廠如甕 隱身其中 張網四面 耐風雪忍飢寒 日夜
跧伏於千仞峰頭 緊緣縣官急索 不敢自逸 其亦可哀也已 又行二十里許 到帝釋
堂 形勢一如靈神 而眼界之通望 又加一層 左右岡脊 無他樹木 只有躑躅 而困
於風霧 枝幹皆左靡拳曲 有若雲髮飄颺者然

　過香積寺舊基 小憩前臺 行數里 至石門 架石爲門 傍有雲梯 入石門上雲梯
登天王峯 峯上有石壘 壘邊有三間板屋 屋下有石婦人像 所謂天王 舊稱摩耶夫
人 卽釋迦之母 而佔畢齋取李承休帝王韻記語 定以高麗太祖之妣威肅王后者也
至今 兩南之民求福者 奉以爲淫祠 奔走上下 晝夜無休息 遂使去天盈尺之地 至
成通衢大道 甚矣 民俗之尙鬼也

　與大裕龜卿坐石壘 領略天地山川之大勢 白頭以南 莫非此山之祖宗子孫 凡
我東土之名山大川 何莫非此山之枝葉 八路之州府郡縣 亦何莫非此山之鎭望
而特以湖嶺群邑之環衛此山者 言之 晉州之牧 南原之都護府 咸陽昆陽之郡 求
禮雲峯光陽丹城河東山陰之縣 或據山之半面 或占山之一隅 或居山之前 或處
山之後 薩川赤良花開岳陽 以附庸在襞積之中 延袤之廣大 無有過於此山者也
　以眼力所及論之 山之三面 環之以大海 勢若可超而至也 大地羣山 不過爲丘

垤蟻封 島嶼之點點海上者 近則南海巨濟 遠則對馬耽羅 縱橫而出沒焉 山勢之蜿蜒起伏者 北有鷄龍德裕 東有八公伽倻雲門琵瑟 西有荒山無等錦城月出 稍穹隆於衆山中 望羅濟舊墟 而論廢興之數 指露梁戰場 而弔節義之魂 擧杯相屬感慨係之矣 俄而 日入虞淵 寅餞昧谷 曾遊嶺東 處處觀日出 而落照則此日初見亦可以償平生之願

明日 若淸明 則又可見扶桑浴日 一宅而賓餞出納 羲和氏之所不能 由是觀之非但東國之爲第一山 雖以天下之大 無可等列於此山者 若使尼父登臨 則天下不足大也 有頃 一點雲氣出自壘下 瞥然而在谷滿谷 在山滿山 譬如暮潮方生 煙波浩蕩 浦口沙渚 次第墊沒 不翅身在鴻濛混沌之上 眼窮陰陽融峙之分 亦人間所未有之境界也 夜三人聯枕板屋之中 寒氣襲骨 殆不可堪 煖酒重綿 以禦寒凜初入花開洞下 秋色尙早 及至七佛寺中 楓葉始酣紅 而到此天王峯上 則氷雪已十有餘日 其高下淺深 亦可知矣 君子寺僧人 持藍輿來現

壬子 早起開戶 則宿霧未捲 天地一色 不得寅賓暘谷 遂下山 出石門 至帝釋堂 收榾柮 炊朝飯 由山北路 倒掛而下 所經多丁公藤 卽佔畢齋所稱馬架也 使從者 折得數莖 以爲杖 行二十里 過白母堂 又過江淸村 卽咸陽地 鷄犬村店 始覺人間世矣 左右村落 枾林滿山 葉脫子紅 亦一奇玩 又行二十里 到君子寺 咸陽倅尹蓮 送兩伶及酒肴矣 寺前舊有靈井 號稱靈井寺 改以君子 未知何所據也望見般若峰與天王對峙 而各有百里之憂 與漫浪閒人 遺落世事者 有異 不得不自此復尋官路 回首雲山 不堪辭欷煙霞謝猿鶴之懷矣

初欲訪龍游潭 仍出洞門 日已夕矣 寺僧言此上流有釜潭 溪石不下於龍游云移坐潭上 使咸伶弄數曲 仍出洞 至百丈寺 卽雲峰地 新創未完矣 少憩旋發 暮投引月驛

癸丑 未明發行 到荒山 卽我聖祖肇基王跡之地 至今戰血猶斑斑巖縫之間云萬歷六年 以雲峰守朴光玉牒立大捷碑 設僧將以守之 僧將出言先行四拜禮 方可奉審云 三人行禮後 入殿閣奉審 金貴榮撰 宋寅書 而南應雲篆其額 豊功盛烈不能模寫其萬一矣 旋卽發行 到雲峰縣 自引月十五里許 縣監鄭埅 纔自京下來

出待暫話 卽發踰雲月峙 朝飯于木街村 卽南原地 而距雲縣二十里 與昇平倅分
路 又行二十里 過南原府 與浴川宰分路 又行六十餘里 過赤城 還官

제4부

18세기 작품

김창흡(金昌翕) | 영남일기(嶺南日記)

출전 : 삼연집(三淵集) 습유(拾遺) 권28, 48면
번역 : 『선인들의 지리산 유람록 4』, 보고사, 2010, 13~22쪽
일시 : 1708년 2월 3일 ~ 윤3월 21일
동행 : 혼자 출발, 도중에 함께 유람하다 헤어진 이가 몇 있음
특징 : 지리산권역의 일정만 수록함

일정

- 3월 12일 : 의령 → 개수원(介水院) → 진주 → 촉석루(矗石樓) → 봉계(鳳溪)

- 3월 13일 : 봉계 → 일두원촌(一蠹院村) → 신하동(新河東)

- 3월 14일 : 신하동 → 악양 → 쌍계사

- 3월 15일 : 쌍계사 → 불일암 → 완폭대 → 상불암(上佛菴) → 쌍계사 → 삼신동 → 칠불사

- 3월 16일 : 칠불사 → 신흥사 → 세이암 → 악양 → 하동
- 3월 17일 : 하동 → 횡보역(橫步驛) → 덕산서원 → 세심정
- 3월 18일 : 세심정 → 남명의 묘소 → 입덕문 → 단성 → 삼가

-저자 소개   삼연 김창흡

1653~1722. 자는 자익(子益), 호는 삼연(三淵), 본관은 안동이다. 좌의정 김상헌(金尙憲)의 증손이며, 영의정 김수항(金壽恒)의 셋째아들이다. 영의정을 지낸 김창집(金昌集)과 예조판서·지돈녕부사 등을 지낸 김창협(金昌協)이 그의 형이다. 정관재(靜觀齋) 이단상(李端相)의 문하에서 수학하였다.

과거시험에는 관심이 없었으나 부친의 명으로 응시해 1673년 진사시에 합격한 뒤 과장(科場)에 발을 들여놓지 않았다. 백악산(白岳山) 기슭에 낙송루(洛誦樓)를 짓고 은거하여 살았다. 1681년 장악원 주부(掌樂院主簿)에 임명되었으나 나아가지 않았고, 1689년 기사환국(己巳換局) 때 부친이 사사되자 경기도 영평(永平)에 은거하였다. 1696년 서연관(書筵官)에 초선(抄選)되고, 1722년 영조가 세제(世弟)로 책봉되자 세제시강원(世弟侍講院)에 임명되었으나 모두 사임하고 나아가지 않았다.

김창협과 함께 성리학과 문장으로 널리 이름을 떨쳤고, 이기설(理氣說)에서는 이황(李滉)의 주리설(主理說)과 이이(李珥)의 주기설(主氣說)을 절충하는 성향을 띠었다. 또한 사단칠정(四端七情)에서는 이(理)를 좌우로 갈라 쌍관(雙關)으로 설명한 이황의 주장에 반대하고, 표리(表裏)로 나누어 일관(一關)으로 설명하는 이이의 주장을 찬성하였다. 그 외『중용』의 미발(未發)에 대한 연구도 정밀하였고, 인품(人品)을 '성인(聖人)·대현(大賢)·군자(君子)·선인(善人)·속인(俗人)·소인(小人)' 등 여섯으로 구분하

기도 하였다.

그는 일생 우리나라 명산을 두루 유람하였다. 그 대강을 정리해 보면, 19세에 김창협과 함께 천마산(天磨山)·성거산(聖居山)·금강산을 유람하였고, 21세에는 속리산을, 23세에는 한계산(寒溪山)과 월출산을, 24세에는 도갑사(道岬寺)를 비롯하여 만덕산(萬德山)과 북한산을, 27세에는 다시 금강산을 유람하였다. 30세에는 다시 속리산을, 33세에 세 번째로 금강산을 찾는 등 우리나라 명산과 절경을 유람하고 이를 기록으로 남기기도 하였다. 저술로 『삼연집』 외에 『심양일기(瀋陽日記)』가 있다.

원문

十二日 晴 早發 至介水院朝飯 歷一大野 至晉州 登矗石樓 勝槩與嶺南相埒 江岸嶄絕 石灘迅急 憑檻騁目 有豪壯之意 所欠面勢歪斜 不能如嶺南之方平爾 向夕 渡廣灘 舟中望頭流萬疊 浮出雲表 使人興情飛越 馳至鳳溪 已暝黑矣

十三日 曉雨晚晴 披簑衝泥 越樓里嶺 至橫步驛 村以有染氣 移入一蠧院村 展謁而行 越公月牛峙二嶺 至新河東 宿焉

十四日 早發 至岳陽朝飯 午後至雙溪寺 有新舊兩地 東西高低 層現疊出 花竹映蔚 雲碓周遭 越澗攀閣 觸目壯麗 舊寺有三山閣 左曰瀛洲 右曰方丈 傳神鑑孤雲所對住 蓬萊稍左邊側壁 有神鑑孤雲畫像 新寺庭中 有神鑑碑 孤雲所撰 隸篆幷焉 夜間月色皎然 睡起登八咏樓 散步移時而歸

十五日 晴 早食乘筍輿 從三山閣後 鼮蹲而上 北行四五里 又迤東而行五六里 始逢雲棧 架虛乘危 下臨不測者 凡五六處 過此卽佛日菴 菴前小巖 刻玩瀑臺三字 登臺左右望 西則靑鶴 東則香爐 東側有瀑懸焉 高可百餘丈 而三四屈折 未能快射 壁面黸黯 亦無幅尺 舉其全體 無足稱數 未知其何以擅勝 如許振耀 自孤雲以來 至今千餘年 果無一隻眼乎 可怛可怛

初擬寄宿一宵 以暢襟情 及至興索 亦以有病僧 少憩卽起 沿瀑上源 穿入穹林 得至上佛菴 菴主海機 乃嶺南大首座 年幾八十 凜凜將盡 而試叩所存 酬酢鏗然 余問流注想何以使無 答曰 此乃心之影子 倏起忽滅 無足累我眞空 金剛經冶父解有云 大海從魚躍 長空任鳥飛 鳥飛魚躍 他自來往 亦何累長空大海乎 贈以一絶 朗咏一遍 卽袖藏焉

午返雙溪中火 季祥歸意甚忙 促我往七佛 余意欲一宿神興而不得自由 并興馳邁 沿溪西北行十里 至三神洞口 渡橋上溪月樓 四山環擁 葱翠欲滴 水石亦宏博 可喜 未展眺覽 被諸僧所促 復從三神洞口 北上十五里 至七佛 位置穩奧 亦兼高曠之致 後有平臺 乃玉寶仙人鼓琴處 臺有數株松杉 久經斧斫 而復茁笋幹極可恠 夜宿禪堂 房有上下堗 火氣周遍 亦創睹 余與季祥 就其高堗 舒體而臥 不知人間世矣

十六日 曉雨晏晴 回興至神興寺 沿溪數百步 屢得佳處 若窮其源 義神靈神 次第紆回 可達天王峰 忙未窮溯而返 良可悵恨 溪南石上 有洗耳巖三字 余就其傍 留兩人姓名 朝飯出谷 至平地遇人馬 騎到岳陽中火 至河東舊店 宿焉

十七日 晴 聯鑣至橫步驛 未及樓里嶺數百步分歧 各相回顧 懷不能已 北行二十里 大抵石徑崎嶇 投-○○○-中火 越一峻峴 至德山書院 前有大川 沖融成潭 可數百步 環之以頭流遠勢 逶迤不迫 潭南茂松百餘株 其外野色蒼然 臨潭有洗心亭 只一間亭 左有彩閣 亦佳穩 飯後到亭上 倚軒到暝黑 潭影沈沈 靜聞水碓及松上鶴叫 自爾忘返

十八日 晴 沿川數里 過南冥墳 道上有碣 乃許穆筆也 又行七八里 路由石磴 巖上刻入德門三字 傍有石壇 可坐 下有溪潭 頗可觀 行三十里 至丹城中火 行五十里 至三嘉

신명구(申命耉) | 유두류일록(遊頭流日錄)

출전 : 남계집(南溪集) 권3, 11면
번역 : 최석기 외, 『용이 머리를 숙인 듯 꼬리를 치켜든 듯』, 보고사,
　　　2008, 184~197쪽
일시 : 1719년 5월 16일 ~ 5월 21일
동행 : 손익룡(孫翼龍), 손경룡(孫慶龍), 이시응(李始膺), 이방형(李邦馨),
　　　이한응(李漢膺), 승려 모청(慕淸)·청언(淸彦)

-일정

* 5월 16일 : 덕산 → 공전촌(公田村) → 살천(薩川) → 보문암(普門庵)
* 5월 17일 : 보문암 → 기당(岐堂) → 진주담(眞珠潭) → 대차리(大次里)
　　　　　　 → 사자령(獅子嶺) → 남대암(南臺庵)
* 5월 18일 : 남대암 → 사자령 → 고령봉(高嶺峰) → 무위암(無爲庵)
* 5월 19일 : 무위암
* 5월 20일 : 무위암 → 골항치(骨項峙) → 동당곡(東堂谷) → 원통암

(圓通庵) → 천장암(天藏庵) → 불장암(佛藏庵)

• 5월 21일 : 불장암 → 덕산사(德山寺) → 냉천정(冷泉亭) → 세심정(洗心亭)

-저자 소개   남계 신명구

1666~1742. 자는 국수(國叟), 호는 남계(南溪)이며, 본관은 평산(平山)이다. 고려 태조를 도와 건국에 공을 세웠던 신숭겸(申崇謙)의 후손으로, 조부는 여헌(旅軒) 장현광(張顯光)에게 수학하여 덕망이 높았던 신후덕(申厚德)이다. 부친은 신류(申瀏)이며, 어머니는 홍유해(洪有海)의 딸이다.

1666년 12월 15일 경북 인동(仁同) 약목리(若木里)에서 태어났다. 그의 선대인 신수하(申壽遐)가 경북 인동지방의 수령으로 있던 중부(仲父)를 따라 한양에서 인동 인근 지역으로 옮겨와 세거하였다. 1691년 생원시와 진사시에 모두 합격하였으나 문과에는 급제하지 못하였다. 이후 지리산 아래에 집을 짓고는 덕천을 왕래하였는데, 이때 남명 조식의 유풍을 접하였다. 좋은 날을 정해 천왕봉 정상에 올라 남해의 장엄한 모습과 여러 사찰의 아름다움을 작품으로 표현하기도 했다.

신명구가 지리산에 기거한 것은 대략 10년간이다. 부친이 당한 억울한 사건으로 인해 세상사에 회의를 느꼈고, 이후 누명을 벗기는 했지만 끝내 출사하지 않고 세상을 피해 살았다. 만년에는 고향인 약목리로 돌아 가, 두계(杜溪) 가에 정사를 짓고 후학을 교육하며 살았다.

『남계집』은 1900년 진주 미곡정사(美谷精舍)에서 간행한 4권 2책의 목활자본이다. 이 책에는 지리산 유람을 통해 지은 많은 시들이 실려 있을 뿐만 아니라, 덕산에 기거하는 동안 단속사(斷俗寺)와 단성(丹城)의 적벽(赤壁) 등 인근 지역을 두루 유람하며 지은 작품이 많이 전한다. 유람록의

경우 「방장만록(方丈漫錄)」·「유두류일록」·「유두류속록(遊頭流續錄)」이
있으며, 남해 금산을 유람하고 지은 「금산일록(錦山日錄)」이 전한다.

−원문

世常說 三神山在吾東方 楓岳爲蓬萊 漢挐爲瀛洲 頭流爲方丈 流俗至今相傳
且杜詩方丈三韓外 註方丈山在朝鮮帶方國之南 盖自漢唐以來 已有此說 天下
無三神山則已 有則不于此 而必於吾東方者 無疑矣

漢挐遠在萬里滄溟中 靈區異境 悅疑仙眞之所萃 而非受命于朝 係官于耽羅
者 航海遊覽 世未見其人矣 楓岳之勝 甲於東方 中國之人 所願生而欲一見 則
探眞好奇之士 孰不欲登望高之臺 玩萬瀑之流 把灝氣而蛻塵骨哉 顧以關嶺脩
阻 無緣一致身於萬二千峰之下 以快吾心目 徒有夢想神馳於元化洞天而已也
惟頭流山 近在吾嶺中 去吾鄉三百里 思欲一遊 而世故推遷 亦未能決意往觀

歲丁酉春 余偶居晉陽之德川洞 乃南冥曺先生杖屨之地 今有書院 院前有洗
心亭醉醒亭 頭流之水 一派北流 爲大源三壯之水 一派南流 爲南臺薩川之水 二
水合 流於書院下十餘里 由入德門 東流七十里 爲南江 所謂天王峰 如在几案上
朝炊而往 腹猶果然者 非虛語耳 觀其雄盤屹立於東南天地間 蜿蟺磅礴於湖嶺
之交者 不知其幾千萬疊矣 今而後 庶可極意窮探 一償宿願 而天王高挿半空 層
巖懸壁之不能容人足處 甚多 緣崖攀藤 登陟極艱 決非如我老脚 所可遊歷 徒有
仰望不可及之歎 入山以來 訪五臺 探三藏 歷獐項 遡大源者 僅一再耳 今年夏
霖潦浹旬 山中烟嵐 蒸泄熱濕 心鬱鬱不樂 忽思方外淸遊

五月十六日 朝後 始發德僑 于時 積雨初收 炎威頓爽 風日淸姸 洞壑明麗 蹇
驢尺童 行李蕭然 此心飄越 已在方丈第一峰矣 洞人無與作伴者 鄭有祺有約 不
至 殊可歎已 行十餘里 過公田村 洞府寬平 溪潭巖石有勝 可居 孫秀才翼龍 居
此村 遊洛中 未還 其季慶龍 有同遊約 歷叩之 出元溪 公田上一抹翠黛如芙蓉

者 曰五臺山 山中有寺 寺有皇華閣杏樹古蹟 客歲一遊 今未暇更訪也

行二三里 入薩川 山益高峻 水益清澈 石益奇壯 洞壑重阻 勢甚圍抱 中有一村 約可二十餘戶 滿山皆竹林 籬落蕭灑 依然若桃源 巖上有可坐處 樹陰清幽 下馬小憩 村居李始應邦馨等 來見 進酒笋 南望雲山 壁立周遭 其中有韓錄事 遯居之跡 今稱孤隱洞云 石路幽險 洞壑僻邃 不得歷探而過 緬懷高風 只自悵悒

普門庵僧人六七輩 持肩輿來待 余始捨馬而輿 沿溪石棧 或高或低 山中居民 兩三家 散在叢篁巖溪之間 儘有山居幽味 世傳 薩川古有縣衙峴校基 至今留名 豈羅麗之際 瓜分豆割 一區窮峽 亦有官樣耶 若此之時 則其民 于于也 其俗 居居也 安有今日之澆薄狡黠 雖深山 如都市者耶

西望頭流 露出眞面目 纖雲掃盡 蒼翠浮空 正如明堂大開 萬國會同 而端冕凝旒 高拱於穆淸之上 又如戎陣成列 釖戟森羅 而雄臨將壇 雷厲於號令之際 鬼擘神拿 藏護幽怪 變態萬狀 不可摸寫 鸞驂羽盖 如可相接 而瞻望雲岑 不能奮飛 悠悠缺恨 當爲平生第一矣

午後投普門庵 庵在虛中山半腰 重修未久 寮舍橫樓 極淨灑 陟倚曲欄 如有出塵之想 四山束立挿天 不能遐眺 惟墨溪後一支山 隱暎於南雲而已 夕就逸老師小寮宿 夜分忽覺 開窓視之 玉宇澄澈 霽月流輝 萬壑千峰 炯若白晝 便覺靈臺中 無一點滓穢 達宵魂爽 不能成寐 私自心 語于口 曰昨日陰翳之廓 是猶衡山之開雲也 今宵霽色之騰 無異天柱之玩月也 或者 天公有意於假我淸景 洗盡十年塵胸耶 因與老師 共說遊山勝致 有四韻一首

十七日 早起飯 已將向南臺 孫秀才追至 李漢膺李邦馨菴僧慕淸亦從 逐下普門洞口 蹔憩岐堂 涉川 過眞珠潭 金友大集幽居 在其上 頗有水石之勝 年前出大仁川 今其舍空廢 店氓守之云 自此 微逕循山礀 曲折而上 行七八里 有山村名大次里 樹木葱鬱 居民掩暎於林間 石潭演漾澄碧 令人遊翫 不能去 歇于溪邊樹下 村氓出拜 進蜜茶及午飯 午後 到南臺前川 巨石晶瞐 怒濤激瀉 奔放澎湃 響振山谷 心骨俱慄 僅得利涉 路出獅子嶺 危峻不可捫 肩輿者 極力前進 步步甚艱 陟嶺上 望南臺 日已向西矣 緣崖一線棧路懸空 蒼藤古木 翠密環擁 不見

間隙 俯仰其間 不自知其山之淺深高下也

入臺庵周覽 則天王一支 南出傑立 奔馳數十餘里 爲甑峰 又屈曲騰躍而來 爲南臺上峰 庵後殘麓 北落面陽 僅容一小庵 更無餘地 如人坐倚卓上 四面孤絕 庵之作 不知其幾百年 世傳 新羅時所刱 屢經兵火 巋然久存 中間廢興 亦不知 其幾 而今又重修 金碧鮮麗 庵有小樓二間 暢豁淨幽 東南諸峰 縹緲環拱 頭流 勝景 盡在一顧眄之間 憑欄縱目 不覺神思飄爽 吟得拙句 幷序 題于壁上 山人 勝敏 頗說山中故事 峰上有古城址 巖石嶙 時得兜鍪戈戟之鉄云 想或三國鼎峙 之日 戰爭相尋 守土者 深入僻險 以保其民社也

南踰一大嶺 乃岳陽花開等地 有雙溪石門靑鶴三神洞諸勝 而未暇遠尋 欲於 新秋 抽身一遊 然人事亦何可期耶 日欲暮 坐前檻 俄而 山雨霏霏 須臾卽止 夕 照橫斜 紫翠重疊 怳疑此身 倏入於赤城烟霞之境 與赤松安期之徒 齊遊而酬答 也 吟成四韻一首 有神山曾入秦皇夢 古殿猶經赫世春之句 夜宿庵後小寮 庵僧 設齋梵唄鐘鼓 達宵令人不成寐也

十八日 早起 登庵後 四顧幽深夐絕 可謂淸凉世界也 於是 題名樓上 以記來 遊歲月 更由獅子嶺 涉前川 循北崖 踰高嶺峰 尋無爲庵 庵在山中最高邃 亂石 齦齶 澗水奔淙 雲林蔽日 路極幽黑 行十餘里 入庵 庵基頗寬閑 巖壑之險怪唅 呀者 盡在樹陰 中在南臺 北望相對處 坐此皆俯瞰 可卜其山之高也 庵之移建 才七八年 寮舍門庭 俱極蕭灑 山人太暉 深得乘門妙訣 聰明識文字 可與語 夜 宿暉師方丈庵 僧可二十餘人 而皆着袈裟 晨夕禮佛梵誦 精進通四時如一日云 使此刻苦篤實之工 移之於吾儒 其進修 何可量耶

十九日 大雨終日不止 仍留 暉大師 坐方丈 設講執經 解說頗慣熟 可聽 午後 孫秀才 冒雨下去 滯雨山中無聊 吟四韻絕句 贈暉師 且留題庵壁

二十日 天風乍吹 宿霧盡收 朝暾昇空 霽景呈麗 林露滴翠 洞霞流紅 雨後淸 勝 增一倍也 朝食後 別暉師 出山門 東北崖 踰一少峴 過一谷口 登中山骨項峙 峙之內外 峻急危險 比南臺獅子嶺 加三之二焉 望見頭流上峰 在咫尺間 若可手 而撫之 雲嵐半捲 岳色層出 倘使我脚力 如少年時 携笻一上 不過今日日中耳

臨日月之臺 騁山海之觀 以自壯其襟胸 而第此暮境摧頹之氣 無由一陟於萬丈
層雲之上 悵望之思 殆難自堪也 上峰下一派溪流 經雨 尤噴激橫奔 臨流不能渡
呼東堂谷中山村民 艱以越涉 沿溪上下 巖石奇勝 滙爲深潭 澄碧淵泓

午入東堂谷 村在山中最深處 觀日前所歷大次里薩川築處 更是別區 正宜離
群遯世者之歌考槃而樂漁樵也 家家脩竹千竿 柿樹成林 不知幾百株 民居可四
五十戶 而閭閻之富盛 家舍之精灑 亦一峽裏刱見也 孫秀才李始膺 持酒來叙 卽
別去 李邦馨及無爲僧淸彦從

午後歷入圓通庵 庵在谷中 四山環擁 無所見 且無泉石之勝 暫登橫閣而下
出庵轉向天藏菴 菴處勢極高 去上峰 不甚遠 幽閴淨僻 逈隔塵喧 然前峰近壓
有碍眺遠之勝 東樓深奧 又無憑欄之興 是可欠也

菴僧挽余少留 而日已向暮 卽出 向佛藏庵 北踰一小峴 轉東崖而下 有若自
天而降者然 內院店在其中 山木盡赭 暮入佛藏庵 峭壁攢峰 環繞如屛 穹林絕壑
箭蓊葱鬱 古塔歸然 庭際有梵宇 幽勝眞可以亞於南臺也 山人廣密說古蹟詭誕
不足信 而蓋是懶黑禪師遺址云 庵已久傾圮 方重修 訖功似未易也 是日山行 幾
四十餘里

二十一日 朝書一絕句 贈廣密師 出庵洞 行二里許 有德山寺 古基溪潭巖石
極可玩 疲憊不得歷尋 自此以下 水石幽絕 或淵或瀑 無非釣遊棲止之地 暫憩
臺下冷泉亭 鄭君携酒魚 謝其不能從遊 午還德川 坐洗心亭 回看 雲山萬疊 深
鎖洞門 黙數遊歷之勝 怳若一夢 懷緖茫然 如別佳人矣 己亥夏五月小暑後二日
方丈寓客 書于信美軒

신명구(申命耉) | 유두류속록(遊頭流續錄)

출전 : 남계집(南溪集) 권3, 10면
번역 : 최석기 외, 『용이 머리를 숙인 듯 꼬리를 치켜든 듯』, 보고사,
2008, 198~214쪽
일시 : 1720년 4월 6일~4월 14일
동행 : 윤백이(尹白而), 조영하(曺永河), 황재헌(黃再憲), 하성일(河聖一),
권이경(權伊卿)

-일정

• 4월 6일 : 금평(金坪) 권이경의 집 → 소도동(昭道洞) 김대집(金大集)
의 집

• 4월 7일 : 김대집의 집 → 횡보(橫甫) → 영계서원(永溪書院) → 둔곡
(遯谷) → 하동부 → 하동부 객사

• 4월 8일 : 하동부 객사 → 하동의 새로운 읍치 → 삽암 → 취적대(取
適臺) → 일두선생의 서재 터 → 화개 시냇가 주점 → 회강

동(會講洞) → 악양 강태로(姜太老)의 집 → 쌍계사

- 4월 9일 : 쌍계사 → 청학동 → 완폭대 → 불일암 → 쌍계사 → 삼신
  동 → 홍류교·능파각 옛터 → 신흥사 → 세진각(洗塵閣)
  → 세이암 → 신흥사
- 4월 10일 : 신흥사
- 4월 11일 : 신흥사 → 삼신동 → 화개천 → 평사리 강태로의 집
- 4월 12일 : 강태로의 집 → 하동 읍치 → 하동부 객사
- 4월 13일 : 하동부 객사 → 오룡정(五龍亭) 터 → 둔곡 → 시탄(矢灘)
  이덕항(李德恒)의 집
- 4월 14일 : 시탄 이덕항의 집 → 금평 → 덕교(德僑)

-원문

客歲夏五月 余自薩川 歷探普門南臺無爲圓通天藏佛藏等諸菴 窮山水之勝
極遊覽之興 而惟以未見頭流以南 爲恨矣

今年四月六日 早發 歷叩金坪權友家伊卿 約以明日追及河東 暮投昭道洞金
友大集家宿 大集辭以無騎未從

七日 早發 過橫甫 乃河東地 黌堂及院宇 在焉 院卽一蠹鄭先生妥靈之所 名
以永溪者也 川流出自靑巖 過院前 南流四十餘里 入于海 雖無登覽之美 頗有魚
蟹之饒 午抵逓谷 李光居之饋午飯款接 尹友白而曹生永河 亦來會 暮入河東府
鄕首朴東標 送人定舍舘供給

八日 黎明發行 尹友曹生落留 要見主倅計也 河東新邑 在蟾江上統營 亦設
鎭 在光陽界 在豆耻上 遙望 亭舘縹緲 舸艦簇列 可謂湖嶺一關防也 沿江一路
直走岳陽 日晚 抵姜太老家 雄峰高峙 火巖矗立 郊原平衍 周遭可數十里 其中
有洞庭湖君山平沙瀟湘岳陽樓遺基 極目浦漵 時見落鴈點點 而竹上猶有斑斑痕

依然 遊歷躬覽於鄂渚沅湘間也 湖則爲宮家所占 作水田 而沮洳下濕 若値潦水
便成一大湖云 在麗朝 爲岳陽郡 人才蔚然多出 其後 爲晉陽屬縣 今又移屬河東
府

　黃再憲河聖一從之 朝後 過鈒巖 巖臨大江 其上有取適臺 乃高麗韓錄事惟漢
遯居釣魚之處 及騁幣 入谷 遂吟始知名字落人間之句 踰垣而走 入高隱洞 以終
云 少憩臺上 舉一大白 緬楫高風 令人徘徊 不能去也 入花開十餘里 有一蠹齋
遺址 先生嘗寓居於此 有詩曰 風蒲泛泛弄輕柔 四月花開麥已秋 看盡頭流千萬
疊 孤舟又下大江流 想當時 物外棲止之樂 正有以起後生景仰之懷 院宇之設 不
于此而于彼者 豈非今日之所可慨者乎 南望群峰 蒼翠浮空者 曦陽之白雲山也
海潮出入於此 漁航商舶 往來不絶 可想生居之樂 無踰於此土也

　午入花開川酒店 尹友曺生追到 聯鑣向雙磎寺 自酒店 距雙磎 十餘里 山水
之勝 眞世外別區 臨溪一曲 名以會講洞者 巖壑尤奇邃 會講齋遺址 尙在云 薄
暮 入雙磎寺 洞口兩巖 對立作門 左書雙磎 右書石門 字畫遒勁奇古 不覺摩挲
久之 乃孤雲筆也 入石門 古木蒼藤 葱蒨蔽日 一曲澄流瀉出雲 林中朱樓碧欄
照耀溪山 所謂明月雙溪水 春風八詠樓者 非此也耶 殿宇寮舍 甲於智異山中寺
是新羅時 眞鑑禪師所刱 古碑立於法堂前 崔孤雲奉敎撰幷篆書 雖有剝落少缺
處 文辭奇逸 筆法精妙 實嶺南一奇玩也 殿西一小閣 奉安文昌侯畫像 拜手展謁
宛然如見千載前仙風道範也 夕就僧堂宿 夜靜山空 明月滿庭 惟聞杜宇聲 終宵
在耳 魂夢淸冷 不能寐也

　九日 早起 將向佛日庵 權伊卿追至 於是 與伊卿及曺黃河三人 出寺後 看看
漸上 步步如懸 疊巘層嶂 纔通人跡 行十餘里 入靑鶴洞 緣崖路絶 束木架巖 以
爲橋 俯臨無地 或攀磴捫壁 僅僅容足而過 魂骨具悚 殆非知命者 所可行也 小
頃 入坐翫瀑臺 孤雲所書也 靑鶴洞兩峰 左右壁立 左香爐 右毘盧 正若一幅新
畫 出於龍眠好手 絶無一點塵埃氣 得非所謂仙眞羽客之駕鶴往來者耶 僧言 有
靑鶴巢其上 時或見之 一人射其巖 自是 絶不來云矣

　東望瀑布 掛在巖壁間 如一匹素練 隱暎樹梢隂中 珠玉亂灑 響振巖壑 長可數

百尺 其下有潭 謂之鶴潭 深不可測 坐臺上緣木俯瞰 而幽怪深黑 魂懾不能正視
一小庵在其上者 日佛日庵 四顧陡斷 如在半空 絕灡幽閟 大非人世間境界 沙門
半開 庭院寂寂 意謂菴無居僧 開戶視之 則有入定禪二人 着袈裟 向壁趺坐 見
客不起 問之不應 僧等皆曰 此乃無言工夫也 雖巡相來臨 亦然矣 松葉粥 一小
甕 置房後 日中飮一器云 余倦臥前楹 淸興欲狂 謂伊卿曰 入此仙區 不忍捨去
吾將與君 永謝塵念 留此參禪 何如 伊卿曰 是吾意也 相與一笑 壁間有堂佺明
仲來遊舊題 余亦題名以識之

　靑鶴之東 有隱城大隱等諸庵云 而未暇往也 周覽旣久 神思飄爽 却憶歸路之
懸危 凜乎其不可久留也 遂更由棧路 冒危匍匐而來 午後 還雙溪寺 姜生久已來
待矣 催夕食 發向神興寺 出寺門 渡橋沿溪而上 山益奇水益淸 數三村落 或依
巖架壑 峰巒重阻 竹林蕭灑 有若昔時避世之秦民 安得誅茅卜居於此中 以送吾
餘年耶 十餘里 入三神洞 巖壁刻三字 孤雲筆也 有紅流橋凌波閣故基 景致殊絕

　暮入神興寺 新羅忠彦禪師所刱 中間廢興不一 重修才二十餘年 寺雖一殿 而
宏傑巨麗 無與爲比 前有洗塵閣 翠嶂環拱 如展彩屛 俯臨碧溪 快滌塵煩 壁上
揭明谷崔相隱峰李台四韻詩 余亦忘拙以和之 詩曰 萬事人間念久灰 超然方丈
夢頻回 千秋學士丹書在 一曲靈區翠檻開 霞洞怳聞仙語近 雲岑疑見鶴飛來 潭
龍有意挽遊客 雨後溪流吼作雷 逍遙樓上 若將兩腋生風 而羽化登仙也

　東有洗耳嵒 亦孤雲筆蹟 而筆勢如新刻 至今苔不蝕云 甚可異也 上下潭心
白石橫亘平鋪 隨意坐臥 不覺夕照入而暝烟生 水石之奇勝 殆難以筆舌盡記也
嵒上處處 凹如甕缸者 甚多 寺僧沉菹其中 經冬取食云 亦異矣 盖自此去天王峰
七十里 群峰南走 雄盤傑卓 其間有靈神義神 又有兩峰揷天中 開鴈門 鴈門之南
洞壑深險 周圍百里 諺傳 馬韓三將隱跡藏兵之處 今有三將巖 又其下爲幢嶺 幢
嶺下 卽三神洞也 北有眞樂臺文殊庵金輪庵金沙窟等八十禪庵基址 又神興之南
十餘里 有七佛庵矣

　我國之有頭流山 若中州之有衡岳 而衡岳之勝 盡在紫盖石困芙蓉 頭流之景
最絕於靑鶴三神七佛 韓詩所謂紫盖連延接天柱 石廩騰擲堆祝融 正爲此地發也

是夕 宿新興 僧寶悅頗識字 可與語 詢之 乃雪巖明眼師之弟子 與無爲暉大師同門云 可知其乘門衣鉢之傳有所自也

　十日 曉雨 終日不止 溪水大漲 萬壑噴雷 日昨所玩洗耳 及潭心大石 皆爲急流所激 珠瀑飛散 憑欄俯視 亦一奇觀也 意者 山靈爲我驅雨 留我仙境 餉我無限清景耶 日欲暮 山雨初收 嵐翠霏霏 坐此煙霞洞府 世間一種塵念 斗覺消盡 戲吟一絕 示悅師曰 滯雨三神洞 塵寰隔幾重 應知洗耳者 挽我水雲中 一喫而罷 已而 河東倅 送秋露一壺 與尹友 連酌七觥 更助山中幽興 但權友倍道追及 又疲登陟 勞悴成疾 却食委痛 甚可悶也

　十一日 天氣乍晴 而前溪尙漲急 難涉 日晚稍待水落 令寺僧 伐木架橋 艱得利涉 然權友病未少愈 七佛游賞之計 左矣 且聞七佛僻在深谷 寮舍之制 雖似可觀 而無泉石幽絕之勝云 旣見靑鶴三神 則不必霈冒霧露 跋涉泥濘 而强自遊歷也 遂出三神洞口 十步九回首 憫然如失矣 午暫憩酒幕 艱涉花開川 暮入平沙姜生家 去夜設網前川 捉鯉 盈尺者 十餘尾 以供之 此土魚鰕之饒 槩可想也

　十二日 朝雨 河判官海淸 持酒果來饋 卽聖一之父也 日午待晴 發行入河東見主倅 主倅設酒饌款遇 夕又雨

　十三日 晴 主倅來訪於舍館 尹友落留 余與權友發行 行數里許 登五龍亭遺基 卽 晉陽孫氏別業也 亭臺高壓 江上勝致 不可言 蟾江一帶到此 與海門相接 汗漫浩淼 氣像萬千 恰似漢陽三江之勝 若使構得一名亭 憑危檻 而俯鏡湖 則不但登臨遊玩之興而已也 羹魚膾鮮之美 不讓於江東之鱸 而亭之主人 遠在他處 廢棄已久 良可慨然 午抹遞谷 夕投矢灘李友德恒家宿

　十四日 與權友 同入金坪 午後還德僑 噫 頭流一區 素稱方丈神山 而匏繫一隅 無由歷探於雲烟縹緲之中 徒勞夢想者 于今 幾日月矣 幸於旅寓之日 獲近靈區之下 使余乃得恣意遊償如此 余之與玆山有緣 其亦不偶然爾矣 遂略記探陟顚末 并與其前錄 而合爲一書 以資日後臥遊之興云 歲庚子維夏下澣 德僑醉隱識

조구명(趙龜命) | 유지리산기(遊智異山記)

—

출전 : 동계집(東谿集) 권2, 5면
번역 : 최석기 외, 『용이 머리를 숙인 듯 꼬리를 치켜든 듯』, 보고사,
2008, 220~226쪽
일시 : 1724년 8월 1일 ~ 8월 3일
동행 : 조준명(趙駿命), 조우명(趙遇命), 권상경(權尙經), 조재복(趙載福),
권흡(權熻)

-일정

- 8월 1일 : 용유담 → 군자사
- 8월 2일 : 군자사 → 백운동 → 천왕봉 → 일월대 → 성모사
- 8월 3일 : 성모사 → 백운동 → 운학정(雲鶴亭) 옛 터 → 실상사

1693~1737. 자는 석여(錫汝), 호는 동계(東谿)·건천자(乾川子)이며, 본
관은 풍양(豊壤)이다. 고려시대 개국공신인 조맹(趙孟)의 후손으로, 1711
년 우의정에 이른 조상우(趙相愚)의 손자이고, 사도시 첨정(司䆃寺僉正)을
지낸 조태수(趙泰壽)의 아들이다.

1711년 생원시에 합격하였고, 1722년 세제(世弟 영조)가 태학에 입학할
때 명을 받드는 유생으로 추천 받아 참가하였다. 이후 영희전 참봉(永禧
殿參奉)·태인현감(泰仁縣監) 등에 제수되었으나 모두 나아가지 않았다.
조현명(趙顯命) 등 여러 종형제가 권력을 잡고 있을 때에도 벼슬에 뜻을
두지 않았다. 1735년 세자 위익사(世子翊衛司)에 들어가 시직(侍直)이 되
었다. 이천보(李天輔)·임상정(林象鼎) 등과 교유하였다. 경사(經史) 뿐만
아니라 노장(老莊)과 불교에 심취하였고, 소식(蘇軾)의 의기를 사모하였
다. 저술로『동계집』이 있다.

–원문

自龍游潭 抵君子寺宿 早起上山 踵頂相接魚鱗 襲而上者 四十里 有石竇仰
出如人指 圍東步數武 轉身向西 攀木梯 登拇指上 復折由手背而行數百步 至天
王峰 登日月臺 四望千里 極目無礙 西南大芚山 差可平面臨而已 海色如銀汞
與島嶼相呑吐 驟看 疑暝煙籠之也 天際雲暗 不見落暉

夜宿聖母廟 以酒果禱告曰 某等夙聞頭流形勝雄海東 涓吉登臨 求以極天下
之詭觀 而雲氣蔽虧 將不能騁其目 夫以茲山之靈 疑於三神 而聖母居之 占其巓
焉 藉曰非古之不死僊人 必其有光屑震耀 以爲茲山之主也 惟昔先大夫金宗直
之來也 聖母顧厥籲呼 使重陰淸霽 後世之人 遂衡岳茲山 而配先大夫于韓子 人

惟無誠 誠而臨之 今之神猶古之神 幸聖母復假威靈 屏除氛翳 炳日輪於宵曒 廓
天宇於朝曛 則不唯游覽者 獲匹前休 抑聖母之譽以永終矣

日出時 復登日月臺 眺望如昨 而海靄又蔽之 但漏紅光 諸人以虔禱無應爲愧
恨 余解之曰 退之之感衡山 亦能開其頂上之霧而已 彼起雲靄而障太陽者 乃東
皇海神之爲 頭流上下 固自廓淸以待之矣 今使滇僰小王 遙制漢天子 受其號命
可乎 我輩之求 妄矣 且是行也 來往皆冒風雨 而山巓盛夏亦風 雜木拳曲 無踰
數尺 廟宇板屋振搖 不能支十年 獨上山兩日 日候特從容 廟祝 相賀以爲得未曾
有 余病者尤自幸 余詩曰 威靈自阻封疆外 不是天王政不公 伯氏詩曰 無風無雨
亦天公 可謂爲神人兩回護也

正南大島外 白色如帶 盖大洋云 而少西奇峰叢翠 略如道峰 而尤秀異 余與諸
人 大詫且怪 昨日眼力之不及已而 天益明 諦視之而後 覺其爲海雲 歸震川 見
南閣記云 一日天新雨 忽見諸峰湧出 樓觀層疊 久之而後散 而實非江南諸山 盖
此類耳 山勢險峻 所經殊無泉石之觀 前人又已備述 茲不贅

下山 未至君子寺一里所 泉石殊開眼 石有蹲伏如龜而甲紋自然者 蜿蜒如龍
而頭尾可指者 問之老僧 其東岸卽雲鶴亭故基 伯氏大書臥龍巖三字于石面 余
又題詩曰 卸輿聊復坐 餘興此翛然 石勢龜龍錯 亭名雲鶴傳 徘徊得意趣 瀟灑遠
塵緣 智異惟高峻 玆潭却補愆 非强抑揚語也 大抵奇壯不及龍游 蘊藉不如西谿
而兼撮二者之勝

行過處 山民之以風災求蠲稅者絡繹 伯氏輒爲駐輿慰撫 余戲呈一律曰 三山
斯世亦王田 一望靈區黍稷連 土利應無海內剩 民生何苦壑中捐 使君拄笏評遊
歷 父老當輿乞免蠲 若遣漢皇今日在 侖臺哀詔此居前 其言雖近諧謔 而實寓傷
痛之意 然而江淸里父老數十人 迎候道左 賀伯氏山行之無恙 曾見佔畢記中 有
是事 尙喜峽中淳厚之俗 不改於數百年後爾 迤向實相寺 觀鐵佛 留宿 還衙 翼
日記

조구명(趙龜命) | 유용유담기(遊龍游潭記)

—

출전 : 동계집(東谿集) 권2, 2면
번역 : 최석기 외, 『용이 머리를 숙인 듯 꼬리를 치켜든 듯』, 보고사,
        2008, 215~219쪽
일시 : 1724년 8월 1일~8월 3일
동행 : 조준명(趙駿命), 조우명(趙遇命), 권상경(權尙經), 조재복(趙載福),
        권흡(權熻)

─원문

　甲辰八月初吉 伯氏發行 向智異 余及遇命 載福從焉 沙斥督郵權君熻 亦與
其子尙經俱

　先賞龍游潭 地勢幽邃 石皆犬牙 水十步九折 盤渦激射 其聲若雷 以龍堂之
在對岸也. 編木橋之 下臨不測 懸危凜慄 不可越也 傍橋躡石而東者百餘武 有大
石附岸橫跱 圍若環玦 霍若樽罍 其後數丈石 痕作蹊 蜿蜒以接之 若龍之抑首而
撥尾也者 磨礱瑩滑 狀極詭怪 潭之名所由起也

是夜 與定慧師 宿君子寺 師云昔有馬迹祖師 結夏于潭上 爲水響之妨於聽講 怒其龍 鞭而逐之 其負痛閃挫 而形于石者如此 是說也怳惚不經 人不肯信 余惟 天下事有不可以常理盡之 韓子謂浮屠善幻多技能 安知其無降龍伏虎之術 而龍 之性不見石 入石則石爲之透 以爲堅頑難陷者 特人之所見然爾 人之於人 猶或 不相測其情狀 况於神龍之變化哉 謂有是事而信之 妄也 謂無是事而不信之 亦 妄也

盖水石之離於山北者 玆潭爲最 余喜其氣勢奇壯 使遇命題五人名於石之南壁 自題石抉川駛龍怒神驚八字於下 將使石工刻以識之 詩曰 地勢陰森最 川流激 射來 風雲龍拔出 巢宅石穿回 凜若深秋氣 公然白日雷 危橋跨不測 生路渡方開

정식(鄭栻) | 두류록(頭流錄)

출전 : 명암집(明菴集) 권5, 9면
번역 : 최석기 외, 『용이 머리를 숙인 듯 꼬리를 치켜든 듯』, 보고사,
    2008, 228~241쪽
일시 : 1724년 8월 2일~9일(1차) / 8월 17일~27일(2차)
동행 : 미상

─일정

1차
- 8월 2일 : 봉곡 → 금설창(金雪倉) → 화장암(花藏庵)
- 8월 3일 : 화장암 → 입덕문(入德門) → 덕천서원
- 8월 4일 : 덕천서원 → 보문암(普門庵)
- 8월 5일 : 보문암 → 진주담(眞珠潭) → 남대암(南臺庵) → 벽송암
    (碧松庵) 터 → 남대암

- 8월 6일 : 남대암 → 천왕봉

- 8월 7일 : 천왕봉 → 남대암

- 8월 8일 : 남대암 → 공전촌(公田村) 하세구(河世龜)의 정사(精舍)

- 8월 9일 : 하세구의 정사 → 소남강(召南江) → 봉곡(鳳谷)

2차

- 8월 17일 : 봉곡 → 오대사(五臺寺)

- 8월 18일 : 오대사 → 청암사(靑巖寺)

- 8월 19일 : 청암사 → 삼가현(三呵峴) → 악양 문수암(文殊庵)

- 8월 20일 : 문수암 → 장흥암(長興庵) → 쌍계사

- 8월 21일 : 쌍계사 → 불일암

- 8월 22일 : 불일암

- 8월 23일 : 불일암

- 8월 24일 : 불일암 → 쌍계사

- 8월 25일 : 쌍계사 → 칠불암

- 8월 26일 : 칠불암 → 신흥암

- 8월 27일 : 신흥암 → 삽암(鍤巖) → 오룡정(五龍亭)

-저자 소개   명암 정식

1683~1746. 자는 경보(敬甫), 호는 명암(明庵), 본관은 해주(海州)이다. 고조는 대사간을 지낸 정신(鄭愼)이고, 증조는 진사 정문익(鄭文益)으로 임진왜란 때 의병장인 농포(農圃) 정문부(鄭文孚)의 아우이다. 1624년 농포가 이괄(李适)과 연루된 것으로 몰려 화를 당하자, 정문익은 집안사람들을 이끌고 남쪽으로 내려와 진주에 정착하였다. 조부는 동지중추부사

(同知中樞府事)를 지낸 정대형(鄭大亨)이다. 부친은 정유희(鄭有禧)이고, 모친은 흥양 이씨(興陽李氏)이다.

명암은 1683년 진주 옥봉동(玉峯洞)에서 태어났다. 7세 때부터 글을 배우기 시작하여, 13세 때는 족형인 노정헌(露頂軒) 정구(鄭構)에게 배웠다. 19세 때 과거에 응시하기 위해 합천의 시험장에 갔다가, 우연히 송나라 호전(胡銓)의 「척화소(斥和疏)」를 읽고 비분강개하여 눈물을 흘리며 말하기를 "한 때 오랑캐와 화의하는 것도 오히려 차마 할 수 없었는데, 지금 천하는 결국 어떤 세상인가? 천지가 뒤집히고 갓이 밑에 가고 신발이 위로 가듯 천지가 뒤집혀, 질서가 어지러운 때이다. 대장부로 태어나 어찌 차마 지금 세상에서 출세할 수 있겠는가? 하물며 우리 동쪽 나라는 명나라에 대해 의리상 군신 관계이고, 은혜는 부자 관계와 같다. 어찌 차마 대수롭잖은 일로 여겨 잊을 수 있겠는가?"라고 하였다. 그리고는 유건(儒巾)을 찢어버리고 돌아와 명암거사(明庵居士)라 자호하였다.

만년에는 가족을 이끌고 지리산 덕산으로 들어가 무이산(武夷山, 구곡산)에 무이정사(武夷精舍)를 짓고, 손수 주자(朱子)의 초상을 그려 벽에 걸었다. 또 용담(龍潭) 가에 와룡암(臥龍庵)을 짓고 제갈량(諸葛亮)의 초상을 걸었다. 명암은 이 두 인물을 자신이 배울 만한 이상적인 인물로 생각하여 직접 가르침을 받는 스승처럼 여기고, 그 학문과 정신을 배우려고 하였다. 주자는 거란족이 세운 금(金)나라와의 화의(和議)를 반대하고 북쪽의 잃어버린 강토를 찾아야 한다고 주장하였고, 제갈량은 위(魏)나라가 차지한 중원을 회복해서 한(漢)나라 황실을 옛 도읍인 낙양(洛陽)으로 옮겨가기 위해 노력하였다. 이들을 존숭한 데에는 명나라를 부흥시켜 명나라의 수준 높은 문화를 되살려야 한다는 명암의 염원이 담겨져 있다.

1760년 관찰사가 명암의 행적을 올리니, 8년이 지난 1767년 사헌부 지평에 추증되었다. 벼슬을 추증하는 교지에 청나라의 연호를 쓰지 않고 명나라의 마지막 연호인 숭정(崇禎)이라 썼는데, 이는 조정에서 명암의 의리를 장려하고 지절(志節)을 높이려는 것이었다. 저술로는『명암집』이 있다.

-원문

1차

頭流中稱第一庵者 乃南臺也 去年秋 入大源庵 庵卽頭流北也 其間水石 則遊覽殆遍 而南臺以南 則未能盡探而歸 宿債在心 魂馳夢越 今秋 與一二同志又作尋眞之行 卽甲辰八月初二日也 着蔽陽納芒鞋 瞻望仙山 淸興滿襟 行色蕭灑 依然如蟬化秋林 鴻冥九霄

夕到金雪倉 白石淸泉 始自頭流而來 玉派瓊流 淸澈無底 此雖頭流外面 而猶是物外景色 其上有所謂花藏庵 庵在山之絶頂 削險高急 攀崖上去 則細路萬曲 石巓當頂 三步一退 五步一坐 至庵 庵有老僧笑迎 其名震機 與亡兄素相親愛 而余亦兒時相識者 余問奇翫古跡 指一石竇曰 此穴古以出粒流傳 今無可徵然入秋後 氣之如霧者 蒸出穴中云 其穴大如甕口 深不可測 又曰 庵之基址 凡有石隙 無不蒸出如烟 亦異矣

三日 下山 入入德門 于時斜日在嶺 疎雨斷續 小憩巖門松下 上下十里 人跡頓絶 亂瀑爭流 幽鳥時鳴 暮到洗心亭 宿南冥書院 曉大雨 朝歇

四日 沂流入山 山路崎嶇 非巖則水也 淸泉如雪 丹楓間壁 看看步步 不知脚之倦神之疲 寓於目得於心者 自有無限之樂 而非毫墨形容 亦非傍人所識 宿普門庵 菴在萬山之中 左右回擁 松檀掩日 極其幽邃 而小欠寬暢

翌日 夕到眞珠潭 卽金聖運幽居也 酌以白酒 肴以熊掌 泉石之勝 甲於所經頗有山居古色 行到十餘里 則有數三家村 一人笑迎 乃宿面鄭泰佐也 掃石而坐小話 因同上南臺庵 泰佐指路左大巖曰 此乃哭聲巖也 昔有智嚴大師 以兵使翫景 到此見釋子初心冊 入碧松菴 削髮爲僧 其妻尋到庵下 拒而不納 遂哭于此巖故名之云 越一溪 登一嶺 則果有碧松庵古址 且有智嚴浮屠

宿南臺庵 軒窓陳破 丹艧剝落 僧曰 癸未重創時 見其上樑文 則乃一千六百

六年矣 谷深山高 生道甚難 故僧之居日不多 是以曾於廢棄之時 木生板閣之上

其大如拱 藤葛掩罩其上 虎豹獐鹿 産雛房中 如是者三 又問何以木板代瓦 僧曰

寒凍殊甚 瓦甓碎解云 有上下玉井 蒼巖列置 如築者三層 可見天創別區也 有九

十歲老僧 達夜話金剛

　明朝 登庵後大巖上 周視左右諸山 則如揖如拱 或走而停 或蹲而突 或開而

曠 或擁而塞 蜿蜒橫亘 千形萬怪 與數三僧 上天王峯 卽頭流第一峯也 巉巖嶄

絕 如上鳥道 口呵脇息 若不自保 始上上頭 徘徊遊目 則四山蟻垤 三海盃置

　登日月臺 則水天微茫之中 赤暈先擁 海底盡盪 少頃 日輪飜出還墜 如是者

三次後 始升天 可怪也 意者 日出於天之極 東海於其間 浪立如山 非日之出而

還墜也 浪高則日蔽 浪低則日見 其理難測

　七日 還宿南臺

　八日 過公田村河世龜精舍 極絕蕭灑 小酌而別

　九日 過召南江 夕還鳳谷 街兒爭笑曰 居士遊山而歸云

2차

　雙溪以南 亦欲盡探 八月十七日 又作行 行裝卽鈸一笻一 百里山路 盡日泝

流 暮入五臺寺 沙門外有銀杏二木 其大或五六圍 或十三圍 僧曰 此木不知其幾

千年 東國未有大於此者 一邊焦處 乃壬辰兵火所焚云

　十八日 宿靑巖寺 憩于樓下 一白衲自外來拜 在於江陵五臺山 玩景而來 方

向雙溪云 與之同行

　十九日 踰三呵峴 宿岳陽文殊庵

　二十日 午少憩長興庵 暮入雙溪寺 蓋寺有兩溪 故名之 一自新興擬神而來 乃

西溪也 一自佛日靑鶴而來 乃東溪也 上下百里 大川橫流 白石平鋪 一望如雪 洞

口有圓巖 書雙溪石門 卽孤雲筆也 寺後有古殿 卽孤雲讀書處 有畫像 凜然如生

　二十一日 入佛日菴 一條路 掛於蒼壁間 壁絕則跨木而梯 其下萬仞 精神眩

然 庵左右 上突兀如懸 前有兩峯 削立萬丈 右曰毗盧 左曰香爐 昔有靑白鶴 棲
於巖隙 故或稱靑鶴峯白鶴峯 自峯上瀑布飛落千丈 上下二層 晴霧滿壑 風雷自
作 瀦而爲淵者 卽所謂鶴淵 僧曰 龍潛于下 有時出 雲淵之壁面 有三仙洞三字
不知何代何人筆云 左有大巖 書翫瀑臺三字 卽孤雲筆也 盤旋移時 殊覺壺中別
界象外絕勝

　庵有兩雲衲 不拜不言 神凝面靑 狀若枯木 向壁趺坐 余亦危坐一邊 自念如
此 仙區未易再遊 豈忍乍返 命僕夫先返 待余于雙溪寺 因留與二僧同宿 達夜不
寐 終日不起 如是三日 一僧忽開窓而出 以木鉢木匙 進松葉粥曰 何處居士 操
工刻苦 一榻危坐 三日絕穀 亦此僧之不堪 居士何堪 願喫此粥 粥乃爛杵松葉
沈水日久爲之 而一鉢中米粒只十餘 決不能食 又留一日 與僧黙然鼎坐 瀑聲滿
壑 松韻入室 淸冷之氣 襲人四體 開戶出見 時夜三更 月掛香爐 瀑下層巓 依然
如入廣漢中 聽萬斛銀派 不知人間何處

　明日 二僧送余壁路外 謂余曰 此庵留宿 僧亦罕有 公之信宿 若非世外之士
能之乎 道之虛明眞實虛無寂滅 儒釋雖殊 其源則一 更須十分珍重云

　二十五日 入七佛庵 菴在於般若峯上 自雙溪洞口 泝入二十餘里 無非瓊沙瑤
石 或行或坐 不忍舍去 以亞字形作突 卽所謂高僧堂也 其佛殿則撑下十二層卓
上 刻成飛禽 金飾懸之 僧曰 形容百禽聽說法狀云 日暮 余請宿高僧堂 僧曰 此
堂終夜禮佛 鳴鍾扣磬 不能安睡 行人過客 避宿他房 余曰 夙聞仙區 今始透到
何憚一宵之不能穩宿 僧笑曰 公言果異曾經客也 遂與之宿 探問古跡 僧曰 此庵
創設 不知幾千年 而或傳東晉時所創 且法堂後 有玉臺 昔新羅景德王有八子 忽
聞空中玉笛聲 尋聲而來 則玉臺上果有一仙人吹笛 七子因築臺不返 故名之 且
玉臺上斫檜 生莖不死云 亦異矣

　二十六日 入新興庵 乃雙溪合流處也 奇巖鍊石 平鋪左右 雪波銀瀑 爭流鏡
中 卽南冥所謂銀河橫截 衆星錯落 瑤池宴罷 綺席縱橫者也 其中有石凹入 自作
一甕 亦奇觀也 其上書洗耳巖三字 洞外石面 書三神洞三字 皆孤雲筆也

　二十七日 踈雨霏微 濕雲滿壑 過鍮巖 訪韓錄事古居 過蟾江 望白雲山 宿五

龍亭

　噫 頭流山水 歷覽無餘 歸來蝸室 掩門獨坐 萬瀑盈耳 千巖森目 將有再翫仙
區巖棲終老之計 而日月飄忽 世故多端 則或恐負平生之志矣 遂略記所遊梗槪
以爲披閱不忘之資云爾

—

김도수(金道洙) | 남유기(南遊記)

—

출전 : 춘주유고(春洲遺稿) 권2, 39면
번역 : 최석기 외,『용이 머리를 숙인 듯 꼬리를 치켜든 듯』, 보고사,
2008, 293~310쪽
일시 : 1727년 9월 12일 ~ 10월 5일
동행 : 김옥성(金玉聲), 양경조(梁慶祚), 김준필(金俊弼)

-일정

- 9월 12일 : 금산군 → 담양부 → 순창군

- 9월 13일 : 순창군 → 중주원(中酒院) → 곡성현

- 9월 14일 : 곡성현 → 압록원(鴨綠院) → 압록진(鴨綠津) → 구례현 →
  화엄사 → 부도대(浮圖臺)

- 9월 15일 : 화엄사 → 석주천(石柱遷) → 연곡(燕谷) → 화개동 → 쌍
  계석문 → 쌍계사

- 9월 16일 : 쌍계사 → 불일암 → 완폭대 → 청학동 → 국사암 → 소년
  암 → 신흥동 → 세이암 → 칠불암 → 옥보대 → 쌍계사
- 9월 17일 : 쌍계사 → 화개동 → 삽암 → 악양 → 섬진강 → 하동부
  → 옛 하동 읍치 → 횡포역(橫浦驛)
- 9월 18일 : 횡포역 → 봉계역(鳳溪驛) → 진주성 → 촉석루 → 진주
  읍치
- 9월 19일 : 진주 읍치 → 촉석루 → 안간역(安澗驛) → 삼가현(三嘉縣)

-저자 소개   춘주 김도수

1699~1733. 자는 사원(士源), 호는 춘주(春洲)이며, 본관은 청풍(淸風)이
다. 청풍부원군(淸風府院君) 김우명(金佑明)의 서손(庶孫)이다. 김우명은
현종(顯宗)의 장인으로, 송시열(宋時烈)과 같은 서인(西人)이었으나, 민신
(閔愼)의 대부복상(代父服喪) 문제를 계기로 남인 허적(許積)에 동조하였
던 인물이다. 그 뒤 남인 윤휴(尹鑴) 등과 알력이 심해지자 벼슬을 그만두
고 두문불출하였다. 김도수는 음보(蔭補)로 금산군수(錦山郡守) 등을 역임
하였다. 홍세태(洪世泰)·정래교(鄭來僑) 등의 위항시인(委巷詩人), 노론의
유척기(俞拓基), 남인의 채팽윤(蔡彭胤), 소론의 이덕수(李德壽) 그리고 승
려에 이르기까지 신분이나 당색에 구애받지 않고 교유하며 지냈다. 저서
로는 『춘주유고』 2권 1책이 전한다.

-원문

余嘗東遊於雪嶽金剛之間 而亦西浮大洋 登摩尼之頂 近又南下 躡無等跨月

出 夫世必稱子長遊者 是固古來文士之張目壯談也 然遊亦豈無助乎哉 余竊自惟恨大明之亡也 少讀詩 略知辨物通情 讀書觀古君臣之際 使一到天子之庭 吐胸中之有 雖朝暮死而無悔也 嗟乎 安得溯龍門砥柱而窮黃河之源也 余嘗讀范仲淹岳陽樓記 恨其文之繁也 洞庭湖七百里 望君山一點 足矣 然則此南遊錄 何足道哉 此南遊錄 何足道哉

丁未九月 余旣乞罷景陽矣 將遊嶺南 送印于兼官淳昌郡守李泓

十二日乙丑 發行 從者金玉聲·梁慶祚·金俊弼也 四十里過潭陽府 又四十里宿淳昌郡

十三日丙寅 早發 吏房金聲漢·梁致河率諸吏等 辭於馬前 四十里到中酒院 遇靈巖郡守金鑄·興陽縣監宋炳普 下坐于酒店 說遠遊意 宋君歎羨不已 仍曰 吾昔年聞智異山燕谷寺北數十里 有所謂萬壽洞 俗傳羅季有數介高官 見雞林將亡 帶家偕隱 至今有礱礎瓦礫在焉 洞中奧曠膏壤 可以種稻云 去二月 適往南原 作路燕谷 問之寺僧 僧對自此行四十里 蓋有一洞府 而中甚邃黑 別無可觀云 試與數僧 杖策窮搜 則層氷積雪 莫辨所向 處處見熊虎跡 恐懼中道而返 然而至今猶往來于懷 君行當過燕谷 幸爲我更尋否 余笑曰 君之計過矣 君子忠信篤敬 則蠻貊可行 何必絕物孤往魍魅之藪耶 二君發余行橐 相顧大笑 欲傾糧助之 余辭之 笑曰 昨日棄官 今日乞糧於人 無乃太拙乎 日晚 與二倅別 渡鶉子江 風雨急至 衣笠盡濕 十里宿谷城縣

十四日丁卯 曉霧塞天 沿江行三十里 到鴨綠院 峽勢谽閉 江聲雙會 見有一羣水鳥隨波澹淡焉 秣馬將發 忽見李有興揮汗而來 問之 對云 文簿有釐正處 余却笑塵事之猶相來侵也 渡鴨綠津 三十里過求禮縣 縣吏犇走言巡使方至 望見戟騎習習 旄鉞照爛 飛軺之來者 若奔星焉 噫 吾民之瘡痏懊咿 職由於張盖者之距牙也 彼來者果無距牙者耶 十里入華嚴寺 洞壑泠泠 籬落依微 石上見浣紗女 依然有雲門越溪之趣 慶祚走磵邊小樹 摘霜柿四枚而來 啖之甚濃甘 亦山中一滋味也 僧徒持籃輿來 捨輿徐步入寂默堂 坐望山色 如層錦沓繡 紺翠交滴 其下有二層丈六殿 神麗峻壯 舊聞聖能之所建也 能方以揫攝在北漢 其上佐錦性來

謁 進以茶果 夕與住持哲識 上浮圖臺 臺極峭爽 風籟瑟然

十五日戊辰 早起 出洞口二十里 過石柱遷 崗巒糾紆 曾石嵒嶙 秋花間發 影倒澄江 楓林向凋 而色猶爛然 十里過燕谷 又十餘里入花開洞 陝勢轉雄 大川決來 澈冽漂疾 激石相吼焉 沿行五里遇籃輿 又數里渡武陵橋 行二里餘 穹巖雙峙 左刻雙溪 右刻石門 四大字 字畫奇古 如橫劍植戟 乃崔孤雲筆也 蒼藤古木 不見日色 水湢湢自兩壑噴來 寺在兩處 而不甚敏麗 有金堂 掛眞鑑惠能及南嶽禪師之像 堂之左有瀛洲閣 右有方丈室 前有青鶴樓 自樓稍東數十步 有新建大雄殿 殿前樹龜趺巨石 卽眞鑑國師之碑 大唐光啓三年立 亦孤雲之二妙也 殿之右有香爐殿 掛孤雲影幀

十六日己巳 籃輿上佛日庵 僧言山中多虎 吹雙角前導 崎嶇仰磴而上數里 見稍平處 有荒田數畆 又行數里 僧告路窮卸輿 乃杖策而前 遇一略彴架於絕壁之腰 下臨千丈之壑 躡之窒窣有聲 仰見佛日庵 縹緲若懸磬於雲端 卽之室中 陰風颯颯 如鬼物交嘯 距菴十餘步有臺 刻翫瀑臺 前有香爐峰 聳磨青蒼 有長瀑自右肩直垂 霰噴雹擊 雷殷電鬪 冥冥黝黝 陰沉萬仞者 名青鶴洞 僧稱孤雲常棲此洞 騎青鶴往來 故巖罅古有一雙青鶴云 坐菴中少憇 俊弼從東邊垣上來 進山梨五枚 味酸不可食 呼 小壺連酌數杯 復出坐巖上 洞風衝起 巖木俱動 雲氣渃溔 如飛澇相磢也

還從磴路而下 見有一塊虎矢煖氣未已 從者愕眙 復吹角振響 右轉 數里 入國師菴 有僧草屨出迎 自此地勢稍廣 下多水田 有竹籬茆屋三四家 緣溪行七里 有少年巖 又行數里 入神興洞 水石絕奇 路傍巖面 刻曰三神洞 寺在錦麓之間 日照燦然 樓臨大壑 薨栭駁駛 有大師德梅 迎入點茶 出步磵石 石上刻洗耳嵒三字 僧稱孤雲手蹟 而體畫甚俗 非孤雲也 玆山大抵多土少石 水石尤少 而獨此洞名焉 源泉沖壯 大石離離 鋪數十里 或渟滀滰灅 而森然動魄 或琤琤縈濴 而泠然洗襟 僧言春夏之際 砯砯訇磕 如萬面雷鼓 又如風檣陣馬 犇迅騰趍 令人心目俱駭 不暇應接云

其上多楓楠栝栢紋梓連抱之木 翻風動日 萬竅齊號焉 德梅進一詩 余口占和

之 歡息謂德梅曰 吾昔與天浩長老 隱於淸平之洞 讀南華楞嚴之屬 日喫一盂飯
一瓢水 自言如斯可以度此生也 一出世路 萬事蹉跎 今雖欲與君徜徉於此中 其
可得乎

有頃 從者告輿辦 與德梅別 向七佛菴 行六七里 有獨木橋 遂下輿步行 所過
山多大木 鬱紆黝靉 從風猗狔 音響悲切 上有蒼隼巢之 而百鳥亂啼 又行六七里
望七佛菴 洞天曠闊 益別境也 下輿入碧眼堂 房突左右崛起 爲座榻狀 房中掛達
摩像 有八九癯僧 面壁參禪 見余至 下榻拜迎 其中二僧 昔余遊楓嶽時 相識於
內圓通者 頗有喜容曰 上舍今行 無乃白傅香山之意耶 余笑答曰 吾寧乘桴浮海
豈忍作空山之枯木乎 諸僧皆一粲 俄進茶果 一僧問神興靑鶴兩洞之優劣 余曰
神興之敞朗 靑鶴之窈邃 各有長短 而使吾御風弄月 泠然而忘返者 神興是也 若
靑鶴者 悄愴酸骨 非石頭陀 不可居也

余又謂僧曰 世人貴耳而賤目焉 吾一見玆山之後 始覺桃源之非眞也 吾嘗讀
李眉叟集 有靑鶴洞記曰 故老傳言靑鶴洞路甚窄纔通人 扶服經數里 始得虛曠
之境 盖古遯世者之所居 頹垣壞塹 猶在荊棘中 四隅皆良田沃土 有靑鶴巢其中
眉叟尋之不得 留詩巖石而歸云

自古談靈境者 每多神奇之語 而苦海沉浮之蹤 易動遯矯之情 故瞻雲齋咨 至
發於辭句之間 而近世又有一浪客 遊玆山歸 自言見梨花洞 其說髣髴於眉叟之
所稱靑鶴洞 而奇異則過之 鬱鬱蒼山之中 望萬樹梨花 如吳王夫差之伐越也 以
白常[裳]白旂素甲白羽之矰 秉枹提鼓 中陳而立者然 噫 果妄語也 玆山雖蟠踞
雄廣 陵谷紆謠 而前後僧俗之遊屐相望 豈有神奇如兩境 而人不能知者乎 諸僧
又相視一粲

仍與數僧從法堂後 登玉寶臺 臺形類臥牛 其上多老檜 僧言玉寶新羅時人 入
山成道 常遊此臺故名云

日暮還雙溪之探眞堂 夜有老僧說前年熊羆暴多 人之相觸者 輒被傷害 今年
又多虎 人不能往來 自初夏至今 天旱水涸 林木枯死 雉兔縱橫不避人 又以三營
之紙役繁重 僧不能聊生 余惻然長吁曰 聖代多德音仁聞 而天之閟澤 此甚 至令

山中禽獸不安其居 豈下之人有殘忍毒暴之政 而使天怒不解耶 且雲水生涯之類猶不能堪其命 況吾民之顚連而無告者乎

十七日庚午 日出騎馬 出花開洞 行十里 過鈒巖 是麗朝韓錄事惟漢之所棲也 嗟乎 國之將亂 賢者必先避世 惟漢見崔忠獻之貪賄賣爵 已知有竊弄廢立之擧 遂拂衣來隱此巖之下 其高風敻識 可以警千古之鄙夫也夫 又行十里 過岳陽 岳陽古縣 乃舊時民物之所聚也 臨江有沙村漁戶 謫客往往來居云 又二十里 到蟾津 適値場日 是湖嶺之交也 質劑並湊 蹤譶槩猥 山毛海錯 鱗萃雲委 牛馬人衆之來往者 望之 若螘封之初潰也 中火于河東府 自此始捨江 行三十里 過古河東 宿橫浦驛

十八日辛未 早發 三十里 過鳳溪驛 溪山抱廻 極有佳致 世之求山水之鄕者 每於窮寂之穴 幽阨之藪 而不知通衢達劇 自有安身之地 實可笑也 又四十里 抵晉陽城 門卒急報于兵使李思周 同會於矗石樓 樓勢壯傑 城下有南江萬里之水 鄭君龜寧引余指西南林麓下 有故水使朴昌潤家 昌潤嶺右之富豪也 有池臺鐘鼓之樂 時與歌童舞女 按棹遊戲於滄流之上 又使花郎百隊前擁後殿 擊鼓選舞於倒花垂柳之中云 如余之一鞭羸馬 浮遊東南 啾唧噫吁於幽崖邃谷之間者 正爲昌潤之一笑也 樓東有淩虛堂 有涵玉軒 鄭君曰 此軒最宜月夜彈琴

十九日壬申 鄭君復邀余 上矗石樓 鄭君曰 此江有二源 一出智異山北雲峰縣之境 一出智異山南 合于州西 東流爲鼎巖津 入于洛東江 此樓古謂之狀元樓 龍頭寺僧端永者 重新之 自澹庵見江之中有石矗矗 遂改名曰矗石樓 癸巳之亂 倭寇燒之 後雖重建 而雙淸堂臨鏡軒 終不能復古云 語移時 與鄭君上鎭南樓 別兵使 向伽倻山 四十里 過安澗驛 又三十里 宿三嘉縣

정식(鄭栻) | 청학동록(靑鶴洞錄)

출전 : 명암집(明菴集) 권5, 6면
번역 : 최석기 외, 『용이 머리를 숙인 듯 꼬리를 치켜든 듯』, 보고사,
       2008, 242~252쪽
일시 : 1743년 4월 21일~4월 29일
동행 : 정상기(鄭相琦), 정상인(鄭相寅), 김광서(金光瑞), 김윤해(金潤海),
       현덕승(玄德升), 우령(종)

-일정

- 4월 21일 : 무이정사(武夷精舍) → 노령(蘆嶺) → 십자령(十字嶺) →
  전두산(田頭山) 재실
- 4월 22일 : 재실 → 공월령(公月嶺) → 섬진강 김퇴일(金退一)의 집
- 4월 23일 : 김퇴일의 집 → 악양 → 화개동 → 김광서(金光瑞)의 정사
- 4월 24일 : 김광서의 정사 → 쌍계사
- 4월 25일 : 쌍계사 → 내원암 → 향로봉 → 불일암

- 4월 26일 : 불일암 → 국사암(國師庵) → 칠불암
- 4월 27일 : 칠불암 → 신흥암 → 김광서의 정사 → 김퇴일의 집
- 4월 28일 : 김퇴일의 집 → 전두산 재실
- 4월 29일 : 재실 → 박태래(朴泰來)의 집 → 무이정사

─원문

癸亥四月二十日 宗侄相琦訪余于武夷精舍 余曰 汝見靑鶴洞否 相琦曰 未也
余曰 靑鶴洞乃茅一山水窟也 余已遊數十年 而心常未忘 方當春暮 軟綠遍山 躑
躅滿溪 汝與余可作伴同翫否 相琦一言快許

翌日 以相寅爲靑童子 以羽靈奴牽玄黃 叔侄兩老人 持竹杖 以馬隨後 以步
行爲能事 越蘆嶺 越十字嶺 宿田頭山下齋室

翌日 越公月嶺 宿蟾江上頭陀金退一家 卽余昔日入山時 舊主人也 其夫妻俱
廢肉 以爲善去惡 爲一生戒 有一子演寬 而歸之佛 自以爲他生求福還生計云 笑
矣笑矣 沈溺佛氏 若是之惑 是可惜也 笑而迎之 慰余行勞 以潔飯香蔬 傾心善遇

翌日 入岳陽 過一蠹鄭先生幽居舊址 令人感慕竪髮 憩于揷巖上 上有就道巖
卽錄事韓惟漢遺蹟 午炊于花開洞 宿金光瑞雲甫山居 蒼松翠檜之間 新搆精舍
殊極蕭灑 余謂雲甫曰 余與相琦 方投靑鶴洞佛曰而去 非君不可 盍往從之 雲甫
諾曰 當爲先導 余曰 仙區不可無洞蕭客 何以得之 雲甫曰 從吾遊者 有金潤海
者 乃善簫也 又洞有玄德升者 亦善簫也 余卽喜而請邀 皆年少雅士也 與之入雙
溪寺 坐石門下 翫雙溪石門四字 精神筆力 如見孤雲面目 宿學士殿 孤雲所居云

翌日 入內院庵 卽靑鶴洞靑鶴峯下也 余曾累入洞中 謂其陜小 等視不探 今
始入去 則絶壑深幽 水石非常 余顧謂雲甫曰 余若早知如此 吾行豈今日而已乎
入此名區 不可無一語 君可呼韻 雲甫卽呼韻 余立應曰 淸泉亂石是仙區 翠壁丹
崖作畫圖 白首探眞今已晚 鶴倩猿怨未應無 雲甫曰 兩峯環合白雲區 半壁微茫

粉墨圖 吹澈玉簫人不見 夜深靑鶴正來無

夕飯後 仍上香爐峰上 緣崖攀木 一步一呼 五步一坐 眞猿鶴之所不能過也
孤危壁立 初則萬無上峯之意 强氣勇志 寸寸停步 步步欲退 仰而脅息 俯而眩然
及上峯頭 則胸中快濶 若登天然 不但有吾夫子登泰山小天下之意 而鄒聖所謂
挾泰山迢北海 莊叟所謂旁日月挾宇宙者 庶我能之矣 於心自語日 向若不能耐
苦 未免退步於平地上 則豈有此奇遊大觀

宿佛日菴 乃新羅金傅王所刱也 重修纔畢 丹雘欲流 盖庵在萬仞石峯之上 千
丈瀑布 飛下庵前 此則亦皆骨山所未有之勝也 首座四人居之 其名洞贊侶敏朗
遇杜澄云 皆是仙姿白衲 而知余姓名 言其何晚 接待款曲 於心不安

一行分坐左右 余整襟危坐 笑謂雲甫日 今我三人 俱非塵世汨沒人 同入於天
下所共知之名區 豈其偶然 眞所謂此日可惜不可虛送良辰 若達夜不寐者 當爲
上客 君可能之乎 雲甫日 吾能之 如其不能 其可無罰 於是佛燭泂泂 儼然成行
而坐 以待月生 使洞簫二客 迭相吹之 間以詩和之 余有吟日 琪花影動曙河傾
手拓雲局北斗平 碧玉簫聲淸嫋嫋 鶴邊松月滿壇明 雲甫和吟日 古龕燈翳斗西
傾 松露冷冷宿霧平 寒磬一聲僧報月 俯看層壁水簾明 余賦則雲甫和之 雲甫賦
則余和之 時瀑布亂鳴 松韻蕭瑟 雙簫響咽 嫋嫋不絕 地是萬古仙區 而得此文人
而遊 兼以雙簫之美 苟非有仙分者 豈易易得之 如聞瑤池仙樂 而萬慮都消 不知
世間消息何如也

時夜欲曉 僧報余日 月已上靑鶴峯矣 余忽顧視 則雲甫不在座 余起而訪之
則雲甫入房中 倒睡佛卓下 余蹴而起 笑謂金潤海日 雲甫先破盟矣 可奏勝戰曲
金潤海卽吹簫數曲 一座皆鼓掌大笑

翌日 憩于國師菴 有老衲難解者 卽舊面 饋以茶果 宿七佛菴 法界依舊 松月
無恙

翌日 下新興庵 上洗耳巖 大師玄侃 笑而迎之 同坐巖上 談笑不已 盖是宿面
臨別甚悵 出送于紅流橋上 首座祖演追到日 處士所着芒鞋 已弊矣 進一草屨 夕
又入雲甫精舍 語良久 酒數行 與雲甫金潤海玄德升別 潤海字德容 德升字汝聞

又宿蟾江退一家 其妻備大蛤湯 以饋之

翌日 宿田頭齋室

翌日 朝炊于朴泰來家 與相琦別 夕還武夷精舍 雙鶴如待 桂花向我而笑

황도익(黃道翼) │
두류산유행록(頭流山遊行錄)

—

출전 : 이계집(夷溪集) 권13, 16면
번역 : 최석기 외, 『용이 머리를 숙인 듯 꼬리를 치켜든 듯』, 보고사,
　　　 2008, 253~272쪽
일시 : 1744년 8월 27일 ~ 9월 9일
동행 : 황백후(黃伯厚), 이겸(李兼), 황도의(黃道義), 황후간(黃後幹), 이달
　　　 후(李達厚), 이범(李範), 안경직(安慶稷) 등

-일정

- 8월 27일 : 함안 → 진주 객사
- 8월 28-30일 : 진주 객사 → 곤양
- 9월 1일 : 곤양 → 봉계(鳳溪) → 대야촌(大也村)
- 9월 2-4일 : 대야촌 → 섬진강 가 김성탁(金聖鐸)의 유배지

- 9월 5일 : 김성탁의 유배지 → 어룡대(魚龍臺) → 악양리 → 녹사대(錄 事臺) → 일두 정여창의 유허지 → 화개 → 쌍계동 → 쌍 계사
- 9월 6일 : 쌍계사 → 백학동(白鶴洞) → 환학대(喚鶴臺) → 냉연대(冷 然臺) → 완폭대 → 불일암 → 쌍계사 → 삼신동 → 칠불 암
- 9월 7일 : 칠불암 → 삼신동 → 신흥사 → 선유동(仙遊洞)·옥계(玉溪) → 세이암 → 삼신동 → 화개
- 9월 8일 : 화개 → 김성탁의 유배지
- 9월 9일 : 김성탁의 유배지 → 어룡대(魚龍臺) → 귀가

-저자 소개   이계 황도익

1678~1753. 자는 익재(翼哉), 호는 이계(夷溪)이며, 본관은 창원(昌原)이다. 부친은 매재(梅齋) 황성(黃城)이고, 모친은 순흥 안씨로 안혁(安侐)의 딸이다. 함안군(咸安郡) 안도리(安道里) 지두촌(池頭村, 현 함안군 군북면 덕대리 지두마을)에서 태어났다.

평생 벼슬길에 나아가지 않고 향리에서 학문과 강학에 힘썼다. 1734년 남호(南湖) 가에 고산정(鼓山亭)을, 1739년 성천(聲川)에 돈와(遯窩)를 짓고, 1748년 백이산(伯夷山) 아래에 정사를 지어 강학하였다.

교유한 인물로는 밀암(密庵) 이재(李栽), 제산(霽山) 김성탁(金聖鐸), 용와(慵窩) 유승현(柳升鉉), 곡천(谷川) 김상정(金尙鼎), 이휘진(李彙晉) 등이 있다. 저술로『이계처사문집(夷溪處士文集)』이 있다.

■원문

　世所稱仙區者 有三 關東之金剛 耽羅之漢拏 其一卽 吾嶺之頭流也 一名方
丈 小陵詩所謂 方丈三韓外者 非指此歟 夫處天下之絶域 騁天下之雄名 何其偉
哉 余近在宿春之地 而旣乏濟勝之具 又緣塵冗之掣 徒望雲外之嵯峨 而未見其
眞面目者 久矣

　一日黃伯厚 李君兼 以遊山小具 來訪 余叙暄凉 纔畢 請余曰 是行 將欲訪金
學士 遊頭流山 過此者 欲與吾丈 同焉 吾丈之意 如何 余喜而答曰 君言正合我
意 金學士 今之儒宗 而淹滯江潭 不可不訪問 頭流山 國內名山 而久負宿債 亦
不可不登覽 一行兩得 甚好甚好 況秋氣淸凉 宿痾醒蘇 登絶頂而縱目盪胸 接淸
儀而消吝滌鄙 亦甚快樂 何敢坐失好會 遂奮然決策 兒子輩交謁更諫 咸以爲衰
年不當遠役 余卽不聽 謂黃李二君曰 衰脚非代步難行 諸君先行 吾當鞭瘦馬追
至 晉陽州邸 君且待之 於此 皆曰諾 因止宿 翼日 二君將行 請與阿兒後榦俱
卽許之

　越五日辛未 遂理裝啓行 是靑鼠仲秋二十七日也 行具 止米一槖饌一笥 仲弟
道義 護行于斯時也 疎雨新霽 秋山明麗 心目俱爽 足以滌煩瀉滯也 夕抵晉陽州
邸 卽逢黃李二君 驚倒逢迎 喜氣可掬 李達厚李君範 亦與之俱 安生慶稷亦追至
願從一行 多至五六人 同聲之應 亦可樂也 但後榦前患腹病越添 殊覺悶悶

　壬申 黃伯厚 有修人事處 與一行將道泗川 余難與迂路 約以某日會于蟾津
遂分路 諸君又要與後榦同行 余卽命與之偕 後榦不獲已拜辭 余與道義 直向昆
陽 訪鄭君浹棫 三宿

　越乙亥 過鳳溪 宿大也村

　丙子 渡蟾津 問同行去就 尙爾未來 訪金學士 迎接款晤 若平生懽 古人所謂
傾蓋若舊者 非耶 其容儀之端莊 言語之恭謹 視瞻之無回 動止之有節 恰如平昔
所聞 且涪州舍達之餘 顏貌鬚髮 猶勝閑居人 豈非學力所到 雖在流離竄斥之中
處之怡然 無幾微不適意 足以見道理之貫心肝也 酌酒以勸 又供夕飱 辭以休倦

退權歇泊處 因定舍館 夕霽山適緣本家修簡 未克來 使人傳謁矣

丁丑 霽山早朝來訪 余食後亦往回謝 披露心肝 不設表襮 談說亹亹 意甚繾綣 眞厚德君子 使我相見 何至今日之晩也

戊寅 又與霽山從容晤語 其慈詳愷悌之態 平坦盎粹之氣 使人可敬可愛 世之側目者 亦獨何心也哉 拈出疑義 許以論討 道義相期 勉勵勤摯 皆出於愛人以德之意 不啻若入於芝蘭之室而薰其香矣 夕時 一行皆至 渴望之際 喜可知也 但兒子腹病添劇 艱以得到 病色滿顔 極可憂憫 霽山聞一行至 卽來相見 左應右酬 無不周詳 愍念後斡病苦 形於言面矣 比還送秋露兼厨饌 其致款如是 夕後 同一行 往霽山所 叙話而還

己卯 兒病似少歇 惟憂稍弛 霽山早來相話而去 咸曰 旣見君子 我心則夷 幸則幸矣 以爾直之病 未見頭流 自此徑還 仙區之債 終無見償之日時乎 不可失也 使之留休調病 限數四日 周觀後 來此偕還 不亦可乎 余應曰然 遂齊進見霽山叙話 移時約回路再訪 還主館 促食而行 登魚龍臺 霽山爲吾輩送行 先到待之 徘徊瞻眺 江湖之灑落 舟帆之來往 亦足以爽豁衿期 同此人 遊此地 殊甚快樂 第恨不得同此行 相與徜徉於靑鶴白鶴之洞 豈非慨然者乎 頃之 遂與分手 呼船渡江 隔水相望 無不悵然 且兒病未帶 亦不禁回顧之情

傍江而上 沙明水潔 淨無塵埃 神心頓覺爽然矣 行數十里 至岳陽里 有所謂瀟湘洞庭君山等地 又有岳陽樓姑蘇臺寒山寺基址 無乃好事者 依倣中州 定其名稱 因築樓臺耶 今則但有其名而已 然江山之勝 依舊自在 若築臺構樓 梳洗出來 則一時可以改觀 而今榛莽如此 江山之廢興 亦有數存乎其間耶 又有錄事臺 乃韓公維漢所棲息處也 人去臺空 江自滔滔 想像淸風 感懷自生 巖崖刻取適臺三字 而字畫已盡刓缺矣 行十里 訪一蠹鄭先生遺墟 卽荒烟野草而已 豈知大賢棲息蓄德之地 今爲樵童牧竪之場也耶 俯仰傷感 懷不能裁 然播馥流芳 將與天壤同其傳 較視洛陽亭館 雖擅於一時 未幾堙沒無傳者 豈可同日而語哉 彷徨久之 不忍去也

與諸友緩步而行 西轉至花開酒店 此距蟾津 可四十餘里 沿路上下 蒼崖如屛

澄江若練 處處奇賞 不一而足 無非助吾行之遲遲也 同諸君 或徘徊散眺 或休坐
凝眸 有馬而不騎者多 猶未覺勞倦也 沽酒各飲一大盃 遂行 舍江北折 入雙溪洞
洞壑窈窕 峰巒峻嶒 溪瀑亂響 玉雪飛灑 衆人神思 各自惺惺 所謂除是人間別有
天者 非耶 徐步至雙溪石門 嵒石刻雙溪石門四大字 乃崔孤雲筆也 過一柱門 至
正門 無非淸奇駭目 眞佳境也 然房室多毀廢 無寺刹模樣 豈非歲歉役煩 山僧亦
不堪支而致然耶 山僧如此 村氓可知 窮村處處 無人虛屋 亦復幾何哉 岡老之歎
眞先獲也 宿明月寮 有老禪可與言 問雙溪之由 曰靑鶴洞萬疊淸流 三神洞百里
長波 兩處相注 合於石門前 故名雙溪云 山中半夜 忽聞鍾聲 甚淸絕 令人自發
深省

庚辰 促食而出 至法堂前 有孤雲所撰碑文 多襲佛老緖餘 入香爐殿 有孤雲
畫像 惜乎 以不世出之名人 而染跡於乘門 擇術 可不愼乎 自寺後 登向中峰 達
厚病腹還雙溪 不無少一之歎 至白鶴洞 雲山水石 佳趣無窮 有喚鶴臺 高劣數丈
餘 遂登臺徘徊 有人自竹林中高聲喚鶴 則僧戲答曰 雙鶴今日朝天而未及還 未
知何人喚鶴 而使遊人聽之以實臺名也 亦可奇也 行五里 有冷然臺 又名馬跡巖
巖上有龍馬之跡 流傳之言 以爲仙人馳馬處 甚涉荒誕 何可信也 又南折 登小嶺
遠近峰巒 頗有奇態 巉巖石磴 躋攀甚艱 側足而行 至一處 路絕巖斷 其下不知
其幾百丈 置棧道僅通 遊人來往 畏險者 或不敢度 使人眩視 悸不自保 越三處
棧道 攀崖躡磴而上 至不貳門

坐玩瀑臺 地位益高 孤覺與人寰迴隔 瓊岡綺岫 競秀爭挐 奪人眼目 信是靈
眞之所窟宅 天地之所秘藏也 其中兩峰 東西聳峙狀 如玉蓮排空 其東曰靑鶴峰
其西曰白鶴峰 傳者 言古有靑白鶴 兩三棲於巖隙 有時飛出盤迴數匝而入於雲
霄之表 久而後還 故因以名云 靑鶴峰巖頭 有懸瀑投空下百餘丈 水多則若銀河
倒流 雪消洶湧 怒吼如雷聲震一壑 水小 則如白龍倒掛 而有噴玉鳴琴之響 眞絕
勝也 未知開先瀑布較此 其優劣當如何哉 遙望蟾江 懷想霽翁 惜乎 吾有手不得
相挽而共此之觀也 一行亦或曰 爾直且以病 未見山中第一佳趣 其無仙分而然
耶 瀑布之下 有鶴淵鶴湫鶴潭 雖欲側足其傍 窺見靈源 危絕眩悸 不可近也 僧

云 有人耽玩奇勝 跕跟鶴淵 足滑墜淵中 無攀緣處 自分必死 水由巖穴中流出
遂從中俯伏膝行 得出以生云 欲逾靑鶴峰 尋大小隱二庵 路由懸崖 百步九折 不
可往也

有白衲出拜而迎 名有一者 令前導 由不貳門 至佛日庵 寺宇極其鮮明 架上
禮佛之具 甚整齊矣 喉渴索水 僧進松葉膏 飮一椀 足以通神明矣 問其方 僧云
松葉亂搗 和米飮 過百日後 服之 則身輕氣淸 不食不飽 此是山人延壽之具也耶
點午飯後 咸曰 同行病歸 不可以遲留 遂復路而下 步步回顧 如有所遺失也 行
百餘步 矯首望見 萬丈巖崖上 有庵蕭灑 如着空中 門外踈林 紅葉交暎 依然如
活畵新成 非去神仙不遠者 何可到也 眷戀瞻顧 殆不能已也 遂催步還雙溪

達厚病稍歇矣 小憩休倦後 五人同出石門 北折而由峽中 至三神洞 白石齒齒
彌滿一壑 若白雪平鋪 素團疊積 無一點塵埃 碧流注其間 曲曲激射 散珠噴玉
而淸響琮琮 其奇觀異賞 不可言狀

神目竦爽 不能自定 久之乃起 西折而行 至五里許 一行皆虛腸矣 雖飽景物
不能救飢 何 出笥中造醬 和水而飮 小蘇昏渴 向七佛庵 山日已西 而前路尙遠
倘所謂日暮程遙者 非耶 然 今日 則向上不已 終必可到 以吾人志業言 前路未
知幾何 而未步一二步 已迫桑楡 可不懼哉 路經巉巖 移步轉艱 少進輒休 寸寸
躋攀 始克到焉 日已昏暮 寺門牢閉 遂呼僧開門 至禪堂 困甚頓臥 殆莫能振 第
念今日之行 縱步忙遽 若有所催迫者然 殊非山遊氣像如是 而其能得觀山之妙
哉 旣飯就寢 則夜已深矣 中宵睡罷 高山絶頂 四顧寂寥 時間鍾磬之聲隱隱 使
人惺惺 自無夢寐

辛巳 晨起扶筇 步出 周觀左右 地勢最高 通望無際 面皆數百餘里 黙誦朱夫
子直以心期遠非耽眼界寬之句 益覺趣味之無窮矣 望見蒼茫中日輪騰上 光芒凌
亂 亦一奇賞 至亞字房 中低而四邊高 高低幾數尺餘 一處焦火 上下皆溫 亦可
怪也 入法堂 見記七佛事蹟 王子七昆弟 讀書於此寺 因剃髮爲僧 其何惑之甚也
又見錦段 內紅而外靑 其末有祝願文字 乃宮家物也 崇佛之漸 已成矣 登寺後玉
府臺 僧云 有死檜還生 其然 豈其然乎 前有影池 僧亦云 七佛之妻 來求見七佛

七佛不許 徘徊樓上 影落池中 故但見其影而歸 亦甚荒誕 登塔臺回首 寺基結局
山上 甚端竗矣

遂下復自三神洞 北折抵新興寺 寺據玉溪之上 登樓頻臨 水石之勝 愈見愈奇
就寺午點 步出溪上 訪仙遊洞 秋深萬壑 紅綠成錦 溪流其中 盡鏘鏘然 水樂之
聲 足以供遊人之賞 踏石渡溪 抵洗耳巖 清泉瀉出 澄澈無滓 白石磷磷 疊積層
累 周環一洞 處處皆然 爛熳趣色 混茫相映 怳若宴設瑤池 綺席玲瓏 雲捲玉宇
衆星昭布 觸目眩晃 如入無何之境 何景象奇麗之若是耶 人間亦復有此哉 山中
之勝 至此而極矣 雖欲尋考槃之地 結幽棲之約 而不可得 何 好事者 就巖上 刻
洗耳巖三字 人到於此 孰不欲洗耳於清流哉 其前 有立旗石甕 傳以爲仙遊舊跡
云 又有奇品恠石 錯列前後 殊形異態 競出頭面 非神剜鬼刻 何能如是 先輩詩
云 智異雙溪勝 金剛萬瀑奇 是知智異之勝 盡在此雙溪一洞矣 雙溪萬瀑 不相上
下 而於彼則遠莫之見 於此則今已觀之矣 豈不快哉 嗽水潤喉 枕石而臥 胸襟爽
然 塵慮頓消 無一點查滓 留於方寸矣 玩而樂之 足以忘歸 而第兒病關心 難可
久留 遂不免拂袖而起 還出洞門 意思茫然 若有所遺棄 而不覺步步回首矣 還至
花開 止宿

壬午 抵蟾津 乘舟而渡 鄭先生詩所謂看盡頭流千萬疊 扁舟又泛大江流者 正
是吾儕今日事也 前此 非不讀此詩 而泛然看過 不謂今日眞踐斯境 益知其言之
有味也 直抵壽山所 壽山卽出欣接 兒亦出拜 問之 病稍間矣 少霎晤語 槩說山
中之遊 還主館旣飯 咸曰 明當去矣 此夜足可惜 當與壽山打話 遂更進 穩叙而
還 困甚卽睡 呻吟相聞矣

癸未 壽山早來見訪 携酒以酢 叙話 移時而還 朝食後 辦秋露魚肴 往見壽山
爲餉之 將起 壽山曰 當就別於魚龍臺 列成一隊 步出江上 壽山推我先行矣 登
魚龍臺 俯臨江潭 淸明灑落 愈往愈奇 伯厚請曰 臺名是龍字 今日又是重陽 壽
山亦被放矣 與李靑蓮九日龍山遊 不期相合 吟次其韻 不亦可乎 咸曰 然 各製
進 雖不無巧拙 然亦一勝事也 半日談話 遂與解携 客散江頭 回首茫然 況各在
衰暮之境 隱侯之感 亦復如何 步步相望 懷不能裁

更五日丁亥 乃還追思曩遊 所感者 有焉 余望七之年 不遠數百里而行 於山
見頭流之仙區 於水 見蟾湖之淸波 於人 見一代之名流 一行三難 并矣 豈非平
生一大快樂事也 況同行諸君 皆拔俗之士也 臭味相符 聲氣相應 追隨徜徉 共辦
此一着 幸孰爲大焉 聊記遊行顚末 以備他日之不忘也

이주대(李柱大) | 유두류산록(遊頭流山錄)

출전 : 명암집(冥菴集) 권2, 19면
번역 : 최석기 외, 『용이 머리를 숙인 듯 꼬리를 치켜든 듯』, 보고사,
       2008, 273~292쪽
일시 : 1748년 4월 1일 ~ 4월 24일
동행 : 조카 이희형(李熙馨)·이희전(李熙典), 손자 이덕록(李德祿) 및 종자
       들

-일정

- 4월 1일 : 집 → 연봉점(延鳳店)
- 4월 2일 : 연봉점 → 함벽루(涵碧樓) → 연호(烟湖) → 장곡촌(獐谷村)
- 4월 3일 : 장곡촌 → 황계폭포 → 권필적(權必迪)의 집
- 4월 4일 : 권필적의 집 → 모외(慕隗)→ 가수현(嘉樹縣) → 모외
- 4월 5일 : 모외
- 4월 6일 : 모외 → 구평(丘坪)

- 4월 7일 : 구평 → 안간역(安干驛) → 구평
- 4월 8일 : 구평 → 오곡(梧谷)
- 4월 9일 : 오곡
- 4월 10일 : 오곡 → 단계(丹溪) 권상중(權象仲)의 집
- 4월 11일 : 단계 권상중의 집 → 적벽(赤壁) → 남사월(南沙月) 박경복(朴經復)의 집
- 4월 12일 : 남사월 박경복의 집 → 덕산의 남명 묘소 아랫마을
- 4월 13일 : 남명의 묘소 아랫마을 → 덕천서원
- 4월 14일 : 덕천서원 → 삼장사(三莊寺)
- 4월 15일 : 삼장사 → 대원암 → 삼장사 → 덕천서원
- 4월 16일 : 덕천서원 → 하동 → 둔치시(屯鴟市)
- 4월 17일 : 둔치시 → 악양 → 고소대(姑蘇臺) · 한산사(寒山寺) → 화개동 → 쌍계사
- 4월 18일 : 쌍계사 → 신흥암 → 칠불암 → 금대 → 신흥암
- 4월 19일 : 신흥암
- 4월 20일 : 신흥암
- 4월 21일 : 신흥암 → 쌍계사 → 불일암 → 학담(鶴潭) → 완폭대 → 불일암
- 4월 22일 : 불일암 → 쌍계사 → 하동부 20리 전 점사
- 4월 23일 : 하동부 → 영계서원(永溪書院)
- 4월 24일 : 영계서원 → 진주 촉석루

-저자 소개　　명암 이주대

1689~1755. 자는 이극(爾極), 호는 명암(冥菴), 본관은 벽진(碧珍)이다.

경상북도 칠곡에 살았다. 사마시에 장원급제하여 1723년 성균관에 들어 갔으나, 벼슬을 포기하고 학문연구에 전념하였다.

그의 증조인 이언영(李彦英)은 한강(寒岡) 정구(鄭逑)의 학문을 존숭하 였으며, 동계(桐溪) 정온(鄭蘊)이 유배 생활을 할 때 구명 활동을 하였다. 조부인 이창진(李昌鎭)은 덕행과 문장으로 이름이 나 여러 번 천거 받았 으나 모두 나아가지 않았다. 그의 부친인 이해발(李海潑)은 통덕랑(通德郎)을 지냈다. 강해(姜諧)·김량현(金良鉉)·강필신(姜必愼) 등과 교유하였 다. 저술로 『명암집』이 있다.

－원문

遊山之有錄 尙矣 中國勿說 如恥齋之錄楓嶽 陶翁之記豐丹諸山 皆其表著在 人者 盖爲一時探歷 俄落夢境 而將以寄他日臥遊之具 且以遺後來好事者之欲 往而未能者焉 則其所以自爲爲人之意 誠深矣

今頭流之爲山 其蟠踞之雄 標撑之高 非但南方之山 嵬然以高大稱者 十數而 俯首莫與之抗焉 世之欲選山水之勝 極幽遐奇怪之觀者 不觀於此 而求其快於 目而足乎願 惡乎可也 昔人之遊玆山者 亦多矣 獨佔畢齋濯纓南冥 三先生之遊 爲最著 豈非其人之風雅標致 與此山競其高峙 而其遊之 皆有錄也 其錄之 皆足 以模狀之盡其態 陶瀉之適其情者乎

余不佞於三先生之役 固不敢望其後塵 而一遊之願 未嘗暫忘于懷 今年春 與 德卿偕約 馨姪爲後約 典姪與德孫 亦合笑而願其從

四月初一日 偕典德發行 行六十里 宿于延鳳店

翌日 晚午 到陜川涵碧樓 樓壓大川而構 可俯而唾也 稍西捫壁 而行數武 上 有蘭若一區 名烟湖 亦極峻潔 點後 渡前川 十里而宿獐谷村

初三日 早發西行 觀所謂黃溪瀑沛者 從石壁上 直下百餘尺 勢甚噴薄 其下

爲泓潭 又注而爲下瀑 散布如十幅雪練 亦可觀也 因扳上後嶺 而窮其源 遂從山
路 行三十里許 日過中 抵丘坪 尹明則方被人誣告 拘在邑內 乃與典姪共宿權必
迪士吉家

初四日 往慕隈 見外從姊 爲眉翁家從孫婦者 夫婦偕七十有餘 俱康健 二子
侍側 皆鸞鵠如也 又有孫年十七 文理已成就 可愛稱福家 不虛語也 路過嘉樹縣
治入慰尹明則 時同行者 權士吉 典姪 德孫也 路中逢雨 衣盡濕

五日 留慕隈 得玩眉老篆楷 數十帖 是日也 終日雨 霆雷並迅

六日 食後 雨霽 仍與諸人 還丘坪

七日 與典姪 欲見鎭將 往晉州 於安干驛 逢善卿而還

八日 往梧谷 見許學應 點午而返 則許佺老瞻 爲回謝來待 至意可感 前進雖
急 而所以濡滯 至五六日者 爲待德卿若馨姪之來也

九日 午後 馨姪始來 而德卿不來 信仙區之非可人人易到也

十日 乃與馨典 爲之 更始理行 權士吉許老瞻從之 是日微雨 晚後如注 抵丹
溪 權象仲家留宿 馨宿朴生尙悌家

明日 又雨 俟其稍歇 發向德川 行二十餘里 南江橫其前 赤壁峙立如屛 好事
者 從而刻之 其字劃亦映水 丹邱城 距江津 可五里贏 而津有一小船 方漕木於
上流 其來甚遲 旣渡而日向晡 欲秣馬於邑底 而遍歷一城 才得少歇處 其時雨脚
或微踈 旣點午跨鞍 則雨勢頗注 人家稀少 仍冒雨 行十餘里 越數大川 皆水深
沒馬腹 抵南沙月 朴經復待之 已久 案上有守愚堂遺事一卷 得見己丑獄本末曲
折 令人有千古不平之餘憤 朴生又言河文忠崙 姜通亭淮伯 兩公皆産於其地云
見其山水雄偉明麗 宜其地靈之有時毓偉人 而嗣後無聞 豈非耗旺之不可常者耶

雨止乃發 未及德院五里許 又大注溪漲 不可渡 仍宿南冥山下 神道碑立於路
口 眉翁撰其文也

翌日 雨始霽 招院僕數人而利涉 旣到院 少選整衣 謁先生廟 其東配守愚堂
謁畢 周觀一院上下 則院臨兩川交會之處 氣雄境幽 最宜隱者盤旋之地 而院宇
亦壯麗爽塏 墙垣 甚整密 如新設版者 乃守愚所築也 裵進士胤性 來見敍舊 至

夜乃罷

十四日 自德川沿溪北行 二十許里 觀三莊寺 其泉石可稱者甚多 而未暇錄也
到寺 日晚 仍宿 寺甚蕭殘 但其樓閣頗宏濶 足暢遊人之懷

十五日 將觀大源菴 而自此 山益峻路益險 乃捨馬扶筇而行 緣溪直北 步步
奇爽 不覺徒步之艱也 據其尤絶處 爲橋以渡人 脩幾五七十武 左右水石 離立噴
薄 沸者雪白 停者黛綠 此其大略 而不可盡狀 灣環繞轉 殆十里有餘 距菴可數
百舉趾 而山谷逕絕 以木跨壑爲梁 旣到菴 則境甚整楚 居僧可三十餘人 見客至
頗有款接敬待之意 進蜜水果核等三四品 少頃進午飯 有擎天僧者 頗穎慧識字
可與語 菴中稱之爲大師云 又稍東數步許 有小菴 有坐禪僧三四人 方扣鉦

回到三莊寺 覓騎促下 未及德院三四里 見川水 幾減昨日數尺許 從者意頗易
之 舍前來津渡 而稍上數百武 水中石矼 歷歷露出 遂率爾徑涉 水勢甚湍 馬不
能任意前進 馨乃於中流下馬 衣袴盡濡 吾則無事僅渡 而典尙在越邊 使先奴 持
馬接濟 而典不待 褰衣躡矼而來 先奴與馬 未及到岸 而馬忽失足顚躓 將起輒踣
如是者幾七八度 先奴亦與之俱爲出沒 其勢甚危

十六日 自德川南行 又涉數大川 踰數大嶺 嶺上遙望天王三峯 縹緲於雲外 而
亦可辨識 是日行七十里 過河東府治 五里而宿屯鳴市 市臨蟾津江 而江之南則
光陽地 爲魚鹽商舶之所湊會 置別將 以管其委輸 居民以累百數 時月明如晝 與
馨典 步月沙上 潮水時至 水添四五丈 亦今日創觀也

十七日 市日 魚以湯膾以喫 稍可入口 日晚始發 並江行四十里 過岳陽 秣花
開店 其間巖石之怪 松杉之蔭 皆可盤桓 遊矚越邊 則又葆蕩竹林 沿岸薈蔚 亦
四十里不絕 而兒輩驟馬過之 余不能獨後 而頗有顧戀之想 岳陽雖有名稱 而甚
無可觀 但所謂姑蘇臺者 屹立盤空 而寒山寺 在其西數馬場 模倣假稱 雖甚可笑
而亦當有優孟似孫叔處 不妨一登 而行忙未暇尋 此爲介介

花開臨在蟾津上流 而雙溪洞水 貫中注江 店舍數十戸 兩邊挾溪而居 中設一
大橋 廣幾九八十步 足見是溪之大也 自花開 抵雙溪寺 北行可二十里 遂捨江路
循溪岸而行 聞蘇處士凝天 方僑居寺邊近村 路逢光陽人遊山者 問之 則前數日

有事去益山 未返 爲之悵然 旣及洞口 雙石對峙 右刻雙溪 左刻石門 到寺而眞
鑑禪師碑 立於法堂前 皆崔孤雲之文與筆 而孤雲畵幀 亦藏在一複壁 小閣中係
是千餘歲舊跡 令人有感古之懷 左右二水 一從新興來 一從佛日來 而合流於寺
前 故以名寺 寺本巨麗而凋獘特甚 末路固無好地 深山亦乃爾耶 其夜雨甚

　明日 乃霽 出寺門 折而西行十餘里 神興菴在焉 最以水石稱於山中者也 當
其虎蹲龍挐之勢 則噴風激雷 心目俱壯 淵凝瀨悲之際 山靜谷幽 形神與寂 所以
因地現相 隨觸出奇者 濯纓南冥兩先生 稱之無遺欠 足不負山靈矣 何容余拙喙
也 自庵至七佛 又北可十里 僧言道陜不可騎 又捨馬步行 半途以下 則皆沿溪而
行 殊絶勝可觀 而以上 抵七佛 皆踰阪越峴 無水石之奇 而但道左杉檜 大可數
十圍 黛翠參天蔭映 行人亦自不惡磴危脚慂 百步九息 纔到七庵 則又無佳賞可
稱者 但左右各一室 而西室 則僧十餘人 皆面壁無言 客至若無見 禪家所謂入定
者 是耶 稍北十餘武 有金臺者 亦云孤雲所遊賞處 若橫一俎几 而稍隆其中 登
此望之 則光陽之白雲山 只在眼底 僧云 稍上二三十里 則爲盤若峰與天王峰 遙
相頡頏 甚欲扳登 而林巒幽阻 伴徒太少 又粮橐已耻 不可曠遊 還到新興菴 夕
食就宿 前在大源 聞快善師方在神興 來此問之 則初甚牢諱 後乃云 非此菴 乃
距此十餘里 某菴中 結夏坐禪 十里之地 旣非甚遠 而與初意旣異 則意思孈姍
不能往尋 可與不見蘇處士 同恨也

　十九日 欲觀石瓮 臨溪求其處 則在越邊水底 方雨後 水深灘嶮 不可涉云 盖
是瓮之說 曾聞於善卿 言此庵僧盡 於此沉茱 而閱歲不敗者 仍極其奇詭閎麗之
狀 其時善卿從方伯來 遊凡山中之勝 橋川架壑 可以恣意探討 不若此行之辛勤
寂廖 力或不能從心者 而獨怪畢齋南冥兩先生之錄 亦無所謂石瓮者 何也 自雙
溪而至神興 自神興而至七佛 二三十里之間 樹木蔚翳 雜果駢植 其淸泉白石之
隱映於途傍者 又若月在雲中而時現時隱者 然閃忽明晦之相 較之復勝於全體呈
露者也 前後遊之者 能識破此境否 神洞之事旣窮

　回到雙溪寺 卽帶僧尋佛日 路險倍蓰於七佛 又循溪而行 此乃發源之處 水勢
不甚鉅 兩岸恰三四丈 半途有奇巖平蹲 高可丈餘 縱廣可坐八九人 眉有刻喚鶴

巖 不知何時何人所鐫也 將到佛日 則磴道劣可容足 而下臨無底 其曲隅伸縮之
際 不得着寸土片石者 或闊四五丈 或三四丈 亦皆以木結棚架度 所謂仙眞靈宅
必秘閉牢關 不欲人易跡者 非耶 凌兢縮慄 分寸扶服而進 旣歷重險 而陟其巓
則曠然闢一小有洞天

就其中 若覆盂者 拓立數間庵 而締構甚妙 丹靑如新 想初施手之時 可知良
工苦心 而今僅有一僧守之 亦覺分外蕭灑 古人以鳥鳴山更幽之句 爲山家寂寞
中會眞語 惟遊心象外者 能知此一般意味也 喘惕旣定 僧進松葉茶 各一甌 人皆
螫口 不能飮 余則頓喫一大椀 頗滌辛葷之氣 東西峯之爲香爐爲毗盧 左右撑突
而不相讓 瀑沛自東峯之最高處 循壁直瀉 高幾萬仞 下注爲鶴潭 其奇懷雄快
不識廬山飛流面目 比此何如耳 顧其筆力可摸寫者 二先生錄之盡矣 余又何敢
贊也 但佛日之爲靑鶴洞 自來俗傳 佔畢濯纓兩先生 置之於然否之間 而南冥先
生 則直信之而不疑 又云靑鶴兩三棲其巖隙 有時飛出盤回者 以實其說 愚未知
三老之孰得也 但今鶴去雲悠 無從憑信 適以起晩遊之感而已 庵之東數步有臺
號玩瀑 鐫其額 或云亦崔孤雲書 字半漫沒 僅可辨 其傍有金學士兌一刻名 他不
能記 看到數息許 還憩雙溪寺 飯午 因策馬出山 未及河東府二十里 宿一孤店

二十三日 晨發 過河東 朝飯于冰溪書院 院享一蠧鄭先生 鶴峰金先生配其東
整衣拜謁 是日士友咸集 行士相見禮 自此而頭流事 畢矣

翌日 到晉陽 登矗石樓 棟宇特宏鉅 且前臨大江 眺望甚宜 見稱以南州第一
勝者 有以也 若龍蛇往事 謾入遊子之感而已 徙倚良久 欲周覽一城佳處 未及
而善卿觀行始還鎭 急 使人請之 城去鎭可盡數矢力 心動跋馬而回 則遂彬以十
九日 不救云 哀哉 遂慟哭而還 旣踰月心神少定

夜間嘿念 此行積營累年 而今始酬債 初欲直上天王之顚領 盡一山之大觀 其
他般若諸峰 要在左右 次第管取 庶幾了平生之願 而蹩躃蹣跚於山腹林麓之間
如蒼蠅之營營階序 終不能越一級而上之 則豈不爲山靈之所笑 而猿鶴之所嘲乎
且畢老僅爲五日之遊 而南冥先生之遊 亦不出一句 惟濯翁之十六日 爲前後遊
之最多 自吾之登路 至此 里踰半千 日且兼旬 勞倍而獲半 以是愧古人耳 況畢

老之所與同遊者 俞克己曺太虛諸公 而共濯翁遊者 乃一蠹先生 從南冥先生遊者 又李龜巖李黃江崔守愚諸老 其遊覽探討之際 相與助發其胸次 而開拓其眼界者 亦當十百千萬於今日之遊矣

然則 玆遊足目之所及 旣今古有濶絶不同者 而就其所同之中 又有大不同者如是 而況宿昔所存 爲今日本領之殊者 又何可論也 於是 而乃欲掇拾其毘見寸得 而編以蕪語 自附於三先生之下風 則多見其不知量也 雖然 必待如三先生者而爲是遊 必待如三先生所同遊者 而同其行 又必待如三先生之文章德行者 而爲是錄 則無乃廢人之志 阻人之前 而頭流從此遊跡絶矣 夫觀山如挹河 又如聽歌哭者焉 雖甕盎殊得 哀喜異發 而俱不害爲取舍之適 緣意思之有在也 然而至於記勝之處 苟諸老遊賞之所及 則畧取其一二稱道者 誌載而不敢自出己見如前云爾 歲戊辰之流頭日題

권길(權佶) | 중적벽선유기(中赤壁船遊記)

출전 : 경모재집(敬慕齋集) 권2, 3면
일시 : 1742년 9월 16일
동행 : 어른과 아이 몇 명

-일정

• 적벽(산청군 단성면 신안리 적벽강 가의 벼랑)

-저자 소개   경모재 권길

1712~1774. 자는 정보(正甫), 호는 경모재(敬慕齋), 본관은 안동이다. 안분당(安分堂) 권규(權逵)의 7세손이다. 향시에 장원을 하였으나 문과에 낙방하자 과거에 대한 뜻을 접었다. 이후 학문에 정진하며 후학을 양성하는

일에 힘썼다. 이후 고을에서 천거하여 동몽교관(童蒙敎官)이 되었다. 지리산과 가야산 등을 유람한 기행시가 다수 전한다. 저술로 『경모재집』이 있다.

-원문

吾東有三赤壁 丹丘之赤壁 卽其一也 江山之美 風景之好 已傳於騷人墨客之吟咏 則固不待吾人播揚而後知之也 丹丘本羽化之仙鄕 而赤壁亦夢鶴之名區 則丹丘之有赤壁 固非偶然 而於其三者 亦云最矣

今崇禎二周壬戌後 元熙七百餘載 古甲重回良辰難負秋九月旣望 泛舟遊於赤壁之下 冠童倍舞雩群賢一蘭亭 少焉 山鳥驚長煙空 可知其月初上於東山之上也 擊空明兮蘭槳 掠蒼波兮桂棹 東下嚴灘子陵之釣磯 勞舻西望會稽子猷之雪棹 依然千堞高城屹碧霄而如戴髻 十里平沙耀白霜而若浮金 水國波精 酬漁歌之互答 篷牕興闌亂夜酌之無巡 是時秋高重陽 霜重萬葉 蘆白江渚 楓丹岸上 望千尺之丹崖 悅一段之彩錦影半沈江光相蕩洋依俙月宮機上新錦浣濯於銀河之洲也

遂乃相顧而言曰 君不聞 前赤壁詠山川之繆鬱者乎 火雖流於南天 而尙熱氣之薰蒸 又不聞 後赤壁歎水落而石出者乎 風已高於水澤 而奈寒氣之慄然 則惜乎長公得其遊 而未得其時也 嗚呼 以蘇仙玩天地造化之神叟 或前或後 猶未得其中之正焉 則吾儂今日之遊 豈非有數存乎其間哉 而況蘇公流落南荒 固無閒況而猶且憑一葉之扁舟 忘世情於物外 則吾輩幾人江湖散人聖代逸民赤壁之樂 奚以讓於前人 抑將後天下之樂 而樂乎赤壁之樂焉 則樂莫樂矣夫 誰不與吾人同樂於此哉 於是乎記之

박래오(朴來吾) | 유두류록(遊頭流錄)

—

출전 : 니계집(尼溪集) 권12, 37면
번역 : 『선인들의 지리산 유람록 3』, 보고사, 2009, 13~90쪽
일시 : 1752년 8월 10일~8월 19일
동행 : 박래수(朴來叟), 이성년(李聖年), 허노첨(許老瞻), 하성지(河成之),
　　　박향초(朴享初), 박형초(朴亨初), 박락초(朴樂初) 등

-일정

- 8월 10일 : 사월(沙月) → 도구대(陶邱臺) → 입덕문(入德門) → 세심정
  (洗心亭) → 경의당(敬義堂) → 덕천서원(德川書院)
- 8월 11일 : 덕천서원 → 공전촌(公田村) → 신천리(新川里) → 광암(廣
  巖) → 보문암(普門庵) → 동당촌(東堂村)
- 8월 12일 : 동당촌 → 종추(鍾湫) → 중산촌(中山村) → 산신당(山神堂)
  → 애당암(愛堂巖) → 법계당 → 중봉 → 측측암(側側巖)

→ 천왕봉 → 신인당(神人堂) → 일월대 → 신당

- 8월 13일 : 신당 → 일월대 → 혈암(穴巖) → 호귀당(護鬼堂) → 제석당 → 백무당 → 호귀당 → 영신사 옛 터 → 좌고대(坐高臺) → 삼지촌(三旨村)

- 8월 14일 : 삼지촌 → 범왕촌(梵王村) → 칠불암 → 아자방 → 옥보대 → 영지(影池) → 삼신동 → 신흥사

- 8월 15일 : 신흥사 → 세이암 → 쌍계사 → 쌍계석문 → 회강동(會講洞) 소처사(蘇處士)의 집

- 8월 16일 : 회강동 소처사의 집 → 화개

- 8월 17일 : 화개 → 도탄 → 삽암 → 악양현 → 섬진나루 → 하동부 → 우리곡(牛里谷)

- 8월 18일 : 우리곡 → 전두촌(田頭村)

- 8월 19일 : 전두촌 → 문암(文巖) → 혹정촌(或亭村) → 곡현(穀峴) → 길동(吉洞) → 사월

-저자 소개 니계 박래오

1713~1785. 자는 복초(復初), 호는 니계(尼溪), 본관은 밀양이다. 박경일(朴經一)의 아들이며, 어머니는 인동 장씨(仁同張氏)로 장대연(張大衍)의 딸이다.

향시(鄕試)와 회시(會試)에 여러 차례 합격하였지만, 친상을 당한 뒤 과거를 포기하고 주희(朱熹)와 이황(李滉)의 저서를 탐독하면서 깊이 연구하였다. 이황의 「퇴도십도(退陶十圖)」와 「천명도(天命圖)」를 손수 베끼고 거기에 사단칠정(四端七情)의 항목을 덧붙여 『도동편(道東編)』이라 하였고, 「태극동정(太極動靜)」과 「이기분합(理氣分合)」·「인물성동이(人物性同

異)」 등의 이론을 정리하고, 『중용』과 『근사록(近思錄)』에 입각한 천명도의 의미를 해석하여 그 핵심적인 뜻을 성(誠)과 경(敬)으로 요약하였다.

산수유람을 좋아하여 호남지방과 지리산 일대, 안음(安陰) 삼동(三洞)의 명승을 유람하여 「인지총화(仁智總話)」라는 기행문을 썼으며, 또한 당시 예(禮)가 각 가문과 지방에 따라 다름을 비판하여 일상적인 예의 형식을 예서(禮書)로 정리하였다.

저서로는 당송 이후 율가(律家)의 작품을 모은 『삼등체(三等體)』와 『니계집』이 있다.

-원문

余嘗聞方丈之勝 久矣 每欲一見 而恨不早就矣 歲壬申仲秋 門親隣友 相與謀曰 名山秋景 聞甚絶奇 赤楓丹桂勝於綠陰芳草之時 而天氣初凉 嵐靄方豁 則庶可以明見萬里之外 烏兔出沒 盍此時觀乎 咸曰諾 遂以初十日相約發程 同行卽從叔來叟氏 李友聖年 許友老瞻 河友成之 及族弟享初 兩從亨與樂也 相與連袂 或先或後 行十里許 午憩于陶邱臺上 鏡面澄澈 風烟如昨 想來遺躅 不覺曠世之感也 命童催飯 至入德門 休于松下盤石 因呼韻相和

淸溪曲曲抱山流 薜礑松林去路幽 從此神峯看不遠 覓眞仙子擬丹丘

塵心洗盡碧溪流 爲訪仙岑路轉幽 也識天王開好面 吾行今日自丹丘 -來叟-

曲曲淸溪流 重重翠壁幽 烟霞多此地 何用羨丹丘 -享初-

昔聞方丈勝 今入德門幽 淸風能立懦 何必問丹丘 -聖年-

小頃 發向合灘 渡口數三 院吏已遲待矣 借其背負之力 僅得利涉 而風高浪翻 不無顚覆之慮 余顧謂同行曰 水之警吾輩 深矣 吾輩之每每臨事 持此心不變則其於臨深履薄之訓 豈無體認地乎 相携入來 坐洗心亭 亭下風物 亦奇觀也 因次板上韻

小閣臨溪上 飛甍接院門 坐時無俗慮 俯處有深源

眞樂遊魚泳 幽懷語鳥存 仙區知在此 蕭灑絶塵煩 -來叟-

溪上小亭子 翼然對院門 觀仁求至樂 入德溯眞源

遺躅杉松老 威儀廟宇存 我來終永夕 一半洗心煩

樂道吾夫子 千年開德門 功傳伊洛後 波接泗洙源

遺躅碑鑱古 洗心亭額存 淸風吹不盡 令我滌塵煩 -享初-

俄而 院有司命設小酌 數巡而罷 入敬義堂 夜吟一絶 因宿焉 是日行二十里

靈區風物一節尋 不覺歸程步步深 吾與名山曾有素 天王應許遠來心 -樂初-

崎嶇山路一節尋 雲樹蒼蒼望更深 半夜虛齋推戸見 千年秋月照江心 -來叟-

先生遺躅此行尋 千載山高水亦深 中夜虛齋梧月白 風流安樂一般心

數載經營此日尋 緣溪一路轉幽深 明朝可對天王面 倘許吾曹遠訪心 -成之-

行行方丈尋 步入德門深 此日重來地 起余敬慕心 -老瞻-

十一日 朝飯後發程 未及公田村一里許 聖年告還歸之由 一行戲以無仙分三
字 而聖年猶執不改 直向來路 別後 還切少一之歎 遂成一絶 以敍黯然之懷

幽抱前宵得好開 臨行胡不惠然來 眉端未帶烟霞氣 也識山靈俗子猜

洞門烟樹爲誰開 似識丹邱羽客來 奇絶玆遊仙不遠 山靈奚獨向君猜 -享初-

聯翩數日穩懷開 中道胡爲異去來 也識吾君仙分少 尋眞好事物兒猜 -樂初-

行過公田村 至新川里門外 此距院村 幾數十里 峽口一路 轉覺深幽 而猶有
民人數十家 比櫛而居 春火互酬 頗有按堵之樂 然其民俗巧而野 無朴古之風 一
行爲路役所困 休于村前林木下 爲愛其陰翳引淸風也 于時日已亭午 不可久留
發向普聞庵 行數里餘 路傍有小亭樹 樹底有巖 上可坐十餘人 行者傳之謂廣巖
云 徑向田間小路 直抵于庵 廡宇數十間 緇徒三十餘 洞下流峙 別無可觀 而間
有一二誦經者 亦欠頭陀氣像 誠知其如此 豈作無益之行 而徑費上山之力乎 午
飯後 出庵門外 向山腰樵路而行 西望半天 靈岳儼立 而盤據者 卽天王峯也 一
行相顧嘖嘖曰 危乎高哉 山之雄且大也 吾輩之數日跋涉 專爲陟彼而發 則此間
豈無遺懷之吟乎

崒乎萬仞山 雄據嶺湖間 嶽補天官豁 洞無地勢寬

雲烟多古氣 蒼翠露新顔 石路輕藜響 清秋意自閒

磅礴頭流山 雄盤宇宙間 藤蘿崖路暗 日月洞天寬

入處渾幽境 看時亦好顔 仙人知在此 行尋意正閒 -來叟-

暮入東堂村民舍 舍主卽所謂成風憲者也 迎入中堂 稍解接賓之禮 而因呼村
任 命具夕朝之供 盖其峽中民俗 爲遊客立規者 久矣 有頃 隣居一漢 持酒果來
獻 夕飯後 一行困憊滋甚 因就宿焉 是日行幾三十里

十二日 早朝 又有村居李世漢者來謁 此卽舊日同閈者也 具告上山之難 請齋
午飯 以爲中道救飢之資 意甚善也 促飯臨發之際 問上山程限 則成漢言此去鍾
湫五里 自鍾湫去中山幾五里 自中山去山神十五里 自山神去愛堂巖 亦十五里
自愛堂去法界堂數里許 自法界去上峰十餘里 路狹而旁多阻 且有磴崖傾仄地
願十分愼行也 余聞言悚然顧謂同行日 今日去路 旣遠且險 此行果無中道還歸
者乎 時瞻友微有脚痛 深以爲慮矣 遂行四五里 見有十丈深潭 隱映於林木之間
者 卽所謂鍾湫也 湫上有如椽三丈木 裹以紙 白其身 一行怪問之 前導者言此卽
巫覡迎神竹也 上堂守直者 每於三月初三日上山 十月初吉下山 而及其下山之
日 巫覡雜進 護來此木 競奏迎神之曲於此地云 遂作迎送二曲 以代巫陽之些

穀朝于逝鳴神鼓 名山之麓靈湫涯 陳瑤席兮鋪桂樽 巫覡迭唱兮舞婆娑

假山鬼兮請東皇 托靈均兮邀湘娥 爲燒紙錢薦香茘 空中拜揖何紛拏

鸞旌圓盖何時來 極浦微茫魚山峨 須臾日黑山雨細 靈風颯颯兮起湫波

楓林忽青壁雲生 恍惚之間來靈車 帶女蘿兮被薜茘 迷風泣雨山之阿

魑魅夾道兮左右進 魍魎導駕兮前後呵 神之來兮我獨知 一曲賽神兮歌復歌

吉日兮良辰樂 莫樂兮神人和 瑤席淸酤妥而侑 永夕遨遊山日斜

神之來兮旣久 欲言歸兮駕靈車 廻風嫋嫋雲容與 指點虛無路幾何

再拜獻揖感神賜 降我福祿而無瑕 常筵賽祀豈敢廢 但願歲歲歸來些

過鍾湫 至中山村 山路漸有高峻之勢矣 一行脫衣理屐而發 行十餘里 緣澗石
路 微有行塵 間有自枯杉檜頹臥 藤壁之上 去路迷茫 諦視而後發者 亦數矣 寸

步尺武 終不得如意向進 而第其滿壑風烟 賞翫無窮 茲乃忘勞前進 策藜而行 澗

路鏗鏗之響 亦助山間之幽趣矣 轉行四五里 休于澗底盤陀之石 上有木末飛瀑

瀉出于兩峽之間者 疑是銀河之落九天也 遂次李靑蓮廬山瀑布韻

　　銀潢一派吸嵐烟 激石衝崖走大川 白日長雷誰敢蟄 空留瓊玉散壺天

　　遠望初疑起素烟 近瞻還覺掛長川 飛波觸石爭喧豗 不雨雷聲殷洞天 -來叟-

　　時山日已上三竿矣 黙數前程 恐有不及之患 發行至山神下 此亦巫覡燒紙錢

所也 醜惡不可言 過此之後 不由澗路而行 層壁峻險 崖路轉急 竊想健步疾足

尙難任意投進 而况吾輩之不省十里行者乎 猶有一端壯遊之心 如山之聳 如水

之流 且行且休 寸寸而上 或穿林木之密 或攀嶝崖之險 而十步之內 不覺流汗已

滿面矣 轉至山腰 一行飢渴滋甚 困頓不得進 暫憩于層巖之上 忽見石間殘溜 涔

涔然湧出 而朽木窒其道 亂葉混其滓 汜不盈匊 濁不可飲 余謂同行曰 吾輩特一

拘曲士耳 平生氣力 雖不學飛將之疏勒 出泉而旣得水 豈難洪其源乎 今乃窄汙

而飲 如無水之睢陽戰士 則吾不欲爲也 相與掘坎 而去其滓濁者 淸香冽可飲 遂

洞飲數器而罷 小頃有一女兒 齎午飯一榼而來 卽李漢所送也 卽先送餼兒于法

界堂 一行踵後而上 盖以此距法堂 不甚絶遠 而且有抵堂療飢之議也 行至愛堂

巖 問其錫名之由 持裋者言 古有巫女愛堂 行產於此 因以不起 故後人哀之 留

名而識之云 因入法界堂 堂在中峰下 棟宇三間 刳木爲盖 用代陶瓦 四面塗壁

皆以木板代土 中有二間廳 一間突 而卓上有塑像十餘頭 守直者下堂而伏謁 自

言身是昌山人 但挈留其妻子而已 他無來住者 午飯後 卽發向上頂而行 所向比

前歷路 尤險 峯揷近頭之天 谷陷無底之地 進不旋踵 回難見後 余謂同行曰 過

此而不悸心者 非人情也 昔靑蓮蜀道難詩曰 百步九折縈巖巒 猿猱欲度愁攀援

余未知蜀道之難 果能如是否耶 遂休于仄壁下 相和四韻一首

　　緣崖步步趺 欹處路難知 地設羊腸險 天移鳥道危

　　豈無隕谷慮 方覺上山遲 行行猶不止 靈境有前期

　　雲深山共白 咫尺杳難知 鳥失巖邊樹 谷藏崖角危

　　欲前心有戒 顧後步還遲 好待消陰翳 將成遠望期 -享初-

小逕穿藤壁 依微見不知 着箄心轉怕 結襪步還危

嵐逐征衣濕 雲隨去袂遲 俄登最上頂 好遂十年期 -來叟-

行到中峰之頂 此亦高大崒嵂 遠近諸峯無與敢敵者 頂路近處 無樹木可材者
多有死檜橫截於千仞之崖 而其生者 節節擁腫 不滿尺許 托根於磵石之間者 亦
不可勝數 又有一年雜草蔽逕而生 而其中多白芷馬蹄草數種矣 一行連向頂路而
上 于斯時也 斜暉半山 嵐靄浮空 而數株靉靆之氣 觸石而起 膚寸而合 時撲征
衣隨人而去來者 亦一奇觀也 余顧謂同行曰 異哉 雲也 此間果有霏紅踏翠之神
乎 抑或有駕鶴吹笙之仙乎 靈區一面 遠隔人世 而所向前路 輒有雲氣 則吾輩今
日之行 去神仙不遠乎 遂穿雲而行 行四五里 忽見亨從爲前導 從叔與瞻友樂從
踵其後 自成一隊 偶然先發 而勇往疾趨 其行如飛 從後困頓之行 決難及之 余
與成之及亨從 互相扶持 艱關而進矣 遙望前行一隊 穩坐層壁之下 待之者 已久
矣 及至 余乃面折亨從曰 所貴乎同行者 爲其危險相濟矣 君憑一時健步之勢 知
進而不知止 如使他日從善趨義 如登此頂 則必居人先 不亦善乎 然而此習漸長
不可禁遏 則其於與人爲善之道 遠矣遠矣

瞻友微笑曰 吾知君必有此峭說 然而其譏人話頭 多有依樣處也 余曰 何謂也
瞻友曰 子不觀南冥頭流錄乎 嘉靖年間先生遊此山之南 登三呵息嶺 與黃江李
先生 有如此云云之戲 子之援古而證今者 不以泰乎 余曰 君之言 誠迂矣 吾輩
之平日 學業淺薄 暴棄日甚 其於兩先生階逕門路 雖不敢企仰 而今此壯遊之行
幸接前武 則得憑兩先生一時相警之談 以之警吾輩 何泰之有乎 君且休矣 我復
有一說焉 瞻友曰 何謂也 余曰 君之病脚 今已快愈 而如鐵幹乎否者 我將有前
導之日 而從我者 亦豈無乎 一行聞之 皆捧腹大笑

小頃一行齊聲共發 行至側側巖 地勢益傾危矣 上無攀援之木 下臨不測之谷
將進則趑趄攻中 欲上則眩花纈眼矣 然而西日將倒 進退維谷 一行艱關 側足俯
伏而進 如是而行者 十餘步矣 一行再三脅息 相顧而言曰 此非知命者所爲也 吾
輩今日之行 得無異於萬尺竿頭進一步者乎 因問持袱者曰 此去上頂 幾許里 前
路亦有幾險處耶 持袱者對曰 前此程限 幾數里許 間有險處 而無如此側巖者矣

遂向頂 下斜路而行 行一里餘 路傍有湧泉涓涓不渴 卽上堂炊爨者所取而汲者
也 一行皆洞飮而後發 直向而上 緣空壁路 如懸繩之直矣

俄而壁路已盡 上面地形 少有平衍之勢 中有神人堂 堂後有尖峯突起 而峯上
有日月臺 一行皆踞坐巖上 抵掌而談曰 吾輩之累年經營 思欲一見者 特此天王
峯也 今日果登天王峯乎 因相與盤桓之際 有堂直及神長等漢來謁 具告靈山之
盤據形地及遠近所見處 甚詳 一行相顧指点而歎曰 異哉 山乎 此乃海東三神之
一 而其雄偉之形勢 森嚴之氣像 孰有如玆山者乎 關東之楓岳 靈則靈矣 而只蹢
於沿海一邊之界 耽羅之漢拏 高則高矣 而不踰乎環海龜玆之域 其所以盤據樹
立者 無遠布雄鎭之勢 而玆山則不然 鍾氣磅礴 雄據湖嶺 而其高也 上逼於乾門
赤帝之宮觀 其大也 下壓乎坤軸玄神之都府 包括綿長 排布廣遠 則此誠海東之
標極 天南之祖宗也 嘗觀輿地誌云 白頭山一脈 流至于此 故名之曰頭流 又云
其脈至海而窮 停留于此 故流作留 爲是 此其二說 互有所據者矣

因遍觀其近脉之所由來 則西自南原府界 蹲蹲起伏而來 因起般若峯 又自般
若百回盤折 節節奔馳 而爲此峯之人首 此峯之餘麓支派 流而至於昆陽泗川固
城等四五郡而止 蓋以大海之經 其前也 環山而居者 多至十數州邑 而東之晉陽
西之南原 南之河東 北之咸陽 專據而拱抱焉 峭壁傑竪而雄竦 尖峯特立而森嚴
凜然有不可犯之氣稜 而間有欹巖側石 頭頭出沒 而若釰戟之森羅 傾壑絕壑 處
處陰慘 而若鬼神之莊伏 錯愕睢盱 不敢正視者 非止一二所矣 又有滿山蒼翠 吐
納風烟 而枯杉死檜 束立於林木之間 靑白相雜 色相眩耀 望之若一幅畵圖 新出
於龍眠手下矣 余於是塵衿稍豁 吟肩自聳 遂作頭流歌一曲 以歌之

　頭流之山崒嵂而高大兮 白頭一脈從南而千里來 天機之所含吐 元氣之所胚胎

　吾知其盤據之廣遠兮 四面湖嶺之界環且回 尊嚴兮以天王稱其峰兮

　有意哉以日月名其臺 此特東海外三神之第一兮 愼莫道耽之瀛關之萊

　滿山蒼翠之佳可賞兮 瑤草日長兮琪花開 塵人俗子安敢到底而遊觀兮

　應有仙翁兮下降而徘徊 時維八月之天氣凉兮 嗟我遠道之人胡爲乎來哉

　我有出塵之遐想兮 每欲御冷風而超九垓 今乃志願之及伸兮

浩然長往兮陟崔嵬 上扣天關兮祈上皇 願借瓊漿兮一盃復一盃

歌競 因與同行 入神堂中 中有巫覡六七人矣 其棟宇之制作間架 與法界 小無參差 而但無一間突 下邊廳中 空一席地 以爲爇火之所 榻上 只有一大塑像 儼然中處 而守直者 言此乃天王之女 其妖妄說話 專出於惑衆誣民之意 而且其堂中 汚穢之氣 令人心惡 因起向堂後 上日月臺

臺上有四面石築 皆數尺餘 盖以此爲避風之地也 見其地勢 益覺傾危 而四面眼界 廓然無際 登斯然後 可以見日月之出沒 則古人名臺之義 豈無以乎 于斯時也 陰雲昏霧 從東南而起 蔽天塞地 咫尺難分 政如高坐堂上 不卞堂下人曲直 而唯幸西北兩界 了無一点雲氣 而遠近咸照 萬象畢露 以言乎北邊 則湖西之鷄龍俗離 儼然相對 有若垂手拱揖者 而至若安陰之德裕 江陽之伽倻 累累起峰 無異覆釜之狀矣 以言乎西邊 則光羅之無等錦城 靈茂之月出鷲嶺 如在几案之傍 而小無爭衡之勢 其他群山之如丘如陵者 棊布星羅 不可盡記

身坐半天之上 眼窮千里之外 遙望淳泓大洋 浩無涯岸 而水光接天 一碧萬頃者 卽西方之海也 堂漢前進而言 曰方今 天氣遙廓 海門洞闢 不久 可以觀日入矣 一行喜而苦待矣 俄有一片衣狗 來蔽海天之交 不得見蒼蒼落照之光 而第其一秣紅影 隱映雲間者 怳若朝隮之薈蔚也 方其周覽之際 已成四韻 要待一行之和酬矣 老瞻及成之 用前日猜字韻 篇已就矣 又次其韻

上面危臺逼帝館 天鍾靈嶽壯南藩 尊嚴氣壓三千界 環立支分百萬孫

烏兎浮空雲路永 玄黃無際海門昏 登臨快遂平生願 浩浩長歌倚大樽

千仞危臺勢崒屼 萬山蒼翠作籬藩 淳泓海水迷南北 羅立羣峰似子孫

大地嶺湖皆下界 一天星宿近黃昏 登臨遠客靑眸送 興滿胷襟酒滿樽 -樂初-

平生大眼今始開 卽見天王好面來 萬壑秋生雲氣盡 胷襟洞豁兩無猜 -老瞻-

今對天王好面開 風烟浩蕩眼前來 靈區指点看無厭 不必山靈向客猜 -成之-

千古神岑海上開 秦皇漢武未曾來 丹邱客子眞仙骨 也識山靈不我猜 -享初-

雙眸遙向日邊開 歷歷咸池倒影來 最惜浮雲爭掩翳 小人情態認多猜

俄而有 巫覡數三輩 從堂而來 燒紙錢 薦筒飯 向空叉手 而祈禳備至 其說妖

誕 不可聽 嘗觀帶方誌云 新羅初爲南嶽躋中祀 高麗及本朝 并因之 南嶽 卽兹
山也 盖其羅初躋祀之意 似若出於古昔封禪之義 而其末弊滋甚 以至設神堂置
巫覡 而爲日夜雜戲之場 則其爲靈境之累 不亦大乎 時倒景已沒 暝色四至 風頭
寒凜之氣 無異下界之十月晦也 一行皆戰甚 卽下來 小憩于臺下盤石 石面有趙
判書載浩刻名 其南有數丈立巖 而巖邊有閔令百祥刻名 俱是巡察時所題也 遂
乃乘暮而入于堂 堂漢供進夕炊 而對案生臭 不堪入口 盖以山上無他樹木 而以
檜代薪之故也 至夜 巫覡輩爭設 狂戲 且歌且舞 雜然而前進者 幾至夜將分矣
一行厭聞 而麾却之 因成一絶

　靈宮燈烟照婆娑　競進神巫舞且歌　誰遣仙區供此戲　宛丘遺俗誤人多

　靈燈明滅影婆娑　對舞堂前迭唱歌　名區自與宛丘異　神女如何此地多 -來叟-

　張燈靈塔舞婆娑　轉袖回裙步步歌　求福禱神眞可笑　宛丘餘習此中多 -享初-

　于時 更漏漸催 夜氣頗肅 一行促膝而臥 欲眠則寒苦相仍 開眸則焰烟互熾
終未得一瞬假寐 而或坐或臥 未遑寧息者 寔爲一夜之憂矣 一行不堪其苦 拓戸
而出 相與偶坐於巖石之上 時夜過半 萬籟俱寂 而天容肅淸 皓月揚輝 以至層巒
絶壑 照耀而生白 千林萬藪 漏光而成陰 靈山之粧点氣像 恍惚難狀 而又有環山
居民之家 春火相望 耿耿而不滅者 依然若懸燈之夕也 余顧謂同行日 人生世間
旣未得致澤君民 而汨沒於塵土氛埃之中者 俱是半平生也 幸今劫緣 將盡得成
物外之遊 陟名山之高頂 際良宵之奇觀 則列子之風 今可以御矣 太淸之家 從此
而入矣 吾知夫銀橋之皇 海槎之客 豈獨專美於古耶 遂朗吟李謫仙望仙謠一曲
續成四韻一聯以酬之

　席地衾天自在人　偶然乘興陟嶙峋　御風昨日超塵界　步月今宵問漢津

　千秋雲烟渾意思　一聲鸞鶴最精神　沉吟想得平生計　虛送蜉蝣四十春

　同志同行六七人　浩然長往到嶙峋　山千点外迷雲海　月一輪邊近漢津

　鶴唳晴空消世慮　秋生晚葉爽心神　淸霄坐待羣仙駕　倘借金光不老春 -享初-

　斗轉天淸月近人　蒼蒼烟霧露嶙峋　秋光晼晚危臺上　靄氣迷茫遠海津

　最喜奇觀當此夜　偏欣靈嶽冠三神　凝情默坐消塵慮　快倒仙醪數斛春 -樂初-

竹杖芒鞋六七人 飄如羽化陟嶙峋 夜深風露侵松榻 天豁星辰列漢津

春火遠生何處店 靈燈近伴古龕神 歸來欲揖浮丘袂 倘借瓊漿數斗春 -來叟-

遂入堂 假寐之際 一行蹴余起曰 子興視夜 北斗已轉 東方漸高 日出之時 不遠矣 余曰 終夜頹惰之餘 偶然成睡 微君之蹴 幾失奇觀之會矣 因忙步而出 登日月臺 東南大海 迷茫入眼 而一帶陰雲之隔曀者 如昨日落照之時 暘烏之出沒 何由以得見乎 猶幸滿山雲霧 捲盡無餘 而遠近峰壑 快露眞面 東望則丹之集賢 宜之闍崛 晉之月牙 互相低仰 次第俯伏 而其餘殘山之處處羅立者 有若一大席上 鋪却許多醬末子矣 南望則泗川之臥龍 南海之錦山 光陽之白雲 左右環立 擁作籬藩 而內面峰巒 累累布置 如枝葉之庇其根 手足之衛其身 則靈岳之若子若孫 其麗不億 而海中島嶼 隱映於烟雲杳靄之間者 卽是全羅之左水營也 至若鎮海固城之港口 泗川南海之洋波 近在俯臨之下 鯨鰐出沒 氣像萬千 則此亦上頂之大觀也

小頃 朝旭上昇 炊期將迫 而汲路已遠 爨薪又乏 一行不暇朝飯而發 向南而下 南卽河東界也 其間程限 無一人前知者 且前聞南下者 多有失路露宿之患 故有此早發之議也 及其發行之際 堂漢言 頂下五里許 有護鬼堂 巧爲朝飯之所 此則善矣 其外南下之路 莫近於七佛神興等寺 而其間相距 亦至五六十里 近無行人來往路矣 賤意莫若由西而下 今日止宿于咸陽栢茂堂 因以轉向于君子實相等寺 而連遵大路 逾嶺而行 則數日之內 可到七佛庵矣 豈嫌其日限之差遲 而妄作徑趨之行乎

一行聞言 心諾而發 行數里許 見有路頭 石壁中通一竅 而斲木爲橋 以作攀緣上下之階 其高四五丈 持袱者傳言 穴巖云 一行艱關扶下 直抵于護鬼堂 中有神長堂直及覡若干人矣 促飯後 向堂後斜路而行 行未一二里 有祭錫堂 此卽咸陽地 頹宋破椽 無過來數三處模樣 而其中守直者 似若有時來往矣

一行卽發 向栢武而下 行過十里許 休于樹陰下 傍有一漢 已來憩矣 乃前進而問曰 上山遊觀之行 轉向何處 而由路於此乎 一行以堂漢云云之說 答之 厥漢復曰 此必指路者 誤矣 前此數寺 野矣 別無可觀 所逾之嶺 其高如彼 則其所下

上之際 豈作無益之勞乎 今此復路之苦 雖云難堪 而一上之後 趁今夕 而可到神
興寺矣 一行皆曰 汝是何人 指示南下之路 若是其分曉耶 厥漢對曰 賤卽中山土
産 而移居于三嘉栗院地矣 數日前 因事往雲峰地 今方轉向于光陽族人家矣 一
行因以偕往指路之意 再三申囑 厥漢不獲已而肯諾焉 一行更始理屨而發 忙步
而上 此行良可苦也 余笑謂同行曰 甚矣 行路之難也 竊觀世之以儒名者 旣未得
駐脚眞界 而冥趨擒埴奔波於多岐世路者 前後何限 而幸今吾輩之行 半日失路
不遠而復 則他日臨事 豈無回此省發處乎 遂吟短什 以寓自警之意

迷行半日一心勞 分內靑山笑我曹 舍正不由今可戒 更從何地着跟高

十里雲崖下上勞 此行何處訪仙曹 逢人鮮識三神界 不怕山程望裡高 -樂初-

下山輕蓑步步勞 迷行十里哂吾曹 南歸分界誰能指 頓覺前程更向高 -來叟-

此日胡爲向遠勞 偏欣行子慰吾曹 指南一路今由捷 肯憚雲崖步步高 -享初-

一行艱關而上 還復來 憩于護鬼堂 往返二十里之間 時日已當午矣 遂促飯而
發 還送前日持袱者 乃命栗院漢 爲前導而行 南頂一路 爲茂草所蔽 若存若無
迷遠難知 而磴壁盤紆轉回而上下者 不知其幾處所矣 惟見前後杉檜束立而如麻
左右蔛薛縈抱而成藪 蔽天塞地 不見星日 而其幽邃陰慘之界 決非人所往來處
也 一行悸心先集 不敢休息 而忙趨疾行 自難成隊 前者呼 後者應 或沒脛於朽
木之間 或眯眼於嵐靄之氣 顚倒無節 困憊滋甚 則此夕艱關之狀 有甚於上山之
日也 行至數十里 見有丈餘堠木 對立於路側者 乃是晉河兩界之交也 又行四五
里 至靈神寺故墟 但有毁礎廢井 榛蕪荒穢 而後有削立奇巖 高可十餘丈 又有如
床小石在其上 一行怪問之 持袱者言 此卽坐高臺也 臺上有崔孤雲筆迹 盍往觀
乎 時瞻友脚病轉劇 去路且遠 不得乘閒遊賞而過 此乃尋眞者 一欠也 卽成一絕

帝遣仙翁護此巖 千年遺刻老苔緘 淸塵未躡烟霞界 頭白人間愧我凡

孤雲去後獨留巖 苔面千年舊刻緘 恨未超塵霞駕躡 始知今日隔仙凡 -樂初-

靄雲深處露奇巖 苔蘚蒼蒼舊字緘 去後仙蹤今未躡 分明猿鶴笑吾凡 -來叟-

一行飢困方甚 各進一盂米屑 和水而飲 卽發 行山腰一路 比前稍平 而樹木
之密 林藪之蔭 無異過來處也 時西日將暮 前路尙遠 而瞻友脚痛 去而益甚 扶

杖曳足 寸寸而下 則其爲一行之憂 當復如何 余戲謂瞻友曰 君之鐵脚 果有踵後
之時乎 人間萬事 覆翻無常 則昨日之先於我者 今而後 後於我乎 瞻友笑答曰
君子不困人於厄 君何反是 而更報東門之役乎 一行皆笑而罷 因與扶持而下 如
是而行者 亦至數十餘里 而神興七佛遠矣 不可及左右顧眄 亦無村居之可投矣
一行相與彷徨之際 遙望山底有數三人家 此所謂三旨村也 一行遂暫憩于巖石上
吟成一絕

　　繭足兼飢困 貪程意惘然 欲投人處宿 隔水起村烟 -樂初-

　　莫道下山疾 前程尙杳然 行行愁日暮 相顧覓人烟

　　困步深山路 無人意素然 有村知不遠 寒樹起炊烟 -來叟-

　　看盡雲山景 歸程亦漠然 艱關行步疾 遙望有人烟 -享初-

　　第其距村程限 幾至十里之間 而山路峻急 健足尙跌 瞻友之病脚 不得任意下
來 每於欹側之處 輒攀木因循而下 三步而休 五步而坐 於焉之頃 日已曛黑矣
遂乘暮而投入于村人家 蓋其民俗 極澆且薄 頓無炊爨夕供之意 一行且喝且誘
纔得數器饡飯 次第分匙而罷 時夜已至深更矣 困憊莫振 卽就宿焉 是日行 合計
七八十里矣

　　十四日 曉頭發向七佛庵 行至村前溪上 渡頭有獨木橋 長數十尺 廣四五寸
三回委折 橫截亂流之上 着足則皆動搖 不敢渡矣 一行或由橋下石梁而去 踰一
大峴 上下山路 幾十里許 一行飢困方甚急 投梵王村 村有兪姓人 頗解接賓之禮
先進數盃醪 繼以稷飯三四器餉之 晨行困頓之餘 亦感其眷曲之意也 乃作一絕
自慰焉

　　曉星引去路 朝日上東遲 幸有兪生者 進飧慰我飢 -享初-

　　趁曉更踰嶺 神疲步亦遲 一盂兪子飯 能慰丈夫飢 -來叟-

　　失炊踰曉嶺 去路自遲遲 不遠村家在 一盂足解飢

　　卽謝兪生而出 問七佛去路 則傳者指前面高頂而言曰 踰此則庵在其下矣 一
行問焉而發 相與聯袂而上 暫休于頂 忽有鍾磬之響 出於林木之間者 知是前庵
之不遠也 遂乃忙步而下 直抵于寺門外 有緇徒數人 迎拜而入 因供盤飧 更進一

册子 乃古今人尋眞錄也 上自羅麗 下至本朝 名儒碩人 次第留名 露眞面於靈區
振淸風於百代 則彼無名數三輩 妄自厠列於卷末者 抑何意歟 因命一老釋爲前
導 往入亞字房 其制作規模 極妙且奇 而上下烟突 一般寒燠 則此亦莫知其所以
然也 中有六七法侶 面壁而坐 身被袈裟之服 念着摩尼之珠 終日黙坐 持心無常
者 依然若塔上之佛也 小頃 往觀法堂及影子殿等處 因上玉寶臺舊墟遺址 別無
可觀 而第有死檜數三株 根幹已朽 皮殼猶生 見者皆以謂異事云 卽下來 更上于
寺門層樓 樓下有一小池 其名曰影 傍有老釋告余曰 昔羅王世子逃佛 於此寺者
積有年所 而羅王莫的其所向矣 一夜夢寐之暇 輒告於王曰 苟欲見我 來訪於智
異山七佛寺 寺後有玉寶臺 臺下有池 於池可以見吾影子也 古昔相傳之言 其來
已久 則池以影名 蓋有所據也 一行聞言而嘆曰 異哉言乎 佛家惑人之說 吾不信
也 遂周行遍觀之際 忽見壁上有所題四韻 遂次其韻

懶眼初罷聽樓鍾 池上曇花倒影紅 枯檜奇觀留寶址 靈宮亞字擅山東 携歸且
莫前程促 遊賞偏宜永夕終 却恨靈區傳釋子 仙人去後遠岑空

七佛庵中聽晩鍾 曇花秖樹映池紅 寶臺往迹留山北 亞殿奇觀冠海東 鶴背仙
歸風不盡 枏床僧坐法無終 烟霞此地多呈態 客到靈區世慮空 -來叟-

一行促裝臨發之際 還送栗院漢 命一闍梨持袱 而出洞下 流峙多有可觀處矣
遂行四五里 渡澗邊木橋 轉至于神興寺洞口 路邊有丈餘立巖 而石面有三神洞
刻字 卽孤雲筆也 一行摩挲而歎曰 世之相後 幾千百年 而仙翁三字之刻 風不得
磨 雨不得洗 使吾輩獲觀於今日 則抑或有所待者存乎 玆成短律 以寓緬仰之懷

千古三神洞 仙歸水自流 空餘數丈石 苔面寶鑴留

秦童採藥地 巖屹枕溪流 誰道雲無迹 仙鑴百載留 -享初-

仙遊舊洞府 有石俯深流 苔蘚不能蝕 遺鑴千古留 -來叟-

遂渡溪水 入神興寺 少憩于寺門外盤石 一帶淸波 噴玉橫流 而磷磷白石 鋪
列於深潭淺灘之間 鏡面澄澈 兩岸交映者 便是非冬之雪 不夜之月也 上有蒼松
茂林 影倒波心 而臨流 層巖盤圓而成臺者 非止一二所矣 巖上聞有崔孤雲所刻
洗耳巖三字 而日已曛暮 未及往觀 直入寺門樓 眼邊幽致 益覺蕭灑 曺先生頭流

錄所謂頭流伽藍獨神凝水石爲最者 眞記實也 樓上揭洗塵樓三字 此則不知何人筆也 板上有聰師韻 明谷崔相及其他若而人和之 因次其韻

風霜古楊幾移灰 靑鶴孤雲去不回 洗耳巖空流水在 香爐峰屹法天開 莫誇七佛庵前勝 我愛三神洞裡來 一秣斜陽樓上近 齋鍾聞處響如雷

一入仙區世慮灰 緣崖創寺幾年回 群山重疊如屏立 溪水澄淸若鏡開 極樂界中秖樹老 洗塵樓下慧雲來 仙人去後巖猶在 嗚咽寒波萬壑雷 -樂初-

洗耳巖高世慮灰 丹丘遊客杖藜回 三神舊字留仙刻 一壑烟扉許我開 鶴去何天猶不返 鳥愁蘿月倦飛來 空敎法侶守靈境 笙韻寥寥鍾響雷 -享初-

步上危樓百慮灰 眼前流峙互縈回 澗禽磷磷飛還集 洞霧蒼蒼合復開 洗耳仙翁乘鶴去 留宮鐵佛自西來 始知方丈眞靈界 到底風烟卽一雷 -來叟-

時禪師及僧徒數人 已來謁而在坐矣 因請入于西上方 一行相携而入 夕飯後因倚枕穩話 夜分而後就宿焉 是日行 二十里餘

十五日 未曉 聞鍾磬之聲雜杳而起 一行起而視之 則僧徒數十人 分隊列立盛陳方丈之需 競唱稜伽之曲 盖是日卽仲秋佳節 而出家人報本之道 其禮如是云 時夜氣淸明 月光照耀 而一面靈界 若萬頃琉璃之田

余謂同行曰 昔開元中 有道士申天師者 因中秋月夜與唐玄宗 遊廣寒淸虛之府 而至今爲千古異事矣 吾輩之行 適來於崔仙遊賞之所 良宵玩月 一般前遊 則安知今日不有待我之天師者乎

俄而天鷄催籌 東方生白 緇徒來供朝飯 飯後卽往觀極樂殿 因出寺門外 向洗耳巖 巖上舊刻宛然如昨 而仙風未沫 道氣襲入 巖之形面 或平或突 極其廣布上可坐數十人 中有兩竅如甕者 深可數尺餘 僧徒言每年沈葇 則其味絶甚佳好云

巖邊又有數丈立石 而多有留客題名矣 一行遂相繼題名 而歸遍觀其近處水石看看益奇 余謂同行曰 世間無神仙則已 有則知在此山中矣

因擬登佛日庵 問其程限 則僧徒言此距學士庵五里 自學士距佛日 亦五里 而懸崖峻急 且有危梯橫截於空虛 近百步之間 往來者 無不駭汗而竪髮矣 時瞻友

脚病 尙未快愈 一行亦難分離 合議中止 渡溪而還

　回路見路傍小閣中有鐵鑄佛像 高丈餘 不知其閱來幾風霜也 因出洞口 向雙溪而來 一行相謂曰 吾輩今行 遍觀頭流山東南勝界 而獨漏此一佛日庵者 得無慨乎 遂吟一絶

　庵在玆山第幾層 危梯百尺悧難登 遙知白鶴峰頭月 獨伴栴床面壁僧 -樂初-

　庵路緣梯危百尺 今行無計可攀登 歸來未得跨靑鶴 一面仙區謾許僧 -享初-

　斸木連梯石壁層 人人到此悧攀登 良箴欲佩巖墻訓 滿頂烟霞反付僧 -來叟-

　架壁危梯幾百層 人言繭步決難登 烟霞半面今誰主 峰鶴時來訪道僧

　遂行十里許 至雙溪寺洞口 形地元不深邃 且無水石幽閒之趣 滿谷僧舍 多至十餘房 而或有空虛廢棄之所 第其三處法堂極其華飾 而姑無圮壞之患矣 堂前有眞鑑國師碑 卽孤雲筆也 石面小有剝落處 傳之者言 此乃壬辰兵燹時所傷云 因入佛存殿 奉玩孤雲遺像 幅中眞面 依然有仙風道骨也 午飯後 小憩于正門上 次板上韻

　粤在羅朝創此寺 層楹疊栱絶塵紛 浮嵐細細囚山角 烟樹重重鎖洞門

　三尺遺碑何日竪 雙溪合派至今奔 秋來遠客閒情足 坐聽深林恠鳥喧 -樂初-

　古寺鍾鳴日已晩 洞天花雨正紛紛 龕中彩幅留仙像 碑面遺鑱護法門

　靑鶴不知何日返 空山但見碧流奔 携節更上蓬萊殿 頓覺靈區隔世喧

　古寺荒臺秋日午 山空松子落紛紛 雙流溪曲開明鏡 對峙奇巖作洞門

　靑鶴已歸峰獨屹 孤雲無迹水空奔 蓬萊舊殿今猶在 一面仙區絶世喧 -享初-

　玉鴨金獅古佛宇 曇花庭畔落紛紛 鑑師往蹟留碑面 崔老遺鑱宛石門

　隔世雲林供勝賞 尋眞遊客競波奔 胸衿浩浩幽情暢 坐聽斜陽亂鳥喧 -來叟-

　因出寺門外 行數里許 見有兩石對峙如門 東邊一石 刻雙溪字 西邊一石 刻石門字 此亦孤雲筆也 遂轉至會講洞蘇處士家 竹裏茅廬 頗有幽閒之樂 案上圖書 已成講磨之業 所謂名下無虛士者 不其信乎 纔叙寒暄畢 索我以山遊所得 一行以未及搆草辭焉 因先送一行于花開旅次 但與瞻友留宿焉 是日行不過十餘里

　十六日 朝飯後 發程 未及花開一里許 雨下濛濛 衣袂不免沾濕之患 余與瞻

友促步而行 訪問前行所住 果在市邊酒店 待之已久矣 偶坐穩話之際 享從以訪
見蘇處士命意得一絕 卽次其韻

尋眞行色入方丈 羽駕何天去杳然 回首花開琪樹老 偏欣歸路見蘇仙 -享初-
蘇君之世我何敢 遜賁清風仰自然 最是人間先覺士 冥棲巖穴便成仙 -樂初-
數架茅廬竹影蔭 琴書左右亦蕭然 囂囂自得眞豪士 肯羨靈區駕鶴仙 -來叟-
鬪影清霞近竹塢 石門紅樹望依然 琴書一室風流足 遯世遐蹤亦地仙

于時日已向晚 雨亦如注 一行不得發 方愁憫彷徨之際 店主言薄暮有下江商
船 借乘則不過一瞬之頃 可到蟾津口矣 一行聞言雀躍曰 吾輩之累日山行 困頓
滋甚 何必捨此好便 而公然徒步於四十里之地乎

遂苦待日暮 以爲乘流之計矣 及暮船主來報曰 雨夜昏黑 灘路險急 莫若待曉
而發也 一行遂携入店人家 夕飯後因就宿焉 是日行僅數里地矣

十七日 曉頭困眠纔罷 拓戶而視山 雨已晴 江月生輝 俄聞剝啄之聲 招而問
之 則船主來告乘舟之期 一行促裝而出 各倒醪數器 而後步入船中 解纜而下 余
笑謂同行曰 樂哉 玆遊之奇絕也 上陟崒崒之峰 下盡丘壑之美 賞玩無窮 幽懷方
暢 而片舟長波 續成今夜之遊 則此鄭先生所謂看盡頭流千萬疊 孤舟又下大江
流者乎 因敬次其韻

解纜輕舟去櫓柔 晚天涼思亦高秋 今來至樂兼仁智 奇絕清遊得峙流 -享初-
檣烏輕憂綠波柔 兩岸楓蘆不耐秋 最是吾人心豁處 霽天晨月倒光流 -來叟-
曉泛孤舟去櫓柔 眼前光景正高秋 篷窓踞坐塵襟豁 江水無風也自流 -樂初-
晨橈憂憂綠波柔 漏月疎篁帶晚秋 十里前山看漸近 玆遊奇絕峙兼流
帶月乘舟去櫓柔 平沙鴈落正高秋 吾人樂事兼仁智 看盡靑山又碧流 -成之-

遂鼓枻乘流而下 時微風徐來 水波不興 晧月旣西 餘輝半船 而兩岸蘆荻 隱
映於竹林楓樹之間 遠山雲霞 出沒於松陰桂影之下 清香撲衣 嵐氣挹流 此誠良
宵之奇觀 平生之勝遊也

左右顧眄之間 忘却舟行遲速 而斯須之頃 已至于陶灘 水道甚急 風帆如飛
雖有捩柁之神工 而不得容其力也 及過險灘 聞沿江一里許 有鄭先生故居 而時

日未曉 下陸甚難 不得往觀遺址 揖遜淸風 此重可惜也

　岳陽縣渡口上流 有銛巖者 卽韓錄事惟漢之舊庄也 錄事見麗氏將亂 權臣擅政 挈妻携子 來居于此 是果明哲之徒也歟 縣之近處 有所謂平沙姑蘇臺遺墟云云 而舟忙不得見

　因發向蟾津 過來程限 已數十里 前路亦且數十里云矣 一行皆穩坐篷頭 觥籌交錯 而或有歌者詠者談笑者潛默而遠望者 互相對偶 各盡其樂 余未知蘇仙赤壁之遊 亦能如是否耶 從流下來之際 搆得五七言四韻 各一首因以幷錄焉

對月篷窓坐 波心秋正高 燈明山下店 風緊帆前濤

向遠心猶樂 乘流意不勞 風烟隨處足 到此卽雄豪 -享初-

微涼生荻浦 月白曙天高 舟解風前纜 水添雨後濤

絶勝騎馬去 頓忘下山勞 興發兼詩酒 男兒到此豪

雨晴凉月白 正値秋風高 花老沙頭荻 魚游鏡面濤

長歌宜浩浩 勝事豈勞勞 十里堪乘興 憑船意自豪 -樂初-

輕橈鳴戞戞 坐点曉天高 琴奏風前竹 鏡牽月下濤

始知觀水樂 爭似上山勞 醉裏長歌發 心閒意亦豪 -來叟-

宿雨纔收曉月斜 江村漁火望中賒 依微遠岫雲猶濕 蕭瑟寒汀荻始花

隔岸斑筠悽怨淚 呼群落鳥下平沙 輕橈十里如飛箭 朝泊蟾津近酒家

天容如水月西斜 解纜中流望漸賒 舟外燈明江口店 帆前風打渡頭花

秋光隱映千竿竹 曉色纔分十里沙 浩浩長波能利涉 山開平陸有人家 -樂初-

水竹淸寒兩岸斜 長洲解纜曉天賒 乍前乍後晴岑色 忽看忽失荻蘆花

漁火微明江口店 商帆簇立渡頭沙 胸襟浩浩豪情發 笑問靑帘賣酒家 -來叟-

烟籠江樹月西斜 曉色微茫舟路賒 遊客興來抽健筆 漁翁睡起傍蘆花

鳥檣逐浪飛灘石 鴈陣迎秋落晚沙 但坐篷窓行幾里 蟾津已近見人家 -享初-

　過岳陽縣 舟行數里餘 東方漸高 紅旭將昇 遙望天末 靉靆之氣 紅白相雜 眩耀人目 而水光如天 蕩瀁無際 見之若海蜃噓氣 而珠宮貝闕 湧出於碧波之中也 余顧謂同行曰 昔東坡之南謫也 見登州海市 自以謂冬月奇觀 而至發人厄非天

窮之句 一篇誇美之詞 流傳爲千古勝事 則今日吾輩之行 既非人厄之所使 而累
日遊觀得兼仁智之樂 又從以獲覩奇觀於曉舟之中 意者 雲師水靈 互相默佑此
行 而露出其無限光景也耶

　仍與指點之際 自不覺舟下於蟾津渡口矣 遂相携下陸 此乃蟾口開市日也 滿
津商船 無數出入 而以其市在兩界之交故 往來而交易者 甚衆矣 因入酒家 朝飯
之後 一行發轉向錦山之議 此議非發程時 禀定也 中道轉行 不是有方之遊 且聞
前港船路 頗有危險處 故直來之議 一言而決 遂發向河東府內 暫憩官樓上 卽發
行 至牛里谷李君命龍家 宿焉 是日行合計水陸路 至六十里餘矣

　十八日 因朝飯 日晏而後發 憩多行小 緩步而來 至田頭村 時日猶未向西 而
以其逾嶺之際 恐有不及之患 一行定議留宿 是日行僅二十里

　十九日 早起 命促朝飯 則主漢頗有苦色 卽發行 至嶺下村 朝飯後卽發 逾嶺
下來之際 爲微雨所拘 欲向五臺寺 而以諸友之矛盾 旋卽中止 直向于文巖 以爲
午站之計 此卽樂從聘家也 歷路暫見賓遊洞柳生完基叔侄 因入文巖 午飯之後
一行皆欲發行 而時日將暮 且有雨意 主人以不得發去之意 申喻苦挽 而累日困
憊之餘 決難留宿於不遠之地 瞻友與亨從 決意先發 故一行難於分離 踵後而發
中路各成一絕

　逍遙仙杖下山歸 嵐氣霏微襲草衣 日暮鄉關何處是 凉風皓月竹間扉
　看盡仙區携杖歸 紫霞猶濕碧蘿衣 農家近隔何溪上 稚子分明候夕扉 -來叟-
　風烟搜盡向東歸 路上清秋雨濕衣 此去家郷知幾許 也應候我啓柴扉 -樂初-
　離家十日始言歸 勝地風烟染我衣 回憶中間酸苦事 黃昏幾處扣山扉 -享初-
　踏盡頭流萬疊歸 至今仙籟響秋衣 携笻步向南沙路 稚子欣迎月下扉 -老瞻-
　看盡名山飽滿歸 霏微秋雨濕人衣 諸君且莫遲行李 日暮鄉關也掩扉 -成之-

　遂至或亭村 日已曛暮矣 路遇村漢 問崔君而遠在家與否 盖以瞻友先發之行
或留接於此也 村漢告以崔君出去之由 因言俄有兩班二人 直向沙月而去云矣
一行遂忙步而行 過穀峴而至于吉洞 則前路昏黑 不可卞 相與艱關跋涉而來 抵
于家 時夜幾至初更矣

이갑룡(李甲龍) │ 유산록(遊山錄)

—

출전 : 남계집(南溪集) 권2, 7면
번역 : 『선인들의 지리산 유람록 3』, 보고사, 2009, 91~100쪽
일시 : 1754년 5월 10일 ~ 5월 16일
동행 : 류 아무개, 정 아무개 외 몇 명

-일정

• 5월 10일 : 덕천서원 → 시천(矢川) → 대차례(大次禮) → 중산촌 김천
덕(金千德)의 집
• 5월 11일 : 김천덕의 집 → 법계당(法界堂) → 천왕봉
• 5월 12일 : 천왕봉
• 5월 13일 : 천왕봉
• 5월 14일 : 천왕봉 → 혈암(穴巖) → 호귀당(護鬼堂)
• 5월 15일 : 호귀당 → 두가촌(斗加村) → 중전촌(中田村)

• 5월 16일 : 중전촌 → 덕천서원

-저자 소개   남계 이갑룡

1734~1799. 자는 우린(于麟), 호는 남계(南溪), 본관은 성주(星州)이다.
매월당(梅月堂) 이하생(李賀生)의 5대손으로, 부친은 통덕랑(通德郎)을 지
낸 이집(李瑊)이고, 모친은 진양 강씨(晉陽姜氏)이다.

1734년 진주(晉州) 사월리(沙月里, 현 경남 산청군 단성면 남사마을)에
서 태어났다. 15세 때 태와(台窩) 하필청(河必淸)에게 경서를 배웠다. 29세
때 문과에 급제하여 성균관 전적(成均館典籍)에 제수되었다. 51세 때 정의
현감(旌義縣監)에 세수되었다. 64세에는 사헌부 장령(司憲府掌令)에 제수
되었으나 곧 그만두고 고향으로 돌아와 후학 양성에 힘을 쏟았다. 1799년
남계정사(南溪精舍)에서 향년 66세로 세상을 떠났다. 저서로, 『남계집』이
있다.

-원문

余居丹邱 卽方丈之東 而方丈乃三山之一也 憧憧魂夢 未嘗不往來 適負笈德
川 而晉陽居柳丈亦同槧矣 謂余曰 此去方丈 僅二舍許 君其往乎 余曰 子長文
章不在書 盍往觀乎 是吾平生之志矣 遂自德川發行 午飯于矢川 夕至于大次禮
山川幽邃 林壑窈冥 便覺漸入佳境 而眞可謂考槃者棲遲之所也 仍欲留宿 而衆
以明日之行遠矣 宿于中山村 則自中山去天王 甚近 遂乘夜登程 月色中天 人影
在地 水樂鏘鏘 松琴冷冷 勝景奇觀 怳惚難狀矣 幾三更 到金千德家
明朝 供以壺酒隻鷄 食後 千德具飯與酒而先導 遂杖策而躅其後 支峯裔壑

百盤千回 層巖疊石 競秀爭拏 奇奇怪怪 莫知其倪 所歷無非危險地 而所賞實是
奇絶處也 行十餘里 天王峯已在眼前 余曰 孰謂此山高 余旣來不遠 而近在咫尺
千德曰 自下觀之 則然矣 而至中峯 則始覺其極于天矣 蜀道羊腸以危險聞 而未
知與此山相垺否也 行二十里 有五層盤石 而兩邊衆石如列戟 中有瀑布 轟然奔
放 散沫飛珠 砯崖轉石 聲如雷震 余曰 舍此空過 則無異盲人之丹靑 盍於此浴
身去垢洗心去惡 以消平生未盡消之累乎 咸曰諾 各飮酒數杯 歌者歌 吟者吟 爽
氣侵膚 蕩穢融滓 神益淸 骨益冷 飄然若羽化而登仙也 吟一絶 又前進 到一處
則石路巉巖 而連抱檜木自斃而仆 行者緣木得以通往來 遡至中峯 若此處非一
二

　　午至法界堂 去上峯十里許也 点心後 行二里餘 逢下來人 則曰 今日亦如昨
日 淸明無雲 快見日月之出矣 遂相顧而促行 俄而一陣雲 自西方而來 須臾蔽前
遮後 咫尺不辨 艱到層層巖 此是方丈危險之最者也 所見只是足著處 故全無畏
怖之心 蓋不能顧左右 莫知他某處險某處危故也 到天王峯 有堂一間 以板覆之
僅得庇雨而已 坐而觀之 則只有躑躅木 僅得吐芽而止 少下則杉檜多枯死 蓋山
高近天 氣候自與平地絶異 遂登日月臺 嘖嘖之餘 乃吟一絶

　　明日雲霧不開 又明日朝陰 雲乍薄 日光穿漏 咸曰 行不可再 時不可失 且久
雨今霽 天公之餉我 多矣 晝觀四方 夜觀月出 朝觀日出 則平生之志 於玆遂矣
中有一人告歸 余曰 塵骨未蛻 仙緣頓消去之例也 仍爲送別 居食頃 雲霧復冥
風雨大作 心緒搖搖 莫知所適矣 俄頃 湖風倏來 雲霧快霽 山明如刮 天朗氣淸
某某境界 昭昭可見

　　遂與矢川鄭某復登日月臺 先觀熟眼之所 則德山臺下村入德門陶邱臺 甚分明
問此山來脈 則鄭曰 卽白頭山之流裔 故一名曰頭流 而峯之最高者二 東曰天王
乃咸晉之界 西曰般若 卽南原之地 其間相距百餘里 問周回幾何 答曰 可千餘里
而丹城晉州咸陽河東近山數十郡 皆蒙其利 又有二水 一自香積 一自法界 合于
矢川 入于召南津之下 東爲菁川江 流于鼎巖津 而入于海者也
　　其在遠而高 則曰三角 曰金剛 曰妙香 曰磨天 曰瑞石 曰漢拏 曰鷄龍 若與爲

等 而眼力不足 難以盡記 在近而高 則曰德裕 曰伽倻 曰月牙 曰臥龍 曰荒山
曰靈鷲 曰八良 曰女院 皆在膝下 無復擧論 其餘下此衆山 則或如劒鋩 或如彈
丸 摠是黑子之累累也 東有環堵 晉陽之城歟 西有蠶窠 咸陽之郡耶 西海則瑞石
阻前 故不見 東海則昭昭而僅如一布之廣 噫 目今所見各處 若一一周流 則限一
生猶難盡 而只一擧眼而盡之 則此山之高 誠未知其如何也 壯觀之餘 喜吟一絕
夕飯後 又爲雨所戲 未得見日月出入

　明日卽向好鬼堂 得到穴巖 則以一株松跋之 緣崖而立 行者不由此 則他無往
來之地 故不得已攀緣而下 集木之心 殆不禁也 仍爲点心 欲向南臺 則堂直日
此去三十里 不如宿于此堂 明日直下最好云 仍留宿

　明日早食後 直向中山村 則其時同行金千德者 持一壺酒 卽爲來現 飮罷卽發
午飯于斗加村 暮投中田 自好鬼堂 至中田 七十里也 自中田 還德川 蓋初十日
發行 至十六日入院 而以周回里數計之 則自德川 至中山 三十里 自中山 至天
王 三十里 自天王 至好鬼 十里 自好鬼 至中田 七十里 自中田 至德川 十里 合
一百五十里 而時則年甲戌月閏五也

홍○○(洪○○) | 두류록(頭流錄)

출전 : 삼우당집(三友堂集), 4면
번역 : 『선인들의 지리산 유람록 3』, 보고사, 2009, 101~115쪽
일시 : 1767년 7월 17일~8월 30일
동행 : 이군(李君)과 그의 동생 이사찬(李士燦) 등

-일정

- 7월 17일 : 이군이 동생과 강촌(江村)에서 찾아옴
- 7월 18일 : 집 → 오산(鰲山)
- 7월 19일 : 오산 → 야당현(野塘峴) → 오산(五山)
- 7월 20일 : 오산 → 마치(馬峙) → 산 밑 주점[雲城 경계]
- 7월 21일 : 주점 → 반암(磻岩) → 무릉정(武陵亭) → 아동(阿洞) 이성우(李成憂)의 집
- 7월 22일 : 이성우의 집 → 황산(荒山) → 승첩비전(勝捷碑殿)

- 7월 23일 : 황산 → 실상사

- 7월 24일 : 실상사

- 7월 25일 : 실상사 → 이후 일정 없음

- 7월 26일 : 군자사 → 마천동(馬川洞) 강청촌(江淸村) → 백무당(白武堂, 下堂) → 제석당(帝釋堂, 中堂) → 일월대 → 실상사

- 7월 27일 : 실상사 → 봉대촌(蓬臺村) 김영복(金永福)의 집

- 7월 28일 : 봉대촌

- 7월 29일 : 봉대촌 → 광탄(廣灘) 오성신(吳聖臣)의 집

- 7월 30일 : 광탄 → 여원치(女院峙) → 범곡(範谷) → 월곡(月谷)

- 8월 1일 : 월곡 → 노치(蘆峙) → 노전(露田)

- 8월 2일 : 노전 → 귀가

-저자 소개 홍○○(洪○○)

영조 · 정조대의 인물로 추측되나 자세히 알 수 없다.

-원문

三數年來 名山宿債 迄未償了 恒爲閑中之一病 待其寒暖適中之時 冥搜窮探 恣意倘佯 未嘗不辭遠 乃性然也 眞所謂烟霞性癖泉石膏肓 歲在丁亥秋七月旣 望後 李君與其弟士燦 步自江村 過余茅亭 蓋踐前約也 翌日 促裝登程 日已亭 午 到鰲山族弟和仲家 和仲亦約中人也 而辭以親癠 不得强挽 翌日 越野塘峴 投宿五山 翌日 越馬峙 宿于山下酒店 此是雲城地界 山高水深 巖谷深邃 亦有 泉石之勝 過磻巖 憩武陵亭 詩曰 蒼屛削立兩崖開 白石離離灘水廻 牧笛樵歌山

外出 茶商鹽賈嶺南來 始知峽裏有人事 何處江山無酒杯 試向武陵亭上倚 石潭
雲日影徘徊 執中次 奇巖屹立洞天開 萬壑分流谷谷廻 樵叟路緣溪水入 午雞聲
自樹雲來 漁舟何日乘花浪 蕙珮今朝醉桂樽 若使秦人知有此 避身何必久徘徊
暮宿于阿洞李君成憂家

翌日 年少主人數三共登荒山最高峯 蓋是麗季征倭勝捷之所 而山川形勢 最
爲三南咽喉 昔我太祖康獻大王 以天縱神武 大破發都於此山下 山下血巖 世傳
盤陀爲戰血所漬 至今未滅云 詩曰 天作高山藝祖荒 一戎神武啓無强 穹窿大石
光前烈 屹立千年古戰場 山之西 有碑殿 有守護僧將 詩曰 立馬荒山下 來觀大
捷碑 凶酋頭落地 巖血尙淋漓 翌日 與邑人吳聖臣金蕭行 同入實相寺 爲雨所阻
留兩日 翌曉快晴 天氣淸朗 緇徒聚首相扑曰 此山自古靈驗 遊客與山有緣 然後
可以登覽云 余笑曰 緣之有無 余固未知 而以人事論之 吾儕此行 類非俗人所能
而耿介發俗之姿 蕭洒出塵之想 有足以感通山靈 則不可謂無緣於此矣 況秋霖
開霽 游氣廓淸 則可知無忤於玆山之靈矣

翌日 命白足引路 過咸陽君子寺二十里許 有白武堂 其間有馬川洞 洞口有江
淸村 洞勢深邃 村落依山 四野黃雲之色 千家雞犬之聲 隱然有桃源氣像也 白武
堂在智異下麓 是所謂下堂也 自下堂 至中堂帝釋堂 三十里 路出堂後 山勢峻急
樹木蓊鬱 巖石巉截 厓谷出沒 其崎嶇險巇之狀 不可名狀 至中堂 日已夕矣 一
行喘息方急 流汗沾衣 進寸退尺 仰看上峯 則又在天上 俄然 風勢遒緊 山谷震
盪 寒氣逼骨 一行戰慄 四顧峰壑 雲氣冉冉 而須臾籠罩一山 不卞前路 艱登主
峯 日已昏黑矣 有一堂漢 新自東萊來者 速令炊飯 則持瓮負水於絕壁之底 以白
檜自枯木炊爨 以進香粳 無味不堪食矣 堂之中有塑像 世云新羅東明王母也 遠
近求福男女 自四月 至八月 奔走絡繹 堂漢以此資生云

堂之所蓋 非瓦非茅 以長木爲之 其制若鴛鴦瓦 堂之四壁 非土非石 以板子
爲壁 萬里長風 直射木壁之隙 非重裘煮火 則無以禦寒

夜半 風氣少霽 天色漸開 星河皎潔 雲霞澄淨 遠近山下村 燈火點點 若雲中
之星

天雞一鳴 扶桑漸白 堂漢報日出 一行登日月臺 環坐石上 東向而望 則一縷
紅光 微露於雲靄空濛之中 少頃 日輪輾上 紫氣漲海 紅波洶湧 不卞山與海也
日出纔數丈 山之東 則已白晝 而山之西 則窣窣然黑夜中 而纔過半餉 天地白一
色矣 詩曰 一脉西來裂白頭 東南壁立號頭流 縈靑繚白三千里 虎踞龍盤十二州
仰吸元精星漢近 俯看暘谷火輪浮 天高海闊纖雲捲 一指乾坤騁遠眸 又 方丈峯
頭坐 恢恢宇宙寬 嗟哉塵世眼 何似井中觀

趁早下山 又入實相寺 脚力殫憊 末由前進 因爲留宿

翌日 又行三十里 宿蓬臺村金永福家

翌日又雨 留止一日 主人爲設杯盤 隣有鄭上舍 年近九耋 始登蓮榜 此實挽
近罕覯事也 上舍贈余一律 詩曰 淸標玉雪已曾聞 何幸相逢細話文 瓊律如令胸
滌豁 他時披翫却思君 次 方丈有仙曾所聞 白鬚紅頰錦囊文 相逢贈我瓊瑤佩 臨
別殷勤更謝君 上舍又以其泮中韻要和 又贈一律 詩曰 世事風狂未百年 朝菌焉
識大春年 楊州跨鶴眞希有 藍色靑袍暎暮年 又 方丈尋仙未見仙 自云斯世本無
仙 靑藜偶引荒山路 烟火中逢不死仙 主人金君請和悔窩韻 又贈四韻 詩曰 主人
於世少營營 山下數間茅屋成 萬卷詩書眞活計 百年忠孝好家聲 雲收七里灘頭
釣 春入柴桑谷口耕 不遠復時寧有悔 面前無限路岐平

翌日 又過廣灘 再訪主人吳聖臣 主人倒屣出迎 勸之以酒 以解路憊 留宿一
夜

翌日 越女院峙 直抵範谷 其間蓋有波根雄菴十二龍湫之勝 而會天有雨意 又
有繭足之病 未能歷探 亦一欠事也 而杜老扶桑之恨 蓋爲此等而發也 自範谷 又
向月谷 主人戲贈一絕 詩曰 物色名區閱歷盡 何山何水最云奇 江山十里夢中過
豈識風光某處奇 次 主人家在頭流下 未見頭流山水奇 欲識頭流無限景 天王槃
若亦云奇 翌日 越蘆峙 宿露田 午後到家 所可恨者 首尾一望間 眼中所得 只是
頭流全體雄偉傑特之狀 而名寺古刹雙溪靑鶴諸勝處 皆入和睡之過

이만운(李萬運) |
촉석동유기(矗石同遊記) ·
덕산동유기(德山同遊記) ·
문산재동유기(文山齋同遊記)

—

출전 : 묵헌집(黙軒集) 권7, 3면
번역 : 『선인들의 지리산 유람록 4』, 보고사, 2010, 23~34쪽
일시 : 1783년 11월 26일 ~ 11월 29일
특징 : 세 작품이 모두 동일 일정임
동행 : 박수현(朴受絢), 윤동형(尹東亨), 최광벽(崔光璧), 조휘진(趙輝晉),
　　　이익중(李益中), 권필보(權必輔), 이택중(李擇中), 이동연(李東淵),
　　　곽선(郭璿), 곽진(郭瑨), 이동황(李東晃), 박지응(朴旨鷹)

-일정

• 11월 26일 : 함창 → 지계(芝溪)

- 11월 27일 : 지계 → 진주 촉석루 → 의암(義巖) → 소남(召南)
- 11월 28일 : 소남 → 도구대(陶丘臺) → 입덕문 → 남명 조식의
  신도비 → 덕천서원 → 세심정 → 취성정(醉醒亭) →
  덕천서원
- 11월 29일 : 사당 참배 → 덕산 → 도구대 → 단속사(斷俗寺) → 입석
  (立石) 문산재(文山齋)

-저자 소개   묵헌 이만운

1736~1820. 자는 덕이(德而) · 희원(希元), 호는 묵헌(黙軒)이며, 본관은
광주(廣州)이다. 함창(咸昌) 율리(栗里)에서 태어났다. 42세인 1777년 증광
시(增廣試)에 합격하였고, 그해 4월 대과에 합격하였다. 그러나 경신옥사
(庚申獄事)에 관련된 이원정(李元禎)의 후손이며, 이담명(李聃命)의 족손
(族孫)이라는 이유로 구설수에 올랐다.

이후 사옹원 주부(司饔院主簿)가 되고, 그해 7월 예조 좌랑이 되었으며,
9월에는 함경도사가 되었으나 부임하지 않았다. 1796년 지평에 제수되었
으나 부친이 연로하다는 이유로 사양하였고, 이어 안의현감에 제수되었
다. 정조가 세상을 떠나자 벼슬하지 않았다.

1783년 박수현 · 윤동형 등과 촉석루 일대를 유람하고 「촉석동유기」를
지었고, 1786년 이경진(李景珍) · 이경안(李景顔)과 가야산 해인사 등지를
유람하였다. 저술로 『묵헌집』이 있다.

-원문 : 촉석동유기

癸卯十一月二十六日 自丹溪李直長東仁聞喜會 發行宿芝溪 以書招郭璿及其

弟璉兩新恩 二十七日 抵晉陽登矗石樓 江山帶憤 義烈竪髮 乘舟過義巖下 令笛
工五六人吹笛巖上 其聲寥亮 聽之以宣感慨 同遊者 朴受絢仲素 尹東亨華仲 崔
光璧公獻 趙輝晉文然 李益中允執 權必輔衡甫 李擇中子膺 李東淵景陶 李萬運
希元 郭璿幼玉 郭璉進玉 李東晃平兼 朴旨鷹雲路 希元記

−원문 : 덕산동유기

自矗石乘夜宿召南 二十八日 過陶丘臺入德門 歷玩曺先生神道碑 暮抵書院
先登洗心亭醉醒亭 徘徊眺望 谷口隈隩 洞天平曠 頭流萬丈 雄蟠特立 淸川一帶
激流澄涵 爽氣動人 宿敬義堂 朝起拜祠廟 緬仰兩先生高風淸節 有廉頑立懦之
意 同遊者 尹東亨華仲 崔光璧公獻 趙輝晉文然 李益中允執 權必輔衡甫 李東淵
景陶 李萬運希元 李東晃平兼 權大烝開仲 許鄷宗漢 崔道敏兼五 南至日 希元記

−원문: 문산재동유기

出德山 登陶丘臺少憩 華仲先歸 余將入白雲洞 文然以行忙止之 且盛言沙門
之奇 一行遂從焉 行五里許 至斷俗寺洞口 水石淙琤可愛 奇巖削壁 陡立成門
刻廣濟嵒門四字 世傳崔孤雲手書也 其傍有石文 數十年前 自生巖壁而成沙門
二字 字畫大如臂 沙字渾全無缺 門字左股下畫熹微難卞 而字形亦宛然 遠望似
粉書 始疑石苔 逼而諦視 以刀刮見 則字畫愈覺分明 方知其天生也 天下之理
莫可究詰有如是者 或曰斷俗近來凋弊 此是復盛之徵也 或曰竺敎久衰 此是禪
學將興之兆也 遊賞移時 紅日啣山 崔令公獻乘興欲向斷俗 余亦將躡塵 諸人以
日暮苦挽遂止 同抵立石 夜宿文山齋 近地士友 皆來會打話 眞勝事也 食後約會
于校洞 爲賀李新恩思謙聞喜之席也 晦日又記

이동항(李東沆) | 방장유록(方丈遊錄)

―

―

출전 : 지암집(遲庵集) 권3, 39면
번역 : 『선인들의 지리산 유람록 3』, 보고사, 2009, 116~166쪽
일시 : 1790년 3월 28일~5월 4일
동행 : 이헌우(李憲愚), 박성수(朴聖洙), 조택규(趙宅奎), 이동연(李東淵),
　　　이동급(李東汲), 노계심(盧啓心), 김치강(金致康), 최극(崔珬), 장동
　　　윤(張東潤), 윤억(尹檍), 노장룡(盧章龍), 권필충(權必忠), 정동담
　　　(鄭東璏), 윤동후(尹東垕), 강용찬(姜龍燦), 노석태(盧錫泰), 노석점
　　　(盧錫漸), 노선국(盧宣國), 노흠국(盧欽國), 정생(鄭生), 종숙(從叔),
　　　피리 부는 사람 등

―일정

- 3월 28일 : 유촌(柳村)
- 3월 29일 : 유촌 → 강대(岡臺) → 모고재(慕古齋)
- 3월 30일 : 모고재 → 회연서원(檜淵書院) → 옥설헌(玉雪軒)

- 4월 1일 : 옥설헌

- 4월 2일 : 옥설헌

- 4월 3일 : 옥설헌 → 홍류동 → 광풍뢰(光風瀨) → 음풍뢰(吟風瀨) → 취적봉(吹笛峯) → 체필암(洗筆巖) → 회선암(會仙巖) → 낙화담(落花潭) → 첩석대(疊石臺) → 명경당(明鏡堂)

- 4월 4일 : 명경당 → 학사대(學士臺) → 최치원 영당(影堂) → 염불암(念佛庵) → 희랑대(希朗臺) → 지족암(知足庵) → 백련암(白蓮庵) → 국일암(國一庵)

- 4월 5일 : 국일암 → 홍하문(紅霞門) → 마정(馬頂) → 마령(馬嶺) → 낙모대(落帽臺) → 기동(旅軒) → 학동(鶴洞)

- 4월 6일 : 학동 → 살피현(薩皮縣) → 석간정(石澗亭) → 심소정(心蘇亭) → 윤억(尹檍)의 집

- 4월 7일 : 윤억의 집 → 심소정 → 거창현 → 영승촌(迎勝村) → 사요정(四樂亭)

- 4월 8일 : 사요정 → 윤면흠(尹勉欽)의 집 → 진동암(鎭洞巖) → 서말촌(西末村)

- 4월 9일 : 서말촌 → 거차촌(居次村) → 척수대(滌愁臺) → 관수루(觀水樓) → 수승대(搜勝臺) → 강선대(降仙臺) → 모리(某里) → 지암탄(支巖灘) → 갈천(葛川)

- 4월 10일 : 갈천 → 지암(支巖) → 상천촌(上川村) → 조담(槽潭) → 고연(鼓淵) → 와룡석(臥龍石) → 장군암(將軍巖) → 천석문(穿石門) → 가섭암(迦葉庵) → 상천촌 → 고현(古縣) → 수승대 → 갈천서당

- 4월 11일 : 갈천서당 → 외순암(外筍巖) → 내순암(內筍巖) → 월성촌(月城村) → 송대(松臺) → 수망령(水望嶺) → 심진동(尋眞洞) → 용추암(龍湫巖) → 장수사(長水寺)

- 4월 12일 : 장수사 → 심유암(尋幽巖) → 송정(松亭) → 채호암(采虎巖)
  → 풍류암(風流巖) → 광풍루(光風樓) → 침선대(枕仙臺)
  → 성북(城北) 벗의 집
- 4월 13일 : 벗의 집 → 월연(月淵) → 함양향교 → 개평(介坪)
- 4월 14일 : 개평
- 4월 15일 : 개평
- 4월 16일 : 개평 → 유계(濡溪) → 엄천창(嚴川倉) → 함허정(涵虛亭)
  → 엄천사(嚴川寺)
- 4월 17일 : 엄천사 → 법희암(法喜庵) → 문수암 → 용유담 → 송정
  → 당평촌(堂坪村) → 군자사(君子寺) → 명적암(明寂庵)
- 4월 18일 : 명적암 → 군자사 → 백무당(白毋堂) → 화동암(花童巖) →
  한천(寒泉) → 제석봉 → 제석당 → 통천문 → 일월대 →
  천왕봉
- 4월 19일 : 천왕봉 → 일월대 → 제석당 → 백무당 → 실택촌(實宅村)
  → 군자사
- 4월 20일 : 군자사 → 용유담 → 엄천사
- 4월 21일 : 엄천사 → 함허정 → 산청현 → 환아정(喚鵝亭) → 산청
  객점 → 단성현 → 소남촌 → 조휘진(趙輝晉)의 동산재(東
  山齋)
- 4월 22일 : 동산재
- 4월 23일 : 동산재 → 덕산 → 도구대(陶丘臺) → 입덕문 → 세심정(洗
  心亭) → 덕천서원 → 입석촌(立石村) → 남사촌(南沙村)
- 4월 24일 : 남사촌 → 쌍백정(雙白亭) → 신안강(新安江) → 용산점(龍
  山店) → 촉석루 → 지연(芝淵, 박태무의 별장) → 연정(蓮
  亭)
- 4월 25일 : 연정 → 도천점(道川店) → 한양촌(漢陽村) → 단계(丹溪)

　　　　　　　→ 권필언의 집

- 4월 26일 : 권필언의 집 → 완계서원(浣溪書院) → 단계 → 권필량(權
　　　　　　必亮)의 집

- 4월 27일 : 권필량의 집 → 개평 → 권필량의 집

- 4월 28일 : 권필량의 집 → 삽촌(翣村) → 구평(丘坪) 윤흡(尹潝)의 집

- 4월 29일 : 윤흡의 집 → 황매산(黃梅山) → 장단촌(長湍村) → 고암사
　　　　　　(古巖寺)

- 4월 30일 : 고암사 → 황계폭포 → 남정(南亭) → 여벌점(汝伐店)

- 5월 1일 : 여벌점 → 지령(支嶺) → 귀원(貴院) → 대교점(大橋店) →
　　　　　作천(作川)

- 5월 2일 : 작천

- 5월 3일 : 작천 → 오담(鰲潭) → 법산(法山) 재실

- 5월 4일 : 재실 → 작천 → 칠령(七嶺) → 하산(霞山) → 집

-저자 소개　　지암 이동항

　1736~1804. 자는 성재(聖哉), 호는 지암(遲庵)이며, 본관은 광주(廣州)이
다. 경상북도 칠곡군 지천면(枝川面)에 살았다. 고려시대 판전교시사(判典
校寺事)를 지낸 이집(李集)이 그의 시조이다. 백불암(百弗庵) 최흥원(崔興
遠)에게 수학하였고, 미수(眉叟) 허목(許穆)을 사숙하여 대전(大篆)을 익혀
당대 제일이라는 평을 받았다. 목윤중(睦允中)·채제공(蔡濟恭) 등과 교유
하였다.

　유람을 특히 좋아하여, 55세 때인 1790년 3월 지리산을 유람하였다. 이
외에도 1767년 9월에는 속리산을 유람하여 「유속리산기(遊俗離山記)」를
지었고, 1791년 3월에는 금강산을 유람한 뒤 「해산록(海山錄)」을 남겼다.

저술로 『지암집』이 있다.

-원문

余嘗遍遊三洞 錄其山水 寓遊賞之樂 歲月浸久 蹤跡杳然 如星漢上乘槎影事
每有再遊之願 而方丈又平生所願也 庚戌三月二十八日 與李憲愚景顔朴聖洙士
源趙宅奎士貞三從弟東淵聖居舍弟東汲進汝 發行 到柳村 鄭東璞光遠 衰病不
能偕 相對欷歔

二十九日 往枝村 盧友啓心子能亦來會 午後 金致康與笛人攜 上岡臺 笛聲
繚亮 振徹林谷 是夜 宿慕古齋

三十日 下檜淵 宿玉雪軒

四月一日 崔岏能仲 騎牛來 贈佔畢翁頭流錄

初二日 張東潤華叔 自玉山追到 直向矢項 仍傳行期於尹檍士直 作書於咸陽
盧章龍晦能 丹溪權必忠泰甫 使士直傳送 蓋晦能當爲方丈主人 而泰甫曾有同
遊之約也

初三日 鄭東璿幼輝氏及能若 如約追到 至紅流洞 列坐石上 鄭烈貞叔 備送
二榼盛饌 唒罷 緩步上洞門 樹陰夾道 躑躅粧山 水響鳥聲 盈耳悠揚 歷覽光風
瀨・吟風瀨・吹笛峯・泚筆巖・會仙巖・題詩石・落花潭・疊石臺 盡意優遊
宿明鏡堂

初四日 上學士臺 盤坐移晷 因歷訪影子殿・念佛庵・希朗臺・知足庵・白蓮
庵・國一庵 有一女子 年可四十餘 善歌舞 達城官娼之老退 而與景顔有舊者也
舞罷話舊 便有白司馬潯陽之感 曾見念佛庵楣間 有皇明人李宗誠贈善長老詩板
今亂眛漫漶 幾乎泯沒 白蓮庵僧宗長老者 能文豪俊 頗通古事 故說與改板之事
以存古蹟

初五日 乍雨旋霽 出紅霞門 至賣酒廳 華叔之族僧 要於路上 饋一行酒麵 又

步下馬頂 路分歧處 送別能仲 能仲樂與同遊 自檜淵偕入山中 中路分別 吾詩所
謂立馬紅霞南北路 武陵橋外獨歸人者 悵別之意也 遂踰馬嶺 或步或騎 或憩樹
陰 或坐水邊 淹滯甚久 故前路尚遠 而日已晚矣 一行促向矢項 余與士源 登落
帽臺舊址 上桐溪先生墓 瞻拜致敬 馳下基洞 訪鄭光顯章仲 章仲 桐溪後孫也
偕入鶴洞 出示其先代古蹟

初六日 踰薩皮峴 至石澗亭 日熱汗透 神氣疲憊 與士源 小睡樹陰 入矢項尹
士直家 午後 出心蘇亭 亭在灣溪北岸峭壁上 俯看流水平臨大野 府城之萬落烟
樹 遠山之千峯蒼翠 各呈奇景

初七日 尹生東野聖郊 持律絕及序記雜文數十篇來示 意格典雅 能得古文體
裁 可愛也 食後 鄭章仲來 午後 更上心蘇亭 飲罷發行 歷居昌縣 夾溪西行 轉
入山門 德裕全面 金猿大體 豁然呈露 宿雨初晴 翠色漫空 神魂飄然 十里長路
嗒焉喪吾 而不覺已到迎勝村前矣 上四樂亭 主人全建仲舊識也 吾兄弟與景顏
宿其家 一行皆入尹上舍勉欽强之家

初八日 雨 會强之家 晌午 雲捲日出 至鎮洞巖 愼命說子可默可穆 昔年爲吾
遊賞主人 而情契最厚 且學博行篤 爲三洞人士之重 具服出迎 鋪席於巖上 酒數
巡 章仲引一行 上西末村鄭光碩家 吾與幼輝氏 入愼友家 見眉翁古琴 是琴 初
爲月城氓所收 幾不免竈薪之厄 中爲乞人所竊 抛棄谿谷 近者又爲迷奴所觸碎
主人惜其爲古物 片片膠合 今完如也

初九日 歷居次村 一行相逢於滌愁臺 此距搜勝臺 只隔一灣 白石淸湍 隱映
松間 促一行而起 歷黃山村觀水樓 上搜勝臺 比之昔年所見 臺益高 水益深 石
益白 松益老 境益幽 宛然光景 如武陵前緣 而樵客之柯 幾欲再爛矣 自嶧川院
中 備來酒肴 鄭光碩兄弟 又備酒饌

午飯晡時發行 歷葛川農幕 夾水而上 坐降仙臺 臺前水石奇壯 轉上某里 桐
溪先生棲息之所也 本鄉士林 每年春秋 書先生只看花葉驗時移之詩 掛於齋壁
以薇菊享之 敬拜遺墟碑 入僧寮 具一冊子 列書一行姓名居住 爲尋齋錄 乘暮下
山 復路支巖灘 到葛川 卽葛川瞻慕兩先生隱居地也 作詩以寓慕仰之意 是日 權

泰甫尹强之追到矣

初十日 將入鼓淵 歷弔林喪人之穆 瞻慕堂後孫 而與我有世好也 涉支巖下灘 南行踰小峴 歷上川村 至槽潭 石色之瑩潔 水勢之奔放 愈入愈奇

轉一曲 上一里 遙見白雪漫谷 隱映林間 知是鼓淵 白石千丈 側立兩岸 水由 其上 屈曲如臥龍 稍上數十步 有石潭 潭上有十餘丈倒瀑 瀑上白石 綿亘數百步 水流沿洄 各具奇狀 遵石而上 石勢敧側膩滑 易致蹉躓 匍匐至最上頂始平 步進 見垂瀑 又遵瀑而上 逐水轉入 幾費一里 旋下臥龍石 靜坐移時 又登瀑流之上 上而復下 下而復上

日仄出洞數里 歷將軍巖穿石門 至迦葉庵 山之最高處也 穹石斗起 前後對立 庵在其隙 東轉十餘步 有砧广 廣如大廈 適驟雨大作 三十餘人 皆入避之 而尙 有餘地

下山歷上川古縣搜勝臺 乘昏至葛川 主人來見 敍勞苦 因言曰 鼓淵 隱在深 山藂薄 無聞於世 自老兄年前遊賞之後 名聲始擅 四方遊客 無不扶藜入觀 稱爲 絕勝名區 開闢之功 老兄爲大 余愧謝不敢當 夜宿書堂

十一日 將入松臺 主人使其弟尙桂爲導 與幼輝氏聖居進汝 朝飯林之穆家 馳 上十里 有外筍巖內筍巖 瑩潔奇爽 漸入佳境 吾與士貞及林尙桂 在前馳馬 至內 筍巖 已憂過外筍巖矣 坐潭上 待後行 良久始到 蓋盤遊外筍巖而至也 酒數巡 挾溪而上

歷月城村 至松臺 水石之晃朗 洞府之幽夐 依然舊日顏面 初欲西踰藍嶺 上 極樂庵 因下龍遊潭君子亭遮日巖月淵巖 轉入尋眞洞 計矣 一行過半不肯 遂隨 衆出洞 送別士源章仲林尙桂歸鶴洞

歷月城村底 南走水望嶺 盤紆十里 上絕頂 是爲金猿山後脈 尋眞洞北角也 至龍湫庵 坐綠陰 俯窺懸瀑 百畝巨潭 黛黑沈冥 雷雨震盪 昔有神龍藏伏潭中 一日夢於庵僧曰 某日 吾當上天 風雷所觸 無物不碎 爾其移置佛器塵拂 僧亦遠 避 至其日 乘雲震霆 一壑崩碎 遂東出迎勝 題李牧兩字於石上 三百年來 墨畫 宛然云 可異也 下長水寺 留宿

十二日 步出鳳凰門 夾溪而下 曲曲水石 綿亘不絕 開覩幽妙 尋幽巖松亭萊虎巖風流巖 隨境下坐 攜杖弄波 掬水嗽口 興盡而起 起而復坐

日午 始出洞門 馳到縣邑 坐光風樓 一蠹先生所刱也 先生宰縣之日 捐俸構之 而風景絕勝

盧晦能見余檜院書來 會樓上矣 廿年顏面 相對款洽 城北朴生二人 爲邀請一行而來 卽故參判明榑氏之後孫 而與吾與幼輝氏 有世好也 遂馳至城北 出坐枕仙臺盤石上 入夜而歸主家

十三日 齊上月淵花林洞 大石橫截大溪兩岸 如鋪數千人坐席 水由石上 分三派而行 至總會地 成百畝巨潭 潭外大穹石 擁立如屏 便作窈窕洞天 步下城北別主人 爲强之所邀 至鄉校 上在川樓 自司馬所 辦供酒肴與午飯 丹丘從叔與士直及尹東垕平仲偕來 皆方丈約中也

送別能若 發行 過縣邑 晦能乘曉復來 候待於路傍 行至白石村 鄭生數人 攜酒肴出迎 其意良厚 飮罷促行 至介坪

十四日 爲晦能苦挽 一行皆留 栢石鄭生德谷姜龍燦汝宗亦來 約共入方丈

盧錫泰而克 晦能之從姪也 與我有雅契 志行學識 爲士友推重 應接周旋 禮恭意誠 可敬也 是日 爲客者二十餘人

十五日 侵曉雨 勢淋淋 日晚乍止 爲主人所邀 至村後景道齋 地勢爽塏 山川周抱 風氣明秀 此村 自國初至明宣時 道學宗師 廊廟名臣 孝友文章 節義之士蔚然輩出 玉溪盧先生墓 距齋不遠 瞻拜致敬 左傍立神道碑 李月沙撰 申東陽書金仙源篆 上有信古堂墓 亦立神道碑 盧蘇齋撰 宋頤庵書 南應雲篆

十六日 將入頭流 晦能率其從姪而克再從姪錫漸而峻從弟宣國欽國兄弟 爲前導矣 食後 送泰甫歸丹溪 發行 村中老少 齊出循溪步下 主客合七十餘人 昔崔守愚先生遊頭流 從者百餘人 愚伏先生甚非之 回顧一行適犯此戒 心自惶蹙 行十里 涉潘溪 歷嚴川倉 踰小峴 上崔氏涵虛亭舊址 投宿嚴川寺 大利而今殘破矣

十七日 袖出能仲所贈畢齋頭流錄 歷舉山庵洞壑峯巒名號 問山下居韓生 生一一詳答 蓋畢齋之上山也 自此寺前山花林寺 循脊而上 與今白毋路 東西迴別

而路今廢 所謂地藏庵先涅庵新涅古涅諸庵 有遺墟而已

食後 發行 轉一曲 有僧拄杖當前 請暫坐溪上 皆下坐盤石 交語移時 儀狀俊
偉 氣宇豪宕 言論宏暢 眞傑人也 是乃法喜庵僧道原 而學於雪坡大師 傳其衣鉢
喜與士大夫論辨心性理氣之說 自請入君子寺爲山中主人

因偕行 歷法喜文殊兩庵 山益深 林益密 行十里 至龍遊潭 穹然大石 堆積一
溪 如屋脊者 平席者 圓鼓者 大甕者 大釜者 怒虎者 奔龍者 立者 伏者 倚者 蹲
者 充斥彌滿 萬奇千怪 難以名狀

中開一道 大石槽 萬川奔流 崩湍震盪 下成萬頃潭水 直亘數里 兩峽束立 萬
松陰覆 沈冥黛黑 遵潭而上 神氣沈陰 不欲久居 潭之西岸 有古廟 祀神龍 爲巫
覡祈禱所 編木爲橋 以通往來 而爲風湍所眩 往往有墜水而死者云

行五里 至松亭 下馬少坐 迎風納凉 卽發行 歷金臺碧松兩庵堂坪村 直入君
子寺 寺 羅代所刱 而王妃願堂也 妃行幸 寺中生太子 故寺名君子云

聞山中居民 以蜂蜜與各樣貢額 自數十年來 逐歲增數 逃命者過半 噫 嚴川
馬川 古稱樂土也 六十里巨谷 禾畦麥壟 無片土之閑 桑麻楮漆 竹箭木器 柹栗
之利 甲於一道 故民居稠密 村落相連 皆樂其生 而安其業 爲贓吏之所侵 不能
聊生 可歎也 坐萬世樓 南望天王峯近壓樓簷 韓生亦詳指上山曲折

午後 爲道原所邀 上明寂庵 爲留宿計 靜坐橫樓 道原竪拂長跪日 氣質之說
自孔子性相近習相遠之訓 始發端 而孟子之論性 不言氣質 何也 余日 氣質之性
非天性之外 別具一性 此理之墮在氣質者 是也 故指理一邊而言之 則天命之性
也 雜理與氣而言之 則氣質之性也 氣有淸濁 質有粹駁 稟得至淸至粹者 氣質之
正 而天理遂焉 濁而駁者 氣質之偏 而理隨而偏 然其偏處 常自人欲上起來 故
孟子之論性 極其本而言之 要使遏欲存理 則是乃變化氣質之方也 七篇之中 雖
無氣質二字 而氣質之義 未嘗不在也 後來 張程兩夫子 領會言下旨義 拈出氣質
之名 明示學者 實爲孟子之嫡傳 而其功大矣

原因此發端 論及理氣體用之分 陰陽寂感之妙 天人一理之機 引據洛建諸說
經傳訓解 參以佛氏華嚴般若都書楞嚴節要拈頌等書 辨別其同異分合 而考據浩

博 剖析明快 以爲儒之論理 極其大本 佛之言心 每下一等

余曰 嘗見龜鑑曰 有一物於此 昭昭靈靈 不生不滅 名不得 狀不得 三敎聖人
從此句出來 此則以昭昭靈靈 認氣爲理也 又見拈頌曰 古佛未生前 凝然一相圓
釋迦猶未會 迦葉豈能傳 此則以凝然一相指氣爲理乎 原曰 不但此也 種種窮高
極深之論 不到大本關頭 而常於已發處論之 故無儒者大本之中矣 余又曰 佛學
工夫 有頓漸二宗 其義何居 原曰 自頓悟而漸修者 儒家之自明而誠也 自漸修而
頓悟者 儒家之自誠而明也 畢竟歸宿 都在於枯木死灰 而不關於彝倫平治之道
也 只是如我窮厄者 絕俗離世 雲棲嵁巖 獨善而已

余又曰 佛氏有禪敎兩道 而皆出於釋迦 以敎道傳阿難 以禪道傳迦葉 則兩道
幷立 無高下之別 而學佛者 以禪爲上乘 以敎爲下乘 何也 原曰 敎者 將以爲禪
也 所謂漸修也 禪者 已覺 所謂頓悟也 敎與禪 有悟未悟之殊 故有高下之等耳
大抵佛書 東出中國 鳩摩羅什圖澄般刺蜜等與魏晉齊梁文士飜譯 而多雜老莊之
旨 失西佛之本旨者 夥矣 然中國學佛者 徒事講說 不究本原 最後 達磨西來 不
立文字 直指本心 少林門下 傳授禪法 其道不一 各立門戶 遂有臨濟宗曹洞宗雲
門宗潙仰宗法眼宗之稱 羅時 普照師作節要書 合而同之 終歸一圈 然枉費精力
於無用之學耳 有何少補於世道之治亂耶

又踞而作曰 栗谷先生四七皆氣發之論 求之於古今經傳濂洛關閩之書 而未之
見 勤問於有學識之士夫 則皆曰發前人所未發 心常以爲朱子有四端理發七情氣
發之訓 而不恤宗師之論 爲此獨見 則高明之學 反有一大之誤 近者 細讀起信論
則立言雖異 而旨義則同 始知早年入山之時 偶讀此書 心誠喜之 爲平生所主張
云云 其見識之明透 雖吾黨宿儒 退縮三舍矣

十八日 余以感冒終夜痛苦 而爲上山地 强起巾櫛 食後 下君子寺 治行具 負
粮米鹽醬酒壺鼎盆衣服衾被藁席午飯器皿者 總爲十二人 皆是盧宣國兄弟所辦
出也 留奴馬於寺中 南走渡溪十五里 至白毋堂

堂以板爲屋 中安石婦人 民居八九戶 此山爲一國之望 且有靈應 故三南巫覡
必春秋入山 先禱龍潭之祠 次禱白毋 又禱帝釋 因登上堂 致誠乞靈 而馱載貨物

鬧如歸市 堂主斂其米錢布帛 以充官府常納 而尙有餘用 故僻居深壑 生理不艱

自十餘年來 巫覡之踏山 不如往時 而官責自如 且山查五味子栢子瓢茸 無前之
貢 年年責出 故堂主不能聊生 堂屋亦弊破湫陋矣

自堂東行 始上山 喘喘寸進 至花童巖 山勢如懸壁 亂木蔽天 日光不漏 一線
微逕 石角層層 扶杖用力 如躡階級 仰見前人 已在木末 顧見來者 頂在足下 歷
寒泉十五里 登嶺頂 回顧天王峯 猶在半空矣 皆開襟納涼 疲臥草上 飢病又至
遂開榼攤飯

遵山脊 轉步南行 路勢稍坦 有時平步而往往斗絶岌嶪 行十里 至帝釋堂 堂
亦板屋而安粉面彩衣石婦人 地勢向西北開面 山高已過半 故兩湖之地 一望開
豁矣

傍有冽泉 瀉出石隙而水性太勁 易生腹痛 故撐鼎湯之 各沾渴喉 自白冊初發
之時 傑脚健步者 先出胡走 而如聖居・進汝・士貞者 亦在其中 行坐堂前 飢病
又甚 而午飯之榼 爲吾輩老者之中執 故登高呼促 可絶倒也 獨而克與老者聯笻
終始相從 每於休息之所 多說古今事變聖賢言行格言 至論娓娓可聽

自堂左 直南走數矢 俯臨晉州之中山洞壑 自德川上山之路 自碧鷲嶺上山之
路 皆合於此矣 招趙友時愚立中 問晉陽地形 則一一指示 而五臺・墨房・三
藏・大院之屬 皆隱於攢積之中矣

自此東折 循脊而行 路亦平夷 一行脚力疲盡於白毋後嶺 寸步極難 惟冀絶頂
之路 不甚懸危 扶上前峯 擧首東望 則屹然萬丈天柱聳插虛中 人皆膽落佇立良
久 遂扶下山脊 歷三四奇巖 俯見左右崖谷 穿石門 攀雲梯 附巖角而步 日晡時
登日月臺 所謂天王第一峯也

是山 自德裕 西走數百里 爲咸陽之天嶺 自天嶺 爲雲峯之八良嶺 自八良雄
起 爲南原之般若峯 自般若 爲河東之碧鷲嶺 自碧鷲 東蟠嶺南而窮 蒼翠烟霞
通五百里 體勢尊嚴 澗谷盤紆 如伽倻八公之屬 不過中腰下支峯裔壑 而爭長於
白毋後麓花林絶頂也

時當雨晴未久 陰氛開霽 八極乾坤 浮在鳥底 虛中氣色 蒼然茫然 南方則山

海重複處 如一陣宿雲橫亘 大野浩杳無涯 西方則一泓海水迎夕照 演漾萬頃金色 閃鑠浮動 東方則全嶺一局也 大地山川 總成小小丘垤 杳杳雲烟 而隆起一拳之高者 惟伽倻八公而已 北方鷄龍大屯之外 眼力已窮 惟是湖南一境 當夕日斜照 杳靄迷茫 不辨全體面目矣

劃然長嘯 俯仰宇宙 顧謂同志曰 東新羅故國 西百濟遺墟也 百戰風塵 千年伯業 蕩然消滅 如太空之過雲 而當時英雄豪傑 賢愚貴賤 盡化靑山之朽壤 則不如吾輩之一樽芳酒 一陣淸風 君其知之乎 且彼蚯封蟻垤之間 芸芸織織者 皆是群生之藂聚也 喜怒哀樂憂歎姚佚 皆被一慾字所使 無益無聞 空老空死者 何異蜉蝣之出沒 蟻蠓之起滅哉 惟其名高宇宙 光垂竹帛 爲百世之瞻仰者 當與此峯配其尊大 山南之南冥·守愚 山北之一蠹·桐溪 是也 是遵何道而然也 諸友皆點頭而起

遂下臺入堂 亦板屋而安石婦人 古所謂釋迦母摩耶夫人也 堂在日月臺上 不知何年移建於臺下也 初欲入據堂屋 爲經宿之計 凍地初融 沮濕難居 於堂下面南負壁處 鋪席定坐 使從者所取楛柵 爲寒夜燒熨之資 盧生兄弟 炊飯於帝釋 領率而來也

自古經夜峯巔者 每患顚風昏霧 而是夜無一點風氣 星月昭森 俛仰上下六合 瀕洞萬像朦朧 如太初開闢前氣像 而回顧吾身 已近天門路頭矣 使笛人奏步虛詞 一関 淸響裊裊 散上碧空 羨門安期之鶴背鸞笙 雲外玉簫 卽吾輩 是也 笛罷東方啓明 寒氣凜栗 如十月天氣也 諸人皆促膝比肩 相抱而坐 適湖南四五客 先我登山 與之同樂

十九日 日出東海 紅霞暎發 旋爲頑雲所掩 迴立臺上 周顧四面 淸朝之氣 平鋪大地 宿霧歸雲 籠罩遠近 萬山之露角重重者 如滄海潮頭點點島嶼 遂凝神黙會 下山至帝釋堂 送別湖南諸人 炊飯而食 食後投白毋堂村舍 鋪席少睡 人馬來候矣 至實宅村 梁生三四家 精備酒肴與午飯 迎於溪上松陰 一行飢困之餘 頓食飽飫 趁晡下君子寺 坐寺前溪石 飮酒奏笛 暮入寺而宿

二十日 頃於上山之日 道原送至門外曰 碧松庵 山中名勝也 下山之後 歷訪

此庵則貧道當先入候待 皆諾之 老少疲於山行 脚部疼痛 更無上山之勢 直下洞
門 遺漏名區 已是大恨 而不與道原一場更會 聞其奇談宏論 不勝悵然也 食後
至龍遊潭 峽雲籠覆 雨意迷濛 促馬至嚴川寺 衣服盡沾濕 因留宿

二十一日 修天王同遊錄 食後 上涵虛亭後峴 送別姜汝宗·盧而克而峻·尹
平仲 遵嚴江而下 至山淸縣 山明水綠 非峽郡風氣 登喚鵝亭 少坐 至客店 秣馬
歷丹城縣 乘暮至召南村 主人趙輝晉文然 迎接款厚 夜宿東山齋

二十二日 爲文然苦挽 因留 南沙立石諸人 皆來見 相約歷訪於德山歸路 李
勛光景堯 來見同宿

二十三日 入德山 文然前導 至陶丘臺 先輩陶丘公李濟臣所遊也 吾鄉友宋日
度耕道 自南沙而至 崔輩五亦來矣 少坐敘話 下當挾溪 至入德門 德山居鄭生兄
弟及京友李生 備酒饌 來待於路上 盤坐樹陰 行酌三四巡 入山門 洞府開曠 周
遭百里 村落星羅 竹林翳蔚 田原平曠 中貫大溪 卽頭流南洞 而號稱樂土也

仰視天王峯 偓塞俯臨 白雲籠藏 微露一角 此是數日前登臨處也 當其俯瞰此
洞也 杳杳若九地之下 及矯首瞻仰 則如天上銀闕 始知吾輩向爲一夜之眞仙矣

涉兩大川 至院門外 坐洗心亭 崔震爕人和·崔昌孝 其他十餘人 皆出迎矣 晉
陽僉友 聞吾輩上山 來待於書院 已過五六日 忠實勤厚 尚有舊風 崔昌孝守愚後
孫 而先王戊辰 吾王考爲此院首任之時 奉敎文而來者也 四十年顏面 不覺欣倒
也

入院 瞻禮廟宇 出坐敬義堂 南冥後孫三十餘人來見 進酒饌 自院中 供午飯
午後 至先生神道碑前 眉叟撰之自篆 吳監司始大書之 宗孫奉出家廟所藏三釖
釖柄各鑴內明者敬外斷者義八字 心法在是矣

出洞門 別人和·兼五 留明日矗石之約 景顏晦能 爲人和所牽去 馳至立石村
主人已設席於溪上 敘坐食罷 曛色已生 列炬前導 至南沙村 一村齊會矣

二十四日 早朝至雙白亭 李之興若仲 自安溪乘早來訪 若仲華陰公後孫 而李
正言萬應之至親 流寓晉士者也 食後 向矗石 趙文然·李景堯·李膺龍季鱗 爲
前導 李奎壽聖民·宋耕道 皆隨之 自召南村 下渡新安江 踰一小峴 至龍山店

秣馬 姜宅僑子眞 雪谷人也 疎雅能詩 又脫略世故 喜遊山水 聞吾輩入德山 與文然・人和 入德山 留待十日 相遇於召南 借一壺酒一榼餅果於其女婿家 邀路饋之 將同上石樓 風致標格 自非俗流也

午後 至晉陽城外 崔人和・李景顏・盧晦能・崔兼五至 金光鍊子精 亦聞風而來矣 由西門而入 上矗石樓 江山之淸曠 樓閣之巨麗 當甲於江右 且樓額之雄大飛動 欲與江山樓閣 幷爭而不讓眞奇筆也 徘徊朱欄 緬想三壯士之擧盃悲歌 金倡義之談笑待刃 遺風烈烈 千載興感 江上有義妓巖 千古芳名 當與三壯士不朽矣

下樓出西門 溯江五里 至芝淵 主人朴旨瑞・朴旨鴻 皆會待之矣 芝淵故上舍朴泰茂氏宅庄也 上舍有隱德高行 爲晉人所重 開臥西溪亭以儒素終身 夜宿蓮亭

二十五日 弔主人朴受絢几筵 遵蓮亭之右 繞山而登 周覽一庄形勝 循宅後東下 主人從兄弟 皆叙別於江上 朴旨瑞佳士也 有見識 能文藝 累擧不中 朴旨鴻文然娣子也 爲人端秀雅潔 各致悵然之懷

至城西 送聖居・士直往勝山 姜子眞歸雪谷 皆約以再明更會丹溪 直取丹溪路北行 文然・人和・季鱗・聖民・耕道・兼五・晦能・景堯 皆偕之 至道川店歇馬川上 進汝・士貞直上丹溪 一行歷入漢陽村 坐水邊新亭 乘昏始發 馳到丹溪 遙聞笛聲淸亮 飄散風林 直入權必彦同甫家 一村齊會矣 宿權必亮心甫家 與權正九顯夫・正三元夫穩討

二十六日 訪晩翠堂權敬仲溫粹 疎雅能文博學 爲儕友所敬 往見姪女 弔權彦陽正遇 至柳象經泰三家 姜子眞・趙立中・漢陽諸老 皆踐約而至 午後 往浣溪書院 瞻禮廟庭 少坐樓上 晡時歸丹溪 宿心甫家 顯夫元夫來話

二十七日 幼輝氏早食發行 從遊山水 殆近一月 中路分張悵結 食後 到許碪汝玉家 見眉翁東海碑頌手篆櫟社許公筆帖 文徵明赤壁夜遊圖 徵明皇朝學士而以神畫名筆 名於中國 此圖之傳於東方 誠奇寶也 汝玉蓄之累世而不知爲何人之作 余於絹面氄暗之中 尋見兩箇小圖章 一則刻衡山二字 一則刻文徵明印四

字 汝玉始詳考知之 甚樂之 首端以八分書赤壁夜遊圖五字 著王祿圖章 末端書
赤壁賦一通 是亦徵明之筆也 午後 送別晦能歸介平 聖居・士直日晚始來 夜宿
心甫家 顯夫元夫又來話

二十八日 將向三嘉之黃溪瀑 瀑傍有古巖祠 鄉賢盧立齋・李蘆坡・林石林幷
享之所也 丹丘從叔當首任 一爲玩瀑 一爲赴任 約偕行 食後發行 趙文然・趙立
中・李聖民・宋耕道・李景堯・李季鱗・崔人和・崔兼五西歸 吾一行二十餘人
東歸 皆佇立悵悵 遙望行塵 至翠村 餘谷金生要路勸酒 至丘坪尹瀚家 晌午雨勢
大作 終日淋淋 因留宿

二十九日 溪水漲溢 午後艱辛涉溪 才渡彼岸 而姜子眞馬躓落水 一身盡沾
諸人勸歸丘坪 子眞笑謂吾兄弟曰 君若贈我詩章 則我雖沾濕 隨君而去 其疎宕
之趣如此 挾梅山 北上踰二嶺 歷長湍村 至古巖寺 北負岳堅城 西瞻錦城山 南
對虛窟山 奇巖怪石 環立前後 亦勝地也 近地士友 皆來見 半是石林後孫 石林
與吾洛村先祖有厚契 各以世好致款 許碧礐者眉叟傍裔也 亦來見 善篆籒 能繼
家學

三十日 早發向黃溪 主客幷四十餘人 南行數里 循山脊 曲折而下 轉一曲 忽
見左右峭壁環成小洞天 虛窟山南洞 大溪奔流 倒垂成十丈飛瀑 適大雨水漲 氣
勢雄溢 掀山撼壁 雷雨迷濛 有時風吹蹴之 或散或合 奇變不一

瀑下有大潭 潭上環列盤石 水由石間 曲折而下 又爲十餘丈臥瀑 其下又成巨
潭 右壁之下築石爲臺 仰觀飛流 俯臨臥瀑 領略內外壯觀也 諸人列坐臺上 修同
遊錄 各執一軸 林氏諸家備酒肴 自書院又設午飯 坐盤石上 分酌醉飽 各自忘歸
日勢已傾矣 遂出洞門 別丹丘從叔・姜子眞・尹瀚・尹士直・李天若・許汝
玉・林氏老少・許礐 逐水東下 渡南亭大川 歷陝川郡 投宿汝伐店

五月初一日 早發踰支嶺 華叔入佳谷 諸行皆直到貴院 弔郭世翰几筵 食後
馳到安林酒店 送士貞・聖居 與景顏・進汝・金致康 至大橋店秣馬 華叔自佳谷
已先到 連鑣入作川 子文在座 能仲來見

初二日 留

初三日 往鰲潭 乘夕上法山 宿齋室 諸益皆來會穩討

初四日 歷入作川 踰七嶺 秣馬於霞山江上 與景顏華叔分別 是遊凡首尾一月有餘也

—

유문룡(柳汶龍) | 유천왕봉기(遊天王峯記)

—

출전 : 괴천집(槐泉集) 권3, 3면
번역 : 『선인들의 지리산 유람록 3』, 보고사, 2009, 167~172쪽
일시 : 1799년 8월 16일 ~ 8월 19일
동행 : 신명구(申命耇) 등 벗 25인

-일정

- 8월 16일 : 세심정(洗心亭) → 덕천서원
- 8월 17일 : 덕천서원 → 진주담(眞珠潭) → 김삼성(金三城)의 유허지
  → 동당(東堂) 동촌(東村)
- 8월 18일 : 동당촌 → 중산 → 용추 웅굴(熊窟) → 향적사 유허지 →
  천왕봉 일월대
- 8월 19일 : 하산 → 덕천서원

-저자 소개　　괴천 유문룡

1753~1821. 자는 문현(文見), 호는 괴천(槐泉)이며, 본관은 진주이다. 경남 산청군 신안면 도천(道川)에 거주하였다. 부친은 유증신(柳增新)이고, 모친은 정선 전씨(旌善全氏)로 전만추(全萬樞)의 딸이다.

13세 때 족숙(族叔)인 죽계(竹溪) 유증서(柳增瑞)에게 수학하였다. 1783년 생원시에 입격하였고, 채제공이 천거하려 했으나 등용되지 못하였다. 그 후 벼슬에 뜻을 버리고 향리에서 학문과 후진 양성에 진력하였다. 정종로(鄭宗魯)에게 『중용』을 질의하였고, 정복(鄭墣)·권중헌(權中憲)·노광리(盧光履) 등과 학문적으로 교유하였다. 아들을 상주에 살던 정종로에게 보내 수학하게 하였다. 저서로 『괴천집』이 있다.

-원문

我東有三神山 其一方丈也 盤居湖嶺間數百里 其最高峯 上與天齊 曰天王峯 余生長峯下 未嘗至其顚 歲己未八月旣望 約知舊會洗心亭 合二十五人 若木申丈 年最高爲七十一 宿敬義堂

十七日 謁祠宇 遂東裝聯鑣而行 約二十里 憩眞珠潭上 玩金三緘遺址 招普門庵僧 令指路 夕宿東堂東村

翌朝微雨 仰視峰處 則雲霧而已 往中山 以俟晴 中山距上峯四十里 遂披葛緣崖而前 遇盤而憩 遇瀑而漱 歷龍湫熊窟 抵香積寺遺址 僧言 過此則水性剛 炊不熟 當住此 炊飯 齋爲朝晡之計 逶迤西轉百餘步 緣脊東行 行五里 路斷有巖 巖有竇 竇有梯 出其上 又得路 草如牛毛 木無北枝 枝節促短 不過數尺 而其末枯也

行五里 無前路 有巖突起四五丈 其上寬平 可容坐若干人 築墻以周 其高及

肩 西開一門 此所謂日月臺也 遂登臺 倚墻俯瞰下界 衆山羅列 如拳如梭如塊
錦山在其南 八公在其東 北爲伽倻德裕 西南雲霧間 緲緲出漢挐 皆若邱陵 然而
獨般若一峯 崒兀於西 奄若抗坪 東南西大海如布 洛晉二江如帶 州郡疆界 一聘
目可歷歷 有白雲片片繞山腰 不及我足百餘步 因觀日入之象 下臺

班荊而坐 爇薪而照 歌者歌 話者話 或笑或眠 夜深後 又觀月出之象 將曉也
僧從臺而報日 東方有一線紅氣象 乃齊登東望 則所謂紅氣 初細漸熾 照耀東南
北 俄而有一赤甕 浮於海中 少出海光始生 盡出乃成輪 眞天下壯觀也 復路一宿
至敬義堂 修同遊錄

제5부

19세기 작품

유정탁(柳正鐸) | 두류기행(頭流紀行)

출전 : 청천가고집(菁川家稿集) 권1, 2면
번역 : 『선인들의 지리산 유람록 5』, 보고사, 2013, 11~16쪽
일시 : ○년 3월 10일 ~ 3월 14일
동행 : 신창언(愼昌彦), 이대집(李大集), 유임택(柳霖澤), 노환(盧桓), 직장
　　　(直長) 정씨, 강씨 어른

-일정

- 3월 10일 : 손곡(孫谷) → 함허당(涵虛堂) → 예촌(禮村) → 화림암(花
　　　　　林菴)

- 3월 11일 : 화림암 → 엄천사(嚴泉寺) → 도지소(搗紙所) → 회정(灰亭)
　　　　　→ 문수암(文殊庵)

- 3월 12일 : 문수암 → 벽송암(碧松菴) → 용유담 *숙박지가 명확하지
　　　　　않음

- 3월 13일 : 구송대(九松臺) *숙박지가 명확하지 않음
- 3월 14일 : 해산

-저자 소개   목헌 유정탁

1572~1829. 자는 직재(直哉), 호는 목헌(木軒)·농암(聾巖)이며, 본관은 진주이다. 고조 유진창(柳晉昌)이 처음으로 경상남도 산청군 단성면(丹城面) 정태(丁台)에 살았다. 아버지는 유증항(柳增恒)이다. 족숙인 죽계(竹溪) 유증서(柳增瑞)에게 『고문상서』와 『모시(毛詩)』를 배웠으며, 약관도 되기 전에 문장으로 명성을 떨쳤다. 부모가 세상을 떠나자 과거공부를 접고 하동의 청학동, 함안의 구성대(九成臺), 운봉의 벽송암 등 산수 간에서 노닐며 자적하였다. 집 앞에 큰 녹나무[楠]가 있어 목헌이라 자호하였다.
입재(立齋) 정종로(鄭宗魯)가 대산(大山) 이상정(李象靖)의 학문을 계승하여 상주에서 강학하고 있다는 소식을 듣고 우산잡영(愚山雜詠)을 지어 화답하였고, 문중의 영재들을 보내 배우도록 하였다. 저술로 『목헌집』이 있다.

-원문

三月十日 行到孫谷 西洲姜丈及愼昌彦李大集諸人 出待亭陰 酌話 同至涵虛堂 樹老陰疎 因下憩于石渚 水灣七里 白石盈邱 潊流久之 孫谷人多持飯筒 以慰之江行 自禮村 將向花林菴 路在懸崖 備經百險 轉轉百許武 回顧所經 水石漸生奇絶 夕陽 始入門 佛閣廣暢 可喜
十一日 余到嚴泉寺 鄭直根先渡水而行 江上玩搗紙所 滿目雲山 生涯止此

山夷嗜利 可笑 因藉石爲博戲 頗談壯詭奇怪 薇川盧桓 聞風亦來 相與劇笑而起 行到灰亭 宗君霖澤爲介 薄昏 抵文殊渡頭 曲曲蒼江 觸石生聲 蓋雲峯下流也 自峽而出 一湍一洄 坻有巨石生臼 諺所謂仙人沈萊甕云 轉入洞口 滿山多採女 樵子 入寺 明月已在嶺西

十二日 遊碧松菴 下瞰懸崖 珍樹無邊 左有龍游潭 南北皆絕頂異境 潭上見 六七老僧 住杖而嘯 自言自妙香山徧觀山水之行云 因作龍游詩以相示

十三日 遊九松臺 時山霧多含雨意 因誦衡嶽詩以自慰

翌日 臨分 大酌山中白水而飲 飲罷 復以八月期往遊海嶺之開云

응윤(應允) | 두류산회화기(頭流山會話記)

출전 : 경암집(鏡巖集) 권하, 10면
번역 : 『선인들의 지리산 유람록 3』, 보고사, 2009, 181~194쪽
일시 : 1803년 8월
동행 : 옥천군수, 함양군수
특징 : 현전하는 지리산유람록 가운데 유일한 승려의 작품이다

-일정

- 벽송암 → 벽송정 → 실상사 부도암(1박)
- 실상사 부도암 → 벽송암

-저자 소개   경암 응윤

1743~1804. 조선 후기의 승려로 본관은 여흥(驪興)이다. 처음의 법명은

관식(慣拭)인데 후에 경암(鏡巖)으로 바꾸었으며, 응운은 법호이다. 13세 때 부친을 여의고 출가하여 한암(寒巖)으로부터 구족계(具足戒)를 받았다. 추파(秋波) 홍유(泓宥 1718~1774)의 문하에서 공부를 마치고 28세 때 개강(開講)하여 후학을 양성하였다. 만년에는 두류산 정상에 움막을 짓고 세상에 나오지 않았다. 1804년 1월 13일 대중으로 하여금 서쪽을 향하여 염불하게 하고는 임종게(臨終偈)를 남기고 입적하였다. 저술로 『경암집』이 있다.

-원문

癸亥秋八月 余以表忠享祀後還庵 中途聞郡侯與玉川使君 登天王第一峰 欲路左侯謁 入室 少頃 沙彌忽報玉川使君至 顚倒出迎 使君曰 聞此僧久矣 及見一枯査石羅漢也 進松茶山果 使君味之曰 好澹哉 洽稱枯僧活計 贈詩曰 癯骨枯形木石如 此山居住幾年餘 長伴白雲無一事 一盃松水一床書 余和之曰 心機寂寞死灰如 佛戒吟哦況復餘 禪道本來無一物 笑他猶有滿床書 使君謂余曰 今夜與爾侯 會宿實相寺 可復相從否 余曰如敎 乃以一壺松茶 隨轝後 待郡侯於碧松亭 驟雨至 避村舍 聞侯行已過去 日且暮矣 執一炬 入實相之浮屠庵

二使君方同席極歡 郡吏通剌曰 治下山人某現謁來 卽召入連坐曰 吾兩人相會 添得一枯僧在座 堪爲奇盡 余乃進松水山果曰 膏粱盤上 此亦奇味 倘許談論 儒釋混同一家 三奇畢遂也 二君子呵呵大笑 余跪言曰 肯三奇 不肯三奇 一任大家 家風若是 山僧更請別置一笑句 二君子曰 吾笑直笑 非關禪旨事 卽聯數牋一酬一唱 夜將深矣 余爲僧弊不食餒甚 不能和詩 請退宿

後夜 郡吏報獄事 且雲霾四塞 度不能遠眺 各定歸計 怏怏然莫定心懷 郡侯先唱別韻曰 萬疊靑山萬疊雲 悠悠湖嶺共瞻雲 今朝別意知多少 萬疊靑山萬疊雲 玉川使君和之曰 出岫還同彭澤雲 一樽長憶江東雲 今朝聚散還如許 笑指天

王峰上雲 余添尾日 山雲隨客我隨雲 一席靑雲復白雲 送客出門成悵望 始知人事不如雲

時見性主室師 荷山果而至 先是 玉川使君訪見性庵 師不在題庵壁日 聞道高僧禮佛去 獨留經冊關山門 偶閱楞嚴林日暮 却忘前路遠靈源云 郡侯次其韻日 見性庵僧應笑我 行人怊悵出山門 請看一道山中水 畢竟尋源定到源 余和之日 歷歷靑山行五馬 雙雙胡笛出雲門 知應萬水朝東外 泛出桃花別有源 玉川使君出韻日 入山三日踏千山 未進天王百尺竿 恨無二客曹兪輩 萬疊雲烟一笑還 盖佔畢齋先生 以渭城太守 登天王峰 押曹兪二客而行 曹曹公伸 兪兪公好仁也 使君自況以佔畢 而戲郡侯不及曹兪也

郡侯和之日 今世誰堪伴入山 空敎山日上三竿 樽前獨閱金公記 此日金公悵獨還 余尾之日 仙遊曲曲畫圖山 第一高峯隔一竿 但可登登誰不到 未登其頂未言還 郡侯出韻日 此地相逢意若何 何須辛苦歷藤蘿 禪庵半夜懸燈意 滄海高山較孰多 余和之日 籠雲千峀奈愁何 況有前程亂薜蘿 入室細論仁智道 天王勝賞未應多 郡侯又次玉川使君贈余韻日 靈山眞面問何如 昨夜輕風細雨餘 世間魔障君知否 此事須參鏡老書 余和之日 從僧石榻講眞如 秋日松窓山雨餘 君子自居仁壽地 長生不識有丹書

郡侯日 今日詩句 皆出離愁不樂不如擺脫道舊 豈非此會之佳勝歟 乃出韻日 嬾梅疎雨碧闌干 長憶舟中翠袖寒 忽見使君如夢寐 題詩寄與玉娘看 顧謂余和之 余不敢日 佛戒比丘 口業不淨 當入無間地獄 郡侯笑之日 昔太顚 與紅蓮同處 幾日 怡然無嫌色 鏡巖不見玉娘而若將浼焉 不亦少乎 余日 人各有志 何必同轍而行者 乃强和日 觀空觀色捴無干 高卧雲端碧樹寒 聯韻偏憐工部語 老年花似霧中看 玉川使君次日 佳人翠袖淚闌干 尙想分醪慰薄寒 一幅情詩同活畫 强敎泥絮霧花看

酬唱之間 日已午矣 郡侯又發古詩日 君莫恨不上天王峰 天王萬丈只在吾心胸 日出日入東西海 衆景滅沒迷千重 大千世界渾如此 鏡師爲我言從容 一笑出山日已晚 天王峰上雲溶溶 余和之日 我昔登天王第一峰 茫茫千界開心胸 吳楚

江南列碁局 黃河碧海環重重 邦國賴之萬世固 舉頭四岳無慚容 使君努力且前
行大觀 須到山迴迴水溶溶

已而 雲收四山 天朗氣淸 二君子相謂曰 淸霄如此 吾人期會不可再得 且吏
卒已待山頂 不可無身往罷之 遂促舉卒 直向第一峰 玉川使君 遂次郡侯韻曰 君
不見方丈山上山上峰 一上此峰使人萬里眼八荒胸 天不覺高只覺大覆之有餘 山
重重海重重 余乃一身渺然而高視兮 孰非吾人腔子裡所包容 今日與君轟飮日月
臺 世人但見此峰之上雲溶溶 余告別曰 山逕危險 伏祝珍重 崔嵬處 更探蘊和
浩茫處 更探微妙 旣有登登之功 宜踐實實之地 翻思聖人登岱之觀 豈徒然哉 二
君子舉上悵然曰 恨僧老矣 不能押去 此足贐言 諒爲銘友 舉行如飛 須臾入杳雲
間

余未朝齋 同行僧欲問寺主無禮 浮屠庵狂髡 舉石向打曰 禪敎都摠攝 不守本
分戒 隨逐官長行 此何足供饋 余聞之悚然 止同行僧曰 毌敢爭 彼雖狂言 則可
擇 吾謹避耳 扶筇出通川 有金姓人 願爲最後擅越 余與同行四人就食訖 金曰
聞實相僧 門前尊客 不爲設供 職在糾正僧風 何不問無禮之罪耶 余譯之曰 彼何
敢然吾自厭食而止之 嘗讀漢史 有兄弟相訟 太守閉閤思過 設有彼狂過 在敎化
者 何足責愚 金笑曰 當此之世 仁義 無所施矣 慈悲 無所用矣 若如尊師之言
僧風不可糾正 已乎 日黑歸方丈 望見天王峰上 無一雲 心自欣賀曰 快矣哉 昔
佔畢先生登山 五宿不得日 入聖母祠 祈晴之文 令人一笑 今二君子一舉而便登
淸霄又如此 豈時之幸不幸者歟 但郡侯詩中 世間魔障君知否 此意須參鏡老書
明朝之事 薄暮未必 倘復曉天朗廓 大觀無阻 則幸之又幸也

翌日 探報 僧來言 昨夜宿百母祠 朝登第一峰 氷雪滿山 人皆寒戰 不可宿留
但雲氣適歛 僅得四望無遮 日午還舉 馬川橋上 相別湖嶺之路 余聞 則惘然若自
失 獨倚欄頭 望雲而噓者三 左右問其故 余曰 故人爲別 過溪三笑 今爲二使君
遙別各一笑 故三噓耳 衆聞者皆笑 余叱曰 爾輩笑剩笑 何知吾笑意 乃備書顚末
命題頭流山會話記 拜獻二使君案下 一笑

안치권(安致權) | 두류록(頭流錄)

출전 : 내옹유고(乃翁遺稿) 권2, 5면
번역 : 『선인들의 지리산 유람록 3』, 보고사, 2009, 201~208쪽
일시 : 1807년 2월쯤
동행 : 이두칠(李斗七), 조홍의(趙弘毅), 권복한(權復漢), 권장한(權章漢),
　　　 강현주(姜顯周)

−일정

- 2월 ○일 : 단성 입석(立石)의 권복한의 집 → (이틀 머묾) → 덕천서
원 → 중산촌(中山村) → 천왕봉 → 일월대 → 성모사에서
유숙(1박) → 일월대 일출 구경 → 북쪽 능선으로 하산 →
불장암(佛藏庵)(1박) → 덕천서원 → 입석에서 여러 날 묵
은 후 귀가

-저자 소개　　내옹 안치권

1745~1813. 자는 윤약(允若), 호는 내옹(乃翁)이며, 본관은 순흥이다. 선대가 기묘사화 이후 함안에 거주하였다. 5세조 안광윤(安光胤)이 임진왜란 때 어린 나이로 망우당 곽재우를 따라 창의하여 후에 공조좌랑을 제수받았다. 부친 안경직(安慶稷)은 제산(霽山) 김성탁(金聖鐸)의 문하에서 수학하였고, 모친은 벽진 이씨(碧珍李氏)로 이기민(李基敏)의 딸이다.

이산(夷山) 황후간(黃後幹)에게 배웠다. 여러 성리서를 두루 섭렵하였으며, 특히 『소학』을 신명(神明)으로 존신하여 '학문에 나아가는 문이요, 성인이 되는 기초'라 강조하였다. 또한 그의 선대인 취우정(聚友亭) 안관(安灌)의 십훈(十訓)과 스승인 황후간의 구용도(九容圖)를 손수 베껴 벽에 걸어두고 존심성찰하였다. 저술로 『내옹유고』가 있다.

-원문

嶺湖之間 有一泰山 逶迤數百里 磅礴累千仞 鳥獸銅鐵之所藏 寺刹僧尼之所居 而其號有四 曰智異 曰頭流 曰方丈 曰德山 而德山之名最著 蓋以南冥曺先生藏修之所在也 余平生 少失學問之方 老有遊觀之志 六度渡漢 旅食京華 其於松京之故都 北漢之山城 俗離之大刹 統營之雄鎭 無不歷覽以盡 而德山距金羅不過數日宿春耳 世故多端 至白首紛如之日 未得一見眞面 尋常爲恨

歲丁卯二月 與李斗七而拱趙弘毅汝淑甫 竝轡抵丹城之立石 權復漢士圭 卽余之女壻也 信宿後 與權章漢文兼及姜碩士顯周 束裝啓行 士圭亦從焉 上峯多風雪 春寒如冬 故選健僕一名 所食之物 所藏之衣 別備擔出 自立石行二十里 抵德川書院 院卽南冥先生安靈之所也 入廟瞻謁 惺惺子之鈴音 宛在耳邊 敬義家之日月 昭懸頭上 如操几杖 而承謦咳也 但院任不在 是可欠也

行至中山村 訪柳生家 柳生者 卽吾鄕寓居柳龍八之堂姪也 雖無前日之素 可謂不見而親也 路入崎嶇 巖石劍銳 樹木蝟密 峰上有峰 潭下有潭 進一步 則鐵罻當頂 退一步 則坑塹在足 切非年老生客 所可能上也 幸因柳生之勤導 艱關到天王峯上 則胸襟浩浩 東西南北之大海也 眼界茫茫 湖嶺州郡之分界也 風雲禽鳥水石煙霞之勝 不可具狀 小息周覽後 因上上峯日月臺上 四方所見 一無高處 此豈孔夫子登泰山小天下之意耶 臺下少許 作屋十餘間 牕戶舖陳 俱爲玲瓏 乃是咸陽郡所建 而明日巡相國上山留宿處 不害爲吾輩之居停也 宿於是室

翌日曉頭 登臺望東 東天入於紅錦之中 紫雲環於滄海之際 火輪初上 如銅盤如竽籥 如蜃樓 乍沈乍升 若是者三後 因上天末 雲氣漸薄 紅光稍滅 倏然開明 果是平生一大觀也 但天飆甚剛 衣裳覺冷 不可久留 朝後各還 趙李兩友 因向七佛雙磎 而余則以有事本鄕道林院 不得前進 與立石諸友校洞權思敏思鎬 同行北麓 石險路惡 不下前日之所上也 愼步前後 探笻左右 坐陟危嶝而寸進 立倚絕壁而尺下 暮投佛藏庵留宿

更到德川院 院任丹溪柳孝敏士谷河禹泰 皆來待 俱是文筆佳士也 俄而具旨酒膾鮮 分席列坐 主人誦鹿鳴 余則誦魚麗 因行旅酬而罷 行行出德山洞外 隨處賖酒浪吟 而至立石 日欲暮矣 休脚數日 信馬東歸 回望德山 其壁立萬仞氣像可望而不可親 然亦足以小洩平日景行之忱也 困草記跡 以備後日觀省云爾

남주헌(南周獻) | 지리산행기(智異山行記)

출전 : 의재집(宜齋集) 권5, 19면
번역 : 『선인들의 지리산 유람록 3』, 보고사, 2009, 209~232쪽
일시 : 1807년 3월 24일 ~ 4월 1일
동행 : 경상관찰사 윤광안(尹光顏), 진주목사 이낙수(李洛秀), 산청현감 정
유순(鄭有淳)

─일정

- 3월 24일 : 함양 → 사근역(沙斤驛) → 산청 → 환아정(換鵝亭) → 단
성(丹城) 신안서원(新安書院)
- 3월 25일 : 단성 → 진주 촉석루(矗石樓) · 의암(義巖) → 관리의 숙소
에 유숙
- 3월 26일 : 진주 → 수곡(水谷) → 하동 → 황치(黃峙) → 하동
- 3월 27일 : 하동 → 섬진 → (배로 이동) → 삽암(鍤巖) → 쌍계사

- 3월 28일 : 쌍계사 → 청학암 → 신흥사 → 보조암(普照菴) → 불일암
  → 용추(龍湫) · 학담(鶴潭) → 완폭대 → 칠불암
- 3월 29일 : 칠불암 → 영신대 → 호구당(虎口堂) → 석두(石竇) → 상
  봉 → 성모당
- 3월 30일 : 성모당 → 일월대 → 석두 → 제석단 → 백모당(白毛堂)
  → 군자사
- 4월 1일 : 군자사 → 벽송정(碧松亭) → 제한역(蹄閑驛) → 함양

-저자 소개   의재 남주헌

1769~1821. 자가 문보(文甫), 호는 의재(宜齋)이며, 본관은 의령이다. 조
부는 남공보(南公輔)이고, 부친은 남인구(南麟耉)이며, 어머니는 윤상후
(尹商厚)의 딸이다.

1798년 사마시에 합격한 후 호조 좌랑(戶曹佐郎) 등을 거쳐, 함양 · 무
주 · 남원 · 임천(林川)의 수령 등 주로 외직을 역임하면서 치적을 남겼다.
특히 1808년 함양 군수로 재직 시 암행어사에 의하여 치적이 보고되어 승
차하였고, 1810년 남원 현감으로 있으면서 굶주린 백성들의 진휼에 힘쓴
공으로 표창을 받았다. 이후 사간원 · 사헌부 · 홍문관 · 규장각 · 세자시강
원 등의 주요 내직을 두루 역임하였고, 1819년에는 왕세자 관례(冠禮)에
선교관(宣敎官)으로 참여한 공을 인정받아 당상관이 되었다. 그 뒤 형조
참의(刑曹參議)에 임명되고 승지(承旨)를 거쳐 춘천 부사(春川府使)를 끝
으로 사직하였다. 문장과 시부(詩賦)에 뛰어났다. 저술로『의재집』이 있
다.

원문

丁卯三月二十四日丙寅 晴 發智異山行 蓋是山 處三神山之一 女眞白頭之脈
流 故一名頭流 一名方丈 最上峯曰天王 其次般若 太乙居之 登其巓 洞見日月
出入 東曰晉州丹城 南曰昆陽河東 西曰南原求禮光陽 北曰咸陽山清 余生長京
師 其距爲八百里 年且四十 尙恨不得一游 昨年 得符咸陽郡 山在封內 爲方丈
主人 而簿書倥傯 殆一朞 又不得一遊 只褰簾望蒼翠而已 觀察使尹復初光顔 書
我共陟 要自晉州相會 余於是 蹶然神往 有若離弦之矢 平明 往沙斤驛 秣馬 午
炊山清縣 與鄭使君有淳 登換鵝亭 亭下之江 江上之壁 嬌花脩篁 籠暎庭砌地
是古山陰 是以山曰會稽 水曰鏡湖 倣王逸少之故事有是亭 然此余屢看處 使君
亦觀察約中人 仍聯鑣³¹⁵⁾而行 向丹城 鄭先往縣邸 余聞新安書院在越津百餘武
地名新安 故邑人祠晦翁 以配尤翁 幷奉遺像 先是 院儒推余爲山長 遂逶路而往
院在深洞 頗多幽奇 數儒方讀書 迎余至 導拜兩遺像 仍飮竹醪一罌 尋鄭使君所
住 共宿 是日 行一百里

二十五日丁卯 晴 早食 共鄭使君 至晉陽矗石樓 江山亭樹 淸曠雄麗 固與嶺
南爭名 而此是癸巳戰伐處 有義巖古蹟 城倚野岸而平 且爲迎觀察巡部 燈燭旗
鼓 玲瓏排鋪 暫憩樓上 觀先輩題詠及余之辛亥所揭詩板 還宿營邸吏舍 李節度
身敬 雖武能詩矣 送美酒綺饌 州伯李光仲洛秀 亦出待送飯 是日 行五十里

二十六日戊辰 晴 晏起 謝本州伯 州衙在城外一里許 越一江 午餐水谷倉 轉
入河東界 歷拜一蠹鄭文獻公書院 自黃峙以往 多峻嶺危磴 蓋智異餘麓也 邑黏
崖腰 戶董數百計 叢花仄石拍拍 如畫中景 前有蟾津橫帶 接光陽境 海門又六十
里 笋蒲魚鹽之利 亦可殘戶聊生 府使李弁德謙 出款送夕飯 夜深後 晉牧隨觀察
而來 亦將入山云 吾與兩使君 食必聯椊 寢必聯枕 人馬幷送咸陽之蹄閑驛 以待
下山 緣是路太險 馬不能着足 故以肩輿行也 遂簡率討輕裝 只韻書一册 觀察持

---

315) 원문에는 '鑣'자로 되어 있지만, 문맥상 '鑣'자의 오기라고 보는 것이 옳은 듯
하다.

秋江佔畢澀纓遊智異錄 時時借覽 預知寺菴峯巒之名 是日 行一百里 亭埈絶遠
無異一百數十里 問於野老 則口指處 爲六七里 手指處 亦十里餘也

二十七日己巳 晴 往一里 是蟾津 將舟向雙溪寺 觀察暨三守宰 結二舸 相坐
彩閣 所帶僮隷及旗幟笙簫本府廚傅之屬 分載各船 殆近三四百人 適値津市 男
女髻白 簇立如林 望我如神仙 檣帆江山之外 匝沓人物 亦添一壯觀也 波旣溯
風又逆 舟行太遲 松杉老鶬 聞棹聲鼓吹 皆磔磔驚飛 直向雲霄間 花開岳陽二洞
本晉陽地 今屬河東 泉石花柳 曲曲絶勝 岳陽之右 有鉥巖者 酒麗朝處士韓惟漢
舊庄也 惟漢見崔忠獻政亂 携妻子 來棲于此 王遣使迎之 惟漢閉戶排使者 出題
壁上一句詩曰 一片絲綸來入洞 始知名字落人間 從北牖而逃云

日且曛 懸燈舩頭 津邊列屢百炬 火光彌天 影落水底 團團如星彩 飜飜如龍
鱗 濤聲入夜益盛 舟泊四十里 始下陸 以僧肩箵輿 至寺口三里許 有二大石 對
峙如門 右刻雙溪 左刻石門 畫人如鹿脛 崔孤雲手題 而石門內 有所謂靑鶴洞
昔 李仁老有詩曰 杖策欲尋靑鶴洞 隔林惟聽白猿啼 樓臺縹緲三山遠 苔蘚依俙
四字題也 自是五六里 連穿竹林 而入寺庭 木蓮花屢十株 方爛開 又有龜龍古碑
篆其額曰 雙溪寺故眞鑑禪師碑九字 傍書前西國都巡官承務郎侍御史內供奉賜
紫金魚袋臣崔致遠奉敎撰幷書 卽光啓三年建 光啓唐僖宗年也 甲子至今 千餘
年 頑然不泐 獨經倭火 尙有痕也 庭畔有老槐 幾百圍 其根北渡小澗 盤結如橋
僧徒因以爲橋 孤雲嘗讀書此寺時 手植也 孤雲與眞鑑爲道友 眞鑑居東 孤雲居
西

見三神洞靑鶴洞兩溪合爲一流 有竹皮漂下 卽新篁之所解簰者 長尺許 怪而
尋其源 終日未見竹藪而返 無乃其上隱有一秘區 如桃源之流出桃花也邪 寺右
小龕 奉孤雲影幀 而屢摸丹靑 夫孰知其眞也 仍寄宿丈室 是日 水陸之行 合五
十里

二十八日庚午 晴 肩輿暫看靑鶴菴 至神興寺 距雙溪二十里 寺門書三神山神
興寺六字 所過無非仙境 千巖競秀 萬壑爭流 竹籬茅舍 桃花掩暎 從者渴甚 皆
仆巖而飮溜 樹陰參天 光景不漏 石堆爲磴 被之苔滑 殆非人世間也 昔 李節度

克均 與湖南賊張永己 戰于此 永己 狗鼠也 以負險 故李公智勇 不能禁遏 卒爲
長興守之所成功云 仍憩寺樓 午飯訖 坐一小巖 名洗耳 傳是韓處士所游處 頭流
遠翠 始隱隱然 如抽玉簪而立

轉尋普照菴 迤至佛日菴 此羅僧慧昭 入唐游學 還本國 鍊道之所也 崖谷絕
峻 無蹊徑可由 鑿絕壁腰 只容一人行 伐數木 可見尺天 而就崖斷處 編木爲棧
棧下深無底 往來者 攀繩而上 無不駭汗竪髮 山僧固慣於荷輿 而輿亦莫可於此
矣 少失一足 將萬仞淵氷 借僧策 語諸君曰 君子居易而俟命 小人行險而徼幸
不如躬自捫蘿 寸寸而步 然股栗體粟 實不敢回趾 雖有從隷 棧狹路斜 亦難扶腋
而貪於遊賞 膝行到菴 菴又懸崖上 殆數百丈 東有飛瀑 下而爲淵者二 一曰龍湫
一曰鶴潭 菴前有古松千丈 石面玩瀑臺三字 臺南有香爐峯 靑鶴一雙 曾棲其上
有一武夫 以石投其巢 鶴折翼 翼差飛去 自此無鶴云 余喉乾 方掬水漱齒 菴僧
和勸松粉茶 此古黃精酒也 名雖奇 而味極苦 遂飮鵑花酒一二杯

向七佛菴 爲十里 在三神洞 古稱雲上院 一名眞金輪 昔 新羅眞平王時 有沙
餐金恭永之子玉寶高者 荷琴入于山 以琴修心 五十年 作曲三十調 日日彈之 景
德王 聞其聲 問樂師安長請長曰 此何聲 二人曰 此玉寶仙 彈琴也 王齋戒七
日 玉寶至王前 奏曲 王大喜 更於所居寺 設大加藍 三十七國 皆宗此師 王自爲
梵王 王之七子 皆爲佛云 所謂影池亞垠 皆菴中古蹟 余亦多觀古刹名藍 而未之
有者也 圓公釋印 亦解詩 多言寺中舊蹟 窮夜不厭 縱近荒誕 猶覺神奇 使此僧
至天王峯 仍作前導 是日 行四十里

二十九日辛未 陰 欲發不發 晩向靈神臺 五十里之間 村戶絕罕 而爲巡行中
火 依广結數架茅屋 且天忽大雪紛紛如席 下界則花落已久 一行皆呵凍擁裘 余
顧諸人曰 薄四月 尙見雪 此非天公助奇事乎 相與大噱 路皆懸天 千章之木 萬
拳之石 密結若星 無一線之開 使後去者 視前去者 如飛鼯之黏壁 至虎口堂二十
里 本郡吏胥 已出候 此去天王峯 亦十里 乍停帳幕 借酒力而煖之 雲霞四塞 黯
如潑墨 只見山路之高而復低 低而復高已耳 先遣一吏於天峯 具飮食 午風雪少
霽 石矼滑甚 使人扶携 步向數里 穿石竇而升上峯

遙望山海 或全露 或半露 如人在帳中 而渾是霧 亦不了了 有板屋曰聖母堂
稱釋迦之母 刻石爲像 眉目髻鬟 皆塗粉黛 僧言 聖母自願爲智異山第一巔神王
云 故創是廟 頂有缺畫 聞我太祖捷引月之歲 爲倭寇所斫 世祖時 每遣中貴人
行香 凡上此山者 輒禱之 少東十里 有少年臺 永郎者 新羅花郎之魁 領三千徒
來遊是臺 遂以名之

日暮寒盆 凜不遜隆冬 峰頂元無房壁 而爲巡行宿所 如靈神臺之構數架草屋
亦構諸守宰所歇處 勦巖馬川兩面之民 而六十年 三有之擧 方春民力益覺勞瘁
令燒榾柮以熏屋 隷屬千餘人 皆露處圍火而坐 俄而烟嵐稍開 星月甚皎 始拓戶
視之 壹是鴻濛世界 山皆紺黝 弗辨遠近 下視身邊深如海 意者 天不過四五仞之
高 李白詩 連峯去天不盈尺 儘爲此準備語也 山清倅 備笠鐺禦冷 談笑少焉之際
北斗已西移 恐違寅賓之期 永夜失寐 神氣頗亦不平 是日 行八十里

三十日壬申 晴 曉起 乾端坤倪 軒豁呈露 峰山環石爲墻 作觀日之所 卽日月
臺也 纔見曙色汲汲而上 雲捲星爛 海天猶不廓清 要是平海通天之間 赤氣微量
未幾 色漸洞赤 五彩成紋 如灑金屑 千變萬化 蜿蜒蜒蜒 頻視塵界 原野幽暗 峯
峀隱映 如日之初昏 而坐處及日出處 已覺明朗 毫髮可數 坐到二飯頃 一紫銅盤
透海中出 旋又蹙入 爲波濤所汨沒吞吐 良久 始乃躍而騰空 天然若一蓮朶 從者
咸大讙叫 自臺下 至海底 茫乎幾千里 白霧漫之 莫見其涯涘 鴻鵠之飛 毋在余
上 日月星辰 猶可一笭而摩之

大地群山 都如蟻封蚯垤在脚下 見其雉堞 若曳而繞者 咸陽之城也 青黃膠戀
而白虹長貫者 晉州之水也 螺鬟點點 庚而橫 矗而立者 南海巨濟之島也 指南而
蜃噓爲氣者 對馬島也 鳥嶺以上 直至京師 無纖芥礙障 而第眼力不及吳練 若德
裕伽倻金烏淸涼黃嶽八公錦山白雲白羊月出天冠無等威鳳 皆兒孫之羅立也

宣尼之登岱 昌黎之游衡 未必加於是 而七月雪八月氷 至于四月 不解五晦間
樹葉欲生 旋復萎落 山下則大雷電以雨 而山上則淸明無點雲 蓋山高近天 氣候
不與平地同 柳於于夢寅詩 山下花開山上雪 下山締絡上山裘 是也

有堂直者 從傍告曰 此處看日出 一年僅二三 而今日日出 甲於一年 豈諸公

有仙分耶 余笑曰 豈直有仙分 養體以厚廩 縱目以奇賞 皆吾君賜也 得一大盤石
刻觀察使尹光顏晉陽伯李洛秀方丈守南周獻會稽尉鄭有淳 又書崇禎三丁卯暮春
七字 皆余筆 而石壁往往見先輩姓名標刻也 桑下之三宿 旣難忘 桃源之再往 又
難期 安得邀星冠月珮之徒 遊天長地久之表 管領八紘之遠 推敚一元之數 以觀
夫氣盡之時邪

諸君笑曰 何可得也 昔 佔畢以咸陽倅遊 君今如之 豈君文章風流 能亦如佔
畢乎 不邪 余曰 然 佔畢雖高 何遽不若佔畢也邪 左右大粲 仍朝飯 作詩別印僧
還尋石竇而降 午食帝釋壇 此亦絕險 比昨日所經歷 坦道也 過白毛堂 路稍平
向君子寺 野寺也 衆比丘又手出洞 蓋爲余地主來也 寺敗甚 余之下車後 略有鳩
入緇徒 而梵宮之山水鍾磬 未知下幾層於雙溪七佛之列矣 是日 行五十里

四月初一日癸酉 朝陰晚晴 日高三竿 與兩使君 過碧松亭 山光泉籟 優合佳
勝 而以觀海難水也 故未之奇焉 欲踏碧松菴龍遊潭 疲於山 止之 至悟道峙 邑
吏設帳具薔薇饌 少憩而醉 風大作 若在峰臺 遇此風 人人其將飄飄然莫知所之
矣 晚少風 逯及蹄閑驛 僕御已至 乃以馬 不以輿 買村酒 犒僧而還 父老圍之如
堵 迎拜路左曰 使君遊歷 無恙乎 余始喜 百姓不以優游廢事咎我也 日晡還邑
兩使君 亦聯宿淸心堂 向昏 觀察入郡 三洞倅宋興之欽詩 爲候觀察來 設小酌
聞鷄罷 是日 行五十里

初二日甲戌 晴 辰時 隨觀察 行貞純后祔廟賀禮於渭城舘 飯已 觀察去 兩倅
亦還 是行 凡八日 爲五百餘里 可敵平陸七八百里 自雙溪至蹄閑 輒僧輿行 間
遇絕危處 以傴僂着綦 步亦多 平日見郵童走卒 行及奔馬 知其爲難事 比山行
初若重步 爲日久 亦能慣步 始覺天下萬事在乎習成耳 蓋是山 高出二南 雄據數
千里 雖一月鑑賞 不足盡其窮奧 况八日乎 遊峯岡之逶迤伽籃之多少 旣不可殫
記 至若天王一峯 實與寇平仲只有天在上更無山與齊之詩 相伯仲也 河東以後
有所著詩 在原集

하익범(河益範) | 유두류록(遊頭流錄)

출전 : 사농와집(士農窩集) 권2, 19면
번역 : 『선인들의 지리산 유람록 3』, 보고사, 2009, 233~258쪽
일시 : 1807년 3월 26일 ~ 4월 8일
동행 : 정국채(鄭國采), 정사강(鄭士剛), 허표(許杓), 정계채(鄭繼采), 조복
      (趙濮), 조호(趙浩), 하치범(河致範), 하이원(河而遠) 및 형제 몇 명

–일정

- 3월 27일 : 두양곡(斗陽谷) → 사자령 → 입덕문 → 덕천서원
- 3월 28일 : 덕천서원 → 세심정 → 동당촌(東堂村)
- 3월 29일 : 동당촌 → 중산리 → 김치백(金致伯)의 집
- 3월 30일 : 김치백 집 → 대마밭 → 마전(馬轉) 절벽 → 향적사 터 →
             호구당(虎口堂) 역참 → 통천문 → 천왕봉 → 성모사
- 4월 1일 : 성모사 → 천왕봉 일월대 → 성모사

- 4월 2일 : 성모사 → 천왕봉 일월대 → 사자항(獅子項) → 세석평원 → 영신대(靈神臺) → 망암(望巖) → 벽소령 냉천(冷泉) → 삼기점(三岐店, 의신 삼정마을) → 당치(堂峙, 범왕리 내당재) → 칠불암
- 4월 3일 : 칠불암 → 삼신동 → 신응사 → 세이암 → 신응사
- 4월 4일 : 신응사 → 국사암(國師庵) → 환학암(喚鶴巖) → 불일암 → 학연(鶴淵) → 용추(龍湫) → 쌍계사
- 4월 5일 : 쌍계사 → 화개동 → 악양 → (배로 이동) → 나동(螺洞) 서생(徐生)의 집
- 4월 6일 : 서생의 집 → 횡포(横浦) → 전대(田岱) → 마치(馬峙) → 평촌(坪村) → 이항(梨項) → 답곡(畓谷) → 가례암촌(家禮巖村) → 김영세(金榮世)의 집
- 4월 7일 : 가례암촌 → 가례암 → 토항(土項) → 오대사 → 노치(蘆峙) → 망추재(望楸齋, 정국채의 집)
- 4월 8일 : 망추재 → 귀가

-저자 소개   사농와 하익범

1767~1815. 자가 숙중(叔中), 호는 사농와(士農窩)이며, 본관은 진양이다. 경상남도 진주 단동(丹洞)에서 태어났다. 남명(南冥) 조식(曺植)의 재전문인인 창주(滄洲) 하징(河憕)의 후손이다. 진양하씨 창주가는 진주 단목리(丹牧里)에 세거한 남명연원가로, 인조반정 이후 『남명집』에 내암(來庵) 정인홍(鄭仁弘) 관련 문자를 삭제하는 문제로 창주의 손자 하명(河洺)이 겸재(謙齋) 하홍도(河弘道)의 문인에서 이탈하여 우암(尤庵) 송시열(宋時烈)의 문인이 되었는데, 이후 이 집안은 노론화되어 남명 관련 사업에 참

여하지 않았다.

33세인 1799년 부친의 명으로 우암의 5세손 성담(性潭) 송환기(宋煥箕)에게 수학하였고, 경호(鏡湖) 이의조(李宜朝)에게 예학을 배웠다. 이듬해인 1800년 과거시험에 응시 차 한양에 갔다가 포기하고 돌아 와, 세상사를 단념한 채 위기지학에 전념하였다.

사농와는 산수벽(山水癖)이 있어 유람을 좋아하였는데, 그의 유람 지역을 대략 정리하면 다음과 같다. 1794년 한양에 갔다가 남한산성을 유람하였고, 1796년에는 황계폭포를 지나 가야산을, 1797년에는 남해 한산도와 미륵산을 유람하였다. 이해 겨울에는 회계산(會稽山) 환아정(換鵝亭)을, 1799년에는 덕유산을, 1800년에는 서울 청천산(靑川山) 응봉(鷹峯)과 속리산 수정봉(水晶峯)을, 1803년에는 가야산을, 1806년에는 방어산(防禦山)을 유람하였다.

그의 기행문은 모두 6편이 전하는데, 「유두류록」 외에도 1803년 9월 남해 금산을 유람하고 쓴 「금악연승록(錦嶽聯勝錄)」이 있고, 1807년 4월 22일부터 25일까지 4일 간 함안 여항산 의상대를 유람하고 쓴 「의상대유록(義湘臺遊錄)」, 1800년 3월 2일부터 4월 6일까지 과거시험 응시 차 한양에 갔다가 돌아오는 길에 청주 화양동(華陽洞)에 들러 우암의 유적지를 유람하고 쓴 「담락행일기(潭洛行日記)」, 1811년 3월 6일부터 25일까지 20일 간 밀양·동래·부산·신산서원(新山書院) 등을 유람하고 쓴 「관사록(觀槎錄)」이 있다. 저술로 『사농와집』이 있다.

─원문

士農主人 性喜遊 甲寅歲 北遊京師 觀國之光 登南漢 望見仁王三角之雄峙 丙辰秋 由黃溪瀑 入伽倻 溯紅流 訪雲仙遺跡 丁巳秋七月旣望 與尹戚丈統制

用巨艦 浮于海 會獵于閒山島 登彌勒 望日本對馬島 下山翫棕櫚樹 是年冬大雪
中 登會稽之換鵝亭 己未夏 入德裕 謁鏡湖文丈 踰嶺溯湖 拜心齋大爺 庚申之
暮春 又遊京師 觀警蹕威儀 入靑川 上鷹峯 謁尤齋先生墓 遊華陽洞 始見大明
天地 入俗離 上水晶峯 觀內外諸山 癸亥春 復入伽倻 上上峰 翫沙浦亭 是秋之
季 由泗上 浮三千津 舟行六十里 始登蓬萊絶頂 四面錦繡 東南通吳楚云 具舟
楫笙歌 遊于蟾江 丙寅秋九九 登防禦 挹趙漁溪淸風 大凡於山於水於人 可謂大
觀於平生 亦奚徒遠寄冥搜尋常役物者 比也

　嘗按勝覽 智異祖白頭起 花峰蕚谷 綿綿聯聯 至帶方郡 蟠結數千里 白頭之
脈 流至於此 故又名頭流 亦名方丈 杜詩方丈三韓外 註及通鑑輯覽皆云 方丈在
帶方郡之南 是也 高深博大 天下無比 諺傳太乙居其上 羣仙之所會 龍象之所居
也 陰崖冰雪 經夏不消 六月霜 七月雪 或山下大雷雨 而山上則淸明 蓋山高近
天 氣候自與平地頓異云 佳蔬異茱 靈藥美材 盛於他山 近山數十官 皆食其利
但所立冥奧 其逕幽迴 非篤好山水 窮搜遠獵者 不可迹焉 如金濯纓·曹南冥諸
先生 亦嘗遊焉 蓋余生長玆山之下 嵬然蒼翠 舉眼斯得 而年至四十 尙未登絶頂
爲快

　丁卯春 寒溪鄭國采士觀 書以要余玆遊 乃宿約也 陪伯氏決策 卽三月二十五
日也 宿于邑

　明日 抵寒溪 又明日 會于斗陽谷鄭士剛家 勝山許杓運元·寒溪鄭士觀·鄭
繼采乃能·巴山趙濮士興·趙浩養叔·族人致範而遠 曁吾兄弟若爾人 或騎或
步 踰獅子嶺 望見頭流 環如翠屛 揷在雲中 徐徐下嶺 乃入德門第一曲也 山水
之雄麗 人物之繁華 亦一山中大都會也 東邊山氣 逶迤而下 其下有南冥墓云 暮
宿德川書院

　翌朝 參謁瞻拜之際 倍切江漢之思 訪鄭丈明遠幽居 列坐洗心亭 酒一巡 卽
行 暮抵東堂村 李敬直華益·洪先達致龜 爲主人也 是夜雨雪 至曉乍歇 主人云
此去上峯四十里 路絶險 十圍鉅木 橫縱斷塞 或落葉塡壑 陷人不出 或山精毒瘴
風雨雷電 有不測非常之慮 於是 衆言各異 愈出愈怪 以爲不可輕往 一行皆欲徑

還 余謂欲玆遊數十年 只在不遠 而不能勉强 則平生芥滯之胷 終無以盪滌行矣
無多談 一行老少 還向大源去 與余同者 惟乃能・士興而已

具重裘茵褥經宿之備 洪先達實先後之 使院奴占善・洪奴桂得 負諸具 先導
之 於所歷阻折頗詳 遂向上而行十餘里 抵中山村 又行五里許 仰看天王峰 雲霧
自中腰繞上上峯 須臾雨雪紛集 風勁甚 卽憩于石山幕 可容數十人 寒威薄人 暖
酒數行 猶不能支 燒榾柮以燻 一時山川林壑之觀 已覺勝絕 是日 方伯尹光顔上
山 仰見旄旗立立皷吹隱隱 亦一奇觀 日幾暮雨止 還下中山村金致伯家 宿焉

晦日壬申晴 齋白粲紅露 束裝向上 過袈裟麻田 踰馬轉壁 魚貫而進 石棧木
梯 懸在萬仞之上 危乎懍乎 時或不能定情 溪流觸石 曲折有聲 間爲急瀑 飛流
直下 林木蔽天 日月不能容光 草木鳥獸之名亦多 初見於詩傳本草之外矣

行可二十里 一行飢甚 煖酒啖飯 仰見上峰 如直繩垂下 余與士興 褰裳納芒
獨乃能 終始穿一皮鞋 余危之曰 子不聞古之蠟屐乎 何乃自苦 如此 乃能笑曰
用是 試吾氣也 且有凌虛之步 君毋憂焉 遂直上 攀木緣崖 鳥路懸危 正如封禪
儀記所云 後人見前人屨底 前人躡後人頂者也

至香積寺古基 小歇定喘 有六箇男女 會坐石上 問之 祈福行也 從山腰 至虎
口堂站 卽巡路也 登嶺 行五里許 有石門 昇雲梯 攀壁而上 又五里 卽所謂天王
峯者也 時日影西下 雲霧嵐瘴 蓊勃瀰漫 如饋餾狀 風又從西北起 有震盪之勢
遂襲裘擁氊 坐於上峰 卽所謂日月臺也 騁目周覽 怳惚不知此身寄在何世也

寒凜不能久支 亟下巡相經宿之所 咸陽吏林著烌・林相彦 暨石手三人 方刻
巡相 暨咸陽倅南周獻・山淸鄭有淳・晉州李洛秀諸使君名也 且觀宿所 排布突
房帳御粧繕廚次 一切完備 林吏云 上峯則咸陽所屬 故昨年秋 自監營有是令 廊
舍業已造置 而以秋寒停行矣 今春又有是令 三月初 上山經紀 而矣等爲監 峽中
各村所費 小不下五六十金 治路則本邑晉州河東三邑軍人 以萬計 自上峰 至七
佛菴 九十里 左右蔽天之樹木 隨刊而斥之 廣坦如平路 民之弊 極矣 此擧之作
徜效嚬者 豈牧民者之事乎

入處溫突 明燭而坐 桂得炊飯而進 余笑曰 身到仙界 猶不免火食 可慨也 已

入夜 雲氣風勢 比夕時甚惡 不能成睡 與諸友 占韻酬唱 比曉爲見日出 上日月臺 卽四月初吉日也 四瞰六合 都是鴻濛未判 底氣像 頑雲烈風 一向未消 余口祝于聖母祠曰 某之景仰玆山 宿矣 今者暮春 跋涉夷險 來詣峯上 爲見出日 精誠靡至 雲師作戲 雖慕孔夫子登泰之觀 愧乏韓文公開衡之手 遑遑悶悶 恐負良辰 伏希聖母 克揚神休 山海自分 萬里洞然 俾遂快覩 仔垂神賜

祝已 列坐臺上 俯觀下界 則有若大瀛海之中 乘一小舟 軒昻輕側 將淪于波濤也 余劃然而嘯 昻然而笑 顧謂諸友曰 今日之遊 豈非颷歟 乘雲槎 御氣母 浮遊於混沌之中 安敢比前賢之觀 而在吾輩 亦云幸矣

質明 日影始吐 彩霞浮動 遠近峯巒 海中島嶼 次第呈露 但蒼然茫然 怳惚不可爲狀 而實平生最初壯觀 至如目力所窮 山川州縣之名 已悉於濯纓先生遊山記 小子何述焉 酒罷 亟由石門以下 峯上則松檜躑躅 皆骫骳拳曲 爲風所持 左靡而纔盈尺

從山脊行獅子項二十里 路傍多靑藜 擇可杖者 須臾盈一束 鵑花初發 木葉始開 松栝檜栢之老於風霜 骨立而霜白者 半槁而半生者 立者卧者禿者朽者 殆難名狀 眞畫中景 至細石平地 雖在山脊 而厥土黑墳 厥木惟松檜 特夷曠可居 至靈神臺四十里 卽河東界 巡相中火所也 廊舍行廚 較上峰 三之一 奇峯怪巖 羅列如畫 頭流諸名勝 萃在脚下矣 由望巖 至碧宵嶺冷泉站七十里 自此始轉下路也

南東七佛・神凝・義神・雙谿諸洞壑 西北碧松・君子・加隱・實相・巖川・法晦・文殊・花林諸名刹 無不歷歷在眼中 奇花異樹 怪獸祥禽 宛是去神仙不遠 回望天王 如在咫尺 而行且窮日矣 遂下嶺 浪吟朱夫子飛下祝融峰之詩 至三岐店 數三殘戶 寄在絕峽 始見人烟 沽酒肴木頭榮 踰堂峙 抵七佛菴 是日行九十里也 氣芥足繭 頹頓方丈 不覺淸磬之報曉

二日 晏起 觀亞字房玉寶臺 老宿云 新羅金夫大王有八子 一傳位 餘七子 來此爲佛 其妻尋到 請見 佛曰 見則世緣難脫 鑿池於門外 七佛立正門上 照影於池 使之一見 寺名七佛 以此也 遂懸下十餘里 有酒店 忽於川聲嶽色之間 風送

一陣 琴聲來 遇於綠陰中 乃河東人上山行也 適又漁人荷竿貫柳而至 沽酒膾魚
鼓琴而歌 盡歡而罷

　　緩步 行芳草綠陰之中 道左立石 刻三神洞三字 乃孤雲筆云 過橋 入神凝寺
祖室僧迎於門外 頗有古僧風 名釋印 號花潭 有詩聲云 茶罷 印僧前導 行尋諸
勝 門外大川中盤石 有孔如甕者三 所謂石甕者 也 以杖探深 皆丈餘 冬則沉菹
味最佳云 壁上有鄭明庵名 盤石刻洗耳巖三字 亦孤雲筆也 水淸甚 游魚可數 頭
流大小伽藍 獨神凝水石爲最云者 南冥已題品矣 余與諸友 呼韻遣興

　　三日 早發 過國師庵 向佛日庵 十步九休 寸寸前登 路上有喚鶴巖三刻字 至
庵後 轉下入門 有老釋 進水飯救飢 庵在絶頂萬仞之上 門前二峰特立 高各千仞
畧不相讓者 東曰香爐 西曰毗盧 又名東靑鶴·西白鶴 此無乃世所稱靑鶴洞者
耶 左右巖巒 斗絶懸空 不能俯視 東邊有瀑布 百餘尺直下 爲鶴淵 爲龍湫 其深
無底 晦冥黝暗 不晝不夜 天慳地秘 爲巨靈蛟龍之所呵護 而使人不得近也 乃
能·士興 攀木俯視 余亦隨後視之 目眩髮竪 凜凜不可久住 石面有趙明師題名

　　亟由棧道以下 向雙谿 路極懸下 初登時 一步更難一步 及至趨下 徒自擧趾
而身自流下 轉眄之頃 已到雙谿 余謂諸友曰 從善從惡之喻 豈非以此歟 可以自
儆哉 仍入正門 瞻崔孤雲影 讀眞鑑國師碑 亦孤雲所撰 鄭愼杂士俊 如約而至
傳我家兄書及其白眉書 初以同行 中路分張 未能聯勝於上峰 如錦嶽之爲殊 可
爲欠 而計余經歷之勞 則亦云幸矣

　　四日 出寺門外 左右有石雙立相齊者 刻雙谿石門四字 畫大如鹿脛 亦孤雲筆
回望靑鶴峯 懸絶如天上 渡雙谿橋 行十里 抵花開洞 漁舟商舶 湖嶺之一都會也
山行六七日 始見平湖曠野 心目頓快 緩步抵岳陽市 倒囊得壺酒鱸膾 作半日遊
酒酣 余戲謂乃能曰 子是鐵漢 經行上下數百里 高險又何如 而終不解一皮靴 此
非徒脚力之能然 心之大耐 亦可槩也已 乃能莞爾曰 人之相與貴 相知心 君不可
爲吾叔牙耶 余曰諾 奚徒能於山 以是心 蹈實地 遊於泗洙之上 於向上乎 何有
子其勉焉 無何 乃能·華益·致龜 以事徑歸 士俊已令船隻 艤待江口 遂擧帆直
下 平波鏡磨 羣山玉立 酒一巡 歌三関 遂次鄭一蠹先生孤舟又下大江流之詩 暝

色已生 宿螺洞徐生家

五日 過橫浦 入田垈 訪鄭友美會 舍伯與士觀 已來會 士觀以大源詩一絕示
之 隱然有自多之意 余笑曰 有是哉 君子之爭也 足下觀水之大源 不佞登山之上
峰 雖不與同其仁智之樂 而各得其一端 於吾分 亦幸矣 又何大小高下之可言耶
動靜以相須 高大以相資 則亦豈無一而二 二而一之歸耶 相與撫掌而罷

主人設酒肴 甚款 靑蔬白粲 無非可口 情味奚獨專美於杜甫之於王倚也 士觀
謂韓錄事遺址 去此不遠 盍往觀乎 余曰 錄事之淸脩苦節 艷仰久矣 今行旣飽
山水重挹 遺芬於哲人攸居 則眞冥翁所謂十層峰頭冠一玉 千頃水面生一月者也

六日 使本村院生金聖昌 爲前導 踰馬峙 入坪村 洞府寬曠 村老數輩邀余一
行坐於一奇巖 巖在絕壁之下 澄潭之上 可坐數十人 其下水甚淸澈 游魚可數 有
姜生 以本村敎長 亦來會 擧網於巖下 得銀鮞數三級 酌酒膾魚 供午料 猶有太
古淳俗 姜生云 此巖深不售於世 今若錫嘉 則抑亦玆巖之幸 余曰諾 名之以觀魚
可乎 仍拈韻各賦

自梨項 過杳谷 至家禮巖村 以錄事讀禮于此巖 故名云 遙見山腰 北有六七
人 徐徐而來 乃月橫宗丈錫與鄭兄士順子會及洞人 載酒網魚 待吾行 已多時 蓋
士觀已期會矣 宿金榮世家

七日 上家禮巖 巖上有江亭舊址 巖老亭墟 悽然有千載曠感之懷也 行未一舍
有白巖石 皆白滑 可習字 又行一舍有石室 可容五六十人 遂題名 午火土項村
歷上五臺寺 有古杏二樹 各十圍 老幹白立 新叢綠垂 世傳 是千年古木云

歷訪蘆峙族人錫興氏暮 抵士觀望楸齋 蕭灑 與人意適 詩書滿案 箴銘盈壁
士觀孝於親 友於兄弟 力學敦行 爲肯孫於圃翁 負重望於師門 惟其風樹之慟 至
老罙篤 不避豺虎之窟 麋鹿之場 而誅茅結廬於先塋密邇之地 晨昏焉展謁 出入
焉拜告 以寓終身之慕 噫 凡今之人 孰無父母 孰非人子 人所不能爲 主人能之
殆庶幾周于孝者也 子姪數輩課童五六 灑掃應對 一見 可知爲先生弟子也

八日 歷訪乃能

九日 還家 噫 以若方丈之崇高雄勝 僻在海東 名不登於天子之禪封 徒起秦

漢君褰裳之歎 雖若可恨 而修鍊如崔文昌 高潔如韓錄事 博雅如佔畢·濯纓 道學如一蠹·南冥諸先生 踵武搜勝 徜徉棲息於其中 名留萬古 與之齊壽 亦豈非茲山之幸歟 吾輩今行 縱逯平昔之宿願 若但賞流峙之奇絕 而無得於動靜之理 以逯吾仁智之樂 則豈不可愧可懼之甚者歟 至如關東之金剛 關北之白頭 湖南之瀛洲 且將自近而遠 不知天將借吾之便耶 作頭流錄

晉山後人河益範敍中云 丁卯月日 書于士農軒

一

유문룡(柳汶龍) | 유쌍계기(遊雙磎記)

—

출전 : 괴천집(槐泉集) 권3, 3면
번역 : 『선인들의 지리산 유람록 3』, 보고사, 2009, 173~180쪽
일시 : 1808년 8월 16일~8월 17일
동행 : 조카 유계약(柳啓若), 이동와(李東窩), 하상현(河祥見) 등

-일정

- 8월 16일 : 신안 단성(丹城) → 북천 직하(稷下) → 횡천 → 서해루(誓海樓) → 섬진나루 → 하동향교
- 8월 17일 : 향교 → 악양 → 상암(商巖) 주막 → 정여창의 유허지 → 화개 → 쌍계석문 → 진감국사비 → 불일암 → 용추 → 국사암 → 신흥사 → 세이암 → 세진루(洗塵樓) → 삼신동 → 수각교(水却橋) → 칠불사 → 능파정(凌波亭) → 영계서원(永溪書院) → 집

원문

雙磎一洞 在頭流南頭峙江上 介湖嶺間 直河東治之西六十里之地也 歲戊辰秋八月旣望 族姪啓若倡之 東窩李友繼之 邀我作尋眞之行 余與族兄聖誨氏偕啓姪先發 至稷下 卽文氏居 主人年七十一 起而前 二少年及士谷河祥見從 西登誓海樓 過蟾津 宿于校

翌日 抵岳陽 其西岸日瀟湘 脩竹亘數里 間有班者 異哉 此非湘君之地 而亦帶湘君之痕 豈以地名相符而然耶 至商嚴店 東窩與三洞金丈 踵而至 又過一蠹先生遺墟 至花開店 僧徒二輿迎候 遂肩之 緣溪入十里 有大石作門 左日雙磎 右日石門 又有眞鑑國師碑 撰書篆 皆崔學士孤雲手迹云

登佛日庵 負絶頂 臨千仞塹 四無路 西有三棧 皆懸空 易眩難度 左靑鶴 右白鶴 兩峯皆揷雲 其下滭蒼之中 有龍湫 深不測 回過國師庵 入神興寺 石皆龍臥虎踞 龜伏豕突 水如雷如鼓如瑟如琴鍾也 巖或有孔如甕 皆天作 人沈茱可口 又有刻洗耳巖三字者 登洗塵樓 和蘇處士詩

入三神洞 過水却橋 攀懸崖 踏積葉 賞七佛 佛是新羅王子七人云 門樓傍日東國第一禪苑 前有影池 王子嘗日 吾眞像當照見云 後有浮臺 稱王子成佛處 王子又嘗指一檜日 吾精神 當如此樹 樹今尙存 西有亞字房口字突 由羅閼麗 至今不改云 其東房舍 周遭重疊 又如亞字樣 周覽 旣復路 出花開 船浮五十里 登凌波亭 亭亦蕭灑小憩 訪永溪 謁蠹老祠而歸

—

정석구(丁錫龜) | 두류산기(頭流山記)

—

출전 : 허재유고(虛齋遺稿) 권하(卷下), 10면
번역 : 『선인들의 지리산 유람록 3』, 보고사, 2009, 259~261쪽
일시 : 1818년 10월
일정 : 없음
동행 : 없음
특징 : 날짜별 기록 없이 지리산 전체를 인문지리적 관점에서 설명함

-저자 소개   허재 정석구

1772~1833. 자는 우서(禹瑞), 호는 허재(虛齋)이며, 본관은 창원이다. 전라북도 남원 지사방(只沙坊) 내기(內基)에서 태어났다. 그의 선대 중 상호군(上護軍)을 지낸 정연방(丁衍邦)이 처음 남원에 거주하였다. 만헌(晩軒) 정염(丁焰)의 후손이며, 부인은 전주 이씨로 이상엽(李相燁)의 딸이다. 1790년 성암(省嵒) 이석하(李錫夏)에게 수학하였고, 1800년에는 심재(心齋)

송환기(宋煥箕)를 사사하였다. 일생 출사하지 않고 학문에 전념하였다. 저술로 『허재유고』가 있다.

─원문

頭流之山 一名智異 一名方丈 方丈之稱 見于秦漢紀 智異之稱 見于羅史 頭流云者 未知出於何時 蓋自白頭流而爲此山 故名歟 世傳三神 金剛爲蓬萊 漢拏爲瀛洲 此山爲方丈 亦未知何所據也

之山也 氣勢豐峻 雄壓嶺湖 周回四百餘里 環抱七邑 其東山淸 其東南晉州 其南河東 其西南鳳城 其西龍城 自西北至于東北 雲咸兩邑據之 其脈宗於德裕 分支於白雲 南爲安義之三洞 逶邐十餘里 爲雲峯之古南山-麗朝恭愍庚申 我太祖與鄭圃隱·李之蘭 征倭于荒山 設疑兵于此 故俗稱太祖壇- 下爲女院峙 爲雲南之交衝

其南矗石東立 爲朱芝堂 起伏十餘里 結咽爲望坪 東南陡起 爲鄭嶺-嶺上有周廻十餘里古城 黃嶺記云 昔馬韓爲辰卞所逐 避地于達宮 使黃將軍 守黃嶺 鄭將軍 守鄭嶺 兩地之得名 似或然矣 然亦未知何所據也-

左下二三十里 止水聲寺 與白雲下雲咸間 南來爲八良者 相對 受雲邑一境之水 注于實相之爲萬水洞者 右上爲萬福臺 東其下者 爲黃嶺之主 西其下者 初落爲波根 南止潺江

自萬福稍下 復起爲紗峯 爲山洞之主 直南稍東 爲鍾峯 爲南嶽祠泉隱華巖之主 屈而東爲老嫗堂 爲文殊洞之主 轉而北特立爲般若峯 與紗峯對立 而餘麓止半仙洞 轉北處直而東過兎峴-此下爲文殊·燕谷兩間之主- 爲中般若 爲燕谷花開兩間之主 東止五介

北其下者 爲靈源馬川實相之主 東至鷲嶺 南其下者 爲新興雙溪佛日之主 東至靈神 南下爲岳陽靑巖德山之主 東迤北廻 爲帝釋堂 北爲金臺碧松馬川之案

復一蹴聳起 爲天王峯日月臺 此所謂頭流之上峯也-南爲德山之後 北爲國洞之
後 所謂國洞 亦有城址門限 而未知那時那人之所創設也- 稍下爲-缺-峯-此峯爲
碧松義閣之主- 自上峯 遠近體勢 與帝釋峯齊 天王儼然帝拔 而兩峯若侍臣之左
右供衛也

自此不復上起伏 漸東北其下者 爲文殊王山-駕洛王金仇衡 遜國于新羅 隱于
此以終 故名云- 雙嶺之主 直其下者 爲山淸縣之案 巽其下者 支分派別 爲晉州
之諸山-諸谷之中 橫溪最大- 而餘脈直指金海 此其山形之大率也

其水之北者 源於般若之西北 自深院 過達宮德洞 合般若之東 北出 而過白
巖臥雲來者于半仙洞 西合浮雲洞 東合開仙洞 歷板郞橫峙內外靈臺元水三華
至實相 會雲邑 一境水來注者

南會于馬川 北會于巖川 東過生林 會三洞柏田之合流者于本通 南爲南江 合
靑巖德山橫溪之水 東入于洛東

南者源於紗峯鍾峯之西 合宿星之流于月川 南至于求禮 合泉隱華巖之流 會
于湖左諸水之合于汶江者 東過五峯 南合白雲諸谷 北合文洞燕谷花開岳陽之水
南爲蟾江 南入于海 此其水勢之大率也

其居 雲峯之山內 咸陽之嚴馬 山淸之雙嶺生林 晉州之橫溪德山靑巖 河東之
橫甫岳陽花開 求禮之吐旨馬山放光 南原之所義山洞源泉 而生利則吐旨爲最
花開次之 嚴馬又次之 形勢則花開爲最 德山次之 實相又次之 深邃則南之稷田
檀川墨溪鶉頭 北之深院白巖景庄-深院白巖今無人- 山人之賴而資生者 高亢則
火耕 阜衍則水耨 不穀處則木物蓜事而已

其市 自豆峙 通于開峙院塔橋燕谷 求禮邑山洞 南原府磻巖 長水邑雲峯邑引
月馬川等市 橫甫德山雲谷晉州邑 山淸邑生林沙斤 咸陽邑安義邑諸市 自南海
昆陽泗川而通焉 其寺刹 雙溪七佛燕谷華巖泉隱波根黃嶺實相水聲百丈藥水君
子靈源無住金臺碧松法華巖川文殊智谷王山鼇臺佛藏靑巖 或大或小 或存或亡
而其它屬菴 則不可殫記 其壯麗則華巖爲最 淸麗則金臺碧松 奇勝則七佛佛日
無住 間 有高僧異禪 開道場說玄妙之蹟 而非吾儒之所可提說

至於層嵓·絕壁·高瀑·深潭·奇禽·異獸·珍菜·仙藥 種種在在 而難以
枚擧 若乃春和景明 百卉敷榮 林林叢叢 自下而上 秋山嵐晴 萬樹染紅 形形色
色 自高而低 蒼屛層疊 錦帳輝煌 百鳥和鳴 萬水爭流

於斯時也 騷人遊客 或躡屐登山 或携竿臨水 或歌或詠 不知日之將暮 豪士
逸民 或張羅賭鷹 或擔囊採藥 或唱或和 不知老之將至 桑菜之女 樵牧之兒 連
袵接踵 絡續不絕

夏則密葉成陰 盡日山行 不知暑氣之炎蒸 冬則積雪滿山 春夏氣交 纔見巒頭
之眞面 是故 窮陰之地 五月氷解 高聳之峯 六月花開 此則四時之山景也

南江蟾津 圍繞東南 漁船樵舸 比比相繼 蟾津東畔 卽所謂豆峙市 而爲嶺湖
之一大都會 每當市日 則島船數百艘 載海錯而溯之 江船十餘隻 粧陸産而沿之
列泊長岸 雲帆飄飄 月櫓戞戞 富商巨賈 馹人儈子 列肆開塵 競競擾擾 日幾隅
市散 或帶潮擧帆 或乘風解纜 或斷或續 爭唱款 乃此則山下之江景也

及其登山而望 則蜿然若龍蛇之蟠結 倔然若虎狼之蹲踞 巍巍乎不可攀 浩浩
乎不可尙 拂衣挺身 飄然獨立 則人欲淨盡 天理流行 自然有鳳飛千仞底氣像 天
朗氣清 野馬消滌 則羣山不敢高 若棊子之點列 大海不敢闊 若洿池之搖漾

騁矚則可以穿巴蜀 騰身則可以挈扶桑 南極北極 手可攀而足可躍矣 雨晴晨
朝 霧靄成海 則分明若天地混沌 我獨先出 佇見兩儀之相磨 日月之合璧 而怳惚
不可狀矣 日出之際 紅光四圍 彩雲層履 俄然若蜃樓之玲瓏 飜然若千兵萬馬 旗
幟刀劍 森列乎萬里 倏然若海濤汪洋 島嶼接連 千態萬狀 畫不得 記不得 此則
山上之奇景也

自有此山以來 不知歷幾世界幾年紀幾人物 而別無奇行異蹟之表表 可傳則三
神仙人之說 尤爲虛妄 惟崔孤雲以文章 擅名于雙溪 鄭文獻以名賢 遺躅于花開
曹南冥以隱逸 卜居于德山 吳德溪以儒士 盤旋于山淸 邊桃灘盧雲堤 以行誼 暫
爾嘯詠於靈臺馬川等處 而其餘有志之士 於南於北 或暫或久 或出或入 何足稱
道哉

余亦沒世一癡漢 隱居于此 三十年于北 七八年于南 今二年于西 而東則未暇

焉 山山谷谷 足迹殆慣焉 或乘舟江海 盡知島民之情 然余旣非豪放之士 又豈是
長往者哉 十上般若 再登天王 仰觀日月之出沒 俯眺山海之巍洋

神州陸沈 廓淸何日 島夷猖獗 雪恥者誰 縱有吾夫子登泰山之志 寧無庾子山
哀江南之懷 撫劍長嘯 歷想宇宙 四顧躊躇 心緒茫茫 病臥蓬憁 不能任情 略敍
遊歷之梗槪 以洩衷情之幽鬱 龍集戊寅之陽月 鐘西逋夫書

정석구(丁錫龜) │
불일암유산기(佛日庵遊山記)

—

출전 : 허재유고(虛齋遺稿) 권하(卷下), 2면
번역 : 『선인들의 지리산 유람록 3』, 보고사, 2009, 262~278쪽
일시 : 자세치 않음
동행 : 없음

─원문

昔崔學士孤雲氏 嘗出入於仙佛間 耽玩花開之勝 於雙溪新興七佛佛日等處
皆有遺蹟焉-雙溪有雙溪石門四字及眞鑑國師碑銘 新興有三神洞洗耳巖六字 佛
日有喚鶴臺翫瀑臺六字 世傳孤雲氏親筆云- 以是爲智異之勝區 於是乎 騷人遊
士 陸續不絕 余亦數次遊歷 而佛日則未暇焉

歲白馬正陽之月 奇友而貫甫 要余同遊 遂出宿于燕湖 復與二三盍 打酒於花

開之口 少憩于雙溪之樓 呼僧馱酒 傾一杯於喚鶴之臺 攀木緣崖而上 自白鶴峯 結咽處 望庵而入 一線路脈 依微於絶崖之下 坑塹之上 前引後挈 行數十步 棧 道杇拉 無緣可涉 責引路僧 更尋別路

去入于庵 只有一老禪 撑眉邀客而入 出于翫瀑之臺 傾壺而飮 遂左右首而眄 焉 則其洞府之幽邃 林藪之繁華 不如雙溪 川石之淸灑 道場之宏麗 不如新興 局勢之安穩 阜衍之婉變 不如七佛 然其危而安 狹而敞 小而大 優而高 奇絶勝 妙 塵念不萌 右三洞 皆不及也

遂帀繚一境 登靑鶴峯 俯臨龍淵 足蹇趮而趑趄 仰視諸天 心忐忑而悚惴 不 可久處 回步周行 試轉石投壑 若巨雷之奮地砰轟 若泰山之摧頂磊落 殆半餉 始 淪於淵中 日旣隕 返于庵 伐竹弄嘯 以暢幽懷 夜雨戲徹晝 不得盡餘景 因冒濕 而還 以留後期焉

권호명(權顥明) | 쌍칠유관록(雙七遊觀錄)

—

출전 : 죽하유고(竹下遺稿) 권2, 10면
일시 : ○년 9월 13일~9월 19일
동행 : 이경유(李敬裕), 자언씨(滋彦氏)

−일정

* 9월 13일 : 수곡(水谷) → 횡포(橫甫) 영계서원(永溪書院)
* 9월 14일 : 영계서원
* 9월 15일 : 영계서원 → 우치(牛峙) → 계영루(桂影樓) → 능파정(凌波亭) → 호암촌(虎巖村)의 박생 서당
* 9월 16일 : 호암 → 흥룡(興龍) → 한몽삼(韓夢參) 묘소 → 개치촌(開峙村) → 취적대(取適臺) → 금동원(琴洞院) → 화개 → 쌍계사 → 노정한(盧廷翰)의 집
* 9월 17일 : 노정한의 집 → 칠불사 → 신흥사(神興寺) → 세이암(洗耳

巖) → 금동(琴洞) → 취적대 → 하동향교 → 횡포 박응지
(朴應之)의 집
- 9월 18일 : 횡포 → 전대동(田垈洞) → 사기현(絲機峴) → 문암(文巖)
- 9월 19일 : 문암 → 옥종 안계리(安溪里)

-저자 소개 　 죽하 권호명

　1778~1849. 자는 현지(見之), 호는 죽하(竹下), 본관은 안동이다. 안분당
(安分堂) 권규(權逵)의 후손이며, 경모재(敬慕齋) 권길(權佶)의 손자이다.
부친은 삼묵재(三默齋) 권도일(權道一)이다. 이종로(李宗老)의 문인이다.
　일찍이 산수를 좋아하여 동쪽으로 봉호산(蓬壺山), 남쪽으로 쌍계사와
남해 금산(錦山), 서쪽으로는 방장산, 북쪽으로는 삼동(三洞)을 유람하고
「유봉호록(遊蓬壺錄)」·「금구노정기(金溝路程記)」와 다수의 기행시를 남
겼다. 저술로 『죽하집』이 있다.

-원문

　雙七之勝 吾所願見者 夢想未嘗不往來於頭流方壺間泉石煙霞之際矣 是歲黃
菊之秋 咸安芝溪李敬裕氏 遭人世難堪之慨 乃起物外挑遺之思 猝然治裝直到
江樓 訪余於竹下弊廬 寒暄之餘 以惠好攜手之意 指日約會
　翌日 轉到水谷 敬裕自安溪踐約而來 契兄滋彦氏 亦有懷緖之人也 見而欣然
聞而樂之 明日 三老同筇作行 轉到橫甫永溪院 卽九月十三日也 不侫曾經此院
主任滋彦氏 亦連楣是村 以故老少諸益 聞而齊會 且文巖河友幼範·安溪李友
子仁 亦同日竝至 一宵剪燈 促膝論心
　翌朝 參謁一蠹鶴峰兩先生祠 卽欲發行 本邑有司金斯文 亦以會面次來臨 且

本村諸益 挽之甚勤 因留宿院中

翌日 與幼範子仁甫作別 與本村朴君錫甫 聯袂作行 踰牛峙 過桂影樓 因上
淩波亭 亭卽昔日李泓氏所創立者 而中間轉遞數主 以作逆旅之一蘧廬 而年久
之致 棟宇頹廢 使江山絕勝之景 將至無主之境 不無曠感之歎也 因隨水而行明
沙 挾江蒼崖入雲 所過無非勝景而而已 向暮君錫甫指點虎巖朴生書堂以爲投宿

十六日 自虎巖 至興龍店 路傍有一神道碑 視之 卽韓鈞隱墓所也 直上墓所
轉眄其局勢 龍虎儘是一明堂也 因下山至開峙村 此是花開岳陽分界也 水之自
北而來者 卽洞庭湖也 向西去者 卽瀟湘江也 上有一巨嶽 東出而蔚然者 卽岳陽
樓古址也 西出而着然者 卽姑蘇城遺堞也 其外又有寒山寺遺址 其上一高峰積
石而削立者 神仙臺也 其下一平麓 東走而臨野者 鳳凰臺也 野中一橫麓 枕流而
平鋪者 所謂君山者也 左右疎篁細竹 挾岸緣崖者 卽所謂班竹也 西至數里許臨
江 一巖石盤陀可佳 而石面有刻取適臺者 卽韓錄事古址云 登臨休憩 風景甚佳
而但以荒禁無由謀酒 君錫甫買霜柿分喫

行到六七里 織綿川杼島絲灘 亦一奇賞也 到琴洞院 院卽文昌侯安影之所也
侯嘗停琴於此 故院號因以琴揭焉 一蠹先生 亦嘗棲隱於此 故後人以德隱名其
村云 昏黑至院 不得趁謁 及朝瞻拜 其淸高氣像 洵所謂仙風道骨也 使後學 得
拜千古之像 而悅如朝暮之遇 亦豈偶然哉 因轉向雙溪 君錫甫適以院中有事 不
得聯筇 臨岐之悵實 無可言

行到花開市邊 向北緣溪寸寸前進 抵雙溪寺洞口 其泉石之奇 林壑之勝 使遊
客 停筇坐翫愛而不能捨去也 其石上大書雙溪石門四字 轉入而渡長橋 過一柱
門 其門神之魁偉 門制之宏敞 亦難以形容也 因上八詠樓 周察寺觀梵宇之鋪置
亦可謂三韓一大刹也 但寺弊役重 緇徒解散 祇有數三比丘而已 又上靑鶴樓 見
八相羅漢影閣 制度亦甚壯麗 自寺前 西麓逶迤 至溪上 渡木橋 轉向神興寺舊址
日已向暮 又無客店 路上徘徊之際 忽有一老人 自木橋渡來 問其姓名 乃盧廷翰
甫也 自渭城轉居于此 而買神興寺古址 因以栖息云 因引入其家 一宵談語 曾以
崔孤雲紅流舊韻作原韻而作詩 傳于壁和之者 已成許多軸矣 滋彥氏及敬裕和之

余又續貂轉向七佛洞 有三神二字 卽孤雲先生遺墨也 周覽訖 更渡木橋 緣溪
而入 崎嶇轉深 左右紅樹 無非綿繡溪山步落葉攀層蘿轉轉而上 寺在最上頭 而
有一高樓 榜曰東國第一禪院 自樓下 踏層梯而上樓 制甚宏敞 丹艧照耀眩煌 不
可具狀 此刹卽新羅古刹 初名雲上院 而其後七王子來此成佛 故因以七佛名焉
歲在庚寅 浮屠灾盡入灰燼中

有一大師 名普明 號金潭者 時在此慨然發嘆爲重創之計 身爲化主 周流八域
施得錢 至一萬餘 數因舊礎 乃立普光殿與普悅樓 左右相聯 粤明年告成云 因入
亞字房 觀其制度 如神雕鬼鎪 不可測料 而法禪之向壁而坐者 箇箇若生佛也 且
觀七佛影像 大小雖異 而典刑略相肖也 無乃兄弟而匪他耶 上玉簫臺 臺之傍又
有千年老檜 其圍至五六抱 半折而略有枝葉 泉上又有老松 長不滿尺 而盤地過
數席許 亦一奇觀也 敬裕先吟一絕 余及滋彦氏 又和之

歷訪神興寺古址 前有川石之勝 乃三神洞第一爽塏也 水性甚淸澈 石面甚磐
陀 上可坐數百餘人 巖面大刻洗耳巖三字 卽文昌侯手書也 筆力甚強健 字體亦
森嚴 其傍又有明菴鄭處士杖 · 本道伯金魯敬題名處 且列邑長官之題 過者不知
其幾 此非所謂石面半朝廷者耶 乃磨墨于石上 懸筆於杖頭 題三老於諸名勝之
次石 不受墨筆 亦無力字不成樣 可歎也已 又尋石瓮巖竇之直穿 至丈餘者 爲三
四穴 栗木則自雙溪洞口 至七佛庵前 緣溪挾路 參天而蔽日者 不知其幾萬本 而
大或至三四圍 高不知幾十丈 而一無蟲剝蠹食之痕 異哉 樹木之有宜土者然耶
抑爲山靈之所愛惜而然耶 未可知也

爲其重訪盧老 更向來路 轉至琴洞 乘暮入影堂 君錫甫已歸家矣 玉溝居崔禹
敬氏以本孫歷宿于此 而因說建院顚末 且以壁上韻勤請以和辭 拙不得各構一律
以贈之 向眞灘 更入漁所 水淺石露 魚不上梁矣 再到而一鱗不得嘗無 乃蕈羹鱸
膾 已晚於張季鷹孤帆之秋耶 銀鱗玉尺無分於杜草堂丙穴之句耶 殊可恨也 前
至取適臺 過友人家 趲至本邑鄕校 而有司已出矣 到橫甫 入朴應之家 留宿

仰見黃嶺 其高插天 老脚畏怯不能踰越 乃自田垈洞 越絲機峴 轉到文巖市店
日已沒矣

明日 因與滋彦氏分路 酒與敬裕 入安溪寬之甫家 留宿 又分作歸家之行 浮

生聚散 固知無常 而臨岐之悵 隨日惹懷 雲樹之隔 信是垂暮之不能堪也 聊記顚末 以爲異日故事

노광무(盧光懋) | 유방장기(遊方丈記)

출전 : 구암유고(懼菴遺稿) 권2, 5면
번역 : 『선인들의 지리산 유람록 3』, 보고사, 2009, 279~288쪽
일시 : 1840년 4월 29일~5월 9일
동행 : 노성희(盧聖希), 노내평(盧乃平), 성치권(成致權)

−일정

- 4월 29일 : 장감(長甘)의 친족 집
- 4월 30일 : 친족집 → 진덕령(進德嶺) → 법화암(法華菴) → 엄천(嚴川)
  → 묘전(畊田) → 벽송암 → 가락성(駕洛城) 허동지의 집
  → 홍종찬 방문
- 5월 1일 : 의탄(義灘) → 당흥(堂興) → 군자교(君子橋) → 운학정(雲
  鶴亭) → 실덕점(實德店) → 정장점(亭壯店)
- 5월 2일 : 진관동(眞觀洞) → 암자(암자에서 아침을 먹은 후 일정이 없음)

- 5월 3일 : 옥포대(玉抱臺) → 묵언각(黙言閣)

- 5월 4일 : 묵언각 → 농산재(籠山齋) → 세이암 → 농산재

- 5월 5일 : 농산재 → 신흥사 터 → 청계암(聽溪巖) → 쌍계사 → 최치
  원 영당 → 덕은동(德隱洞) 차씨 집

- 5월 6일 : 차씨 집 → 정여창의 유허지 → 취적대(吹笛臺) → 악양 →
  침호정(枕湖亭) → 차씨 집

- 5월 7일 : 차씨 집 → 하동부 → 영계서원 → 덕천서원 → 세심정 →
  광풍제월헌(光風霽月軒) → 덕천서원

- 5월 8일 : 덕천서원 → 남명 조식의 묘소 → 취성정(醉醒亭) → 산천
  재 → 고죽루(孤竹樓) → 송객정(送客亭) → 대원암

- 5월 9일 : 대원암 → 유도리(儒道里) → 오봉촌(五峯村) → 화림사(花
  林寺) → 집

-저자 소개   구암 노광무

1808~1894. 자는 순가(舜嘉), 호는 구암(懼菴)·송파(松坡)이며, 본관은
풍천이다. 경상남도 함양군 개평(介坪)에서 태어났다. 물재(勿齋) 노광리
(盧光履)에게 수학하였다. 1847년에 부친상을, 1852년에 모친상을 당하였
는데, 부모 공양 시의 법도와 정성으로 칭송이 자자하였다. 1888년 이 일
을 근거로 부친을 포함한 3대가 가선대부(嘉善大夫) 동지중추부사를 증직
받았다. 저술로『구암집』이 있다.

-원문

歲庚子四月晦 與族兄聖希氏 爲方丈之行 行不數里 天雨 入長甘族人家 留宿

翼日 族兄乃平氏來 請伴行 與之 踰進德嶺 入法華菴 菴僧進午飯 飯後渡嚴
川 直抵茆田 越一嶺 有一庵曰碧松 西小樓曰弄月軒 軒頹 方修葺 諸僧奔走 無
與開話者 乃西南下數里 入駕洛城許同知家塾 訪洪君鍾贊贊之

明日 北下義灘 有一木橋 高數丈 水深丈餘 余心甚驚危 前者扶 後者擁 艱辛
渡了 汗出沾背 道塗皆笑其怯 西去數里 入堂興 訪族姪景實 出外未逢 贊之 命
漁者網魚 大小凡十餘 於是 膾鮮呼酒 滿酌成醉 而已南渡君子橋 橋南有雲鶴亭
大書巖上曰梅村鄭先生所遊云

過數里 入實德店 贊之曰 此有梁君輝瑞 余曰吾固願見 未幾 梁君出店 坐數
語 余問靈源此去幾里 贊之曰 不過數十里 於是 與洪梁 就亭壯店 覓酒不得 因
別洪梁 少入眞觀洞 成生致權來 請隨行

入庵 崔僧永一 朝夕供饌物 甚款厚 余問此去七佛幾里 答曰五十里 道塗則
碧霄嶺甚高 嶺北則差可往來 而嶺之陽 磧石數十里 樹木參天 但見天日矣

明日 向七佛 所歷處 果如僧言 入庵 菴後玉抱臺甚奇 菴宇近灰燼 重修之 甚
雄壯 西有黙言閣 房以亞字爲之 僧云 此是造化翁所造 以新羅時作 而屢經兵火
至今完久 一不重修矣 菴扁曰東國第一禪院 但僧習太頑

翌日 到籠山齋 此卽族人季良氏晚年所構者 乃與主人 就崔孤雲洗耳巖 盤磚
終日 宿於籠山齋 夜雨翌晴 渡川歷覽新興寺古墟 直東南下九里 又東北渡一木
橋 有巖名曰聽溪巖 乃孤雲先生所遊也

自巖又北渡一木橋 入小許路 兩傍各立大石 以大筆 書雙溪石門四大字 入寺
內 樓閣多頹敗 大雄殿東南壁上有孤雲先生遺像 南至新村塾 訪金友 午後 東南
下花開 路北山下有孤雲影堂 小下 入德隱洞車氏宿

翌日 與主人 訪一蠹先生遊所 山高水長 宛然如陪杖屨 又東南下 登韓錄事
吹笛臺 復下 入岳陽族人書塾枕湖亭 坐覽瀟湘八景 主人又贈子斑竹一本 大如
無名指 長六尺 余喜而受之

翌日 抵河東府 府西南有臺 暫登休脚 府南五里有市 自五月初七日爲始開云
自市北去 入永溪書院 謁廟

翌日 至德川書院 登洗心亭 有先來者 各言姓名 曰河錫祐・李元根字能彦號
竹窩・成致貞 皆住本州 成必五・必中 皆居河東 入敬義齋 齋南東有軒曰光風
霽月 左右墻垣 則以三綱五常築之 皆守愚崔公所修 而屢經兵火 至今完好云 日
夕皆歸其所 惟河錫祐同宿

翌朝 謁廟 出就醉醒亭 小坐 又東至山天齋 肅然如陪杖屨 胸襟灑落 又西北
至孤竹洞 訪李元根氏 迎接甚款 北至十里 有南冥先生送客亭 入店休脚 又西北
二十里 有大源庵 蓋取方丈第一源之義 而扁之也 又西北過儒道里 越一嶺下 自
山淸五峯村 至花林寺 午飯而歸 因錄其詩軸 而復敍其行程如此 以備山中故事
云

민재남(閔在南) | 유두류록(遊頭流錄)

출전 : 회정집(晦亭集) 권7, 19면
번역 : 『선인들의 지리산 유람록 3』, 보고사, 2009, 289~314쪽
일시 : 1949년 윤4월 17일 ~ 윤4월 21일
동행 : 노석룡(盧錫龍)

−일정

- 덕천(德泉) → 장현(場峴) → 중대촌(中岱村) 촌가 → 춘라대(春蘿臺) → 외대(外臺) → 내대(內臺) → 신촌(新村) → 노용정(老甬亭) → 삼장촌(三壯村) → 대원암 → 용추 → 율전곡(栗田谷) → 정상 → 오봉촌(五鳳村) → 화림암(花林菴) → 방곡(芳谷) → 사점막(沙店幕) → 자례촌(自禮村) → 범천(帆川) → 송림(松林) → 주암(舟巖) → 귀가

–저자 소개　　회정 민재남

1802~1873. 자가 겸오(謙吾), 호는 회정(晦亭)·청천(聽天)·자소옹(自笑翁)이며, 본관은 여흥(驪興)이다. 1802년 4월 16일 외가인 함양에서 태어나 산청에 거주하였다. 외삼촌인 물재(勿齋) 노광리(盧光履)에게 배웠다. 과거에 낙방한 뒤 학문에 전념하였다. 장성(長城)에 살던 노사(蘆沙) 기정진(奇正鎭)을 찾은 후 그의 영향을 많이 받았다. 덕계(德溪) 오건(吳健) 이후 학문이 쇠락했던 산청지역의 학풍(學風)을 진작시켰다. 저술로『회정집』이 있다.

–원문

日玉洞老人盧錫龍 執丈餘杖 踵門訪余 余時午睡方濃 撞地高唱曰 晝寢何故 驚起迎之 旣就席 置杖於坐側 甚愛護焉 其大不滿半握 重不過一斤 皮骨斑斑成文 若著釘粧飾然 擧以墜諸地 則硜硜有金鐵之鳴焉 余拊之曰 此何木耶 山梨也 梨之爲木 罕覩其直且長者 如是叢薄窮山 不爲樵蘇之所侵斫 而轉入於老人之手 物之遇 幸矣 而抑有可嘆者 若使佚宕遊散之少年 扶而陟崇岡 涉長湖 則凌千里 遍八域 無限名勝 可以踏閱 乃今所見者 不出渭南剡中耶 惜乎 其不遇主也 杖兮

老人勃然曰 吾年七十二 粤自杖鄕出入相須者 此物也 居則同坐 起則並行 鳥雀之害穀 揮而逐之 行旅之問程 擧而指之 田有水 倚聽焉 郡有令 扶往焉 體疲步倦 則兩手據其端 又腰而伸之 或遇窮磎斷澗 可涉不可涉處 則任余身而側倚 作氣發聲 勇超一二丈許 老年快事 何加於此 自以爲與物相得死生同歸 遽反以廣搜遠歷 欲責其功 甚矣 子之好怪也

余作而謝曰 學聖人者 豈不思不語怪之訓 素好奇古 往往忤俗 無怪其目之以

好怪也 夫人之遇不遇 早晚異焉 物之用不用 久近別焉 貴賤賢不肖 老則固杖之 杖則必未久 故卽物感懷 發此不遇主之歎 非謂其不遇於物也 自古杖之有功者 葛坡之化龍 叢林之解虎 圯橋丹藜 花溪桃竹 至若糜生蘆丁公藤 皆已見稱於世 以山梨爲杖者 今始見之 好怪孰甚於此 況齒洽望八 跡不出百里之外 可知其無 勞於杖 而固非杖之不欲勞於人也 遽將一枕靑山 長臥不起 則是杖也 與誰奚適 見今衰謝 猶剛康 雖難遠歷 近有方丈 方丈三神之一也 往往有遊仙者 其中又有 不死藥云 幸及此時 扶而陟之 採其藥而壽斯民 則物與我 皆無盡藏也 杖之功 豈小哉 毋使不遇於其主 無稱於後也 老人輾然良久 嫣然笑曰 諾 余遂折九節竹 杖之聯節 而南行 歲己酉閏四月十七日也

午後過德泉 將向舊沙村 行數里 越場峴 舍直路 由小逕而右 一樵夫問曰 未 知何處居兩班 欲向那邊 必從此逕 登降極艱 宜從左 余曰 知我爲遊山客 足矣 何必問居住向方 樵夫曰 吾恐其失路 故敢有問焉 且諺曰 知路問行 請無怪之 指小叢石間曰 此有泉 極淸冽 不渴手掬飮之 好哉好哉 曰瓢以飮之可也 而忘了 未借矣 子敎以掬飮之 倘先會得耶 樵夫笑曰 偶發適中也 遂滌掬飮之 果味好 謂老人曰 試飮之 飮之曰 恨不便作酒也 曰酒客見水 常戀酒 所謂因物情遷者也 相與噱噱

舉杖叉腰 行吟招隱操一遍 過中坌村 一脊山脚 欲走反蹲 上有草茵 遂坐爇 烟草 有童男女三人 驅牛下來 可知日之夕矣 起而環脊 抵墓所拜省 向山直家 其老母出迎曰 兒也俄出獵矣 倘獲一雉 可以供餐 有頃 荷銃而返 無獲矣 老人 歎曰 食指不動 非主之過 客之數空矣 進夕飯 辭以無餐 見卵汁一器 甚濃脆 余 笑曰 鷄卵甘軟 不下於山鷄也 夕後出戶 踞巖上 時山月隱隱 草鳥相應 凝然得 山中意味 夜分乃寢

粵八日 向向陽洞 山直子 年才八九 挾冊而前 汝何去 將學於吳先生 知其爲 義之氏也 隨童而訪焉 林間一草亭新搆 甚開朗 小坐 向春蘿臺 義之彈冠而出 又有朴生者 偕焉 至外臺上 呼酒勸老人 杯行到余 余曰 未也 借老人 飮之又飮 之 其酣適之味 不下於自飮也 入內臺中 見壁面 有蘇學士筆額曰 紫烟洞天 距

今歲過百 而遺芬如昨 摩挲久之 彷徨口吟

因登臺上 有小屋三間 著巾老人見客 換著笠 下階迎 因坐行酒曰 客與我同
庚 故敢進情杯云 頫其庭 矗矗石墩 可十許仞 溪水觸墩底 隱不見 但聞山鳴谷
應 若使坡老到此 必曰 復覩石鍾山也 傍有十數竿脩篁 挺綠於林端 庭畔數本花
叢 欲發未發 含紅吐香 兩岸嘉木 挾墩成陰 無一點透陽 不風而凉生 樵採之往
來於方丈者 必由臺中行 歌以和水聲 不鼓而自應 無非奇絶者

謂小屋主人曰 自古溪山勝致 必有主張者 傳焉 鈷潭得宗元而闡 蘭亭遇逸少
而名 今此無限名勝 寂寂在窮山荒谷中 何不粧點烟霞 吟唱花竹 使一世知有春
蘿臺 則後之韓士文 豈非柳宗元王逸少耶 主人曰 蘇學士先焉 余笑曰 老人生長
於此 棲息於此 卽几案上物也 何必讓與湖西古人蘇學士乎 曰恨無文章如學士
故耳 曰學士文章 吾未知其何如 而四字題壁 只一過去事也 學士平生遍歷山川
或發口氣 或留手跡 以此便謂之主 則學士當時八域名勝 盡爲學士有耶 老矣 主
人也 且無文章 宜乎讓美於人也

遂別東轉 過新村 村則金進士養直舊居也 進士好飮酒 善詞賦 本湖南人而寓
居於此 至老登庠云 至市街店 午餉 望栗峴 老人欲前 且却吃吃 作惡聲曰 吾聞
此峴之截險 久矣 胡令望八者 自斃於山下乎 余扶而推之曰 泰山頂上 不屬泰山
緩步則當車 進進不已 必有歇泊到頭 此非先難後獲之功乎 又大唱曰 子則學聖
人者 學聖人者 亦嘗聞置人於自斃乎 余若生還 更不與子相對 徐答曰 八耋老人
相對 其幾何 行路談話 爲其忘勞 反以爲過 切不復開口 乃先行至頂上 脫衣掛
梢 披襟納凉 久之 老人乃至 誵狋然大笑曰 我生矣 果先難後獲也

至老角亭 一樵竪寘薪於巖曲岸側而焚之 欲何爲 將以播豆 嘆曰 山居産業
苦哉苦哉 所謂火耕者 此也 挾橫溪而西 訪金敬集 叩扉 寂無人也 一間蝸屋 松
架竹籬 有藠軸底趣味 悵吟一絶 因向大源菴 涉溪至藪中 一老松盤屈枕溪上 可
觀也 又吟一絶 入店舍 飮老人以酒 余則痛飮一椀水 適遇過客安東金生者 曰
急走 可以趁僧

夕越溪 過三壯村 望之 塔出五六層 知其爲古寺址也 緣溪路轉 漸入佳境 無

登降之勞 可騎行也 洞門乍開乍閉 山西則水東 水西則山東 若犬牙相交 如是者 六七曲 計程十五里 因渡略彴 草薰挾逕 木蔭蔽空 泉落淙淙 鳥鳴喈喈 谷深人 寂 無異挾仙遊眞 非若勝踐景物也 老人張目掀鬚曰 試看吾兩腋 不生翰乎 頓忘 吾幾甲子也 余笑曰 栗峙之言 忘乎 如此仙境 因人初見 宜乎不相對也 曰吾妄 發矣 因抵寺門 竹風曳烟 磬聲隱隱 登前樓 一衲卽趍禮客曰 遠來良苦 夕供方 張 引入房內 菜蔬可餐 疲臥穩寢

晨鍾鏦鏦然攪耳 緇徒五六十 奔走汲供 余負手徊徨於廳上 見春帖詩云 夜靜 水寒魚不食 滿船空載月明歸 辭甚蕭爽 然非春帖之意也 至後苑 白頭著衲 捨錫 合掌 訖引余入 出一卷册 乃闕里祠記實也 祠在今華城府梧山之北 孔氏居此者 甚蕃 正廟末 因多士請 自內閣 摹聖像 妥于子姓所居 而因名焉 錄用其後 故丹 邱宰孔允東是已 擎玩一通曰 此胡至此 老衲姓孔 故貿來 而亦頗識文字者也 余 曰 子雖聖人之後 出家則異途也 祖如來而宗石虎 所尙者 楞嚴圓覺 足矣 豈以 此置諸偈唄之案上乎 子可謂聖祖之罪人閻浮之亂類也 老衲僕僕焉 余歎曰 昔 昌黎氏送文暢 而惜其墨名儒行 今子亦近之耳

時石南居韓老人在傍 衣冠甚古 顧而語余曰 此處奇絕 時又寂寥 可共一日之 話乎 曰吾意然 相與登塔殿 韓老曰 此菴據方丈東麓 山抱水涵 所謂壺中天地也 僧居以來 遊散繼屬 疲於供頓 然僧無離散 菴亦不貧 沙門福地 甲於此山 且塔 殿基 則靑烏家以爲金龜左掌 道場潔淨 故藏舍利焉 塔蓋九層也 第四前面 坐寸 許金佛 第六亦然 僧之言曰 表其藏處也 環鋪細石 石上設一蒲席 卽六時供香積 拜呪處也 以長竹四竿 周于塔 間以一丈許 高則去地纔尺餘 蓋禁其遊散之混跡 也 傍植芍藥牧丹向日佛道花蘭三叢竹數百竿 其餘不識名花卉 亦種種矣

塔西開一扉 扉外卽千丈絕頂也 以長橡木累十箇 刳其心 通頂上 水鱗次引注 注之廚前木甃中 聽之瀊瀊 呻之泠泠也 出曲樓 見蘇學士板上韻 歔欷久之 曾與 盧君雲甫 訪淸坡上人 同娛屢日 聯次是韻 忽忽作十年前事 其人亦皆已逝 故悵 吟復次 老人含音 繼以呫呫曰 恨不學吟詠也 無限勝致 收拾眼力 而未發口氣 何異聾瞽之無見聞耶 痛矣 我負山水 山水豈負於我哉 然子在焉 闔開錦囊 無遺

所歷以破俗眼 歸爲枕屏上奇觀 則吾當從傍指點曰 此某峯 彼某溪 樓臺幾處 巖石幾箇 花鳥之可悅 竹木之可觀 一一口品 則人必不笑余寂寂 豈非無文者之與榮乎 余曰 於畫未學彷彿 詩與文粗識效響 然敢望詩中畫耶 第圖之

遂早發 訪龍湫 草逕側崖 迷不知所之 聞權少游崔竹下 曾有龍湫諸作 見久未諳何韻 卽拈龍字柱杖吟 至栗田谷 兩邊村落 西則臨澗土平 東則登岸地側 片片山田 圍巖而麥黃 懸崖而荳靑 渡一長杠右轉 望之西峯絶頂 上有童子負沙盆披草而上 不見人家之現形 但有一抹長烟 凝於樹杪 俄見一農夫負犁出林間 黑牛在前 隨後者黃犢也 回絶頂 向山田望之 若畫中景也 時朝陽乍透 草露未晞二人遂脫氅衣 帶以荷之 行三里 嘉木蔭路 巨巖環溪 水之游者 潭之走者 瀑之甚奇絶處也 遂坐移時 浪吟一絶

已而 一人踉跹而至 問之 姓金也 自東都 移寓於榆杜里 已八年云 余曰 不善變也 出自喬木 遷于幽谷耶 金生曰 莫非王土 何往非民 而所取者 漁樵無禁 耕種無稅耳 曰 旣爲王民 則何以取無稅 子將以榆杜里爲武陵源耶 東都未嘗無山而胡此遠爲 曰 方欲出山 而移巢之鳥 投處深林 故姑留未返 然每月明夜寂 有鳥喚歸蜀道聲 聲則悽然 發不平懷想 或微雨過林 白雲宿簷 飛泉瀉淙 嬌鶯學音樵歌採謠相應於窮山深藪中 則自不覺山居興味之凝然挑出 吾未知武陵之如何而隔絶人烟 想必如是 所恨者 無桃花也 余憮然曰 子固隱矣 長往不返也

因與行百餘武 路岐當前 左而涉溪 溪之邊 一草幕搆之 壁未乾也 老婆衣裝甚鮮 釃酒方壺 老人痛飮三椀曰 孰謂山中無別味 且有山中貴物也 別味雖飮 而貴物難覯 可恨可恨 老婆知其戲言 答曰 人皆可親 豈爲貴物乎 別味足矣 相與呵呵 余勸金生 飮二盃 甚喜之 遂登頂 行一里許 谷中作局 有上下村 上六家下十三家矣 生入簷下石广 俄而出 右手擧爐 左手掬烟草曰 窮山窮家 無待客之具 甚赧甚恨

越邨後峯 谷無樹木 草茂逕斷 杖以披之 到頂上 路懸如繩 下臨千丈 頻見三人向我而上 祖而各負一任 揮汗如沐 前者搖箕而高唱 若歌若哭焉 老人曰 此所謂發狂大叫者也 余曰 以彼視我 我二人已到十分地位也 仍望遠近 峯巒糾攢 面

面呈奇 或奔或蹲 如飛如臥 欲東而反西 乍低而還聳 有揖而進者 有儼然立者
萬千氣像 眼與心會欣然 若有得焉 余嘆曰 文章亦然 長於健則短纖 詳於實則略
華 富麗者浮夸者閒雅者豪儁者 不相蹈襲 各成一家 以古人歷指 擬議於山 則惟
太史公 卽天王峯也 浪吟四韻

自峯而降 過五鳳村 村前有亭甚凉 藉草少歇 下有農夫二人 一則種秧 一則
負秧 若有山中安閒自得之意想也 至花林菴 敗墻壞壁 寂無人聲 欲上曲樓 柴棘
遮階 遂避還入廚西 禿頭老衲 向陽而睡 有新剃僧 自竈中出拜曰 日已午矣 療
飢乎 曰未也 因臥樓上穩睡 有攪而起之者 食床在前 甚淡泊矣 僧曰 小僧俄自
竈中作雪餠 當請其以餠療飢 未知嗜否 故敢此炊飯進之 曰惜乎 其不請於炊飯
前矣 況偏嗜者乎‧ 遂買三片餠 僧以葛葉如掌者六七枚裹 而納諸袖中曰 行而飢
可餤也 行過芳谷 訪河友乃範 出做於晉陽云耳 路中寓吟 過沙店幕 遇識面老嫗
出袖中物 與之

至自禮村 拜于墓所 訪梁丈 到帆川 朴友極老 自湖南新寓者也 問其家 卽其
扉外也 一婢阿鮮衫靑裙 引入於庭中曰 客從何處 曰大浦來也 主人自內而出曰
今日之行 爲我委訪耶 歷訪耶 余曰 子之問 欲試吾情之疎密 待之有厚薄耶 吾
性簡傲 於交人 淡泊無暱密 以汎愛觀之 海內皆兄弟也 安有疎則歷訪 密則委訪
乎 極老曰 非謂此也 子素不喜一脚出門 忽此辱臨 故驚喜猝問耳 余笑曰 苟知
爲然 豈非委訪乎 相對握握 遂强余脫衣冠 授以枕 忽有二靑童 以叢竹苞獻主人
曰 自牛頭來 視之 江魚也 余笑曰 吾聽厥童之言 始信肉矣 胡乃魚耶 極老曰
牛頭 村名也 所親某 爲我送此 此時此物 猶勝於安邑之猪肝 不遜於江州之菊酒
也 急呼靑裙婢 膾以肴之 勸余以酒 酒則辭以未能 極老曰 雖知素不好飮 而美
人所勸 安可恝然乎 强飮數匙 乘醉終宵噱談

朝後携手 出松林 循江而下 回至書堂 丹城權生 亦在焉 復呼酒作別 出江上
指路 有一墩雜土石臨江 若孤帆之出海上 村之名 以是故也 遵江尋路 路中口吟
行至舟巖 十數衣冠 列坐亭下 乃鵝湖鄭上舍愚溪河老丈諸人也 方設川獵 强余
同娛 固辭 將發 老人唱於座曰 今行與少年作伴 所辱者 夥矣 逢此儕輩 正吾得

意秋也 子獨行矣 子獨行矣 叩山梨杖而揮之 余溫辭而對曰 同行山裏 所見者好
風景 所食者美飲食 有何所辱 反欲荷杖耶 一座大笑 遂別 乘昏抵棲 計日合五
里周百也

하달홍(河達弘) ｜ 두류기(頭流記)

출전 : 월촌집(月村集) 권6, 4면
번역 : 『선인들의 지리산 유람록 4』, 보고사, 2010, 45~48쪽
일시 : 1851년 윤8월 2일 ~ 윤8월 7일
동행 : 유흥기(柳興耉), 최호(崔浩), 최열(崔冽)

–일정

- 윤8월 2일 : 건암(巾巖) → 갈치(葛峙) → 공전촌(公田村)
- 윤8월 3일 : 공전촌 → 살천 → 살천현 터 → 동당촌(同堂村)
- 윤8월 4일 : 동당촌 → 예현(禮峴) 한찰동(閒刹洞) → 거림촌(居林村)
- 윤8월 5일 : 거림촌 → 미금동(美禽洞) → 중봉(中峯) → 만경대(萬景臺, 磧石洞) → 외적평(外磧坪)
- 윤8월 6일 : 외적평 → 석문(石門) → (하산)
- 윤8월 7일 : 갈현(葛峴) → 귀가

-저자 소개　　월촌 하달홍

1809~1877. 자는 윤여(潤汝), 호는 월촌(月村)이며, 본관은 진양이다. 경상남도 하동군 옥종면에 거주하였다. 7세 때 최중집(崔重集)에게 수학하여 신망을 받았으나 출사하지 않았다. 문장에 남다른 관심을 지녀 한유(韓愈)와 유종원(柳宗元)·소식(蘇軾) 등 당송팔가문(唐宋八家文)을 본보기로 삼았는데, 한말의 대문장가인 회봉(晦峯) 하겸진(河謙鎭)에게서 이들의 문장에 뒤지지 않는다는 칭송을 들었다. 노사(蘆沙) 기정진(奇正鎭)·한주(寒洲) 이진상(李震相)·만성(晩醒) 박치복(朴致馥)·면암(勉庵) 최익현(崔益鉉)·후산(后山) 허유(許愈) 등과 교유하였다. 저술로『월촌집』이 있다.

-원문

頭流固所願遊而未得者也 是年秋 倬潤自陞補來 因與偕行

乙酉 早朝過巾巖 憩葛峙 暮入公田村 村之北有某村 姜山立故墟 其人落拓以詩酒自恣於世 嘗與我遊於源菴水石之間 嗟乎 斯人已亡 今過其墟 可慨也

丙戌 朝渡薩川 訪尹上舍於介巖寓居 巧違未敍 路遇姜宜見崔氣然 班荊少話宜見以事還家 相別甚悵 沿溪十里 往往有嵁巖蒼松 山下有犬吠煙村 三韓時 薩川縣也 薩川之水 其源有二 一自中山來 一自居林來 至此始合流 不及同堂村十里 時日旱已久 水淺石出 可涉

丁亥 踰禮峴 行五里許 抵開刹洞 山益深水益淸 唐人詩云 漸入佳境如啖蔗正爲此也 兩三殘落 枕溪棲雲 意必有異人居焉 其上乃居林村也 路過絕壁 岩石如疣贅狀 危若將墜 仄身捷過 回思悚慄 珍禽異木 皆一生所未見也 洞口有一小店 因投宿 是夜 玉宇崢嶸 微月初生 怡然若超鴻濛混希夷

戊子 自居林 過美禽洞 誌云 頭流南麓 靑鶴來巢 洞以是得名耶 解衣脫冠 偪

僂行二十里 到中峯絶頂 石刻高麗落雲居士李靑蓮書十字 筆力古健 左道藏洞
右磧石坪 東北間 崒兀特立者 天王峯也 南望諸山 如陂如斗 諸山之外 卽一大
海 而天與水相接 只一蒼蒼焉而已

南下 行數里 抵萬景臺 此世所稱磧石洞也 其木多檜多柏多靑藜 橡木居半焉
其草靑玉當歸芍藥沙蔘之類 不可勝記 石刻鶴洞二字 其下又刻壬字 同行中權
生 乃山下人 今乃始見云 古傳靑鶴洞 卽東海仙源 自李仁老以後 冥搜隱遁之流
求之者 何限 而竟未得焉 桃源之說 似近荒唐

渡小溪 抵外磧坪 日暮天雨 僅得一弊廬止舍 對竈燎衣 撑鍋造飯 相守不寢
燃松度夜 朝起視之 雲散天晴 萬壑如洗 出洞行十餘里 有石門當路 下可容車馬
上可庇風雨 長數十步 極雄偉巉絶 其南五峯羅立 通趾頂皆石 劒拔戟竪 令人危
怕 及下山 日已晡矣

庚寅 登葛峴 更望頭流千疊 指點昨宿處 杳然若天上 乘暮還家 時辛亥仲秋
同行者 柳士潤興朞·崔氣然浩·崔倬潤泂也

하달홍(河達弘) | 유덕산기(遊德山記)

—

출전 : 월촌집(月村集) 권6, 2면
번역 : 『선인들의 지리산 유람록 4』, 보고사, 2010, 49~52쪽
일시 : 자세치 않음
동행 : 자세치 않음
일정 : 자세치 않음

-원문

頭流之下 環而邑者 八九 皆稱山水鄕 而晉爲最 晉之西居而里者 以百數 皆稱山水村 而德山爲最 由陶邱臺 至入德門 兩山相接 殆若路窮 由入德門 至絲綸洞 稍得開曠 十許里之間 嵯巖蒼松 淸流激湍 皆可喜 昔韓錄事 知麗政將亂 隱居不出 屢有絲綸入洞 以是得名

其後南冥先生 晚年卜居于此 溪上有數間精舍 榜之曰山天 卽先生藏修之所也 有四聖賢遺像 先生嘗手自模寫者也

西南行一里 鄕人立書院以俎豆之 額曰德川 堂曰敬義 蓋取敬義吾家日月之
義也 院門外十數步 有洗心醉醒兩亭子 逼近溪側 薩川之水 自西而東 紅溪之水
自北而南 至此始合流 黛蓄膏停 洞澈可鑑 垂綸接蔓 窅深莫測 川之上有茂林
林之外有曠野 或緣溪而行 或登亭而息 縈靑繞白 萬狀獻巧 殆不可盡狀

大都群山外塞 迴隔塵寰 平陸內曠 眼界開豁 此古人所謂曠如奧如 兼而有之
非遊觀之最難得者歟 噫 天降大賢 地設名區 是知勞而無用造物必不爲也

하달홍(河達弘) | 유무주암기(遊無住菴記)

출전 : 월촌집(月村集) 권6, 2면
번역 : 『선인들의 지리산 유람록 4』, 보고사, 2010, 53~59쪽
일시 : 1860년 10월 15일
동행 : 자세치 않음

-원문

庵在頭流中最高處 以無住名 亦最高之義也 新羅僧道詵 卓錫於此 有禪師舍利塔 菴後石峯 聳出重霄 嶄截端刻 令人可敬 又有一枝土脈 橫遮西北 回護近前 天王諸峯 對案齊眉 有七星巖 巖下飛泉仰出 天造地設 殆無餘巧

有比丘三人 一供樵爨 一支頤趺坐 一擊鐸誦偈 見客禮畢 越席而告曰 此地隔絶人世 至者罕矣 賢輩此行 得無仙緣否 余答曰 因緣之說 出於荒誕 其有與無 未可的知 而世之奇偉瑰怪非常之觀 常在於險遠 人所罕至焉 故非有志者 不能至也 有志而力不足者 亦不能至也 方其上山之初 攀危梯 度石磴 蘇溠踡跼

颷颰伶俜 十顚九仆 杳若梯天 以余好遊之癖 倦而欲退者 累矣 勉强不已 寸寸
前進 不半日而登 雖有仙分 非願力勝而能之乎 余於此菴 旣見世人罕到之地 又
得學者進就之方 可謂一擧而兩得矣

夫世之人 方其年富力强 怠惰嬉遊 聖人所謂自暴自棄者也 及夫年紀老大 追
悔無益 是又所謂守堂蠜蠅 此皆可戒 儒釋雖不同 而其進就之方 則一也 僧退
於是乎記之 時庚申十月望日也

하달홍(河達弘) | 장항동기(獐項洞記)

—

출전 : 월촌집(月村集) 권6, 2면
번역 : 『선인들의 지리산 유람록 4』, 보고사, 2010, 60~63쪽
일시 : 자세치 않음
동행 : 자세치 않음
일정 : 자세치 않음

—원문

　獐項洞 蓋頭流東山水所鍾也 著載於南冥先生集中 又謙齋先生有詩云 天秋
日暮肅無雲 洞別巖奇絕世紛 禹稷若知山水趣 無人陶鑄舜乾坤 觀於詩 可知其
幽深靜闃 而顧以不識廬山眞面爲恨者 久矣

　今年春 余往遊於頭流東麓 求所謂獐項洞者 山翁巷老 無一人知者 悵然有失
因投宿於大源菴 見壁間題詠 始知卽此爲獐項洞 菴前有獐項峙 蓋以是得名 康
熙間 有山人雲卷者 創立法宇云 菴之北有澗水 觸而爲瀑 積而爲湫 淸瀅爲鑑

石面皆白 使人愛慕欣悅 終日不能去 又有兩岸靑山 壁立千仞 愀然如復見先生
氣像

蓋頭流號稱 多隱流 如韓錄事之鍮巖 崔文昌之雙谿 是已 自羅麗以來 冥搜
之徒 往來不絕 而未聞有以此洞爲奇絕 而必待冥翁發之者 非玆邱之有遭遇耶
然今之人 但知其大源菴 而不知其獐項洞 則亦非玆邱之不幸耶 余於玆邱之幸
不幸 固有所感慨者矣 又懼夫前賢遺馥之地 泯沒無著 於是乎記

하달홍(河達弘) | 안식동기(安息洞記)

출전 : 월촌집(月村集) 권6, 2면
번역 : 『선인들의 지리산 유람록 4』, 보고사, 2010, 64~70쪽
일시 : 자세치 않음
동행 : 미상

-원문

佳士山 頭流右枝之秀也 扶輿磅礴 有若正人君子拱立者然 名以佳士山 以是歟 其陰曰安息洞 北距容身洞二里 東距安溪村五里 東行數百步 有磐石 博可十數席 水之始濫觴者 至此 可以爲流觴曲水 自石上 墜之潭下 潄潄然有聲 水漲則響盡岸谷 行一里 山舒水緩 洞府稍寬 溪上曰慕寒齋 又其東數十步曰詠歸臺 傍有數十蒼松 扶疎可喜 水潝潝環臺而去 蓋謙齋河先生藏修地也

按地志云 楚南少人而多石 是地之靈 不鍾於人 而鍾於物也 是洞也 無珍怪異物 又非多石之所 向云 扶輿磅礴之氣 其將鍾於人乎 先生一世之儒傑也 堪輿

家所云 地靈人傑 非虛語也 先生家於安溪 塾於是洞 累徵不起 優遊自得 行義
益懋 聲聞彌著 地亦因人而彰 山若增高 水若增淸 以至草木 至今 衣被光輝 豈
造物者之偶然耶 又北距十里 有宗化村 卽先生俎豆之所也

—

김영조(金永祚) │ 유두류록(遊頭流錄)

—

출전 : 죽담집(竹潭集) 권2, 3면
번역 : 『선인들의 지리산 유람록 4』, 보고사, 2010, 71~78쪽
일시 : 1867년 8월 26일 ~ 8월 29일
동행 : 김영우(金永祐), 김영문(金永汶), 권농은(權聾隱) 및 숙부

-일정

- 8월 26일 : 용당(龍堂) → 생림(生林, 현 생초면) → 고읍(古邑, 현 생초면 상촌리)

- 8월 27일 : 고읍 → 엄천(嚴川) → 엄천사지 → 연화동(蓮花洞) → 문헌동(文獻洞, 현 휴천면 문정동) → 세동(細洞) → 문수사(文殊寺) → 송대촌(松臺村) 박덕원(朴德元)의 집

- 8월 28일 : 박덕원의 집 → 두류암(頭流菴)

- 8월 29일 : 두류암 → 산막(山幕) → 중봉 → 천왕봉 → 일월대 →

성모사당 → 하산

-저자 소개   죽담 김영조

1842~1917. 초명은 정오(正五), 자는 오겸(五兼), 호는 죽담(竹潭)이며, 본관은 경주이다. 경상남도 산청군 차황면 장계리(長溪里)에 거주하였으며, 산청에 살던 대표적 노론이다. 그의 선대인 김보(金寶)가 학행으로 천거되어 후릉참봉(厚陵參奉)에 제수되었으나 나아가지 않고 산청 장계로 옮겨 와 살면서 세거하였다. 아버지는 김하서(金河瑞)이며, 어머니는 거창 유씨(居昌劉氏)로 유장환(劉章煥)의 딸이다.

연재(淵齋) 송병선(宋秉璿)과 면암(勉庵) 최익현(崔益鉉)에게 수학하였다. 심석재(心石齋) 송병순(宋秉珣) 사후 그의 문인들이 문집 간행에 어려움을 겪자 장계에 간행소를 세워 『심석재집』을 간행하였다. 1902년 여름 최익현을 따라 해인사·쌍계사·칠불암 등을 유람하였다. 1905년 송병선이 순국했다는 말을 듣고 아들을 보내 문상하였다. 저술로 『죽담집』이 있다.

-원문

-頭流之山 在湖嶺間 盤據數百里 環七郡境界 東方所稱三神山之一也 自古偉人碩儒 多登覽焉-

歲丁卯八月丙午 余與舍弟永祐·族弟永汶 陪叔父與聾隱權丈 團會于龍堂 有尋眞之計 始發行 午至生林 與權正瞻 偕之 抵宿于古邑

翌日 渡嚴川 至寺墟 小憩 至蓮花洞 踰嶺 有古村亭子 其洞名曰文獻 卽一蠹

鄭先生休憩之所也 適有知舊人柳周應 相逢甚歡 留語半晌 緣江至細洞 柿木叢立 楮桑夾圍也 向文殊寺 境甚幽僻 暮抵松臺村 村在頭流山下 四山簇立 林壑蔚然 川聲滾滾 亦一別景也 訪朴德元 因留宿

踰一嶺 至林下石澗盤上 各啖梨一枚 歷大坂 至頭流菴 田家數十戶 皆升茅構木爲居也

翌日 使德元 齋午飯 向上峯 自村後 隨嶺而直上數里 從一小逕 踰嶺入谷 樹木陰翳 不見天日 尋線路 行二十里 至峯下 有山幕 幕右石泉 甚淸冽 皆掬飮 憩巖上 因起彷徨 望東南 所慣山川 强半露依依中矣 躡草攀木 乍上乍下 四顧左右 則奇花異草 渾不知名

行十里 至中峯 各掬一塊飯 飮泉水 上一山巓 望之上峯 在西南間 揷天聳出 若將有吸引之意也 至峯下 因一小路 穿林俯首而行幾五里 有不毛地 卽上峯也 始伸腰而四望 如百尺竿頭無著足處也

開眼遠視 東土八域 盡在一眼中 而只恨眼力之森森然不得自窮也 極南海島 點點如置碁 萬頃滄波如碧藍 臥龍白雲峀崛黃梅諸山 皆如平地也 上有日月臺 可坐五十餘人 而鋪石如席 小石環墻 下有神堂 有石佛 多方伯繡衣守令之題名 惟徐相潤 · 宋勳載 · 趙然明 · 趙徹林 略記得 而餘不盡錄 歸期甚促 日月之出 未之見也

송병선(宋秉璿) |
지리산북록기(智異山北麓記)

—

출전 : 연재집(淵齋集) 권21, 4면
번역 : 『선인들의 지리산 유람록 4』, 보고사, 2010, 79~84쪽
일시 : 1869년 2월
동행 : 안종구(安鍾龜), 안시용(安時容), 안시묵(安時黙), 안시임(安時任),
　　　 최성구(崔成九)

—일정

• 남원 → 여원치(女院峙) → 고남산(古南山) → 태조단(太祖壇) → 화수
산(花水山) → 황산대첩비 → 피바위[血巖] → 인월역(引月驛) → 소년
대(少年臺) → 실상사 → 약수암(藥水菴) → 원수(元水, 현 산내면 원
천리) → 노송(老松, 와운리 천년송) → 녹암(鹿巖, 선바위) → 영대
(靈臺) → 도탄(桃灘) 은거지 → 판랑령(板郞嶺) → 용산(龍山)

-저자 소개 연재 송병선

1836~1905. 자는 화옥(華玉), 호는 연재(淵齋)이며, 본관은 은진(恩津)이다. 우암(尤庵) 송시열(宋時烈)의 9대손이며, 송병순(宋秉珣)의 형이다. 충남 회덕(懷德)에서 출생하였다. 동생과 함께 백부인 송달수(宋達洙)와 외삼촌 이세연(李世淵)에게 수학하였다.

1878년 태릉참봉에 제수되었으나 나아가지 않았고, 이후 경연관(經筵官)·서연관(書筵官)·시강원 자의(侍講院諮議) 등에 선임되었으나 모두 사양하였다. 1883년과 1884년 사헌부 대사헌에 임명되었으나 나아가지 않았고, 다만 1884년 의제변개(衣制變改)가 단행되자 반대하는 소(疏)를 두 차례 올렸다. 그러나 왕의 비답(批答)을 받지 못하자 세상 밖으로 나가지 않고 몸과 마음을 닦는 데 힘을 쏟았으며, 이듬해에는 무주 구천동에 서벽정(棲碧亭)을 짓고 도학을 강론하는 일에만 몰두하였다.

1905년 을사조약으로 국권이 박탈되자 「청토흉적소(請討凶賊疏)」를 올렸고, 고종을 알현하고 을사오적 처형 등의 내용인 「십조봉사(十條封事)」를 올렸다. 그해 음력 12월 30일 국권을 강탈당한 데 대한 통분으로 황제와 국민과 유생들에게 유서를 남기고 자결하였다.

저술로 『연재집』 외에 『근사속록(近思續錄)』·『무계만집(武溪謾輯)』·『동감강목(東鑑綱目)』 등이 있다. 이중 『근사속록』은 조광조(趙光祖)·이황(李滉)·이이(李珥)·김장생(金長生)·송시열 등의 문집에서 좋은 글귀를 뽑아 『근사록』의 범례에 따라 엮었다.

-원문

余少好遊方內名勝 略約已觀 而獨於湖南未也 歲己巳大壯之月遂行 到南原

訪安戚景洪-鍾龜- 景洪盛說智異北麓 余聞之 不覺爽然 約安時容時黙同往

踰女院峙 有征倭天將劉綎題名 過古南山 上有太祖壇 我太祖嘗遊於此云 滯雨留雲峯龍山

待晴而發 戚叔安時任 與其女婿崔成九亦從 到花水山 讀黃山大捷碑 循溪而行三數里 得血巖 我太祖要倭踰八良峙 伏兵以待 勦滅于此 石上斑血 至今若新漬 又七八里 抵引月驛 俗傳破倭時 月輪掛山不下故名云 曲折渡溪 轉入亂山中 歷少年臺 到實相寺 寺據平地 大川遶碧 佛堂高聳 百尺以單層 有名南州 又折而西 山麓峻嵒 樹木鬱蒼 行五里 入藥水菴 虛白炯然 牕外竹林蔚然 可愛幽敻之趣 盍不似人間矣

從寺後登峯 試望一山面目 可得十之七八 若屛若衛 簇立環列 如千官仙擁萬騎雲屯 端厚磅礴 雄深幽遠 凝然有有德人氣象 靑鶴日月 高出雲霄 莊嚴拱立 其下包張羅絡於十餘州 繡錯而星列者 皆其子孫也 時白雲騰湧 萬壑皆平 碧峯千點 微露於杳靄之中 正如滄海萬頃 波濤不驚 島嶼橫陳矣 上峯尙有積雪 未能臨巓以快心目 靈源碧松 亦幽深難窮 轉折北下 至元水 有一松老大盤屈 洽爲數架屋 云是盧師傅所植 盤桓久之 隨流而西 奇巖壁立 形如鹿 所謂鹿巖者也

自此水石 轉入轉奇 抵靈臺 白礫廣鋪 淸流激瀉 隨勢呈奇 而居人猶未之知 抑亦如幽人逸士 晦跡藏踪於城市之間 而世莫能知者耶 欣然解衣 當流盥濯 誦漁父滄浪之詞 詠小山招隱之操 灑然有遺世獨往之思 復策杖而出 訪邊桃灘-士貞-遺墟 越板郎嶺 回到龍山 是行也 未得窮高極深 故當蚤晚更來 盡心搜索 而聊識其一二 以竢後觀

권재규(權在奎) | 유적벽기(遊赤壁記)

출전 : 직암집(直菴集) 권3, 3면
일시 : 1869년 8월 16일
동행 : 단성수령 석창(石傖) 정공(鄭公)

-일정

• 적벽(산청군 단성면 신안리 적벽강 가의 벼랑)

-저자 소개　직암 권재규

1835~1893. 자는 남거(南擧), 호는 직암(直菴), 본관은 안동이다. 안분당(安分堂) 권규(權逵)의 후예이며, 고조는 권길(權佶)이고, 조부는 죽하(竹下) 권호명(權顥明)이다. 성재(性齋) 허전(許傳)의 문하에서 수학하였다.

『안분당집』과 『원당집(源塘集)』 등을 간행하였고, 1891년 『연계안(蓮桂案)』
을 출간하였다. 저술로 『직암집』이 있다.

-원문

黃州赤壁 冠絶東南 東坡再遊 亦冠絶千古 而猶未免前早後晚之欠 蓋人事之
盡美 天時之相得 亦云難矣 吾東有三赤壁 而丹丘之赤壁 最著焉 太守石儋鄭公
莅縣之粵明年 政通人和 一府無事 於是 携酒與客 泛舟於赤壁之下 是日 卽己
巳秋八月旣望也 炎潦捲而白雲飛 金飆噓而玉宇潔 山光如畫 水勢連天 桂棹淩
波 蘭檣擊空 渺入銀漢之界 鼓角相應 歌管雜進 如聽仙樂之聲 終日泝流 黃昏
漸生 更張燈燭點點 明星列立 紅炬煌煌火城

少焉 月出金躍粼粼之光壁沈瑩瑩之狀 俯瞰波宮人影婆娑散作百東坡矣 太守
樂甚顧而問客曰 今夕之樂 何如於東坡之樂乎 客整襟而對曰 昔日 東坡流落百
謫之餘 偸得二夜之閒 而其辭曰 憑虛御風 羽化登仙 又曰 適有孤鶴 夢一道士
則其所託意 不過仙家之虛妄想 而今我太守 分憂北闕 薄試南邑 絃歌洋於武城
文敎菀於蜀郡 一境晏堵百姓 皆蘇其詩曰 黃雲入麥 舒民力白水分秧扑野情 諷
詠三復 悠然有闞雅之響 而眞可謂太守之詩也 況今夕之樂 與民同樂 廚傳序齒
飽德醉酒 下至儓隷 村婆無不欣欣然 歌呼舞蹈 且秋氣崢嶸 霽景淸新 時乎時乎
不早不晚 而天時人事 兼盡其美 若使東坡在座 寧不掀髯而讓其一頭乎 太守喜
而笑 三杯更酌 四韻俱成

배찬(裵瓚) | 유두류록(遊頭流錄)

—

출전 : 금계집(錦溪集) 권3, 6면
번역 : 『선인들의 지리산 유람록 4』, 보고사, 2010, 35~44쪽
일시 : 1860년대 초반 어느 해 9월 4일부터 8일까지 5일간의 유람이다.
동행 : 고을 수령

-일정

- 9월 4일 : 화림암(花林菴)
- 9월 5일 : 화림암 → 오봉촌(五峯村) → 비현(扉峴) → 애현(艾峴)
  → 천녀당(天女堂) 평전 → 마암(馬巖) 산막
- 9월 6일 : 마암 산막 → 중봉 산막 → 천왕봉 일월대
- 9월 7일 : 일월대 → 마암 산막 → 두류암(頭流菴) → 오봉촌(五峯村)
  → 화림암
- 9월 8일 : 귀가

-저자 소개   금계 배찬

1825~1898. 자는 우서(禹瑞), 호는 금계(錦溪)이며, 본관은 김해이다. 그의 선대인 배하(裵夏) 때 고려가 망하자 경상남도 산청에 은거하여 세거하였다. 조금 성장해서는 한양으로 옮겨 살았는데, 양친이 연이어 세상을 떠나자 삼년상을 마친 후 고향으로 돌아왔다. 1870년 당시 현감으로 있던 이만시(李晚蓍)가 향리에 학당을 개설하여 금계를 장(長)으로 삼았다. 1874년 경과(慶科)에 장원으로 급제하였으나 시국이 혼란스러워 출사를 포기하고 금계전사(錦溪田舍)로 돌아와 생을 마쳤다. 저술로 『금계집』이 있다.

-원문

余嘗有山水之僻 於海東奇絶處 足跡殆將周遍 而家居方丈山下 猶未登上峯-缺- 因校事 入見吾侯-缺- 日月臺乎 對曰有志 未就也 侯曰余莅玆邑五載 汨於公務 亦未遂名山之大觀 若差過數日 則恐有霜雪之慮 幸亟圖之耶 遂以九月初四日啓行 暮抵花林菴 鄕中老儒四五人 亦來會-權應洛·閔百容·閔致淳·姜旨鼎- 洞深霜晩 山果可啖 而丹楓猶可玩也 各吟一律 拈花林之林字-見詩集- 侯曰一夜供饋 勿費菴僧 使各自費 緇徒亦感恩頌德

初五日 早發 過五峯村後六七里 村氓設一榻於巖間 進山果與酒一壺 此可謂山中別味 而足爲解渴 各吟一律 拈五峯之峯字 遂登程 澗谿甚隘 岡脊峻急 并脫衣帶 或竹杖草履 前呼後應而進 村人爲之 伐木開路 扶上我侯肩輿 越扉峴俯視頭流菴·碧松庵 是咸陽界也 小憩于嶺上 過艾峴 到天女堂平田 從者進午飯 遂環坐於澗邊石上 各執匏器 折木爲匙 足爲免飢 各吟一律 拈平田之田字

又攀木緣崖 行十餘里 到馬巖山幕 幕是鷹者木器者之所處 而適無人焉 忽有

指路者 急告曰 驟雨大至 此去中峰山幕 又十餘里 則所謂進退維谷 不如因宿于 此 遂設席于幕 縱火於前 卽炊飯煮羹 已而 林雨亦霽 眼界甚暢 幕在巖間 不見 西北 而只見東南 是晉州界也 夕飯後 各散步于巖下 忽見虹色環於山下 近者如 白琉璃 遠者如紅錦繡 相顧欣然 莫知其所以然 無乃海色爲月光所射 紅暈自近 而及遠 故萬里卽階前而紅白交映者乎 各吟一律 拈馬巖之巖字

初六日 晨炊早發 少憩中峯幕 直抵日月臺 周觀上下 衆山撲地 嶺湖之最高峯 皆不過一拳 而海色環圍 往往山出棋置者 皆海中巨島也 恨不與博覽者俱來 指 名其某某處也 於是 各飮一盃 且喫午飯 日氣甚燠 皆披襟而坐 此乃天低日近故 歟 從者皆願一宿 遂結幕於臺下 汲水於巖穴 爲經夜計 而坐處太高 雲霧烟霞之 所不及 麋鹿虎豹之所不到 且年年霜雪早降 草木不茂 四面黃莎 間間有花樹 擁 腫而叢生 雖數百年古查 長不盈尺矣

下有石壁 崔嵬一脈逶迤 人跡所不到 而其下細磧平田 又其下有雙溪七佛寺 所謂靑鶴洞也 河東蟾津江環之 如一匹練 光陽白雲山望之 如一牛臥 其餘山水 之素昧者 不可以一一枚擧 而且眼力不足 望見黑雲處則可知其下之有驟雨 無 雲處則可知其下之日淸明矣

已而 白日西傾 天地變彩 急登日月臺 遙望則白雲四起 衆山一色 始如萬里 平沙 沙岸有高下 終如萬樹長林 白雪成一堆 九疑靑山 秦耶楚耶 何其白雲之多 也 及其日光沈海 海色如一大赤環 紅暈四圍 海天難分 東望紅雲中 彷彿如林木 樣者 是扶桑耶 西望赤霞中 宛轉如枝葉形者 是若木耶 日出日入 爲天下之極東 西 則天下之大 不過如是耶 古人云 天包地外 以水載地 則天地一盛水盤耶 若 以所見之四海爲海東之四海 則此海之外 又有四海耶 若以日月之出入爲天下之 日月 則天下之萬國 不出此中耶 吾夫子之登泰山小天下 良有以也

初七日 平明 更上日月臺 觀日出則雲霧乍起 雖未見日輪之初上 見東方 如 赤城 海色如臙脂 頃刻間 紅暈遍于四海 如昨夕日落時光景 而俯視山下諸州 皆 浸浸漆夜 猶未覺大寐矣 各吟一律 拈日月臺之臺字-見詩集- 須臾 四山忽黑 海 風甚冷凜乎 其不可久留也 因促行 還到馬巖幕 從者先詣 朝飯已熟矣 飯後 遂

直下頭流菴 小憩 至五峯村後麓 村人負簞食壺漿而來 一行皆賴此免飢 侯命給 其價而謝之 夕陽到花林菴 穩宿臥 念前遊 如夢登鈞天聽廣樂而還矣 是月初八 日 拜餞吾侯 各歸其家 來往凡五日云

조성렴(趙性濂) | 두류유기(頭流游記)

출전 : 심재집(心齋集) 권4, 3면
번역 : 『선인들의 지리산 유람록 4』, 보고사, 2010, 109~118쪽
일시 : 1872년 8월 16일~8월 26일
동행 : 김한영(金翰永), 송기필(宋基弼), 황규석(黃珪錫), 승려 정희

-일정

- 8월 16일 : 채미정(茉薇亭) → 동산점(東山店)
- 8월 17일 : 동산점 → 진주읍 여관
- 8월 18일 : 진주 → 소남(召南) 조응원(趙應元)의 동생 집
- 8월 19일 : 소남
- 8월 20일 : 소남 → 사월(沙月) → 하겸락(河兼洛) 방문 → 입덕문
  → 산천재
- 8월 21일 : 산천재 → 덕천원(德川院) → 세심정 → 대포(大浦) →

조원순(趙垣淳)의 집

- 8월 22일 : 조원순의 집 → 면상촌(面傷村) → 평촌(坪村) → 대원암
- 8월 23일 : 대원암 → 유두류촌(游頭流村) → 하봉 → 중봉 → 천왕봉
- 8월 24일 : 천왕봉 → 대원암
- 8월 25일 : 대원암 → 산천재
- 8월 26일 : 귀가

-저자 소개 심재 조성렴

1836~1886. 자가 낙언(洛彦), 호는 심재(心齋)이며, 본관은 함안이다. 생육신(生六臣)의 한 사람인 어계(漁溪) 조려(趙旅)의 후손이며, 조성원(趙性源)의 형이다. 경상남도 함안군 산인면 모곡리 수동(洙東)에서 담와공(澹窩公) 조맹식(趙孟植)의 아들로 태어났다. 19세 때 향시에 합격했으나 문과는 급제하지 못했다. 이로부터 과거는 포기하고 자신을 수양하는 학문에 전념하였다.

1864년 김해부사로 부임한 성재(性齋) 허전(許傳)이 이듬해 자신의 사저인 공여당(公餘堂)을 개방해 유생들을 가르쳤는데, 김해·함안·밀양 등 인근 지역에서 많은 선비들이 모여들었다. 이때 조성렴도 동향의 만성(晚醒) 박치복(朴致馥) 등과 함께 수학하였다. 허전은 예학(禮學)이 무너지는 것을 보고『사의(士儀)』를 저술하여 함안에서 간행하였는데, 이때 조성렴을 비롯한 문인들이 주축이 되어 성사시켰다. 심재는 이 외에도『사의』를 다시 요약해『사의절요(士儀節要)』2책을 편찬해 세상에 널리 알렸다. 1876년 온 나라에 흉년이 들자 논밭을 팔아 구휼에 힘썼으며, 그의 덕망과 선행이 널리 알려져 조정에서는 통덕랑(通德郎)의 벼슬을 내리기도 하였다.

경사(經史)에 두루 밝았으며, 특히 심성수양 공부에 치중하여 늘 『심경(心經)』을 가까이하였다. 스승인 허전도 제자가 심성 공부에 정진한다는 것을 알고 심(心)자를 써서 내리고, 아울러 「성호사칠신편(星湖四七新編)」을 내려 주었다. 심재란 호는 이로 인해 생겨났다. 저술로 『심재집』이 있다. 그 외에 『훈지록』과 『독서차기(讀書箚記)』가 있는데, 이는 동생 조성원과 함께 허전의 문하에서 수학할 때 서로 의문 나는 점을 질정한 것이다.

─원문

壬申仲秋 余作頭流之行 金君處重翰永·宋君元實基弼 將與之偕 約以二十日會于山天齋

十六日 發行 黃君珪錫從焉 輕裝登途 馬首西指 秋高氣淸 原野遼廓 此心飄然 已在般若天王之上矣 午飯于釆薇亭 薄暮投東山店

十七日 朝食發行 抵晋州邑 宿于旅舍

十八日 朝後發行 訪邵南趙應元氏 應元出外不在 其弟某固挽信宿

翌二十日 早食發行 過沙月 訪河令公兼洛 午飯 到入德門 日將斜矣 入山天齋 處重·元實已先至 遂相與拜四聖賢遺像 曺先生手摹也 夕後 曺氏二人來見

二十一日 發行 到德川院 登洗心亭 半餉逗遛 因前向大浦 訪曺衡七垣淳 留宿

二十二日 託馬于衡七家 扶短笻 隨衡七 過面傷村 昔吳德溪往拜南冥先生歸也 先生飮餞于十里外 德溪醉而過此村 墜馬傷其面 後人名其村曰面傷村 顧瞻徘徊 當日之風趣 可想 別衡七 前至坪村 午饒 將向大源庵 左右茂林脩竹 危巖巨石 一徑緣磵 水從石間流 或緩或急 或匯或湍 澎湃琮琤泠泠者 不絶于聽 五人者 或先或後 遇可坐輒坐 到寺 冥色已生 上堂列坐 寺僧來致禮供夕飯 飯後

困甚就寢

二十三日 早起 周覽寺刹 墠磘樓臺 頗精巧 佛以慈悲爲主 而此等靡費不惜 煩人力 何也 飯已 因欲上山 有一老僧進曰 下界炎蒸時 山上恰似雪天氣候 禦寒之策 不可無具 金君曰 已有具矣 但得指路一僧 足矣 遂束裝發 僧名正喜者 前導 行十數里 有村曰游頭流 余曰 村名不偶 游此山者 抑游於此村而止 故名耶 過此 林木鬱盤 石勢差牙 五人相推相挽以進 時朝嵐始破 日光甚鮮 滿壑楓林 如脂如霞 影裡顧瞻 若在錦繡步障

踰一嶺 有石屹立 高數十丈 下稍平廣 可容坐數百人 僧曰 此日中舊基 上古洪水之時 於此處交易 其說荒誕 不可記 緣磴途 挤藤蘿 行十餘里 始到上巔 凝立望之 四無礙際 若高若低 若大若小 若遠若近 林林叢叢 彌滿於兩間者 盡在吾眼底 於是 余喟然曰 吾輩登山 果何爲哉 崒乎其高矣 而吾之胸次依舊汚下 渺乎其遠矣 而吾之知見依舊是淺近 巍乎其大矣 而吾之規模依舊是狹小 登此果何爲哉 諸君相視嗒然者久之

僧率二僕 就峯下凹處 結幕以度夜 是夜 天晴月朗 山容淸肅 迥絕孤寒 凜然若不自持 共諸君 乍談乍寐 寢被無溫 已而 仰面看天 星宿漸稀 四邊紅氣 旋繞如環 少焉 一度赤氣 自東方騰空 橫亙天中 久之 又有一度黑氣 自赤氣中盤結又久之 一朵紅光 自黑氣中騰出 閃長閃圓 頃刻萬變 已而 忽有一物 若自下奉上 狀如金盤 旋又若盖 少間 一輪紅日 爍爍放光 疾若轉丸 無少停息 久而乃定 光芒射目 不可正視 俯視山下 尙昏黑如漆 其變態多異 不可名狀 朝飯訖 遂從昨路還 至大源 脚苶 不可行 因寄宿

二十五日 始出山 復留山天齋

二十六日 別金君宋君二友 獨與黃君還

황현(黃玹) | 유방장산기(游方丈山記)

—

출전 : 매천집(梅泉集), 2면
번역 : 『선인들의 지리산 유람록 4』, 보고사, 2010, 119~124쪽
일시 : 1876년 8월 보름이 되기 전. 날짜별 기록 없음
동행 : 미상

-일정

• 화엄사 → 천은사(泉隱寺) 등

-저자 소개   매천 황현

1855~1910. 자는 운경(雲卿), 호는 매천(梅泉)이며, 본관은 장수(長水)이다. 전라남도 광양에서 태어났다. 어려서 총명해 사람들을 놀라게 하였으며, 청년시절 과거를 보기 위해 서울에 갔다가 문명이 높던 강위(姜瑋)·

이건창(李建昌)·김택영(金澤榮) 등과 교유하였다.

1883년(고종 20) 보거과(保擧科)에 응시했을 때 초시에서 일등으로 뽑혔으나 시험관이 시골 출신이라는 이유로 이등으로 처리하였다. 이 일을 계기로 조정의 부패를 절감하고 회시(會試)·전시(殿試)에 응시하지 않았으며, 이후 관직에 뜻을 두지 않고 귀향하였다. 당시 나라는 임오군란과 갑신정변을 겪은 뒤 청국의 적극적인 간섭정책 아래에서 수구파 정권의 부정부패가 극심하였다. 그는 구례에 작은 서재를 마련해 3,000여 권의 서책을 쌓아 놓고, 독서와 역사 연구 및 경세학 공부에 열중하였다.

1894년 동학농민운동·갑오경장·청일전쟁이 연이어 일어나자 급박한 위기감을 느끼고, 후손들에게 남겨주기 위해『매천야록(梅泉野錄)』·『오하기문(梧下記聞)』을 지어 경험하거나 견문한 바를 기록해 놓았다. 1905년 11월 일제가 을사조약을 강제 체결하자 통분을 이기지 못하고, 당시 중국에 있던 김택영과 함께 국권회복운동을 위해 망명을 시도하다가 실패하였다. 1910년 8월 일제에 의해 강제로 나라를 빼앗기자 통분해 절명시 4수를 남기고 자결하였다. 저서로는 이 외에도『매천집』·『매천시집』·『동비기략(東匪紀略)』 등이 있다.

-원문

方丈 方八九百里 塔廟之勝雄長於南方者 殆項背相望 而般若一麓 南走而下 折而東 就其尤而兩刹居之 其陽曰華嚴 而泉隱陰也 游是山者 咸以謂寺觀之宏 敞 洞府之傑特 華嚴較嬴一籌 至若好湛深之思 耽幽絕之境 則蓋捨是而無取焉

丙子歲仲秋之將望 陪鳳洲氏伯仲 到寺一宿 迄明乘高而望 時天旱逾百 野熟 未半 天氣早冷 單衫已拂拂矣 今以後知山行良苦 古人非瞞人之語 因相顧以語 曰 錢文僖 慶曆間具臣耳 初黨丁謂竭力擠萊公於雷州 廷階淸班偃肆於當世者

如此 有若不齒於名類 而尙能致幕下 士如歐尹諸公 卒以風節聞天下

況吾輩一生讀書 將來遭遇聖明 則尤當仗大節立朝 盡讜議於人主之前 退則收學士大夫於藥籠之素具 雖己有少疵 進人於當世 以是仰答 則是亦持身之一道也 且吾輩目今此世有或如惟優者 收而養之 其不負風流之意 如送廚傳而少留云乎者哉 未可知也 然世必有其人焉 而吾特未之見 雖甚不武擬 將出而嘗之

—

박치복(朴致馥) | 남유기행(南遊記行)

—

출전 : 만성집(晩醒集) 권7, 30면
번역 : 『선인들의 지리산 유람록 4』, 보고사, 2010, 125~184쪽
일시 : 1877년 8월 24일 ~ 9월 16일
동행 : 이진상(李震相), 윤효일(尹孝一), 권인탁(權仁鐸), 김인섭(金麟燮),
　　　곽종석(郭鍾錫), 하용제(河龍濟), 박광원(朴光遠), 김기순(金基淳),
　　　조호래(趙鎬來), 곽승근(郭承根), 조응원(趙應遠), 하우서(河禹瑞),
　　　성한원(成翰元) 및 승려 등

─일정

• 8월 24일 : 삼가 → 섬계(剡溪) → 진태(進台, 박광원의 집)

• 8월 25일 : 박광원의 집 → 남사(南沙)

• 8월 26일 : 남사, 향음례를 행함

• 8월 27일 : 남사 → 도구대(陶丘臺) → 탁영암(濯纓巖) → 산천재(山天
齋) → 남명의 신도비 → 산천재

- 8월 28일 : 산천재 → 장항령(獐項嶺) → 대원사(大源寺)
- 8월 29일 : 대원사 → 용추(龍秋) → 대원사
- 8월 30일 : 대원사 → 유평촌(柳坪村) → 애전령(艾田嶺) → 개운암(開雲巖) → 중봉(中峰) → 천왕봉
- 9월 1일 : 천왕봉 → 일월대 → 문장대(文章臺) → 성모사(聖母祠) → 유평촌 → 대원사
- 9월 2일 : 대원사 → 죽림(竹林)의 친척 집
- 9월 3일 : 친척 집 → 조원순(趙垣淳)의 집 → 양당(兩塘)
- 9월 4일 : 양당 → 안계(安溪) → 하겸진 유적지 → 모한재(慕寒齋)
- 9월 5일 : 모한재 → 남사 → 소남
- 9월 6일 : 소남 → 마곡(麻谷) → 곤양
- 9월 7일 : 곤양 → 다솔사(多率寺) → 이곡(梨谷) → 송정점(松亭店) → 대현(大峴) 정씨의 집
- 9월 8일 : 정씨의 집 → 노량진 → 설인귀(薛仁貴) 사당 → 관음포 → 이 충무공 기공비(紀功碑) → 화방사(花芳寺)
- 9월 9일 : 화방사 → 성현(城峴) 하씨의 집
- 9월 10일 : 하씨의 집 → 보리암(菩提菴)
- 9월 11일 : 보리암 → 남해 금산(錦山) → 오리점(五里店)
- 9월 12일 : 오리점 → 대현 정씨의 집
- 9월 13일 : 정씨의 집 → 송정점 → 마곡
- 9월 14일 : 마곡 → 부평(富平) 정씨의 집 → 사곡(士谷) → 낙수암(落水菴)
- 9월 15일 : 낙수암 → 시현(矢峴) → 단계(丹溪)의 친척집
- 9월 16일 : 단계 → 구평(邱平) → 집

-저자 소개   만성 박치복

1824~1894. 자가 동경(董卿), 호는 만성(晩醒)이며, 본관은 밀양이다. 경상남도 함안에서 태어났다. 부친은 박준번(朴俊蕃)이고, 어머니는 현풍 곽씨로 곽심태(郭心泰)의 딸이다.

어려서부터 문장으로 이름이 났으며, 『노론(魯論)』과 『춘추(春秋)』를 7년간이나 읽었다. 약관의 나이에 대책(對策)으로 동당시(東堂試)에 합격하였고, 조모의 가르침을 따라 정재(定齋) 유치명(柳致命)의 문인이 되었다.

1860년 가족을 이끌고 삼가(三嘉) 황매산(黃梅山)에 들어가 백련재(百鍊齋)를 짓고 김종직(金宗直)의 소학강규(小學講規)를 본받아 제자를 가르쳤다. 1864년 성재(性齋) 허전(許傳)이 김해부사로 왔을 때 나아가 수학하였다. 1882년 사마시에 합격하였다. 1888년 상소하여 남명(南冥) 조식(曺植)의 문묘종사를 청하였고, 3월에 시폐소(時弊疏)를 올렸다. 1890년 『성재집(性齋集)』을 간행하고 또 「성재연보」를 찬하였다.

조선 말기 경상우도의 학문을 대표하는 학자로 이 지역에 끼친 영향이 크며, 특히 허전을 통해 기호노론계(畿湖老論系) 성리설 등을 받아들여 이곳에 소개하였다. 문학 작품으로는 「대동속악부(大東續樂府)」가 유명하다. 저술로 『만성집』이 있다.

-원문

禹貢冀州東北境曰幽州 漢所置也 其鎭曰醫無閭 無閭東爲不咸 又東爲長白-廣輿誌·閔漬麗史·樂浪考 皆如此 而靑華誌及區域考 謂一山異名 未詳孰是-長白一名白頭 白頭之脈 東迤北折 爲磨天嶺 又東走爲黃龍山 又東馳爲大關嶺 並海千里 爲楸池嶺 聳爲皆骨萬二千峰 又轉身差南 作五臺山 遇東海而折 旋向

西南 爲大小白 又西爲竹嶺 又西爲主屹鷄立嶺 又西南爲三道峰 又南下爲德

裕・金猿 又西南爲般若峰 般若過峽 而東雄蟠特秀 爲智異山 天王 其最高峰也

山脈 自白頭而流 故或曰頭流 湖之十三邑 嶺之七邑 實區焉 其形方 故列禦寇

以方壺配圓嶠 馬遷始皇記・孟堅郊祀志 皆以方丈臚蓬萊・瀛州 蓋天下名山也

余之居 距玆山 無百里 起居飮食 與之相接 而塵韁所覊 屢未及焉 今秋約同

志 期以八月初一日啓行 旋以家故落後 望前行 如霄漢喬松 懊惱不已

八月十七日 寒洲李汝雷 匹馬南 爲其志在天王峰絶頂也 余灑然意膈 遂定行

計 約寒洲 會于南沙

二十五日 約尹孝一發行 許退而南黎送 至五里亭 黯黯無以爲心 蓋退而與郭

鳴遠・金致受 皆宿趼而歸 未幾日 勢難再動 余授以鄧艾陰平之計 自黃梅右峽

直趣山陰之尋寂菴 達絶頂 而南達于洪桂 則去大源 無幾武 會于此 可乎 退而

曰 唯唯 余又曰鄭厚允有奮飛之志 而拘摯未能相機 而與之偕 可乎 退而曰 唯

唯 余觀其容 俯沈吟 若有所思 因戲之曰 剛而必不來矣-南冥戲李龜巖語- 遂分

袂 午抵剡溪 蓋權戚幼溪聖擧・端磎金臺兄聖夫 皆有前約 而金兄騎馬先發 權

戚以家憂 趙趑不決 强而後可 遂聯袂 到進台 日已曛矣 訪朴氏齋舍 有人冉冉

自山腰撞來 乃朴光遠也 光遠家在溪上 訪之而不遇 今忽邂逅 喜可知也 因與同

宿

明日 四人序齒前行 午抵南沙 鳴遠出里門 等候多時 肅而入 寒洲來留 已二

日 相視而笑 因問明日行計 鳴遠拱手而前曰 此中諸君子 以長德之來臨 名碩之

多會 欲講鄕飮禮 儀物已具 願寬一日暇 余曰盛擧也 敢辭 遂書分牓 寒洲爲賓

余爲主 權戚爲介 金臺兄・河令公禹錫爲僎 其餘三賓司正諸位 皆以齒爲序

明日 鋪席于沙場 畫地爲門 陳堂碑 日禹中始行禮 至昃乃罷 肅而不譁 靜而

孔嘉 褒衣博帶 與與如也 諸生請設講座 鋪二皇比 要余與寒洲幷坐 余撤去其一

參聽答問 講太極圖說 未究 日曛黑 遂罷 以倚杖臨寒水 披襟立晚風 相逢數君

子 爲我說濂翁' 分韻 得襟字 諸作 皆散佚不收

明日 發向入德門 鳴遠及河君殷巨-龍濟-從焉 殷巨河令之胤 亦參前行者 足

繭未瘳 又爲隨行 其誠意之篤 可尙也 行十餘里 踰嶺 夾左巨川 登陶邱臺 行數
里 得濯纓巖 川水泓澄 紺碧瀅澈 異常冷然 有怡神洗心之樂 卸衣盤礴 不知日
之昳也 轉向山天齋 曺生衡七 候於路左 見其容儀端粹 衣倭齊整 可知其志學也
入洞 覽南冥先生神道碑 訖直造祀孫故宅 謁廟 還入山天齋 拜四聖賢遺像-孔
子·周濂溪·程伯子·朱子- 主人進午饌 晉西諸君子 聞風來會者 至數十員 不
能盡記 寒洲與趙月皐直敎 論湖嶺四七同異數條

翌日 吃午于衡七家 鳴遠背瘇 寒栗落後 遂發行 大源寺在三十里遠 促武用
壯 日昃度獐項嶺 昏黑到上方 退而·厚允 果不來矣

翌日 風氣猝緊 天宇陰颮 此去絕頂 尙六十里 瞻仰脅息 如隔天上 寺在山之
東麓 谷頗窈而世不稱深 景甚佳而人不叫奇 蓋爲水於海 爲人於聖門 其難如是
也 塔殿在上頭 凡十二層 雖不侈大 極精緻 圍以粉墻 鋪以細石 潔不容唾 問之
曰 佛齒所藏 余戲之曰 佛國亦尙齒乎 吾聞 爾佛以全軀爲幻妄 而况於一齒乎
恨無羚羊角觸之耳

龍湫在數弓許 溪身與巨石 相終始 緩則被而爲簾 急則束而爲瀑 大窪小窪
隨科渟溜 深者眩不可俯 淺者藍靑黛綠 若有神物藏焉 禱雨有驗云 其下又有石
甕 大石直穿三穴 隘其口 寬其中 可實數石穀 寺僧用以淹菜 經春夏不敗云 還
寺賦懷 與寒洲相和 日晡 風霾漸劇 僧言山頭積雪皚皚 於是 小闍梨及從行少年
交謁更諫 儕朋皆苦口沮搪 余與寒洲 強項不撓曰 吾輩潛心默禱 久矣 曾謂方丈
不如衡山乎

明日 果大晴 天靜無風 早飯 發上山行 本鄕諸友 皆辭去 聖擧以日曠回程 鳴
遠病不能從 登行者 余與寒洲·端磎·孝一·光遠·殷巨·金生元益-基淳-·趙
生泰卿-鎬來-·郭生星七-承根- 負資糧·器械·襆被·苫蓋 以從者七名 念緩行
則露宿當再 疾行 今可直造上頂 可省一夜之勞 低頭信足 推轂而上 楓林無盡
澗瀑爭流 行可十餘里 見山谷稍衍 茆屋數十 自成村落 牛欄豚柵 位置不爽 兒
啼女哭 宛如下界 問之 乃柳坪村也 始信吾行尙在平地 行十許里 山磎線穿 棘
刺牽衣 巖嘴犖确 步屨極艱 自柳坪至此 雖無峻嶺 而大約一步高於一步 一步險

於一步 命僕夫 卸擔炊飯 飯訖 緣磎拚壁而上 至艾田嶺 嶺以外 湖南界也 少憩納凉 見群山之自雄於區域者 皆斂容屛氣 隱然有嚮化拱極之意 已覺吾身之占地差高

又行十里許 踰峻嶺 緣崖而西 可想山之事已半矣 俯見萬脊南流 齊烟渺茫霜葉正酣 磎壑通明 斷雨殘雲 起滅於山腰 差覺臆間爽然 大石陡斷千尺 下有煤痕楣頭 蓋障儲胥猶存 崖面書開雲巖三字 許南黎姓名在焉 可想前行留宿處 撞着歡喜 如對眞面 又行五里餘 見囮鷹者 葺草自翳 潛身伺候 如伏卵之鷄 化殼之蜩 聞人聲 搖手止之 余以爲利慾之迷人 可哀也 彼亦葷血涵生之類 甘處於此 獮猴之與居 鬼魅之與隣 聞跫音而不知喜 見同類而生嗔恚 此豈天之降衷爾殊也 其所以陷溺者 然也

遙望巨峰突兀撑空 宿霧漫其半面 意其爲天王也 問之 乃中峰也 喟然吟一絕一行飢乏 出乾餠啖之 頓覺生力 趲上中峰 此身已在半天 天颷掠鬂飅飀 林木皆擁腫樸樕 盈尺者 恰有榠櫨之壽 落葉沒脛 和氷和雪 銖步寸進 極爲艱險 俄而天宇澄肅 氛霾淨盡 望見巨標衝霄 尊嚴倨肆 不覺俯躬 可認天王在此 終日上征不見眞面 今始有仰彌高之歎

行五里餘 蟻附直上 上頂如禿鬜 絕無草木 叢生細毳 皆衰爛鬖髿 石皮焦騷瘽白 如帶太始之雪 剛颷滕背 兩袂僊擧 躡級躐登 飄不可住 群山之在眼底者 瞥瞥剗伏 岡陵焉 培塿焉 卷石焉 饅頭焉 隨步改觀 盖到極高 爭毫末尺寸勢也

忽巖回路窮 泊然而止 眼花閃墜 腦髓眩轉 遂箚脚㰝-音闕-立 始覺我已登天王峰 開眼騁眺 世間空無一物 其漫如滾沙 翕如聚漚 坱漭無垠際者 地勢也 經緯膠轕 交媾絪縕 渾圓如套圈者 游氣也 下爲地軸所藉 上爲游氣所占 青蒼餘穹笠者 天形也 三界摺疊 六合均圓 我處其中 孟子所謂居天下之廣居 立天下之正位者 其類是耶 因念孔子登東山而小魯 登泰山而小天下 泰山雖高 其頂已不屬泰山 天下雖廣 猶是六合之內 則比聖道 猶有介量也 故贊其極 則曰如天之不可階而升也 如日月之不可踰也 吾輩學道而未至 望道而未見 故今乃呿口吐舌於玆山之峻 謂天下至高 無亦見笑於大方之家者乎

沈吟覓句 忽見曜靈西匿 萬像嚮晦 急下臺 就水料理經宿 時久旱 乳湶已絶
錯愕不知所爲 有二人 撞面前過 且喜且怪 問誰也 曰採藥人 曰暮矣 那裏去 曰
去處 去泉源在甚麼 曰在此下幾弓許某巖下 指示甚詳 言訖便不見 如其言 果尋
得 一行雀躍相慶 一邊安鍋造飯 一邊採取薪木 斧未及斲 鎌未及刈 黑窣窣 不
辨咫尺 巖竇谽谺 石劍廉劌 齧足傷胈者相繼 僅取傍近數株 折爲燎樵 連條帶葉
倚巖結搆 四無遮障 惟盖覆頭面而已 風氣漸冽 徹骨生寒 余與寒洲・端磎 蒙被
逼臥 縮如龜蛇 餘人列坐火邊 窘蹙姑息 波波吒吒無生意 僉曰 瓶罄矣 薪盡矣
夜深 寒總至 恐無術以禦之而已

忽覺四體微舒 欠伸而窹 除去面被 融融與疇眼異 進餅湯頓飽 背汗浹洽 余
喜如泉湧 氣如山聳 朗誦韓文公拜衡岳廟詩 曼聲高吟 山谷響唳 寒洲・端磎 皆
驚悟起坐 促膝酬唱 驩然相樂 傭僕姓蘇者 前賀曰 鄙人陪此行 凡十三次 日候
淸明 則或有之 而不火而溫帷 今夜爲然 實荷列位洪福 余曰 千里排太行雲 十
月乞海市觀 非君家事乎 今行賴有君耳 一座皆大笑

玉宇遙廓 時有漫霧乍羃 旋掇夜向分 斗柄低垂 銀河瀏灕 東天瀏灘 微白紅
暈漸隮 知其爲日候 急啜熱粥 攝衣登頂 巖徑黑暗 手足幷行 端磎・寒洲曁余爲
先第 諸人鱗次 繼登絶頂 晨候溫如密室 亦異事也 大地昏沈 群品蒙昧 紅光罩
處 認是東方 焜黃徹地 無微不燭 天根海際之遠 邱陵原隰之細 歷歷可筭 俄而
紅深而赤 赤變而紫 晃晃漾漾 不可名狀 餘暈自東而北 又自東而南 兩下漸長
相合如環 其下白氣又環之 帯雲瑞靄 紛輪動盪 橫者如隧道 立者如牙纛 或飄如
繖蓋 或圍如步障 銀臺金闕 觚稜稠疊 鑾旗屬車 儀衛絡繹 皆湊向一處 少焉 一
炬先登 萬炬繼熾 炎炎爀爀 列爲火城 火城中坼 圓輪出焉 下有銀盤奉之 滄滄
凉凉 若無晶光 其身鬐長 若石彌勒浮圖塔 漸次低平 就羡如臥佛如橫舟 復翕聚
爲甕盎罇罍盂鉢鉦鼓之形 方圓無定 長廣互換 瞬不可正視 離海尺許 傍氣漸消
火光漸微 赫赫太陽 宛在天東 朝曦滿地 忽顧背後 則有巨影 全據大地三分之一
尖殺而上 直到西天盡處 乃山之勢也 巓有森森林立者 人影也 自顧吾生 貼在塵
土 偶旅而動 蹢躅而行 去楡枋之鷃・埳井之蛙 無幾 而今忽超身 直上萬仞頂頭

獨立群物之表 浮遊兩儀之間 斯已奇矣 而今又橫驀 方驤幾萬里外 踰麗農 歷甌羅蔭若木而流憩 濯虞淵而自潔 吾未知列子馭風之遊 張騫窮源之行 其能彷彿於此乎

相顧嗟歎 傾壺中飲瀝 各飮一盃 新噉撞顐 四體融釋 呼韻賦絕句 又次程伯子東窓韻-在軸中- 饔人以炊熟告 下吃已 理歸裝 復路更登 則天宇晦昧 大霧漫空 非復疇昔光景 山頂 廣可坐百許人 圍以短墻 前監司尹光顔所築云 下有題名其餘墨書崖 刻石無空隙 行中賷小鑿五六 事方始 役手生 未易就功 余因念前刻者 皆磨滅 不知誰某之爲何人者多 然則刻之何益 南冥稱智異韓鄭趙之山也 此三君子 曷嘗留名於巖石哉 吾先君子過紅流洞題名巖 有詩曰 士可名於竹 煩君石上爲 山中多劫雨 一洗有誰知 吾輩患無三不朽可傳於竹帛 刻石何爲 遂罷

傍有巨石 飣餖相疊 曰日月臺 其下危巖劍攢 曰文章臺 上頂之傍 有石室 中安塑像 意其爲嶽祠 獨往拜之 蓋謝其冥佑也 有謝山靈詩 或曰 此世尊母摩耶夫人也 子何拜爲 余曰 我自拜山靈 摩耶非所知也 鬼神之道 在思成 拜山靈 則山靈與我感通 彼塑像 何拘焉 遂尋故蹊 林霏次第褰開 但興盡體弛 疲憊倍昨 午點于前炊處 至柳坪 曛黑路澁 使擔夫先行 殷巨·元益 乞火於村家 把而前導 至寺門 先入者 又持炬出迎 入禪房 見鳴遠 痽勢頗䫂 診問數語 歸卸衣帶貼席如泥納納 不省人事

明朝 鳴遠舁疾而歸 一行亦下山 余則宿于竹林族人家 寒洲·端磎與諸人 擬宿臺下村 踰獐項 平地回看 揷天雄巒 似非人力可到 孟子曰 志壹則動氣 吾輩俱以耆艾 能躐險摧剛 努力向上 不終日蹴到上頂 志壹故也 若移之於此學 奮沉船之誓 賈歷塽之勇 乾乾孶孶 死而後已 則何患不到聖賢地位 嗚乎 立志由己而由人乎哉 撫躬自悼 只切上蔡鸜鵒之歎而已

又念文人之語 類多爽實 如孫綽天台賦 世稱有金石聲 而余嘗疑藉萋萋之芳草 蔭落落之長松 非絕頂景色 今行果信 其與上林蘆橘同歸虛妄 松木畏寒 故此山亦絕無 其長靑者 檜栢山榧而已 長無尋尺 焉有落落者乎 萋芳字在御溝鸚鵡洲則可 絕頂則太不着題 文不載道 則雖尋常詞賦之作 其沒趣如此 可戒也

翌日 會于曺衡七家 午至兩塘 遇雨留宿

明將分路 余與寒洲 方向錦山 端磎與諸友 各歸其家 悵不可言 因携光遠·孝一 同到安溪 蓋余爲看新子婦 迂路作行 而寒洲與余 勢不相離 且以謙齋河先生遺躅在也 宿慕寒齋 士友會者 數十人

留一日發 還南沙 姜斗厂一老從行 別孝一·光遠 午抵召南宿 蓋約錦山伴也 趙竹下應遠 束裝而出 南黎來 留數日同發

訪士谷河雙岡禹瑞 成上舍韓元亦從 午後 行三十里 到麻谷 趙月皐直教 踐約先至 宿姜氏家 昆陽地也 行二十里 夾右多率寺 指點而過 午療于梨谷 過松亭店 望金鰲山 而南山焦黑 少草木 産磁鐵云 踰一嶺 海陬莽蒼 行者倦厭 行三十里 暮抵大峴鄭氏齋舍 鄭氏頗饒 其少年 卽趙竹下倩君 頗有才藝 誠禮甚勤 留一日

裝發 從行亦數人 到十里露梁津 津海道也 廣可數里 大抵頭流南脊 散爲花岳諸山 又東趍爲昆明之金鰲 至津而與南海諸山 交頂對峙 泃然相授受 蓋石脈之渡海也 濤瀧甚猛 渡頭有茅屋數間 問之薛仁貴祠也 仁貴生於此 故祀之云 按唐書仁貴本傳 生於遼東六螺山下 山下地坼數百丈 仁貴兒時誤墮其中 得兵書一卷 寶劍一口 超躍而出地 坼處至今尚在 此祠甚無謂也 曾聞緬甸人 朝中國 問其土城隍何神 曰祀伍子鬚杜工婦夫妻 蓋緬甸在極南荒服之外 其俗椎魯無學 聞伍子胥·杜工部之名 意其爲土人也 祀爲城隍 轉輾訛誤 胥變爲須 部變爲婦 遂爲男女像 以配食之 聞者皆絕倒 此亦安知非何代薛姓人鬼 食於玆土 流傳梯接 傅會仁貴 因以爲仁貴生於此土 南服之陋 可知也

壬辰之搶 李忠武以舟師 大衂倭于閑山 又把截此津 誘致于觀音浦 又殲焉 竟以身殉 旣渡 登祠宇遺墟 彷徨感慨 行十里 觀音浦覽忠武紀功碑 浦海港之極深處 窈而曲入 谷口數里 倭在大洋 我師在露梁 相視不動 忠武夜伏銳師爲兩翼 扮輕快船幾隻 載炬火 三頭列爇 鱗屬入港 滅火而回 復爇而入 如是終夜 賊見之 以爲我移陣於浦內 欲迫其隘 颺帆殺來 旣入港 兩翼伏 擂鼓大喊 從後薄之 賊旣入深 前無所獲 後勢方急 港淺船墊 不知所爲 惟呼觀音菩薩而已 我以大砲

蹙之 幾盡劉 忽有飛丸中公額 從子莞左手抱公 右手援枹 鼓音不絕 遂全捷 公
之出奇制勝 類如是 港盡處有李落浦 亦落鳳之識也 將向花芳寺 遂尋捷徑 踰山
腰 日曛路黑 備嘗艱險 夜二鼓入寺 緇俗願謹 禮接甚恭

　朝後下山 見錦山 當前如屏樹 翠嵐可挹 而問之 尙六十里云 行十五里 抵邑
邑負山控海 局勢頗穩 閭井市肆 繁麗可觀 入校宮 憩風化樓 因得午供 行二十
里 抵城峴河氏齋舍 此去錦山十里 而近峴絤轂其口 遊人之道錦者 視河氏如逆
旅傳舍 待之無厭苦色 可尙也

　翌朝 買魚米 盖此山如昇天 往往絕粒以也 早發登峴 行中有二馬 方憂區處
之難 有一少年 班荊拱手曰 敝舍在邇 當謹喂之 以待復路 問其姓 曰尹 籍坡平
云 自頭流而來 眼前皆培塿蟻垤 忽見錦壁當面 崖路天躋 盖於頭流大全 爲曲終
之奏 無疑也

　下平地店 擊鮮打酒 銳蓄脚力 振衣驀澗而登 海天尙暖 筋骨挺解 喘卒卒不
定 直上十許里 歇下臺 又橫繞而行可五里 登上頂 其東南西 皆海也 天水無際
端倪縫合 聯島攢巒 逞奇役巧 抽如玉笋 聚如饙餾 游目遠頻 令人有凌雲脫屣之
想 余與寒洲 少坐石上 相謂曰 儘快矣 奇矣 然玆山之勝 專在於海 臨海之觀
類多如是 獨玆山乎哉

　問菩提菴 在上峰前面 從側逕而下 右轉山腰而入 忽覺竦然 却立怡悅愕眙
盖山之前 皆巖身石骨 苔顏縞面 叢叢矗矗 傀傀奇奇 中脊釼墜鱗束 如魚鬐豕鬣
二巨標戌削 中挺頂尖 各戴一石 凱阢不安 凜然有落勢 若萬仞金莖仙掌將頹 千
年華表 蹲鶴欲飛 其下稍衍如腰 鼓巖實傳焉

　前有巨塔 至塔前 周覽形勢 環麗駭矚 不可名狀 中峰倨肆 兩翼舒靜 如三通
鼓罷 上將登壇 靑冥節鉞 招搖旗纛 大戟長鍛 銀兜貝胄 環擁圍匝 又如靈山道
場 世尊秉拂 旗幢列侍 徹蓋粧嚴 羅剎執簡仰視 獼猴長跪獻果 天龍夜叉 乾闥
脩羅 三千比丘 八萬眷屬 攢手頂香 膜列讚歎 又如燕南俠窟 日暮道遠 朱襄握
手而戲歌 季心倚節而夷猶 危冠岌岌 竦劍嵯峨 歌樽倒地 簪佩邐迤 蓬頭突鬢
凌亂急景 又如窺虎圈俯兎園玄熊 巉巖乳贄 罷羆猓㺑 人立而欲搏 狒狒仰天而

刺勃 驚麿亂竄 駭鹿群奔 其餘臥者立者踦者吃者 猖然而顧者 森然而攫者 伎伎
者 俟俟者 斜紛抵觸 蕩冒衝倚 又如貪夫入波斯之市 珊瑚木難玻瓈火齊玫瑰犀
通 雜然前陳 左挐右挈 不知所擇 又如饞人參大餔之宴 高峰出駝 形鹽蹲虎 折
俎山崎 爛炙卓崇 其餘粔籹餦餭餈糕蜜餌淳母糝熬之屬 釘餖齊整 羅列方丈 攘
臂流涎 茫然不知所嘗 洵天下奇觀也

　菴舍蕭灑精緻 有一闍梨看護 出槖粮點火後 使僧前導 由右石逕而下 尋所謂
音聲窟者 窟在谷底石礴空洞 以杵撞之 渢渢隆隆 初音如洪鍾 餘韻如特磬 韶之
不作 蓋二千餘年 不意大全在此也 傍有高梯倚壁 躡級而上 有穴 橫入無際 可
旋一馬 行數十步 黑闇窈冥 懍不可前 強進數武 以杖摸之 則矩折下入洞 如深
淵 蓋龍窟云 遂下梯 雙虹門在其右 石峰高跱其根 下穿容光透明 余與寒洲 卸
衣脫冠 從穴而下 中間隔一膜如鼻孔 余從右 寒洲從左 既出回觀 則不霣雙虹
呀然作門 未知天工苦心剞劂 成就詭異 是誠何意 世尊島 縹緲端秀 對峙海中
下有空穴 舟船往來 僧言世尊駕石舟 自虹門出島穴 其誕妄 可笑

　傍有坐仙臺 巨石如床架床 如屋疊屋 四面不參差 直上數十丈 可坐數人 僧
言靈仙昔降 坐處有當膝痕云 甘露井在臺南數百步 巖徑峻仄 齟齬尻行臀步 凌
兢而下 下有一石安頓地 俯臨千丈斷崖 上有削壁天齊 當眉處壁面 呀然開口 井
在其中 余又脫却冠衣 攀躋而上 寒洲從之 其高可坐 寬可環數人 石面平正堅實
中有碓臼 玉溜澹淡盈科 余連飲二瓢 覺喉吻清潤 膈間漉漉有聲 余大叫稱快 諸
人皆繼登 各飲數盃 眩瞀不能進者 亦傳飲 臼之大 恰受數斗 連挹數十瓢 無縮
勢 手摩其底 礱密無罅隙 僧云 此是沆瀣玉體 飲者能得壽 言雖近夸 其爲靈井
則審矣

　上有九鼎巖 盤陀全面 坎坎成窪 大者如甉 小者如鐺 濶者如釜 深者如鬵 厥
數至九 雖然 此強名也 若刻求黃耳金鉉三趾之形 則鑿矣 觀夫大易之象 水在巽
上爲井 火在巽上爲鼎 玆山 實爲我國巽維 而下則潤而爲井 上則炎而爲鼎 其亦
異矣 又聞猪巖石鷄 皆詭迹 而日向曛 遂還 夕飧訖 余困憊甚 就寢

　夜將艾 諸人磨勵 待日出 余以爲玆山之高不及頭流 遠甚 且天形蔽虧西北

日觀必有差殊 我是飽於頭流者 曺鄶不足觀也 平朝 賦登山望海四韻 余因念玆
山之擅於東域 以山不以海 山奇 故海觀亦奇 海奇 故山奇益奇 海於玆山 特錦
上之花 吾不到玆菴 幾失山矣

朝後 一行以有雨候 趣裝而發 余與月皐 嘯嘯有餘戀 强出山門 復路 登上頂
烽臺 極意眺望 有巨石 大書由虹門上錦山六大字 傍有周愼齋姓名 筆法奇健 可
與玆山爭雄 其餘留名者多 而漫不知誰何 下有烽軍所住屋 大竿懸死鴟毛羽 遇
風離披 問之 鷹媒也 鷹在濟之漢挐 見懸鴟正翩 搏風一瞥來攫 竟墮虞羅云 余
曰嗟乎 鷹之明 能見萬里懸鴟 而不見虞羅在傍 人之明於細而暗於大者 何以異
此 京房之瘐北寺 景純之殞柳下 皆是物也 此足爲小有才不聞君子之大道者之
戒也

山腰有叢祠 巫覡所居也 土梗石塑 牛鬼蛇神 可醜也 轉下幾里 月皐·竹下
尋捷徑 滋失路 勢將直趁浦口 余念相失非宜 遂從谷底小路下 與二友 合寒洲及
從者數人 其餘分路而去 細雨霏微 冠屨盡濕 促至浦口店 買決明海鱐石首鰞魚
恣意醉飽 晡時稍霽 發行 直造尹生家 尋奴馬 向龍門路也 分路諸人亦來 尹生
蓋工書者 草法頗可觀 煖酒羹魚 誠意藹然 暮抵寺門 寺本雄侈 見今凋剝 梵俗
亦頗不惡

飯後 別尹生 跨山腰 直向邑治 有金姓人 貫盆城 與許退而 講宗誼 引入酒肆
款接一行 亦異事也 昔韓魏公之鎭廣陵也 大宴僚屬于江頭 有擧人曾縈者 能詩
善謔 以同宗謁謁魏公 延致上座 唱酬懽樂 及書姓名於詩牋 公愕然曰 何謂同姓
縈曰我祖鄶君 國除去邑 鄶 大禹之後也 祖黃帝 公 韓之後 韓本姬姓 黃帝之所
由起也-黃帝起姬氷 故姓姬- 豈非同祖乎 公大笑曰 遙遙哉 厚爲資裝 使赴擧 前
有韓·曾 後有金·許 同中之異 異中之同 可謂千古成雙 暮投五里店宿 有土着
李鄭二人 來見 鄭頗劻勷 乘醉罵座 月皐厲聲叱之 余遜辭停解 鄭逡巡而出 月
皐因說尹美村批李惟謙頰 尤菴勸解事 相與大笑-李有言失 美村起批其頰 尤菴
勸解曰 吉甫醉矣 余以月皐爲醉 故語及此事-

午抵露梁津 風濤大豗 一行分渡 余與南黎 在後舟 牛數隻同載 至中流 牛忽

蹴 舩幾沒 余支枕而坐 側身傴仆 所覽詩軸 不覺扴裂 南黎笑曰 讀書五十年 何不曉舍達之旨 余笑曰 君亦着力矜持 非無心者 少焉 棹夫奏功 履蹈厚地 喜可知也 到津店 沽酒壓驚

蓋南海一島 狹而長 東西不過十里 南北可百里 厥土塗泥 厥田壤埴 厥苞橘柚榧實 厥篚絈絺 海物惟錯 居民敦厖少僞 椎魯朴鄙 天性也 復入大峴齋 留一日 索詩文者 坌集 應接不暇 念明日將與寒洲分袂 悵惘無以爲懷 酬和一篇

翌午 打火于松亭店 過五里餘 寒洲向晉南路 月皐從焉 蓋同宿寒德里計也 余與諸友 尋舊路 又宿麻谷

明日 午療于富平鄭氏家 夕入士谷 飯後 上落水菴 河雙岡 · 成上舍 與諸少年 携壺酒來會 河未惺翰瑞亦來 同宿 菴在亂山深處 境甚幽閴 簾泉汩㶁鳴枕 亦別界也 追念 吾王考與泗川倅權公思浩 文會于此 爲廢擧金式所誣告-以白場出題事 誣告- 幾陷不測 至今憤惋 令人髮竪

翌日 別諸友 只有南黎一人而已 宿于召南 踰矢峴 鳴遠 · 殷巨出候 其情可尙也 其日宿于丹溪權戚家 端碩 · 光遠 皆在一座復圓 明日 入邱平 訪孝一 薄曛還家 東籬霜傑正芳 農夫已滌場矣

허유(許愈) | 두류록(頭流錄)

—

출전 : 후산집(后山集) 속집 권5, 11면
번역 : 『선인들의 지리산 유람록 4』, 보고사, 2010, 185~214쪽
일시 : 1877년 8월 5일 ~ 8월 15일
동행 : 문성중(文聖中), 김치수(金致受)

-일정

- 8월 5일 : 가회 → 단성 강루

- 8월 6일 : 단성 → 시현(矢峴) → 남사(南泗)

- 8월 7일 : 남사 → 도구대 → 산천재 → 대포(大浦)

- 8월 8일 : 대포 → 북천(北川) → 송객정(送客亭) → 평촌(坪村) →
  장항령(獐項嶺) → 부운정(浮雲亭) → 대원암

- 8월 9일 : 대원암 → 용추 → 하유평(下柳坪) → 상유평(上柳坪) 15리
  → 거암(巨巖) 유숙

- 8월 10일 : 거암 → 중봉 → 천왕봉 일월대 · 천왕당 → 석문 → 사자 령 유숙
- 8월 11일 : 사자령 → 신선적(神仙磧) → 국수봉(菊首峯) → 내원(內源) → 만폭동(萬瀑洞) → 조원순(曺垣淳)의 집
- 8월 12일 : 조원순의 집 → 산천재 → 탁영대(濯纓臺) → 도구대 → 입석리
- 8월 13일 : 입석 → 섬계(剡溪) → 법물(法勿) 치수서당(致受書堂)
- 8월 14일 : 법물 → 귀가

-저자 소개　후산 허유

1833~1904. 자는 퇴이(退而), 호는 후산(后山) · 남려(南黎)가 있으며, 본 관은 김해이다. 이름이 당나라 한유(韓愈)와 같고, 한유의 자가 퇴지(退 之), 호는 창려(昌黎)이니, 허유에게서 한유와 같은 역할을 기대하여 지은 것임을 알 수 있다. 1833년 4월 5일 경상남도 합천군 삼가면 오도리(吾道 里)에서 태어났다.

34세 때 성재(性齋) 허전(許傳)이 의령 미연서원(嵋淵書院)을 방문했을 때 찾아가 만났으며, 그해 겨울 한주(寒洲) 이진상(李震相)을 집지하였다. 39세 때 박치복(朴致馥) · 이정모(李正模) 등과 개성을 유람하였다.

52세 되던 1884년, 당시 현감인 신두선(申斗善)이 유교를 일으키고자 하 여 고을의 젊은 선비 20명을 선발해 향교에서 학업을 익히게 할 계획 하 에 허유를 스승으로 초빙하였다. 허유는 노백헌(老柏軒) 정재규(鄭載圭)를 추천하여 함께 『대학』을 강의하였다. 그 이듬해 뇌룡정(雷龍亭) 중건을 주도하였고, 완성되자 노백헌과 함께 번갈아 강장(講長)을 맡아 많은 인 재를 양성하였다.

60세인 1892년 겨울 뇌룡정에서 『남명집』을 교정하였고, 1894년 윤주하(尹冑夏)와 함께 삼가(三嘉) 병목서원(并木書院)에서 한주가 편집한 『이학종요(理學綜要)』를 교정하였다. 70세 때 경상남도 관찰부 안에 낙육재(樂育齋)를 설립하여 도내의 선비들을 양성하였는데, 허유를 훈장(訓長)으로 초빙하였다. 허유는 요청에 응하여 강학하고 또 강학절목(講學節目)을 만들었다. 이듬해에는 조정에서 선비를 우대하는 취지에서 세 차례에 걸쳐 경기전 참봉(慶基殿參奉)을 제수하였으나 끝내 나아가지 않았다. 저술로 『후산집』이 있다.

─원문

頭流 我東之南嶽也 余嘗願遊 而未得其便 今年秋 鳴遠爲書約行 余卽復書 許諾 及期 與文聖中・金致受 偕之 時丁丑八月初五日也 道中與致受 論知敬之妙 行三十里 到江樓 入權戚禹潤家 禹潤群從 要余爲赤壁舟遊 盖赤壁江 鄕勝地也 舊以新安爲名 而今云赤壁 未知何所取也 壁上大書赤壁二字 宋文正之筆云 是夜 秋水浩渺 星斗皎潔 放舟上下 亦足暢也 致受以有服 不登舟

六日 發向南泗 禹潤以詩贐行 行二十里 踰矢峴 沿汶川 入草浦 鳴遠昆季 置酒以待之 午後 登望楸亭 亭朴氏齋室也 在村後山腰高處 可以望遠也 泗上群賢畢至 夜河令公禹碩 聞吾輩有山行 大備酒肴 以送爲夜話資 禮意甚綢繆也

飮已縱言 及於春秋 余謂鳴遠 春秋之始於隱公 何義 鳴遠曰 孟子曰 詩亡然後 春秋作 盖周室東遷 而王跡息 王跡息而詩亡 隱公之立 適當詩亡之後 此春秋所以託始也 余曰 大旨固然 然魯惠公初年 周旣東矣 以東遷而言 則何不始於惠公 而必於隱公也 盖周之東遷之始 天子之誥命 尙在 列國之朝請 未替 觀於晉文侯之事 可見 及至隱公 內不承國於先君 上不稟命於天王 諸大夫 扳己以立 而遂立焉 周之典禮 自此掃地矣 非先君之志 非天王之命 而可以爲君 則亂臣賊

子 何所憚而不爲乎 春秋之始於隱公 亦撥亂反正之義也 後世 此義不明 寧不可歎哉 座中皆深然之

又論日食 余以爲曆家謂當食必食 朱子亦謂當食 而或以詩十月章集傳 爲朱子初年未定之論 此說 何如 鳴遠曰 日食 固有常度 然若以其有常度 而謂之匪眚 謂之當食必食 又以爲朱子之始 未察於天文 則大有所不然者 如其匪眚 則詩所謂亦孔之醜 吁何不臧 適足爲讆辭 而春秋之每食必書 亦只是多事而已 春秋二百四十年 日食才三十六 唐之二百九十年 日食至百餘 以春秋爲當食之常度 則唐之百餘 必有不當食而食者 以唐而爲常度也 則春秋卅六 必有當食而不食者 此將何所執焉 斯義也 詩集傳詳之 且語類 錢子山問 自古以日月之食爲灾異 如今曆家却預筭得 是如何 日只大約可筭 亦自有不合處 有曆家以爲當食而不食者 有不當食而食者 朱子之於天文 豈有所未察 初晚之別 亦恐未然 致受日旣有常度 則雖聖人在上 安能移易得天之常度 鳴遠曰 和氣充滿於下 則灾沴日消於上 此正人定勝天處 余曰 鳴遠說 恐得之 吾儒若專主曆家之見 則王荊公不足畏之說無足怪 而宋徽宗定數不足爲灾之詔 固其宜也 安可以是罪荊公而責徽宗也 異說之害王政 不其甚歟 次論仁說 夜久 各就寢

七日 朝 朴君性孝 備酒肴以禮 一行食後 出山 同諸公發行 余三人及致維·擎維·鳴遠·瓚汝·殷巨也 擔僕四人酒肴餱糧衣衾幕具 從之 致維贈余以烏竹杖一本 曰此竹 上座可與同行 余笑而受之 甚有扶持之力

越小溪 過尼邱而西 余謂鳴遠 春秋滕子來朝之義 諸說不同 吾意以爲滕侯爵也 而後臣服於楚 故降稱子 戎狄之也 鳴遠曰 當時臣服於楚者 陳蔡之屬 皆然奚獨於滕 貶之子也 盖滕小國也 春秋之世 會盟頻數 侯用侯幣 子用子幣 而滕力弱 不堪侯禮 故自貶而爲子 聖人所以據其實而直書爾 非以己意黜貶也

踰一峴 歷槽淵 登陶邱臺 臺故處士李公濟臣遺墟也 長江下匯 絕壁斗起 舊有松數十株 頃年 有姓李者 稱以陶邱後裔 斫伐無遺 臺隨而圮 此可以見世變也 已而 雨下 入酒店 少歇 冒雨入山天齋 雨中傴僂盤跚之形 亦足畵也 仲昭出見 勞之 邀入其家 行酒數巡 酒席偶發知覺之論 余引物譬喻 有人止之曰 直言之

無譬也 嗚遠以古語戲之曰 公不知彈 今爲公說彈如彈 公知之乎 必曰彈狀如弓 然後可知也 說者固以其所知 喩其所不知 使人知之也 言之不可不譬也 大矣 一座服其善喩

午飧後 向大浦去 衡七出迎于川上 布席開樽 威儀整暇 信賢主人也 是夕 初月掛西 淸風蕭爽 余與致維·致受 鼎坐于外堂 說經權二字 余謂學者當守經而已 權非可論 世之人許多做錯 皆從權字上來 才遇微細事 輒以苟且之心 爲變通之道曰 此權道也 用權不已 畢竟爲無狀小人 故橫渠詩云 千五百年無孔子 盡因通變老優遊者 亦謂此也 嗚遠曰 世人以不權之權爲權 故吾丈所以必欲打破權字也 余見諸賢列坐燈前 雍容端肅 氣像甚可樂也 夜深而罷 是日 行三十里

八日 天氣甚朗 食後發行 衡七辦行具之未備者與俱 渡北川 行十里 休于送客亭 昔老先生送德溪 必遠將于此 亭之名以此也 今老樹亭 亭上有落馬坡·面傷村 傳言德溪辭先生而退 與同門諸子 痛飮而別 不覺墮馬傷面 因以爲地名

行十里 入坪村店 飮一巡 歷獐項嶺 登淨雲亭 前去大源菴不遠 路躋於林木之顚 水轟於巖石之間 使行者 渺然若升雲烟而揖羽人也 到石橋 忽念昔年 吾與聖養 相逢於此地 甚相樂也 今日獨來 又何其悲也 因小憩石臺 信口而吟曰 蒼山無古今 丹鳳逝不來 秋風數行淚 斜日獨登臺 卽起 至山門 一闍梨出迎 席于佛堂東序 菴以大源名 樓署以天光·雲影·梵宇 而用儒家語 殊異事也

嗚遠自坪村未至 仲昭之弟道亨追及 夕鍾後 有二少年來見 權君學揆及敬七也 聞吾行 爲躡後云 余之遊此菴 纔四年 而寺僧無相知者 惟一老頭陀忘其號 殊致慇懃之意 進以茶果

九日 曉起催飯 飯已 自菴後 歷塔殿 有老禪 向塔頂拜 客過 如不見也 繞塔殿 由夾門出 菴僧十餘輩 羅送于道左 出指路者一人前導 其姓蘇云 過龍湫 不及俯臨 自此 山益深 水益駛 老檜雲屯 奔流雷吼 曲曲奇勝 應接不暇 瓚汝曰 眞所謂千巖競秀 萬壑爭流者也

行十里 抵下柳坪 有數三人家 依林結屋 生理不足言也 渡石川 西北行 崖遷齟齬 行步甚艱 坐瀑布上 少憩 俟同行 沿溪而西 又折旋而左 尋草路揑 將去數

里 忽聞鷄鳴狗吠之聲云 是上柳坪 問艾田嶺 尙十里 抖擻前進 才五里 陰雲乍
合 山雨驟至 進退俱不得 倚樹據巖 思量行止 衡七日 此去碧松寺不遠 盍往止
宿 鳴遠曰 今行不可退步 遂冒雨而前 巖洞深黝 雲木蔽鬱 懍然無人世意想 行
至澗道小平處 待雨稍弛 解橐點心 捫艾嶺而上 嶺甚峻 勉强相將 寸寸而進 由
山頂 匍匐邪行 幾十五里 有巨巖 因勢爲广 可依而宿 傍有木牌山神位 可知其
祈山幕墟也 命僕夫 一邊取薪而飯 一邊伐木爲幕 著綿襖 積柴火 爲經夜計 鳴
遠曰 此巖 若是穹窿 而至今無名 請命名 余辭不敢 諸公强之 今行潛心黙禱者
只是開雲一事 盍以開雲爲名 於是 殷巨濡筆大書之 書畢 陰雲解駁 西日已晡
鳴遠曰 公之精誠 雖開衡山之雲 但恐明日發狂於華山頂上 盖用退之事 戲我也
夜半 酒醒寒甚 起鳴遠與語曰 天下 惟儒者事 難矣 鳴遠頷之

　十日 飯于巖下 自巖石 捫崖附壁 側足而行 是日 雲霧騰射 山谷歙吸 如乘舟
於大洋之中 但見波濤洶涌 杳然不知其東西南北也 行十餘里 仲昭舉袖曰 上峰
見矣 余方乘興健步 忽翻身回立 見南方 乍開數三峯巒 峥嶸露頭角 如老龍現身
光怪百出 余大呼叫奇 僨身前行 一心向天王峰上去 行五里 問前導者曰 上峰近
否 曰尙十里 旋覺仲昭所謂上峯乃中峰也 衡七酌酒以進 乘醉由中峰腰 逶迤轉
上 俄見天王眞面 穹然臨下矣 仲昭爲慢語 余規之曰 天王尊嚴 安得易而侮之
仲昭謝之

　遂登天王峯 憑空一嘯 來時頗以雲霧爲憂 及到此 天地光明 但見地盡處 白
氣回環 如一圓圈子 或曰海色 或曰氣機也 峯上有日月臺 臺畔坐石像人向南 意
是天王堂也 天王之不作於世 久矣 北望神州 烏得無陸沈之歎 遂痛飲數勻 已而
風作 凜不可留 就山下百步地 炊飯療飢 與致維·致受·鳴遠·擎維·殷巨 又
上去 書同遊名 藏于石壁間 風威尤嚴 令人立不住 不得已下山 由石門 行十里
至獅子嶺 宿巖底 人言日出最可觀 然寒甚 難於再擧 且念吾輩一覽此山 亦足以
蕩胸臆 而壯心目 何必役役於景物 而不憚煩哉 昔朱夫子與張敬夫 登祝融峰 歸
靑蓮宮 有詩云 明朝更淸澈 再往豈憚勞 嬉遊亦何益 歲月今滔滔者 亦此意也
夫以夫子仁智之樂 猶有何益之歎 而況於吾輩乎

十一日 出前岡 看日出 與致受 論聖敬日躋之義 食後發行 諸公走入深林中 取杖 鳴遠以靑藜一株 贈余 行十餘里 解綿衣 盤礴而坐 酌酒渴壺 至神仙磧 磧 下淸川瀑流 叢石林立 遂止 午飯 林木之標 尙見天王眞面 鳴遠倩殷巨 書石墩 曰仰彌臺 蓋取魯論中語 又書水中石 而曰銀餘灘 用冥翁詩 銀河十里喫有餘之 意也

緣蹊而下 莎竹彌滿 人行沒肩 皆昔日火田處云 披林行五里 有巨嶺當前 曰 菊首峯 余謂菊首之名無義 似是國士之誤傳也 嶺甚峻急 草沒無逕 木鬱如雲 勃 窣而行 凡三四休 始登巓 自此 地勢稍平 路亦轉開 脫辛苦 入快活 可喜也 始 諸公之上山也 履歷極險 而無一人蹉跌者 及到平易 謂可信步安行 却被放心失 足 或後者先 先者後 此可見險易操舍之別也

至內源 布川叢石 在在可愛 而溪柳凋碧 山柿點紅 野田荒草之間 往往孤塔 向人 認是舊來寺墟 行二十里 歷萬瀑洞 洞口有鄭明菴冥鴻臺 臺石也 而上有孤 松數尺 臺下水迴流 可以流觴 亦勝地也 蓋明菴 我外先祖也 明亡 不肯仕進 放 浪山水 以終身 至今 環東國名山大川 無一處無明菴刻石云

入酒店 沽酒止渴 乘暮就道 時月色微明 光景怳惚 以溪路稍險有數人 執炬 前導 隨而入 乃衡七家也 距德川 五里而近 德川 今邱墟矣 朱夫子山北詩 所謂 以玆遊覽富 翻令懷抱傷者 正是準備語也 衡七 夫子家孫 而賢而有行 爲吾輩所 敬 故往還皆入 而不以頻數爲嫌 數夜假寐於巖穴之中 今得安穩於床玆之上 而 猶覺夢魂周旋於日月臺上矣

十二日 各以詩叙別 發行 到臺下 衡七以事遽別 甚悵惘也 入仲昭家 劇飮 出 山天齋 少歇 與仲昭昆季別 行至濯纓臺 臺亦冥翁遊息處也 携節暫憩 權君敬七 脫冠而濯其纓 其志尙可愛也 臺之上下十里 石黛碧玉 玲瓏因依 景致絕勝 使人 忘歸 抵陶邱 致受及學揆敬七向立石 余與聖中 入泗上 河令公使人邀諸中路 遂 從殷巨 夕飯於其堂 退而宿瓚汝家 河令自江界罷歸 家食有年 居常 激昂慷慨 有國士之風

十三日 就道 諸賢遠將於林外 余謂殷巨曰 開雲巖之事 勉之 殷巨曰諾 到院

旨店 待致受 不至 疑其先過也 進至進台店 致受躓至曰 長者棄後進如是 後進
何望 余曰吾謂君先登 乃後之耶 酌酒相慰 歷訪權兄聖舉于剡溪 乘暮入法勿 宿
致受書堂 論仁智之別

十四日 與聖中別 反面于龜山寓所 慈節平安

十五日 行秋夕茶禮 還棲 或問方丈奇否 曰不奇 不奇 何觀 曰不奇 故爲大觀
此可與知者道 難與不知者道也 越五日 寒洲先生 訪余于道南精舍 轉向南沙 亦
意在天王峰上 殷巨從行 刻余名姓于日月臺云

—

송병선(宋秉璿) | 두류산기(頭流山記)

—

출전 : 연재집(淵齋集) 권21, 15면
번역 : 『선인들의 지리산 유람록 4』, 보고사, 2010, 85~108쪽
일시 : 1879년 8월 1일 출발, 이후 일자별 기록이 없음
동행 : 윤근배(李根培), 윤시묵(尹時黙), 안중석(安仲錫), 안형석(安衡錫),
　　　안시화(安時和), 김인규(金仁奎)

-일정

• 8월 1일 : 남원 → 용호동(龍湖洞) → 숙성령(宿星嶺) → 화개동 → 쌍
계사 → 국사암 → 칠불암 옥보대(玉寶臺) → 삼신동 세이
암 → 단천령(檀川嶺) → 외세석(外細石) → 내세석(內細石)
→ 와암(臥巖) → 한출리(閑出里, 이틀 머묾) → 진장항(陣場
項, 장터목) → 석문 → 성모사 → 천왕봉 → 진장항 → 천
왕봉 일월대 → 석문 → 한출리 → 덕산 덕천서원 터 → 세

심정 → 산천재 → 남명 묘소 → 입덕문 → 백운동 → 단성
광제암문 → 신안서사(新安書舍) → 신안강 → 옥류동(선유
동) → 산청 → 지곡사(智谷寺) 세진교(洗塵橋) → 심적암
(深寂菴) → 환아정 → 팔량현(八良峴, 함양 팔량재) → 여원
치(女院峙) → 주지당(舟旨堂, 남원 住智庵) → 내동(內洞, 3
일 머묾) → 집

-원문

　智異 我國之南嶽 白頭山支流而爲此 故又名頭流 余曾觀其北麓 歲己卯孟秋
爲償留債 以一驢二奚作行 外弟金聖禮有故負約 丹城士人李達支-根培-適來從
之 到南原 弔安戚景洪 竊有古人過西州之感 酒叔士尹氏 欣迎留之 與其族弟道
行-時默- 治裝隨發 時八月初吉也 安門諸人 齎贐送之 而禹協-仲錫·英瑞-衡
錫·敬章-時和-追到

　轉入龍湖洞 澗谷深幽 有白石溪中盤陀 坎而成溝 淸流瀉出 墜爲澄潭 上有
朱宋兩夫子影堂舊址 彷徨久之 踰宿星嶺 循江而下 抵花開洞 是智異南麓而河
東地也 捨驢杖策 隨溪流 東北行十許里 見雙溪合流 兩石對立 分刻雙溪石門四
大字 俗傳崔孤雲筆 而體如小兒習字者之爲 自此路入樹林間 山木皆栗也

　渡橋至寺 庭有眞鑑禪師碑 而文與筆 皆出孤雲之手 卽唐僖宗光啓三年也 其
文曰 孔發其端 釋窮其致 又曰儒釋一理 文昌之惑 甚於蔥嶺帶來者 豈可合於配
食聖廟之列哉 西寮藏其像 雅粹淨潔 誠非食烟火人也 右上十餘步 有六祖師頂
上塔 時僧徒供齋說法 觀者如堵 愚民誑誘 何時其已 哀哉

　金生仁奎請見偕行 北折數里 得國師菴 虛白炯然 幽敻之趣 不似人間 少坐
從菴西而下 渡溪北上數十里 路甚陡峻 賴其羊腸逶迤 日暮艱抵七佛菴

　菴在山腰寬平處 而基址結局 信名藍也 西有禪室 以亞字造房 僧言創寺以後

一不毀改 終始均溫 此亦異矣 門樓板揭東國第一禪院 前數弓許 鑿小池 以影池名 菴後有玉寶臺 世傳新羅人玉寶高 學琴于此 三十年 玄鶴來舞云

還下新興寺故基 逢鄉士韓廷履 聞佛日菴在雙溪東北 而洞壑幽邃 有飛瀑下落千尺 底成深潭 名曰鶴淵 又見金濯纓遊記 盛稱之以爲所歷可人意者 惟佛日一菴 且有靑身赤頂長頸之禽 每季夏翔集于菴前香爐峯 飲潭水而飛去 此是靑鶴也 余恨無上界之緣 未得入此佳境 羅致仙禽 置一琴而爲伴也

新興路傍 巖刻三神洞 又東數百步 爲洗耳巖 孤雲曾遊於此 手書刻之云 沿溪行三十里 抵檀川嶺 嶺極峻急 直上若懸者 幾十餘里 後人見前人履底 前人見後人頂上 十步一休 乃至嶺巓 晉州地也

一行向巨林洞 余欲觀細石坪 與道行敬章及韓金二生 從山脊而北 或草深沒冠 不辨前境 或石壁窅窱 如無途逕 蹣跚匍匐 不得成行 如是上數十里 得一巨巖開坼成門 勢甚奇壯 從者驚喜 狂叫高唱 山鳴谷應 又行四五里 到外細石 日已夕矣 乃淅米而炊 依巖而宿

曉起俯視 千峯萬壑 嶙峋高下 若海濤起伏 亦快心目 轉入內細石 山麓環如城堞 外險內夷 有臺三層 廣可居屢千戶 嘗有數十人家 自官毀出云 此地若設關防 當爲國家緩急之備 而秦關百二 不必過此矣 檜柏森蔚 枯臥者相著如散籌 皆梗楠豫章之材也 念其朽死空山 不見備於棟樑之用 爲造物者可惜 然是亦終其天年者耶

上臺左有臥巖 作崖面 刻鶴洞壬三字 此似近世好詭者之事矣 底築小池 又下幾步 有井曰延壽 臺後燭峯聳出

巖面刻一律詩曰 頭流山迥暮雲低 萬壑千巖似會稽 杖策欲尋靑鶴洞 隔林空聽白猿啼 樓臺縹緲三山近 苔蘚依俙四字題 試問仙源何處是 落花流水使人迷 傍有樂雲居士李靑蓮書八字 人言李眉叟-仁老-古迹也

蓋此山有靑鶴洞云 而濯纓遊記曰 雙溪東數里 得一洞府 寬平可耕 世以爲靑鶴洞 南冥稱之亦如此 余問諸山下人 此似佛日近地 而巖谷峻深 難爲人居 且或以細石坪謂靑鶴洞 然在山絕頂 若非爲山城 亦可合一緇場也 曾聞岳陽土厚平

廣 最爲玆山內可居之地也 今見細石一支 會精聚氣 南馳近百里 至岳陽而止 環
抱成局 對白雲山 襟蟾津江 李眉叟所稱者 安知不在此歟

攀緣石磴 直下數十里 殆如建瓴水 穹林大木 森蔭蔽虧 半日行 不見天日 到
巨林 聞一行留待於開出里 往會 滯雨信宿

將上日月臺 偪屨著蹇 致其鞏固 雇得知路人 使之前導 從深谷而北上十餘里
抵岡脊 縈紆盤折而行 仰視巖石樹木 鬱鬱蒼蒼 若在雲中 下視谿谷碌碌 不可見
到陣場項 覓水於崖北 使從者炊飯而隨之 蓋山上無泉也 線路橫遶於林木攸菀
之間 往往有老檜枯仆 蜿蜒若白龍 或蹩躠行其上 或偪僂出其下 時山風肅然 卽
候暮秋 而楓葉鮮紅 照爛供玩 如行錦障之中也

屢陟崔嵬 至石門 屈折而入 緣檜棧 捫石角 挺身超上 又行三四里 始窮臺 有
石壘 僅容一間板屋 下安石婦人像 而峯以天皇名焉 列坐臺邊 天風吹起 巾屨飄
飄 余戲戒一行曰 莫擧兩腋 吾輩塵緣未盡 且住地上作仙儒 以待他日道成 果到
可也 已而雲氣四塞 風力漸勁 士尹氏不勝寒 還向陣場項

余欲候日出 將與四五人 經夜于此 忽雨下 走避於巖罅待明 而見天地開露 大
野洪厖 白雲宿於山谷 如滄海潮上 多少浦口 白浪驅雪 而山之露者 正如島嶼點
點然也 俯仰愯然 此身疑在鴻濛太初之上 而目力無際 能得萬里之快 竊恐泰山
衡岳之絕項大觀 未必過於是也

向日七佛老僧 爲余言南極壽星 常以春秋分觀於此地 余曾於錦山有未見之恨
而今日之遊 適値秋分 意謂遂其願矣 陰雲巧戲 悄然有失 不欲下山 還陣場項
謝別一行 攜細石所從四客 復上臺

是夜白雲消散 月出皎然 人心夜氣 都無查滓 而玉京眞人 庶幾遇之 曉大星
果上于南天窮處 而形長如半月 其色潤紫光明 特異於衆星 傍有小星隨之 小頃
太陽將出 紅雲互布 星彩遂不見焉 日出暘谷 如玉琉璃缸 漸漸騰空 不如東海之
奇觀矣 朗詠晦父飛下祝融之句 尋石門而迤下

到開出里 自此去臺 爲四十里也 雲霞恒繞臺邊 上者易遭風雨 亦難遠眺 而
今日幸得開雲淸明 實賴玆山之靈矣 何必衡岳之神 獨厚於韓愈氏耶

夫此頭流爲山 廣據嶺湖之間 千重萬疊 堆積天半 人迹不通者 十居五六 其
雄大之體 深邃之容 可與金剛太白幷論 其他諸山 風斯下矣 多土少石 澗流亦淺
恨無水簾瀑布之勝 足爲此山惜也 然是亦春秋爲賢者責備之意也 山上氣高風寒
木之生也 昂莊耐苦 皆作力戰之勢 其餘在深壑者 大不相侔 居移氣 養移體 物
之與人 寧有異哉

韓金二生告別 意甚悵黯 循溪而東出 到德山 溪巒秀麗 竹林翠蒙 其蕭瑟團
圞之聲 使人欣然忘味 過南冥書院舊基 前有洗心亭 臨流爽然 東南數里許 卽南
冥所築山天齋也 庭除長松 凜然特立 可以想像先生之氣像 東夾室几 藏先生手
摹孔周程朱五夫子影幀 齋後數十步 有先生墓 遂登拜 神道之文 吾先子嘗撰 而
見今刻立者 乃許穆所作也 此出於後昆之偏護黨習 又況其稱道者 不及於先子
之文乎 誠可嘆也

洞外巖石上 刻入德門三大字 亦健筆也 過白雲洞 有水石可玩 而未果入 又
行到丹城地 溪邊有三巖 削立如壁面 刻廣濟巖門 筆勢硬古 世傳孤雲手蹟 而視
雙溪所刻 體不相類 益知彼書之非其眞也

崔生植敏 與其從兄進士相敏及權生雲煥兄弟・李君東範・李生炳斗 先後來
見 偕往新安書社 此地曾建朱宋二先生影堂 而毀撤後 仍爲士子藏修之所 板揭
毅皇筆非禮不動四字 堂額又潭翁所書也 士友權李兩門會者三四十人 欲泛月于
赤壁之下 登白馬山城 以遂年前未了底恨 而行色又忙 直到新安江 諸儒紛紛辭
歸 惟五六人追來

舍路從溪 而北踰山脊 至玉流洞口 溪流爲瀑爲潭 隨勢呈奇 攀緣澗崖 西折
上數里 得大盤石 三層互臥 色皆白潔 水行其上 如懸臥瀑 巓有小泓 淸淺可弄
旁刻流觴曲水 大抵此洞泉石 雖無奇壯之態 而幽邃可愛 正如高人逸士 隱於林
泉 而世無知者也 多日山行 無水石之可觀 到此別生意趣 巡酒徜徉 日暮猶不欲
歸

至山淸界 李君飮酒爲別 渡鏡湖江 越洗塵橋 迤入深寂菴 峭峯四圍 別一隩
區 會士十餘人 共敍象外話 西日含山 月又從東上矣 攜酒出楹 欣然坐久誦太極

西銘等篇 夜深後 就宿于西寮

　還出江頭 別丹晉諸生 過李炳斗田園之下 不入而辭曰 王子猷到門而不見安道 此地旣又山陰之縣 則欲學古人淸致 而況與君共數日之遊乎 行過邑中 登換鵝亭 板揭先子記文 而顏以韓石峯筆也 北臨淸江 有逝者悠悠之懷

　逾八良峴 至女院峙 道行巫稱舟旨堂之勝 余亦餘興未已 乃南折而上三四里 抵堂下 攀崖捫石 直上數百步 勢甚峻截 暫憩中峯 從巖邊著足于鑿痕處 跳登數尺 然後至巓 有大小圓石 疊置二層 上可坐三四人 中有小窟 安石大師 眺望闊遠 帶方一境 羅列於眼前 煩襟滌蕩 塵慮頓絕 飄然有遺世之志 坐少頃 轉而西下 還內洞 留三日而歸鄕 爲之記如此

전기주(全基柱) |
유쌍계칠불암기(遊雙溪七佛菴記)

출전 : 국포속고(菊圃續稿) 권2, 7면
번역 : 『선인들의 지리산 유람록 5』, 보고사, 2010, 17~26쪽
일시 : 1883년 4월 ○일
동행 : 서순규, 유상백

-일정

- 4월 ○일 : 진주 율리 → 둔치 → 봉계 → 우복동
- 4월 ○일 : 우복동 → 하양부 → 호암 → 직금천 → 악양 → 쌍계석문 → 쌍계사 → 국사암 → 환학대 → 마족대 → 불일암 → 불일폭포 → 쌍계사
- 4월 ○일 : 쌍계사 → 삼신동 → 칠불암 → 상대 → 화개점

- 4월 ○일 : 화개점 → 옥동 상태실
- 4월 ○일 : 옥동 상태실 → 진주 율리

-저자 소개 　　국포 전기주

1855~1917. 자는 방언(邦彦), 호는 국포(菊圃), 본관은 전주(全州)이다. 전치원(全致遠)의 후손으로, 부친은 전종익(全宗益)이고, 모친은 곡부 공씨(曲阜孔氏)로 공필승(孔弼勝)의 딸이다. 1855년 10월 14일 진주 남쪽 율곡리(栗谷里)에서 태어났다. 어려서 가정에서 수학하였는데, 과거공부를 준비하여 향시에 여러 차례 합격하였으나 회시에서는 낙방하였다. 그러자 과거공부를 포기하고 위기지학에 전념하였다. 1895년 노백헌(老柏軒) 정재규(鄭載圭)에게 나아가 수학하였다. 1903년 면암(勉菴) 최익현(崔益鉉)을 배알하였다. 그리고 송사(松沙) 기우만(奇宇萬)도 배알하였다. 그 뒤 잠심해서 강학하였다. 정재규를 모시고 두류산을 유람하였으며, 최익현을 모시고 하양(河陽)의 영당(影堂)에 갔다. 기우만이 신안사(新安社)에서『노사집(蘆沙集)』을 간행할 때 그 일을 도왔다. 갑오개혁 이후 세상이 급변하는 것을 보고 집 뒤에 율리정사(栗里精舍)를 짓고 은거하여 도연명의 은일을 추구하였다. 저술로『국포유고(菊圃遺稿)』와『국포속고』가 있다.

-원문

　方丈 名山也 嶰峯雄魁 周回四百里 而其南有雙溪七佛兩伽藍 新羅孤雲崔先生所遊處也 山水奇絶 林木蔥蒨 世俗所稱青鶴洞者是也 余嘗欲一往搜奇 而未果焉 歲癸未初夏 余與徐友順奎俞友尚伯 作采眞之遊 共理屝策 同日發行 登屯

峙灑風 至鳳溪沽酒 抵愚伏洞留宿

翌日 促裝 入河陽府 府在山林叢翠之間 官舍清潔 登垂虹亭 有淸州李少年 尾之而上 暫唱和一聯詩 南望則白雲山屹立雲端 而其下蟾津江抵南海而流 商舶簇簇 來往不絶 亦一奇矚也

溯流而上 過虎巖 度織錦川 入岳陽 有鳳凰臺洞庭江姑蘇城取適臺平沙村程子村 歷歷可記 至花開 望頭流山 則層巒陟絶 雲霧窈冥 此身已在縹緲之間矣

自是石徑崎嶇 着武甚艱 去二十里 渡木橋而入 此是雙溪寺洞口也 有石門 右刻石門二字 左刻雙溪二字 皆是孤雲筆也 去十餘武 又渡一橋 澗水淸駛 白石齒齒可奇 東顧而入 西顧而入 兩邊樹木 陰陰天不可見

寺有三大門 第一門題三神山雙溪寺 第二門題金剛門 第三門題天王門 兩廂四天王蹲坐 殺氣凶凶 生氣活活 何等好事者 造此怪物 以作後人之瑰觀也 上磬樓 扁以八咏 素板多先輩題名處 道場中有黑石碑 摩挲讀玩 乃眞國師碑銘 亦孤雲文與篆也 入大雄殿 卓上三金佛儼然而坐 左右諸佛各跪坐 儘所謂箴孔世界慈航衣法耶 錦幃玲瓏 壁上掛梵書 詭誕不可讀

庭有各種花 或曰 或赤香臭襲人 前有靑鶴樓 上有六祖經相塔 房中石塔聳起可仰 周視諸佛舍 訪學士堂 奉審孤雲畫像 令人起敬 時日光向午 小闍梨導入客室 飯供甚潔

少憩後 問路上國師菴 遍山林木 太半栗藪 又有冬柏檀木 蒼蔚成林 怪鳥鳴於其間 自岡腋透迤而上 寸寸躋攀 去三里許 山開谷平 自成一局 到禪門 僧鉉基方設法 坐卓執經讀 諸緇咸着袈裟 環門觀聽 誦南無阿彌陀佛而已 須臾輟讀 齊拜佛前 序坐供饌 如有三代氣象 門庭靜潔 禁人咳唾

又問佛日瀑 一老僧指一線微路 插衲振策 攀木而上 越一嶺 去路傍 有穹巖峙立 前面刻喚鶴臺三字 此亦孤雲筆跡 被人新揢去了 墨跡尙模糊 上數擔地 有馬足臺 昔日孤雲馳馬於此云 步步登登 至於絶頂 可費十里脚力

峭壁下 有一小菴 此是佛日菴也 後有山神閣 皆以檀皮代瓦 一小僧住持 與虎豹同居 佛日瀑噴薄而落來 至下爲龍湫 語傳祈雨處也 扶杖而下 從樹間俯視

紺黑泓渟 可料萬丈 寒氣凜凜 不可久住 反而上來 衿懷倍覺超越

左曰靑鶴峯 右曰白鶴峰 戍削陡立 若拱若揖 白雲山爲正案 南海水外與天際
無限勝地也 霎時峯雲遮日 細雨濛濛 山沈谷暗 已而開霽依然 坐琉璃世界 若與
萬化冥契 直從初路而還 有一喪人 解擔囊坐巖上 眉間滿帶烟霞氣 余固心艶之
因與遊談 問靑鶴洞 笑而不答 告別而去 人言靑鶴洞人 出入花開市 豈知非此人
耶

迫曛還菴借宿 佛燈炫耀 磬聲璘然可聽 昔人詩夢罷淸晨磬詩成昨夜燈者 眞
卽景也 侵晨理笻 出石門 渡石杠

入二十里 有大巖 書三神洞三字 潭上又有洗耳巖 自是山益奇 水益壯 左右
人家 靠岸成村 崗煙起於處處 逢人問七佛菴 指山高雲深處

而寸步蹒跚 至於禪門 地亦平坦 谷水回而成潭 老柏干天而長 栗藪亦如之
有上中下三臺 禪門揭東國第一禪院 軒構精妙 制度弘暢 入西邊僧房 房如亞字
形 眞所謂亞字房也

兩老緇着袈裟 負壁而坐 見客而起 叉手遙拜 已而周觀後 迤邐上上臺 金莎
佃鋪廣五里許 白雲山亦爲正案 南海水日晴可見

雄壯不如雙溪 而明朗過之 何處訪孤雲先生 無處尋 只誦萬壑雷聲起千峰雨
色新之句 以道意而已 良久下來 滿袂有煙霞氣色 宿花開店 抵玉洞 復宿賞台室
而還 往返凡六日矣

김종순(金鍾順) |
두류산중문견기(頭流山中聞見記)

—

출전 : 직헌집(直軒集) 속집 권2, 2면
번역 : 『선인들의 지리산 유람록 4』, 보고사, 2009, 215~220쪽
일시 : 1884년 1월
동행 : 유기선(柳沂善)

—일정

• 연곡(燕谷)·화개(華盖)에서 출발하여 장암(場巖) 도장동(道壯洞)까지
  유람한 기록임. 일자별 기록이 아니라 유람 지역에 대한 인문적 서술
  이다.

-저자 소개   직헌 김종순

1837~1886. 자는 영여(英汝)·백존(伯存), 호는 직헌(直軒)이며, 본관은 부령(扶寧)이다. 1837년 11월 21일 부안(扶安) 서림리(西林里)에서 태어났다. 1874년 전재(全齋) 임헌회(任憲晦 1811-1876)에게 배웠으며, 미재(薇齋) 정재필(鄭在弼)·간재(艮齋) 전우(田愚)·경당(敬堂) 유상준(柳相浚)과 도의로 사귀며 강론을 펼쳤다. 일생 출사하지 않고 학문 연구에 전념하였다. 저술로『직헌집』이 있다.

-원문

甲申正月旬前 同柳松霞-沂善- 行頭流山中 其入洞也 始於燕谷華盖 終於場巖道壯洞 時早雪深 未能觀覽處 亦甚多 盖華盖以內 雙溪義信七佛丹川等地 布在長川左右 可謂山中勝地 至晉州峙以上 高寒不堪生穀 晉州峙以南 聞有岳陽大開拓 人蓄物通 便成一都會 又非雙溪等之可比也 深山之人 所居無異土窟 所食純用荣果 滿山皆是橡木 秋間橡實盈谷 雖少兒 可拾其糧 壯者斫木 火田種諸生理自足 此眞窮儒避世之地也 人之於世 似不可有所厭避矣 然天地閉塞 賢人隱 顧今異類橫行 不可與同羣

噫 窮峽屛居之人 豈皆今世有志之士歟 世俗所見 則或異於是 以避世爲避禍動稱青鶴洞秘訣 遠近雲集 洞無虛地 以至山頂風霜寒冷之地 而取其稍平衍處盡力置屋 殆乎成村 有若豫備家事 而姑空虛以待時者然 流俗之惑 可謂極矣 是故 山中人心 無異道傍 所謂避禍 反以招禍 尋常慨歎也 然而橡栗諸蔬之利固自在 以待世之抱道安分之士 有以置身於死生禍福之外 出處隱見 惟義與比 而其或隨時斂退 躬耕巖下 杜門讀書 飯蔬飲水 俯仰自得 若將終身焉者 乃可相得耳

—

전기주(全基柱) | 유대원암기(遊大源菴記)

—

출전 : 국포속고(菊圃續稿) 권2, 4면
번역 : 『선인들의 지리산 유람록 5』, 보고사, 2010, 27~32쪽
일시 : 1884년 4월
동행 : 정달석, 박씨·강씨·최씨

—일정

- 진주 가숙 → 문암 → 백운동 → 입덕문 → 탁영대 → 산천재 → 세
  심정 → 횡계 → 평촌 → 대원사 입구 → 대원암 → 용추 → 인암 →
  대원암 → 졸암 조씨의 집 → 귀가

頭流山下 古多名伽藍 其一大源 亦不知創設之爲何時也 洞別峯邃 泉石之勝
雲林之美 儼然爲一道場 與雙溪七佛 相終始 余於此山 欲一周覽者 久矣 歲甲
申 四月 踏靑節 讀遠遊賦 而師心獨往 拈日束藜 訪鄭湖隱於佳塾 與之卽抵文
巖 阻雨信宿 適有朴姜崔三友 自靑龍塾 冒雨而至

翌朝 聯筇 自白雲洞 入入德門 自是山益高 水益壯 石益怪 兩岸洞壁峭削 林
木蓊蔚 古人詩淸溪幾渡到雲林者 眞卽景也 過濯纓臺 入山天齋 齋是南冥曹先
生讀書所也 奉審四聖賢遺像 上洗心亭 懸楣多先輩題名處 後有御碑閣二間 院
基鞠爲茂草 彷徨不去 只增感愴 西望方丈山 雲樹縹緲 如神靈窟宅 仙眞樓閣也

逢人問大源菴 答云十里而餘 渡橫溪 過平村 此是大源菴洞口也 寸寸躋攀 溯
流而入 千回萬疊 穹林參天 但聞怪鳥聲 去百餘武 有石杠 澗水自北而來 遇石
必奔騰擊搏 如雷震玉碎 以盡其變 然後或流而爲淺瀨 或滙而爲深潭 上雲影樓
四面題板 多雲顯宮手筆 沈吟次壁上韻 入天光殿 卓上有三金佛 默然而坐 門外
設影幀 神彩燁然 滿庭種蜀葵花鳳仙花 或紅或白 香氣襲裾

右有一小室 扁以方丈 講學所 上舍利塔 有九層石塔 直上中天 每層童佛間
坐 二老緇 方着袈裟 供世尊 誦阿彌陀佛 已而 周觀後還佛殿 尋布恩師贈詩 留
憩時 山日欲暮 磬聲出於雲間 夕飯告進 諸緇各供佛叉手 齊拜念佛 與三友拈韻
相酬 夜分就枕 佛燈炫耀 梵音不絕 亦難穩睡 晨鍾卽起 訪龍湫 石瓮諸勝 皆在
川上 時水漲不得見 無乃山靈沮戲歟

西望一春岡 嶒崒戌削 上有奇巖 名曰印巖 隨小闍梨 攀木而上 石路崎嶮 着
武甚艱 數刻戞登盤巖疊鋪 可坐五六人 箕踞睥睨 至此而四山盡見 此身完在煙
霞杳靄中 以手指望 僧答從某至某云 因誦謙齋詩 禹稷若知山水好 無人陶鑄舜
乾坤之句 以道意 已而 窮搜諸勝後 信步出洞 抵曹斯文拙菴 一宿而還 今行也
拈韻得十餘首 眉宇尙帶烟霞氣 囊槖剩得松桂趣 何其快也 何其奇也 聊以記此
備山中故事云

—

김성렬(金成烈) |
유청학동일기(遊靑鶴洞日記)

—

출전 : 겸산집(兼山集) 권4, 8면
번역 : 『선인들의 지리산 유람록 4』, 보고사, 2009, 221~234쪽
일시 : 1884년 5월 1일~5월 9일
동행 : 이사원(李士元), 권지수(權智叟)

―일정

- 5월 1일 : 분동(粉洞) → 사도(沙圖) 오씨의 집
- 5월 2일 : 오씨의 집 → 해교(海橋) 정진사의 집
- 5월 3일 : 일정이 자세치 않음
- 5월 4일 : 일정이 자세치 않음
- 5월 5일 : 화개 → 삼신동 → 쌍계석문 → 쌍계사 팔영루

- 5월 6일 : 팔영루 → 청학루 → 옥소암 → 환학대 → 불일평전 → 불일암 → 불일중대(佛日中臺)
- 5월 7일 : 불일폭포 → 국사암 → 쌍계사 → 옥천평(玉泉坪) → 칠불암
- 5월 8일 : 칠불암 → 향로봉 → 목동촌(木洞村)→ 당치(棠峙) → 한수(漢水) → 구만(九灣)
- 5월 9일 : 귀가

-저자 소개   겸산 김성렬

1846~1919. 자는 원중(源仲), 호는 겸산(兼山)이며, 본관은 경주이다. 그의 선대인 수은(樹隱) 김충한(金沖漢)이 두문동에 들어갔다가 남원에 은거하였다. 아버지는 김인권(金仁權)이고, 어머니는 옥천 조씨(玉川趙氏)로 조한석(趙翰錫)의 딸이다.

1903년 천거되어 숭혜전 참봉(崇惠殿參奉)에 제수되었으나, 당시 나라가 적신(賊臣)들이 국정을 천단할 때이므로 사양하고 나아가지 않았으며, 나라의 폐단을 조목조목 지적한 글을 올려 우국충정의 마음을 드러내었다. 1906년 을사오적의 참수를 주장하였다. 저술로 『겸산집』이 있다.

-원문

方丈山 南州之巨鎭也 靑鶴洞 方丈之絶境也 崔文昌之誌 玉龍子之訣 皆已備焉 近來騷屑紛紜 訛言孔多 以爲欲訪靑鶴者 自瀑布下流 著蓑衣 排石門而入 則形如壺中 別有天地 周四十里良田沃野 可活數千餘戶云 聞之已久 終莫之信

焉 夫桃源之說 誠是荒唐 而今人之好怪者 又倡爲浮言 名實不副 則願一周覽
以驗前人之記 以解今人之惑矣

今春 龍潭李友士元見訪 討論前史 語及靑鶴洞 士元因言曰 去春 我與山僧
智仙 訪所謂靑鶴洞者 自雙溪石門 歷國師菴 至佛日菴 上中下三臺 一洞中開
兩峯屹立 一條瀑布 直垂兩崖之間 奇形詭觀 難可勝記 古所傳靑鶴洞 我於是快
覩云

噫 余往在丁丑秋 遊覽七佛雙溪 訪孤雲洗耳之巖 觀眞鑑記實之碑 而佛日則
未曾目焉 今聞李友言 深庸追悔 至暮春者 與山洞權智叟迸之 更搜方丈之勝 到
般若之中峯 仍憩深源 半途而還 歷實相 自雲邑 過九龍峙 宿兩水亭 朝後 智叟
分路而歸 余往龍潭 請士元偕行 士元辭以有事 余亦還家

至四月晦 智叟適見訪 五月初吉 卽聯節 午點于粉洞 暮抵沙圖吳氏家宿

翌日 纔行數里 訪海橋鄭進士家 雨下不止 仍留宿 於是 賓主相携 登書齋 以
詩唱和 鄭氏五父子之詩 皆可玩 智叟稱之曰 古有三蘇矣 今有五鄭也

翌日 卽端陽 更趁霽景 前進江頭 膾細鱗 沽美酒 是時 九灣宗人允凡 亦來焉
自漢水川 午過花開市 至三神洞 偶逢許君明汝 卽石門外新村僑居人也 入山生
面 恰若舊識 旋問佛日去路 則歷歷指點 適與許眉叟靑鶴記中地名相符 一座欣
然 皆以爲靑鶴可訪 而第以林壑深邃 峽路回轉 不可以無指南 故强要許君 許君
諾焉 期以明朝相逢而分路矣 隨夕陽 到雙溪石門 孤雲巨筆 完如昨日 自樹陰間
行數里餘 登八咏樓 昔年丹楓 今日綠陰 令人可賞 投宿山房 夜拈一詩

六日 朝後 方欲登高 濃雲團合 微雨乍下 皆悵然以爲仙緣未足 須臾 雲捲雨
歇 乃理裝 各具草鞋一 竹節一 佩數器午餚 待許君之來 而日已晏矣 許君前導
自八咏樓北崖 上靑鶴樓 東望玉簫巖 咏玉簫淸轉鶴徘徊之句 惆悵延佇 只有白
雲悠悠而已

少憩 東入方丈之室 覽六祖頂相之塔 聽老衲之說 荒誕不足道也 乃連袂扶節
緩步躑屋 孤花點點 亂樹陰陰 漸入佳境 幽賞未已 涉一木橋 行百步之地 傍有
一奇巖 刻其名以喚鶴臺云 是孤雲筆也 字樣雖不甚大 經千餘歲 苔痕不染 若非

神護 烏能如是哉 其上有馬跡臺 亦云孤雲騎馬留跡 故因名其巖 過數里餘 地勢
稍寬 可墾數頃田 人言佛日平田 是也

踰一小峴 峽路傾仄 纔通一線 到佛日菴 菴已墟 只有山神閣一間而已 左有
白鶴峯 右有青鶴峯 上有香爐峯 前有玩瀑臺 萬尺瀑流 懸於峻壁 響若鳴雷 色
若噴雪 古詩疑是銀河落九天者 實際語也 下流爲龍湫 渟泓齋深 直瀉兩鶴峯之
間 俯臨層厓 神眩股栗 不能正視 儘奇逸也

菴後 架一木於千仞之厓 以通往來之徑 而其上有人家數三 卽所謂佛日中臺
也 距此五六里 亦有數三人家 是佛日上臺也 左右峯巒 秀麗清爽 前後林壑 幽
夐窅靜 可謂仙境 然山勢過高 地形甚窄 李友所見鶴洞者 果是之謂歟 吾未見其
信然也 周覽纔畢 日已過午 密雲復作 大雨將至 急登中臺 見一茅屋 訪焉 主人
卽張老 而於許君爲舊交 相携入其夾室 穩討一宿 言語清高 氣骨健康 其年七十
七云

七日 朝雨始晴 方尋歸路 更看瀑布 則雨後益壯 較前日 已增一培氣勢矣 又
題一詩 暫休於國師菴 午點於雙溪寺 仍尋玉泉坪 坪在鷹峯之下 其間有上中下
三臺 白雲山三峯爲外案 延壽石井 在中臺 局勢洞闊 山形端秀 可居數千餘戶
內有桃源之形勝 外有城邑之繁華 天慳地秘 人境非遙而近 非近而遙 窈深曠夷
眞奇絶處也 以淺見料之 昔人所謂青鶴洞者 似不過乎此 然亦不可以自是己見
也 是日暮 抵七佛菴 則玉臺浮雲 影沼明月 盡是慣面 別無更記

八日 自香爐峯下 過木洞村前 樵客言 十餘年前 村人墾田 得二石 一則白鶴
二則青鶴 而青鶴抱三細石 宛然鶴雛 以此辨兩石鶴之雄雌也 白鶴 仍埋置田中
青鶴及三雛 置于田傍 雛爲村童所持去 今不知在何處 而鶴母尙在溪邊 其大可
數圍 自是 村樣漸耗云 亦一奇談也 踰棠峙 向漢水 暮宿九灣

九日 午點于嶝洞 乘暮歸巢 有若訪桃源者之塵心未盡而還鄕也 姑書此 以貽
後之訪青鶴者云 甲申五月上旬 記

―

정재규(鄭載圭) │ 두류록(頭流錄)

―

출전 : 노백헌집(老栢軒集) 권32, 32면
번역 : 『선인들의 지리산 유람록 4』, 보고사, 2010, 235~268쪽
일시 : 1887년 8월 18일 ~ 8월 28일
동행 : 권운환(權雲煥), 이택환(李宅煥), 이양호(李養浩), 손명수(孫明秀),
       최숙민(崔琡民), 권정환(權鼎煥), 이병조(李炳祚), 이병욱(李炳郁),
       이중기(李中基), 황동(黃童), 하윤(河潤), 이병헌(李炳憲), 조용소
       (趙鏞韶), 최제태(崔濟泰), 최제욱(崔濟勗)

─일정

- 8월 18일 : 척지령(尺旨嶺) → 호악(虎岳)의 권대환(權大煥) 집 → 경호
  강(鏡湖江) → 단성 이요재(二樂齋)
- 8월 19일 : 이요재 → 조용소의 집 → 세진교(洗塵橋) → 청옥대(聽玉
  臺) → 독소대(獨嘯臺) → 유령(楡嶺) → 유양길(柳陽吉)의
  서당 → 평촌(坪村) → 장항동 → 대원암

- 8월 20일 : 대원암 → 용추 → 대원암
- 8월 21일 : 대원암 → 용추 상류 → 유두류촌(遊頭流村) → 중봉 → 천왕봉 일월대 → 산막
- 8월 22일 : 산막 → 용추 → 대원암 → 평촌 → 면상촌(面傷村) → 송 객정(送客亭) → 대포(大浦)의 조원순(曹垣淳) 집
- 8월 23일 : 기록 없음. 저자가 날짜를 빠뜨린 듯함
- 8월 24일 : 원촌(院村) → 세심정(洗心亭) → 덕천강(德川江) → 산천재 (山天齋) → 입덕문(入德門) → 입석촌(立石村)
- 8월 25일 : 입석촌 이기상(李基相)의 사위집에서 유숙
- 8월 26일 : 입석촌 이기상의 사위집에서 유숙
- 8월 27일 : 입석 → 신안강(新安江) → 수월동(水月洞) → 조한재(照寒 齋)
- 8월 28일 : 조한재 → 용추 → 선유동(仙遊洞) → 귀가

-저자 소개   노백헌 정재규

1843~1911. 자는 영오(英五)·후윤(厚允), 호는 노백헌(老柏軒)·애산(艾 山)이며, 본관은 초계(草溪)이다. 부친은 정방훈(鄭邦勳)이다. 경상남도 합 천에 거주하였다. 장성에 있던 기정진(奇正鎭)의 문하에서 수학하였다.

당시는 외세의 압력으로 국권이 쇠퇴하던 시기였으므로 출사보다는 저 술과 후진 양성에 진력하였다. 1860년 김홍집(金弘集)이 청나라 황준헌(黃 遵憲)의 『조선책략(朝鮮策略)』을 정부에 제출하고 개화를 주장하자 척사 위정론(斥邪爲政論)을 주장하였고, 1894년 갑오경장 이후 친일파의 개혁 에 반대하는 통문을 내기도 하였다. 1905년 을사조약이 체결되자 호남· 영남에 포고문을 내어 세계 여러 나라에 호소하여 일본과의 담판을 촉구

하는 한편, 논산에 있는 궐리사(闕里祠)에서 최익현(崔益鉉)과 거의(擧義)를 계획했으나 성사시키지 못하였다.

학문적으로는 1903년 「납량사의기의변(納凉私議記疑辨)」·「외필변변(猥筆辨辨)」 등을 지어, 스승인 기정진에 대한 전우(田愚)의 반박을 변론하여 철학사적으로 중요한 논쟁을 일으키기도 하였다. 제자로는 정면규(鄭冕圭)·권운환(權雲煥) 등이 있다. 저술로 『노백헌집』이 있다.

-원문

非孔子登泰山 奚爲 歲丁亥春 夢謁先師蘆沙先生 先生云然 聞來竦然 若四體無骨 瞿然驚覺 質識於吾友逸士金顯玉豐五 豐五亦瞠然無語 私竊以爲先生憫余小子昧錙銖之積 而妄意高遠 有以大警動之也

是歲八月之上旬 豐五自山陰來 約以頭流之遊 副以秀士權雲煥舜卿·承文副正字李宅煥亨洛 書隱約 指示天王第一峯 不覺雙肩忽聳

以十八日壬寅 理杖 李生養浩汝直·孫生明秀子顧 從焉 踰尺旨嶺 嶺山丹之界也 入虎岳之權進士大煥家 酒傾 將發 大煥贐以一圈帖紙 渡鏡湖 日已昏 田間草路熹微 忽見一儒冠人 遙遙相呼 諦視之 乃舜卿也 前舜卿至其家 夕飯 豐五及趙監役鏞韶舜九·李炳憲善章 來見 敍平安外 不暇出一語問頭流之遊誰誰 豐五曰 崔溪南·權應九曁亨洛 已先發 今夜宿羅漢庵 余曰 曷不少留以俟 溪南無乃於人情 太冷淡乎 嘗聞方壺靈仙之宅 世俗鬧熱 靈仙冷淡 冷淡 非情之至者乎 天下之至情 皆從冷淡中來 溪南故人 琡民元則號也 應九名鼎煥 舜卿兄也 是夕 宿二樂齋 齋李氏書塾 主人炳斗其名 字泰兼 豐五見爲泰兼之千之伯强也 泰兼已發陶山 行遡洛江 入太白云 齋是吳思湖先生江舍古址 而山丹秀才立約講學之所也 余客於是齋 課歲一再 賴諸秀士之不我外也

翌朝 飯泰兼家 跟元則前去 李生炳祚泰永·炳郁文哉·中基晦夫·黃童·河

416 · 지리산권 유산기 선집

潤暨善章從之 別豐五 至舜九家 打酒 舜九曰 天王不在天上耶 我是地上人 不
敢擬議 而爲諸君 送之于大源靈庵 遙望白日生羽翰 不猶賢乎 訪亨洛大人 不遇
訪趙生鏞淵叔父 已差過矣 不覺潸然一涕 鏞淵若在 必翩翩然爲我先道矣 過其
門而不見其影 悲夫

渡洗塵橋 少憩于聽玉臺 有一人 魁然挺立揮扇 若指揮狀 怪之 問舜卿曰 豐
五已向烏石 待子厚 一隊去 彼何人斯 舜卿曰 是豐五 及至果然 一子龍能化爲
五 一阿彌能化千億 豐五之勇敢 無難事 子龍似之 其枯槁冷淡 類從恒河沙 來
者相與一噱 因問子厚追到 公將奈何 曰吾受計於河潤 置一童子於正廣橋邊 子
厚 權基德字 亦秀士也

至獨嘯臺 石滑如冰 水清如玉 脫衣巾浴乎 便覺身輕脚軒 兩腋習習生風 五
十年人間世塵累 才到此臺 洗滌休了 浪吟一詩 山人抱膝曾何事 劃破千巖萬壑
煙 因慨然默念 塵垢一洗 陰煙一破 便能化得靈仙耶 無是理也 這箇煙塵 卽所
謂精進闍梨 十年不會斷得者 惟在接續日新之如何耳

行數里 豐五指示一處 千丈巖角 有數間瓦屋 是元則宿處 呼僧問去留 曰俄
從此路去 纔數步後 便不知所在 顧豐五曰 淡於情者 饕於仙 乃爾耶 摘葉酌泉
沃渴 送晦夫歸家 逐聯節 寸寸而進 上楡嶺 嶺以東山陰 而以西晉陽也 豐五揮
扇西指曰 此天王峯也 相與聳觀叫壯 據石盤坐 泰永家奴 摘月蘿以備渴

下有一洞谽然 中有一溪穿出 俯視 如臨萬仞坑塹 依溪籬落 隱隱相望 村名
橫溪 送奚奴 前走 追元則行意 元則諸公 在柳陽吉家也 問酒家 沽飮一巡 到前
溪 左右縱橫 皆楮田 我國貨貝 楮爲最 記昔見此山人言 山居資業 惟養楮是務
近來 楮亦入漢氏之權 被官人賺抑 楮田殆將荒廢云 噫 舍良田沃土 而與木石居
豺狼遊 豈其情乎 但薗畬所耕 秋熟無稅 取在是耳 其生亦困矣 而今又權薗畬之
餘 思之 堪可太息也

入陽吉書堂 陽吉不在 元則·應九·亨洛 遇於此 時陰雲密布 怕滯雨 逐相攜
入大源庵 此去大源十里有奇 西日才尺餘 未及坪村 冥色生樹 沽酒以飮 借松明
一把 信節而行 後人躡前人之迹 容足之外 皆黑窣窣地 但聞萬樹叢裏 水聲撞舂

而已

　至獐項 少憩 渡石杠 至寺門 門閉 呼呼不應 久之 有僧自門樓上偸視 豐五日
山僧疑我也 元則曰 謝康樂之所不免 何妨乎 入門 樓曰雲影樓 殿曰天光殿 天
光雲影 是吾家眞訣 釋氏看作蓮花色相 可怪矣 上堂列坐 有一二僧來謁 供夕飯
夜將半 峯月初上 天晴煙空 洞府東西 始入指點矣 拈一絶唱和

　二十日 周覽樓臺墠塔 珠翠雕刻 眩纈人眼 彼以慈悲利佗爲緣業 而此等靡費
皆取諸其宮中而用之乎 農之家一而食粟之家六 工之家一而資焉之家六 作無益
害有益 孰甚於此 亦足太息也 提壺往龍湫 酒一巡 誦經傳各一篇 音韻洋溢 酬
答山光水聲 噫 幾百年爲彌陀呼所點汙 一餉觴詠 足爲玆山洗塵 山靈有知 當胖
蠻來賀矣 聞夕鐘而還

　崔濟泰而仰・濟勖日助來 元則兄子也 初鄭燦教克善・權基洙仲瑞・基伯文
興 約以橫溪 子厚以二樂齋 乃以是日午始到 僅同龍湫觴詠 使正廣童子 虛竚而
返 視南冥東洲海印脫蓑 爲如何也 只此一小事 輸了 先賢一著事之大 於此者
將奈何 閔判聖以童子與焉 於是 相與謀上山資裝 克善曰 不可不可 吾之此來
所以止諸君上山之行也 吾於玆山 非生客也 下界蒸炎時節 上山則恰是雪天消
息 欲穿謝公之屐者 須襲子陵之裘 乃可 而明日 寒露節也 下界單袷 已覺疎冷
如之何 老釋聞之 又力言不可曰 山上被雪 已旬餘矣 余默然不答 但曰第束裝

　二十一日 朝雲從南風起 僧以將雨白 克善復理前語甚力 余曰 第促飯 飯已
雨意漸緊 一行太半傾耳於克善之言 而獨舜卿攜筇 飄飄然去 有若一躍到彼者
然矣 余曳杖彷徨曰 與其上山而爲奇明彦 無寧使此庵爲南冥之佛曰 然奈舜卿
前去何 問前有村落否 曰此去十五里有村 曰遊頭流 過此則雲山重重而已 余曰
村名不偶 遊此山者 必於此村歇泊 故名耶 行矣

　遂行 子厚以病止留 文興・判聖 慰厥涔寂 仲瑞業董生之業者 以秋務之急謝
去 克善要伸前言 又謝去 余爲不聞者 俄而 一少年告曰 某丈已從山下去 余曰
某豈然哉 已而果來 且曰諸君之志勇如此 保無虞矣

　僧廷善前導 而晉州砲手五人殿之 砲手乃遇於源庵 而願從者也 向於虎岳 聞

山中大蟲肆虐之報 今此輩不期而遇 戒嚴足矣 舜九跟善僧 翩然在前 余謂舜九
曰 舜九說時 若恐恐然不敢望者 及到做時 乃能先乎人 言出而躬不逮者 滔滔皆
是 而舜九免夫 舜九平居遷善徙義 能若是否 吾爲舜九賀

　渡龍湫上流 過遊頭流 緣流上下 石勢參差扠挴 或盤磷 或陡截 或錯若置碁
或疊若壘臺 有端潔而縝潤者 有廉稜而銳劌者 虎鬪者 鳥厲者 龍卅者 鳳翔者
不可名狀 而水從石勢而流 急者湍決 緩者漣漪 洄而爲淸池 注而爲飛瀑 鏘鳴者
如玉 鏗鏗者如鐘 其可玩而可樂 非龍湫之所敢抗顏 而獨龍湫聞於世 以有源庵
也 噫 見聞之得其眞 鮮矣 世之談論者 以名求之 惑也

　放杖盤桓之際 元則已去 村前休息 追到 有一山翁 酌酒在元則前 余曰子之
休息 多時了 此酒我且先之 擧盡之 元則默然 山翁忽白眼視之曰 酒止此耳 徐
問之 蓋元則緩頰而得者 余曰求未必得 得未必有 天下之事 凡不由我底 皆此酒
也 相笑而起

　稍稍入也 林木鬱鬱盤結 藏鎖澗壑 而鏘鳴者鏗鏗者 若遠若近 可耳而不可目
若恣意窮搜 則如得眞境 而志氣都湊 在天王上峯 不暇也

　時雲開天朗 日光漏入 滿壑楓林 霞蒸脂凝 如濃如沫 影裏行人 如在錦繡步
障 顧影相樂 逸興遄飛 克善唱綠水丹楓一闋 響滿空谷 上蓬田嶺 嶺上草木 已
枯凋 僧言被雪 果不誣矣 荊茅塞蹊 使擔夫前 而次以豐五 只躡豐五迹以行 左
右不可顧肵

　行數里 僧告飢 出橐中飯 就澗列坐 喫訖 傴僂穿林 不待三命 恭益滋矣 勉强
相將 踰一嶺 石壁屹立 高可數十丈 下稍平廣 可坐數百人 曰日中舊基 相與植
杖呵息 僧言 洪水之世營窟之時 於此交易云 誕甚不足記 仰視之 松檜擁壁鬱蒼
凜然有不可犯之狀 俯視之 群山之突兀者 已俛首趨膝下 而天南海色 隱隱入望
矣

　從環道回回 緣崖有藤蘿 可攀以登 余方病手脚 惴惴不能前 豐五曰 柰何 不
能自運手脚 余曰 我適病矣 天下之不病而能自運手脚者 幾人 乞豐五牽前 請克
善挾後

僅免墮跌 到稍坦處 豐五牽曳疾走而前曰 奉山靈指揮 攞逋客而來 余笑曰 子以蠢老比我 我固榮矣 乃自比以灌纓耶 豐五亦笑 倚樹顧後 舜卿以下十數人 尙在一弓許 要豐五坐俟之 蓋慮舜卿而將授以吾策也 豐五遽起曰 以舜卿擬自家耶 舜卿不然 又轉上一峯 自以已至也 問豐五 豐五曰 此中峯也 遂抖擻用壯 繞一峯而過

於是 天王眞面 儼臨咫尺矣 端拱瞻望 問此去上頂幾里 尙十里 相與踊躍歡喜 于于而進 手脚之困悴 巖蹊之艱險 都自忘了 如有物引之於前 而推之於後 不知不覺 到得上頂 飭衣帶 序立禮神祠 有一後生疑之 余曰 此山靈也 山南服之鎭也 居南服者 皆衣被此山之利澤 可無拜 世俗所云摩耶夫人之說 傳者何人 吾不信也

上日月臺 臺在最高處 秋天寥廓 晶日無氛 憑臺而望之 四無碍障 東西南三面 海天相接 而北一面有山 如靑霞盤鬱 渺然入眼 抑是先春長白醫閭等諸山歟

近視之 際天海色 如泉紳之脩白 拖滕繞脇 遠視之 海外無地 茫茫然不可窮已 小視之 四方泛泛乎無畛域 而山之所據界畔 指顧可得 豈非大澤之霻空 馬體之毫末乎 大視之 環山之四方八面 林林叢叢 彌滿兩間者 盡入懷抱之中 而爲吾有也 若遠若近 若大若小 與目謀而與神往 悠悠乎與灝氣俱而莫狀其由 洋洋乎與造物者遊而不知其變

抑有一事 可徵而可疑者 山不生凡木 惟有檜松數株 而其生年不可記 圍僅盈把 長才及肩 其高寒 可知矣 嘗觀泰山記 有曰 種柏千株 大者十五六圍 中州之山 泰山爲最高 而柏之大如此 獨何歟 抑山之高 高於泰山歟

謂豐五曰 子富於山者 八域一誌 謂之羅列子之胸中 亦未爲過也 盍爲我歷指之 豐五蹶然而起 左右望而指示之曰 彼某也 彼某也 於是 東則五臺楓嶽 縹緲呈奇 南則白雲錦嶽 綽約獻媚 而西首而望之 屹然如巨人長德者 瑞石也 儼然如樓臺城壁者 夢聖也

愀然斂容 不禁江漢之思 夢聖 我蘆沙先生澹對軒之主山也 瑞石 其開門喚丈人公而朝暮遇者也 忽念春間夢中之詔 抑爲今日登山之兆眹歟 嗚呼 小子登山

果奚爲哉 崒乎其高矣 而依舊是汙下 茫乎其遠矣 而依舊是淺近 巍乎其大矣 而依舊是局小 則奚以登山爲 奚以登山爲 嗒然自喪 惕然自反 誠不自知其爲何懷也

山日已西 隨諸僧 至中峯下 結幕以度夜 初㘦僧常喜欲於此結幕 善日 不可要觀日出 宿此不得 上上臺 泉眼枯渴 四求無水 不得已就此 天早一至此哉

是夜 月色晶明 山容靜肅 孤高淸絶 無以爲樂 相與輪誦所讀書 三周而止 余笑謂元則曰 冥翁之簫歌 濯纓之筎鼓 無乃輸了吾輩一場

已而 星斗漸稀 啓明不遲 一度紅氣 自東方騰空 橫亘天際 如一幅掛錦 僧曰 此日出之候也 久之 又一度黑氣 自紅氣中騰出 如車蓋然 又久之 一度紅光 自黑氣中 閃閃動出 乍圓乍長 頃刻萬狀 少焉 忽有金盤 自下奉之 又少焉 金盤化爲華蓋 又少焉 蓋忽不見 一輪紅日 爍爍旋幹 疾於轉丸 無暫瞬停息 久之 乃定 已高三丈 光氣射人 不可復視 俯觀山下 尙昏暗 異哉 其變態之無常也 若於上臺觀之 則又一層異矣

喫朝飯 從昨路而下 眩不能下 請克善 前仗而下 下之艱 艱於上 至蓬田嶺 休脚 昨日半日上者 今日日昃矣 如登如崩 難易之勢不同 而今反是 何哉 噫 事之難易 在於志勇之如何耳 獨山行乎哉

因言于衆曰 萬事本領 惟在乎志 志壹氣隨 則天下無難而不可致之事 鬼神其將通之 吾輩平日坦道十里 便覺脚疲 而懸棧絶壁 後人見前人履底 前人在後人頂上 而倏爾而上 略無疲色 是孰使之然哉 炎天氷雪之地 而單袷無恙 南風喚雨之餘 而天日忽開 是又孰使之然哉 燕谷回春 衡山開雲 信不誣矣 諸君猛著精采 不到得頹墮 則幸矣

送善 㘦飯於頭流上澗以待 乃放心顧眄而行 紅樹中有一石如床 可坐數十人 衣以苔蘚 厚且文 如鋪氈 昨日所未及見者也

坐少頃 促諸公起 披荊穿澗 尋昨日之指點而不暇窮者 果然一區別界也 龍湫上流 錯落排置者 皆鱗介耳 今日 乃探珠也 騃矚快心 曠然以爽 陶然以樂 謂元則·豐五曰 子嘗艶稱佛日雙溪 甲乙奚定 元則曰 此當置之百層樓上 奚論甲乙

頭流一山靈淑之氣 盡在此矣 胸中之亭樹忽起 向西北一麓而望之 若有異處焉

方住杖遊目之際 豐五忽躍躍越澗而走 有頃 自林莽中 大聲亟呼日 來來 元則·克善·應九 皆竦身飛杖而去 余以脚疼 倚石少坐 與舜九·舜卿·亨洛諸人 下上逍遙 豐五又大聲呼日 盍來乎 盍來乎 余與舜卿往 有一巖 方正如斗 大如屋 諸人列坐 笑語於其上 見余至 豐五·克善 垂手爲梯 挽而上之

周觀面勢 果異處也 元則日 議營一室於此 何如 余日 好好 然看時固好 說時亦好 做時之好 難矣 因歎冥翁於玆山十破牛脅 而屢不及焉

近世 鄭處士栻 嗜水石如膾炙 短澗片石 差可寓目處 輒刻名 頭流一山千百谷 可謂谷谷鄭栻矣 而獨於此 無行跡 斯區爲溫之鴈蕩 連之燕喜 其有俟歟 噫造物之意 果難測也 效奇湊巧 若有經營者 而不致之於漢洛終南之間 以供王公貴人之賞 而乃致之於窮山絶壑荒閒寂寞之中 更千百年不得一售其技 何歟 慨然爲之歎息 於悒而遂狀類以名之

其怒起當湍 偃蹇危立者 日障瀾巖 巖之前 匯而爲潭 深可行舟 而紺寒凜栗如有神物守之者 日伏龍潭 潭之上 有蜿蜒偃臥者 日臥龍巖 巖之南畔 陡然負山而立 上平下削 高可數丈 廣稱是者 日起而臺 巖之左傍 有環而空其中者 日日新之盤 言乎其可供盥洗也 瀑日振鷺之瀑 澗日流玉之澗 言乎其容 而美之蘊於其中者 可不言而諭也 其列坐笑語之巖 則日獨寤臺 洞日肇開之洞 因其舊音而新其義 言乎其閉之久而開之始也 此其大略也

其如斗如斛 如盤如丸 若哽若咽 若嗔若怒者 皆珠映玉輝 而煩不可名也

一谷大抵璀璨怳惚 蕭灑如風楹月牖 淸曠如氷山雪壑 信東南之第一佳處 因謂元則豐五日 其能辦得做時好否 吾輩皆空疎無用之一匹夫 非世棄君平 君平自棄世 若得斯區以送吾老 則可謂樂莫樂兮 然斯區旣不爲終南佳處 當爲蓮峯雲谷 而所俟者 豈吾輩耶 相與咄咄而起 十步九顧 不忍別也

至二里餘 善以午飯進 日將夕矣 曳脚困頓 還源庵宿 朴生祥鉉致容始追 到夕 善熟藷以進 舜九之所使者也 蓋爲野客 嘗山中之味也

二十二日 元則率而仰日助先出 爲訪山下姻家也 余日 先發者先還 亦理也

午喫僧供 善以山上一宿爲緣 以供一時也 上山諸費 舜九・而仰・泰永分擔焉 欲留數日 以療病做閒 而顧從者衆 有不可能者

出寺門 至坪村 十里之間 皆茂林脩竹危巖巨石 水從石間流 或懸或平 或潭或湍 向爲楚猴之繡者 今供錦城之好 殊可樂也

將向山天齋 齋南冥先生季年藏修之所也 豐五賦一絶 以峯頭冠玉水面生月擬之 用先生語 擬先生 得之矣 過面傷村 昔吳德溪 往師門歸也 先生飮餞于十里大樹下 德溪醉 過此村 墮馬致傷 後人名其樹曰送客亭 村以面傷名 顧瞻徘徊 想象當日 灑然淸風 依然入袖 噫 面傷之趣 識者何人 魚川泳而鳥雲飛 不惟後人不識得 雖當日自家 悠悠乎不自知也 至亭 方沽酒 顧謂豐五曰 德溪偶爲萬行菩薩 欲以身爲後生戒也 豐五遽呼舜卿告之曰 聞之否乎 豐五之隨時存規 眞友也哉

至大浦 宿曹垣淳家 先生肖孫而與余舊相識者也 子厚與文興判聖 留待於此 子厚問舜卿 上山之遊樂乎 舜卿不肯言 若有靳者 余謂頭流神明 不受子厚 舜卿之靳 宜矣 一座大笑

二十四日 訪曹仲昭 亦舊相識者 隨仲昭 過院村 登洗心亭 景色凄然 不可留 俄見梵宇 丹碧題詠 若加增飾者 而俎豆絃誦之地 鞠爲茂草 堪可喟然 渡德川 入山天齋 拜審四聖賢遺像 先生手摹也 回望頭流 眞面全露 可以把 先生之高風 尤令人起敬

午後 元則・應九 以事欲先歸 十日聯袂 不堪於此分張 遂隨出 奪乘而仰馬 過入德門 應九衣帶執御 余作詩以戲之 至立石村 謀一炬 行十餘里 至元則家 入山出山 皆以火 亦異哉

二十五日 至牧溪女家 李基相景溫 壻也 其大人晦根 字舜熙 適在外 聞余至而來 攜入隴雲齋 應九誇張上峯之觀 舜熙憮然如有失 始約頭流也 要舜熙同行 而適有幹未能

二十六日 送應九・舜卿・善章・子顧歸家 欲往水月之照寒齋 以與李生道復陽來有宿約也 被固挽 留隴雲齋 日將入 應九還來 以其姊夫河洛圖來此也 洛圖

曾有一醉交際者 而重逢於二十年之後 居然相對兩衰翁也 應九言舜卿暮當還來
李生憲洙聞之 往江上橋邊以待之 其朋友相愛之情 亦可尙也 是日 舜熙漁澤酌
酒 豐五擧茅容事以規之 元則以事謝歸 余曰 前頭尙有照寒仙遊 子何遽歸 元則
曰 明日相思來水頭

二十七日 渡新安江 是鏡湖下流也 至水月洞口 元則與四五少年 兀然坐巖上
待之 相攜入照寒齋 是日 會者甚衆 舜熙父子亦與焉 是夕 進諸生聽講 應講者
三十餘人 而文哉 · 晦夫 · 河潤 重來

二十八日 至龍湫 仙遊下流也 洞居李丈人送酒 作詩謝之 別李乃弘 · 朴南擧
乃弘陽來大人也 克善已於山天齋別 舜熙 · 應九 · 舜卿爲送 洛圖於照寒齋分手
仙遊一著 乃此行曲終之奏 而不與之同焉 欠哉 入仙遊洞 半餉風詠 余於此洞
是玄都之客 而石益白而水益淸 無乃方壺仙夢未醒 艶得佗煙霞耶 元則有詩 余
賡之曰 短杖鳴金鏡湖石 好將流玉振玆山 方壺仙子遙相愛 擲與名區更別看

遂揖別諸友 與汝直 · 致容還 旬有一日也 富哉遊乎 雖深慙於仁智之愛 亦豈
爲景物役哉 展拓胸懷 消散堙鬱之餘 竊有所反隅而自省者 而今而後 知先師夢
中敎誨之意也 凡學之不進 所見者小也 豈憫其不進而激而進之歟 聖賢敎人多
術 抑揚無定本

以有感於程曆者言之 其始至於龍湫也 以爲可樂 而竟日忘歸 及其溯上流 則
其可樂 非龍湫之比 愛而不忍舍去 至於窮得肇開之源 而後方知眞境之在此 若
不窮源 其殆矣 其始至於日中基也 已覺地位之高 而俯視群巒 及其上中峯 則遂
以爲已至 至於上得日月之臺而後 方知大觀之在此 若不上臺 其殆矣

士也 讀數十卷書 有一知半解 頗能見稱於鄕里 則便蛙擅一壑 因以自喜 此
非觀龍湫而上日中基者耶 幸進而讀未讀之書幾卷 窮未窮之理幾件 知見稍廣
則侈然自大 便謂吾事已了 此非溯上流而登中峯者耶 仰之彌高 鑽之彌堅 見所
立之卓爾 而竭吾才以從之者 是眞學孔子者也 此非窮源而上臺者耶 不見乎大
則不知其小 此河伯所以望海若歎也

然則欲學孔子 而不登泰山 奚以爲 嗚呼 吾幾爲龍湫之玩客 日中基之遊人乎

然勻石之重 錙銖之積也 尋丈之長 分寸之累也 泰山之大 一拳石之多也 若處下
而窺高 舍近而趨遠 則徒見之大 反爲眞積之害 此程先生之所以忌先立標準也
然則登泰山 奚爲 嗚呼 吾且涵泳於龍湫之間 優游於日中基之上歟 奉以告於同
遊諸君 諸君何以勖余 晦松鄭載圭厚允 記

정재규(鄭載圭) |
악양정회유기(岳陽亭會遊記)

—

출전 : 노백헌집(老柏軒集) 권34, 5면
번역 : 『선인들의 지리산 유람록 5』, 보고사, 2013, 105~112쪽
일시 : 1891년 8월 하순
동행 : 김현옥(金賢玉) 외 수십 인

─원문

　一蠹先生'看盡頭流千萬疊 孤舟又下大江流'一絕 知德者以爲人欲淨盡天理流
行 嘗竊味之 蓋與沂雩風詠 發聖人吾與之嘆者 同一氣象 然曾氏得聖人 爲之依
歸 自身涵濡於太和元氣之中 舍瑟之對 固其所也

　若先生生於絕學之後 倡明肇自己身 誰從啓發 只一同德之友有寒暄先生者
其得之之難 賢於曾氏 遠矣 且曾氏 狂者也 行有不掩 若先生夷考其行 孝弟通

於神明 踐履中於規矩 然則先生孤舟大江 意象之悠然 得之資深居安之餘 而非
直天資是爾也

嗚呼 盛矣 先生所以資 所以居 果惡在乎 朱先生所編小學一書 敬之如父母
信之如神明 魯齋以後 未之有聞 惟寒暄皓首連縷 自稱小學童子 謂光風霽月 不
外是矣 先生與寒暄 志同道合 當時有大猷唱之伯勗和之之稱 是則先生之所以
資之深居之安者 亦不可外小學而求之

亭在頭流之南蟾江之上 號以岳陽 因地名也 先生自天嶺 與濯纓金公 上頭流
順蟾江而下 孤舟大江之句 乃其時酬唱也 愛其山水之勝 因寓於岳陽之縣 築亭
以居之 後值陽九 亭爲墟 今幾四百年 亭墟而地就僻 遺風之猶存 亭楣之嗣葺已
無議 爲至於行過是墟 寓高山景行之思者 南冥所歎千頃水一月十層峯一玉之外
亦無聞焉

嗚呼 唏矣 載圭與湖南友人鄭季方 有蕭寺之約 過岳陽 金君豐五偕焉 豐五
嘗寓於是 與居人朴生濟翊劉生啓承李生炳憲炳郁鄭生基洙 議掃遺墟 修講契
以致地荒井廢之感 而以余過 是置酒相邀 設小學講會 會者數十人 各誦一章 酒
一巡而止 豐五遂歌孤舟大江之句 亂之以寒暄小學詩一絕 因曰亭廢之後 不知
甚人於此處 講此事 繼此而修而張大之 又有甚人 是在朴李劉鄭諸君 自勉之如
何耳

又曰不有以唱之 孰有和之者 吾子之今日聽講於此 或將爲諸君和之之資歟
子盍記之以待焉 余逡巡沈吟 有所感於心者

先生 余朝暮遇者也 而今又周旋於考槃之遺墟 可謂目擊道存 而古人所謂吟
風弄月以歸 有吾與點也之意者 於我有絲毫彷彿者歟 方且愧縮之不暇而又文之
耶 姑舉先生所以資焉居焉者 爲諸君一道之 辛卯秋八月下澣八溪鄭載圭記

—

조종덕(趙鍾悳) |
두류산음수기(頭流山飮水記)

—

출전 : 창암집(滄庵集) 권6, 4면
번역 : 『선인들의 지리산 유람록 5』, 보고사, 2013, 33~40쪽
일시 : 1895년 4월 11일 ~ 4월 12일
동행 : 몇몇 동네사람

-일정

- 4월 11일 : 곡성 석곡(石谷) → 고소(鼓沼) → 압록(鴨綠) → 두계진(杜溪津) → 구만촌(九萬村) → 중직(仲直)의 집

- 4월 12일 : 중직의 집 → 용추(龍湫) → 한감사(韓監司) 비각 → 산동원(山東院) → 위안리(危安里) → 묘봉령(卯峰嶺) → 유현(柳峴) → 달궁(達宮)

-저자 소개   창암 조종덕

1858~1927. 자는 성훈(性薰), 호는 창암(滄庵)이며, 본관은 옥천(沃川)이다. 아버지는 조형규(趙亨圭)이며, 어머니는 풍천 임씨(豊川任氏)로 임상휴(任相休)의 딸이다. 송병선(宋秉璿)·송병순(宋秉珣)에게 수학하였다. 1891년 옥천 교동으로 송근수(宋近洙)를 찾아가 『송서차의(宋書箚疑)』를 교감하였다.

나라가 어지러워지자 벼슬에 뜻을 두지 않고 오직 학업에만 전념하였다. 1905년 송병선이 굴욕적인 늑약(勒約)에 분개하여 자결하니, 심상(心喪)으로 기년(朞年)을 마쳤고 스승의 유고(遺稿)를 간행하였다. 송병순이 만동묘(萬東廟)를 복향(復享)하는 데에 적극 참여하였고, 1910년 이후로는 소화둔인(小華遯人)이라 자칭하고 경전과 정주서(程朱書)를 탐독하면서 세상에 나아가지 않았다. 이기설(理氣說)에 대해서는 이이(李珥)의 기발리승일도설(氣發理乘一途說)을 고수하였다. 저술로 『창암집』 외에 『동사기략(東史記略)』이 있다.

-원문

余素濕病 醫治誠難 而近聞頭流山多去滓木 剝其皮 則藥水流出 服之者 無不得效云 故南服盛而譽之 有本者如是夫 其無源 則何令人年年 如渴赴飮乎

時適乙未立夏之節 與同閈數人 約而束裝 卽於四月十一日 發行 自谷城石谷 抵鼓沼店 暫爲歇脚飮酒 適可緣江順下 至鴨綠村店 顧瞻風土 則中洲津水 到此 合衿而成局 水性一也 而右來者 多陽淸 左來者 多陰濁 諺云 雌雄水故也 然雌雄之說 未可信及 而想必南來者 水道多石 故陽淸 北來者 水道多沙 故陰濁 水色之不同 地勢使然 而別無可觀 特一小小紛華之場也

坐不多時 仍午料 向杜溪津 卽南原界也 招舟子利涉 漸入山谷間 踰杜溪村
後峴 脚力疲困 日亦暮矣 下峴數里許 遇兩三樵夫 仍問九萬村 樵夫適居是村者
也 乘昏偕行 訪同根仲直家 主人倒屣迎入 而叙寒暄 說經亂 寢食俱便

翌朝發 向山東院 路中望見尹氏文孝公世葬之地 非徒龍眞格美 堂斧合度 碑
碣俱體 完然有士夫家風 嗟嘆不已 歷龍湫沼 沼上有韓監司碑閣 當山東院大路
直向南原邑 故舍之而從右小路行 至危安里 里名非常 故仍訪酒店 問老嫗曰 此
村名何以危安稱之乎 嫗曰壬辰古亂 具氏居是村 安過故也 黙而想之 則取危中
有安之義也 又問去年東亂 如何經過 曰少無侵漁也 傾耳旣罷 仍招同伴 索酒痛
飮

踰卯峰嶺 仰見盤若峰 果是南鎭巨靈也 嶺上有拔幕 被衿向風而坐 望見故鄕
則人家遮而不見 村後九龜峰 宛然森羅 嶺之峻極 不言可想也 少焉 扶杖而振
迤邐屈曲 峰回路轉以下 如入壺中 而爰有兩三茅屋 村古而區別 遇一田夫 問村
名 則曰柳峴也 相望一喚地 又有一大村 指而問曰 那里 是達宮否 田夫點頭 忽
然思道里 屈指則合百三十餘里也 夫達宮之成局也 僻處南原之一隅 與雲峰接
境 雖有崇山峻嶺 向陽開顔 淑氣爽朗 曲曲谿澗 會合成川 抱村而流 家戶殆近
七十餘 耕作可以免飢寒 又有書室 伊唔相聞 眞山間別一界也 若其烟霞之擁藹
林巒之奇絕 不可勝記 而泉甘土肥 居民多壽 境僻路險 兵燹獨漏 自物外論之
則雖古之桃源 不能遠過於此也

第見藥水出於去滓木 水之盛滿 勿論節候早晚 以穀雨前後三日爲上 以言其
味 則或甘或淡 以言其色 則或白或赤 而效驗之力 同歸一致 水哉水哉 奚取焉
惟有方丈老仙 欲施廣濟妙術 陰與造化翁 相爲流通 而寓諸山木 使吾東土百萬
生靈 痒痾疾痛 切於身者 來飮于此 而共躋仁壽之域 涵育於太和元氣之中 以補
聖人病諸博施之一端而然耶 留賞未已 飮水洗心 葛巾野服 欲向捿碧幽人而問
之 或疑其笑而不答 故索紙塗墨 係之以詩 備于不忘也

—

강병주(姜柄周) | 두류행기(頭流行記)

—

출전 : 두산집(斗山集) 권3, 5면
번역 : 『선인들의 지리산 유람록 5』, 보고사, 2013, 41~50쪽
일시 : 1896년 8월 15일 ~ 8월 17일
동행 : 정운필(鄭雲弼), 정보경(鄭輔卿), 조응장(趙應章), 이령구(李齡九),
    조맹명(趙孟鳴), 강령(姜令), 조산(趙山) 기타
목적 : 8월 추석 날 천왕봉에 올라 노인성(老人星)을 보고자 함

-일정

- 8월 15일 : 시천(矢川, 中山洞) → 응봉(膺峯) → 검암(劍巖, 칼바위) →
      중봉(中峯) → 궁암(穹巖) → 문장대(文章臺) → 세심천(洗
      心泉)→ 법계암(法戒庵)터 → 법계암
- 8월 16일 : 법계암 → 천왕봉
- 8월 17일 : 하산

-저자 소개   두산 강병주

1839~1909. 자는 학수(學叟), 호는 두산(斗山), 본관은 진양(晉陽)이다. 부친은 죽헌(竹軒) 강지준(姜之濬)이며, 조부는 중은(重隱) 강석좌(姜錫佐)이다. 18세 때까지 월촌(月村) 하달홍(河達弘)을 찾아가 질정하였으며, 19세 때에는 서울로 성재(性齋) 허전(許傳)을 찾아가 제자의 예를 갖추었다. 이때 성재에게서 위기지학(爲己之學) 등의 학문 요점을 듣고 이를 궁구하려 노력했으며, 이후『중용』과『대학』공부에 더욱 치중하여「대학이도(大學二圖)」·「중용육대절일도(中庸六大節一圖)」·「진학차제일도(進學次第一圖)」·「성현언지일도(聖賢言志一圖)」·「지인일도(知仁一圖)」·「부동심일도(不動心一圖)」·「동명일도(東銘一圖)」·「계사제일장일도(繫辭第一章一圖)」·「인륜일용통오상일도(人倫日用通五常一圖)」등 10도(圖)를 그려 알기 쉽게 풀이하였다.

1879년에는 계남(溪南) 최숙민(崔琡民) 등과 모한재(慕寒齋)에서 강학을 주도하였다. 1880년 월고(月皐) 조성가(趙性家) 등과 호남지방을 여행하고 많은 시를 남겼으며, 1881년에는 조정의 개화정책에 반대하는 만인소(萬人疏) 운동에 한주(寒洲) 이진상(李震相)·만성(晩醒) 박치복(朴致馥)·후산(后山) 허유(許愈)·대계(大溪) 이승희(李承熙) 등과 적극 참여하였다.

1887년 두산 아래 양곡(陽谷)으로 이사하였는데, 이곳이 바로 현 경상남도 하동군 옥종면 두양마을이다. 1891년에는 단성(丹城) 법물리(法勿里) 이택당(麗澤堂)에서『성재선생문집』을 간행할 때 박치복·김인섭(金麟燮)·김진호(金鎭祜)·윤주하(尹冑夏) 등과 참여하였고, 1894년에는 덕산 산천재(山天齋)에서 조긍섭(曺兢燮)·하겸진(河謙鎭) 등 강우지역의 젊은 학자들과 함께 남명(南冥) 조식(曺植)의 문집 교정에 참여하였다. 저술로『두산집』이 있다.

-원문

異之最高峯曰天王 月皐趙翁避世隱居於其下 上之卽阼三十三年丙申也 是歲
之納凉往候焉 其里曰矢川 洞曰中山 其隣鄭靑松雲弼鄭君輔卿 皆新僑也 土人
有成氏世居云 雲弼重葺其先亭 蕭灑可遊息也 會話於斯 約以八月秋分節 登天
王峯觀老人星

及期 與族三人偕入 約而會者 殆近三十人 是日 秋夕俗節也 家家有釀 時羞
錯焉 聽諸山人 距上峯四十里 非再經宿則難矣 御寒之具 免飢之資 趙鄭二家多
宣力焉

入洞口曰鷹峯 有三四人家 鄕友一湖客三 皆業種藷爲生 -藷狀如土蓮 味淡無
毒 山中人以此資生者多- 緣溪上數里 有鉅石笏立 人指之曰劍巖 自此攀崖而登
老樹星列 惟橡最多 不知名者無數 松柏或錯 丹楓間之

艱關到中峯 有穹巖 天作之臺 名文章 蝌蚪篆懸崖 剝缺未詳 崔文昌手書云
石面作臼 儲水洌洌 洗心泉云 相望近北 得數畝平夷 有孤塔在巖上 故老云 古
有法戒庵 今墟矣 其址誅檜斬翳 構一屋 可容三四十人 問之 乃成氏一門 謀避
亂云 其謀似疎 而不害爲今行備也 趙進士應章 咸安韻也 與李齡九追到如約 甚
奇緣也

入夜 老者隩 壯者露 而分三設火 往往圍坐而喧譁 於此有賣酒者 民之於利
求售也如是矣 林霏乍戱 令人警動 朝來開朗 殆似天公會事發

團束早發 披蔓繞 覓線路 或窺樹磚 或履巉巖 鱗次而進 步步脚戰 相顧而笑
曰 鳥道之難 難於此乎 捫參歷井仰脅息以手撫膺坐長歎之句 何其善喩也

至未刻 得到絶頂 妥巨靈以屋 塑像以石 天風颯然 令人不覺致肅 趙都事孟
鳴曰 此行亶由於觀老宿 禱仙靈 何如 命余作其文 已而返照入海 衆皆爭覩其奇
絶

下此一臺 依鉅巖結幕 較前夜窘束殊多 癃僂者假寐 有興致者談笑 苦俟寅刻
衆眺懸南 薄雲乍開 有星出丙方 太如啓明 光芒差紅 春秋分出地三十丈 載在天

文誌 以此知其爲老人星也無疑

　篁沙姜令 年七十三 目力邁昭 而邈迷人間之日 天上老人 見之否 姜令笑曰 我未快覩老人 老人必覩我 謂之見 不亦宜乎

　須臾滄溟盪紅 其外蒼蒼然茫茫然 天耶水耶 及日之升 興言拜拜 不覺起敬 虞書所云寅賓 良有以也 光耀漸放 闊焉迥焉 天自天 水自水 但有雲雯錯落而已 趙山笑曰 雖勝 未及返照 蓋譏我以寒疾未覩也

　嗟夫 我東賢達登此山者 何限必有以各見其見 竊想今之登者 其必有謀營隱遯者矣 有耽取勝槩者矣 有求助奇氣者矣 外此數者 抑又有思量許多者乎

—

하겸진(河謙鎭) | 유두류록(遊頭流錄)

—

출전 : 회봉집(晦峯集) 권28, 15면
번역 : 『선인들의 지리산 유람록 5』, 보고사, 2013, 51~74쪽
일시 : 1899년 8월 16일~8월 24일
동행 : 하재두(河載斗), 하재봉(河在鳳), 하용진(河龍鎭), 하영태(河泳台),
　　　 하영욱(河泳旭), 성영근(成永根), 이철수(李澈洙)

-일정

- 8월 16일 : 수곡 → 다회탄(多會灘) → 칠송대(七松臺) → 북평(北坪)
　　　　　 → 조령(潮嶺) → 곤양 탑동(塔洞) 유해영(柳海永)의 집
- 8월 17일 : 탑동 → 세종대(世宗臺)와 태실 → 단종대(端宗臺)와 태실
　　　　　 → 태봉(胎峯) → 경재(敬齋) 이도천(李道天)의 집
- 8월 18일 : 이도천의 집 → 이재옥(李在玉) 방문
- 8월 19일 : 이재옥의 집 → 황토령(黃土嶺) → 횡보역(橫甫驛) →

남산의 하회원(河會源)의 집 → 관동재(館洞齋) 김국진(金國鎭)의 집

- 8월 20일 : 김국진의 집 → 수홍정(垂虹亭) 터 → 계영루(桂影樓) → 관공묘(關公廟) → 섬진강 → 흥룡(興龍) → 한몽삼(韓夢參)의 묘 → 자개치(子開峙, 악양 개치마을) → 악양 → 삽암 → 도탄(陶灘) → 구례 나루터 → 화협(花峽, 화개골) → 삼신동

- 8월 21일 : 삼신동 → 쌍계 → 팔영루 → 청학루 → 고승당(高僧堂) → 국사암 → 팔영루 → 동방(東方) 어르신의 집

- 8월 22일 : 동방 어르신의 집 → 칠불암 → 세이암 → 신흥사 → 옥소대 → 쌍계사 팔영루

- 8월 23일 : 쌍계사 → 청학동 → 청학봉·백학봉(白鶴峯) → 오암(梧巖) → 불일암 → 향로봉 → 학담(鶴潭)·용추(龍湫) → 불일암 → 미륵암 → 묵계점 → 창암(蒼巖)의 죽촌(竹村)

- 8월 24일 : 창암 → 돌령(突嶺, 돌고지재) → 회신(檜信) 마을 → 도덕정(道德亭) → 대정동(大井洞) → 조계(潮溪) → 사방동(沙坊洞) → 집

-저자 소개   회봉 하겸진

1870~1946. 자는 숙형(叔亨), 호는 회봉(晦峰)·외재(畏齋)이며, 본관은 진양(晉陽)이다. 부친은 하재익(河載翼)이며, 어머니는 김해 허씨(金海許氏)이다.

17세 때 당대의 명유(名儒)인 허유(許愈)를 만났고, 27세 때 자작인『도문작해(陶文酌海)』의 서문을 받으려 면우(俛宇) 곽종석(郭鍾錫)을 찾았다

가 사제(師弟)의 예를 행하였다. 29세 때에는 이승희(李承熙)·장석영(張錫英)·송준필(宋浚弼) 등과 교유했으며, 안동·선산·성주 등의 선현 유허지를 순례하고 많은 선비들과 사귀었다. 그 뒤 명산대천은 물론 동서남의 해안 일대와 명승고적, 중국의 공자·맹자·주자의 묘(廟)까지 순례하려 했으나 만주까지 갔다가 되돌아왔다.

저술로 『도문작해』 외에 『주어절요(朱語節要)』·『명사강목(明史綱目)』·『해동명장열전(海東名將列傳)』이 있다. 만년에는 『동시화(東詩話)』를 엮었으며, 우리나라 유현(儒賢)들의 학문과 연원을 체계 있게 정리한 『동유학안(東儒學案)』을 완성하였다.

-원문

己亥仲秋之十六日 河近齋載斗·河德峯在鳳·河君見龍鎭·河汝海泳台·河文見泳旭暨余 同遊頭流山 至水谷 要成仁可永根共之 河魯見麟奎·李華伯壽晃·趙孝謹顯珪 皆有約不至

午濟多會灘 灘上累石 爲小臺 臺上十數柏偃 蓋若虯龍 乃七松臺也 昔南冥先生 自頭流還 宿旌樹驛 至此 與李龜巖楨·李黃江希顔·金晉州泓 酌酒相別 龜巖曰今日諸君 復有說乎 擊目忘言 果有是也 遂上馬分手而去 其後吾先祖松亭先生 登第設慶宴于灘上 州牧崔簡易岦 以方伯之命 掌其事 至今田夫野老之行過于是者 嘖嘖說不休

余於舟中 先賦一絶 諸君皆和之 到北坪 鄭舜一㮹基 迎候路左 殺猪沽酒 禮意甚勤 是日頑風大作 雲陰四塞 薄暮 踰潮嶺 遇大雨 通身皆濕 訪柳粲五海英 於昆陽之塔洞 夕賦四律一篇

○ 十七日 午後陰雨少霽 日光穿漏 遂行 至五里餘 見峯巒之自玉峯搗錦來者 蜿蟺委曲 若斷若續 點點如貫珠于繩 峯頭鑱石爲屛幛 中有圓石爲甕 稍前竪

碑戴鰲題曰世宗大王胎室 正西一望地又有端宗大王胎室 其布置石物與此竝同

自胎峯 小轉而行 蒼松挾路 人烟鮮少聞 有李敬齋道天 隱居讀易於此 深得邵堯夫先天之學 又有李學仲澈洙 能詩善飮 藏器而不市 與仁可有舊云 粲五要余 入敬齋所 大雨旋作 庭戶無人聲 旣而 學仲備酒饌供之 敬齋亦自外來 與余論啓蒙疑義 敬齋曰讀易之法 不在他 貴在因時得中 試以乾卦論之 時可以出則見龍之在田矣 時不可以出則潛龍之勿用矣 譬如此爐子用之而得火則見龍也 不然則潛龍也 今日吾輩之相從於林下者 豈非潛龍之時乎 因論一陰陽之道 形上下之分 撲著求神之法 理象一源之妙 有合有不合 煩不能盡記

○ 十八日 敬齋出餞于郊 學仲束裝請從 踰一嶺 遇雨 訪李進士在玉 酒酣呼韻 各賦

○ 十九日 柳粲五告別 李君尙信 班荊數語而去 諸君亦以潦雨之未霽 皆願徑歸 余謾謂曰吾聞陰陽家云 日在辰巳 例有雲雨 今日之雨 是辰巳餘孽也 且方丈名山也 吾輩潔身修行 不雜於功利機巧之私 名山之靈應 有以默佑之矣 請以明日之雨暘 卜吾輩之賢否 可乎 諸君曰諾

午抵黃土嶺 匝坐大樹下 披襟納凉 至橫甫驛 使汝海・舜一・文見 先往南山訪河廣叔會源 未久大雨如注 廣叔持雨傘出迎 相見甚懽 遂由小徑 披草穿林而入 其案上無他物 惟朱子書一部・淵源錄四冊而已 沿海之俗 專尙吟弄佔畢 而獨此人用意於朱子之書 知詞章之外別有 所謂爲己之學焉 斯可謂不待文王而興者矣

廣叔殺鷄爲黍 兼具秋露酒・銀魚鱠・熟栗・蟹醬 飯訖偕行 沿江而下 但見夕照蒸紅 銀波鏡磨 魚兒潑剌弄碧 恰似一副新畫遯谷人 張網擧帆 捷若飛箭 有李生者 戴笠而來 乃廣叔姑夫也 以小網橫斷 旁流得銀魚一貫 廣叔・文見掛杖共荷之 乘夜到館洞齋 主人金國鎭 接禮甚厚 沽酒斫鱠 劇飮而罷

○ 二十日 天雨快霽 日氣鮮明 前日之戲 可知其有驗 迫到垂虹亭故址 各吟一絶 登桂影樓 小憩 復臨江路 浪吟數詩 酒戶漁燈橫亘五里 可見人物之盛也 稍西傑閣出雲 金碧交輝 問之關公廟也 門有赤兎馬塑象 兩階皆無名花卉 老柏

蒼杉 穹隆偃仆 金風拂袂 神宇懽然 徑趨西小門入 四壁列施 綵繡幃幙 當中一
卓子 高二丈餘 奉安關公像於其上 怒眼如星角 鬚挺戟 英氣勃勃 不可以仰視
眞魁偉烈丈夫也

余嘗觀西厓懲毖錄 有曰天將以數戰不利 當得神助 立關公廟祀之日 見黑雲
從北來 諸將皆大喜 其後屢見靈異 又按國朝提綱 關公屢立神效 天將萬世德立
祠以報 我朝遂於京城南北及星州・河東 皆祠之追封武安王 夫將軍蜀漢人也
地之相去萬有餘里 世之相後千有餘歲 島夷陸梁之日 何所顧戀於東土而爲是無
窮之陰佑哉 後之君子 必有知將軍炳然之志者矣 但近日專以巫覡主其祀 卜筮
求靈 祈禱請福 撞鍾鼓儺 挿竹爲道場 至有假托關公女 關公壻之名 搖惑衆聽
煽弄國政 夫以將軍擎天蓋地之靈 豈肯乞食於妖巫鬼 以施禍福於兆民耶 是所
謂非類之祀也 亦可謂淺之知將軍矣

溯蟾江二十里 見商帆漁舶 往來不絕 兩岸蒼山影倒波底 間有森森林立者 乃
在岸之人影也 過興龍 謁韓釣隱墓 午飯于開峙店 舟行一里 至岳陽 江上有錥巖
者 韓錄事惟漢舊居也 惟漢見麗氏將亡 挈妻子來居 屢徵不起 南冥先生重爲錥
巖太息者 此也 因作錥巖行一篇

又向陶灘 有鄭先生舊基 河東人士追慕其德 作亭於德隱村 卜日上樑 而忽被
觀察曹始永 論以浮雜 拿致拘囚 亭亦見壞 余於是又不能不爲陶灘長息也 岳陽
東南 都會地也 五穀富饒 人厭魚蟹 山多楩柟橡樟 正東之蒼然骨露者 鳳凰臺也
稍南之傴然玉立者 姑蘇城也 蟾江之流匯爲澄潭者 洞庭湖也 明沙繞其右 大野
橫其中 湖上多斑竹鳴猿 其民輕浮淺狹 仰機利 節姦巧 競以搏噬爲高 甲午之亂
與花開人 爲民兵 雖古燕・代之俗 不能過焉 暮向求禮 津頭沽酒共飮 轉入花峽
至三神洞 宿焉

○ 二十一日 行五里許 蒼厓兩開 大石釪餖相向 崔孤雲致遠題 其右曰雙磎
左曰石門 靑鶴・神凝之水 會于門外 雙磎之得名以此歟 徑投小溪傍 解衣掬飮
歷三重門 登八詠樓 寺僧圓冠黑領 膜列又拜列 布毛席重衾 持茶水餉之 接以賓
主之禮 禪宮法宇 雄麗精緻 房房鼓儺 處處考鍾 林木薈翳 蒼藤纏繞 階前小塘

秋荷淡泊 雜以紅白奇花 信非人境也

池邊龜趺 屹立敗缺 不可以復讀崔孤雲所作眞鑑禪師碑銘也 又其西十步地有靑鶴樓 蜂房蠔窩 略與雙磎相埒 總之曰古僧堂 僧徒餉以棗杏柿栗 且前致辭曰李判書容稙 築室于寺後 昨始來居 人馬甚衆 又自河東府督伐主材木於此山寺中甚紛擾 言訖蹙然不樂 余慰論之

還聚西廂室 喫飯 復攀崖緣木 尋向國師庵 庵前小水 自巖缺處 微微而落 盤石承之 稍坳處 淸淨淳溜 日光下照 璀璨可喜 其罅生林木 長不過尋丈 入門惟見彩畫 玲瓏令人神氣眩轉 有一衲眉 長掩鼻 肩背龜縮 穿袈裟 打華鼓 口誦彌陀佛 客至全不顧見 此卽禪家所謂入定法也 獨恨渠至老白首 枉費一生心力 畢竟成就得何事耶

繞佛殿南行 稗僧奉茶椀而來 眉眼靚秀 白面長身 使之年十八歲云 諸君同辭詰責曰以汝冠玉之姿 何求不得 而離親棄兄 陷身於叢林耶 汝獨無彝性之賦於天者乎 僧謹對曰非余所欲也 顧命數使然耳 輒掩淚揮手而去

已而 舜一・文見徑去 余近齋德峯仁可汝海 出庵門外 亂摘梨栗 雙袖皆滿 余曰今到名山 謂宜泄塵汗導天和 以養吾德性 顧乃爲口腹哺啜之計 與狙狸同業乎 諸君大笑 日已曛 到八詠樓 還宿東方丈 是夜月色吞吐 諸峯雲氣騰踴 或露或見 如人在帳中而見其鬙也 近齋汝海 出示八詠靑鶴國師庵諸作 余亦續貂

○ 二十二日 入七佛庵 晨行至神凝之洗耳巖 溪水沒石 人馬困渡 南冥先生極稱神凝水石之勝 有曰明珠之吐納者矣 有曰驚雷之噫吼者矣 有以爲銀河橫截衆星錯落者矣 有以爲瑤池宴罷綺席縱橫者矣 余讀其書 未嘗不爲之 神聳氣眩及至此寺 溪水險隘 巖石黝暗 徘徊上下而不得見焉 則忽訝吾行之誤入於蓬萊島也 且夫名實相稱 古未有焉 吾友韓希審 每以爲金剛之勝 不如耳聞 金剛且然而況於神凝乎

自神凝西行 直趨山頂之左 魚貫而進 東西谿谷 皆雜樹間以丹楓翠柏 大木之在岡脊者 爲剛風所困 枝葉皆左靡 采藥拾橡之人 荷氎往來於其間 聞人聲 皆鳥鼠竄 至庵外 小歇 緇徒引入客室 布席進茶 午飯亦精潔有味 至亞字房 觀制度

之奇 登佛殿 覽花木之巧 皆東土禪院所未有也 念昔新羅之亡 敬順王七王子 恥
爲臣僕 入此山 爲生佛 此與天竺王子之逃父 入雪山者 不可同年而語也 明矣
而今乃尊奉天竺王子於其上 列置七王子像於左 方有若拱揖趨侍者然 儘知佛家
無定論也

庵後有玉簫臺 僧云新羅玉笛出於此 新羅亡後 玉笛無聲 其誕妄可知也 庵去
擬神洞十里 大神洞二十里 靈神洞四十里 靑鶴洞四十里 彌勒庵五十里 雙磎寺
二十里 河東府六十里 上峯百里 距余居百四十里也 近齋欲西入擬神靈神 以出
于彌勒庵 學仲及仁可 欲復從河陽之坦道 余及德峯汝海 猶以未見靑鶴佛日之
勝 欲復聚于雙磎 諸君不得已許可 日暮發行 纔熟羊脾便到八詠樓 僧有與仁可
厚者 竝請近齋及余 兩時支供甚饒

○ 二十三日 促飯 入靑鶴洞 度一岡 旋入大谷中 樹木蔽日 藤蘿蒙絡 衣巾不
雨而濕 至亭午 不乾 間摘山梨啖之 東北望岾道而行 手足懸空 勢甚危險 封禪
儀後人見前人履底 前人見後人頂者 殆亦類是歟

半餉 登靑鶴白鶴兩峯之背 過猵巖 尋李彥憬洪淵字 苔蘚已蝕盡矣 求不朽於
林莽之間 果不免山海翁譏笑也 緣壁數十步 始到佛日菴 菴廢爲茂草 只有山祭
閣 覆以橡皮 是冥翁所謂靑鶴洞者也 眉叟許文正公亦云 坐佛日臺前 作靑鶴洞
記 而獨李眉叟仁老 尋之不遇 至今其詩猶傳 故隱遁行恠之士 往往求靑鶴於人
跡不到之地 甚可笑也

兩壁東西 撐突勢若沖空而飛 其東曰香爐峯 西曰毗盧峯 其下之黝暗無底者
曰鶴潭 余與德峯・汝海 度板橋 登香爐 以俯之 近齋・仁可・廣叔・舜一 前趨
林木間 挤壁睨視之 俄而 復回前路 見仁可欲下復止 因問諸君在何處 仁可曰此
百丈之下 鬼窟陰暗之中 聞有喧笑聲 吾料其非辦命者 不能下也 余笑曰君肥澤
漢固難運足 然豈有彼能之 而我不能焉之理哉 遂挽藤條懸 危而下 背腹俱盪磨
逆行至無樹處 卽偃臥放手 聽其所之而落焉 四面皆危石斗削 寒風刺骨 白霧漫
空 忽見一條壯浪 從天際來始也 如百丈層虹 中散爲萬顆明珠 更轉爲千閃驚雷
最下如銀柱入波 眞造化兒劇戲經營處也 相與顧眄先色 只呿口稱奇乎 奇妙哉

妙而已 余强吟一詩曰 一一跳珠遙可數 扁扁�鶴近還非 諸君相繼有作 復跣足
過鶴潭龍湫 始返于佛日庵 神氣颯爽 不可以久留也

夫頭流 東國三神之一也 名樓巨刹 指不勝屈 如雙磎・七佛・神凝・地藏・
上無地-又如碧溪・金臺・紅蓮・白蓮・先涅・古涅・新涅・香積・靈神・碧
松・兜率・彌勒・三壯・般若・國師 皆是-之勝 皆擅于東南 而若其溪壑之最奇
可謂玉振於佛日矣 往來之士 前後相望 如崔文昌・金佔畢・金濯纓・鄭一蠹-又
如玉寶高・韓錄事・曹梅溪・俞濡溪・南秋江・奇高峯・李龜巖・李黃江・李
竹閣・許眉叟・成浮查・河滄洲・河謙齋・韓釣隱・李密庵・鄭明庵・權蒼雪
皆是-皆有詩記之傳後者 而若其究觀內外之形勝 無如南冥之爲得其妙矣 雖然
佛日之勝 不能長一格於南冥之手者 以當時 只見得瀑沛上頭 故歷舉頭流之伽
藍 必稱神凝爲最勝也 名山之遇不遇 其亦有數於其間耶

踰佛日後嶺 溪流觸石 曲折有聲 大木自皽顚仆于磎徑者 因爲略彴 雲烟擁翳
不分晝夜 東南海島之勢 靑螺點點 白虹如線 錯不知其極 亦覺心眼之快活也 山
頂有兩路 近齋曰此彌勒後峯也 今午休息於庵中 乘暮下山 亦未爲晚 余曰吾觀
山勢 彌勒庵決不在此 仁可曰吾與近齋 曾有匡廬之面 請君勿疑 德峯曰兩公之
言 不爲無稽臆料 而或中孰如目擊之爲證左乎 余與學仲 揮手不顧 遽取路下山
諸君皆向頂路 行十餘里 余遇鑿蠔人 問之 答曰由山頂險路 明日午時 可達於岳
陽 不然則入於豺虎之窟矣 學仲顧余 失色嗟惜久之 又行一里 飢甚入田舍 求水
飯啗之 頻頻顧後 不忍舍去 有頃諸君皆到 具言失路之由 胥怨胥怒 且曰彼路若
終有一線可通 則吾輩不知其死所矣 余曰他日諸君當至大之責 決至大之計 亦
能如今日强項乎 不由公正之路 必有落草由徑之患 請以此山爲前車之戒 至默
契店 權歇 暮宿蒼巖之竹村

○ 二十四日 學仲・舜一 自明湖徑還 餘人皆向馬峙 踰突嶺 過檜信 午飯于
道德亭 由大井洞 涉潮溪 至沙坊洞 與仁可分袂 薄曛到家 明日 仁可以書來 請
記其事 河采五鳳壽亦爲歌詩勸之 姑記如右 以備後遊之程曆云 貍陽逸人河謙
鎭記

—

제6부
20세기 작품

—

문진호(文晉鎬) | 화악일기(花岳日記)

> 출전 : 석전유고(石田遺稿) 권2, 19면
> 번역 : 『선인들의 지리산 유람록 5』, 보고사, 2013, 75~104쪽
> 일시 : 1901년 4월 초6일 ~ 4월 20일
> 동행 : 이도묵(李道默), 기우만(奇宇萬), 조성가(趙性家), 이택환(李宅煥),
> 　　　 최숙민(崔琡民), 권상연(權相淵), 정태규(鄭泰圭), 문태호(文泰鎬),
> 　　　 문익호(文益鎬), 문영제(文永濟), 문영빈(文永彬), 최경병(崔瓊秉),
> 　　　 최제효(崔濟斅) 등

-일정

- 4월 6일 : 북천 불이헌(不已軒) → 사평 공옥재(拱玉齋) → 비파령 →
　　　　　요산재(樂山齋)
- 4월 7일 : 요산재
- 4월 8일 : 요산재
- 4월 9~13일 : 요산재 → 사슬령 → 불이헌

- 4월 14일 : 불이헌 → 두리현 → 황암점 → 횡천 → 공월령 → 우치
   → 하동부→ 광양 → 월채점 → 토령 → 비촌 → 황리동
- 4월 15일 : 황리동 → 억불봉 → 지접촌 → 천왕령 → 구동 → 고사천
   → 개치진 → 삽암 → 상암 → 덕은촌 → 악양정 → 화개
- 4월 16일 : 화개 → 악양정 → 삼신동 → 쌍계석문 → 팔영루 → 선방
- 4월 17일 : 선방 → 청학루 → 금당 → 국사암
- 4월 18일 : 국사암 → 불일폭포 → 삼신동 → 개치 → 석극점 →
   하동부 관공묘 → 우치 → 석교진 → 성천의 정영선 집
- 4월 19일 : 정영선 집 → 장암 → 우동 → 죽천 요산재 → 사슬령 →
   솔봉 → 직하정(稷下亭)
- 4월 20일 : 직하정
- 4월 21일 : 직하정 → 모동 → 방화 → 냉천 → 영사재(永思齋)
- 4월 22일 : 영사재 → 백토치 → 청수 옥산재(玉山齋) → 양구 →
   영사재 → 귀가

-저자 소개   석전 문진호

1860~1901. 자는 국원(國元), 호는 석전(石田)이며, 본관은 강성(江城)이다. 경상남도 하동군 북천면 직전리(稷田里)에 거주하였다. 자전적 기록인 「자서석전편(自書石田扁)」 서문에 의하면, 돌밭을 가꾸는 것은 양전(良田)에 비해 남다른 노력을 기울여야만 가을의 수확을 기대할 수 있듯, 자신의 자질과 재주는 가장 척박한 돌밭과 같으니 남들보다 백 배 천 배의 노력을 더해야만 황무지가 되지 않을 것이므로, '석전(石田)'이라 자호하여 경계로 삼는다고 하였다. 그의 학문에 대한 열정을 엿볼 수 있다.

그러나 20대 초반 양친이 세상을 떠나고, 뒤이어 자신을 돌봐주던 중부

와 백부마저 세상을 떠나 생활이 곤궁해진 나머지 학문을 지속할 수가 없었다. 30대 이후로 다시 학문에 뜻을 두고서 매진하였으며, 특히 곤학계(困學契)를 결성해 원근의 명망을 얻었다. 저술로 『석전유고』가 있다.

─원문

東國名山聞於天下者 有三 曰蓬萊金剛 曰方丈頭流 曰瀛洲漢拏 方丈之一名曰頭流 山脈來自白頭而流 故曰頭流 盖白頭之來脈 東馳數千餘里 爲金剛萬二千峰 循東海 折旋而南來 爲大小白 又轉入湖南 聳爲般若峰 般若 頭流之主峰 而其最高峰曰天王 東一枝爲德川 南冥先生遺址 南一枝爲花開 雙七多仙人窟宅 而烟霞泉石之勝 擅於東方 故賢人達士 往往來遊 其遺風餘韻 至百世而不泯矣

花開洞岳陽亭 卽一蠹先生藏修之所也 先生自天嶺來 寓於此 築亭于蟾湖上 講道於斯 暇或棹舟于江 垂竿于溪 或騎牛往來於靑嶋316)雙溪之間 以爲逍遙吟弄之樂 今亭廢爲墟者 三百有餘載 而講學之聲 寂然無聞 學士大夫 東西行而過是路者 無不慨然興歎矣 昔年金山石顯玉豊五 始尋舊址於德隱村傍 與本鄕士友修小學稧 春秋行相揖禮 以寓景慕之誠 歲屠維大淵獻春 與鄕人士 謀重建焉 越二年昭陽赤奮若春 功告訖 四月旣望 設飮落會 遠近士友聞者 爲赴是會 相期啓程

初六日辛丑 崔松窩濟泰而仰·李諫議晦山宅煥亨洛 來自仁川 晦山謂余曰 今有樂山困學講會 而兼設鄕飮酒禮 兄我皆契中人 不可不參 且岳亭落成在邇 我三人作伴先發 溯蟾江而入雙溪洞裡 看盡頭流千萬疊 以孤舟流下 則不惟富於遊賞 可挹先生之風於百世之下矣 人情不甚相遠兄之志 豈其不然 余曰玆山之遊 未嘗不有夙願 而累身塵韁 未得其便 此其時矣

午後卽發 族弟泰鎬而玉·益鎬謙之 兒子永濟·姪兒永彬 陪後焉 到沙坪拱玉齋 姜

---

316) '靑鶴'의 오자인 듯하다.

君華仁宗秀・金君伯敬洛熙 出迎飮我以酒 崔修堂瓚秉・崔强齋濟馼 以此齋相逢同發
爲約 而久寂行聲 且有雨徵 故卽發

至琵琶嶺下 金灌晦炳立 來言曰 修强兩友 陪溪南先生琠民 到訪花李善允承洪書
室云 故來候矣 余命而玉 同灌晦 向訪花去 卽踰嶺 到樂山齋 一少年出迎曰 修
强兩丈 陪函丈 已到云 松窩曰 從何處而來 余笑曰 此修堂用鄧艾取陰平路之計
徐徐而入 會友爲五十餘員

○七日 壬寅 設鄕飮酒禮 出野場 畫地爲門堂碑 日禺中行禮 主在衡 賓松窩
僎晦山 余參介位 東西班列 殆近五十餘員 而偉冠博帶 與與如也 李士仲主弘・
李光善馨來 告揚觶 歌樂章 聲韻寥亮 觀聽者甚衆 至昃乃罷

○八日 癸卯 設講如儀 姜友南湖永祉洛中 自仁川來參 而以事午后還去 講畢
罰起止不及人 日晚 命兒侄永濟永彬還家

○九日 甲辰 溪南翁以南冥先生文集刊役 發向斗芳齋 餘外會員 皆各歸去
余亦以家事 約松窩晦山逢於岳陽亭 而同永好 踰捨瑟嶺 還不己軒 軒卽我書室
而張君魯若在翰 訪我留軒 此君才質 余所敬愛 而以有家故 不能携手 可恨

○十日 乙巳 舍弟漢元 以校事先發 越四日己酉 與權君天若相淵・族弟而玉啓
行 是日也 日氣和暢 神淸心闊 若鴻冥九霄然 但以脚力之不健 騎馬先行 至頭
理峴黃峙 鄭君泰圭・姜君華仁・金君伯敬來到 問仁川諸友行聲 不知也 日昨永
好致書 約以頭理峴相逢 故至此 久留 呼一絶詩 以騎步不相敵 先發 抵廣巖店
金君汝晦燦權出迎曰 在衡士仲先去云

至橫川市 樹陰下有一人披襟而坐 命僕夫 疾馳樹陰下 乃在衡也 問修强行聲
亦不知 余曰此友必不來 渡江抵公月嶺 待天若不至 卽踰牛峙 在衡亦後我 十許
里卽到府校舍 季漢元已備午料 少頃 天若同而玉來 咎我曰 余於河南生客也 不
待先入 故今舍館未定而來 余笑曰 舍館定然後 見長者乎 天若微哂 午後還送僕
馬 同天若而玉二君 向光陽黃里 蓋爲親塋省楸 而迂路作行

至蟾湖江上 一小豎揮棹運舟 余曰此必長年之子 天若曰何以知之 曰弓人之
子 善爲弓也 問之果然 忽念昔日東溪權先生 以直言抗疏爲涪洲於海南郡 蒙宥

而還 到此 江晉西諸賢多邀慰 仍有詩 今與余登舟者 乃先生之后孫 不勝曠感
謹用其韻而賦詩一絶

渡江行三里 至月彩店 小憩 踰兎嶺 過飛村 村卽黃氏世居 而門戶甚宏麗 隨
水行十里 入黃里洞中 悵然有風樹之感 遇石坐久 遇樹彷徨 天若日今日已晡矣
何脚跟之無力也 余日到此遲遲 君豈知之耶 先妣四尺之封 在於玆山 千斯萬斯
不騫不崩 維山是賴 雖一樹一石 豈尋常看過哉 恨不得朝暮瞻望矣 循山入洞省
墓後 訪宗人俊彦家留宿 此人卽墓所守護人也

○十五日 庚戌 有雨態 主人雖苦挽 而約友在岳陽等地 故卽發 由黃里村後
過於峙 向憶佛峯 循溪而上 谷口深邃 如入篝中 行十餘里 有紙接村 泉石甚淸
潔 兩岸夭桃叢立 深鎖洞門 眞仙源也

口点聯句 涉小磵歇脚 登天王嶺 嶺卽白雲山來麓 林樾相繆 不得任意進步
解衣俾而玉 負相扶携而上 天若日 山靈拿遍客 相笑忘勞 到嶺上 一帶長江入望
乃分湖嶺之界也 極目靑冥茫 回瞻碧嵯峨 朱夫子落星寺詩 而於今亦然矣

小憩 下龜洞 過高士川 到開峙津 船泊江北 招舟子 催渡江流斷岸 船立中流
不能抵津頭 人多褰裳登船 余負舟子背而登船頭 舟子私語日 生來初聞如此分
付云 其頑習可知也

到鍤巖 會者數十餘員 巖卽韓錄事維漢隱居處也 巖面刻取適臺三字 字皆苔
蝕 筆痕依俙也_{維漢麗朝人 隱居于此 召大悲院錄事 不就遁去} 鄭君禮卿_{源泰}・李君晦卿_{康根}・李
君光善 迎路左 孫君光彦・余君孟集及樂山諸少年繼至 余日約中諸友 盡到於
此 而獨仁川一行 尙何寂然 光善日 夜宿道藏洞云 遂與朴紫溪_{肇鉉世華}・李南川_道
_{黙致維}・松窩・晦山・李友泰亨 先行過陶灘 到商巖 李友文哉_{炳郁}及士仲一行十餘
員 方午料 吾後行者飢甚 呼主人催餐 店小而又告絶糧 不得已打酒以療 余與晦
山天若不嗜飮 買糖啖了

行三里許 金山石自亭下來日 奇松沙_{宇萬會一} 宿雙溪寺來到 而從者十八員 此
是岳亭勝事也 渡德隱村前 松沙丈一行 方於沙上 觀瀾藉草而坐 斂禮 宿昔景慕
之餘 邂逅得拜 其喜可喻 因入岳亭 遠近道儒及同鄉士友 多來會 而舍弟姑未來

矣 三從兄茶石公 使亭直進午餉 少頃 舍弟自邑來拜曰 仁川一行 到柳川 待溪南翁 故曰暮可到云

亭小會多 不能相容 故同約中諸友 上花開店 士仲先去假館 俄而曰落 千林烟迷 一江望見 數十衣冠 自亭上來 乃修堂强齋及崔君原卿思秉・李君學裕德洙・沈君景晦相禍・李素遊允文 而相笑相語 庶慰頭理峴苦待之懷 强齋和頭理峴詩

○十六日 辛亥 朝微雨 乍來乍晴 促飯俱雨備下亭 各處章甫會者 爲數百餘員 時林靄滿山 雨徵不止 行釋菜儀 晦菴遺像爲主享 一蠹寒暄爲從享 獻官奇松沙 分獻官李仁求鄭在櫓 掌儀李南川 其餘執事不可盡錄 本倅姜永吉帶樂工來 雨氣小開 行鄉飲酒禮 設賓主及諸執事位 主本倅 賓南川 諸位今不盡記 節獻酬禮諸條 終以關雎 盖存羊之義也

午后雨晴 同仁川樂山杜洞諸友 携手入雙溪寺 寺距亭十許里 溪南松沙兩丈曰 到山水絕勝處 則胸衿灑落 願諸君多吟詠以暢敍而歸也 出洞 從者五十餘人 余與永好淳若天若 先行拈韻 各賦一絕 在衡士仲落後不及

到三神洞 山勢傑特 水石淸白 無一點塵累 而神氣爽然 庶遇玉枕仙子也 各賦一絕 入店頭 小憩 有少年 各騎一馬 往來疾馳 淳若曰 若借一騎 則方丈萬壑不費脚跟之勞 余曰緩步當車 徐徐到雙溪洞口 有新構一店 二女相笑曰 酒初熟味甚美 修堂先入曰 店幽酒美 可以小憩 一行盡入序坐 酒行數巡 老嫗更勸修堂曰 君子莫停手 我亦伊昔紅顏 强齋曰片時之歡 正謂君也 相笑而起

渡石橋 入數十步 巖上刻雙溪石門四字 乃崔孤雲筆也 余弱冠時 瞥過此門今已二十年參差 雲木岧嶢 峯巒依然如舊日 而石面之刻 乃近年方伯守宰 皆生面也 仍呼一絕 永好多被酒力曰 五步作一句然後入 余曰日已暮矣 直過三神門登八詠樓 小闍梨出門迎拜 導東僧堂 庭園蕭灑 房亦宏闊 可容百餘人 夜久就寢門樓上有喧嘩 余曰樂山諸友 今來矣 言未已 在衡士仲二友入 從者十餘人 士仲入門呼我曰 有三亭之約 先行 何也 余觀其酒氣太甚 答曰子是讀書人 不思呂榮公行步出入 不得入茶肆酒肆 而反咎我耶 吾十步一憩 五步一顧 遇石而坐 舉酌而望 乘暮入寺門 是誰之故 士仲起謝曰 名山一會 誠是奇緣 況夜景甚好 何必

以睡魔爲伴乎 扶起永好淳若及諸友 出八詠樓 時月色微明 鍾聲隱隱遠聞 心思
茫然不知人間何處 夜久就寢

○十七日 壬子 朝陰雲四合 雨注不已 難步咫尺 余日昔南冥先生與李龜巖
到此滯雨 實四月十七日 今吾輩滯雨 亦在此日 眞曠世之一異事 豈可以閒說話
度了哉 滿座驚怪 斂容沽樽賦詩 至半日雨晴 登法堂 數十僧們 各擔彩色器 丹
艧椽角 其往來梯上 如飛鼯之升木 亦一奇觀

階下有石碑 亦孤雲筆 而高可十尺 靑鶴樓在八詠樓東 乃高僧堂門樓 其最高
殿曰塔室 塔立房中 凡十二層 東曰瀛州 西曰方丈室 坐久心目豁然 令人有凌雲
脫屐之像 雙溪之擅於東邦 實由此菴也 循山腰逶迤 到國師菴 山益深 溪益淸
瓊派玉流 無非塵外景色 步步看看 不知脚之倦身之疲 乃頭流南第一禪園

入門 未幾 一白衲老僧 扶杖來拜 號龍潭 與我有舊面 導渠之所居房 先供茶
果 而又以夕飯來供 憐其意之不忘 與永好天若崔希夫而玉同吃 乘暮還來 孫友
光彦一行 已下去 淳若在衡士仲 出石門灑風云 而永好與光善同出 余默領其意
卽就宿

○十八日 癸丑 朝有人來言曰 亭中會員 昨午發行云 盖寺之東北間十許里
雙峯削立 勢若懸空者 乃靑鶴峯白鶴峰 千尺飛流 瀉出于兩峯之間者 卽佛日瀑
歸期忽迫 不能登覽而來 雖爲可恨 以病脚一往而盡萬壑之勝 固亦難矣 今未躋
攀處以資後日之遊 則方丈萬疊 庶可爲自家境界也 隨諸友出 同至石門 呼聯句

到三神洞 茶芽方發 採女滿山 憫其生涯 呼聯句 到開峙 孫君光彦自虎巖來
曰 餞諸丈而還 永好聞此 與淳若 追後先發 而玉以往其渭陽 亦分路 余與天若
在衡入市店午餐 徐徐到石隙店 先發一行 已午炊 憩江樹下

江上有一葉漁舟 諸生請泛遊 永好雇慣乘者 放乎中流 光善學裕棹歌兩三聲
有武夷曲氣像 而亦一時勝遊也 余與在衡天若 先行抵江亭隅店 湖嶺一行五十
餘員 午饒於花心洞余孟緝書塾而來 晦山見余曰 子口吻生烟霞氣臭 得幾篇詩
而歸 曾有聯鞭之約 今不及焉 故以此嘲也

到府中 謁關公眞影 雄風凜然百世之下 猶增感慕焉 鄭君士明請邀松沙丈 過

其家 諸友隨而向長巖 時日暮而牛羊下來 到牛峙下 舍弟同天若還家 樂山一行
亦各分 蓋踰牛峙者數十餘員 踰蟹嶺者四十餘員 余與永好淳若文哉光善晦夫_{中基}
十餘人 隨諸友向長巖 到石橋津 有虛舟而無棹夫 姜君士能_{相源} 先登解纜 忽靡
然而蹎 一舟人幾乎墮水 余曰山行累日履歷 皆揷天層巒 努力以躋 無一人蹉跌
今一瞬之間 奄過夷境 是放心而然也 可不戒哉

　　至店舍 晦夫沽酒以飮一行 上蟹嶺 未及中腰 日已昃 晦夫士能由徑而歸家
諸友亦已踰嶺 余與永好淳若文哉光善 落後徐行 忽發寒慄 銖步寸進 纔到嶺上
黃昏已深 村落犬吠 隱隱遠聞 余謂文哉曰 此何處 文哉曰城川 余曰一步極難
不得抵長巖 可宿於此 因分路 永好淳若及光善學裕 隨李索遊甲秀 向雙溪李監
察道濠家 監察甲秀叔父也 余同文哉 訪鄭君永善家 投宿 吐瀉卒發 不省人事
文哉請主人供茶 及晨而差效

　　〇十九日 甲寅 朝欲發 主人苦挽 食後到長巖鄭進士俊明_{東基}家 諸友一行 盡
宿於此 供饋甚盛 其好客可知 溪南南川兩翁 向樂山去 余隨松沙晦山 到愚洞鄭
士明家 小酌踰嶺 到桶井晦夫家 午飯 向樂山 抵竹川 士仲來候 入樂山齋 從姪
士弘成玉來候已久 在衡盛備酒肴 固請留宿 松沙丈歸日忙迫 故强拂而起 踰捨
瑟嶺 追從者四十餘員 至嶺下 舍弟亦來候 到松峯 小憩 翩然入稷下亭 亭卽我
塾也

　　〇二十日 乙卯 滯雨不發 諸丈呼聯句相酬 晦山講亭記_{月臯}及不己軒小說_{溪南}
記文_{晦山} 余請二至臺記及征邁說於松沙丈 訪花翁李_{仁求}·茶石從兄_{秉鑞}·李晩存_{仁玩}
冒雨下來 午後還去 可知其好賢也

　　〇二十一日丙辰 晴 一行盡向仁川 入牟洞茶石從兄家 小酌 到訪花聽棹齋_{仁永}
_{書塾} 午飯 抵冷泉 小憩 踰嶺入永思齋 齋卽崔氏墓室 而永好主管也 飮罷 松沙丈
看困學稧序跋 作永好字說

　　〇二十二日丁巳 朝茶石從兄 以奴馬送之 松沙丈答書 又裁書于三嘉鄭艾山_{載主}
蓋以蘆沙先生文集重刊事 道會于丹城新安社之意也 食後 舍弟與寶城李日峯
_{敎文}來到 日峯蘆沙先生門人 有事去固城 而歸路聞松沙丈行聲 宿稷下亭而來也

向月橫 至白土峙 溪南騎馬 向丹城 紫溪南川向楊川 舍弟及各處士友 告別各歸
余與晦山修堂强齋禮卿 隨松沙丈 入淸水玉山齋 謁圃隱鄭先生眞影 發行 晦山
以有家故還家 士仲伯敬奉書向艾山所 隨從者不過十餘員

　至良邱 路上告別 景仰之餘 幸得數日遊從 庶可遂立雪之願 而臨岐尤不勝悵
憫矣 松沙丈向頭流中山 訪月皐翁 以今二十六日 抵新安社 余同永好善長光善
由側徑還 入永思齋 日晩午天 更炊療飢 與光善到南浦 溪上分手而還 黃雲滿野
鷄棲于桀矣

　○盖余之病蟄數年 努力涉險 爲此南遊 勢固難矣 而幸與當世遠近長德諸君
子 首尾十數日 翩然於山巓水涯之間 其觀感之益嘯詠之樂 皆足以博吾觀暢吾
氣豁吾心 而可償宿昔之願 豈非生來之最奇緣哉 然遊覽于玆山者 今古何限而
賢人君子之外 皆泯沒無傳焉 則非遊之難 實難於不泯 其不泯者 豈不在乎人哉
吾輩宜歸而各自勉勵也 昭陽赤奮若維夏 江城文晉鎬記

송병순(宋秉珣) │ 유방장록(遊方丈錄)

출전 : 심석재집(心石齋集) 권12, 33면
번역 : 『선인들의 지리산 유람록 5』, 보고사, 2013, 113~150쪽
일시 : 1902년 2월 3일~3월 14일
동행 : 정록겸(鄭祿兼), 김우경(金友卿), 남국경(南國卿), 이경옥(李敬玉),
　　　이윤경(李允卿), 이선경(李善卿) 등
특징 : 날짜별로 되어 있지 않으나 추정할 수 있다. 김회석의 「지리산유
　　　상록(智異山遊賞錄)」과 같은 일정이며, 「지리산유상록」에는 40일
　　　간의 경로가 명확히 제시되어 있다.

-일정

- 2월 3일 : 장삼령(長三嶺) → 설천(雪川) → 무풍(茂豊) 장평점(長坪店)
- 2월 4일 : 장평점 → 도마현(道馬峴) → 박선중(朴善中)의 집 → 한출
　　　　　　령(汗出嶺) → 산포촌(山圃村) 이윤경(李允卿)의 집
- 2월 5일 : 이윤경의 집 → 포충사(褒忠祠)→ 양사당(養士堂) → 개화리

(開花里)

- 2월 6일 : 개화리 → 오류촌(五柳村) → 제창향교(濟昌鄕校) → 침류정
(枕流亭) → 성령(省嶺) → 가주(伽州) 조촌(棗村)의 취수정
(醉睡亭)

- 2월 7일 : 취수정 → 고현암(古見菴) → 와폭(臥瀑) → 용당(龍塘) 박명
국(朴鳴國)의 서숙(書塾) → 수가재(守可齋)

- 2월 8일 : 수가재 → 산천재(山泉齋) → 용천정사(龍泉精舍) → 영귀정
(詠歸亭, 桐溪 유허지) → 구일재(九日齋) → 낙모대(落帽臺)
→ 마령(馬嶺, 합천 땅) → 용추(龍湫) → 해인사 → 낙화담
(落花潭) → 홍류동(紅流洞) → 농산정(籠山亭) → 숭산(崇
山) → 영귀정(詠歸亭) → 소학당(小學堂) → 산제령(山梯嶺)
→ 수포대(水泡臺) → 모현정(慕賢亭, 한훤당·일두 소요처)

- 2월 9일 : 모현정 → 기동(基洞) → 강경익(姜景益) 서실 → 상산병사
(霜山丙舍)

- 2월 10일 : 상산병사 → 금봉보(金鳳洑) → 내화령(內火嶺) → 삼가(三
嘉) 병목(并木)

- 2월 11일 : 병목

- 2월 12일 : 병목

- 2월 13일 : 병목 → 황매령 → 모전점(茅田店) → 산청(山淸) → 환아
정(換鵝亭) → 수곡(邃谷) → 율두령(栗頭嶺) → 횡계촌(橫
溪村) → 대원암(大源庵)

- 2월 14일 : 대원암 → 덕산(德山) → 산천재(山天齋)

- 2월 15일 : 산천재 → 도천(桃川) → 세심정(洗心亭) → 중산촌(中山村)
→ 직문(稷門) → 태평(太平)

- 2월 16일 : 태평 → 신선적(神仙磧) → 신선굴(神仙窟) → 벽계암(碧溪
菴) → 주변 유람 후 → 벽계암

- 2월 17일 : 벽계암 → 일출 구경 → 천왕봉 일월대 → 벽계암
- 2월 18일 : 벽계암 → 용추 → 중산촌 → 심진정(尋眞亭)
- 2월 19일 : 심진정 → 공전천(公田川) → 위현(葦峴) → 월횡(月横) 조충경(趙忠卿)의 집 → 옥산(玉山) → 정몽주 영당(影堂) 참배 → 진양부
- 2월 20일 : 진양부 → 군자정(君子亭) → 연지(蓮池) → 진주성 공북문(拱北門) → 촉석루 → 의암(義巖) → 창렬사(彰烈祠) → 서장대(西將臺) → 진남루(鎭南樓) → 연지
- 2월 21일 : 연지 → 낙육재(樂育齋) → 광탄진(廣灘津) → 산가진(山佳津) → 원당(元塘) → 곤명진(昆明津) → 마곡(麻谷)
- 2월 22일 : 마곡 → 황토령(黃土嶺) → 대덕점(大德店)
- 2월 23일 : 대덕점 → 금척령(金尺嶺) → 섬진강 하류 → 하동읍 → 악양동(岳陽洞)→ 상암(商巖)
- 2월 24일 : 상암 → 악양정(岳陽亭) → 화개동(花開洞) → 구례 화엄사
- 2월 25일 : 날씨가 궂어 박창현(朴暢鉉)의 집에서 묵음
- 2월 26일 : 박창현의 집 → 화개동 → 석주동(石柱洞) → 봉성(鳳城)의 창의사(倡義士) 유허지 → 쌍계사 → 고운영당(孤雲影堂)·귀룡비(龜龍碑) → 진감선사비 → 팔영루 → 청학루 → 육조사구층탑(六祖師九層塔) → 국사암 → 환학대(喚鶴臺) → 불일암·청학동 → 백학봉·청학봉 → 용추·학연(鶴淵) → 국사암 → 세이암 → 삼신동 → 칠불암 → 영지(影池) → 옥부대(玉浮臺) → 아자방 → 범왕촌(梵旺村) → 벽소령(碧霄嶺) → 광암촌(廣巖村) → 천령(天嶺)의 석간점(石間店)
- 2월 27일 : 마천봉(馬川峯) → 오도령(悟道嶺) → 천령읍
- 2월 28일 : 대고대(大孤臺) → 남계서원(灆溪書院) → 개평(介坪)

- 3월 1일 : 숭양정(崇陽亭) → 송석정(松石亭) → 성구(聖九)의 서숙
- 3월 2일 : 안음 → 광풍루(光風樓) → 월화서재(月華書齋)
- 3월 3일 : 황산(黃山) → 수승대(搜勝臺) → 약작(略彴) → 낙수정(樂水亭) → 성극서실(聖極書室)
- 3월 4일 : 고제(高梯) → 마령(馬嶺)
- 3월 5일 : 귀가

−저자 소개　　심석재 송병순

1839~1912. 자는 동옥(東玉), 호는 심석재(心石齋)이며, 본관은 은진이다. 대전 회덕(懷德)에서 태어났다. 우암(尤庵) 송시열(宋時烈)의 9세손이며, 을사조약에 반대하여 순절한 송병선(宋秉璿)의 아우이다. 송병선과 함께 백부인 송달수(宋達洙)의 문하에서 성리학과 예학을 배웠으며, 이후 외삼촌 이세연(李世淵)에게도 수학하였다.

1888년 의정부의 천거로 의금부 도사에 임명되었으나 나아가지 않았다. 1894년 청일전쟁이 발발한 후 칩거하였고, 동학군이 봉기하자 향약을 보급하는데 주력했으며, 을미사변과 단발령이 시행된 이후에는 학문연구에만 전념하였다. 1903년 홍문관 서연관(弘文館書筵官)에 임명되었으나 나아가지 않았다. 1905년 송병선의 순국에 자극받아 구국활동에 전념하였고, 그해 11월 「토오적문(討五賊文)」을 지어 국권회복을 호소하였다. 경술국치 이후 두문불출하고 망국의 슬픔을 시로써 달랬으며, 일제가 회유책으로 경학원(經學院) 강사에 임명하였으나 이를 거절하고 유서를 남긴 뒤 자결하였다. 저서로는 『심석재집』 외에 『독서만록(讀書漫錄)』·『학문삼요(學問三要)』·『사례축식(四禮祝式)』·『용학보의(庸學補疑)』·『주서선류(朱書選類)』 등이 있다.

─원문

余自勝冠 一覽方丈之意 恒在胸肚 而埋額塵穴 到白紛未遂 視宗少文之癖 詎非可羞者乎 乃以壬寅二月之哉生魄 攜小奚短驢 發行 行囊中無他物 只古詩一卷·袂一襲而已 杖頭物 使小奚腰佩 從之者 鄭老祿兼·金君友卿也 友卿自伽州適到 仍隨行 踰長三嶺 過雪川榷 暮投茂豐長坪店宿 到道馬峴 細雨濛瀧 乃捨驢扶杖 趂步入避于朴善中家 午炊後 雨霽 南君國卿 自北洞追到 作伴 踰汗出嶺 日已曛矣 艱泊山圃村 前澗響㶁㶁 橋斷路迷 茫茫然躊躇之際 李上舍允卿 已知行期 故持燭出迎 欣然若瞽者之得相 穩臥山樓 却忘川途之念 允卿堂內諸老少 皆來見 甚款

翌日差晚 與李都事敬五-미상[317] 及允卿·善卿 理裝同發 入褒忠祠 奉審李忠剛公述原俎豆之所 出憩于養士堂 小晤後 周視旌閭及庭碑 閭卽忠剛公父子忠孝之旌也 碑卽性潭文敬公所撰也 發向九禮村 訪表敬來 被挽占心 爲開花里諸李君所懇 轉往止宿 到五柳村 遇卜君士永 因聯袂 國卿分路 向宜春 是日 乃二月上丁也 入濟昌泮宮 謁聖殿 釋奠諸任 尙未離 迎接於明倫堂 進以膰餘 過郊入邑 登枕流亭 一泓長川 抱檻橫流 洞渚亂石 如星羅碁鋪 憑矚移晷 襟韻殊覺爽闊 鄭君應三 自岐山而來 亦聯袂 行二十里 踰省嶺 暮泊伽州棗村 宿醉睡亭 亭是金友卿先世收芋也 金氏粧點亭下一村 有似乎杜陵韋曲 老少諸人 取次來見 莘莘襟佩 匜坐談晤 夜分方寢 遲明起視 晴景頗敞豁

朝飯後 向古見菴 金君星五又隨行 菴之洞口 有臥瀑 其源不豐 其流甚細 不能快人心目 瀑上有盤石 一行環坐少憩 轉登數里許 翼然小菴 懸在義相峯下 積翠環擁 一境甚幽夐 遮壑老檜 森然昂霄 駐節瞻眺 無非太古物色 菴之得名 抑亦以是歟 午餉後 下山 暫憩于龍塘朴鳴國書塾 向屛山 日已昏矣 擧火而入守可齋 卽卜士永書室也 一行不能俱容 分舘于隣開 獨與二三益 溫溫夜話 士永從氏寬守·安守 以茶果來饋

翌日 歷覽山泉齋 轉向龍山 瞻拜桐溪鄭先生之墓 周玩龍泉精舍及詠歸亭 精
舍是桐溪居廬遺墟也 蓋其親墓在其上矣 亭則金公麟淳知郡時 瞻慕先生之風
乃構是亭云 亭之小東 有九日齋 是鄭全文諸家所作 而其傍又有落帽臺 皆取龍
山而名之者也 臺下泉石 頗亦可愛 行數十里 踰馬嶺 陜川地也 卜生箕瑞 出迎
道左 因隨行穿林而入六七里 有龍湫 憑巖俯眺 竦然如墜 自此去海印 幾爲十許
里 而松柏參天 藤竹被山 路穿其中 坦若平街 雖馹車 亦可容

及入寺門 重樓複閣 排置甚宏麗 世謂禪苑之祖宗 果非虛語也 呼主僧 問可
歇泊處 止宿 周觀大寂殿 · 藏板閣 · 景洪殿 · 脫解堂等諸處 所謂大寂 卽其法堂
也 間架甚多 制樣甚傑 藏板卽八萬經所貯也 以鐵飾板 景洪卽云祝願聖壽而帖
藏列聖朝御筆 脫解卽尸解人畫像所列者 而崔文昌影幀 亦揭其中 此外又樓觀
堂廡 左右櫛比 附庸菴刹 東西相望 從者促行 不能窮視

出洞門 逐澗而東 松檜參天 亦如昨日 路過數里 巖壁忽削立 下有碧沼 其深
不可測 謂之落花潭 潭北石崖斜起 可作一亭 而無其人 可惜 沿流而下五里許
洞口開豁 水石明媚 乃紅流洞也 登籠山亭 亭不過數椽 而憑欄俯瞰 輒有超然物
外底意 孤雲逍遙淸絕之趣 此可想得矣 箕瑞佩酒裹餠而來 飽侑一行 余笑謂箕
瑞曰 欲使烟火食氣 撞破仙境襟懷耶 仍以口語成一絕詩 而起徜徉乎盤石流瀑
之上 古今來遊者之巨細刻名 爛暎巖崖間

欲發更逗 神思益佳 不忍別去 遂發向春嶺 嶺不甚高 而嶮巇艱踰 行二十里
到崇山 登覽詠歸亭 · 小學堂 俱是寒暄堂講學遊息之所也 縱無泉石奇觀 平川
茂林 頗覺爽豁 午炊後 踏山腰 迤行十許里 而踰一峙 是曰山梯嶺 昌陜之介也
暮泊水泡臺 臺上有慕賢亭 乃寒暄一蠹兩先生杖屨之地 而後人追慕以築者也
亭甚瀟灑 房櫳軒牕 淨無點塵 遂止宿于亭中

翌朝 降層砌 周玩白石盤陀 澗流瀠洄 其爽目怡神 可亞於紅流也 逐溪而南
轉 到基洞 暫憩於姜景益書室 自山圃曁屛山 作伴者 殆數十人 皆告別 只卜士
永 · 金星五 · 金友卿 · 李敬五隨行 暮投霜山丙舍 是星五先塋齋舍也 劉生敬
有 · 朴生啓玉 自芝山追到 聯筇 過金鳳洑 踰內火嶺 行四十里 而抵三嘉並木

宗人華見出拜路左 迎入其家 一鬨諸宗 可與語者 夜集暢懷

翌曉忽雨 終日不止 乃輟行信宿 自俶裝登途 雖靈區名園 悤悤不曾作一日留 而到此始有 固非天借奇緣耶 主人諸宗 迭供酣飲 權君公立 聞余行 昨日來集 仍同淹聯枕 乘晴訪其滄溪幽居 又永一夕 權校理鳳熙來 見款若平生歡 眞文雅士也 發向黃梅嶺 雨雪忽冥浮 不可以前 還下幷木 滯宿于宗人載斌書屋

明朝 洞天開霽 宗人文甫 侑進酒饌 又以健鬢 俾替寒驢之騎 華見·善長·文甫兄弟·載斌·汝洪·可庸諸宗人及權公立·柳希興 聯袂隨行 踰黃梅嶺 嶺甚嶔岌 升降幾十餘里 到茅田店占心 崔大雅元則 奇蘆沙門徒也 出見甚款 暮入山清邑 閔君成夫·權君天益源一 聞余憂過 追來同宿 登換鵝亭 亭制甚偉 而如鵝翼然壓臨鏡湖 吾先子記文及古今人詩板 多揭棟楣 周玩彷徨 襟韻蕭爽 成夫呼酒而來 環飲助興 余謂同遊日 昔 金灌纓登斯亭 以求繼東晉之風流爲戒 吾輩亦宜念哉 時山雨新歇 江風送寒 正難冷著久坐 卽發 越津而南 穿入邃谷十許里 踰栗頭嶺 其峻倍於梅嶺間關 抵橫溪村塾 丹城李司果國元 來此留待 午炊後 作伴 向太源菴 是頭流初入之境也 流瀑鳴澗 挾蹊屈曲 緣崖登三四里 山益岌水益活 坐松陰畔巖石上 小憩 渡澗盤折而入 境甚淸邃 同遊皆叫奇 乃靠枕臥寮 水聲聒耳 通夕難寢 崔文昌故敎流水盡聾[318]山之意 亦非此地之謂歟

問天王峯去路遠近 僧曰 相距洽爲百許里 而巖隙微逕 或斷或續 且今陰崖冰雪未消 難趾處 居半矣 與其涉險辛苦 不若從夷逶迤 遂下山 行三十里 療飢于德山市 還遣幷木奴馬 步沿溪流而東 曹南冥後孫數三老少 出迎路左 引入山天齋 卽南冥先生書塾也 墻壁瀟灑 軒窓明潔 舊揭聖師之訓 至今耀人耳目 其日月爭光之象 唐虞嘯詠之樂 可想像而揣摩矣 奉審四聖賢影本先聖曁周程朱三夫子冥翁嘗手摹 几藏于壁龕 而今爲累百載之久 未免蠹侵色渝 頗失典型 極爲未安 猥以改摹爲當 告主人 則主人亦以爲然 冥翁衣屨之藏 又在齋之北 瞻拜後 入其主圉之家 玩遺劍 劍柄刻內明者敬外斷者義八字 覽訖 欲戒裝 主人苦挽不已 殆款

318) '聾'은 '籠'의 오자이다.

款焉

翌日 早發 泝桃川ﾉ水名而南 一望之際 有小亭隱暎松篁間 問之 乃洗心亭 亦冥翁遊息之所也 背郭臨流 頗幽而敞 徜徉良久 離向中山 曹友仲韶兄弟・李雅致維隨行 行二十里 過稷門李德恒 午餉後卽發 仲韶・致維 俱悵然別歸 澗路艱險 舍騎而步 崎嶇經邱者 纔數十里 日已暝矣 方倚杖躊躇 欲探入店幕 忽有炬火來照 問之 則中山趙都事孟明 聞余行暮當至此 所以來迎也 俄而 炬燭連出 遂得太平抵泊 主人風誼之厚 令人深感 邑間草堂 詩書滿架 松筠擁院 剩有逃塵之趣 又令人深羨

將上天王峯 主人及鄭雲弼 理芒屬伴行 又有一樵老從之 凡聯筇者 爲二十八人 主人顧謂余曰 此行偶合天上宿數 實不易得底機緣也 余答曰 機緣雖奇 而西山啖薺之味 衆皆可得耶 曰 吾已商量矣 此不必憂 及挾澗緣磴 右轉而北 山腰積磧平鋪 幾數十畝 踏之無一石傾抗 是曰神仙磧 自此左轉 而登六七里 巖下有泉 掬而飮之 巡巖如簷 俛視其竇 空空如屋子裏 問諸樵老 是謂神仙窟 蓋方丈雅稱神仙窟宅 則此巖之名 亦不信然乎 盤折而行 攀躋益艱 使樵老前導之 輒先登嶄巖之上 唱送樵歌一腔 聞之 神思宣暢 殆忘脚勞 余戲謂樵老曰 君若遇某仙於方丈 亦必爛柯 吾當不捨而携之 又轉登十許里 到碧磈菴 菴僅板屋數間 懸在天王半腰 而其高却如天上陟倚 蕭條數衲 居無生涯 只餐松若茱 猶能供進午餉怪問之 孟明已輸濟勝之具云

餉訖 問文昌臺何在 僧曰 彼前峯之頂 是也 而非知路者 莫可尋探 遂使之導夷行數弓許 忽有層巖環立 四眺無蹊 惟開呀豰於巖面 攀樹而登一層 覘之 層級險阨 幾爲數十丈 遂擺脫冠帶 附壁循級而陟 僅容一身 且莫昂首 艱艱得沒級 右折而更陟一層 石臺始平 可坐數十人 臺前巖凹 如鑿臼者 有二 而水盈其中 是謂甘露水 與同遊環坐 瓢飮 味甚淸冽 以手測其深 不過數尺餘 而雖虐旱 未嘗涸云臺畔又有如閾著跟處 僧云 崔文昌嘗習射於此 此其跡痕也 說甚荒誕 相羊久之 還從巖級 附背而下 艱危猶甚於向上時 下畢 更整巾裳 返菴而語同遊曰 彼危登臨 俱免垂堂之憂 固幸也 夕飱後 同遊請余登峭壁 候觀南極星 巧被海雲 微茫光

芒 若存若無 未得快覩 是恨 嘗聞此星出丙止丁 不過一時頃現明 而春分節 現於
夕 秋分節 現於晨云 蓋以語類 南極在下七十二度 常隱不見之說 觀之 則似可疑
也 然此山在海上極高處 天地四表之內 無不入目 則此星之見 亦無怪矣

翌朝 開戶東望 天雲忽赤盪 問於僧 乃日出之氣也 望之有頃 紅暈車輪 漸漸
湧騰 璀璨玲瓏 悅惚難狀 俄而 銀氶一大盤 吐出其上 紅雲彩霞 擁起四邊 先湧
之 紅暈車輪 次次銷散 一玉盤掛在錦屏中 升丈餘 光彩始射眼 此亦登山後一壯
觀也 飯後 携同遊及主僧滄覺 從菴西而北折 纏陟一磴 便如天梯攀援 峯之擁鬱
者 皆杉檜橡櫟 壑之塡滿者 皆腐木枯藤 巖溜淙淙 崖冰鑿鑿 崎嶇小徑 僅出其
間 五步一息 十步一息 努力以進 林多馬價木 使從者 揀其可杖者 取之 一行諸
人 皆分持 轉轉以上 上益崔嵬 傴僂徒步 正如封禪記所謂後人見前人履底 前人
見後人頂 捫石角 挽樹根 乃登天王峯

峯之上 曰日月臺 徘徊放矖 萬里極目 撲地群巒 累累如蟻封邱垤 連空滄海
渺渺乎蜃氣鴻洞 東而南 古新羅之區也 西而北 古百濟之地也 四顧指點 飄然若
御風凌虛 頃刻之間 錦雲綺霞 驀地坌起 爛作無數瓊島 同遊大謹稱奇 已而 颶
風長驅 烟霧消散 山海洞然自分 俄忽之間 氣像萬變 乃如此茫茫靄靄 雖巧曆妙
畫 不能究其數而摹其眞也 或有問此峯之名 胡謂天王 余答曰 嘗閱佔畢齋遊頭
流錄 作文祈晴于聖母廟 而曰李承休帝王韻記 聖母命詵師 註云 今智異天王 乃
指高麗太祖之妃威肅王后也 蓋此峯之爲號 可徵于玆 而今聖母廟 毀廢矣 我不
有呼晴之禱 而得縱觀此山奇壯 天公之餉我 多矣 擇巖之不蘚者 題某某同遊

問中峯去路 僧曰 得無餒乎 旣觀毗盧形勝 則支峯裔巒 難爲山也 且日已昃
矣 不如直歸休偲 余然其言 遂朗詠晦翁衡嶽句而下 見巖石之可坐 輒歇脚 遇泉
流之可濯 亦掬飲 復入碧磎菴 菴僧皆賀之曰 老爺不窮日 而能飛上下天王峯 可
謂健步健步 夜大霧四塞 仍成冥雨 及日不止 滄覺謂余曰 小僧住此幾年 見遊賞
之欲觀上峯者 輒爲風雨陰雲所沮 多狼狽而歸 又曩日咸陽知州 盛率使喚賓客
設依幕於峯頂 纔到其處 疾風迅雨忽作 徒喫艱苦而去 昨者諸公之安穩登覽 實
天佑神助也 今又因雨桑宿 亦缺界好夤緣也 余領之 顧謂同遊曰 此僧之言 可備

山中故事也

明日 重陰開晴 早飯後 同諸攜下山 仰視絶頂 重巘疊嶂 不知向日路何自也
鷹峯居士趙應洛 出迎于澗石之畔 進餺飥 饋一行 又侑我以蔘湯 感謝殊深 逐澗
流 迤下數弓許 窺龍湫 踞盤石 石面有三孔 其樣如碓臼 大可容十數斛 是謂龍
出穴 蓋碧磎菴以下 泉石之可觀者 似無勝於此矣 到中山之東 鄭雲弼引一行 入
尋眞亭 卽其先大人所築也 澗響松風 爽人神魂 頗有淸曠之趣 並木諸宗昌淸諸
攜 皆別歸 深可悵惘 鄭君寶卿 雲弼之族人也 與孟明·雲弼 隱居此山 如蔣元
卿三逕遊從 以果酒邀我待之 會孟明書室 又續山房餘緣

翌日 發向晉陽 孟明津遣加厚 雲弼贐以木屐一雙 眞知遊山者風味也 涉公田
川 踰葦峴 鄭德卿·公重-卽寶卿弟與子- 隨後 權公立·閔成夫別歸 一懽一悵
暮抵月橫趙忠卿家 留宿 忠卿以其家蠶助騎 可感 往玉山 瞻拜圃隱先生影堂 堂
額吾先子筆也 出憩于書齋 先生後孫四五人來見 欲投轄 謝之曰 行李忙迫

發行五十里間 三涉大江 泊晉陽府北 寄宿店舍 由君子亭 巡視蓮池 長亘數
百畝 澄淸可賞 而恨不見蓮花開時也 轉步入拱北門 登矗石樓 樓在府之南偏 千
尺危檻 踞孤堞 壓長江 晴沙脩竹 爽豁眼界 漁艇商船 下上高汎 城娥野娼 列伍
洴澼 額題嶺南第一形勝者 果非妄也 矗石樓三字 畫鉅如椽 見克勁健 而猶帶童
筆樣子 訝而問之 乃十三歲兒筆云 古今人詩板 紛冒棟楣 殆無空隙 樓下有平巖
陡出江濱 卽義妓論介抱倭將投水處也 名曰義巖 又於樓下祠而褒之 足使遊覽
男兒 激起忠腸義肚 樓小西有彰烈祠 列享殉節諸壯士所也 往拜而徜徉 千古感
慨之懷 尤不能自禁 周玩西將臺·鎭南樓 還館而宿

早發 遵蓮池復路 路右有新構樂育齋 齋居諸儒迎入 乃小坐談晤 聞齋額及門
額趙正門 是統營九歲兒黃元直所寫云 而筆勢雄勁 殆類老成 眞稀世之奇也 過廣
灘·山佳二津 占心于元塘 渡昆明津 是昆陽界也 自晉至昆 凡行數百里 村村竹
林蒼翠蓊鬱 極令人開眼 投宿麻谷店

早發 逢李正言宅煥 班荊暫晤 到黃土嶺 微雨濛靆 入嶺上村舍避之 西下大
德店 風雨又作 仍滯宿 是日 卽寒食也 悄然有鄕懷 令同遊拈韻酬唱

翌曉 促餉而發 盤折行數十里 登金尺嶺 忽有長江 如練入望 卽蟾津下流也

往來布帆 隱暎雲烟中 幾日穿峽湮鬱 儵然見此陡 覺胸襟洞豁 坐憩良久 遂攝衣
飛下 入河東邑 療飢 沿江行二十里 到岳陽洞 問八景 居人的指某某處 周視之
無一可稱奇者 乃知古之詞人好名者 弄諸口而播諸耳也 耳聞不如眼見者 豈有
甚於此乎 沠流而西 洞益僻 峽益束 一江馳其中 往往村落懸在峭壁 如緇流之場
挾壁擁江而行 難分日之早晏 杜老詩 高江急峽雷霆鬪 古木蒼藤日月昏 正此地
實景也 侵昏 泊商巖宿

早發 到十里 弱有新亭 巋然在巖石間 問之則曰岳陽亭 一蠹鄭先生嘗藹軸於
此 而亭之毁 久矣 嶠南人士 近始協力重構云 遂登覽 次一蠹孤舟又下大江流之
韻 發行沿江 至數十里 花開洞乃窮 訪鄭君淑明於海橋 卽求禮地也 淑明請率村
秀 行講會于書齋 約得半日講討 與淑明暨林君熙瑞 上華嚴寺 是頭流之西麓也
景無奇勝 而寺甚宏傑 所謂覺皇殿 卽二層複宇 猶勝於海印之大寂殿 緇徒供饋
比所過諸刹 最有醇厚之味

翌日 王老人師春來見曰 吾向就謁伯氏丈席 聞公之南遊 喜而還竚矣 今公邂
逅到此 不欲訪藍田吾居耶 朴君暢鉉以其同閈人 駢袂攜之 迤行十里 入王氏書
齋 半日坐晤 風勢忽大作 不可冒觸 遂止宿于朴君山房 作磨驢之步 旋向花開洞
淑明·熙瑞及王朴兩雅 俱隨之 到石柱洞 有新齋 暫入瞻眺 乃龍蛇之難 鳳城倡
義七士戰亡之墟也 王老以義士後裔 請步板上韻 乃口呼遺之 聞戰亡時 血流盈
川 故謂其水曰血川 昔有藍田院享矣 見撤後 子孫築壇于此 春秋薦芯云 熙瑞及
王朴兩雅 皆餞歸

與淑明 緣流十里 而入雙磎寺 卽頭流西南支峯之下 雙澗合流 名之也 山多
竇簹 澗皆亂石 漲波橫奔 艱得厲揭 洞口兩巖對立 刻雙磎石門四字 是崔孤雲筆
云 登觀寺內諸閣 排置亦甚宏傑 而有孤雲影堂 又有龜龍碑 篆其額曰雙磎寺故
眞鑑禪師碑 書其傍曰前西國都巡官承務郎侍御史內供奉賜紫金魚袋臣崔致遠奉
敎撰 乃唐僖宗光啓三年所建也 碑面有微坼痕 問於僧則曰 壬亂被倭酋所搏而
然也 碑南又有孤雲所遊八詠樓 登覽亦覺感慨 蓋此山所過諸寺 皆有孤雲遺蹟
前儒以託於禪佛 以自韜晦 評之者 固無怪矣

寺北有靑鶴樓·六祖師九層塔 周玩畢 轉上一岡 又有小伽藍 名曰國師菴 幽
潔無比 東折而轉數里許 一大巖岞起 刻其面曰喚鶴臺 暫憑盤桓 又轉步數里 俯
壑谷而過棧道 得佛日菴舊墟 卽世所稱靑鶴洞也 菴毁而但有山神堂 堂前成石

臺 平臨絶壑 壑之東西兩峯 相對奇聳 東曰靑鶴 西曰白鶴 下有龍湫·鶴淵 東
峯之肩 飛泉瀉落千丈 入鶴淵而流 兩峯之間 仰矚俯瞰 心目俱愕 儘方丈之第一
佳境也

相羊良久 還下國師菴 療飢 從澗流而行數里 覓洗耳巖 巖面所刻 卽崔孤雲
筆云 坐巖掬水而飮 且頮面洗耳 戲謂同遊曰 此巖 豈獨爲孤雲翁之洗耳耶 西折
行一里許 洞口有巖石 刻三神洞三大字 亦云孤雲筆 入其洞如壺口 疊巒層崖 環
擁左右 澗穿其中 栗樹鬱鬱 被山桃花 間間映水 孤雲詩 東國花開洞 壺中別有
天 固非此洞之謂歟

迤邐入六七里 輒攀山脊而登者 又數里 始得七佛菴 菴在兜率峯下 而峯包如
郭 中闢一洞府 儘別界靈源也 有數畝池塘 止水盈盈 澄澈無穢 是謂影池 僧云
駕洛首露王之子七人 嘗辭世成佛於此寺 其母妃來坐洞口 請出見 則七子列立
寺前 但以形照池 使之相視 繇是寺以七佛名 池亦以影號也 又云七佛 登遊寺後
石臺 玉笛自東京 忽浮來浮去 故名其臺曰玉浮 其說甚無稽 入禪房 以亞字作三
間層堗 而有東西隔檻 怪問之 此亦七佛所創 而今幾千年 不改其堗 炊輒遍煥云
寺之幽奇 超勝於雙磎·國師 僧亦有醇古之風

將下山 僧之老羸 皆出洞津遣 到梵旺村 別鄭淑明 東踰小嶺 又北踰巨嶺 是
稱碧霄嶺 嶺巓揷天 名非虛得也 遑出積磧危巖之隙 攀樹摶步 喘喘以躋 更費了
登天王峯之筋力 乃抵頂上 回望東南 日月臺·般若峯 歷歷若咫尺 坐憩良久 曳
杖飛下 升降凡四十餘里 到嶺下店舍 呼酒消渴 始覺人間世矣 緣流到廣巖村 澗
瀑盤石 頗有可觀 惜哉 未遇主人也 泊石間店宿 卽天嶺界也

早發 過馬川峯 環礴廻隱 若有異焉 適遇一衲 問之 靈源·金臺·碧松諸刹
在東西 甚幽邃 脚力已竭 雖欲登眺 不能强也 轉輾以前路 傍有築臺 臺下盤巖
淸流 亦可供玩 問於樵夫 則近洞遊人 作此臺 以時風詠云 行不幾里 又有一嶺
曰悟道 未知此嶺緣何得此號 而或非頓悟者所稱耶 道甚懸危 令人喘急 南州何
其多嶺也 若早知是日又逢此峻艱 曷不向靈源·金臺 幾日坐休耶 間關至天嶺
邑 留宿 東轉數十里 登觀大孤臺 瞻拜灆溪書院 卽一蠹鄭先生俎豆之所也 本孫

鄭在櫓允文 居院下 來見 挽止午饋 且以文獻實記一冊見贈 殊深感謝 訪鄭友聖
九於介坪 迎入其書塾 鎭夜共話

翌日 與鄭友相玉 同往崇陽亭 供半日遊賞之樂 距書塾 爲十里劣 而水簾·龍
湫蒼崖盤石 頗有奇玩 崖之北 竹林茂密 其下乃築四間亭 亭之左右 置肄業室·
藏書閣 前鑿數畝方塘 中又築一間茅亭 以石橋通往來 克備淸幽之趣 此蓋鄭承
宣泰鉉所排鋪也 崔元則至是又逢晤 仍聯袂而行 歷玩松石亭·晚歸亭 皆鄭氏
別業也 還聖九書塾 夜與元則穩話

明日 悵然相別 到安陰縣 上光風樓 胸襟爽豁 怳若狃寒門而登仙梯也
次伯氏揭板韻 遂發行 宿月華書齋 齋之主李基埔 同其諸族老少 勝供夜
話

翌日 路由黃山 訪愼君聖極 午餉後 登搜勝臺 此地形勝 曾所閱目 而今又玩
賞 益覺奇絶 渡略彴 登樂水亭 愼議官雲瑞及聖極昆弟 攜酒互集 以做半日淸遊
還下聖極書室 止宿

早發 到高梯 士永·星五·友卿·敬五·敬有諸君 俱解攜 豈意高梯乃作消
魂橋耶 悵缺難勝口 占一絶以贐之 與鄭老 筇驢相遞 暮投馬嶺宿

明日 歸棲 自出門至歸 凡四十日也 回想所歷 山海高闊 巖壁奇峭 無一不了
了於眼中 此身亦如飄飄然坐在方丈頂上 有客問余曰 此山 本智異也 何謂頭流
何謂方丈 曰輿地書 白頭山之脈 流至於此 故謂頭流 杜詩方丈三韓外 卽此山也
佔畢齋遊錄曰 以頭流崇高堆勝 在中原之地 必先嵩岱 天子登封 又曰長詠子美
方丈三韓之句 自不覺神魂飛越 此可謂智異之圖經乎

—

김회석(金會錫) |
지리산유상록(智異山遊賞錄)

—

출전 : 우천집(愚川集) 권4, 11면
번역 : 「선인들의 지리산 유람록 5」, 보고사, 2013, 151~172쪽
일시 : 1902년 2월 3일 ~ 3월 14일
동행 : 정록겸(鄭祿兼), 송병순(宋秉珣), 이경오(李敬五), 이윤경(李胤卿),
　　　이선경(李善敬), 김성오(金星五), 변사영(卞士永), 송종만·송인순
　　　(宋仁淳)·송문보(宋文寶) 형제, 송호장, 송종화(宋鍾和), 송중순(宋
　　　中淳), 유원중(柳遠重) 등
특징 : 송병순의 「유방장록」과 같은 일정임

-일정

• 2월 3일 : 대전 출발 → 창촌(倉村) → 장평(長坪) 주막
• 2월 4일 : 장평 → 도마현(都磨峴) → 박선중(朴善中)의 집 → 한출현

(汗出峴) → 장교(長橋) → 산포촌(山圃村) → 이윤경(李胤
卿)의 집

• 2월 5일 : 이윤경의 집 → 포충사(褒忠祠) → 양사당(養士堂) → 개화
리(開花里)

• 2월 6일 : 개화리 → 교촌(校村) → 향교 → 침류정(枕流亭) → 취수정
(醉睡亭)

• 2월 7일 : 취수정 → 고현암(古見菴) → 용당(龍塘) 박명국(朴鳴國)의
집 → 병산(屛山) → 변사영(卞士永)의 집

• 2월 8일 : 변사영의 집 → 산천재(山泉齋) → 용천정사(龍泉精舍) →
구일재(九日齋) → 정온(鄭蘊)의 묘소 → 마령(馬嶺) → 용
소(龍沼) → 해인사

• 2월 9일 : 해인사 → 농산정(籠山亭) → 용령(舂嶺) → 영귀정(咏歸亭)
→ 산제령(山際嶺) → 모현정(慕賢亭)

• 2월 10일 : 모현정 → 녹동(鹿洞) → 하평촌(下平村) → 어치해(魚致海)
의 집

• 2월 11일 : 어치해의 집 → 기동(基洞) → 합천 상현(霜峴) → 상산병
사(霜山丙舍)

• 2월 12일 : 상산병사 → 금봉(金鳳) 주막 → 병목(幷木) 화현(華見) 송
종만(宋鍾萬)의 집

• 2월 13일 : 송종만의 집

• 2월 14일 : 송종만의 집

• 2월 15일 : 송종만의 집

• 2월 16일 : 황매령 → 산청 → 환아정(換鵝亭) → 율령(栗嶺) → 횡계
서숙(橫溪書塾) → 대원암(大院庵)

• 2월 17일 : 덕산 → 산천재 → 남명 조식의 묘소 → 귀가

• 2월 18일 : 본재 → 도천(桃川) → 세심정 → 직문(稷門) → 중산동(中

山洞)

- 2월 19일 : 중산동 → 벽계암(碧界菴) → 문창대(文昌臺) → 법계암
- 2월 20일 : 법계암 → 천왕봉 → 법주암(法珠巖) → 법계암
- 2월 21일 : 법계암
- 2월 22일 : 법계암
- 2월 23일 : 법계암 → 응봉 → 용추(龍楸) → 중산동 심진정(尋眞亭)
  → 조종규(趙宗奎)의 집
- 2월 24일 : 조종규의 집 → 정기석(鄭琪錫)의 집 → 공전천(公田川) →
  위현(葦峴) → 월횡(月橫) 조충경(趙忠卿)의 집
- 2월 25일 : 조충경의 집 → 옥산(玉山) → 용동(龍洞)
- 2월 26일 : 용동 → 삼진(三津) → 진양부(晉陽府)
- 2월 27일 : 진양부 → 연지(蓮池) → 군자정(君子亭) → 진주성 공북문
  (拱北門) → 촉석루 → 창렬사(彰烈祠) → 서장대(西將臺)
  → 진남루(鎭南樓) → 관사
- 2월 28일 : 관사 → 낙육재(樂育齋) → 광탄(廣灘) 나루 → 산가천(山
  加川) 나루 → 장암(場巖) 주막 → 곤명진(昆明津) → 임곡
  (林谷) 주막
- 2월 29일 : 임곡 주막 → 황토령(黃土嶺) → 대덕(大德) 주막
- 3월 1일 : 대덕 주막 → 금척령(金尺嶺) → 하동읍 → 악양 → 상암(商
  巖)
- 3월 2일 : 상암 → 악양정 → 화개 → 구례 정찬석(鄭贊錫)의 집
- 3월 3일 : 구례 → 화엄사
- 3월 4일 : 화엄사 → 남전(藍田) 왕사춘(王師春) 집
- 3월 5일 : 해교(海橋)
- 3월 6일 : 석주대(石柱臺) → 쌍계사
- 3월 7일 : 쌍계사 → 불일암 → 국사암 → 세이암 → 삼신동 → 칠

불암

- 3월 8일 : 칠불암 → 벽소령 → 광암(廣巖) → 석간(石間) 주막
- 3월 9일 : 석간 주막 → 마천 → 오도령(悟道嶺) → 목동(木洞)
- 3월 10일 : 목동 → 남계서원 → 개평(介坪)
- 3월 11일 : 개평 → 숭양정(崇陽亭) → 송석정(松石亭) → 만귀정(晚歸亭) → 개평
- 3월 12일 : 개평 → 안음(安陰) → 광풍루(光風樓) → 월화서당(月華書堂)
- 3월 13일 : 월화서당 → 황산(黃山) → 수승대(搜勝臺) → 요수정(樂水亭) → 신병민(愼炳民)의 집
- 3월 14일 : 신병민의 집 → 월치(越峙) → 고제(高梯, 거창 고제면) 주막 → 집

-저자 소개　　우천 김회석

1856~1933. 자는 봉언(奉彥), 호는 우천(愚川)이며, 본관은 선산(善山)이다. 아버지는 오우재(五友齋) 김시후(金時煦)이고, 어머니는 한양 조씨로 조성태(趙性泰)의 딸이다. 1856년 8월 29일 경상남도 안의(安義) 면호(眠湖)에 있는 외가에서 태어났다. 어려서 집이 도산서원(道山書院) 곁에 있어 봄·가을이 되면 향사(享祀)를 지내는 모습을 지켜보고 조부께 궁금한 것들을 질의하곤 하였다. 연재(淵齋) 송병선(宋秉璿)에게 나아가 집지하였고, 동문인 담재(澹齋) 김이수(金頤壽)·용재(庸齋) 정석채(鄭奭采)·안성환(安成煥)·이도복(李道復)·권명희(權命熙) 등과 교유하였다. 일생 출사하지 않고 성현의 학문 연구와 후진 양성에 전념하였다. 저술로『우천집』이 있다.

壬寅孟春 承活山書 有偕往方丈之敎 故卽發程 晉謁門下 留一日 陪心石先
生啓行 卽二月哉生魄也 行裝則短驪小奚 從者則鄭祿兼與吾而已 踰三嶺 少憩
倉村 暮抵長坪店宿

早發 到都磨峴 細雨濛濛 入朴善中家 午炊後 雨霽發行 踰汗出峴 到長橋 日
已昏矣 艱到山圍村前 主人已知行聲 持燭出迎 宿李庠胤卿家

早飯後發行 敬五胤卿善卿隨行 瞻拜襃忠祠 登養士堂 飲酒 向九禮 訪表敬
來 占心 轉訪開花里 止宿

朝飯後 抵校村 是日 卽上丁也 入謁大成殿 小憩于明倫堂 登覽枕流亭 午饟
於邑邸 暮泊醉睡亭 吟一絕

翌日 上古見菴 吟一絕 午炊後 下山 暫憩于龍塘朴鳴國家 向屛山 日已昏矣
擧火而入卞士永家 吟一絕

翌日 入山泉齋 小息 向龍山 謁桐溪鄭先生墓 登龍泉精舍 作一絕 登九日齋
暫憩 卽踰馬嶺 穿松林數里行 窺龍沼 轉入海印寺 周觀樓殿 大寂殿 卽法堂也
景洪殿 卽祝願中殿藏儲五聖朝御筆也 脫解堂 卽尸解人畫像所列 而文昌崔侯
影本 亦在其中也 旣翫訖 歸四雲堂 吟一絕而宿

向紅流洞 登籠山亭 淸溪白石 此眞仙境也 馬嶺卜箕瑞沽酒買餅而來 以侑一
行 吟一絕 曾聞尤菴先生寫故敎流水盡籠山之句 刻于巖面云 苔蘚蝕字 覓之不
得 踰春嶺 登咏歸亭小學堂 此是寒暄堂先生杖屨之所也 堂任供以午餉 餉後 踰
山際嶺 暮泊慕賢亭 吟一絕宿

向鹿洞 小息下平村 宿魚致海家

早發 抵基洞 小憩 向陜川霜峴而去 隨行者 卞士永金星五李敬五與我也 暮
抵霜山丙舍宿 吟一絕

飯後發行 朴啓玉劉敬由來到 午炊于金鳳店 抵幷木宋華見-鍾萬-家 滯雨信宿
吟詩 謝主人 訪滄溪權公立-命熙- 穩話通宵 吟一絕 宋氏之幷木 權氏之滄溪 卽

古之杜陵章曲也

發行 至黃梅山下 遇雪還下 心石先生留宿于宋載斌-鎬章-家 余則宿于所村宋
聖潤-鎬享-家

向山淸　宋華見宋善長-仁淳-宋文寶兄弟及宋載斌宋汝洪-鍾和-宋可庸-中淳-
柳希汝-遠重-隨行 踰黃梅嶺 嶺路崎嶇 山勢岌嶪 艱辛到山淸邑 閔成夫-致敎-權
天益-載用-權源一-槿鎬-來到同宿 時任山淸倅 卽吾宗祖熙元氏也

朝飯後 入衙 暫拜問候而出 登換鵝亭 亭臨湖上 棟宇甚壯麗 鏡湖無風 可以
助遊人興味 環坐飮酒 次吳德溪板上韻 卽發越津 踰栗嶺 嶺高谷深 無人之境
殆近三十里 到晉州橫溪書塾 卽曺柳鄭三姓所築也 主人盛供午飯 而丹城李國
元-萬根-來到 午後 與主人柳泰會-陽吉-向大院菴 石澗淸冷 松陰蔽日 轉入寺門
占界頗幽絶 樓觀甚雄壯 拈一絶而宿

占心德山市 登山天齋 卽南冥曺先生杖屨之地也 拜謁先生墓 還下本齋 奉審
四聖賢影本 乃先生手摹爪藏也 其夜主人烹狗沽酒以供 夜話而各吟一絶

翌日 翫先生遺刀 刀柄刻曰 內明者敬外斷者義八字 發行隨桃川 登洗心亭
次板上韻 相羊良久 發行 晚饒于稷門李德卿家 纏到中山洞口 日已昏黑 咫尺艱
辨 生面江山 倚杖躑躅 主人都事趙孟明-宗奎-度其困窘 使人途炬 以此易抵泊
拜其春府月皐丈 周瞻草堂 詩書滿架 俗累不染 實是山中淸福也

翌日 將上方丈山 趙都事鄭靑松雲弼-圭錫-携濟勝之具 聯筇伴行 躋攀幾二十
里 有碧溪菴 此是古刹遺址 而近年新設者也 板屋四間 白足數人 累年辟穀 只
喫松葉而已 占心後 登文昌臺 巖間一竇 僅容一身 側伏攀登 上有平巖 可坐數
十人 巖面有二臼 水盈淸冷 深可近尺 名曰甘露 水雖大旱未嘗涸 雖長霖未嘗溢
環坐各汲水 隨僧曰 若此水盡汲 則天卽送雨 勿爲盡汲 僧言如此 故惟存一勺
水 坐看良久 則無毫髮空隙之臼 自然潤水 盈滿一臼 後不溢減 更如不汲時 翫
者十餘人再三如此 曰水如前 怪而問諸僧 僧曰 古來之言云 此井崔孤雲先生所
鑿 而巖畔又有着足處 此則崔先生射弓之地 而峰下有掛侯舊址 其址至今有拾
矢鏃者云 甚可虛誕也 各吟一絶 而還下碧溪菴 其夕南望老人星 春靄翳天 不能

快覩 影如大炬暎天涯 恨不到秋分時來見也

翌夜丑時 東海赤湯 問諸居僧 曰日出氣也 望之有頃 一大紅柱 漸漸湧登 幾
至十丈 煒煌玲瓏 怳惚難狀 俄而 如乘大盤吐出其上 先湧紅柱 次次消下 團圓
大盤 稍稍上升 光彩始生 牕戶照明 然俯觀下界 則昏暗漆夜也 飯後 與一老僧
上天王峯 至巓 俯瞰四面 東南西海 渺茫連天 北界峰巒 拍地如邱垤 峰上有日
月臺 臺傍題同遊姓名 因吟一絶 頃刻之間 海雲四起 颭風長驅 懍乎不可久留
復路而降 列坐法珠巖 飮所携樽酒 忙步抵碧溪菴 未及菴庭 大雨注下 滯雨仍信
宿 然朝夕炊供 幸賴趙都事之周旋 終無窘態

越三日 朝飯後 遂下山 抵鷹峰 趙應洛氏-鏞震-出迎于路 饋以茶果 逐澗而下
數弓許 有龍湫 湫上有盤石 石上有三穴 大可容數斛 深可不測 是龍出穴云 到
中山 登尋眞亭 乃鄭雲弼先亭也 午飯于此 并木山淸芝山同行者 皆送別 止宿于
趙都事家

早飯後 訪鄭寶卿-琪錫- 以果酒待一行 甚欵 其弟德卿-俊錫-其胤公重-泰鎭-
隨行 涉公田川 踰韋峴 暮抵月橫趙忠卿-鏞夏-家宿

翌日 朝飯于忠卿仲父都事東奎氏家 趙氏卽漁溪後孫 而自咸安移居于此 爲
累世矣 發向龍洞 崔友性固-東敏-家占心 往玉山 瞻謁圃隱先生影幀 先生後孫
應善-鳳基-德洪-希鎔-景賢-夔鎔-敬汝-祈永-來見 饋以酒果 還到龍洞宿

發行五十里 涉三津 泊晉陽府宿

翌日 觀蓮池 由君子亭 入拱北門 而登矗石樓 次板上韻 樓傍有義妓論介之
祠 樓下一巖兀出中流 卽論介抱倭將投水處也 樓小西有彰烈祠 享殉節諸壯士
千古感慨之懷 尤不覺彌衿 登覽西將臺鎭南樓 還館而宿

翌日 入樂育齋 與居齋諸儒 小坐談話 問齋額及趨正門額 是統營九歲兒黃元
直所寫云 而筆勢雄勁 如老成筆也 渡廣灘山加川二津 行二十里 到場巖店 姜君
必秀出迎路左 仍入其家 卽元塘里也 占心後 發行 渡昆明津 是昆陽地 行二十
里 投宿麻谷店

早發 到黃土嶺 滯雨 宿大德店 是日卽寒食也 吟一絶詠懷

發行 踰金尺嶺 入河東邑 午饒後 沿江而行二十里 到岳陽里 問八景 則無一可賞 暮泊商巖宿

登岳陽亭 亭是河東人士協力構成於一蠹先生藺軸遺墟者也 過花開 沿江三十里 訪海橋鄭叔明-贊錫-留宿 即求禮地

翌日 行講禮于書堂 午後 與叔明林熙瑞-顯周-上華嚴寺 寺甚宏傑 所謂覺皇殿 二層重樓 而緇徒甚衆 供饋頗有純厚之味

翌日 至藍田王士洪-師春-家 書齋占心後 風氣不平 仍宿朴春卿-暢鉉-家

還到海橋宿

午後發向 到石柱臺 臺是王氏七義士壬辰殉節之地 其後孫構新齋於此 有板上原韻 而主人要和 故吟一律以贈之 與叔明緣流 下二十里 暮入雙磎寺 寺口石面刻雙磎石門四大字 乃崔文昌筆云

翌日 周觀寺內諸閣 排置甚宏 而有文昌影室及所寫眞鑑碑 小北有小菴 菴中立層石塔 六朝師埋頭塔云 轉入上一岡 又有國師菴 甚淨潔 可翫 龍岡姜文五-琳秀-佩酒而來 各巡一盃 登東麓 逐澗而行十里 到佛日菴墟 則冥翁遊賞記所云靑鶴洞也 菴毁只有山神閣於臺上 兩峰屹立 西曰白鶴 東曰靑鶴 其下萬丈斷壑其上千尺臥瀑也 仰觀俯眺 心神悚懼 不可久留 還下國師菴 午饒 從澗流而尋洗耳巖 巖面所刻 卽文昌筆云 又泝流而行數十步 巖面刻三神洞 此亦文昌筆云 行十里 訪七佛菴 菴在兜率峰下 千年古木 自頹自朽 層鱗遮迤 盡是栗木也 行步甚囏 攀登抵寺 寺門外數弓許 有一小塘 駕洛王之子七人成佛于此 其母來欲見之 七子不迎謁 而但以形影暎池以視 故寺名七佛 池名影池也 寺傍又有玉浮臺七佛自駕洛持玉笛來 吹浮於此 故臺以名焉 又有亞字房 此亦七佛所創 而至今不改其突 突甚溫燠 此是怪事 寺之幽暢 僧之恭勤 方丈諸寺中第一也

翌日 早食後 送別鄭明叔 東踰小嶺 有泰嶺當前 是謂碧霄嶺 嶺高抻天 逕在巖石間 樹木森鬱 艱辛躋攀者 殆數十里 始到頂上 如在天上 眼界敞豁 坐憩良久 各吟一絶 飛下抵廣巖店 日已斜矣 泊石間店宿 卽咸陽界也

翌日 到馬川 泉石多有可翫 而東西有金臺碧松兩刹云 行李忽迫 脚力甚茶

不得登眺 逐水而下 路傍巖石奇絕處有一築臺 卽近洞人春秋會咏地也 踰悟道
嶺 一行陪心石丈 向咸陽邑 我則拜姨母於木洞 以明日相逢於灆溪書院爲期 而
逐分路 到木洞宿

積年阻候之餘 雖甚苦挽 然不以違約 故朝飯後拜別 抵灆院 相會瞻謁三先生
位 錄名於參謁錄後 抵介坪 訪參奉聖九氏-甲鉉-家 穩宿

翌日 往崇陽亭 亭是承宣-泰鉉-之所創設 亭則四間 左右設肄業室藏書閣 又
鑿池 池築一間草屋 頗有淸雅之趣 亭有修契案 而余亦曾是參契之人 近洞人士
以是日行鄕約於此亭 其揖讓講誦之儀 亦稀世盛擧也 覽松石亭晚歸亭 皆鄭公
別業 還下介坪宿

早發 到安陰 登光風樓 次板上韻 占心于邸舍 暮泊月華書堂宿 主人李秤重-
基鏞-李建五-榮錫-與其諸族 盛供夜話

翌日 到黃山 午饒于愼聖國-炳民-書塾 午後 登搜勝臺樂水亭 周覽後 還宿于
聖國家

翌日 發行 踰越峙 到高梯店 一行皆陪心石丈 將往本宅 先生苦止日 四十日
同行之餘 雖一二日同宿 畢竟分手之日 悵然之意 想一般矣 行役脚力 豈加三百
餘里虛費也 不得已拜別 其時 眷愛之情 慕仰之私 難以盡 旣 是日卽還棲 凡周
行千三百餘里也

이택환(李宅煥) | 유두류록(遊頭流錄)

―

―

출전 : 회산집(晦山集) 권9, 19면
번역 : 『선인들의 지리산 유람록 5』, 보고사, 2013, 173~194쪽
일시 : 1902년 5월 14일~5월 27일
동행 : 최익현(崔益鉉), 최숙민(崔琡民), 정재규(鄭載圭), 김현옥(金賢玉),
　　　 조용소(趙鏞韶), 강성수(姜聖秀) 등 수십 여 명

―일정

- 5월 14일 : 최경병 서실 → 방화촌 → 횡천영당(橫川影堂)
- 5월 15일 : 횡천영당
- 5월 16일 : 횡천영당
- 5월 17일 : 횡천영당 → 황령 → 곤양 봉계(鳳溪)
- 5월 18일 : 봉계
- 5월 19일 : 봉계 → 인천 최경병의 서실 → 양천(楊川)

- 5월 20일 : 양천 → 회령 → 갈산 → 공전령 → 시천 → 직문
- 5월 21일 : 직문 → 하당 → 중산동
- 5월 22일 : 중산동 → 심진정(尋眞亭) → 세진암(洗塵嵒) → 검암(劍巖)
  → 부용암(芙蓉巖) → 개운암(開雲巖) → 휴가대(休呵臺)→
  벽계암 → 문창대 → 벽계암
- 5월 23일 : 벽계암 → 천왕봉 → 일월대 → 성모사 → 벽계암 → 중산
- 5월 24일 : 중산 → 산천재 → 남명 묘소 → 조원순(曺垣淳)의 집
- 5월 25일 : 조원순의 집 → 송객정(送客亭) → 조자진(曺子眞)의 집
- 5월 26일 : 조자진의 집 → 공전
- 5월 27일 : 공전 → 귀가

-저자 소개   회산 이택환

1854~1924. 자는 형락(亨洛), 호는 회산(晦山)이며, 본관은 성주(星州)이다. 경상남도 산청군 단성면 송계리(松溪里)에서 태어났으나, 주로 하동군 북천면 화정(花亭)에서 살았다. 남명 조식의 문인 동곡(桐谷) 이조(李晁, 1530-1580)의 11세손이다. 28세(1881) 때 서울로 유학하여 김병운(金炳雲)의 인정을 받았다. 그 이듬해 증광별시(增廣別試)에 합격하여 승문원 정자(承文院副正字)·사간원 정언(司諫院正言)·사헌부 지평(司憲府持平) 등을 지냈다. 환로에 있는 10여 년 동안 선왕의 도가 무너지고, 특히 외세와의 화의(和議)가 현실로 드러나는 것을 보고는 낙향하여 학문 연구에 진력하였다. 을사늑약이 체결된 이후로는 세상에 뜻을 잃고 망국의 대부로 자처하며 나아가지 않았다. 이후 면암(勉庵) 최익현의 문하에서 수학하였다. 정재규·최숙민 등 인근의 학자들과 두루 교유하였다. 저술로『회산집』이 있다.

-원문

昔晦菴夫子 二千里而之長沙 見南軒 與之同登南嶽而歸 由是 南嶽之遊 聞
於千古 蓋頭流 吾東之南嶽也 登玆山者 木食澗飮腰金紆紫者 古今何限 惟崔文
昌鄭一蠹金濯纓曺南冥奇高峯諸先生 與玆山 同其悠久 其餘皆寥寥矣 苟非其
人 亦何足重輕也

竊念向書崔勉菴先生 文昌賢裔 華山高足 早蘊經綸之學 出身事君 將以行其
所學 則嬴豕蹢躅 氷炭不容 而刀山劍水 九死靡悔 長蛇荐食 將禽獸人類而垂紳
正笏 折其凶鋒 環東土三千里 凡我全父母之膚髮 服先王之章制者 皆先生之賜
也 先生旣與世鑿枘 立朝無幾日而退 修初服則物外之靑山綠水 夢有歸時 如文
昌所云也

歲壬寅夏 飄然有南嶽之想 自湖西寓所 半千里踰嶺 見溪南崔丈琡民·艾山
鄭公載圭於丹丘之新安精舍 卽蘆沙奇先生文集剞劂之所也 先生時帶刊所薦圈
而溪艾兩公 以蘆門高弟 與先生有過從之契者也 余於先生高山景仰 已四十年
只奉呎尺書於端明之門 見伊川面則尙未矣

聞自丹邱取道河陽 延拜於仁川崔瓊秉永好書室 從者二人 鄭仁樺孝先·郭漢
紹允道 學於門下者也 已而溪南翁·金山石顯玉·趙監役鏞韶·姜聖秀來到 午
飯 道河陽 入訪花村李仁求家 小憩 踰黃峙嶺 入橫川之影堂 堂乃文昌侯妥影之
所 而新構輪奐 堂室皆備 其經建凡節 司果崔廷鉉 尤用力焉

有頃 艾山鄭丈·南洲趙丈性宙 自檜峴追到 是日卽五月十四日也

翌日 早起 行瞻拜禮於影幀 見烏帽紫袋 風儀灑灑 不覺肅然起敬 而顔髮未
老 蓋仕唐時所寫云 是日 遠近會者甚衆 族祖台範養之氏·鄭靑松圭錫雲弼·
鄭鳳基應先·族兄司果萬根國元·一雲鄭在櫓·沈監役致瑞皆來 午後 地主朴
基昌來見 本鄕人士不能盡錄

十六日 仍行鄕飮禮 溪南爲主 艾山爲賓 南洲爲介 先生爲儐 余爲次儐 鄭靑
松爲司正 李司果爲樂正也

十七日 先生占影堂原韻一律 諸公皆次之 先生與溪艾諸公謀曰 東方名山 號稱三神 而蓬萊漢拏則嘗一至其巔矣 方丈則尙未也 吾幸不死南來 又得數公在此 若與之同登 爲南嶽之遊 則一生名山之願 畢矣 溪翁曰吾於三山 獨漢拏山 亦先生之方丈也 林下老書生 豈有過海之行漢拏 已矣 若使先生復登方丈絶巔 則名山一著 亦遜於先生耶 相與一笑

約以今二十日會于中山 中山 月皐趙丈幽棲也 月翁以蘆門先進 年德俱邵 故先生有一見之願 而靑松時寓中山 故爲之先行十八日 艾山南洲兩丈 踰檜峴 直向中山 南洲 月翁之季 而世稱元季者也 溪翁及余 自黃嶺歸家 溪翁時還故山 而家在陽川 余則流寓於昆山之鳳溪也

十九日 過永好書室 抵宿陽川

二十日 早飯 同崔濟斅淳若永好 陪溪翁而行 淳若 溪翁肯子也 踰屋後山 抵檜嶺 先生尙未過 河聖憲子文來待矣 遂前行 午飯於檜信趙遠卿家 永好淳若 有事還去 文澈鎬漢元·金洛熙伯敬·金祥鉉追到 踰葛山 有途中詩一絶 稷門李德行 送其弟德裕來 待先生於山下矣 過公田嶺 渡矢川 日已暮矣 宿於稷門

二十一日 早朝前待 少年來傳 先生夜宿葛山嶺下 趁朝到此 小頃至 金山石·崔鎭晏致伯·崔君實幸元·李仁玩潛夫·李中基晦夫·李在淳敬仲·鄭孝先·崔敬立十餘人 從之 李學瑞·李圭弘士重·金炳立在衡·鄭載基士明 將追到云 先生謂溪翁曰 與老人相約 晚而始到 無乃失期乎 溪翁曰疾行先長 我甚不敬

時峽雲逗遛 林霏空濛 先生促一行卽發 遂緣溪而上 淸流白石 曲曲奇絶 令人有去神仙不遠之思 時當夏潦 山逕險側 而居人聞先生行 或補缺而塡陷 山婆野老 皆願提壺而奉觴 是豈知貴貴尊賢之義也 亦可謂走卒知司馬也

到下塘柳司果震斗家 飮酒 有中山途中一絶 至中山洞口 趙鏞肅士欽待先生出來 士欽 月翁之孫 而早年聲譽 克紹其家學者也 到村前 靑松在尋眞亭上 倒屣出迎 聯袂而入 趙都事宗奎孟明亦來待 孟明 月翁慈明也 亭臨絶壁 一軒一室不甚侈大 而些塵不起 繞以落落寒松 水從東西溪來 環合於前 落而爲層淵 乃靑松王考雲峯公 解紱菟裘 而靑松所肯構也

小憩 入月翁幽棲 艾山南洲兩公已在焉 月翁聞先生至 巾櫛盛服 士欽扶而下
堂 讓階而升 入室而拜曰 賤年八十 久病不死 今日坐屈台監 天餉厚矣 先生曰
主人我丈人行也 吾將先拜 主人反先拜客耶 載笑載言 罔非德義 而布席開樽 旅
饌次陳 有筍朗陵家風 坐間雨作 青松日絕頂之遊 已被天公所戲 余曰流石不知
朱張趣味耶 風雪未已 決策登山 南嶽已事 流石 青松號也 艾翁曰 子之言 好矣
恐非安老之意也 頭流倚天中山可知也 亦足以償夙願 且林雲不開 豈老人所可
强 先生笑曰 霽行潦止 我自有定第 視明朝而已

二十二日 先生及諸從者 朝飯于鄭輔卿家 輔卿 時在山外未還 其弟德卿 延
待焉 飯後 出尋眞亭 小憩 時薄雲漏日 有霽天氣色 遂決意登頂 蓋頭流千萬疊
天王峯爲南嶽之祝融 而去中山三十里云 先生乘肩輿 前行 諸從者隨之 循溪而
行數里 復橫渡溪 飛湍噴沫 淸陰白石 令人塵慮消散 因名曰洗塵嵒 舍溪而東
途中往往遇樵夫 中山洞人爲先生除路草者也 轉入翠微間 溪翁口占一絕 艾翁
卽次之

小頃到所云劍嵒者 先生下輿 坐石以待 數丈危石 戉削著稜 依然一劍 而藏
在空山 可使豹虎遁藏 名曰芙蓉巖 進酒沃渴 更起而前 古木蒼藤 仰不見天 絕
壁丹梯 俯臨無地 先生亦舍輿徒行 前扶後擁 傴僂而上 山石在前 歌晦翁武夷櫂
歌 潛夫在後 和退陶淸凉山関 隱隱如碧空聞笙鶴聲 先生以爲此足以忘勞也

去芙蓉巖六七里 有大石陡立 淺溜爲泉 寒冽可食 時嵐雲捲盡 天日透林 噫
先生之能天不能人 亦久矣 開雲手段 何必韓文公而已 名曰開雲巖 爰有峻嶺當
前 雁行魚貫而進 一步而呵 一呵而步 呵呵步步 登其上 有石臺可坐 坐久 呵者
小休歇矣 名曰休呵臺 曰洗塵曰芙蓉曰開雲曰休呵 皆艾翁所命 而各占一絕以
識之 繞嶺而左轉而上 於是天王露出眞面

有一小菴 縹緲在其下 二僧出拜 前導而入 心欣欣如入海中仙山坐三花樓臺
菴是庚子重建者 而名曰碧溪菴 名與址因舊也 巖上有古塔 其始有碧溪和尙創
菴 而色化爲空 已幾百年云矣 流石以爲祝融峯下 古有上封寺 天王峯前 豈無碧
溪菴乎 與所嘗往來僧禪 應謀經建之屋 凡三間 覆以木瓦 隔以板壁 軒窓堂室

足以容膝 但綿力殘緇 無以存活 來者必嬴糧具饌

菴之對有所云文昌臺 著身呀然 石窟中匍匐 上數十丈然後 始達於臺 先生曰
此古詩所云箭括通天有一門者也 石上有二小渦 水常滿 無源可尋 而亦非天雨
所聚 飲之甚淸淡 人或故渴之則頃刻致雨云 夜宿於菴 翛然有塵外之趣 頓忘山
行之倦 皆曰今夕可講 因列序而坐 先生先誦孟子牛山章 以次各誦一章訖 艾翁
請先生一回普說 如禪家竪拂樣 以屬諸生 先生曰諸君方留意學問 未知眞有意
於此耶 抑眼前無應擧覓官之路 無所歸宿 而姑爲此耶 姑爲此也 則已是不好消
息 轉眄之頃 不覺墮落何方 惟篤信好學守死善道此八字 橫著肚裏 攧撲不破 則
可庶幾矣 從上聖賢大小事業 皆從這裏來 聞者悚然有起立之意 而固知先生
一生所酬用者 不出於此八字也

二十三日 早飯 將登絶頂 由菴後 去數里 有一石窟 如房室 安以竈突 資山而
興販者 多往來焉 蓋此山多檜木 落落千章 不啻梗楠豫樟 而大廈將傾 不得支柱
一半只朽老空山 其亦有感於志士仁人之心也夫

復努力躋攀 倦而休 休而起 喫極辛苦而到絶頂 頂上已不屬泰山矣 於是 始
開口吐氣 放杖擡眼 黝烟碧雲 接混茫而爭巧 疊嶂層峯 畏突兀而乞盟 一瞬之變
渺若千古 咫尺之視 便則萬里捫摸星斗 超如獨立宇宙 俯仰乾坤 不勝浩歌慷慨
如此美山河 忍見盡入跰蹄 何處好人材空自伏死嶊巖 宰相懷新亭之泣 志士收
上藍之涕 吾道不墜 陽德必已昭於窮泉 上帝降監 天日庶復明於吾東 左顧右眄
森羅萬象 只自錯愕之不暇 雖有子長山川之筆 安能寫得彷彿眞天公活畵也

頂上稍平而廣 繞以石 世所稱日月臺者也 臺下有祠 濯纓錄中所謂威肅王妃
是也 石面多前人姓名 而亦無甚顯者焉 冥翁錄中曷若以萬古爲石者 令人感嘆
不已也 余於玆山非生客 頃於十數年前 同溪艾兩公 一宿於頂上 今日又得御勉
翁而兩公復在缺陷世界 豈易此圓滿好事 亦足自賀

嗚呼 使先生 幸而處廟堂之高 堯舜君民 則奚暇冥叟雲表 不幸而不容於世
老七十無恙 千里南來 與舊契新知 翶翔物表 而使玆山增重 先生之不幸 乃玆山
之幸也 列坐臺上 錄同遊 凡三十五人 酒一巡 賦南嶽聯句 先生首題曰晦翁千載

下 南嶽續眞遊 以次傳筆篇成 日已晚矣 余歌濁酒三杯豪氣發 朗吟飛下祝融峯
之句 乃南嶽之終曲也

遂回頭下山 忽然白雲坌入 便成一雲谷 人皆言登玆山者 盛夏必衣裘 且長時
烟雨 無以遠眺 今五月登頂 老人絺綌而不寒 天開日朗 窮眼力之所及 且下山難
於上山 而萬疊白雲 絶壁一平 俯臨千仞 人不眩轉 亦異事也

未到菴 鄭鉉春元卿・鄭源泰・金炳夏追到 元卿 艾山之子也 還碧溪菴 午飯
直下中山 夜宿尋眞亭 流石饋之 先生次板上韻 韓愉希寧・權鳳鉉應韶來

二十四日 出洞 直接山天齋 上南冥先生墓 瞻拜 暮宿曹垣淳衡七家 卽冥翁
肖孫也

二十五日 先生將踰尺旨嶺 作伽倻行 諸從者皆散去 艾翁從先生 踰嶺 余及
溪翁流石 拜別於送客亭下 再會之期 在一蠡孤舟江上・文昌靑鶴洞中也 因復
路 宿於雨塘曹子眞家

翌日 宿於公田李贊仲家 與流石爲別 抵宿於楊川

厥翌還家 下山以後 在所略焉 溪艾諸公以爲是遊不可無錄 使宅煥記之

양재경(梁在慶) | 유쌍계사기(遊雙溪寺記)

—

출전 : 희암유고(希庵遺稿) 권8, 2면
번역 : 『선인들의 지리산 유람록 5』, 보고사, 2013, 243~248쪽
일시 : 1905년 여름
동행 : 없음

-일정

- 섬진강 → 화개동 → 악양정 → 쌍계사 → 칠불암(병으로 며칠 간 유숙) → 쌍계사 → 귀가

-저자 소개　　희암 양재경

1859~1918. 자는 여정(汝正), 호는 희암(希庵)이며, 본관은 제주이다. 쌍

봉(雙鳳)에서 태어났다. 아버지는 양준묵(梁俊黙)이고, 어머니는 하동 정씨로 정승렬(鄭承烈)의 딸이다. 1876년 일본이 화친을 요구하자 음식을 끊고 통분해 하였으며, 면암(勉庵) 최익현(崔益鉉)이 이를 반대하는 상소를 하자 '우리나라에 인재가 없다는 기롱은 면하게 되었구나'라고 하였다. 1882년 임오군란(壬午軍亂) 소식을 접하고서 관련 기사(記事)를 서술하였고, 1884년 갑신정변 때도 기사를 서술하였다. 날마다 일신(日新) 정의림(鄭義林)과 학문을 토론하였다.

1890년 송사(松沙) 기우만(奇宇萬)과 중암(重庵) 김평묵(金平默) 및 최익현을 찾아뵈었고, 1896년에는 애산(艾山) 정재규(鄭載圭)와 운재(雲齋) 최영조(崔永祚)가 내방하여 함께 강론하였다. 1898년에는 연재(淵齋) 송병선(宋秉璿)을 내방하였다. 1902년 심석재(心石齋) 송병순(宋秉珣)을 찾아뵙고, 신안(新安)에 이르러 『노사집(蘆沙集)』 간행에 참여하였다. 이해 6월 최익현을 모시고 쌍계사를 유람하였다. 저술로 『희암유고』가 있다.

−원문

乙巳孟夏 余將行頭流山 至河東之蟾津江 泛舟而遊 過花開洞 訪岳陽亭 瞻拜鄭一蠹先生神碑 入雙溪寺 寺前有石門 右刻雙溪 左刻石門 皆崔孤雲先生筆也 大畫如拳 小畫如指 到此而不曠感者何人 寺在東西溪間 溪流汨㵼 穿山而出 轉石而噴 琮琤如琴筑 激盪如震雷 未知石佛耳邊能不囂聒否 緣此而世間是非 不到其囂聒者 乃所以其靜闃也歟 入法堂 酒一行後 題詩諷詠 諸僧多和之者 奇哉 夜宿西廂室 天淸月朗 不覺魂夢攪冷起 呼小和尙 使煖酒煎茶 飮數巡 坐待天曙

朝露醒 將向七佛庵 一沙彌前導步步 奇絶儘是別界 而危崖峻逤 受憊已多 方其登也 仙仙不自休 及其庵 倦不可振 庵在絶頂 高逈淸灑 新羅王七子化仙

臺在其後 名曰玉寶臺 此庵之所以爲七佛也 林日向暮 爽氣逼腹 少頃嘔泄莫耐
委臥亞字房 渾不記人事 噫 塵客入仙界 有不能相容耶

　留數日 病未痊而行期迫 不可更上 上頭去所謂靑鶴洞·香爐峰 一生艶聞思
欲一見者 今歸虛筭悵然 下庵復宿雙溪寺 是夜夢過靑鶴洞 登香爐峰 有鶴淵 深
不可測 其下鶴潭 水飛下千尺 不可懸視 有一老翁戱之曰地步展拓後 可登此山
君不學游水而猝入此鶴淵鶴潭 可以利涉耶 聽未已 欠伸攬睡而起 沈吟思之 吾
未嘗習於山而遽欲躐等 入太山愚耳妄耳 今日不得上 上頭將回轍易慮 復自卑
而爲升高之計 此可謂心神黙詔之也 有感而記

—

김교준(金教俊) |
두류산기행록(頭流山記行錄)

—

출전 : 경암집(敬菴集) 권4, 5면
번역 : 『선인들의 지리산 유람록 5』, 보고사. 2013, 249~258쪽
일시 : 1906년 3월 30일 ~ 4월 4일
동행 : 황직현(黃直顯), 김만식(金萬植), 김규현(金奎顯), 김광주(金光周),
  김현주(金賢周) 등

−일정

- 3월 30일 : 현포(玄圃) → 비홍치(飛鴻峙) → 용강(龍岡) → 김헌주(金
  獻周)의 집
- 4월 1일 : 순강(鶉江) → 호곡(好谷) 박승지(朴承旨) 묘정(墓庭) →
  산동원(山洞院) 주막 → 위안리(委安里)
- 4월 2일 : 위안리 → 묘봉(卯峰) → 달궁(達宮) → 만복대(萬福臺) →

위안리

- 4월 3일 : 위안리
- 4월 4일 : 위안리 → 반야봉 → 중봉 → 위안리

-저자 소개　　경암 김교준

1883~1944. 자는 경로(敬魯), 호는 경암(敬菴)이며, 본관은 경주이다. 22세 때 송병선에게 글을 올려 집지하였다. 이후 남원 백전촌(栢田村) 오산(鰲山)에 농세재(聾世齋)를 지어 강학하였다. 송병선이 순국하자 다시 간재(艮齋) 전우(田愚)를 사사하면서 그의 성리설인 성사심제(性師心弟)를 탐구하여, 이를 기질성(氣質性)으로 잘못 인식한 자에 대해 논변하였고, 간재 사후에는 문집 간행으로 빚어진 영·호남의 시비에 대의를 밝혀 논박하였다. 뿐만 아니라 송시열의 『송자대전』 판각과 스승의 묘소 석물에 대해 거금을 출연하기도 하였다. 성인의 도를 받들고 지키면서 부정척사(扶正斥邪)로 일생을 마쳤다. 저술로 『경암집』이 있다.

-원문

余年二十有三 粗知讀書之方 隱几數載 腰痛轉劇 脚濕尤甚 坐不硬脊 行不久步 一日 內從兄黃直顯氏來言 從侄賢周與獻周輩 欲飮椐梓水 近入智異山達宮云 余問曰 梓水最好何崇 而且達宮亦有聯臂乎 兄曰 梓水腰痛骨濕 最爲神速 而且再從弟奎顯 今年敎兒于達宮書齋云 余聞而告之曰 余亦以腰痛骨濕爲苦者 于今幾年 自料伊日追後飮梓

際玆 洗心亭族孫萬植 自玉川 訪余於寂寞之濱 握手擡眼 足破數月礨積之懷矣 言訖以梓好骨濕 詳告近日出步智異山之意 萬植曰 余亦以骨濕爲苦者爲久

云 余曰 如此好塔梯 同飮療濕 以爲如何 而且智異山一世騷人墨客不負之地 君
其勿辭 大抵萬植 行雖卑我於二列 齒則長我於一歲 情誼之篤 交分之密 非比尋
常之族 而且穎悟之志 雄巨之文 諸類無出其右者也

即日 聯袂登程 時丙午三月晦日也 春事姸姸 芳草芊芊 步自玄圃 將越飛鴻
峙 左顧環峰 說先世日記之推尋 右瞻龍城 誦明府政治之休德 行歌相答 日記當
晡 趍拜於嶺村嶺松丈 即爲點心後 又踰龍岡 穩宿于戚侄獻周家

而翌日戊戌 竹杖軋軋 草鞋翩翩 返袂揮汗 即越屯嶺 卯峰東立 鶉江南走 陟
降嶝谷 少憩於好谷朴承旨墓庭 暫說山家陰陽之理 而中火於山洞院店 轉上卯
峰之意 纔到委安里 渡一土橋 有一大盤石 而上有老亭子數株 登踞周覽 屋連四
角 街通十字 水石絶奇 雲林蔚興 放懷良久 日餘三竿 瞻彼卯峰 言登逗遛之際
適有一喪子過去 問此日力可越此嶺否 曰此日之力 未終過越之役也 故光周與
賢周獻周 歸宿于酒店 余與萬植 投入書齋 齋長則雲峰梁姓人也 而又有一家族
人 一宵霄悅話

後踰越卯峰 轉入達宮 地遠市朝 雲林可期 溪流九曲 君子宜居 忽有數三靑
童 遵我松間 追後入室 乃戚兄奎顯所居之齋也 而主人則南原梁氏也 午飯後 奎
顯兄請余登山 即與諸從人 步上萬福臺 於是 着綦雙屨 撅褰衣裳 猛着脚力 轉
到頂末 遠察龍脈 祖立德裕 孫出盤若 周困方正 宜仁者之樂 鬱峨卓嶸 若列士
之像 近睹景物 虎豹惟石 列三百碁子之黑白 參差衆樹 立十萬軍兵之刀戟 嚶嚶
鳥舌 可代一方之管絃 姸姸鵑花 優敵八幅之圖畵 寶宇廣兮 可放吾懷 澗水淸兮
可濯吾纓 伐彼樟水兮 其聲丁丁 飮彼樟水兮 其味滑滑 已而 夕陽在山 相扶反
節 下臨小屋 屋主乃鄭姓人也 爲人寬厚 熟進蔗餠 即療飢腸 乘昏歸室 預料明
日登盤若之意 忽有風聲 從生曉頭 驅雨四面 朝晡一樣矣

翌日辛丑 山日旋晴 與奎顯萬植光周賢周四人 將登盤若峰 獻周困憊在家 朴
秀才在顯金秀才萬相 亦從其後 詳問盤若峰里數於主人 主人曰 欲上彼頂 三十
餘里也 於是 履巉巖 披蒙茸 寸步不歇 漸漸進前 連抱棟樑之木 臥立相半 滿丈
荊棘之林 遠近一樣 木臥而橫空兮 偲冠而出之 荊近而合路兮 斂衣而進 轉入出

頂 周覽遠近 大哉 此山 雄據兩道 聳出中霄 而宜我夫子小魯小天下之謂歟 時歸雲擁樹 咫尺不辨 於是 余以簞食菜脯 再拜祝告于山靈曰 維歲次丙午四月四日辛丑 幼學慶州金敎俊 再拜 敢昭告于智山尊靈之下-祝文見下- 於是 雲氣渙散 天日復明 四面景物 盡爲覽賞 步下中峰 與諸公賦 得八句詩 唱酬一曲 下抵在顯家 梓水數盃 後并進午飯 充療飢腸 共反書室 獻周迎余而慰曰 今日陟降 得無勞苦之力否 答曰 唯唯 又問近日行樂如何云 余故略記一通 以答其問

—

정종엽(鄭鐘燁) | 유두류록(遊頭流錄)

—

출전 : 수당집(修堂集) 권4, 5면
번역 :『선인들의 지리산 유람록 6』, 보고사. 2013, 11~22쪽
일시 : 1909년 1월 28일 ~ 2월 8일
동행 : 습재(習齋) 최제학(崔濟學)

-일정

- 1월 28일 : 삼구정(三求亭) → 원천(源川) → 무수동(無愁洞) 노내숙(盧乃淑)의 집

- 1월 29일 : 숙성치(肅星峙) → 금성치(禁聲峙) → 연파정(烟波亭) → 한수천(寒水川) → 주막

- 1월 30일 : 화개동 → 쌍계사 → 불일암 옛 터[청학동] → 죽림촌(竹林村)

- 2월 1일 : 죽림촌

- 2월 2일 : 죽림촌 → 삼거리 주막 → 둔촌(屯村) → 동정호(洞庭湖)·
  봉황성(鳳凰城)·악양루(岳陽樓) → 호상서숙(湖上書塾)
- 2월 3일 : 해교(海橋)의 임현주(林顯周) 집
- 2월 4일 : 곡성(穀城) 조영선(趙泳善)의 집
- 2월 5~6일 : 곡성
- 2월 7일 : 최익현의 영당(影堂) → 순자강(鶉子江) → 남원 안경숙(安
  敬淑)의 집 → 사계정사(沙溪精舍) → 주막
- 2월 8일 : 풍촌(豊村) → 귀가

-저자 소개　　수당 정종엽

　1885~1940. 자는 택신(宅新), 호는 수당(修堂)이며, 본관은 동래(東萊)이
다. 1885년 3월 13일 진안(鎭安) 마령방(馬靈坊) 계남촌(溪南村)에서 태어
나 전라남도 남원 호동(壺洞)에서 살았다. 1912년 송사(松沙) 기우만(奇宇
萬)을 찾아가 의문나는 점을 질정하였고, 그 이듬해에는 부안(扶安)에 있
는 간재(艮齋) 전우(田愚)를 만나고 돌아왔다. 정재(靜齋) 이석용(李錫庸)
과 절친하였다. 저술로『수당집』이 있다.

-원문

　天下名山不一 而東海三神山爲最靈 南省之頭流 卽其一也 飫聞名勝 未暇從
遊 隆熙四載屠維作噩月正之日 與崔兄習齋 相與棲泊於龍城之壺洞 歎世道之
寢降 憫時事之大變 憂憤所邀 欲筮遯跡之地 余謂方丈非徒神仙窟宅 其中靑鶴
洞幽邃恢敞 古傳避世之地 則試可尋眞 以償宿債 如何 約與聯袂

廿八日丁卯發程 短笻草扉 行李蕭然 到三求亭 忽見行人 似有舊面 瞥眼相過
卒難記識 行行數步 回顧試問 則果李靜齋錫庸也 曾有一面 而驅馳風塵之餘 顔
色憔悴 始若不辨 三人班荊而坐 吐肝傾心 語到縷縷 而別至源川 日力尙有餘 脚
勞腹空 且望峻嶺氣挫 不能前進 入無愁洞 訪盧乃淑宿焉

廿九日 踰肅星峙 遵溪而下 至山東 有一丹艧之閣 河相公敬齋演 以道伯巡
視于此 膳夫得五鯉 公憑夢兆放活 龍乃感德見形致謝 故公刻詩于巖上 後人建
閣記事也 過禁聲峙 午飯于烟波亭 暮到寒水川 宿于旅店 有一老人先入 云居大
田 而承旨李最承隔隣也 言李令忍飢固窮 杜門謝客 至於不着衣冠 而若將與世
相忘者矣

三十日 蓐食早發 抵花開洞 想得一蠹先生風蒲獵獵之句 而當日講學之亭 翼
然如昨 瞻慕溯風 感慨何已

見有人男負女戴 眷可五六 氣像甚困憊 語音必殊方 故倚杖而問 京畿廣州居
申氏也 與謵齋相顧歎曰 彼亦遯世者流耶 深山隱谷 北亦不無 何乃苦苦至此

沿澗而東 入谷十許里 兜率洞天 闢淸淨法界 而雙磶石門四大字 崔孤雲筆也
字畫瘦硬峻古 看看益奇 入門而行 招提金碧輝映奪目 登靑鶴樓 嘯咏而罷 自寺
後 緣崖附壁 寸寸進 步步憩 繞過石逕之峻嶒 則連抱老木 當前倒臥 或蹋衣跨
其上 或脫冠出其下

渡棧橋 俯瀑淵 至佛日菴故址 此乃前賢所謂靑鶴洞也 南有香爐峯 西有靑鶴
峯 千尺飛瀑瀉其前 眞奇妙勝區也 然地非平陸 恐不與桃源之千家散花竹幷擬
則安知後有眞境乎 無寧更加別尋

披荊棘 攀薜蘿 闊步陟危 俯身經險 如是數十里 僅得微路 漸臻十許武 急崖
堅氷 猝迫前頭 着足無處 稍欲他由 則樹木參天 容身不得矣 或匍匐 或蹉跌 雙
不借作樺 百尺頭進竿

循磶而行六七里 洞天寬曠 山岳秀美 田野平平 人家間間 雖不見靑鶴之
衕 庶幾聞憂然之聲 若出隱隱之間矣 日已薄暮 路逢一人 借問宿所 則遙指
竹林村 越短麓 望門而去 茅茨三四 夕烟方濃 却看着冠老翁逍遙庭際

請之一宿 則初似不肯 終乃導之入室 翁都氏也 次第問土地人物居業俗尙 則
曰此地本名鶴洞 中古改稱佛地 我光武量地時 技員謂此洞山勢莫非鶴體 仍名
鶴洞 世人以靑巖面鶴洞 謂之靑鶴洞 居人則各自遠來 成聚有年 資生五穀皆備
而艾蒿橡實猶足 救荒充飢 但文物未闢 敎養無法 幾乎避夷狄而爲夷狄云 是夜
雪下

二月一日庚午 風雪連天 且習齋忍苦眼疾 申留其家 亭午 余獨登東崗 逢人
細探 檀川細洞甑峯竹田 總名鶴洞 以下距石門 村村谷谷 各有別稱 不可歷歷盡
道云 少焉 還入座 有一老人 形容枯槁 衣冠襤褸 但談論見識 每多理到 寔山間
逸民也 姓其朴 自海州來 而栗谷門人朴公汝龍之后云 同話夜分而宿

二日 別朴老與都主翁 出洞口 行八九里 乃三街酒店也 人言從流而下 則石
門深鎖 水口緊遮 費數晷 可玩了也 慮或曠日留連 問捷逕 陟回南嶺 此嶺本不
知何名 而自曹南溟回去追稱云 俯瞰岳陽一幅 負山帶江 閭閻櫛比 田野開廣 頓
覺別有天地矣 至屯村 賞洞庭湖 鳳凰城岳陽樓 則毀而但遺址而已 投湖上書塾
假眠

三日 早動 飯于村前旅館 登途之際 烈風大作 江波涌起 岸沙飛空 山木摧枝
眼不可擡 節不可住 乍行乍止 乘夜訪警堂林顯周于海橋

四日 同警堂 往穀城梧支趙義敬-泳善-家 適嘉賓滿座 當夜雨下

五日六日 連霈不霽 閱李華西雅言 見其天資極高 只恨理論相背於潭華也

六日 天晴 與義敬 奉審崔勉菴影堂 仰瞻烏帽綠袍 溫溫其容 洋洋如在 -泳善
勉菴門人 奉遺像於此

別主人 出里門 又分警堂歸家 到鶉江 雇舟利涉 入南原謙山安妹敬淑家 午
飯旋發 雖難於强挽 以事故不得耳

路次聞奇松沙却彼恩金 着平凉子 自放海山 嗚呼 彼以金 吾以義 自此吾儒
種子 一網打盡之秋也 痛哭何已

歷臨沙溪精舍-房氏齋-朗吟群賢詩文 抵暮新酒幕 留宿

八日 晨炊 纔及雲橋 雲聚山暗 雨意甚盛 忙動彳丁 前呼後應 幾至豊村 雨戲

雲飜雲止

　村前有井　以方石四圍　井畔植香木　大可四五圍　曲腰沈於水中　更起身向上　完若張蓋　繁枝密葉　非暴雨則不漏　故暫取其下　須臾雲捲天晴

　晡時返家　只幸家中無故　但塵念塵事　還復沓至

배성호(裵聖鎬) | 유두류록(遊頭流錄)

—

문집 : 금석집(錦石集) 권5, 11면
번역 : 『선인들의 지리산 유람록 6』, 보고사. 2013, 23~38쪽
일시 : 1910년 3월 14일 ~ 3월 20일
동행 : 삼종질 배영대(裵永大), 삼종제 배공범(裵孔範), 배후인(裵厚仁)

−일정

- 3월 14일 : 마탄(馬灘) → 장항(獐項) → 함양 조정(棗亭) → 목동(木洞)
  수곡(藪谷)의 정재호(鄭在浩) 집
- 3월 15일 : 정재호 집
- 3월 16일 : 수곡 → 고태(高台) → 진관(秦關) 숙계치(宿雞峙) → 도정
  촌(道亭村) → 비령(鼻嶺) → 법화암(法華菴)
- 3월 17일 : 법화암 → 백련촌(白蓮村) → 고정(高亭) 주점 → 용유담
  → 벽송정(碧松亭) → 당흥촌(堂興村) → 운학정(雲鶴亭)

                    → 정장촌(丁障村) 침계재(枕溪齋)
- 3월 18일 : 영원암 → 정장촌 침계재
- 3월 19일 : 침계재 → 당흥 → 벽송정 → 창촌(倉村, 강익의 유허지)
                    → 원정촌(元井村) → 문헌동(文獻洞, 정여창과 김일손의
                    유허지) → 도남재(道南齋, 강씨 재실)
- 3월 20일 : 도남재 → 엄천 → 지곡(池谷) 집

-저자 소개   금석 배성호

  1851~1929. 자는 경로(景魯), 호는 금석(錦石)이며, 본관은 분성(盆城)이
다. 1851년 2월 24일 경상남도 함양 장항동(獐項洞) 집에서 태어났고, 1870
년 산청 초곡(草谷)으로 옮겨 살았다. 1872년 숙부를 따라 한양에 갔다가
성재(性齋) 허전(許傳)을 뵙고 문인이 되었다. 1880년 한성시(漢城試)에 응
시하였으나 합격하지 못하였고, 이후 고향에서 학문 연구에 치중하였다.
면우(俛宇) 곽종석(郭鍾錫)·송사(松沙) 기우만(奇宇萬) 등과 교유하였다.
저술로『금석집』이 있다.

-원문

  頭流山 嶺湖間巨鎭也 年前再入此山 不免爲侳偬行 如入門而未入其室也 庚
戌三月十四日 與三從姪永大登道 欲盡觀山北諸名勝處 厚仁以髻髮從之 渡馬
灘 過獐項 至棗亭 咸陽界也 途中口號 永大以妙年頗能唱和 是爲一樂也 詩一
絶曰來汝書童不待呼 擔囊春日渡西湖 白頭惟有看山癖 林鳥巖花莫笑吾 永大
和曰弄春花鳥若相呼 緩步攜笻渡鏡湖 西去方壺餘幾里 桑蓬素志便今吾 日暮

至木洞之藪谷　訪鄭在浩家而宿焉　在浩卽三從弟孔範之壻　而永大之從姊夫也
孔範先至待我以有宿約故也

　翌日　雨下不止　讀薇山遺稿而消日　薇山鄭在浩之先大人也　吟一律曰纔到林
廬天又雨　翻成午睡散衣裳　固知蔥麥情相餪　自笑詩樽老更狂　客子遊觀非役物
主人耕讀樂居鄉　幽懷更閱薇山集　斯世斯文一線陽

　十六日　雨晴　自藪谷　踰高台後峴　高台居朴敬叔同行　至秦關　秦關者　咸陽郡
之函谷也　峯巒四塞　只有東一面通　故得名也　梅村族叔敬瑞　昨冬移寓於此　訪之
而不遇　少憩于村前溪石上　村人金別監與孔範熟面　呼酒勸飮　大浦姜友綺老　渭
南望士　偶然邂逅　飮罷遂行　上宿雞峙而吟一律曰欲向方壺一出門　徐行暮抵渭
南村　桃花氣暖春過半　松藪園深雨乍昏　秦谷石多藏別界　華菴鍾近爽人魂　看水
看山遲步步　關艱行役不須論

　至道亭村　朴敬叔將分路　要入酒店勸飮　余不嗜飮唇杯而止　孔範飮二杯　敬叔
辭去　午後欲向法華菴　上鼻嶺　嶺高如懸空　登者接鼻以名也　吟一絕曰澗流汨瀨
石頭生　躑躅爭紅雨後情　雲裏諸天知不遠　松風吹送午鍾聲　行數里樹陰中　至法
華菴　古木參天　叢竹護垣　方丈下峯如對食床　可謂上方仙境也　憑軒休脚　有明誠
和尙者　頗通儒家經史　半餉接話　有足聽聞　因留宿　高台徐老人亦同　夜深有薙髮
四五人　自碧松菴來　其一所謂地方委員　諸僧顚倒而迎接　其氣焰甚可畏也　吟一
律曰客懷休脚寄從容　日暮蓮燈蠟炷紅　松韻寥凉鍾細引　巖巒拱抱塔齊同　玄虛
禪法三乘界　翻覆塵寰一局中　夜半忽驚轎馬到　當今薙髮是豪雄

　十七日　朝後與徐老人　自華菴洞壑　攀木而下　過白蓮村　至高亭　酒店賖飮　永
大請陶泓於主人　寫昨日所唱詩　浪吟一遍而起　徐老人辭去　途中口號一絕曰間
關花鳥送春音　萬疊頭流轉入深　始識前賢看盡處　此行我亦十年心　過龍游潭　至
碧松亭　此爲嚴馬兩里界　而山斷川回　眼界快闊　累石爲壇　上可坐百餘人　傍有老
松如偃蓋　不知爲幾百年所也

　向午　抵堂興村店　拄筇四望　其西北巨山磅礴崒崋　若黑雲之遮隔天畔者　靈源
後山也　其西南翠嶺蜿蟺深秀者　碧霄嶺也　頭流一枝　落來而北走　至此而穹隆崛

起 雄鎭宅中 略不與碧霄相讓者 瑯巖山也 然而上峯之天王日月臺 全不露形 如
大君之深居九重也 東指翠壁下 有一菴曰金臺 隱見於樹間 菴後越一嶝則有安
國菴云 其野則綺錯而魚鱗 其川則淸澈而石澯 一自雲峯山內而來 一自碧霄白
茅谷而發源 至此合流 一橋橫波 嶺湖商旅 絡繹不絶 處處村落 雞犬相聞 可謂
山內勝地也 彷徨欲行之際 逢柳浦盧士則飲梓而還 強要入酒家勸飲 堅辭不得
盡醉而分

山日欲暮 行色怱怱 未吟一律而渡橋 欲向丁障村 路邊石壁有木書雲鶴亭三
字 乃鄭梅村杖屨之所也 山回路轉 孔範以脚儴稍稍差後 五步一顧 十步一休 暮
抵丁障村 村近碧霄嶺而陰陽兩村各 占地形 水甘土沃 古木脩篁 山中可居也 訪
陰地村族人武益 武益甚款待 蔭茅板屋 壁有龕室 可知爲操行家也 問其土宜則
荳菽茱菁 其生財則澹婆草而已 近有草稅 陰陽村每年防納爲百餘兩云 民生之
憔悴 推此可知也 夕宿于枕溪齋 齋長金斗源潤七 頗有識見可語 共占一律曰尋
眞成癖外無求 爲愛山深路轉幽 雲裏師應從藥崗 日斜客又到林丘 得兩階泉琤
可聽 近人園鹿慣看遊 桃源眞不荒唐說 莫道漁郎謾泊舟

翌日 主人欲求梓水 負樽匏裹午饎而去 感主人之誠款 因留一日 午後 上靈
源菴 一派漕溪 九曲鳴澗 滿壑藤樾 森如煙翠 崎嶇石逕 努力攀躋 汗出沾衣 寸
寸而進 到寺門 榜曰方丈山弘化門 後山翼抱 前峯屛匣 窈窕明快 倚楹而望 方
壺萬疊 一手可挹 果山內第一蘭若也 數年來 日兵無處不入 僧徒散而稍集 見在
者五六人而已 天風凜颯 不可以久留 遂回笻 吟一絶曰碧宇丹欐對翠峯 排鋪羅
絡各具容 諸天蓋在藤蘿外 坐挹方壺千萬重

其初上去 一步艱於一步 及其下來 徒擧足而身自流下 豈非其進難其退易耶
頃刻而還枕溪齋 日已西 梓水至 飲三四椀 忽有同宗二人李姓一人來到 貧家食
客爲七人 天且雨 主人之接客 少無厭怠

十九日 朝後乍晴 遂行 齋長贈馬檟木杖一枝以表情也 還至堂興 途中吟一律曰
恨不名區結數椽 金臺山下鶴亭前 亂谷中開初見野 淸流兩合僅容船 方壺樹色朝
霞外 安國鍾聲細雨邊 回首歸來如有得 始知史記在山川

復過碧松亭 從大路 至倉村 欲訪黃姓人而問于酒店則男女皆離散云 卽回節
孔範欲向藪谷壻君家而分路 蓋孔範來時挈幼嬌而置此 故歸欲將去也 與永大厚
仁 回至倉村 洞口見巖壁上蒼苔半蝕而有刻姜介菴杖屨之所七字 摩挲讀訖可想
姜先生之隱居倉村也 倉村亦山中勝地 負悟道而面方丈 左法華山 右金臺山 呀
然大谷 地甚爽塏 居人爲百餘戶 靑梨油木胡桃 其所産也 梨花爛發 家家雪香

至元井村 午饁于河聖瑞-鯉圖-家 暮至文獻洞道南齋而宿焉 嘗觀金濯纓頭流
錄 與鄭一蠹 至炭村 一蠹曰此可居也 濯纓曰文筆峯前 尤可居也 炭村今爲文獻
洞 洞之前山曰文筆峯 齋之號道南者 以在悟道山之南也 主人姜而鮮-敏永-行溫
而識博 曾有雅分 相與握敍 和我堂興途中詩 我亦次道南齋原韻 隣居金老人亦
有面分 甚款待 可見村俗之淳良也 詩曰悟道題扁有本源 蠹翁去後此山存 雲林
境界寬吾分 詩禮家謨有衆論 春來每對尋眞客 峽邃方知出世村 更願諸君工日
就 齋名無使寄空言界寬吾分 詩禮家謨有衆論 春來每對尋眞客 峽邃方知出世
村 更願諸君工日就 齋名無使寄空言

初欲遍遊名勝 而適有緊掣 回首而來 自知骨相無分 方丈神靈必揶揄而不納
之也 三度入來 夙願未遂 然而於山於水之見 不若於人之大觀矣 雲鶴亭觀鄭梅
村遺躅 倉村觀姜介菴古址 文獻洞想見鄭一蠹金濯纓所過處 縱未能親奉杖屨
折旋道德之林 然三百年前四賢聲蹟 獲覩於一日之間 徘徊曠感欽慕之心 油然
而生 此可謂大有所得 何必於流峙繆鬱煙雲杳靄之地而盡其觀乎

二十日 朝後 自文獻洞 到巖川 與永大厚仁 謁吾慈親墓而下 午饁于池谷李某
家 李某卽先姑母之孫也 午後卽發還家 往返凡七日 計程六十里也

이수안(李壽安) | 유두류록(遊頭流錄)

출전 : 매당집(梅堂集) 권3, 6면
번역 : 『선인들의 지리산 유람록 6』, 보고사. 2013, 39~48쪽
일시 : 1917년 8월 2일 ~ 8월 14일
동행 : 이수항(李壽恒), 박경우(朴景愚), 이방숙(李方叔), 김장중(金莊仲),
　　　 김윤원(金允遠), 이자상(李子上), 강윤극(姜允克), 유치경(柳致絅),
　　　 아덕(兒德)

─일정

- 8월 2일 : 마진(麻津) → 사월(沙月)
- 8월 3일 : 국경(國卿) 강윤극(姜允克)을 만남
- 8월 4일 : 천우(川愚) 유치경(柳致絅)이 찾아 와 만남
- 8월 5일 : 백운동 → 입덕문 → 산천재 → 세심정 → 국동(菊洞)
　　　　　　 정성호(鄭性浩) 집
- 8월 6일 : 족질(族姪)인 이방숙의 동당(東塘)에서 잠

- 8월 7일 : 종추폭포(鍾湫瀑佈) → 중산리 → 용연폭포(龍淵瀑佈) → 반타석(盤陀石) → 신선적(神僊磧)
- 8월 8일 : 비가 내려 머묾
- 8월 9일 : 문창대 → 벽계암 → 순두촌(淳頭村) → 중대(中臺) → 천왕봉
- 8월 10일 : 벽계암 → 순두촌 남쪽 협곡 → 오등(五嶝) → 조개(朝開) → 전두동(田頭洞) → 대원사
- 8월 11일 : 횡계(橫溪) → 율령(栗嶺) → 대포(大浦) → 백운동 → 도구상탄(陶丘上灘) → 한자명(韓子明)의 집
- 8월 12일 : 운곡(雲谷)
- 8월 13일 : 옥산(玉山, 옥종면)
- 8월 14일 : 사월

-저자 소개   매당 이수안

1859~1929. 자는 가윤(可允), 호는 매당(梅堂)이며, 본관은 재령(載寧)이다. 경상남도 진주시 대곡면 마진(麻津)에서 태어났다. 면우(俛宇) 곽종석(郭鍾錫)의 문인으로, 당대 석학인 후산(后山) 허유(許愈)·만구(晩求) 이종기(李種杞)·물천(勿川) 김진호(金鎭祜)·대계(大溪) 이승희(李承熙) 등을 두루 방문하여 학문을 익혔다.

40세 때 덕산으로 가서 남명의 묘소를 배알하고, 44세 때에는 영해(寧海) 지방을 찾아 존재(存齋)·갈암(葛菴)의 유허지를 돌아보았고, 돌아오는 길에 안동의 도산서원(陶山書院)을 참배하였다. 이후 남사(南沙)로 이주하여 학업에 정진하면서 틈틈이 인근에 살던 사촌(沙村) 박규호(朴圭浩)·약헌(約軒) 하용제(河龍濟)·극재(克齋) 하헌진(河憲鎭)·회봉(晦峯)

하겸진(河謙鎭) 등과 자주 왕래하며 학문을 논의하였다.

스승인 면우 곽종석이 프랑스 파리에서 개최된 만국평화회의(萬國平和會議)에 전국유림대표(全國儒林代表)를 거느리고 독립 호소문을 보내게 되자 솔선하여 서명하였고, 이 일로 인해 대구옥에 복역 중이던 면우가 세상을 떠나자 하겸진과 함께 호상를 맡아 장례를 관장하였다. 이후 원계(元溪)로 이주하여 후학 양성에 전념하였고, 다시 하홍도(河弘道)의 모한재(慕寒齋)로 옮겨 제자들을 가르치며 학문 정진에 힘썼다. 1929년 남사에 머물다가 세상을 떠났다. 1977년 마호(麻湖)의 유허지에 매호서당(梅湖書堂)을 건립하였다. 저술로 『매당집』이 있다.

-원문

丁巳八月二日 檸軒子舍鞍杖竹 出門而行人問何往 曰余欲入頭流 拜天王 在門者 惟免弟壽恒 從 到沙月 兒憲自雲谷來待

○ 三日 姜國卿允克來會

○ 四日 柳川愚致絅來 是日雲陰雨滴

○ 五日晴 朴沙村瓚汝爲贐古詩一篇 沙村門孫景愚 偕至白雲洞 景愚落後 爲待金莊仲金而晦一行云 午後至入德門 歷山天齋洗心亭 夜宿菊洞鄭君性浩家

○ 六日 抵族侄方叔東塘寓

○ 七日 偕方叔 歷觀鍾湫瀑布 至中山 觀龍淵瀑 瀑長十餘尺 其上有石盤陀 傍有三穴如甕 大石底皆通 傳說龍自穴中上天云 攀礏披林 上所謂神僊磧 大小萬石積 成樓臺 下有窟穴如蜂窠

○ 八日雨 午餐竹實麵 亦別味也 今年山內所出竹實 可至數萬石云

○ 九日晴 午初發行 至文昌臺下 循腰而行 萬丈絕崖 木石成棧 可懍也 迤上一峴 乃古碧溪菴之下淳頭流 上峽也 有一座山幕 景愚與金莊仲‧金允遠‧李

子上來待 蓋路由三壯之大浦 入內源孤塔 踰嶺 至淳頭村 最爲捷徑 特地相邀
驚喜可知 但而晦與其兄而敬·李向實昌實兄弟·金直哉·許乃卿·鄭敬直諸人
自淳頭 以雨未霽 不免中途而止 聞之悵然 景愚言日力已短 宿此山幕 明日早登
爲好 余日不然 雨初霽 期會不可失 急炊午飯 今日上上峯乃止 於是 一齊起裝
奮力前進 百重險阻 頓忘艱辛勞倦之意

至中臺 暫歇顧眄間 已覺去天咫尺 有欲罷而不能者 直到上峯 日且曛矣 尋
得一水有標木 書日上峯汲水所 一邊搭鼎 一邊拾柴 雲間月色不甚昏黑 而但已
有寒戰者 鉉德與景愚 飛力攀登 少頃 悤使擔丁負鼎 各持什物 扶余攀崖而上
果得絕巖下平處 可容百餘人 舖藁席褥衾 積薪防風 爇火於前 綿裘而坐 穩如房
室 乃環坐而食 其傍亦有泉 旱則渴云 - 或醉或眠或歌或舞 各極其趣

至夜半 星月寥亮 少焉東方欲開 天邊忽有雲氣如潑墨 未覩出日 不能無恨
惟見一帶紅環 四圍 無缺動暎於周天之外 此可以驗玆山之高也 北界雲霧之在
下空者 至午不消 彌漫動盪 安居山咸數郡之境 全沒白海浪中 而其外諸山 猶蒼
然也 東西南可謂快豁而餘嵐之在谷底者 亦種種消漲 頃刻之間 變化千狀 遠近
諸麓岡峽無分 渾爲平陸 其間有白練數條 縱橫而如帶者 乃諸江之趨于海者也

鷄龍以南 忠羅界 至東萊·蔚山·盈德·平海之境 皆海也 而大洋之外 天海
不分 南海·錦山最爲當前 而其外小島群嶼 如船筏如樓臺如飣餖 槳末子如拳
如丸者 不可勝記 若黃梅·闍崛·臥龍 其餘遠近所謂名山大嶽 直皆丘陵耳 而
惟居昌之伽倻·光州之無等 稍有山形 外此則尤非眼力之所及 又無消詳指示者
可恨也

是日 午後復路 下碧溪菴 由淳頭南峽 峽中有上僊磧與下磧 相似而淸白差勝
循腰路 越五嶝 從朝開右麓而下 出田頭洞口 乘月入大源寺 寺在長塘山東兩山
相接之中 淸溪白石分外佳絕 追念頃年刊語類於此 余與先兄 從郭徵君 留止一
旬 以生慈患報 乘夜徑歸 今來儘覺雪鴻懷切 爲之潸然沾襟也

○ 十一日 早飯出洞 莊仲一隊 由橫溪 踰栗嶺 餘人南下 午鐐於大浦前店 至
白雲洞口 川愚向鳩山 鉉悳與允克輩 向沙月 余逢韓子明於道 渡陶丘上灘 宿子

明所

  ○ 十二日　至雲谷

  ○ 十三日　上玉山　回望天王前面　以續前日戀戀之意

  ○ 十四日　還沙月　追和沙村贈詩

곽태종(郭泰鍾) | 순두류록(順頭流錄)

—

출전 : 의재유고(毅齋遺稿) 권3, 5면
번역 : 『선인들의 지리산 유람록 6』, 보고사. 2013, 49~58쪽
일시 : 1922년 3월
동행 : 없음
일정 : 자세치 않음

-저자 소개   의재 곽태종

1872~1940. 자는 앙여(仰汝), 호는 의재(宜齋), 본관은 청주이다. 경상남도 산청군 단성(丹城) 수월리(水月里)에서 태어났다. 그의 선대는 13대조 곽경의(郭敬儀)가 경상도 삼가(三嘉)로 유배된 부친 곽영(郭永)의 묘역을 지키면서 그곳에 살았고, 이후 고조인 곽철제(郭轍濟)에 이르러 단성으로 옮겨 세거하였다. 부친 곽치복(郭致福)은 명호(明湖) 권운환(權雲煥)·후산(厚山) 이도복(李道復) 등과 절친하였다.

10세에 이도복에게 나아가 『소학』을 배웠고, 이후 이도복을 비롯하여 연재(淵齋) 송병선(宋秉璿)·면암(勉庵) 최익현(崔益鉉)·간재(艮齋) 전우 (田愚) 등에게 수학하였으며, 특히 간재의 영향을 많이 받았다. 간재가 세 상을 떠나자 두문불출하고 학문에 전념하였으며, 벗들과 산수를 유람하 는 것으로 생을 마쳤다. 조성가(趙性家)·정재규·최숙민(崔琡民)·한유 (韓愉)와 절친하였다. 저술로 『의재유고』가 있다.

―원문

是歲三月 余以伶仃箁屐 入頭流 得一面而略看焉 則昔論山者 方丈壯而不秀 信得其評矣 嵳然際空 蹲踞于湖嶺之間 爲南國之鎭 而環以所包則名都雄府小 邑大縣之異區 名山大川戰壘愁場之可看 名家庶村花宮梵宇之小大 沃野厚地 稻粱黍稷之物産 人物多奇偉傑特之士爲幹爲楨 名於國者也 則信吾民生之所以 爰得樂土而居者也

卽其近以言則蔚然列立者 檀檜蒼藤之得天年而專老也 屹然出雲者 吾知其羣 峯疊嶂獻奇呈態之狀也 突而爲巖 削而爲崖 凹而爲臼 深而爲湫 走獸之熊虎狸 獐獼猴之屬 飛禽之鵁鶄鷹鸇 伯勞弄舌 奇奇怪怪之多

靈藥之芝蒻蔘朮香麝黃精神草之雜 則此徐生之所以誑秦而來誕妄者也 然天 有陰陽 地有華夷 區域之分 已辨於天造始之時 而華則中土而居 夷則邊瀕而生 獸則依險而窟 此則各得其所而藉之安者也

自余遊順頭流 徧看而盡得之 蓋天王未遠矣 人多居之甚踈 而三家大村 十夫 難會 蟹舍蝸室 業草-煙草-木-折木作器- 而食諸柃橡榛, 而衣葛 伴山鬼 友麋鹿 喫許多辛苦 蓬頭而面垢 眼鼻莫開 貌若不性人者

然斯人也 同我受五性 而亦實吾先聖王敎育中物 其深仁厚澤之入人深也 殆 若胚胎於受性之初 故貧如此之困 食如此之惡 衣如此之藍 苦如此之甚 猶知仁

義之可好 名分之可守也 迎師敎之 訓子弟以孝悌 焉於以驗人性之善而非吾先
王敎育之餘澤得之深 能若是乎

問其來則自東自西 或衣冠之裔而欲避世也 嗚呼 避世避人之不若 避人自修
之不若 則曷不自修自存而謝吾樂土 親戚朋友去其許多之好·許多之樂 高擧深
山 爲此百辛千苦之事也 且人物之生 各有所居 不相侵害 草木鳥獸 山林是矣
鮫龍魚鱉 川澤是矣 惟人則平土是其所 而使我失土而居 孰使之然 孰爲之勸

今不幸不得其所 失其樂土之居 舍其稻粱之食 而漂泊之餘 奪鳥獸之居而居
焉 噫 彼草木鳥獸 亦非化中之物耶 然人孰不欲樂土之居玉食之食也 能爲此者
世信難容矣

嗟 今之人 胡不仰焉 至親反爲越人之不如 隣里不若疎遠之爲愈 則數畝之農
不足爲卒歲之資 百葉之金 難以假貸 詩人所謂二月賣新絲 五月糶新穀 而猶此
不得 今爲此不得已事 然所資 只是兩拳而已

巖穴爲屋 陵谷爲田 種藷代稻 折荣爲肉 櫛風沐雨 將終歲勤動 而不得休暇
雖曰千辛萬艱 豈不愈於前日之所好所樂 今日之千辛萬艱 乃勞我之力 而其心
則誠甘樂之 前日所謂百好十樂 非我實樂 而反剜却心頭之肉 以今視古 今日所
艱何如 前日所樂爲何如哉

我田我耕 我酒我飮 我讀我書 聽禽語之可樂 好人間之管絃 得明月而浩歌
勝隣友之懷劍 能不受變於雕題文身之俗而偃仰出入 任意所樂 比彼措足之難安
者 爲何如哉 山中之樂 信悠悠夫 遂爲之歌曰

山重重兮雲深 澗潔潔兮樹陰 念虎號兮晝沈 甘此山兮曾尋 採蕷歸兮窮黔 放
雞犢兮陽林 以人間之可好 誰背知我說此心 歸以述是錄 是歲卽壬戌之暮春也

장화식(蔣華植) | 강우일기(江右日記)

—

출전 : 췌옹속고(贅翁續稿) 권4, 15면
번역 : 『선인들의 지리산 유람록 6』, 보고사. 2013, 57~84쪽
일시 : 1925년 1월 18일~2월 3일
동행 : 장원길, 안화집, 권형오, 권택용

-일정

- 1월 18일 : 광암 → 마산역 → 함안 군북 → 여관
- 1월 19일 : 여관 → 진주부 → 촉석루 → 의암 → 의기사 → 진주
  여관
- 1월 20일 : 여관 → 원지 → 적벽강→ 사월 니동서당
- 1월 21일 : 니동서당 → 입석 경강정사
- 1월 22일 : 입석 → 입덕문 → 덕산시장 → 산천재 → 덕천서원 →
  장원길 집

- 1월 23일 : 장원길 집 → 덕천서원 → 대포리 조긍순의 집
- 1월 24일 : 조긍순 집 → 덕천서원 → 장원길 집
- 1월 25일 : 장원길 집 → 공전촌 → 직문 → 곡점 → 예치마을 → 내대 장원길 집 → 청천 안화집의 집
- 1월 26일 : 안화집의 집 → 도개봉 → 안화집의 집 → 장원길의 집
- 1월 27일 : 장원길의 집 → 평광평 → 산천재 → 남명 종택 → 입덕문 → 백운동 → 입석 → 권형오의 집
- 1월 28일 : 권형오의 집 → 남사 → 자매동 → 대각동 → 사곡 → 하겸진의 집
- 1월 29일 : 하겸진의 집
- 1월 30일 : 하겸진의 집 → 하재화의 집 → 대평 → 진주 → 군북 → 함안 김씨의 집
- 2월 1일 : 김씨 집 → 밀양 용두 → 박대희의 집
- 2월 2일 : 박대희의 집 → 광암 → 김재성의 집
- 2월 3일 : 귀가

-저자 소개　　췌옹 장화식

　1871~1947. 자가 효중(孝重), 호는 췌옹(贅翁)·복암(復菴)이며, 본관은 아산(牙山)이다. 그의 선대는 주로 경상북도 청도와 경상남도 밀양에 세거하였다. 젊어서 서산(西山) 김흥락(金興洛 1827-1899)과 만구(晩求) 이종기(李種杞 1837-1902)를 사사하였고, 이후 면우(俛宇) 곽종석(郭鍾錫 1846-1919)의 문하에서 수학하였다. 성리학에 대한 조예가 깊었다. 『주역』·『대학』·『중용』·『심경』·『근사록』에 잠심하여 연구하였고, 특히 사서(四書)에 대한 저술로 「용학췌의(庸學贅義)」와 「논맹췌의(論孟贅義)」를 남기고

있다. 저술로『복암집』외에『췌옹속고』가 있다.

-원문

乙丑正月十八 發丹城尼東書堂道會之行 其堂則俛宇郭先生之胎地也 其事則
先生文集之刊也 登廣巖車 逢藥山冑孫吳進士炳華 爲同行 至馬山驛 下車 吳以
其先祖藥山集頒秩事 訪港寓金大林 金卽東岡之後裔也 以尼東堂赴會之意 先
行 其允友在 紋人事後 賖食於市而占之 推盤卽起 與主人別 出而望海 此南海
一面之通西海者 而海上諸峰 點綴如碁置 望見之奇 異乎在陸之山也

返而登咸安郡北車 至郡北而下 黃昏者 已少選矣 訪一旅館而入 夕食只餘一
床 與吳進士分食 有一少年在座 錦衣鬐頭 驕坐華氈 見吾兩老者之入 不下平膝
退然而岸視矣 余心乃獸之而不言

與越房二少年 問答行李 則二少亦以尼東之會也 喜問誰氏而何住也 則乃義
城士人金鍾珉申基喆也 彼驕坐者 見吾四人之相酬 宛有羞赧之色 鍾珉引以問
驕坐者之姓名 則卽三嘉鄭某之子也 其跡已露 其人愧不安席 以上座許吾二老
而退宿他室矣 吾老少四人合談 旅懷頓釋 夜久而寢

早起盥櫛 朝食卽發 蓋以登車有時刻故也 食後 吳進士欲訪人于近地而先行
亦其先集頒布之由也 同申金二君 至自働車場所 車已行矣 後行車 則在幾點後
不可待費日力 故不得已徒步 行三十里 其間山川之羅帶 閭閻之櫛比 觀品而過
皆失車之由也

執中路車 三人同乘 至晉州府 下車 占心于江濱旅館 起而西行 上矗石樓 望
江山形勝 觀樑楣之懸題 自然有懷乎三壯士一佳人之忠義也 落花巖至今卓乎水
中而無恙 此義妓論介之故 而千秋帶芳名也 吾以丈夫而久棲遑於此世者 何也
論介祠在樓西 改丹靑而新之 就拜之 登樓北緩峰 俯瞰府都繁華

回下 至山淸行車場 則午後車已發行 此日無復有行矣 申君慮資斧之有欠 欲

步行 金亦從之 金君自郡北徒步時 負吾行橐矣 因授我 期以明天會合于丹城赤
壁江東院旨店而分 吳進士分郡北時 相須于晉州府郡北行自働車場爲約矣 往探
之 則無形影矣 返而訪午占旅館宿 作矗石樓板上韻一首詩

　二十日 早促食 登山清行車 至院旨 下車 申金二君 如期而待 赤壁江右流而
出石壁下 淸澈渟泓 令人生縱一葦凌萬頃之思 而時寒路促 不能騁眼周眺 同申
金二君 渡江南下 申君請我行橐擔之 過丹城邑 行十里 至沙月尼東書堂 尼東云
者 尼丘山在西而堂在其東故也 又泗水汶水 卽堂前之川 故川南之村謂之南泗
而坪亦同號矣

　入堂則會員四百餘 而慶之南北及全羅數郡 咸會矣 時到後 問先生姪大淵所
在 則大淵在傍而卽修人事者也 余曰 十五年前 一瞥之見 今此全無面目之徵 有
愧乎張睢陽之聰明也 大淵亦以不記答之 略修人事于會中 得宜春李友子强 乃
舊聞初見也 問子强河兄叔亨來否 曰在西室云 見叔亨 問兄是某也云 則卽許以
心知

　午後開座 爛議文集刊布事 至二十一日午後 條約略定矣 噫 江右自四五十年
來 老師宿儒 磊落相望 故及此世道下於坑焚之日 士氣猶不灰 右有文而服行檢
有聞望之士 則不以字之而號之 所着則擧皆深衣 有袖衣 服道袍者 十不滿一二
校諸江左 可謂魯之於越也 夕陽罷座而分

　丹城立石 同庚權友相政 字衡五 請余仁里之行 余與申金二君 從之 行數武
餘 將踰山 中程逢一隊人行 卽漆谷李相驊義城朴世煥義興洪黙洪敬禹陳晦根永
川李好大諸伴也 亦同向立石 上山未及巔 而窈窕回抱處 有瓦屋精舍四五間 問
之則朴上舍某之藏修也 謝絶人事 終老山中 有自靖之趣操云 訪拜則年近八耋
溫厚孜詳 酬酢從容 出燒酒乾柿以勸之 別以後期則曰 八十老物 有何復見 此雖
老人常談 聞甚惻然矣

　乘暮入權氏敬岡精舍 舍在淸寂松陰之間 而安分堂父子妥靈之墟也 夕炊後
權君宅容題韻請詩 君乃衡五之次胤 而年纔廿三 學業幾成 大有竿頭之望矣 謀
酒烹鷄而巡飮 夜久談文 未構詩而就寢

二十二日 朝回下立石里 食于衡五再從家 供舉之珍盛 有孔北海之風矣 行茶
後 各題前夕韻一首 唱罷卽起 諸伴被權君養彦之耘齋請 因留 是日又南冥先生
德川書院重建復享事 有道會 故余則不與諸伴留 同衡五李相驊 向德山 權君景
仁 負吾行橐隨之

行一堠餘 至入德門 乃南冥先生命名 而手書三字巖刻者也 德川江 左流淸徹
全石而無沙 行五里 至德山市場 山天齋 臨江而儼立 乃冥翁晦德玩理之所也 噫
世之變遷 至於此極耶 此地本幽靜深僻 故先生入此 高尙其事 而自朝家 敦諭徵
辟 蒲馴沓至 綸音屢下 所以韓錄事詩有一片絲綸飛落地之句 而因以謂絲綸洞
矣 今爲市街而名以德山市云爾 則滄桑之歎 安得不發於山高水長景仰之間耶

市場後 東北便一武許 有絲洞 而先生嗣孫東煥宅焉 而不祧廟在焉 絲洞 卽
古絲綸洞之傳也 四人訪一旅館 請占心 只有一床飯而已 吾與李相驊以不酒故
而共飯一器 二權兄則代飯以酒 卽起而行數里 至德川書院 時到後 粗修人事 日
已暮矣 吾族弟元吉 寓在德山之芝村 而此去僅五里也 同三人請訪 三人諾之 緣
德川江而上 渡江而東 又南折上數里 到其家 元吉適在 見之 驚喜如渴 時已黃
昏矣 再炊而食 與元吉 問答德山風土及智異山之勝 夜久而寢

二十三日 朝食後 欲還下德川書院云爾 則元吉勸予智異之遊 道說甚勤 執行
橐而藏之 衡五亦勉之曰 近六之年 始有此晉陽德山之行 再遊玄都 豈其易耶 兄
若有意 則吾雖有前遊之勞 其同之矣 予宿有頭流之想 而今行則以其時寒春早
初無囊纊之趣味矣 被勸而諾之

昨日伴行四人 同下德川院 聽其會議之顚末 則本孫以獨享爲主論 士林以依
舊配崔守愚爲定論 一東一西 兩日而不決 這間曲折 實有骨子 非一毫可旣 故逸
而不詳

是日午後 立石留義城義興永川大邱諸伴到泊 故他員皆破座 而吾同行十數人
隨本孫 夕食于本院 夕後 行五里許 入大浦洞曹復菴藏修齋宿 曹彝卿曹子昂曹
文卿諸人 待之勤款 而彝卿乃復菴之子也

二十四日 朝後 卽發行 曹氏諸主隨之 過一小峽 至一村 入景愚堂 亦曹氏先

亭也 行酒肴雉 盖豫備也 起而至曺龍宮後裔家 亦被主人之請也 行酒果 其中有
沈柿一器 味新見初 實山中之有別也 卽起而出 與諸主人別 下至敬義堂 與義永
大漆諸君別 同衡五 還至族弟元吉家 昨見李友明甫 聽至同宿

二十五日 發智異之行 元吉使奚童 負粮兼饌 又持斧 盖以斫骨理木皮故也
衡五元吉言 智異山有骨理木 斫其皮 則水涓滴而多出 飮此水 可愈下梢骨節之
痛 而味如淺蜜水 又云此水出驚蟄前後三日間最多 而驚蟄日數尙遠 未知其的
然 再昨見山人而問之 云近亦有出 而若雲霾則不出 其性理本然也 飮不飮 徒在
日之雲不雲 如何矣

自芝村 行數武之程 西渡德川 過公田及稷門 至稷門本村 訪姜大悅棲 極幽
精 姜是吾族之宅相 而自漆原 寓于此 盖活手好男兒也 占心後 卽起而入 左右
山峽 皆德山洞谷云 而村ш負竹田 或山之半腰竹田 如野山之杉林 畫爲區域而
主矣 北望二十里內外 智異山露全面 爲山大且廣 自下麓達上峰三十里云 猶不
見甚高 其坐地之盤亘 推以可會也

到曲店 越智異南谷 出德山之川 過眞珠谷 又挾右禮峴村而入 德川江一源之
流在左 水極淸澈 令人有灑落之衿懷矣 隨線路而漸入 其曲如羊腸 其畫如兎行
喘喘而上 幽隱之味 足以忘蠯繭之勞矣 有一沼當前 水深碧 石壁削立于路右 問
之則僧沼也 又問其由 古有二僧 休食于沼之西 便大巖之上 欲汲水 墜而死 因
以汙沼號 噫 不愼之故而至於人死而累水 人之持身 可不愼諸

行少選而至內臺店 日已下矣 逢一權君 問之 則乃衡五族人 自宜春來者也
問靑川里數 則曰自此去尙餘十里 而日力有不及矣 宿我而去 因被挽而宿

二十五日 元吉早朝發行 同前負粮奚童 先上靑川 訪安華執 託以供擧 以世
間急緊事 還家 吾三友 亦早食而發 逢元吉於中路許 去及到華執所 只一家 其
上數武谷窮處 又只有一草幕而已 其外無人烟矣 四壁雜木 藏地參天 燒薗爲畬
種蔗代穀 實此世之爰得也

華執出迎而入 坐定而扣之 則乃咸安之望族而來此 必有所以也 見其六子 三
冠而三角 角亦長成 六皆一面而俊健 似非山峽産態 故問其胎地 則皆咸出也 皆

兼書農 而一父六子 相依忘世矣 有四韻詩一首 夜與華執談論 所言皆方外秘文
避亂之術也

翌二十六日 朝食後 同華執幷吾三伴 上道開峰 謂之道開峰者 西有道藏谷
而峰前喉陷處成谷 謂之開道藏谷 故號此峰爲道開也 脫長衣 掛石上枯枝 百顚
千倒 援木附石而上 間有餘雪 沒半脛 艱辛到上層

望智異山西南全面 上峰曰天王 其高不甚驚擧 而衡五華執皆曰上天王峰 則
只北遮德裕一面 而東西南 則涯天角地而盡通蕩鬱 杳漠而目力隨窮云矣 又曰
此山祖德裕而來 中間聳爲般若峰 在雲峰境 又南來爲靈神峰 自此臥上爲燭臺
峰 南分爲甑峰 次次流行聳落 至昌原境而了 北東分去 爲日月峰 自此峰 超聳
爲天王峰 廣大鎭壓 特爲不侔矣

余請衡五 同登其上 曰此山自下及上 本三十里 而自此望彼 似若咫尺 而堠
之則亦近三十里也 且餘雪被巓 望之雖或石或雪 而其深數仞也 余曰元吉云 智
異山有靑藜木 其皮色一年所長各異 若今年靑 則明年赤 又明年又他色 最宜杖
材 此古所爲靑藜杖也 請華執求一枚 云今阻雪不得 到彼則杖亦不得 奈何 華執
曰 雪消後 吾折一枚 付元吉得達矣 余猶以今行之不親得惜之 衡五曰 我有延壽
木一杖 眞奇材也 回卽情之矣 勿以今不得此爲心 余笑曰 杖 扶老之物 而謂之
延壽 則有近仙之意 方丈所得 不其合乎 吾寧取此矣 有詩二絶

因回下 至掛衣處 更着衣帶 或匍匐倒懸而下 或側步聚足而下 及返華執所
則日已午占飯 卽入矣 夫下上一峰 日已半亭 則其峰之高遠危險 又可驗矣

占心後 與華執別 同衡五明甫三伴 復路而下 黃昏而至元吉家 催行促步可知
而兩脚內痛 不得任意屈伸矣 再炊而食 元吉供擧勤 而酒肉麵皆備 掇食卽就寢

翌二十七日 與明甫別 明甫贐以二百五十葉金 余極言明甫之窮而固辭 終不
聽 不得已而受之 同衡五元吉而下 至平廣坪 元吉以事去德山面所 期以明日相
逢于南泗坪店 與衡五渡德川江 復入山天齋 黙想當日高風 久立而出 有詩一絶

訪齋後絲洞冥翁宗宅 嗣孫東煥在焉 請謁先生廟 拜後 開櫝觀題主 前面書先
祖 徵士贈領議政云 而其下官秩不可盡詳 又請觀遺物 則東煥奉一小函出 示內

賜寶釖三柄 日我中世橘于忠淸某郡 而不幸灾於鬱攸 遺物不救 而所不燼者 只
此釖而已

異哉 釖乎 其久年近四百 而色如白銀 數點淥文 微如蠅累 豈先生之精 與之
俱潔歟 銘其柄曰 內明者敬 外斷者義 盖先生之學 有似乎孟子之多義故歟 是一
釖兩段之意也

別主人 出入德門 緩步至白雲洞口 衡五曰 冥翁自三嘉雷龍亭 往來德山山天
齋之日 每入此洞 念其洞號 而愛其水石 逍遙盤旋而去 故後學亦高景之 中年修
契而築堂矣 不幸物盡而堂毁 使過人 有熙寧之歎而已

隨衡五 往視其墟而退 同至立石 留其家 案有新粧册子 披玩之 則乃趙大笑
軒後孫荷峰集也 夕後 衡五次哥宅容 請詩一絶 遂許之 翌朝 宅容和之 詩意淸
雅 又有咀嚼之味 其他課作詩與文 皆可觀 噫 年淺而工深 此世此人 豈可易得
乎

是日 還向士谷二十里 欲訪見晦峰河兄字叔亨 復續尼東之未穩 衡五率其子
宅容 送至五里 至南泗坪店 贐以五百葉金 命宅容 陪從而別 有戀戀不釋之意矣
元吉踐昨日之期 適至 吾前行而宅容元吉隨之 過紫梅洞 而又到大覺洞 宅容指
山曰 此大覺山 而河氏先覺齋藏修于此 後人俎豆之 今墟已久 使人有三遇之常
而但識其名躅於巖林隱約之間矣 余不得往視目點 少選而行

及至士谷 訪見叔亨 更敍前日尼東未罄之懷 時東岡後孫金而晦 以其傍先集
校讎事在座 元吉宅容退留 吾三人同看所校集數時 余又請看叔亨所著文字 則
叔亨以記序編一册示之 因潛玩數篇 眞作家筆力也

夜來 而晦亦退 吾兩人談千古之旨訣 說當世之文弊 語及延日李圭晙改註七
書之事 叔亨出一册 示之曰 此李某所註經髓三篇者也 披觀大槩 則改庸學禮運
三篇註者 而解大學明德處 語意若隨人修爲而明德忽生 非本有之物件也 其解
舅犯處曰舅晉文公舅 小註曰字子犯 舅犯二字 析而二之 經義姑舍 文理亦未透
得也 朱子解舅犯二字曰舅犯 晉文公舅孤偃 字子犯 此非經之本義耶 字曰子犯
而去其子字 惟犯字卽係舅字之下 故朱子知其本文之意而合二字解之 今圭晙

析以二之 是可謂知文理者耶

觀此明德舅犯四字之解義 則圭畯之爲學 其淺妄又可知矣 世之或者 於圭畯之博 攙頭不得 僕僕醉服 如此則程朱兩夫子之見 歸於何地也 蔽一言而曰 李某斯文亂賊 而世無聲討 今其死矣 奈何奈何 叔亨曰今聞此二段之說 子於經義 明矣 余曰此通世現行之言 則無明可稱也 夜深就寢

翌三十日 朝後 訪見河上舍載華 以其德川院罷座時 有相見之囑故也 上舍出其先祖覺齋集 辨之曰 前德院會 配享之議 以鄙傍先覺齋爲隨配 雖其士論不一 觀此附錄寒岡之說 則古有此論 亦可會矣 余受以審之 則曰山天之覺齋 卽陶山之月川 一邊阻配之說不足云云 余內甚訝訟曰 寒岡如此許之 則今日士論之不一 又何見也 不能明言 含胡而罷 卽發程

叔亨送 至後嶺 權君宅容遠于而拜別 余勉其篤實 元吉獨隨後 十餘里渡赤壁江下流 至大坪里前 贐以千葉金而別 掩悲而去 大坪乃圃隱後裔奠居之地也 自此獨行 至四衢店 占心登自働車 至晉州府 又換咸安郡北行自働車 至郡北而下 登汽車 至昌原驛下車 卽日已黃昏矣 訪金咸安家宿

早起 欲出車場待時 主人强挽 促飯而食之 贐以五百葉金 固辭不聽 不得已受之 出車場 車時正適矣 登車至密陽龍頭下 訪朴君大熙 則其大人士允氏 自後浦適出 在其所 欣然而迎 此日卽二月初吉 而風寒暴 卒緣此留食 說盡阻懷

翌二日 出車場登車 至廣巖而下 至訥山 訪金君在聲家 文友金有範適在坐 以其明日自己晬辰 强請留談 從其情款

翌三日 參其觴燕而罷歸

김규태(金奎泰) | 유불일폭기(遊佛日瀑記)

출전 : 고당집(顧堂集) 권11, 2면
번역 : 『선인들의 지리산 유람록 6』, 보고사. 2013, 85~92쪽
일시 : 1928년 5월 10일 ~ 5월 11일
동행 : 오정표(吳正杓), 집안 동생과 벗 여러 명

-일정

- 5월 10일 : 쌍계사 밑에서 유숙
- 5월 11일 : 불일암 → 쌍계사

-저자 소개   고당(顧堂) 김규태(金奎泰)

1902~1966. 호는 고당(顧堂)이며, 본관은 서흥(瑞興)이다. 전남 구례에

서 출생하였다. 율계(栗溪) 정기(鄭琦)의 문인으로, 화이론(華夷論)에 입각한 그의 세계관이 저술에 강하게 반영되어 있다. 아울러 서학(西學) 등 이단(異端)을 배척하고 성리학적 정통을 수립하는 데 주력하였다. 학문과 더불어 산행을 매우 좋아하여, 산행기(山行記)를 남기기도 하였다. 특히 가례(家禮)에 밝았다. 저술로『고당집』이 있다.

─원문

戊辰仲夏之初十日 余與同社友和宣·聖玉·聖圖·亨洛·亨重·乃宇 曁家弟景召 偕作雙磎之遊 留宿寺下

翌日朝 衆議欲觀佛日瀑布 而聖玉獨苶然不肯從 蓋聖玉雅好山水 而適有微疾以也 余曰氣作則病將祛耳 和宣且遠者 不易復從容團會於此 不如强圖之以遂諸友興 遂行 行寺後六七里 山益高 境益邃 踰一嶺俯視 洞府忽開 往往石壁揷天 無際四面而入無一坦塗 世所稱靑鶴洞者 意在此間也 自是 步萬仞之崖 臨不測之谷 行者耳如屬垣 或棧橋搖搖欲墮 從林木間望之 隱隱若有異焉 行過數里而到佛日庵

庵在絶頂上 聞水聲自庵下響 騰而瀑尙未見 遂解冠褰裳 自庵而降 路益嶔巇 視旣經猶坦途也 翠樹蔓藤 蒙絡參差 遮傾補缺 目不見危 然不能正立 猱緣蟻附 盤盤而至瀑底 東北翠壁剗屴 無寸土 中折成臺 飛流至此益噴薄 旋復注下 瀑之幅不甚廣 而又無飛流直下之勢 然上下數十尺 依然自天上墜 傾浪襲沫 如珠如璣如雹如霰 如羅綺之曬日 如烟霞之裊風 凌亂霏微

山日欲晦 諸友皆大呼稱快 曩余在江陽時 嘗屢遊黃瀑 而聞長老言 以爲飛流之奇佛日殆遜焉 今見之信然 然其峰嶺之峻 洞壑之雄 瀑勢之高遠 定非黃瀑等儘亦壯哉 因列坐溪石上 或熙然而歌 婆然而舞 或櫛浴漱濯 漸覺悽神寒骨 不可久留 還從前路出 日已過午 而庵有老頭陀 爲說庵廢興之故甚悉 又云崔孤雲嘗

處是庵 觀其板記 亦云世傳孤雲入伽倻登仙 信斯言也 意 其今尙騎鶴往來於方
丈伽倻之間 吾其庶幾見之矣乎

—

오정표(吳正杓) | 유불일폭기(遊佛日瀑記)

—

출전 : 매봉유고(梅峯遺稿) 권3, 2면
번역 : 『선인들의 지리산 유람록 6』, 보고사. 2013, 93~98쪽
일시 : 1928년 6월 7일 ~ 6월 8일
동행 : 김문옥(金文鈺), 김규태(金奎泰), 정하종(鄭河鍾), 주우석(周禹錫) 등

-일정

• 6월 7일 : 쌍계사
• 6월 8일 : 불일폭포

-저자 소개　　매봉 오정표

　　1897~1946. 자는 화선(和宣), 호는 매봉(梅峰)이며, 본관은 보성(寶城)이

다. 집 뒤에 매봉(梅峯)이 있어 이로써 자호하였다. 오연총(吳延寵)이 처음 중국에서 건너와 고려 조정에 벼슬하여 관직이 평장사(平章事)에 이르렀고, 보성 수령을 지낸 오현필(吳賢弼)이 수관조(受貫祖)이다. 부친은 노포(老圃) 오치인(吳治仁)이다. 율계(栗溪) 정기(鄭琦)에게 수학하였으며, 스승과 함께 패도(浿都)를 거쳐 압록강을 건너 요수 너머의 광활한 곳까지 나가 봉천(奉天)과 길림(吉林) 등의 명승지를 유람하고 돌아왔다. 일생 출사하지 않고 학문에 전념하였다. 저술로 『매봉집』이 있다.

-원문

戊辰夏 余遊學鳳城之德川 旣月與金聖玉-文鈺·景魯-奎泰、鄭聖圖-河鍾·周亨洛-禹錫-諸友 謀觀雙溪之佛日瀑 遂以六月七日干支發行

日午 至雙溪寺 寺在萬木中 幽絶夐邃 肅然無閭閻烟火之氣 神思已飄飄如也

翌日朝後 自寺後登石逕 逕回峯轉 寂無人跡 草深脛沒一尺 往往步不能前 身汗如浴 遇有樹揝陰輒憩

艱艱登絶頂 俯視之 壁立千尺 橫逕如線 逕絶處以木承之 裊裊欲墜 使人震悸作焉 忽見有一刹出頂上 環以花木 白茅覆之 是名佛日菴

喜甚攀登坐久 雲霧廓掃 望見西南諸峰 逬筍攢笏 競來獻奇 菴之東有峰峯然 而岩壁蒼黝戍削 湍流 被之來若白虹 蓋瀑之上流也

遂去冠解衣 傴僂行樹間岩罅 且跌且起 間關下百餘步 洞壑谾谹 如俯甕裡 仰視瀑自山上被着崖腹下 中折而復墜於崖底 聲轟如雷 飛沫如珠 或値岩風吹飄散霏微 如烟如絲 面髮爲之濕 瀑之流從石門出 窪然成湫 若有神物伏焉 欲往觀而危甚 不果 酌所携酒 一巡還登菴

余以居在三數百里之外 未易至此間 意欲窮搜七佛 因登天王般若諸峰 以極平生之壯觀 而日熱身疲 不可强 薄暮遂還德川

已而余以親憂歸 諸友以書來曰 吾輩宜各有遊記一通 以資異日記憶 乃書此
寄之 俾錄于華篇之末 俟後相聚時展一讀焉

김택술(金澤述) | 두류산유록(頭流山遊錄)

출전 : 후창집(後滄集) 권17, 14면
번역 : 『선인들의 지리산 유람록 6』, 보고사. 2013, 99~130쪽
일시 : 1934년 3월 19일 ~ 4월 7일
동행 : 조정(趙貞)

-일정

• 3월 19일 : 정읍 출발

• 3월 20일 : 순창 적곡(赤谷) → 농암 이현보의 묘소 → 민가

• 3월 21일 : 민가 → 남산대(南山臺) → 귀래정(歸來亭) → 신씨 집

• 3월 22일 : 신씨 집 → 남원 유천리(楡川里) 방진(房珍)의 집

• 3월 23일 : 방진의 집 → 사계정사(沙溪精舍) → 용두정(龍頭亭) →
  유천리

• 3월 24일 : 유천리 → 여원치(女院峙) → 내기(內基) 마을 → 목동(木

洞) 마을

- 3월 25일 : 목동 마을
- 3월 26일 : 목동 마을
- 3월 27일 : 목동 → 풍곡(風谷)
- 3월 28일 : 풍곡 → 여원치 정상 → 운봉 → 화수산(花水山) 황산대첩
  비 → 인월(引月) → 산내방(山內坊) → 함양 마천(馬川)
- 3월 29일 : 마천 → 도촌(島村) → 하동암(河東巖) → 제석당(帝釋堂)
  → 통천문 → 천왕봉 → 백무촌(白武村)
- 4월 1일 : 백무촌 → 직치(直峙) → 하동 덕평(德坪) → 삼정리(三井里)
  주막
- 4월 2일 : 주막 → 당현(堂峴) → 칠불암 → 삼신동 서숙(三神洞書塾)
- 4월 3일 : 서숙 → 세이암 → 쌍계사 → 화개 → 섬진강 → 송정(松亭)
  주막
- 4월 4일 : 송정 주막 → 구례 토지면 → 화엄사 → 수월치(水越峙) →
  미국인의 별장
- 4월 5일 : 반야봉 → 구산령(九山嶺) → 구례 당곡(堂谷) → 둔산령(屯
  山嶺) → 남원 포암(包巖)
- 4월 6일 : 포암
- 4월 7일 : 귀가

-저자 소개　　후창 김택술

　1884~1954. 자는 종현(鍾賢), 호는 후창(後滄), 본관은 부안이다. 부친은
김낙진(金洛進)이며, 모친은 최석홍(崔錫洪)의 딸이다. 1900년 전우(田愚)
에게 수학하였고, 스승에게서 '후창'이라는 호를 받았으며, 창동처사(滄東

處士)라 불리었다. 32세 때 조모와 모친이 함께 세상을 떠났는데, 3년의
시묘살이 후 '포로고행(圃老高行)'이란 칭송을 받았다.

경술국치 이후 1915년 일제의 상사금(賞賜金)을 거부하였고, 장자를 일
본 학교에 보내라는 강요를 강력히 반대하였다. 1925년 동문인 오진영(吳
震泳)이 총독의 도움으로 스승의 문집을 간행하자 이를 극력 반대하였고,
이로 인해 배일당(排日黨)으로 지목되어 고문을 당하였다. 이후 불망실
(不忘室)을 건립하여 후진 양성에 주력하였다. 저술로 『후창집』이 있다.
유산기로는 이 외에도 금강산을 유람하고 지은 「금강유기(金剛遊記)」가
있다.

-원문

頭流山 卽智異山別名 白頭之流脈 至此而益高大 故其得名以是焉 此山雄據
南服湖嶺間 巍然而高 洞然而深 在全國諸山 罕與比倫者 有似乎中州之衡山 遠
在南土 爲五嶽中最鉅焉 且三神山之說 雖不可盡信 古傳在東海中 而說者以我
國之金剛當蓬萊 漢拏當瀛洲 頭流當方丈 故方外仙子道禪之流 固無論 以至儒
家之淸士達人 未嘗不以一見爲快焉

往在甲辰 陪先師 到南原地 留止旬日 距此山初頭 百里而近 炳菴金丈駿榮 作
此山行 要余隨之 先師止之曰 此行 吾亦有意 但以國恤受衰之身 遊山未安 待
後圖之 君可於其時同余 今於旅次 舍君則如失左右手 以此止之 夫孰知 世事難
測 翌年有五賊賣國之變 至於庚戌 宗社永覆 先師則早已入島自靖 而考終於壬
戌之歲乎 俯仰今昔 感愴罔涯 而此山之約言 猶在耳 甲戌之春 窮居無聊 忽然
動得古人沂雩之想 而頭流一遊 固嘗所願者 適趙弟子貞 請余伴行 乃以三月十
九日 與之登程

二十日 暮至淳昌赤谷 拜傍祖礜巖先生墓 觀巖刻尤翁筆磨礜巖觀水堂六字

有詩曰 鷲峯矗矗柏山蒼 四尺之高萬古藏 柿栗當年皆手種 林泉故宅有遺芳 不因道學高如許 那得衿紳久未忘 珍重礧巖巖刻字 淵源足證自華陽 夜宿山下族人家

二十一日 過南山臺 登歸來亭 亭是申公末舟築 申公是光廟勳臣叔舟弟 當其兄手握重權之日 何求不得 而乃浮雲富貴 惟義是視 歸遯于此 此其所以爲高也 不勝曠世之感 次板上松雲姜公希孟詩曰 作亭歸老意 不爲田園荒 陋巷眞安土 萬鍾是濫觴 玉川魚可釣 峨谷蕨何香 曠感多今日 登臨整我裳 夜宿申氏家

二十二日 至南原楡川房珍家 故人福之煥永之姪 福之沒 但致緘辭 未得親哭 故今雖三年過久 而歷路爲訪 則福之子十餘歲者亦死 後事落莫 不忍言

二十三日 房氏老少 爲余沽酒 請遊沙溪精舍 精舍房氏先祖所築 而至今四百年世守 板上題咏 自一齋·南冥·蘇齋·月沙·象村 以下名賢文章 無慮百餘家 余見人家亭舍 多矣 蓋未有若此之盛者 亦足以見子孫之世其家矣 遂次韻題一詩曰 半千世業罕吾東 文獻足徵精舍中 板上曾多先輩筆 牕前已老十圍松 鼎鍾當日浮雲薄 講學相琢玉瓏 試看沙溪流不盡 德門遺蔭也無窮

午後 與諸友 出遊龍頭亭 龍頭亭 卽池堂左一岡 形如龍頭 故名 而舊有亭 今廢 余之傍九世祖坐忘公諱灝·堂村黃公暐 同居此里 俱登文科壯元 同時南原府使閔公光勳 亦嘗魁科者 三人共會此亭 作盛遊 其後閔公之孫丹巖鎭遠 亦登魁科 而爲本府使 與近邑守宰之曾爲魁科者二人 繼會此亭 追其祖盛蹟 至今鄉人傳以爲美事 丹巖所謂龍頭亭上會龍頭 六十年間再勝遊者 此也 地旣似龍頭之形 人又會龍頭之占 人地相符 事甚奇哉 乃次丹巖韻 題詩曰 布衣零落會龍頭 追說龍頭昔日遊 烟景堪憐三月暮 滄桑其柰萬緣休 積懷定與蛟山屹 深恨難將蓼水流 晚有故人斟斗酒 滌塵勝似玉京樓

歸路 有所感于心者 念昔坐忘公之祖西溪公諱鋏 始居此里 爲晉氏舘甥故也 西溪公登進士 坐忘占魁科 歷敭淸顯 其弟諱灝 亦爲進士 其亦盛矣 西溪公子諱履吉 又居伊彦村東臺 故號以東臺 蓋伊彦池臺兩村 世所稱南原首基 各姓俱發名聞他郡 如得西·坐子孫 世世奠居 則其福至于今未艾也 而事不出此 中葉衰

替 蕩析離居 無得可尋 只有故老相傳某家舊址之言 其在傍裔之感 寧不悲哉 有
詩云 西溪之祖坐忘孫 宅此當年亦盛繁 晉氏舘中爲玉潤 龍頭科第占魁元 名基
已作他人物 遺蹟相傳故老言 薄暮徊徨三歎息 有懷先世棣同根 是夜 宿楡川

二十四日 房友琯 爲錄入山路程 甚詳 當路出雲峯 以余欲先上最高天王峯也
至女院峙下 吾宗族所居木洞・內基兩村爲歷路 先訪內基族人惺軒_{榮禹}而宿

翌日 至木洞 訪見族丈晦山_{亮植} 因雨信宿

二十七日 天始晴 入風谷 拜忠景公在澗堂陶村墓 族人榮會 前導墓所 局勢
之環抱 重建齋舍之宏壯 可稱士夫先山 蓋余三十年前 暫經此地 至今再過 殆若
新面目矣 夕陽 還內基而宿 內基爲里雖小 結局亦名基 惺軒之先 大小科甲 多
出此里云

二十八日 將發 惺軒挽止甚勤 然今行崇爲觀山 而離家一旬 尙未到山下 豈
容久留 苦辭而出 惺軒與其弟及榮會送 至五里許 作別後 行十里許 到女院峙上
此是頭流山入去主脈 其西一峯秀出 上有一菴 名住智 迢絕可觀而未及見 峙云
女院者 太祖征倭荒山時 過此峙 有一道姑 告以大捷日時 故太祖感其異 命刻道
姑像貌于石壁 作院屋其上 而守護之 有雲峯縣監石刻紀實文

歷雲峯舊邑 至花水山下 見荒山大捷碑 碑是太祖射殺阿只拔都 蕩平倭寇紀
實 而大提學金貴榮撰也 碑高大 閣宇宏壯 今雖屋社尙爾 一新碑閣西石壁 太祖
當日題名 尙在 亦閣而庇之 感古悲今 賦長篇古詩一首 字多不錄

自碑閣 沿溪而下 至荒山平賊處 拔都血痕入石尙赤 石上馬蹄踏痕宛然 居人
指示云然 經引月市 入山內坊 至咸陽・馬川而宿 自女院峙以後 隨水以西之山
皆是頭流 雖不能次第登臨 已覺山高而水淸 終日行穿蒼壁素瀑之間 心神一倍
爽快

二十九日 早朝 將直上天王峯 訪島村姜周元 問山上路程 距峯上四十里云
買得案內者一人 備裹午料 奮身出力 忙步以上 山上無屋可宿云 故當日回來計
也 行十餘里 有巨巖 刻河東巖三字 昔河東郡守乘轎上山 墮落見傷 至此巖而死
故名云 聞此瞿然益謹垂堂之戒矣

點心于帝釋堂 經通天門棧道 未時初 始至絶頂 儘覺高則高矣 當此春夏之交 木葉不敷 躑躅未放 豈非高寒所致乎 湖嶺兩省 蓋多鉅山而俯視之 藐然若丈人 之於兒少矣 天氣淸明時 西南東三面之海遠見 若一帶日本之對馬島隱隱可見云 而是日 雲靄接天 渾無際涯 可恨 然而人言 此山仙山 無仙緣者 未到絶頂 多爲 雨霧所困 余之今行 適値晦日 晦而多雨 例也 而幸不値焉 豈其得於天而有緣者 耶 亦可笑也

昔余上金剛之毘盧峯 今又陟此峯 覺得此峯之高於昆盧矣 然而人稱昆盧爲我 國第二高處 天王則未聞焉 豈以毘盧在東北上游 天王在西南低下處故耶 巖上 刻日月臺三字 多有前後遊覽人題名 或父子同題 至有四世聯書便同世譜者 此 好事之過也

嗚呼 登高者 必有所懷 古今所同 尼聖小天下於泰山 晦父發豪氣於祝融 今 余則有其志而無其見 不足以道所得者 周顗感山河於新亭 衛詩望美人於西方 此正余今日之所遭也 尼晦之所得者 正也 衛周之所感者 變也 得其正 則遭變而 不失其中 不然則哀於時變 而或至於傷 此又吾之所當勉者 因有詩曰 高哉此絶 頂 一陟欲何爲 語恐驚天上 眼應極地涯 宣尼泰嶽日 晦老祝峯時 而我千秋想 傍人那得知 子貞曰 昔炳菴登此山般若峯上 以杖拍地 叫快曰 今日 吾亦爲聖人 此言 何謂也 余曰 古人以登山絶巓 譬造道之極 炳菴則以造道之極 譬登山絶巓 而言 已登高之畢功也 彼此交言之間 足以見自勉勉人之意也

噫 北望則咸陽之介坪 東望則晉州之德山 皆在咫尺 一蠹・南冥之高風可挹 豈非此山之鍾靈 南望則南江一帶 若鋪白練 金文烈・黃武愍・崔忠毅三壯士 投水殉節處 忠魂毅魄 千古長在 非惟名賢之生乎此 其死乎此者 亦山靈之使歟 諸賢皆抱負才志 修蓄德業 將大用而匡世 而事謬不然 南冥以隱遯得免 一蠹死 於士禍 三壯沒於兵難 要皆時變之不幸也 古今天下變 若是多 吾於變 何哉 只 得安意而處之而已

徘徊周覽 不覺日已晡矣 而此日又三春終盡也 餞春之人 例必登高 而適以是 日 登此極高 今番可謂絶勝餞春 有詩曰 天王峯上餞靑皇 日月臺前又夕陽 來路

東風同作伴 春歸我獨未歸鄉 恐歸路迫昏 速速下山 甚恨 不持寢具食物而來宿
一宵於此也 此有石墻柴宇如屋樣者 故登此者 例多爲經夜計 夜見老人星 曉見
日出 而要取秋分節天淸侯云 而余不及知 致此遺筭也

　催趨下來 至白武村店 夕飯進矣 飯畢頹臥 憊困殊甚 渾身如經亂打 不覺
有痛聲 乃自笑曰 甚哉 儞之癖於山水也 孰使儞如此累 自己作 復誰怨尤 因
題一詩曰 誰言壯觀好 身苦更無比 堪笑靈臺主 自求快一時 此身責心也 又
題曰 非求快一時 要見智仁術 我苟淨私塵 從知儞亦逸 此心答身也

　四月初一日 離白武村 將越直峙 訪德坪 見所經 稍寬平處 則雖絕高極深 往
往有人家 蓋今夷人執命 民不聊生 故流轉入此 墾山食藷 形若鳥獸 苟延性命
而彼之法令 無深不入 山稱國有 養林至嚴禁 不得焚林作田 所取乎深山 徒以此
也 猶見拘禁 亦何能爲 雖然 間亦有占基穩暖 墾土肥沃者 諸麥并豐 藥圃亦佳
市不過三四十里 可以交易 終歲無飢寒之憂 并不見彼之使役調査 此豈可與平
地通野 佃彼田 服彼役 爲奴隸 而猶救死不贍者 同日語也

　若余所遇自密陽來者 閔氏四兄弟 養老敎子 自以爲樂土 蓋山至廣 谷至深
故容亦有如此處 如余之與世氷炭者 正可入此 幸得穩處而終餘年 但恨筋力已
衰 難堪鎌鍬之勞也

　至直峙下 忽然失路 進退維谷 半日披穿乎巖石荊棘間 幾殆僅免 頭須爲白日
過午 抵所謂德坪 此河東地 地太高 風太寒 初來人 不可久留 問於居人 則此地
不生五穀 只産靑藷 其始藷甚豐 食有餘 比年 風多寒甚 藷少食艱 率皆移去二
十戶 里今存六七所餘 進退兩難 勢無奈何者 余惟食其地所産物然後 可居乎絕
地 此地旣無其食 則非可居之地 此外又有所稱上下細石坪 爲避亂吉地 此去三
十里 上細石 昨於天王峯頭 已望見之 山上開局 地高於德坪 然背北向南 左右
穩抱 似得藏風局 內甚廣大 成脣臺 形勢甚妙 下細石亦然云 舊有萬檜簇立 近
皆枯死 爲草生地 以故 意其回運 人或入居 終復還去 以高寒無食也 但地形旣
妙 且有崔孤雲遺蹟 一觀則可矣 而路險德甚 已之 是夜 宿于三井里店

　初二日 踰堂峴 抵七佛菴 菴甚幽僻 駕洛國首露王子七人 成佛於此 故菴以

是名 首露王在中國年代 爲西漢時 而其子成佛 則佛法之入東國 先於東漢明帝時 亦可知也 余於金剛遊記·楡岾寺論 此已詳矣 菴有亞字房 一巨房內 用高低作 畫如亞字形 一竈燃火 高低并溫 歷數百年 不變云 是曇空禪師所造 此雖禪家小術 亦甚異也 路過三神洞書塾 塾師朴氏貞圭 是鄭閩華妻弟 初面如舊 挽止殷勤 白酒黃飯山菜川魚 香潔可口 連日憊損 旅瑣百端 偶得賢主 經宿一宵 其爲穩便 便同還家

初三日 沿溪而下 至洗耳巖 云是孤雲遊地 水石甚奇 多有題名 有詩曰 高人洗得耳根餘 俗子名心洗未除 云是孤雲遊賞地 刻題石面紛紛如 自此行二十里入雙磎寺 寺在雙磎合流之內 故得是名歟 洞口左右石壁 分刻雙磎石門四字 傳謂孤雲以鐵杖書石 是果然否 寺僅爲中刹 而殿閣則甚華麗 門樓揭靑鶴樓三字傳謂孤雲彈琴吹笙於此 靑鶴飛來 故後人因以名樓 乃次板上韻 題詩曰 爲迎靑鶴起樓臺 物外仙人幾度來 仙去鶴歸千年後 豈知滄老此徘徊

世稱智異山中 有靑鶴洞 爲十勝之一 萬人可活 三災不入 窮搜深覓於絕頂邃谷 或以細石·德坪等地 當之 然殊不知 千餘年前 靑鶴早已來此 至作靑鶴之樓樓之所在 卽爲靑鶴洞也 蓋自花開市以上 至碧霄嶺底 上下四五十里 山高谷深背北向南 風氣溫和 土沃水豐 穀果俱備 烟草多産 可謂一山中最樂地 萬人可活三災不入 豈非此耶 栗谷送人頭流山中詩云 君今靑鶴洞中人 亦指此洞也 當時豈指窮荒絕險 人跡不到 若細石·德坪等處而云云乎

寺庭有古碑一座 孤雲所撰眞鑑禪師碑銘也 其中有曰 廬峯惠遠著論 以爲如來之於周孔 發端雖殊 所歸一揆 體極不兼應者 物不能兼受故也 沈約有云 孔發其(端)釋窮其致 眞可謂其大者 始可與語道矣 余讀此 作詩論之曰 儒有大本與達道 虛無寂滅佛所寶 動靜體用本自殊 混而無分已糊塗 孔發釋窮是何言 援儒入佛佛反尊 孤雲豈非儒家子 無乃名實不相似 退溪而後逮淵民 良有以來千秋論

自此歷花開市 至蟾津江上 碧波洋洋 舟楫下上 胸次豁然 視諸山中之遊 又是別樣趣味 因咏一蠹詩 風蒲獵獵弄輕柔 四月花開麥已秋 看盡頭流千萬疊 孤

舟又下大江流之句 笑謂子貞曰 吾輩僅得看盡一山 未能舟下大江 覺不及蠹老
風流矣 用其韻 題一詩曰 烟光助興入毫柔 綠樹揔陰濃麥未秋 蟾水滔滔萬丈屹 蠹
翁高咏想風流 溯江而上 行二十里 宿松汀店

初四日 過求禮土旨面 觀所謂金環落地形新名基 各處人爭來占宅 多見敗而
去來者 又續村村家家 星布碁置 未知何處眞的 還是虛名無實然 要之 山水回抱
四野廣闊 爲千人可居地則足

自此北向 行二十里 入華嚴寺 寺是巨刹 二層覺皇殿甚高 云是隋煬帝 爲子
求福 使人建築 未知信然 如來舍利塔 甚精妙 位置絕勝 庭有碧巖禪師碑銘 李
白軒景奭撰 碑中記壬亂有功國家 甚詳 彼雖緇徒 知爲君之忠 可尙也

又北行二十里 踰水越峙 抵美國人避暑室 室爲五十餘所 築之用石 外固內麗
而高大 絕險處築室如此 可想費得許多金 人道美國多金 信然矣 山上開局 岡巒
秀麗 眼界通豁 泉出石間 權之以稱其重 非比他水 服之 消百病云 夫孰知此地
有此好基址 亦可見美人之有堪輿術也 來以極暑 暑退則去 夏節便作繁華地 峽
中窮民 爲其雇傭 喜得些金 哀我亡國遺黎之可憐也 此去般若峯 已到中半 望之
若一躍可到 而尙爲二十里 人多謂般若天王爲智異最高 而般若差低 然則旣登
其高 何害舍低

初五日 自此下山 踰九山嶺 經求禮堂谷 點心于院右店 又踰屯山嶺 至南原
包巖鄭子敬永寔家宿 雖不能旁搜細探 於是乎 內外全山檠覽矣 有詩曰 白頭流脈
鎭南州 中國衡山可與儔 萬壑皆懸銀漢瀑 千峯高逼玉京樓 精靈幾毓群賢出 深
廣多治五穀疇 登覽要知仁智術 看如不看也堪羞

蓋以余所曾見之金剛 較量於此山 金剛淸峭聳拔 此山雄高深邃 而廣大過之
金剛有似乎淸明君子 脫出俗累 使人塵想自消 此山有似乎莊重君子 德厚識博
使人難測底蘊 要之 學者皆可取而作師也 但以世所稱三神之說論之 奇形勝狀
當首擅金剛 而頭流居其下 抑又聞兩南人 互以此山屬之本省 迄未論定

蓋觀以據盤之廣狹 向背之方面 則當屬之嶺 觀以國典南嶽廟祭 自湖致之 當
屬之湖 豈以此山主脈 旣自湖入般若 爲先起主峯 而亦在湖地故耶 人言太祖應

天日 祈禱名山 諸山靈皆應 獨此山靈不應 故貶謫湖南 此則當屬之齊東也 抑余
又有一說 此山一皆厚重 無乖戾氣 就其中較論 則般若峯 多土少石 一味秀麗
天王峯 多石少土 稍嶷巖磅礴 此所以湖南人心柔順 嶺南人心剛厲也歟 欲以問
于知者

初六日 離包巖

初七日 迫昏始歸 首尾凡旬九日

정기(鄭琦) ｜ 유방장산기(遊方丈山記)

출전 : 율계집(栗溪集) 권14, 5면
번역 : 『선인들의 지리산 유람록 6』, 보고사. 2013, 131~142쪽
일시 : 1934년 8월 17일 ~ 8월 24일
동행 : 조낙모(趙樂模), 유영(柳泳), 장기송(張基松), 김경환(金景煥), 최승렬(崔承烈), 최성환(崔成宦), 김성완(金成緩), 정운경(鄭雲京), 짐꾼 1인

－일정

- 반야봉 → (1박) → 벽소령(1박) → 덕평(德坪, 1박) → 부자암(父子巖) → 유정(儒井) → 영신사 터 → 신선대(神仙臺) → 세석평전(1박) → 촛대봉(燭臺峯) → 세석평전(비바람으로 천왕봉에 못 감) → 세각동(洗脚洞) → 칠불암 → 쌍계사

-저자 소개   율계 정기

1879~1950. 본관은 서산(瑞山)이며, 율계(栗溪)는 그의 호이다. 경상남도 합천군 율계면 율계리에서 태어났다. 부친은 송암(松菴) 정환우(鄭煥禹)이다.

어려서 재주가 뛰어나 촉망받는 인재였으나, 때마침 1894년부터 과거시험의 폐지로 학업을 계속할 수 없게 되자 한때 방황의 세월을 보내기도 하였다. 1899년 학문에 뜻을 두고 노백헌(老栢軒) 정재규(鄭載圭)를 찾아가 배웠다. 1905년 을사보호조약이 체결되자 정재규가 이에 항거하였고 최익현이 을사오적을 규탄했는데, 이 두 사람의 영향을 크게 받았다.

이후 1927년 제자들과 전라도 구례군 토지면에 이거하여 덕은천 하류에 덕천정을 짓고 제자를 양성하였다. 제자로는 효당(曉堂) 김문옥(金文鈺) · 고당(顧堂) 김규태(金奎泰) · 매봉(梅峯) 오정표(吳正杓) 등이 있다. 지리산 유람은 이 외에도 1941년 양회갑(梁會甲)과 동행하기도 하였다.

저술로『율계집』이 있는데, 성리학의 중요한 학술적 논쟁을 불러일으킨 작품이 다수 전한다. 예컨대 「통서차의(通書箚疑)」와 「대학발문(大學發問)」은 『대학』과『통서』에 대해 스승 정재규와 질의 응답한 내용이며, 「답중산강의(答中山講義)」는 조장섭(趙章燮) · 정찬석(鄭贊錫) · 김문옥 등과 여러 학문적 문제를 질의 응답한 것이다. 성리학 관련 내용으로는「누하쇄언(樓下瑣言)」이 있는데, 이황(李滉) · 송시열(宋時烈) · 오희상(吳熙常) · 이진상(李震相) · 전우(田愚) · 허유(許愈) 등의 글을 두루 인용하여 반박하였다. 특히 「명기문답여동지정지문답합변(明氣問答與動之靜之問答合辨)」은 전우의 「명기문답」과 「동지정지문답」을, 「외필후변변(猥筆後辨辨)」은 전우의 「외필변」과 「외필후변」을 비판한 논설로, 전우의 성리설을 집중적으로 비판하고 있다.

方丈世稱三神山之一 蓋南方之山巍然高而大者 以百數 獨玆山爲宗 而天王盤
若二峯爲極秀 分鎭嶺湖二南之界 而天王尤竦傑 古今遊賞如儒宗名流文章傑豪
以至疎曠隱淪者之倫 歷歷皆可數也 余自寓玆山之側 一宿天王峯上 一登般若之
峯 而時値大霧 不獲窮搜勝臺 快覩全面 居常恨焉

歲甲戌仲秋旣望之翌己亥 得與趙省齋樂模柳壺石泳張篦園基松 謀以雙不借
一扶老 翩然以行時金景煥崔承烈崔成官成緩鄭雲京幷擔夫一人偕之 崔錫洙病
未果 資行以送 取路文壽洞

翌日 登般若絶頂 天日晶朗 靉靆一空 萬里極目 大地群山 小者如蟻封蚯蚓
大者波浪相似 東南之間 隱隱海天相接 而遠不堪注視 須臾俯仰 神精飄灑 世間
憂喜得喪 無一點著於胸間 昔賢所謂身在鴻濛太初之上 而衿懷如天地同流者
儘非過語 傾囊中酒 倚石列飮 遂緣大脊而東 崎嶇石逕 藤樸挓靡 木之顚仆者如
丘陵 巖之滑削者如直壁 著足甚艱 或傴僂而出 或蹩躠而行 疲苶固無論已

午天已過 一行皆飢渴 而不得水 無以炊飯 出橐米掬啖之 行至數十里 始得
泉炊喫 纔罷山日已西矣 促起前呼後 應披叢薄 蹢躅巖 甫過數岡 路黑不能進
適有一巨巖 當前巖之高 不知幾十丈 跨地如大阜 上覆如广 下削而入如方屋帽
雖大雨可避數十人 遂藉石列處 拔楢折木燎火于前 或圍火而坐 縱談今古

已而晧月當空 俯瞰下界 雲霧湏洞 如大海極浦 風潮汎濫 白浪驅雪 而山之
秀拔者 如島嶼之點點也 遂侵晨帶月而行 路甚偪側 或迷失所行 第見長岡數十
里 巨巖矗石 間列於翠檜丹楓之中 歸如靈光 雄如柏梁 或盤坳秀出 如靈丘鮮雲
或端險挺立 如眞宮神人 屋宇然叢戟然 將翔將仆將竦將鬪 神剜鬼削 不可名狀
人言玆山之嵩拔廣張 視瀛州蓬萊 不翅倍之 而惜無峭巖絶壁之奇觀 余亦未嘗
不以爲然 今乃得之策 勞涉危之餘 始覺世間事未有不由勞辛而得到快活者也
人情大抵喜坦而憚艱 未曾探賾窮奇 秖觀外面謂無奇絶 譬如立乎數仞墻之外而
不得其門而入 則無由見其宗廟之美百官之富矣 只見其墻高宮廣 而求之旣無其

端 望之莫得其際 遂以爲子貢賢於仲尼 不其謬乎

　炊朝飯於碧霄嶺上 一宿于德坪 又乘大春而上 有井在林薄中 土人曰此所謂
儒井也 昨昨所宿處 俗稱父子巖也 噫 巖井俱在穹崖絶壁之間 而何以得是名 迨
此倫蔑人盡之秋 深入空山 宿父子之巖 飮儒井之水 不亦異事耶 相與嘆嗟久之
擔夫指點靈菴舊址 所謂前有唱佛臺 後有坐高臺 突起千仞 登而目可及遠者
是也 自碧嶺三十里 奇巖秀石 如昨日觀者 相上下登神仙臺 眺望曠遠 天王峯迫
在頂上 一行皆困惱不得行 下宿細石坪草幕 坪甚廣闊 可田可家 然極高寒不堪
居 坪口巖面有刻曰靑鶴洞 是必好事者所爲 一遭巡視 或占址植標 或起菑播秧
而秧則枯矣 末俗之滋僞 人心之迷信 一何至此 爲賦一律以辨之 使諸公和之

　翌日 披霧向天王峯 甫及燭臺峯 北風吹雨 雲霧雰雰 不分咫尺 余曰與其爲
上山之奇高峯 無寧以細石坪爲冥翁之神興乎 咸曰諾 遂還下草幕

　翌日 雨霧亦然 勘會臺藏 只有一日粮 承烈雲京直向上峯去 景煥成官成緩
昨於碧霄嶺下經歸 省齋壺石箕園及余相與下山 至洗脚洞 雨霧輒無痕 回顧山
頂 依然灑霽黯黯 自此至洗耳巖二十里 泉石明媚可玩 而洗脚洗耳 皆孤雲遺蹟
云 歷七佛雙磎 二十四日夜二更還亭 前後凡八日

　諸公以壯遊不可泯也 令余記之 記畢 或者曰方丈神仙窟宅子顧 不得與神仙
者流遊 烏得謂之遊也耶 余曰噫嘻 曷謂神仙白日生羽翰昇空 瓊漿玉液 歷千萬
年不死者 吾未信其有斯理也 惟物我兩空 身超覊絆之累 心絶苟營之私 囂囂然
樂天機者 便是神仙也 吾輩之登高望遠也 誰復有覊絆苟營之思乎 飛越乎林莽
亂石之間而不知疲 露宿于高岡嶮嵒之側而不爲病 滯留乎弊幕亂草之茵而不爲
陋 浩浩若天遊飄飄如遺世 然則吾輩卽自以爲神仙 可也 第可憂者 出山之後 依
舊是覊絆 依舊是苟營 八日之遊無補於平生耳 或者唯唯而去 遂次其酬答語以
附于後

정기(鄭琦) ┃ 덕천기(德川記)

출전 : 율계집(栗溪集) 권14, 3면
일시 : 1928년 봄
동행 : 여러 명

─원문

　方丈之山 始起爲鍾石臺 東走至老姑峯 兩支南出 西爲兄弟峯 東爲王甑峯 德川之水 瀉出兩峯之間 峽束瀅洄 奔流觸石 飛者爲泉 匯者爲泓 急瀑駭浪 哀湍怨瀨 日夕舂撞 如萬筇迭響 而雜以鐘鼓琴瑟之音 蒼岩老石 錯落澗岸 疑立頹仆 如屋如皐 如臼如竈 如龍拏猊攫 如牛飮羆登 使人顧眄錯愕 之不暇焉

　川之流 凡九折曲而始出峽 坊人故就第二曲 馬驪川之下築洑 分流以資灌漑 川 於是爲二水 二水之間 有地可數頃 突若島嶼 四畔老樹蒼然 東西兩麓坡坨旁 引前抱如拱直 具端有潭 深廣可方舟 是名釜沼 沼之上有阜 陟起爲一小山 衆木

立者 皆十尋 是名玉山 其下石盤陀嶙峋 可坐數十人 是爲川之第一曲

歲戊辰春 余與同寓諸公 築五爰齋于二永之間 以備學者之群居 旣又拓齋之旁 別爲屋三間 堂曰居然 室曰闇修 合而扁之曰德川亭 亭之南 爲門曰嘉貞 而門之西不數步有壇 里中人所築也 茂木陰盛 淸風灑凉 命之以詠歸壇 自亭而東 巨巖穹窿 出溪上 名以觀瀾臺 又在其南之澗中者 尤大如樓 是爲鼓樓巖 巖之下 潭甚淸澈 亭上臨之 如開鏡然 是爲濯纓潭 西麓引抱 至釜沼之南 突爲小丘 衆石錯置 環以林木 而特立古松 盤鬱如蓋 適與亭對 名曰谷口之亭 若夫大野闢其前 大江橫其南 五鳳・鷄足・金鰲諸山 攢笏疊屏 燦若錦繡之前陳 而白雲・天王・鳳頭・月明 又皆近遠而左右 其峯巒林壑 皆可坐而數之 至如丘陵墟落 烟樹晻暖 風帆沙島 山光峀影 浮沈而上下 朝暮之異候 四時之變態 殆有不可窮者 蓋鳳城以山水稱 而此其撰勝也

憶余昔之在武山也 常恨峽隘而水淺 無登臨之奇・眺望之遠 而今於流離轉徙之際 得此江山泉石之勝 取之而莫予禁 樂之而無予厭也 隨意所適 逍遙徜徉 觸目發興 遇景成趣 足以豁幽憂而養情性 生平之所願欲而未遂者 於是焉得之 亦可謂偶而不偶者矣 雖然 彼皆外耳 苟吾心之不能正 吾氣之不能養 吾身之不能修 則雖得天下之佳山水而優遊 於我 亦何有哉 余故喜得山水之美 又懼吾之不稱 而爲山水累也 略記其槩 以備觀省 又賦雜詠 以見其志云 是歲七月上休記

이보림(李普林) | 두류산유기(頭流山遊記)

출전 : 월헌집(月軒集) 권9, 2면
번역 : 『선인들의 지리산 유람록 6』, 보고사. 2013, 143~149쪽
일시 : 1937년 4월 5일~4월 9일
동행 : 최원(崔愿), 이종호(李琮鎬), 신광식(申洸植)

-일정

- 4월 5일 : 구례읍
- 4월 6일 : 구례 토지리(土旨里) → 화엄사
- 4월 7일 : 화엄사 → 노고단 → 반야봉 → 칠불암
- 4월 8일 : 칠불암 → 세이암 → 쌍계사
- 4월 9일 : 불일폭포 → 귀가

1903~1974. 자는 제경(濟卿), 호는 월헌(月軒), 본관은 전주이다. 김해 장유(長有)에 거주하였다. 18세 때 서해 계화도(繼華島)에 있던 간재(艮齋) 전우(田愚)를 찾아가 문인이 되었고, 이때 혁재(赫齋) 서진영(徐鎭英)·양재(陽齋) 권순명(權純命)·현곡(玄谷) 유영선(柳永善)과 절친하게 지냈다. 29세 때는 간재의 문인 석농(石農) 오진영(吳震泳)에게 수학하였다. 일제 치하에서 두문불출하고 학문에 정진하며 후진 양성에 전념하였다.

유람 기록으로는 지리산 관련 작품 외에도 1937년 3월 일본을 유람하고 쓴 「도국유기(島國遊記)」를 비롯해, 개성(開城)을 유람하고 쓴 「서유기(西遊記)」와 금강산을 유람하고 쓴 「동유기(東遊記)」, 충청도 화양곡(華陽谷)과 속리산을 유람하고 쓴 「화양속리유기(華陽俗離遊記)」, 전라북도 변산을 유람하고 쓴 「유변산일기(遊邊山日記)」가 있다. 저술로 『월헌집』이 있다.

-원문

丁丑朞晦 訪崔兄敬菴于求禮邑 留數晷
六日 玩土旨之金環 暮宿華巖寺
翌朝 李恕菴璁鎬申栢下洸植來會 仍與登智異 宿老姑壇 壇爲西洋人所卜 穹廬爲四五十戶 李恕菴回家 惟與申栢下 登般若峯 樹林蒼鬱 山逕峭迷 十步一跌也 及登其巓 天曠海濶 眼窮無際 可以小天下 見道之全者得仙之化者 應亦不異矣 雖然 不有躋攀之努力 何以得此奇觀也哉
南下樹林中三十里 暮抵七佛菴 菴後有七寶臺 而奇妙洽如人功 古者七佛生于此 故菴名云也 菴西有閣穹然 而內有亞字房 通三間 一房形如亞字 故名云

僧云 以一負柴燃突 則限一月溫不息 亦奇觀也

翌日 又南下二十里 到洗耳巖 鋪潤之石冰鏡澈 石穴如甕如瓶如耳 水從穴流
如醞酴之盛玉壺 其奇難形 智異之得名方壺 想以是歟 世言崔孤雲嘗遊是洗耳
故巖名云 今有孤雲影堂 自此緣溪下十里許 宿于雙溪寺

翌日 上寺後十里許 得佛日瀑 瀑在石桶中 緣石壁而下數百丈 纔差一足便落
千仞 膽戰股栗 難以狀其危 及其所而仰觀 銀河倒落如天上來 石桶如管 僅容一
丈竿 天小如掌 所謂管中窺天者 其狀應若是矣

壯雄可擬金剛之九龍瀑 而奇則勝也 余嘗觀金剛矣 智異之般若擬毘盧 佛日
瀑擬九龍瀑 洗耳巖擬萬瀑洞 而莫能相上下也 脚力太減 天又欲雨 不及登天王
峯 則所謂遵道而行 半途而廢者 非歟 聊記此 若天王峯則以竢異日觀而記焉

이보림(李普林) | 천왕봉기(天王峯記)

출전 : 월헌집(月軒集) 권9, 1면
번역 : 『선인들의 지리산 유람록 6』, 보고사. 2013, 150~152쪽
일시 : 4월 19일에 쓴 기록임. 연대가 표기되어 있지 않은 것으로 보아
　　　두류산 유람을 다녀온 1937년 4월인 듯하나, 자세치 않다.
동행 : 자세하지 않음

-일정

* 반야봉 → 악양 → 소상팔경(瀟湘八景) → 고운령(孤雲嶺) → 천왕봉
  → 고운동(孤雲洞) → 백운동(白雲洞) → 의령 → 귀가

-원문

　　余觀般若諸勝 下岳陽 見瀟湘八景 將參白雲洞先師妥靈祭路 登孤雲嶺 有高

峯 衝出雲宵外 問之 卽天王峯也 遂挺然登其巓 天高地迴 悠然曠然 其鬱紆綿

邈 不可形狀 如入無極之門 而遊太極之鄉也 昨登般若 意無以加此 及登天王

若般若者 風斯在下矣 於以知學道者 儘不可以自足也 略窺一斑而謂道全在是

者 與余之登般若而自足 何異哉 噫 此天王 我東三山之一也 若登白頭之巓 又

何如 白頭 誠東方之高 若又登天下最高之閬風 更何如也

少焉 冷風砭骨 下十里 宿山幕

翌下孤雲洞 六十里長谷 石白水淸 雪玉平舖 晶珠輝暎 使人滌塵累而爽胸襟

曲曲奇 節節怪 居此者固仙 遊此者亦仙 吾亦當日之仙乎 入白雲洞參享 自宜寧

返省 四月十九日也

—

김학수(金學洙) |
유방장산기행(遊方丈山記行)

—

출전 : 술암유집(述菴遺集) 권4, 6면
번역 : 『선인들의 지리산 유람록 6』, 보고사. 2013, 153~164쪽
일시 : 1937년 8월 16일 ~ 8월 22일
동행 : 이공숙(李孔肅), 이사운(李士雲), 김영숙(金英淑), 김경오(金敬五),
　　　김영수(金永邃), 김경백(金警百), 김양원(金養源), 김복원(金福源)

－일정

* 8월 16일 : 운룡(雲龍) → 율현정(栗峴亭) → 척지점(尺旨店) → 정곡
　　　　　　(正谷) → 산청읍(山淸邑) → 환아정(換鵝亭) → 최한용의
　　　　　　집
* 8월 17일 : 최한용의 집 → 경호강(鏡湖江) → 매촌(梅村) → 춘래정
　　　　　　(春來亭) → 수철(水鐵) → 성령(城嶺) → 김치구(金致九)의

집

- 8월 18일 : 김치구의 집 → 이사중(李士仲)의 집
- 8월 19일 : 이사중의 집 → 옹암(甕巖) → 조개곡(朝開谷) → 거봉(秬峯) → 중봉 → 천왕봉 → 일월대 → 산령사(山靈祠, 성모사)
- 8월 20일 : 산령사 → 유평(柳坪) → 대원사
- 8월 21일 : 대원사 → 대포(大浦) → 덕천서원 경의당 → 산천재 → 입석(立石)의 경강재(敬岡齋)
- 8월 22일 : 귀가

-저자 소개   술암 김학수

1891~1974. 자는 자헌(子憲), 호는 술암(述菴), 본관은 광산(光山)이다. 경상남도 산청군 단성(丹城) 가술(可述)에 거주하였다. 퇴촌(退村) 김열(金閱)의 후손이며, 곽종석의 문인이다. 14세 때 오담(梧潭) 권필칭(權必稱 1721-1784)의 현손인 권상홍(權相弘)의 딸과 혼인하였고, 처가가 있는 단계(丹溪)와 법물(法勿)을 왕래하면서 완계서당(浣溪書堂)과 이택당(麗澤堂)에 나아가 공부하였다. 이때 권숙봉(權肅鳳 1886-1962)·김창석(金昌錫 1891-1935)·김영규(金永奎 1885-1966)·김승주(金昇柱 1885-1961) 등과 교유하였다.

유람 기록으로는 「유방장산기행」 외에도 중재(重齋) 김황(金榥 1896~1978)과 함께 남해 금산을 유람하고 곽종석의 「금산잡영(錦山雜詠)」에 차운한 것이 있다. 시국의 변화와 혼란에 대처하고, 유학의 본성을 지켜 사우(士友)의 추중을 받았다. 만년에 유교의 쇠퇴함을 탄식하고 임거서당(林居書堂)을 세워 많은 후학을 배출하였다. 사후에 문인들이 유계(儒契)

를 결성하였다. 저술로 『술암유집』이 있다.

-원문

一方丈山 南國之鎭也 其山勢 磅礴特秀 盤據嶺湖之界 而奔馳于十三邑之間 人民之尊居 物品之生産 不可以悉計而周知 其曰智異者 不詳其名義 其曰頭流者 山脉自白頭而流故也 其最高頂 曰天王峰 自上古方丈之名 列於三神山之間 蓋天下名山也

前輩多有遊觀之盛蹟 而且好事者 往往摸畵而傳于世 今余之居距玆山 不過百里 常有一登覽之願 而尙未及焉 丁丑之秋 八月 法勿諸公 要余而言曰 昔李寒洲·朴晚醒·金端磎·郭俛宇諸先生 以是年是月 登天王峰 一時人物之萃 風韻之盛 近世無比 荏苒之間 甲年已回 吾輩文章事業 雖非等倫 而遊賞之興 不在人後 盍與一圖之 余欣然壯之 遂以十六日爲發程之計 乃與李宜軒孔肅·李友林士雲·法勿金臨溪英淑·金存谷敬五·金晦川永逐·金勿軒警百·金雲川養源 偕行 以金致三任行具 而入西溪金福源家 以節日餘酒 各飮數盃 西溪亦同行 比登程時 十人以齒序行

踰前山 過雲龍 天氣明朗 淸風吹袂 勿軒曰 吾已誠心黙禱 久矣 因相與一笑 晦川與勿軒雲川西溪 尋小路 入雲龍 診其族丈病勢 余與臨溪及諸人 到栗峴亭樹下少憩 晦川勿軒諸公 少頃來會 因向小峴 到尺旨店 沽酒解渴 兼營午料 自正谷 直抵山淸邑 閔君武鎬 勿軒之婿也 街路相逢 固要入旅館 設酒肴款待 登換鵝亭 日己曛矣 入崔漢用店 寄宿 因吟一絶詩

勿軒忽有腹痛 連瀉四五度 且驚且悶 一邊接摩 一邊進藥 比及朝 稍息 因相賀曰 同人先號咷而後笑 今行果然 因買各種物品少許 爲豫備之計 直渡鏡湖江過梅村 到春來亭 吳稽岡性奎 在亭中 設小酌 且以生米水一器 勸勿軒 將向城嶺 而除却午料 抵水鐵 到嶺下 嶺勢參天 促武用壯 幾至五里 而登山之事 尙未

半矣 晦川朗吟武夷棹歌 且誦詩句 以寄懷 而飢困方甚 卸衣歇脚

大抵 樹林蔚密 溪澗直瀉 不可眺望 天氣陰陰 微雨間 迺逐盡力前進 艱辛登嶺上 暫時納涼 稍稍西北下行數里 岩間有人家一二 宜軒前行 卽尋金致九家 曾與主人有舊也 場邊設草席 一行圍坐 少頃 進新稻飯 一齊甘食 瓮岩人朴亮煥適來 此爲言上山計劃 及日氣開晴之期 亦可聽也

及朝 晦川以腹中不安不食 存谷有脚病 欲回程 一行皆無聊躊躇移時 存谷晦川 漸次向蘇 日氣又晴 喜不可量也 逐徐行 至李士仲家 士仲本吾同里之人 而寓此已有年 酒食之 凡節無異城市 卽相與飽喫留宿

翌日 逐發行 宜軒曾有經歷 詳知前路 亦奇緣也 然樹林如麻 草卉滿逕 人跡罕到 一線微路 或斷或續 前者呼 後者應 抵瓮巖下 少憩 此爲朝開谷入口也 居人云 若從艾田嶺 則路雖稍遠 人力可寬 若入朝開谷 則人力少苦 而路勢甚捷 紛論久之 竟從捷逕 叢薄藤蔓 蒙茸被覆 咫尺不辨 縮頸俯行 到矩峰 有一屋 乃木工製器所也 逐營午飯 忽天宇陰曀 雨脚微下 諸人皆失色 相語曰 吾行幾日努力 已至此境 豈不可惜耶

少焉 雲光漸薄 更爲前進 卽登矩峯 刺棘牽衣 落葉沒脛 一步極艱 行幾里 有一峯突兀者 卽中峰 一行皆欣然 勇力自倍 卽登頂 林木掩翳 不可遠眺 南望上峰 巍然撐空 益不禁仰彌高之嘆 手足并行 鱗次攀登 至峯上 憑眺四方 浩浩茫茫 群山之在眼前者 皆丘陵焉 拳石焉 西北有一峰特立 卽般若峰 山勢自此而來 此爲天王峰也

上頂皆岩石盤繞 有日月臺 衆流之絡於山間者 雖大川大江 如一勺焉 流峙原隰之盈於兩間者 歷歷爲眼前物 孔夫子登泰山而小天下之歎 從此可想像矣 巖前有山靈祠 覆以木片 岩面刻名姓者 不知其幾百 而或磨滅或鮮明 巖間有一屋 可容數十人 而云晋州姜渭秀所築也 乃卸其衣裝行具於其中 爲夕飯之計

大抵 山之林木 皆因寒氣常早 僅盈尺者 宜其閱來幾百風霜矣 有一人踵來 乃七佛菴僧也 指示數弓下泉源 因造飯 食後 天氣多變 或陰或晴 夜將向曉 玉宇澄肅 月星明朗 銀河皎潔 而遠遠天際 密雲數丈 如屏障 因賦一詩 或誦招隱

操 或誦武夷棹歌 無交睫之頃 因相與登頂 心神洒落 宛然如躋三淸 而但天風爽

颯 不可久住 遂下圍坐爇火 將看日出 而雲勢如此 其離海變態 全不記別 恨悵

奈何 惟白霧漫連山谷間 宛如綿絮鋪於房戶 亦奇觀也 四方有曙色 而下界則沈

沈也

　促朝飯 因下山 尋前路 而抵柳坪 午療 因入大源寺 周觀其雄壯奇麗 不可名

狀 翌日 自大浦 至敬義堂 留宿 先生後裔之來會者 甚衆 偕行入山天齋 點午

入立石敬岡齋 與立菴權德夫及諸人 吟一律 翌日 各還家 諸公囑余記行中歷事

故略述如右云

—

이병호(李炳浩) |
유천왕봉연방축(游天王峰聯芳軸)

—

출전 : 구례향토문화사료 제8집, 구례문화원, 1997년. 저자의 문집은
　　　전하지 않고 이 작품이 필사본으로 전함
번역 : 『선인들의 지리산 유람록 6』, 보고사. 2013, 165~194쪽
일시 : 1940년 4월 18일 ~ 4월 22일
동행 : 김성권(金性權), 문재준(文在準), 유인규(柳寅奎), 이건호(李建浩),
　　　이상숙(李相淑), 허종(許樅)

-일정

• 4월 18일 : 화개 → 쌍계사 앞 → 신흥동 → 수곡리(水谷里)

• 4월 19일 : 수곡리 → 세석평전 → 촛대봉 → 상봉 → 세석평전

• 4월 20일 : 세석평전 → 촛대봉 → 집선대(集仙臺) → 제석당 →
　　　　　　통천문 → 천왕봉 → 성모사 → 대성촌(大成村)

- 4월 21일 : 대성촌 → 신흥동 → 국사암 → 쌍계사 → 고승당(高僧堂)
- 4월 22일 : 쌍계사 → 화개장터 → 귀가

-저자 소개　　백촌 이병호

1870~1943. 자는 선길(善吉), 호는 백촌(白村), 본관은 전주이다. 구례에서 태어났다. 매천(梅泉) 황현(黃玹)의 문인이다. 시에 뛰어나 시회(詩會)의 수시관(首詩官)을 여러 차례 맡았다. 유고(遺稿)로 봉성시고(鳳城詩稿)와 상변고축(常變告祝)의 합편이 있다.

-원문

陰庚辰四月十八日丁卯啓行

因許小隱樅之發起 與境內同志七人 今日約智異山天王峰之行 上午七時早發 至邑內 金荷田性權文文江在準 如約而來 同八時 花開行自動車 柳小溪寅奎中路同車 瞬過三十里 同九時 至花開市 李菊田建浩李春圃相淑 先我步行 來待于車頭店

發起人許小隱 因上峰題名事 日前偕石工先發云 但六人作團 溯淸溪行十里 至雙磎寺前店 沽飮數升酒 各釀出四圓金參升米 作往還行費

臨發 逢水谷里居河玄五 此是今夜宿站主人也 自晉州來寓士族 而語甚款曲 使之負擔糧米及行具 復行十里 抵新興店 傍有崔孤雲洗耳岩筆蹟 遂涉溪往觀 溪石甚淸佳 洗耳岩三字 劃剝刻淺 未知其孤雲眞蹟也

各踞石濯足 看古今人題名 還入金容九酒店 經午料 題途中 作七絶一首 花

開途中口號

一溪溯入萬山中	洞裏漁樵路不空	行到新興峰日午	黃鸝啼送棟花風（白村）
吾行從此萬山中	雜樹晴嵐境轉空	洗耳岩前波正綠	惆然起敬昔賢風（荷田）
草樹交蒸古洞中	誰將熱惱洗還空	晚來微覺衣衿爽	認是溪涼不是風（菊田）
入山還似入雲中	仙境從來世慮空	直到上峰明日事	披襟一嘯萬林風（小溪）
花開溯入水聲中	遙指名山通碧空	青鶴禪樓知不遠	五鐘如縷落天風（文江）
刊除俗事到山中	要識圓明色是空	爲取青霞無限意	翩然筇屐自生風（春圃）
青螺萬疊作壺中	到此塵襟一洗空	怪鳥奇花相引路	悅然追躡到仙風 追加小

隱

同午後 發新興店 以河玄五作前導 行十里 踰花嫁峙 山峻路險 躋攀甚艱 如
非河君之按內 則不能尋路也
又行十里 轉輾水谷河玄五家 日已暮矣 因主人之款接 安寢經夜 作洗耳岩途
中 口號七絕新興洗耳巖

決決溪流簇簇峰	薄天林越午陰濃	隨人歇涉不知處	遙揖英靈更肅容（荷田）
洗耳巖頭萬疊峰	澗流清澈樹陰濃	忽看石上片雲起	畫出先生三昧容（白村）
坎作溪潭削作峰	濛濛積翠化雲濃	大書岩面孤雲蹟	風雨磨來尙舊容（菊田）
雪噴四瀾玉削峰	孤雲遺墨淡還濃	吾曹亦是忘塵客	手弄清波盥疲容（春圃）
懸崖疊石路遠峰	萬葉鱗鱗露氣濃	誰復于今能洗耳	饒中水石畫難容（小溪）
一溪百折鎖重峰	翠壁丹崖樹色濃	洗耳岩頭有遺跡	臨風如見昔賢容（文江）
溪流百折繞千峰	樹色蒼蒼石氣濃	洗耳當年遺世事	先生高躅自從容 追加小

隱

十九日戊辰 晴 因河玄五斡旋 得指路人金昌瑞 使負行具 早發 行十里 涉險

攀危 筆不可枚記也 又行十里 當路兩巨岩對立成門 由門而過 路傍躑躅花盛開
亦一奇觀也 又行十里 午抵細石平田 山勢平圓 作局周廻 略數十里 土壤肥厚
可容數百人戶 然但以高寒地帶 只種甘藷而已 惟以穀不實爲欠也 岩石下有陰
陽藥水泉 從岩隙兩處漏出 味甚清冽 各飮了數瓢 傍有數間茅屋 順天孫在倫來
住云 而在倫年令三十 粗解文字 相與和詩 亦不偶之緣也

　　卽出米製飯 經午後 卽登天王峰 次發程過爲十里平曠處 至燭坮峰下小憩 適
逢許小隱自上峰下來曰 上峰無經夜處 不可登臨 今夜宿細石平田 明日午前登
覽後 還爲下山爲可云云 衆皆曰諾 遂回程後 復至孫在倫家 指路人金昌瑞 給一
日賃金壹圓貳拾錢 還爲下送 而前約七人 團會同宿 夜賦五律一首細石平田 宿
孫在倫家

　　逼空成突兀　雲雨少晴時　累石危如墜　疎藤倒自垂

　　天低捫極宿　仙近夢靈芝　躑躅春猶在　知應氣序遲（白村）

　　平曠開佳壤　石門春暮時　人煙環境落　星漢薄簷垂

　　綺樹含霏雨　瓊崖長朮芝　一區風水美　神秘發祥遲（荷田）

　　石門迷失路　林霧少晴時　地闢東溟闊　天包南嶽垂

　　暮探延壽茯　朝採療飢芝　躑躅花爭發　高山節候遲（文江）

　　峽身忽中曠　悅若野行時　澗道澹花落　石門凉月垂

　　居人惟喫薯　樵客亦歌芝　一宿空山裏　冷冷做夢遲（菊田）

　　平圓開別境　遠客往還時　蔽戶烟雲濕　短簷星斗垂

　　經春播稷粟　灌水種蘭芝　躑躅花明處　彷徨步武遲（小溪）

　　絶頂環鋪野　罡風吹到時　怪石參佛座　瑞日向人垂

　　住杖捫蒼薜　聯衿唱紫芝　山靈如助興　戲使得留遲（春圃）

　　遽作山中客　岩花未盡時　峰巒平地落　石棧半空垂

　　炊薪多斫械　盤菜雜登芝　但今仙分足　何恨此行遲（小隱）

　　山花晚自好　正是客來時　鶴宿蒼松老　人蹤碧荔垂

雲深藏岜壑 風動覺蘭芝 問我林居樂 清談抵日遲 孫晦山在倫

二十日己巳 晴 是日天氣清朗 詢是登山之好機也 各佩午饁 早發細石平田
復過燭臺峰下 自此路出山巔 別無峻急處 左右林翠花明 如入畫圖中 縹緲千峰
羅列左右 經二十里 路傍有集仙臺 石臺平廣 可坐數十人 古有仙人圍棋之說 因
少憩 口號五絕一首集仙臺

巖石幾千尺 浩然臨海舟 岩中紅躑躅 想像列仙游 右不用韻（荷田）
仙歸但有坮 石老莓笞白 寄語告山靈 莫嗔浮世客（白村）
曉日雲坮側 奇花蒙露白 羽儇如可遇 倘我非塵客（菊田）
坮高雲已捲 日照生靈白 來嘯何處人 應非塵間客（春圃）
老木龍鱗丹 古岩苔髮白 願言臺上仙 莫笑人間客（文江）
風動鳩聲寒 雲歸棋影白 晚登坮上休 吾輩亦仙客（小隱）
曬陽苔髮靑 磨雨石鱗白 上有集羣仙 也應嫌俗客（小溪）

復經數處棧道 滿山躑躅 緣路爛慢 頓忘登涉之苦也 行未十里 北有咸陽界
通路傍有帝釋堂古墟 東數步許 有淸泉可掬 千章檜杉簇立通路 轉至天王峰下
磅礴石身聳出天畔 緣岩俯壁 而至峰腰 有通天門三字石刻 巨岩對立成樞 上以
一巨岩覆之 恰似門形 由門少入 路遂絕 復南折 架百尺長棧 緣棧而上 通天光
因成門字五絕通天門

千古穹隆石 緣崖裂作門 路窮乘棧入 一竅破天昏（白村）
萬丈雙石立 通天作一門 登梯更回顧 怳怳動神昏（小溪）
雲白橫南岳 天靑出石門 上峰遲日落 下界但烟昏（文江）
俯棧回回上 凝心出石門 如將兆率入 解殼破塵昏（春圃）
古洞多石門 通天第一門 從底復回上 茫茫下界昏（菊田）

穹窿雙石磚　隨道仰通天　緣壁人如蟻　重梯白日昏 (荷田)

巖穴回穿上　儼然自作門　天然造化蹟　由是破迷昏 (小隱)

逐匍匐蟻附　而登山頂　胸次大開　浩浩無涯　屹南通晉州南江　東連山清全郡北據咸陽雲峰界　西望光州瑞石山　出沒雲頭　東極扶桑海洋　不知幾千里　而適因雲靄所翳　不能遠望　是可恨也　凡四方十餘郡　山川漭蒼無際　萬嶂千峰揖讓俯伏森羅於眼下　今來始覺智異山之大且雄焉

從巓少平處　有聖母祠　祠內奉一石像　不知其何代造成　而一稱高麗太祖妣像一稱摩耶夫人像　一稱智異山神像　而文獻無徵　不知其詳　然蓋婦人像　而兩耳缺鼻頭陷　後人以石灰續附之　又傍有一石像配焉　此是近世人肖像而安之者也云

逐與同伴　各整衣禮拜後　從祠傍會坐　歡飲佩來酒數盃　左右石壁　遍觀古今人題名　東便又有日月臺三字　臥石刻之　又向南平陷處　有一棟小屋　石築灰隔爲墻壁　以木瓦覆之　蓋此山近爲東京大學鍊習林　而十年前　自那校特建此屋　俾爲登臨客利用矣　今爲風雨所磨漏　人不能居處留宿焉

因南下數十步　檢閱李菊田柳小溪題名處　此是許小隱之日前使石工所刻也　又下數十步　會石泉傍　各就午餼　訖復登山頂　拈晴字韻　數時吟哦　日已午後二時矣冷氣逼身　不能久坐　此處不可經宿　故逐回程　復從舊路三十里　而至細石平田　推尋留置行具　行二十里　抵大成村　日亦暮矣　訪許文五　留宿焉　今日山路陟降　凡八十里　而各自驚歎不已　天王峰

陰雲澗洗曉天晴　便覺飄然步屧輕　聖母精靈懸日白　仙人几席繞花明

世間何處無佳景　物外眞遊盛此情　蔌蔌松風吹鬢起　依然玉寶奏琴聲 (荷田)

天爲吾行假日晴　上峰高座世緣輕　千尋窟宅罡風厲　萬里雲烟海水明

閱盡鴻濛凝淑氣　泛來鰲背脫塵情　撑空一柱三淸近　帝座應驚咳唾聲 (白村)

喜看峰頂十分晴　白首猶能步屧輕　楓岳漢拏相伯仲　南溟北渤入虛明

集仙臺閣登臨跡　聖母祠荒感慨情　此去帝宸應不遠　諸君且莫放高聲 (菊田)

一牛雲陰一牛晴　絕巓行客御風輕　四時氣候中峰變　萬朶芙蓉九宇明

決眦遙開千里眼　盪胸能得百年情　天王祠下逍遙久　欲嘯直如鸞鳳聲 (文江)

千峰進翠十州晴　兩腋生風步步輕　海色微分雲更暗　地輪無際日長明

摩耶聖母依俙跡　想像文昌萬古情　小盞數巡請欲就　恐驚天上未高聲 (春圃)

艱辛陟降協新晴　笻屐欲飛衣帶輕　雲裏峰巒爭出沒　天涯日月倍光明

靈祠萬古留遺像　下界千人盡記情　幸問近居樵探客　有時髣髴聽簫聲 (小溪)

陰翳淌開萬里晴　飄然笻屐覺自輕　鶚立蒼崖雲際屹　鷄鳴初日石頭明

莓苔老壁尋陳跡　風雨靈祠感古情　俯仰惆然無語久　依俙環珮耳邊聲 (小隱)

二十一日庚午　晴　發大成村　經二十里　復至新興　午憩于許模旅館　卽小隱季氏所屋也　因經酒飯　又發行十里　至雙磎寺前　會坐於綠陰中淸溪上　題下山詩一絶　沽飮一壺酒　暮入雙磎寺　復行寺後一里許　暫觀國師庵　復出古僧堂　因許上人淨海小隱之族人　歡接而宿焉　夜拈流字韻　而因數日路憊　經夜未成　出峽途中　新興店午餐

麥穗未黃秋葉靑　每逢佳處去還停　上峰昨日尋眞客　又復雙磎綠樹亭 (白村)

回看回路萬峰靑　爲愛名山去復停　中有雙磎泉石淨　今宵莫向別離亭 (文江)

四月新興麥半靑　了觀方丈去還停　追隨緩緩無期劃　休處樹仍爲勝亭 (春圃)

數日追隨兩眼靑　老來盃酒莫相停　名山別恨君休說　到處風流擇勝亭 (菊田)

南望白雲千嶂靑　計程十里暫相停　數聲黃鳥酒情發　笑向花開江上亭 (小溪)

暖日衣衫下峽靑　多峰水石去還停　香花酒熟顔如蕣　罨盡溪頭一座亭 (荷田)

出山對酌眼俱靑　洗耳岩前暫借停　林茂竹修經過路　吾人此事勝蘭亭 (小隱)

二十二日辛未　晴　朝賦昨夜所拈流字韻　午前發雙磎寺　行十里　出花開市　經過五日　幸値天晴　無碍往還　儘覺仙緣之不優也　沽數升酒　隨量盡醉　而算前後費金　所餘爲參元也　許小隱外六人　分各五拾錢式配分　午後二時　登求禮行自動車

隨所屋遠近 車中次次分袂別而歸焉 雙磎寺 訪許淨海上人

綠樹淋漓碧玉流　石門凉氣似清秋　花香繞榻龕燈迴　竹影登欄曉月浮
客路已經千嶂石　禪緣更續十方樓　淨師又有勤迎意　筍蕨慇懃獎我遊（白村）
寺下雙磎水自流　先生遺蹟足千秋　瓦簷鍾歇音猶在　茶因烟消氣尙浮
模得雲龍成畫壁　大書羽鶴出虛樓　要將聲色觀空裏　知是道人方外遊（小溪）
碧空如洗月華流　曉起聰權爽欲秋　十日烟霞眉際綠　名山草樹夢中浮
雙磎石老文昌筆　七佛雲深玉寶樓　老不忘情文雅會　且將白髮付清遊（荷田）
磬響初殘月影流　良宵不寐遡千秋　迷離樹色千峰曙　淅瀝溪聲萬壑浮
靈運招人同絶頂　懷民邀我更高樓　古來登臨應無數　難及文昌玉寶遊（菊田）
寺下雙磎碧玉流　凉風兩岸麥全秋　孤雲題篆石碑古　六祖留魂香火浮
暮入黃鸝樹中峽　曉餐靑鶴月邊樓　遙看瀑布廉山近　今日相隨惠連遊（文江）
叢林如幄玉雙流　靈籟颼飅客髮秋　詩令戒嚴鍾後寫　唄聲寥亮月中浮
已從樵叟尋溪洞　也與禪僧睡鶴樓　難道三生能可悟　祇將數句屬清遊（春圃）
石門艸色夕陽流　學士遺蹤度幾秋　露濕庭花河影轉　月環玉塔桂香浮
兩鶴峰靑僧入院　黃鸝樹綠客登樓　踏破蒼崖千萬疊　更叩朱扉續此遊（小隱）

行中詩篇 皆淸警愛玩 可作爲壽傳之帖也 拙之所撰遊山錄 簡而不詳備 又以欲讓於吾兄委曲蜿蜒之筆 而止不可記焉耳 題名詩

字字分明照眼開 依然影子月徘徊 願令石面瑩如玉 風雨千秋不綠苔（小溪）

—

이현섭(李鉉燮) | 두류기행(頭流紀行)

—

출전 : 인재집(仭齋集) 권2, 12면
번역 : 『선인들의 지리산 유람록 6』, 보고사. 2013, 195~210쪽
일시 : 1940년 8월 16일~8월 29일
동행 : 이현욱, 이병주, 이병재, 이현대 등

-일정

- 8월 16일 : 온천 → 구마산 → 북마산역 → 산인역 → 이천역 → 동산리 이현욱의 집
- 8월 17일 : 동산리 → 이천역 → 남문산 → 진주읍 → 비봉루 → 우관
- 8월 18일 : 우관 → 촉석루 → 서장대 → 청룡리 → 원천재
- 8월 19일 : 원천재 → 양구 → 두양산 → 사자령 → 덕천강 → 산천재
- 8월 20일 : 산천재 → 덕천서원 → 세심정 → 곡점 → 내대리 안상광(安商光)의 집

- 8월 21일 : 내대리 → 성덕정 → 거림 → 장암 산막 → 석문 → 세석평 → 산막
- 8월 22일 : 산막 → 영신대 → 촛대봉 → 증봉 → 일월봉 → 제석당 → 통천문 → 천왕봉 → 법계사
- 8월 23일 : 법계사
- 8월 24일 : 법계사 → 문창대 → 도암 → 중산리 → 곡점 안상하의 집
- 8월 25일 : 안상하의 집
- 8월 26일 : 안상하의 집 → 신천리 → 이우삼의 집
- 8월 27일 : 이우삼의 집 → 덕산 시장 → 진주읍
- 8월 28일 : 진주읍 → 이승호의 집 → 안두중의 집 → 이천역 → 함안역 → 창원역 → 여관 → 상복리 황수건의 집
- 8월 29일 : 황수건의 집 → 귀가

-저자 소개　　인재 이현섭

1879~1960. 자는 태중(泰仲), 호는 인재(仞齋)이며, 본관은 경주(慶州)이다. 경상남도 창원시 북계리에 거주하였다. 눌재(訥齋) 김병린(金柄璘 1861~1940)에게 수학하였고, 1901년 소눌(小訥) 노상직(盧相稷 1855~1931)에게 몇 달 동안 수학하였는데 돌아갈 때 노상직이 '천인기상(千仞氣象)'의 의미로 '인재(仞齋)'라는 호를 지어주었다. 1933년 봄 이병주(李秉株)·이병재(李秉載)와 함께 한양의 궁궐, 개성(開城)의 포은사(圃隱祠) 및 두문동(杜門洞) 등을 둘러보았다. 1940년 8월 두류산을 유람하였다. 저술로 『인재집』이 있다.

-원문

庚辰夏 余以譜事 往晉州麻津里光霽亭 宗人來會者 四十餘 乃完議始末 而以
經費太多 纔一宿而罷 與輔景-名鉉郁 號東庵-及再從弟鍾琇-字禹彦 號浪山- 過
東山里 輔景要我暫往休憩于其家 因午饒臨別 輔景對余言曰 來八月十六日 與
同志五六人 遊頭流山爲約 願兄偕往 余卽許之 因修書于巴山族人根夫-名秉株
號薇坡-泰吉-名秉載 號薇岡-期以同日來會

八月十六日早朝 將發行時 舍弟鉉柱兒子埰源 久在遠方 無替我幹事者 然重
諾不可負也 好會不可失也 因收拾行裝 至溫泉 登自動車 俄頃 至舊馬山 盧兄
致寬 月餘在病席矣 暫往疹問 致寬使其子元容進酒果 勸之不已 至北馬山驛 登
車 至山仁驛 薇坡薇岡 預待登車 因握手相歡 下耳川驛 抵東山 日已暮矣 東庵
倒屣相迎 寒溫纔畢 進酒饌 甚精潔 是節祭之餘餕而爲吾輩準備者也 同里族人
禹言-名鉉昌 參奉-先在座 此君是譜所合單有司也 因要同遊 君以塵務叢胜辭
因贈丸藥十餘箇 以備路中不虞也

○十七日 東庵促朝飯 飯後 四人同至耳川驛 乘車 至南文山 訪族叔壽鏞 余
素無面分 而一見如舊 歡待甚厚 因進酒果 又饋冷麵 因發程 壽鏞與其子昌鉉
俱至自動車部 各給晉川行車票 又贈贐物 厚誼可感也 至晉州邑 訪族叔壽增於
寓館 壽增適還村庄 少憩飮酒 各訪姻戚家 薇坡東庵 去安和 集斗中家 薇岡往
趙婿家 余訪金君鍾吉 君適不在 其子甚款待 斜陽 與薇岡登飛鳳樓 其制度之雄
壯 範圍之宏暢 使人一驚也 日暮各歸寢所

○十八日朝後 同會壽增寓館 族人仰汝-名承浩 號尤堂-安和集-順興人 號領
網-李汝剛-碧珍 名愚贊 號淸隱-先在座 仰汝適羅微愼 辭以不能同往 因飮酒
登矗石樓 有感古之懷 薇坡請有詩 一座皆諾 登西將臺 眼下大野 黍稷壹粱 可
占有年 問其地名 乃菁川而古之戰場也 入府中午饒 求得玉宗行自動車票 向靑
龍里 暮抵洞口 族人鉉大-字章汝 號頤齋-方改設川砠 見我一行 喜形于色 相迎
至家 俄已 夕飯 飯後 請就其墓閣源泉齋留宿 族人君性鉉仁及光陽族人在座 各

攄阻懷 就寢

○十九日朝後 往良邱 候族叔晦雲丈-名壽冕 字和伯 君性父也- 年方八十有餘 戴緇布冠對書案而坐 敍寒暄 講族誼 款曲無比 卽拜 別君性 出洞口 有戀戀之情 至章汝家 暫憩 前導至斗陽山 山險崖斷 寸步甚艱 僅至峰頭 或依石踞坐 或向風披衿 相看一笑 而有一絶詩 下谷中 大川瀅如玉面有水舂 古詩有云 雲碓無人水自舂 眞格言也 川邊有一店 淸灑可休息 因呼酒主人 高姓甚伶俐 一邊烹猪肉 一邊謨酒盤 相與飮 喫訖踰獅子嶺 至德川江 江水澄澄 波濤噴激 淺處雖可揭 石面磨滑 足不可接 彷徨食頃 不得已跋涉一步二步 中流相顧而笑曰 戰戰兢兢如臨深淵 但口讀其書而已 今踏實地 尤覺至訓之不我誣也 艱辛登岸 日已暮矣 登山天齋 使庫直請主人 有司曺慶仲-名秉壽-來 相講誼 待之如舊交也 夕後薇坡誦先生詩曰 病臥山齋晝夢煩 幾重雲樹隔桃源 新水淨如淸玉面 只憎飛燕蹴生痕 因各步其韻

○二十日 與慶仲往院村 謁先生祠宇 主人以齊服五件賜之 余以所持道袍參拜 主人以先生遺釼三柄示之 釼面無苔綠而刻敬義於其柄 因登洗心亭 主人賖酒果款持 卽乘自動車 至曲店 和集先來待矣 把手相歡 使其子商鉉進酒 歷訪李殷說-字孟楫-崔根洪-字文仲- 根洪賖酒 且進午飯 臨行 孟楫贈丸藥十枚 至內大和集第三子商光 住此 上山 糧米及酒肴等 節次準備 且求隣童 約以來日持行 是夜 薇坡以感寒苦痛 一座甚爲悶然

○二十一日 早朝李志桓-字泰見 慶州人- 以同宗之誼 甚歡 因賖酒來勸 朝後七老偕行 至聖德亭 有詩 到巨林店 安君熊俊 自咸安寓居 拜禮畢 賖酒厚待 至場巖山幕 此幕卽火木買炭之所也 炊午飯 因登山 山路崎嶇 樹木蔽天 晝亦昏黑不可詳視前程 而跨石攀藤 僅僅步行 前人不見後人之來 後人難尋前人之跡 前呼後應 魚貫而進 古詩云 空山不見人但聞人語響者 眞適合於今日也 暮至石門左右壁盤石 控撑如柱 上有大巖覆盖如屋 入門則乃細石坪也 山頭廣平 無危石高樹 惟細草細石 周回略數里 到此勝地 不可無一吟 因呼韻題詩 有山幕二房一房則採藥者先定 一房則先我遊客七八人已定 又添吾輩一行 磨肩接膝 不得

穩坐 何暇就臥 達夜 相戲笑而過

　○二十二日 早炊發行 過靈神臺燭臺峰甑峰日月峰 和集折靑丁公藤杖十餘箇 各贈 以爲登山信標也 至帝釋堂下 披襟暫憩 巖間石井 炊午飯 前路傾危 誠難寸步 相顧而瞿然失色曰 古詩云 錦城雖云樂 不如早還家 吾輩亦一番商量處也 東庵曰 君言過矣 吾以費數日之勞力 涉險披荊 今到九分之地 頭上峰隔在咫尺 此若退步 功虧一簣 於心倘無愧乎 且前賢之登覽 非一非再 則後人之豈非勉從處耶 薇坡薇岡亦是其言 一行不復有異言也 艱辛至通天門 須臾歇脚 乃登天王峰 日已斜矣 時屬仲秋 風勢甚急 各尋準備綿着着之 因傾盡持來盂樽 始放眼左右 巖石如屈身入朝 多少峰巒 在眼下列如兒孫 天王之稱號 似爲得之 漸近黃昏 無棲身經夜處 直下法界寺留宿 天王 玆山第一峰也 是夜 各吟四韻一首

　○二十三日 章汝以其家故 請先去 數日同樂之餘 愴恨實多也 是日不堪路憊 因相與休息 僧雲城 頗慧有識字 多說佛家古事 使人頓忘塵愁也

　○二十四日 曉頭 爭往看南極星 皆以爲壽瑞之兆也 余以微祟不同覘 內心自以爲壽是天定 何關於南極星之觀不觀耶 朝後 別雲城 過文昌臺 歷刀巖 得獐臋元來此物 山中古木上自生一菌 其形如獐臋 故以是稱名 到中山店 午饒 呼主人與獐臋 使爲別饌 主人笑而卽諾 須臾 羹之而來 其味甚淸淡 暮至曲店安商夏家 飮酒且飯 因留宿 李孟楫崔文仲 俱來敍懷 須臾 孟楫使其子合煎雙和湯數貼 各飮一器 其慇懃情誼 可感也

　○二十五日 自曉雨下 文仲以朝飯來饋 午後 崔乙敏-字士洪-以早紅柿一箱饋之 深歡山中諸友款待迴出也 薇岡有微愼 服雙和湯調理 終日雨不止 是夕以絶句相和

　○二十六日 乃晴 朝前 文仲又饋早紅 朝後 行至新川河太福店 飮酒 訪川坪族人鉉鎔-字璟震- 璟震因賒酒且進午飯 午後 訪裵文會-字益三-安朋彦-字南健-兩君 南健君適出外 訪李愚三-字華永- 初面甚款 薇岡訪舊新村族人家 薇坡東庵和集 宿璟震家 余與淸隱 因宿華永家 夕後 逢益三 相對甚歡

　○二十七日 南健早朝來見 相攄久阻之懷 益三盛備鷄黍之供 招我一行 以待

朝饌 朝後因發行 至德山市場 璟震益三南健來餞于此 南健買酒肴 午後乘自動
車至晉川邑 壽增適自故鄉來 賒藥酒勸 至數巡

　　○二十八日 訪尤堂診問 且訪和集家 盛備酒肴待之 須臾恐車時之過晚 因相
與伴行 至車場 尤堂愼中至此 戀戀相別 尤感其舊誼也 因登車 至耳川驛 薇坡
東庵 卽下車 分手之懷 不可盡言 噫 乘除盈虛 是理也 近日來同志八九人 盤旋
相樂 而今焉盡散 但相與坐榻者 惟薇岡及余二人也 而薇岡 亦至咸安驛 對余而
言曰 大山參判公墓下碑石 將改豎 而今日卽定期也 叔亦同行否 余答之曰 先山
有事 豈敢不剔蹶參拜 今離家十餘日 餘茶莫振 不得不謝之 薇岡曰 似然 卽悵
然相別 獨凭車卓 回憶方丈山之無限光景僉君子之端雅儀範 森森若夢中過境也
至昌原驛 盧根容-字晦夫 號誠庵-適相遇 寒暄畢 入一舘 沽酒相歡 至數巡 誠庵
以絕句詩贈余 余因和之曰 賞盡頭流千萬疊 歸程又見晦兄來 前頭如得黃河水
快滌紛塵肚裡堆 晦夫要余偕往黃洙建-字晦仲 號晦村-家 遂同乘上南行車 至上
福里 到昏叩門 晦仲出迎甚歡

　　○二十九日 告別兩兄 苦挽謝 以離家日久而歸

―

정덕영(鄭德永) │
방장산유행기(方丈山遊行記)

―

출전 : 위당유고(韋堂遺稿) 권4, 11면
번역 : 『선인들의 지리산 유람록 6』, 보고사. 2013, 211~228쪽
일시 : 1940년 9월 1일~9월 7일
동행 : 이기원(李基元), 김종만(金鍾萬), 김랑(金郞), 이병원(李炳元),
　　　 김창선(金昌先), 이은열(李殷說), 최을민(崔乙敏) 등

―일정

- 9월 1일 : 비로 머묾
- 9월 2일 : 비로 머묾
- 9월 3일 : 칠정점(七亭店) → 도구대 → 입덕문 → 덕산 산천재 →
  세심정 → 공전촌(公田村) → 곡점(曲店)
- 9월 4일 : 곡점 → 내대(內坮) 거림(巨林) → 장암(場岩) → 등산로

입구의 산막에서 유숙

- 9월 5일 : 산막 → 세석평 → 중대(中臺) → 부항(缶項, 장터목 矢川
  에서 운봉으로 통하는 길) → 통천문 → 천왕봉 일월대 →
  법계암
- 9월 6일 : 법계암 → 문창대(文昌臺) → 용추(龍湫) → 순두리(純頭里)
  선적(仙磧) → 중산촌 → 고연(鼓淵) → 연계점(蓮溪店)
- 9월 7일 : 연계점 → 곡점 → 원리 → 칠정

-저자 소개　　위당 정덕영

1885~1956. 자는 직부(直夫), 호는 위당(韋堂), 본관은 연일(延日)이다. 경상남도 산청군 덕산 석남촌(石南村)에서 태어났다. 고려 때 추밀원 지주사(樞密院知奏事)를 지낸 정습명(鄭襲明)이 시조이고, 포은 정몽주의 후예이다. 그의 선대는 진주 대평(大坪)에 살았는데, 정보(鄭保)가 권신의 비위를 건드려 단성(丹城)에 귀양가면서 그곳에 세거하였다. 이후 학포(學圃) 정훤(鄭暄)이 행의로 천거되어 영산현감(靈山縣監)에 제수되었다가 물러나서는 대평에 고산정(孤山亭)을 지어 일생을 마쳤는데, 이때부터 후손들이 여러 곳에 나뉘어 살게 되었다. 조부인 정석기(鄭碩基) 대에 이르러 덕산 석남촌으로 옮겨 살았다.

부친의 권유로 용재(庸齋) 이도용(李道容)·하겸진·우산(愚山) 한유(韓愉)에게 나아가 배웠으며, 하경락(河經洛)·박원종(朴遠鍾)·이병화(李炳和) 등과 교유하였다. 유람 작품으로는「방장산유행기」가 있으며, 이 외에 1932년 중재(重齋) 김황(金榥)과 함께 경북지역을 유람하였는데, 성주를 거쳐 김우옹(金宇顒)의 사당 → 인동(仁同) → 회당(晦堂) 장석영(張錫英)의 문집 간행 구경 → 영천(永川) → 정몽주의 임고서원(臨皐書院) 등을 유람하였으나 유람기를 남기지는 않았다. 저술로『위당유고』가 있다.

-원문

庚辰八月二十七日甲戌 星州大浦里三洲李基元子乾 歷德村法勿諸處來到 午飯後 偕與修人事于村中各家 宿于鄙齋 雲峯居金東燮元淑金塤昌炫 前此來留矣 子乾昔年秋 欲賞方丈山 未果 推以來年者 亦以旱害値凶 不能生意 今年亦以長霖不爲早圖 而過秋分時晚來矣 請我今番期遂前約强之 子亦以秋事臨迫 未能斷行 請李參奉定夫兄弟 皆不得許

二十八日乙亥 予偕往士谷 元淑與金郎亦並行 午抵于河益鎭謙夫家 謙夫允子 卽子乾女壻也 午飯于此 往候于晦峯先生 座上無他客 只有來學者 丁台柳少年一人而已 晦峯今夏有金剛之遊 而今始來候 略聞歷行諸處 且觀記行諸詩 少頃 陜川居金鍾萬聲汝來到 此君已與子乾有約而觀方丈之行也 相叙阻懷 且及傷時生活之閒說話 晦峯丈日君今亦善讀詩否 讀詩必如此人 足以感發興起矣 蓋此人外貌則窮士一襤襤矣 天姿聰穎 一覽一聽 必以記置 聲音淸亮 讀書如碎玉矣

少頃 退歸于謙夫先齋新建 與人軒篁籬蓮池庭花院林 足以養世外之趣 同里河道卿景珍皆已來會 會者數十人 主人又供酒肴 畢勸聲汝咏詩 此人亦有風致 不多讓而咏詩起舞 令人有感興者 多 滿座甚團樂 夕宿于此亭 以其客多而主家稍間 故夕飯以新式空器飯供之 甚旨味矣 夕亦閒談話 以行役早寢

廿九日丙子 朝飯于道卿家 飯後 更往晦峰丈新構室叙禮 聲汝亦誦詩伐木七月章數篇 蓋晦峰丈欲聽其聲而請之者也 方丈之行 子乾下來時 預有書 此洞人皆準備而俟之矣 卽欲以明日發程而强我 不捨不得已許與同行 則不能無行具之所備者也 故卽爲還家 元淑金郎亦同還 約以九月二日相逢于七亭店 歸而聞之則德村許乃衡 亦與子乾相約來 而我往士谷不在 故卽發行 而路中亦巧違不相

見矣

九月初一日丁丑爲雨所阻 二日不晴 而三日己卯欲發行 以過期日 趑趄晚發
培山李戚兄炳元章瑞聞而來 吾與李金三人及負橐一人 合五人矣 至七亭店則士
谷諸人先來俟之 囑店人而先去 不留直行 終不得見矣 所過陶邱臺入德門 皆拈
韻相酬 至德山市 午飯後 登山天齋 此南冥先生講道之所 而至今三百載士林尊
仰之地也 次柱聯一絶 至院村 乃先生祠院之村也 院前洗心亭 臨江超絶而守愚
崔先生所創也 登亭一咏 轉向曲店 崔文仲居此而已有前約 且上山諸般周旋 此
人當辨備故也 至公田村 日已曛矣 欲爲宿此店 皆不許 曳脚抵曲店 則前行人已
夕飯 各定寢所 更供餐飯後 相叙先後來歷 次謀明日山行諸般 各就寢

四日庚辰 早飯發行 士谷來人十三 南沙來人五 院村金昌先曲店李殷說亦聞
來 內垈崔乙敏 卽指路人也 合二十一人發 向內垈去 人多日暖 不能疾行 三三
五五先後而過內垈巨林 行二里 日已中矣 午飯朝食時預備負來 故臨溪流盤石
上食之 蓋深谷泉石之淸流觸石 有碎玉碅礧之聲 林樾已被霜侵 紅黃繡錦之景
猶春風新芽之軟

自曲店至巨林 新治大路 輪車絡繹者 以大學林燃炭運出故也 自此山行高峻
溪側轉轉到廣岩 臨澗小憩 自山脊兩介女人下來汲水 始知有人家在近 而見若
仙女也 問于乙敏則此是場岩而舊有數三家 以火田之嚴禁皆逐出 只存一家山幕
云 日已掛嶺 又問前頭山幕何在 其人曰在細石坪 路又幾許 曰幾二十里 然則宿
于此處如何 曰今疾行 可抵于細石坪 皆欲前行 余獨曰不然 窮山深谷以此大衆
只行三十里而日已西矣 則豈可行二十里耶 雖若可行 不如宿此幕 相詰之際 一
人負草囊蓬頭露髻 自山而下 問之則此其幕主也 願宿一夜卽許之 余先隨其人
去曰今吾人入幕解裝餐飯則日必昏矣 勿以爲早卽偕來也 諸人隨來入幕 則二室
一廚而室亦不大矣 卽解裝炊飯食之 果日已落矣 然而又有採藥人數三人負囊入
來 曾已寄宿者也 夕飯後 女子二人送下巨林村 大房吾行二十一人 小房主人及
採藥人與吾行負人二名也 接膝而坐 猶不能容矣 則豈能臥而成寢乎 或咏詩誦
書 戱謔無度 以是通宵 而主人能識字 誦書傳序文 其姓宋氏而自忠淸道來云 而

能誦此文者 乃車氏教徒也

日欲曙卽起 使之速飯發行 卽五日辛巳也 食後向細石坪登山 峯嶺削立 參天
嵓岩嶒嶸 步步難登 如貫魚樣 至頂上 山脊如劍立 繞通一路 崎嶇嶒崚 而松柏
橡樾 鬱密顚腐 至幾許里 雙石削立左右 若門局而高可數丈 廣可以容車輪 此爲
細石石門也 入門暫憩于岩石上 有拾橡女子二人下來 此其細石坪幕居人也 漸
至山下 果有山上平野向南開張 上中下三層而皆平鋪自作局 周回可爲三四十里
云耳 蓋此坪 般若峯自西東馳數里 峯脊險峻 至此起頭畜氣 逆行北上三十里 作
天王峰者也 故如是大開張 東西兩峰 如人之兩肩而展臂 聳山龍者 如鳥之張翼
欲飛者也 故諺所謂靑鶴洞是細石坪也 術人隱士多往來作家 而終不得居也 山
高天寒 五穀不熟 其何以久住耶 前者無樹木 而只有茅茨蔥蓊 自島夷來稱以大
學林 種木養林 然以氣候之寒酷 不能多長 禁止火田 故山人不得居云矣 彼夷之
苛政 何若是密密也

至中臺 岩石間有水出 一爲陰水 一爲陽水者 人以其水穴之形似者名之 見者
無不飲之也 繞觀上下 不能久留者 以今日必抵法界菴 可以寄宿 非此則不免露
宿岩下也 左右峯巒奇岩層臺 亦可以登賞 而非一兩日留連則不能窮也 直行北
上 峯頭微逕 險巇側落 或有棧道攀附 或梯橋扶過 至缶項午飯 此項自矢川通雲
峰山內之路也 項下有泉 故息此午飯也 蓋此項之名 舊有壬辰倭亂時 倭兵踰此
項之文 其來久矣 其間有麻姑臺香爐峰 而未能登賞 指點而過 然矗石霜葉 隱然
相映 亦足爲奇觀

登登至通天門 左右前岩削立 無他着足處 門上亦覆石 入門內則上通天已耳
此處以梯橋附岩壁 攀壁步梯 登門上石 則眼界通豁 天風逼人 此其天王峰上去
門 而不由此 則莫能通也 直行登上峰上 可以攀天俯看下界 千峰萬壑 如蛛絲之
綢繆 拳土之羅列 擧望東南 海水環地 與天相接無涯 回看西北 般若德裕 遠遮
不能通際涯 此峰秀出數千丈 而峰頭平鋪者 可坐四五十人 其外岩石相築 俯觀
生眩 無名雜木 無一丈者而不知其年

乍雨乍陽 無一日之晴眼 一點雲忽起於一谷 而飛騰彌滿 沈沒全山 不辨咫尺

俄然捲消 千態萬象不可形言 固塵世人之壯觀也 少頃 日沒欲曛 峯下有巨巖橫
立 而刻日月臺三字 又其傍有板屋 而頹圮難宿 急向法界庵下去 子乾曰我宿此
明曉看日出云云 少年幾人亦欲同宿 六七人留在矣 上山時 托文仲 送糧餐此庵
來俟 故雖晚暮 無慮下去者也 顚倒下去 已昏路迷 僅抵于庵則人來備夕飯俟之
此地舊有庵 余嘗陪伯兄與他二人 秋分時上來留數日 今三十餘年事 舊庵已毀
於戊申之亂 而近年來一尼婆申德守創建 甚麗於前時 客室三間新建 甚精灑突
溫 今日山行 自場巖至細石坪 近二十里 自細石坪到上峰三十里 自上峰至此庵
十里也 則合六十里也 豈不困憊耶 就寢至曉 忽風雨大作 平明乃止 然雲霧一爲
沈陰 爲在上峰人憂慮深矣

六日壬午 早飯後 雲捲日暘 俟上峰人 少須下來 聞之則幸無大困辱 而日出
不見云 蓋子乾遊賞之癖 非人所比也 卽發向文昌臺 臺古新羅時崔孤雲往來處
而名曰文昌 在庵之前峯 林路險隘 至其臺下 巖石高出數丈 可坐幾許人 不強欲
攀上 望見而回路 下純頭里 其間有龍湫云 故轉轉尋 窮谷亦難着足 至其湫水
甚淸澈 別無可觀處 故直回下 路傍有仙磧云者 無他可觀 只有累石四五或六七
介 數十圍坐如仙童故云 其累石是必人之所爲 而有名從來 亦可異也 是日不能
午飯 直下中山村 洞口有鼓淵 往見則巨石長臥水中 溪流障回而落以爲淵者也
纔憩 抵蓮溪店 日已昏 月色明矣 此店卽指路人崔乙敏弟釀造家也 家稍寬而可
謂溫宿也

七日癸未 回到曲店 子乾以路憊脚瘇 留待荷物車入來 在文仲家 其他人皆出
來 而到院村金昌先小室家 午餐後 謙夫亦以有事落後 至七亭店 各爲散歸 金鐘
萬元淑 偕來鄙所信宿而罷 蓋行同數十人而皆無事 日氣亦爲溫暘 可謂壯觀善
遊也 畧此記行 以備後日之臥遊云

—

양회갑(梁會甲) | 두류산기(頭流山記)

—

출전 : 정재집(正齋集) 권8, 9면
번역 : 『선인들의 지리산 유람록 6』, 보고사. 2013, 229~246쪽
일시 : 1941년 4월 30일 ~ 5월 6일
동행 : 정기(鄭琦), 배기옥(裵淇玉), 박진래(朴蓁來)
특징 : 반야봉이 조(祖)가 되고 천왕봉이 종(宗)이 된다는 인식을 피력.

－일정

- 4월 30일 : 승평(昇平) 선월리(船月里)
- 5월 1일 : 가산(佳山)
- 5월 2일 : 가산 → 순천부 → 구례읍
- 5월 3일 : 구례 → 섬진강 → 칠의단(七義壇) → 하동 화개 → 쌍계 석문 → 팔영루 → 진감선사비 → 국사암 → 환학암(喚鶴 巖) → 불일암

- 5월 4일 : 불일암·신흥사 터·세이암 → 칠불암 → 반야봉 → 노고
  단, 미국인 산장 → 내려오다 유숙
- 5월 5일 : 덕은천(德隱川) 일곡(一曲) → 덕천정(德川亭)
- 5월 6일 : 총평

-저자 소개   정재 양회갑

1884~1961. 초명은 회을(會乙), 자는 원숙(元淑), 호는 정재(正齋), 본관
은 제주이다. 전라도 화순 초방(草坊)에서 태어났다. 중종 때 양팽손(梁彭
孫)의 후손이며, 증조부 양상룡(梁相龍)이 화순 초방에 옮겨 살았다. 송사
(松沙) 기우만(奇宇萬)의 문하에서 배웠다. 1903년 향시에 합격하고 전시
(殿試)에 장원하였다. 그러나 1905년 을사늑약(乙巳勒約)이 체결되자 벼슬
을 단념하고 학문에 전념하였다. 1930년 스승의 문집인『송사집(松沙集)』
간행에 참여하였으며, 1941년에는 양팽손의 문집 중간(重刊)에도 참여하
였다. 후학들에게 이단(異端)을 막고 격치(格致)·성경(誠敬) 공부에 힘쓰
는 것이 최고의 급선무라 주장하였다. 저술로『정재집』이 있다.

-원문

頭流山之期 久矣 余少遊帶方國 仰之靡及 歷山丹晉河四邑界 旬日而不及
四入鳳城 一嘗三日于文壽洞 越華嚴寺 其行爲最近而止 若仁智樂不足 遽凌其
絶頂 難矣

從白頭山 下域內巨嶽頭流爲一 杜詩有方丈三韓外 崑崙萬國西之句 註方丈
在帶方東南三十里 是頭流爲方丈 而曰智異則爲南嶽 紀國之三神山則曰方丈

環湖嶺三百里 般若爲祖 天王爲宗 兒孫八萬四千峰 分鎭十二邑 非暇得旬月 非
超然物表 非先經指引 奇絕不可識 烟火不能脫 路頭不可尋 且不爲釋徒幻妄說
所惑者 少矣

余有仁智友 小有阻 輒寄想名山而發舒者有年 鄭栗溪琦是已 因是知裵淇玉
海隱其性愛山如愛友 歲辛巳春 二友並後先書速 正言反言必欲致而後已 家庭
知而命之 四月三十日 與同社少友朴莘來 至昇平船月里 海隱莊夜枕葡萄罌劇
談忘睡

五月甲戌 曉雨待晴 宿佳山族弟會淑家

乙亥 至順天府 昔時壯麗 換作今日焜煌 山水人物財帛之卓然矣 喚仙亭鐵欄
不許遊人登眺 抵求禮邑 遙望頭流蒼黛 有關情交感之想 叩德川邱社 栗溪揖余
揖升堂 栗溪曰吾謂子無分名山如何渡潺水津也 余曰一國名山 當與一國人共之
天下名山 當與天下人共之 子有方壺一半 不欲瓜分乎 相與捧腹 其長子聖圖與
金敬魯侃誾侍立 靑襟十輩進退有儀 有衣有冠 從師講聖賢書 可謂晨星高明 李
丹霞南儀先在座 夜安燈書帷促膝凉軒 理登山路 期訖 出溪頭亂石上 濯狂靈山
流淥 能氷玉人矣

丙午 詰朝勻新汲水 唒而盟曰 進退不同道 有如白水 丹霞栗溪主人不容辭
與余共十一人登程 由蟾津江上流 過七義壇木麥巖 止河東花開市 所經僅一舍
蒼崖茂林白沙鍊明 山禽水鳥盡情啼送 上下景致 非烟火界也 雖市塵之地 淸灑
景色 非街店海壚之比 兩省間 往來熙穰 居民稠疊 資交易 通品産畫區 時措宜
然也 頭流賞客 任其歷歌 固其所矣

到三神洞 遇崔洞淳 以前之入雙溪寺 巖壁刻雙溪洞門四大字 南冥謂畫力深
入石骨如鹿脛者 是耳 入八詠樓 北有眞鑑碑 崔孤雲旣題石門又書 此有儒禪一
致語云 東有靑鶴樓 板上有勉菴同遊諸賢聯句 由左入國師庵 右旋踰小峴 登喚
鶴巖 力竭不可振 一行爲護余 余不敢言痒 上之大嶺也 下之斷壑也 橫木爲橋者
三循環螺殼 登佛日菴 如一鷄窠縣空獨立 兩峯矗立 東曰靑鶴 西曰白鶴 南冥以
靑鶴爲香鑪 白鶴爲毘盧 又有鶴淵鶴潭 日風雷交鬪 仙儔巨靈 長鮫短龜 互藏呵

護 刮苔石面 有三神洞云 皆不可考 前有百丈臥瀑 香鑪之稱以是歟 五更電閃雷
鳴 殷殷白雲山而雨傾如注 出坐堂上 若唯喏赤松子矣

丁丑 天地濛濛然一色 愁濕之鶯 默禱上峰之約 未知造物者處分何如也 小頃
玩客數人入謁 知路已通 脫芋衣 綿踏已踏之蹊 別崔氏 自此山益深 水益淸 山
店點綴 右有神興寺址 往洗耳巖 訪孤雲遺躅 丹霞誦雲翁紅流洞詩 而相和水石
之美 聾世之標 古今相符矣

水性勁疾磬鏡明 縈回作潭 激射成坎 小如雲碓尺深 大如鮫窟無底 盖石剛水
柔 聞以石障水 未見水能穿石 然石不能增益 水無有間斷 所謂泰山之溜也 學者
之琢磨 同君子之攻玉

同吾輩軟脚推剛 亦同皆可體驗也

向西谷 問七佛菴 貿貿山叺語無準的 矗石種種有釘痕 以廣路推知釋徒爲人
邁進而然也 脚下衆峯撲地 惟千尺松連抱檜爲路媒 遂信步數里 果眞也 佛堂如
巖廊 亞房形妙 法堂安七佛懸像 釋言首露王七子來化爲佛 故名之 而門外有影
池 照其親面云 形勝與雙溪寺伯仲而有裕

盖般若峯一支 東轉百里爲天王峯 西分爲卯峰 其中峰起伏 四十里環抱成庵
址 面面拱揖 白雲三峯對案如畫 楣揭東國第一禪院 凡佛宇用宮闕製而稱殿 崇
佛爲王 山節藻梲 君子謂虛器 大龜與土木之像 輕重何如也 名山逸界每或占據
各以其言加名 而世莫能改 惜哉

戊戌 蓐食啓行 天中節靈境之遊 天借鞭矣 人言由卯峯以上 可以省力 余謂
捷徑脫有坑塹 雖悔曷追 乘中峯 脫密林攀緣 蔽牛之柞栖 爲風雨所困 始開葉槎
芽 數年之長未滿一寸 其大十圍 爲壽幾何 越瞻細石坪 已在眼下 進一步長一格
漸登昭曠 過去艱險 屬之坦夷 惟一簣是懼 陟中峯 天王若几席 般若通呼喚 成
嶺成峯 高低千萬丈 或削刃而崖石懸 或平敍而卉木縫 已降者前功可惜 更上者
泰山屬頂 栗溪波不能行 留而待之 余與一行 凶岩下得寸得尺 三折而得歇 泊於
般若峯

秦關百二蜀道三千 必居一於此矣 相如封禪書 君子非之 然後世人主如大禹

成王之於岱宗則惟此南嶽之封而增禪 其功尤何如也 如蟻子之緣木巓 井跬之出
大洋 洗心精白整冠 三揖而坐 蜿蜿然千峰萬壑不暇 唯喏吸沆瀣三咽 舉目一視
其尊無上 其大無外 何峯屹然 何峯突然 竦愕不可犯 厚重不可狎 奚爲而鞠躬
奚爲而俯伏 周者遭 往者返 此谷長 彼谷短 深而窈窕 淺而恢闊 繚而若垣 平而
爲陸 有波瀾之勢而隤然作坎 接走馬之形而堗然成洞 天工耶地力耶 大朝群臣
入九重而謁紫宸耶 玉府列仙開閶闔而朝上帝耶 八埏之維軸 億兆之起居 怳然
俯視 巍巍蕩蕩 知惟天之爲大 浩浩茫茫 覺宇宙之無窮 嗚呼 夫孰使之然哉

中庸言 天地山川有指一處者有推極者 道無外於實理 實理流行 雖有萬殊 其
原一本太極而兩儀四象八卦萬有二千五百 形上形下 莫不由此 而推之萬物 則
般若天王一拳石非本乎 草木禽獸非殊乎 指一草木謂頭流不可 莫不有頭流之理
問一峰壑謂頭流不可 莫非爲頭流之脈 石潭夫子以進道論登山 謂曾點從山下先
登 一蠹先生頭流詩 有沂雩詠歸之樂 是知先登者觀道體之無窮也 恨不爲冠童
以從之於當世焉 還尋栗溪若麻衣人降坐岩上也 嘗見燃藜述 有林傑年爲大盜
攻破諸寺刱奪食 山下人剽掠甚衆 穆陵甲午伏誅 吾儕之舘于其居 飲傑年泉與
不飲盜泉 不亦異哉 吳隱之酌而覺爽 終學夷齊心而已

從老姑壇 環腰而脊 膚寸之雲 彌綸覆山而去 回首山峯滅沒 指顧中又釀出
一般勝景也 其上騰之象 殆類山脈之起於達宮 環繞至老姑壇 而有龍飛躋天之
勢 凡大有作爲 必先自本根 抱無限氣格有如此也 余於此有三幸 良辰懷朋友共
之 天晴雨遠眺望四通 不爲樵者爛柯尋向歸路也 有五恨 萬壑丹楓錦繡玲瓏 千
峯雪花玉屑如堆 明月三更千里銀色 驟雨一朝百道泉瀑 皆可意會而目不到 況
天王峰可望而不可登 所謂半上落下是耳 今尺度者謂天王高般若二百尺 自七佛
至此 不但二百尺 用半日力 可不登其高哉 然自此爲百里 其何以哉 聞將開路細
石坪 用自動車 達于天王 此時則可乎 不可信也

壇下有米國人避暑臺洋屋五十餘 其喜高逈貪幽邃同闍梨氣味 今皆虛矣 將返
文壽洞 誤入土窟菴 復尋一線走坂騎虎而降 日暮途遠 過一舍 得小店 堁煖僵睡
今日山程八十里 多紆行可百里云

戊寅 徐行至德隱川一曲 濯纓跳波 唐人詩 歸來日尙早 更欲向芳洲 非耶 金在華山居在數馬程 沽酒炊稻而饋于川上 一日休養淸溪白石灘 故人之賜款矣乘凉理笻 敬魯聖圖延路左問勞 逢鄭耕植 迎入其家 溪東松篁泉石甚美 朴遜齋遺居 君且有之 幽人守貞勉修哉 晡還德川亭 儒袖滿堂 可樂也

己卯 余日枕笻連十晝夜 詩文留 後日顔面 余且歸之 主人恕復 不過時而許之 反面承寧喜幸 竊念頭流之債償矣 蝴蝶夢罷 鳩鷽復入于蓬蒿中 火宅陋矣拙矣 遯身方壺石室 收楡究竟余實所願 天之所廢 秖守得高山一壑 亦命也夫 余旣爲文寄方壺子 但書般若峯記 方壺子日南冥之遊不過雙溪靑鶴新興寺 猶日頭流錄 子何嫌乎 始書爲頭流山記

전체 수록작품 목록

편저자 약력

강정화

현 국립경상대학교 경남문화연구원 인문한국(HK) 교수. 한국한문학 전공. 동 대학교 한문학과 문학박사. 경남문화연구원 학술연구교수 역임. 저역서로는『선인들의 지리산 유람록 1~6』(공역),『지리산, 인문학으로 유람하다』(공저),『선인들의 지리산 기행기 1~3』(공역) 등이 있으며, 연구논문으로는「한말 지식인의 지리산 유람」,「지리산유람록 연구의 현황과 과제」등이 있다.

황의열

현 국립경상대학교 인문대학 한문학과 교수. 동 대학교 경남문화연구원 인문한국(HK) 일반연구원. 한국한문학 전공. 성균관대학교 한문학과 문학박사. 태동고전연구소 수료. 경상대학교 도서관장, 우리한문학회장 역임. 저역서로는『탈초 번역 최근첩』,『역주 당촌한화』,『대동운부군옥 1-20』(공역) 등이 있으며, 연구논문으로는「한문 문체 분류의 재검토」,「『논어』의 해석 태도에 대하여-화법에 대한 이해를 중심으로」등이 있다.

지리산인문학대전04 기초자료04

지리산권 유산기 선집

초판 1쇄 발행   2016년 7월 30일

엮은이 | 국립순천대 · 국립경상대 인문한국(HK) 지리산권문화연구단
　　　　강정화 · 황의열
펴낸이 | 윤관백
펴낸곳 | 漢동서선인

등록 | 제5-77호(1998.11.4)
주소 | 서울시 마포구 마포대로 4다길 4(마포동 324-1) 곳마루빌딩 1층
전화 | 02)718-6252 / 6257
팩스 | 02)718-6253
E-mail | sunin72@chol.com
Homepage | www.suninbook.com

정가   47,000원
ISBN   978-89-5933-993-8   94810
　　　　978-89-5933-920-4 (세트)

· 이 책은 2007년 정부(교육과학기술부)의 재원으로 한국연구재단의 지원을 받
  아 수행된 연구임(KRF-2007-361-AM0015)

· 잘못된 책은 바꾸어 드립니다.